OBRAS ESCOLHIDAS

O CASO DE CHARLES DEXTER WARD
NAS MONTANHAS DA LOUCURA
& CONTOS

Estes títulos estão publicados também na Coleção **L&PM** POCKET

Este livro é composto de:

O romance *O caso de Charles Dexter Ward*
Título original: *The Case of Charles Dexter Ward*
Tradução: Ana Maria Capovilla

Os contos "O forasteiro", "O medo à espreita" e "A sombra sobre Innsmouth" foram tirados do livro *medo à espreita e outras histórias*
Título original: *The Lurking Fear and Other Stories*
Tradução: Rodrigo Breunig

Os contos "A casa maldita" e "Nas montanhas da loucura" foram tirados do livro *Nas montanhas da loucura e outras histórias de terror*
Título original: *At the Mountains of Madness*
Tradução: Marcio de Paula Stockler Hack

O conto "Ele" foi tirado do livro *A tumba e outras histórias*
Título original: *The Tomb and Other Tales*
Tradução: Jorge Ritter

H.P. LOVECRAFT

OBRAS ESCOLHIDAS

O CASO DE CHARLES DEXTER WARD
NAS MONTANHAS DA LOUCURA
& CONTOS

Texto de acordo com a nova ortografia

Títulos originais: *The case of Charles Dexter ward*; *The Lurking Fear and Other Stories*; *At the Mountains of Madness*; *The Tomb and other Tales*
Tradução: Ana Maria Capovilla, Rodrigo Breunig, Marcio de Paula Stockler Hack e Jorge Ritter (ver p. 2)
Capa: Ivan Pinheiro Machado.
Revisão: L&PM Editores

CIP-Brasil. Catalogação na publicação
Sindicato Nacional dos Editores de Livros, RJ.

L947h

Lovecraft, H.P., 1890-1937
   H.P. Lovecraft : obras escolhidas / H.P. Lovecraft; tradução Ana Maria Capovilla ... [et al.]. – 1. ed. – Porto Alegre [RS]: L&PM, 2018.
   432 p. ; 21 cm.

   Tradução de: *The case of Charles Dexter ward*; *The Lurking Fear and Other Stories*; *At the Mountains of Madness*; *The Tomb and other Tales*
   ISBN 978-85-254-3739-6

   1. Ficção americana. I. Capovilla, Ana Maria. II. Título.

18-48115   CDD: 813
                           CDU: 821.111(73)-3

Meri Gleice Rodrigues de Souza Bibliotecária CRB-7/6439

© da tradução, L&PM Editores, 2007

Todos os direitos desta edição reservados a L&PM Editores
Rua Comendador Coruja, 314, loja 9 – Floresta – 90220-180
Porto Alegre – RS – Brasil / Fone: 51.3225.5777 – Fax: 51.3221.5380

Pedidos & Depto. Comercial: vendas@lpm.com.br
Fale conosco: info@lpm.com.br
www.lpm.com.br

Impresso no Brasil
Outono de 2018

Sumário

O forasteiro | 7
O medo à espreita | 15
A casa maldita | 39
Ele | 71
O Caso de Charles Dexter Ward | 85
Nas montanhas da loucura | 231
A sombra sobre Innsmouth | 355

Sobre o autor | 430

O forasteiro

À noite o Barão sonhou pesares mil;
E seus guerreiros todos, com forma e escuridão
De bruxa, e diabo, e verme de caixão,
Caíram em longo pesadelo.

Keats

Infeliz é aquele a quem as lembranças da infância trazem apenas medo e tristeza. Miserável é aquele que olha para trás nas horas solitárias em vastos e lúgubres aposentos com tapeçarias marrons e fileiras enlouquecedoras de livros antigos, ou nas vigílias espantadas em bosques crepusculares de árvores grotescas, gigantescas e sobrecarregadas de videiras que silenciosamente ondeiam galhos retorcidos nas imensas alturas. Tal sina me deram os deuses – a mim, o atordoado, o decepcionado; o estéril, o alquebrado. No entanto, sinto um contentamento estranho, e agarro-me desesperadamente a essas memórias murchas quando minha mente, por alguns instantes, ameaça ir além para *o outro*.

Não sei onde nasci, salvo que o castelo era infinitamente velho e infinitamente horrível, cheio de passagens escuras e tetos altos onde os olhos só encontravam teias de aranha e sombras. As pedras nos corredores em ruínas pareciam sempre horrivelmente úmidas, e havia um cheiro amaldiçoado por toda parte, como um odor de cadáveres empilhados de gerações mortas. Jamais havia luz, de modo que eu costumava, por vezes, acender velas e fitá--las fixamente, em busca de alívio; tampouco havia qualquer sol ao ar livre, uma vez que as árvores terríveis cresciam bem acima da mais alta torre acessível. Havia uma torre negra que passava por cima das árvores e atingia o desconhecido céu exterior, mas esta encontrava-se parcialmente destruída e não podia ser subida, salvo por uma escalada quase impossível pela parede pura, pedra por pedra.

Devo ter vivido por anos nesse lugar, mas não consigo mensurar o tempo. Alguém deve ter cuidado das minhas necessidades, mas não consigo me lembrar de nenhuma pessoa exceto eu, ou de qualquer coisa viva senão os silenciosos ratos, morcegos e aranhas. Quem quer que tenha tomado conta de mim, creio, deve ter sido chocantemente idoso, pois minha primeira concepção de uma pessoa viva era de algo zombeteiramente parecido comigo, mas distorcido, enrugado e decadente como aquele castelo. Para mim, não havia nada de grotesco nos ossos e esqueletos espalhados por algumas das criptas de pedra bem no fundo, entre os alicerces. Eu associava fantasticamente essas coisas com acontecimentos cotidianos, e as considerava mais naturais do que as imagens coloridas de seres vivos que encontrava em vários dos livros mofados. Em tais livros aprendi tudo o que sei. Nenhum professor me exortou ou guiou, e não me lembro de ouvir qualquer voz humana em todos aqueles anos – nem mesmo a minha própria, pois, embora eu tivesse lido sobre a fala, nunca me ocorrera tentar falar em voz alta. Meu aspecto era uma questão igualmente impensada, pois não havia espelhos no castelo, e eu apenas me encarava, por instinto, como semelhante às figuras jovens que via desenhadas e pintadas nos livros. Tinha noção de juventude porque recordava tão pouco.

Lá fora, além do fosso pútrido e sob as mudas árvores escuras, muitas vezes eu me deitava e sonhava por horas a respeito do que havia lido nos livros; e imaginava-me, com ânsia, em meio a multidões alegres no mundo ensolarado além da floresta interminável. Numa ocasião, tentei escapar da floresta, mas, quanto mais me afastava do castelo, mais a sombra ficava densa e mais o ar enchia-se de um medo mórbido; então corri de volta freneticamente para não me perder em um labirinto de silêncio anoitecido.

Assim, por intermináveis crepúsculos eu sonhei e esperei, mas sem saber o que esperava. Depois, na solidão sombria, meu anseio por luz tornou-se tão frenético que eu já não podia mais

O forasteiro

descansar, e levantei suplicantes mãos à única torre negra em ruínas que passava por cima da floresta e atingia o desconhecido céu exterior. E afinal resolvi escalar aquela torre, muito embora pudesse cair, pois era melhor vislumbrar o céu e perecer do que viver sem jamais contemplar dia.

No crepúsculo molhado, subi as gastas e envelhecidas escadas de pedra até alcançar o nível em que cessavam, e depois me firmei com grande perigo em pequenos apoios para os pés que conduziam para cima. Era medonho e terrível aquele cilindro rochoso morto e sem escada; preto, arruinado, deserto e sinistro, com morcegos assustados cujas asas não faziam ruído. Mas ainda mais medonha e terrível era a lentidão do meu progresso, pois, por mais que eu subisse, a escuridão acima não se abrandava, e assaltou-me um novo calafrio, como de um mofo assombrado e venerável. Eu tremia enquanto especulava sobre o motivo de não ter alcançado a luz, e quase me atrevi a olhar para baixo. Imaginei que a noite havia caído de súbito sobre mim, e em vão tateei com a mão livre buscando uma abertura de janela, de modo que pudesse espiar para fora e para cima e tentar julgar a altura que eu atingira.

De uma só vez, após uma infinidade de impressionantes rastejos cegos na escalada sobre o precipício côncavo e desesperado, senti minha cabeça tocar uma coisa sólida, e soube que devia ter chegado ao teto, ou pelo menos a alguma espécie de piso. Na escuridão, ergui minha mão livre e testei a barreira, encontrando-a pétrea e inamovível. Fiz então um circuito mortal pela torre, agarrando-me a quaisquer apoios que a parede viscosa pudesse fornecer, até que, por fim, meu teste manual sentiu a barreira cedendo, e eu me voltei para cima de novo, empurrando a laje ou porta com a cabeça enquanto usava ambas as mãos em minha ascensão temerária. Nenhuma luz revelou-se acima, e, com minhas mãos subindo mais alto, percebi que a escalada estava, de momento, terminada, pois a laje era o alçapão de uma abertura conduzindo a uma superfície plana de pedra com circunferência maior do que a torre inferior, sem dúvida o piso de certa câmara de observação elevada e espaçosa. Avancei rastejando com cuidado e tentei evitar que a pesada laje caísse de volta no lugar, mas fracassei nesta última tentativa. Deitado no piso de pedra, exausto, ouvi os ecos sinistros de sua queda, mas mantive a esperança de conseguir, quando necessário, abri-la outra vez.

Acreditando ter chegado, agora, a uma altura prodigiosa, muito acima dos malditos galhos da mata, levantei-me do piso e apalpei a parede à procura de janelas, de modo que eu pudesse avistar pela primeira vez o céu a lua e as estrelas sobre os quais havia lido. Mas em toda parte me vi decepcionado, pois tudo o que encontrei foram vastas prateleiras de mármore ostentando odiosas caixas retangulares de tamanho perturbador. Mais e mais eu refletia e me perguntava que segredos encanecidos poderiam habitar aquele alto apartamento separado do castelo havia tantos éons. Então, de forma inesperada, minhas mãos chegaram a um vão ocupado por um portal de pedra, áspero em seu cinzelamento estranho. Tentando abri-lo, encontrei-o trancado; porém, com suprema explosão de força, superei todos os obstáculos e o escancarei para dentro. Enquanto eu fazia isso, veio a mim o mais puro êxtase que jamais conheci, pois, brilhando tranquilamente através de uma ornamentada grade de ferro e passando por um pequeno corredor de pedra com degraus que subiam da porta recém-descoberta, via-se a radiante lua cheia, que eu nunca vira antes, salvo em sonhos e em vagas visões que eu não ousava chamar de memórias.

Imaginando agora que eu alcançara o efetivo pináculo do castelo, comecei a correr pelos poucos degraus além da porta, mas o súbito encobrimento da lua por uma nuvem me fez tropeçar, e explorei meu caminho mais devagar no escuro. Ainda estava muito escuro quando cheguei à grade – que testei com cuidado e encontrei destrancada, mas que não abri por medo de cair da altura incrível à qual eu subira. Então a lua reapareceu.

Mais demoníaco entre todos os choques é o do abissalmente inesperado e grotescamente inacreditável. Nada que eu jamais experimentara poderia se comparar em terror com o que agora via, com as maravilhas bizarras oferecidas por aquela visão. A visão em si era tão simples quanto estonteante, pois era apenas isto: em vez de um panorama vertiginoso de copas arbóreas visto de uma eminência elevada, estendia-se ao meu redor num mesmo nível, através da grade, nada menos do que *o solo firme*, adornado e diversificado por lajes e colunas de mármore, e obscurecido por

O forasteiro

uma antiga igreja de pedra cuja ponta de torre arruinada brilhava, espectral, à luz da lua.

Meio inconsciente, abri a grade e saí cambaleando pelo caminho de cascalho branco que se estendia em duas direções. Minha mente, atordoada e caótica como estava, ainda detinha o frenético anseio por luz, e nem mesmo a maravilha fantástica que acontecera poderia interromper meu avanço. Eu não sabia e tampouco me importava se minha experiência era insanidade, sonho ou magia; mas estava determinado a observar o brilho e o júbilo a qualquer custo. Não sabia quem eu era ou o que eu era, ou o que poderia ser meu entorno, embora, continuando a tropeçar pelo caminho, ganhasse noção de uma espécie de temível memória latente que tornava meu progresso não de todo fortuito. Passei sob um arco, saindo da região de lajes e colunas, e vaguei pelo campo aberto – por vezes seguindo a estrada visível, mas por outras deixando-a com curiosidade para trilhar prados onde apenas ruínas ocasionais revelavam a antiga presença de uma estrada esquecida. Em certa altura, atravessei a nado um rio veloz, no qual uma alvenaria desmoronada e coberta de musgo indicava uma ponte havia muito desaparecida.

Mais de duas horas devem ter se passado antes de eu chegar ao que parecia ser meu objetivo, um venerável castelo coberto de heras em um parque densamente arborizado, enlouquecedoramente familiar, mas cheio de desconcertante estranheza para mim. Vi que o fosso estava preenchido, e que algumas das bem conhecidas torres encontravam-se demolidas, ao passo que existiam novas alas para confundir o espectador. Mas o que observei com mais interesse e prazer foram as janelas abertas – magnificamente incendiadas de luz e emitindo um som da mais jubilosa folia. Avançando para uma delas, espiei para dentro e vi um grupo excentricamente vestido, de fato – os convivas alegravam-se, conversando com animação. Ao que parecia, eu nunca tinha ouvido a fala humana antes, e só podia vagamente adivinhar o que era dito. Alguns dos rostos pareciam deter expressões que traziam lembranças incrivelmente remotas; outras eram desconhecidas no máximo grau.

Eu agora passei pela janela baixa, ingressando na sala brilhantemente iluminada, passando também, desse modo, do meu único momento de luzidia esperança para a minha mais negra convulsão de desespero e compreensão. O pesadelo veio rápido, pois, enquanto eu entrava, ocorreu de imediato uma das mais terríveis manifestações que eu jamais concebera. Eu mal atravessara o parapeito quando desceu sobre o grupo todo um súbito e não anunciado medo de intensidade horrenda, distorcendo todos os rostos e evocando os mais horríveis gritos de quase todas as gargantas. A fuga foi universal, e no clamor de pânico diversos desmaiaram e foram arrastados por seus companheiros em louca fuga. Vários cobriram seus olhos com as mãos e se projetaram cega e desajeitadamente na corrida para escapar, derrubando móveis e chocando-se nas paredes antes de conseguirem chegar a uma das várias portas.

Os gritos eram espantosos; e eu, parado sozinho e aturdido no brilhante aposento, enquanto ouvia seus ecos extinguindo-se, tremi ao pensar no que poderia estar à espreita perto de mim, invisível. Numa inspeção ocasional, o recinto pareceu estar deserto, mas, quando me dirigi para uma das alcovas, julguei ter detectado ali uma presença – uma insinuação de movimento além do vão sob um arco dourado que conduzia para outro e bastante similar recinto. Ao me aproximar do arco, comecei a perceber a presença com mais clareza; em seguida, com o primeiro e o último som que jamais proferi – uma ululação medonha que me revoltou quase tão pungentemente quanto sua causa nociva –, contemplei por inteiro, em sua vividez aterradora, a inconcebível, indescritível e impronunciável monstruosidade que havia, com seu simples aparecimento, transformado um grupo alegre numa manada de delirantes fugitivos.

Não posso sequer sugerir como aquilo era, pois tratava-se de um composto de tudo que é impuro, misterioso, indesejável, anormal e detestável. Era uma sombra macabra de decadência, antiguidade e desolação; o pútrido e gotejante ectoplasma da revelação insalubre; o terrível desnudamento daquilo que a terra misericordiosa deveria sempre ocultar. Sabe Deus que aquilo não era deste mundo – ou já não era deste mundo; contudo, para meu horror, notei em sua feição carcomida e de ossos expostos uma caricatura maliciosa, abominável, da forma humana, e em seu traje

O forasteiro

mofado, em desintegração, uma qualidade indizível que me gelou ainda mais.

    Eu estava quase paralisado, mas não a ponto de impedir um débil esforço de fuga, um tropeço para trás que não conseguiu quebrar o encanto no qual me prendia o monstro sem voz e sem nome. Meus olhos, enfeitiçados pelas órbitas vítreas que os fitavam de maneira repugnante, recusavam-se a se fechar, embora estivessem misericordiosamente turvos e não mostrassem o terrível objeto senão de forma indistinta depois do primeiro choque. Tentei levantar minha mão para bloquear a visão, mas tão atordoados estavam os meus nervos que meu braço não pôde obedecer de todo à minha vontade. A tentativa, entretanto, bastou para perturbar meu equilíbrio, e precisei cambalear vários passos à frente para evitar uma queda. Fazendo isso, ganhei uma súbita e agonizante noção da *proximidade* da coisa putrefata, cuja horrenda respiração oca eu quase imaginava poder ouvir. Praticamente louco, vi-me, no entanto, capaz de projetar uma mão para repelir a fétida aparição que tanto se achegava, quando, num cataclísmico segundo de cósmico pesadelo e infernal acidente, *meus dedos tocaram a podre pata estendida do monstro sob o arco dourado.*

    Não gritei, mas todos os carniçais diabólicos que cavalgam o vento noturno gritaram por mim quando, naquele mesmo segundo, desabou sobre minha mente uma única e fugaz avalanche de memória capaz de aniquilar a alma. Eu soube, naquele segundo, de tudo que houvera; lembrei-me de além do pavoroso castelo e das árvores, e reconheci o edifício alterado em que eu agora estava; reconheci, mais terrível entre tudo, a abominação profana que me fitava com malícia, parada diante de mim, enquanto eu retirava meus dedos maculados de seus próprios dedos.

    Mas no cosmo há bálsamo, bem como amargura, e esse bálsamo é nepente. No horror supremo daquele segundo, esqueci o que havia me horrorizado, e a explosão de memória negra desapareceu num caos de imagens ecoantes. Em um sonho, fugi daquele prédio assombrado e maldito, e corri rápida e silenciosamente sob o luar. Quando voltei ao adro de mármore e desci os degraus, encontrei o alçapão de pedra inamovível; mas não lamentei, pois eu odiara o antigo castelo e as árvores. Agora cavalgo com os amigáveis carniçais zombeteiros o vento noturno, e brinco durante o dia entre as catacumbas de Nephren-Ka no vedado e desconhecido vale de Hadoth junto ao Nilo. Sei que essa luz não é para mim, exceto a da lua sobre os túmulos de pedra de Neb, tampouco qualquer alegria exceto pelos festins sem nome de Nitokris sob a Grande Pirâmide; contudo, em minha nova selvageria e liberdade, quase saúdo a amargura da alienação.

Pois embora o nepente tenha me acalmado, sei sempre que sou um forasteiro, um estrangeiro neste século e entre aqueles que ainda são homens. Disso eu soube desde que estendi meus dedos para a abominação dentro da grande moldura dourada – estendi meus dedos e toquei *uma superfície fria e inflexível de vidro polido.*

O medo à espreita

1. A sombra na chaminé

Trovejava na noite em que fui à mansão abandonada no topo de Tempest Mountain para encontrar o medo à espreita. Não fui sozinho, pois a temeridade não se misturava, naquela época, ao amor pelo grotesco e pelo terrível que transformou minha carreira numa procura ininterrupta por horrores estranhos na literatura e na vida. Acompanhavam-me dois homens leais e musculosos que chamei quando chegou a hora, homens associados a mim havia muito tempo, por sua peculiar aptidão, em minhas medonhas explorações.

Partíramos do vilarejo discretamente, por causa dos repórteres que insistiam em permanecer depois do pânico arcano do mês anterior – o pesadelo rastejante da morte. Mais tarde, pensei, eles poderiam me ajudar; mas eu não os queria naquele momento. Quisera Deus eu os tivesse deixado participar da busca, para não ter de guardar o segredo sozinho e por tanto tempo, guardá-lo sozinho pelo temor de que o mundo me considerasse louco – ou ficasse louco ele mesmo, perante as implicações demoníacas da coisa. Agora que estou contando tudo mesmo assim, receando que o desassossego sombrio me transforme num lunático, deploro minha ocultação. Pois eu, e somente eu, conheço a espécie de medo que espreitava naquela montanha espectral e desolada.

Num pequeno automóvel, cobrimos os quilômetros de florestas e colinas primitivas até o fim de linha na encosta arborizada.

H.P. Lovecraft

A região transparecia um aspecto mais sinistro do que o normal, agora que a contemplávamos à noite, sem a costumeira turba de investigadores, e assim éramos tentados frequentemente a usar o farol de acetileno, a despeito da possível atenção que atrairia. Não era uma paisagem salubre depois do anoitecer, e acredito que eu teria notado sua morbidez mesmo se ignorasse o terror emboscado ali. Criaturas selvagens não havia – elas agem de modo sensato quando a morte as olha de soslaio. As velhas árvores com cicatrizes de raios pareciam extraordinariamente grandes e retorcidas, e as demais plantas, extraordinariamente densas e febris, ao passo que curiosos montículos e cômoros no solo – repleto de ervas daninhas, furado por fulguritos – me sugeriam cobras e crânios humanos avolumados a proporções gigantescas.

O medo espreitara em Tempest Mountain por mais de um século. Disso eu logo fiquei sabendo pelos relatos dos jornais a respeito da catástrofe que fez o mundo tomar conhecimento da região. O lugar é uma elevação remota e solitária no trecho das Catskill onde a civilização holandesa certa vez penetrara débil e transitoriamente, deixando para trás, na retirada, bem poucas mansões arruinadas e uma população degenerada de posseiros habitando aldeias deploráveis em ladeiras isoladas. Seres normais raramente visitavam a localidade antes da criação da polícia estadual, e, mesmo agora, só escassos policiais montados a patrulham de maneira irregular. O medo, contudo, é uma velha tradição em todos os vilarejos vizinhos, pois é o tópico principal na conversa simples dos pobres mestiços que por vezes deixam seus vales para trocar cestos tecidos à mão pelos itens de necessidade primária que não conseguem abater, criar ou gerar.

O medo à espreita residia na temida e deserta mansão Martense, que coroava o cume alto, mas de ascensão gradual, cuja propensão a frequentes tempestades lhe dera o nome de Tempest Mountain. Por mais de cem anos, aquela arcaica casa de pedra, circundada por mata, servira de tema para histórias incrivelmente bárbaras e monstruosamente horrendas, histórias de uma morte silenciosa, colossal e rastejante que rondava o exterior no verão. Os posseiros contavam, com chorosa insistência, casos de um demônio que arrebatava viandantes solitários depois do escurecer,

O medo à espreita

ora os levando, ora os deixando num tenebroso estado de desmembramento corroído; e às vezes cochichavam sobre rastros de sangue levando à mansão distante. Segundo alguns, o trovão tirava o medo à espreita de sua morada, ao passo que, segundo outros, o trovão era sua voz.

Fora das matas ermas, ninguém acreditara nessas histórias variadas e conflitantes, com suas descrições extravagantes e incoerentes do demônio mal vislumbrado; entretanto, nenhum agricultor ou aldeão duvidava de que a mansão Martense fosse assombrada por algo macabro. A história local excluía tal dúvida, muito embora os investigadores, tendo visitado a construção após certos relatos especialmente vívidos dos posseiros, jamais tivessem encontrado qualquer evidência fantasmagórica. As avós narravam estranhos mitos do espectro Martense, mitos relativos à própria família Martense, sua esquisita dissimilaridade hereditária nos olhos, seus longos e desnaturados anais e o assassinato que a tinha amaldiçoado.

O terror que me levou àquele cenário foi uma confirmação súbita e agourenta das mais bárbaras lendas dos montanheses. Em certa noite de verão, após uma tempestade de inaudita violência, a região foi despertada por uma debandada de posseiros que não poderia ter sido provocada por mera ilusão. Os deploráveis tropéis de nativos berravam e lamuriavam pelo horror inominável que os atacara, e não havia dúvida. Não o tinham visto, mas haviam escutado gritos inconfundíveis vindos de uma das aldeias; sabiam que uma morte rastejante chegara.

Pela manhã, citadinos e patrulheiros da polícia estadual acompanharam os trêmulos montanheses até o lugar ao qual, segundo diziam, a morte viera. A morte estava lá de fato. O chão sob uma das vilas de posseiros havia cedido por ação de um raio, destruindo vários dos barracos malcheirosos; contudo, a esses danos materiais se sobrepôs uma devastação orgânica que os reduziu à insignificância. Dos possíveis 75 nativos que habitavam o local, nenhum espécime vivo se fazia visível. A terra desordenada estava coberta de sangue e detritos humanos, evidenciando, com a máxima vividez, os estragos de dentes e garras demoníacos, mas nenhum rastro visível se afastava da carnificina. Todos concordaram sem demora que certo animal horrendo era por certo a causa; tampouco qualquer boca se abriu para renovar a denúncia de que tais mortes enigmáticas fossem mero produto de sórdidos assassinatos, comuns em comunidades decadentes. A denúncia só foi renovada quando cerca de 25 membros da estimada população revelaram não constar entre os mortos, e mesmo assim era difícil explicar o assassinato de cinquenta por metade desse número. Mas restava o fato de que, numa noite de verão, um relâmpago caíra do céu, resultando na morte de um vilarejo, com corpos horrivelmente mutilados, mastigados e rasgados.

    Os agitados habitantes imediatamente relacionaram o horror à assombrada mansão Martense, ainda que as duas localidades distassem mais de cinco quilômetros uma da outra. Os patrulheiros se mostraram mais céticos, incluindo a mansão em suas investigações apenas ao acaso e descartando-a por completo quando a encontraram absolutamente deserta. Os camponeses e aldeões, entretanto, escrutinaram o lugar com infinito cuidado, revirando tudo na casa, sondando lagoas e riachos, vasculhando arbustos e esquadrinhando as florestas próximas. Foi tudo em vão; a morte que viera não deixara nenhum traço, salvo a destruição em si.

    No segundo dia de busca, o caso foi amplamente abordado pelos jornais, cujos repórteres invadiram Tempest Mountain. Descreveram-na com muitos detalhes, e com várias entrevistas para elucidar o histórico de horror tal como narrado pelas velhinhas locais. Acompanhei os relatos languidamente, a princípio, pois sou experiente em horrores; porém, passada uma semana, captei uma atmosfera que me alvoroçou de maneira singular, e assim, em 5 de agosto de 1921, registrei-me entre os repórteres que se aglomeravam no hotel de Lefferts Corners, vilarejo mais próximo de Tempest Mountain e reconhecido quartel-general dos investigadores. Decorridas mais três semanas, a dispersão dos repórteres me deixou livre para iniciar uma terrível exploração, baseada em inquéritos e levantamentos minuciosos com os quais eu me ocupara no meio-tempo.

    Assim, naquela noite de verão, enquanto retumbavam os trovões distantes, saí de um automóvel silencioso e escalei, com dois companheiros armados, o último trecho monticulado de

O medo à espreita

Tempest Mountain, lançando os feixes de uma lanterna elétrica nos espectrais paredões cinzentos que começavam a surgir por entre os carvalhos gigantescos à frente. Na mórbida solidão noturna, sob a débil e mutável iluminação, o monte vasto em forma de caixa exibia obscuras insinuações de terror que o dia não desvelava; mas não hesitei, pois viera com a ferrenha resolução de testar uma ideia. Acreditava que o trovão desentocava o demônio mortífero de certo esconderijo pavoroso, e, fosse aquele demônio entidade sólida ou pestilência vaporosa, minha intenção era vê-lo.

Eu já revistara por completo as ruínas, e por isso sabia bem qual era o meu plano, tendo escolhido como sede de minha vigília o velho quarto de Jan Martense, cujo assassinato tanto avulta nas lendas rurais. Eu sentia, de modo sutil, que os aposentos dessa antiga vítima seriam os melhores para os meus propósitos. O recinto, medindo cerca de seis metros quadrados, continha, como os outros, certo entulho que um dia havia sido mobília. Ficava no segundo andar, no canto sudeste da casa, e tinha uma janela imensa para o leste e uma janela estreita para o sul, ambas desprovidas de vidraças ou venezianas. No lado oposto à janela grande havia uma enorme lareira holandesa, com ladrilhos bíblicos representando o filho pródigo; no lado oposto à janela estreita, via-se uma cama espaçosa incrustada na parede.

Enquanto se intensificavam os trovões abafados pelas árvores, organizei os detalhes do meu plano. Primeiro prendi ao parapeito da janela grande, lado a lado, três escadas de corda que trouxera comigo. Sabia que alcançavam um ponto adequado do gramado externo pois as tinha testado. Em seguida, nós três arrastamos de outro quarto uma ampla armação de cama com quatro colunas, encostando-a lateralmente à janela. Tendo forrado a cama com ramos de abeto, agora repousávamos todos nela com as automáticas na mão, dois relaxando enquanto o terceiro vigiava. Fosse qual fosse a direção da qual viesse o demônio, nossa potencial fuga estava preparada. Se viesse do interior da casa, tínhamos as escadas na janela; se viesse de fora, a porta e a escadaria. A julgar pelos precedentes, não achávamos que ele pudesse nos perseguir até muito longe, mesmo na pior das hipóteses.

H.P. Lovecraft

Vigiei da meia-noite à uma, quando, a despeito da casa sinistra, da janela desprotegida e dos trovões e relâmpagos que se aproximavam, senti-me singularmente sonolento. Eu estava entre meus dois companheiros, George Bennett mais perto da janela e William Tobey próximo à lareira. Bennett adormecera, aparentemente tendo sentido a mesma sonolência anômala que me afetara, por isso designei Tobey para o turno seguinte, embora até ele estivesse cabeceando. Eu observava a lareira com uma intensidade curiosa.

Os trovões crescentes devem ter afetado meus sonhos, pois, no breve intervalo em que dormi, ocorreram-me visões apocalípticas. Num dado momento, despertei um pouco, provavelmente porque o adormecido perto da janela jogara, inquieto, um braço sobre meu peito. Eu não estava suficientemente desperto para ver se Tobey cumpria seus deveres como sentinela, mas senti uma ânsia muito nítida nesse aspecto. Nunca antes a presença do mal me oprimira de forma tão pungente. Depois, devo ter caído de novo no sono, pois foi de um caos fantasmal que minha mente despertou num sobressalto quando a noite se viu tomada por gritos horrendos jamais testemunhados ou imaginados por mim.

Naquela gritaria, a mais íntima alma do medo agônico humano se agarrava desesperada e insanamente aos portais de ébano do esquecimento. Despertei perante a loucura vermelha e o escárnio do diabolismo, enquanto aquela angústia fóbica e cristalina recuava e reverberava cada vez mais fundo, por panoramas inconcebíveis. Não havia luz, mas pude perceber, pelo espaço vazio à minha direita, que Tobey se fora, só Deus sabia para onde. Sobre meu peito ainda jazia o braço pesado do adormecido à minha esquerda.

Então explodiu o raio devastador que abalou por inteiro a montanha, iluminou as criptas mais escuras do bosque grisalho e estilhaçou a patriarca das árvores retorcidas. No lampejo diabólico de uma monstruosa bola de fogo, o adormecido sobressaltou-se de súbito, ao passo que o clarão vindo de fora da janela projetava sua sombra vividamente na chaminé por sobre a lareira, da qual meus olhos não haviam se desviado. O fato de que ainda estou vivo e são é um prodígio que não consigo decifrar. Não consigo

O medo à espreita

decifrá-lo, pois a sombra na chaminé não pertencia a George Bennett nem tampouco a qualquer outra criatura humana, mas a uma anormalidade blasfema das crateras mais profundas do inferno, uma abominação sem nome, sem forma, que mente alguma poderia compreender a pleno e nenhuma pena saberia descrever sequer em parte. Um segundo depois eu me vi sozinho na mansão amaldiçoada, tremendo e balbuciando. George Bennett e William Tobey não haviam deixado nenhum vestígio, nem mesmo de luta. Nunca mais se soube deles.

2. Um passante na tempestade

Por dias a fio depois da horrenda experiência na mansão envolta em floresta, fiquei prostrado no meu quarto de hotel em Lefferts Corners, nervoso, exausto. Não me lembro ao certo como consegui chegar ao automóvel, dar a partida e escapar despercebido rumo ao vilarejo, pois não guardo nenhuma impressão nítida na memória, salvo de árvores titânicas com braços desvairados, resmungos troantes demoníacos e sombras de Caronte atravessadas nos montículos baixos que pontilhavam e riscavam a região.

Tremendo e meditando sobre a projeção daquela sombra estonteante, eu sabia ter ao menos extraído um dos horrores supremos da Terra – um desses flagelos inomináveis dos vazios exteriores cujo roçar demoníaco às vezes ouvimos da borda mais longínqua do espaço, mas em relação aos quais nossa própria visão finita nos concedeu piedosa imunidade. Eu mal ousava analisar ou identificar a sombra que vira. Algo se colocara entre mim e a janela naquela noite, mas eu me arrepiava toda vez que não conseguia me livrar do instinto de classificá-lo. Se aquilo tivesse ao menos rosnado, ou ladrado, ou rido de maneira sufocada – só isso já teria aliviado a hediondez abismal. Mas foi tão silencioso... Aquilo havia pousado um braço ou uma perna dianteira em meu peito... Obviamente era orgânico, ou no passado tinha sido orgânico... Jan Martense, cujo quarto eu invadira, estava enterrado no cemitério perto da mansão... Eu precisava encontrar Bennett e Tobey, caso tivessem sobrevivido... Por que razão aquilo os pegara e me deixara por último?... A sonolência é tão sufocante, e os sonhos, tão horríveis...

Passado pouco tempo, constatei que eu precisava contar minha história para alguém, caso contrário sofreria um colapso completo. Já decidira não abandonar a busca pelo medo à espreita, pois, em minha ignorância temerária, parecia-me que a incerteza seria pior do que o esclarecimento, por mais terrível que este provasse ser. Assim, firmei na mente o melhor caminho a seguir, quem escolher para minhas confidências e como rastrear a coisa que obliterara dois homens e projetara uma sombra de pesadelo.

Meus principais conhecidos em Lefferts Corners tinham sido os afáveis repórteres, muitos dos quais haviam permanecido para coletar os ecos finais da tragédia. Foi entre eles que resolvi selecionar um colega, e, quanto mais refletia, tanto mais minhas preferências recaíam em Arthur Munroe, magro e moreno, com cerca de 35 anos, no qual a educação, o bom gosto, a inteligência e o temperamento pareciam indicar um homem pouco afeito a ideias e experiências convencionais.

Em certa tarde no início de setembro, Arthur Munroe ouviu minha história. Percebi, desde o começo, que ele se mostrava ao mesmo tempo interessado e solidário, e, quando concluí, analisou e discutiu a questão com grande perspicácia e discernimento. Seu conselho, além disso, foi eminentemente prático, pois recomendou um adiamento das operações na mansão Martense até que pudéssemos nos fortalecer com dados históricos e geográficos mais detalhados. Por iniciativa dele, vasculhamos a região atrás de informações a respeito da terrível família Martense e descobrimos um homem cujo diário ancestral nos proporcionou maravilhosa iluminação. Também conversamos, demoradamente, com os mestiços montanheses que não haviam fugido do terror e da confusão para encostas mais remotas, e tratamos de preceder nossa tarefa culminante por um exame completo e definitivo dos locais associados às várias tragédias das lendas de posseiros.

Os resultados desse exame não foram muito esclarecedores a princípio, mas nossa tabulação deles pareceu revelar uma tendência razoavelmente significativa – a saber, que o número de horrores relatados era, de longe, maior em áreas ou relativamente

O medo à espreita

próximas da casa evitada, ou então ligadas a ela por extensões da floresta morbidamente hipertrofiada. Havia, é verdade, exceções; de fato, o horror que chamara a atenção do mundo ocorrera num espaço sem árvores afastado tanto da mansão como de quaisquer matas adjacentes.

Quanto à natureza e ao aspecto do medo à espreita, nada conseguimos obter dos atemorizados e tolos moradores dos barracos. Num mesmo fôlego, chamavam-no de cobra e de gigante, demônio-trovão e morcego, abutre e árvore ambulante. Julgamo-nos, porém, autorizados a supor que se tratava de um organismo vivo altamente suscetível a tempestades elétricas, e, apesar de algumas das histórias insinuarem asas, acreditávamos que sua aversão a espaços abertos tornava mais provável a teoria da locomoção por terra. A única coisa realmente incompatível com esta última visão era a rapidez com que a criatura devia ter se deslocado de modo a realizar todos os feitos atribuídos a ela.

Quando passamos a conhecer melhor os posseiros, eles nos pareceram curiosamente dignos de estima em vários aspectos. Eram simples animais, recuando devagar na escala evolutiva devido à desafortunada linhagem e ao isolamento estupidificante. Temiam forasteiros, mas aos poucos foram se acostumando a nós; por fim, deram-nos imenso auxílio quando esquadrinhamos todos os matagais e arrebentamos todas as divisórias da mansão em nossa procura do medo à espreita. Quando pedimos que nos ajudassem a encontrar Bennett e Tobey, ficaram profundamente aflitos, pois desejavam nos ajudar, mas sabiam que essas vítimas haviam deixado tão completamente o mundo quanto sua própria gente desaparecida. Que um grande número deles havia de fato sido morto e removido, assim como tinham sido exterminados muito tempo antes os animais selvagens, disso tínhamos a mais absoluta convicção; e aguardávamos, apreensivos, a ocorrência de novas tragédias.

Em meados de outubro, estávamos intrigados com nossa falta de progresso. Por causa das noites claras, não se dera nenhuma agressão demoníaca, e a integralidade das nossas buscas vãs na casa e na região quase nos levou a considerar o medo à espreita um agente imaterial. Temíamos que a chegada do clima frio pudesse interromper nossas explorações, pois todos concordávamos que o demônio costumava se aquietar no inverno. Por conseguinte, havia uma espécie de pressa desesperada em nosso último escrutínio à luz do dia no vilarejo visitado pelo horror, um vilarejo agora deserto devido aos temores dos posseiros.

A malfadada vila de posseiros não tinha nome, mas havia muito se situava numa fenda protegida, porém desarborizada, entre duas elevações chamadas, respectivamente, Cone Mountain e Maple Hill. Ficava mais perto de Maple Hill do que de Cone Mountain, com algumas das grosseiras residências consistindo, de fato, em abrigos escavados na encosta do primeiro monte. Geograficamente, encontrava-se a cerca de três quilômetros a noroeste da base de Tempest Mountain e a cinco quilômetros da mansão cingida por carvalhos. Da distância entre a vila e a mansão, três quilômetros e meio no lado da vila eram puro campo aberto, uma planície razoavelmente nivelada salvo por alguns dos montículos baixos em forma de cobra, e tendo como vegetação apenas relva e ervas esparsas. Considerando essa topografia, concluímos afinal que o demônio devia ter vindo por Cone Mountain, da qual saía um prolongamento arborizado ao sul até uma pequena distância do contraforte mais ocidental de Tempest Mountain. A sublevação do terreno nós vinculamos conclusivamente a um deslizamento de terra de Maple Hill, em cuja encosta uma árvore alta, solitária e estilhaçada, havia sido o ponto de impacto do raio que convocara o monstro.

Enquanto – pela vigésima vez ou mais – Arthur Munroe e eu repassávamos com minúcia cada centímetro do vilarejo violado, éramos tomados por certo desalento somado a novos e vagos temores. Era sinistro ao extremo, mesmo quando coisas assustadoras e sinistras eram comuns, encontrar um cenário tão absolutamente desprovido de indícios após acontecimentos tão avassaladores; e perambulávamos por sob um céu de chumbo mais e mais escuro com o zelo trágico e desorientado resultante da mescla de uma sensação de futilidade com a necessidade de ação. Nossos cuidados eram seriamente minuciosos; cada casebre era revisitado, cada abrigo na encosta era vistoriado de novo à procura de corpos, cada sopé espinhoso de declive adjacente passava por nova varredura

O medo à espreita

em busca de tocas e cavernas, mas tudo sem resultado. Como já mencionei, no entanto, vagos temores renovados pairavam sobre nós, ameaçadores, como se gigantescos grifos com asas de morcego contemplassem abismos transcósmicos.

Enquanto a tarde avançava, ficava cada vez mais difícil enxergar, e ouvimos o estrondo de um temporal se formando sobre Tempest Mountain. Esse som, numa localidade como aquela, naturalmente nos agitou, embora menos do que teria nos agitado à noite. Sendo como era, torcemos com todas as forças para que a tempestade durasse até bem depois do escurecer e, com essa esperança, largamos nossas buscas incertas na encosta e rumamos ao vilarejo habitado mais próximo para reunir um grupo de posseiros que nos ajudassem na investigação. Por mais acanhados que fossem, alguns dos homens mais jovens se deixaram inspirar o bastante por nossa liderança protetora a ponto de prometer tal ajuda.

Mal tínhamos começado a nos afastar, porém, quando desabou uma chuva cegante, tão torrencial que se tornou imperativo achar um refúgio. A escuridão extrema e quase noturna do céu nos fazia dar tropeços perigosos, mas, guiados pelos relâmpagos frequentes e por nosso conhecimento minucioso da vila, logo alcançamos a menos porosa choupana do conjunto, uma combinação heterogênea de troncos e tábuas cuja porta ainda existente e cuja única janela minúscula davam ambas para Maple Hill. Barrando a porta às nossas costas contra a fúria do vento e da chuva, encaixamos a grosseira batente de janela que nossas buscas frequentes haviam nos ensinado a encontrar. Era lúgubre ficarmos ali, sentados em caixas raquíticas, na escuridão de breu, mas fumamos cachimbos e, vez por outra, acendíamos nossas lanternas de bolso. De vez em quando conseguíamos ver o relâmpago pelas rachaduras da parede; a tarde estava tão incrivelmente escura que cada lampejo se mostrava com a máxima vividez.

A vigília tempestuosa me fez recordar, estremecido, minha noite medonha em Tempest Mountain. Meus pensamentos retornaram àquela pergunta estranha que não parava de ressurgir desde o acontecimento de pesadelo; e de novo me perguntei por que o demônio, aproximando-se dos três vigilantes ou pela janela ou pelo interior, havia começado com os homens de cada lado e deixado o homem do meio para o final, quando a bola de fogo titânica o afugentara. Por que não levara suas vítimas na ordem natural, comigo em segundo lugar, não importando de que lado tivesse se aproximado? Com que espécie de tentáculos de longo alcance ele arrebatava suas presas? Ou saberia que eu era o líder e teria me poupado para um destino pior que o de meus companheiros?

Eu estava no meio dessas reflexões quando, como que disposto num arranjo dramático para intensificá-las, caiu nas proximidades um raio tenebroso, seguido por um ruído de terra deslizante. Ao mesmo tempo, o vento devorador se fortalecia em crescendos demoníacos de ululação. Estávamos convictos de que a única árvore de Maple Hill havia sido atingida mais uma vez, e Munroe levantou-se de sua caixa e foi até a janela minúscula para verificar o estrago. Quando tirou o batente da janela, o vento e a chuva entraram num uivo ensurdecedor, de modo que não pude ouvir o que falou, mas esperei enquanto ele se curvava para fora e tentava sondar o pandemônio da Natureza.

Aos poucos, a calmaria do vento e a dispersão da incomum escuridão foram revelando que a tempestade passara. Eu esperava que ela fosse durar noite adentro e auxiliar nossa busca, mas um furtivo raio de sol atravessou o buraco de um nó de madeira pelas minhas costas, eliminando tal possibilidade. Sugerindo a Munroe que era melhor obtermos alguma luz mesmo que caíssem novas chuvaradas, desobstruí e abri a porta grosseira. O chão do lado de fora era uma massa peculiar de lama e poças, com novos montes de terra formados pelo leve deslizamento de terra; mas nada vi para justificar o interesse que mantinha meu companheiro ainda curvado, em silêncio, para fora da janela. Dirigindo-me até onde ele se inclinava, toquei seu ombro; mas ele não se mexeu. Então, ao sacudi-lo e virá-lo num gesto brincalhão, senti as gavinhas estranguladoras de um horror canceroso cujas raízes alcançavam passados infinitos e abismos insondáveis da noite que cisma além dos tempos.

Pois Arthur Munroe estava morto. E no que restava de sua cabeça mastigada e sem olhos já não havia um rosto.

3. O que significava o clarão vermelho

Na noite tormentosa de 8 de novembro de 1921, com uma lanterna que projetava sombras mortuárias, eu encontrava-me cavando, solitário e idiota, a sepultura de Jan Martense. Havia começado a cavar à tarde, porque uma tempestade estava se armando, e agora, na escuridão e com a tempestade desabando sobre a folhagem loucamente densa, eu me sentia contente.

Creio que minha mente ficou em parte perturbada pelos fatos ocorridos desde 5 de agosto: a sombra demoníaca na mansão, a tensão e o desapontamento em geral, e aquilo que acontecera na vila num temporal de outubro. Depois daquilo, eu havia cavado uma sepultura para alguém cuja morte não conseguia compreender. Sabia que outros tampouco conseguiam compreender, e assim os deixei pensar que Arthur Munroe se desgarrara. Procuraram, mas nada encontraram. Os posseiros poderiam ter entendido, mas não ousei assustá-los ainda mais. Eu mesmo me sentia estranhamente insensível. O choque na mansão havia provocado algo em meu cérebro, e eu só conseguia pensar na busca por um horror que adquirira, agora, uma estatura cataclísmica em minha imaginação, uma busca que o destino de Arthur Munroe me fizera jurar que manteria quieta e solitária.

O cenário das minhas escavações, por si só, teria bastado para desalentar qualquer homem comum. Malignas árvores primitivas, heréticas em seus tamanhos, idades e aspecto grotesco, espiavam-me de cima como pilares de algum infernal templo druídico, abafando a trovoada, suavizando as garras do vento e deixando passar bem pouca chuva. Além dos troncos cicatrizados do fundo, iluminados pelos fracos lampejos dos relâmpagos filtrados, erguiam-se as úmidas pedras cobertas de hera da mansão deserta, ao passo que um tanto mais perto se via o abandonado jardim holandês, cujos passeios e canteiros mostravam-se poluídos por uma vegetação branca, fúngica, fétida e hipertrofiada jamais tocada pela plena luz do dia. E havia, mais perto do que tudo, o cemitério, no qual árvores deformadas lançavam galhos insanos enquanto suas raízes deslocavam lajes profanas e sugavam o veneno do que jazia embaixo. Aqui e ali, por baixo da mortalha de folhas pardas que apodreciam e se putrefaziam na escuridão da mata antediluviana, eu conseguia divisar os contornos sinistros de alguns daqueles montículos baixos que caracterizavam a região perfurada por raios.

A História me conduzira a essa sepultura arcaica. A História, de fato, era só o que me restava quando tudo mais terminava em zombeteiro Satanismo. Agora eu acreditava que o medo à espreita não era um ser material, mas um fantasma com presas de lobo que cavalgava o relâmpago da meia-noite. E acreditava, devido ao volumoso folclore local que eu desenterrara na pesquisa com Arthur Munroe, que se tratava do fantasma de Jan Martense, morto em 1762. Por isso eu estava cavando em sua sepultura como um idiota.

A mansão Martense foi construída em 1670 por Gerrit Martense, um abastado mercador de Nova Amsterdã que não gostou da nova ordem sob o domínio britânico e havia erigido esse domicílio majestoso numa remota cimeira de floresta cuja inexplorada solidão, na paisagem incomum, o agradara. A única frustração substancial encontrada no lugar dizia respeito à prevalência de violentas tempestades no verão. Ao escolher a colina e construir sua mansão, Mynheer Martense atribuíra essas frequentes irrupções naturais a certa peculiaridade do ano, mas, com o tempo, percebeu que a localidade era especialmente suscetível a tais fenômenos. Por fim, tendo constatado que as tempestades colocavam sua cabeça em risco, adaptou um porão no qual podia se refugiar dos mais bárbaros pandemônios.

Sobre os descendentes de Gerrit Martense, sabe-se menos do que sobre ele, pois foram todos criados no ódio à civilização inglesa e treinados para rejeitar os colonos que a aceitavam. A família levava uma vida extraordinariamente reclusa, e as pessoas declaravam que o isolamento lhes incutira uma lerdeza na fala e na compreensão. Na aparência, todos eram marcados por uma peculiar dissimilaridade hereditária nos olhos, um sendo geralmente azul, e o outro, castanho. Os contatos sociais foram ficando mais e mais raros até que, afinal, eles começaram a se casar com a numerosa classe servil da propriedade. Muitos da populosa família se degeneraram, cruzaram o vale e se fundiram com a população mestiça

O medo à espreita

que viria mais tarde a gerar os deploráveis posseiros. Os demais haviam se aferrado obstinadamente à mansão ancestral, tornando-se cada vez mais taciturnos e unidos em clã, mas desenvolvendo uma reação nervosa às frequentes tempestades.

A maior parte dessas informações chegou ao mundo exterior por meio do jovem Jan Martense, o qual, por alguma espécie de inquietação, ingressou no exército colonial quando as notícias da Convenção de Albany chegaram a Tempest Mountain. Ele foi o primeiro dos descendentes de Gerrit a conhecer um pouco melhor o mundo de fora; quando retornou, em 1760, após seis anos de campanhas, foi odiado como um intruso pelo pai, pelos tios e pelos irmãos, a despeito de seus olhos dissimilares de Martense. Já não podia compartilhar as peculiaridades e preconceitos dos Martense, ao passo que mesmo as tempestades da montanha não eram capazes de inebriá-lo como antes. Em vez disso, os arredores o deprimiam; e com frequência ele escrevia para um amigo de Albany sobre seus planos de deixar o teto paterno.

Na primavera de 1763, Jonathan Gifford, o amigo de Albany de Jan Martense, ficou preocupado com o silêncio de seu correspondente, sobretudo em vista das condições e desavenças na mansão Martense. Determinado a visitar Jan em pessoa, entrou nas montanhas a cavalo. Seu diário afirma que ele chegou a Tempest Mountain em 20 de setembro, encontrando a mansão numa grande decrepitude. Os soturnos Martense de olhos esquisitos, cujo aspecto de animal sujo chocou-o, disseram-lhe com sons guturais entrecortados que Jan estava morto. Ele tinha sido atingido por um raio, insistiram, no outono anterior, e agora jazia embaixo da terra, atrás dos jardins negligenciados e deteriorados. Mostraram ao visitante a sepultura, estéril e desprovida de marcações. Algo na postura dos Martense provocou em Gifford uma sensação de repulsa e suspeita, e uma semana depois ele retornou com pá e enxadão para explorar aquele ponto sepulcral. Encontrou o que já esperava – um crânio cruelmente esmagado, como que por golpes selvagens –, e assim, retornando a Albany, acusou abertamente os Martense pelo assassinato de seu parente.

Faltaram evidências legais, mas a história se alastrou com rapidez pela região, e dali em diante os Martense foram condenados ao ostracismo pelo mundo. Ninguém lidava com eles, e o solar distante era evitado como um lugar amaldiçoado. De alguma forma, conseguiram continuar levando uma vida independente com a produção da propriedade, pois luzes ocasionais, vislumbradas de colinas longínquas, atestavam sua presença ininterrupta. Essas luzes chegaram a ser vistas até 1810, mas perto do final passaram a ser muito inconstantes.

Enquanto isso, foi se formando um conjunto diabólico de lendas a respeito da mansão e da montanha. O lugar era rejeitado com assiduidade redobrada e investido de todos os mitos sussurrados que a tradição poderia fornecer. Não recebeu quaisquer visitas até 1816, quando a contínua ausência das luzes foi notada pelos posseiros. Na ocasião, um grupo realizou investigações, encontrando a casa deserta e parcialmente arruinada.

Não havia esqueletos por lá, de modo que se deduziu ter havido uma debandada, não a morte. O clã parecia ter partido vários anos antes, e os anexos improvisados demonstravam o quanto haviam se multiplicado antes da migração. O padrão de vida caíra muito, como comprovavam os móveis decadentes e a prataria dispersa, por certo havia muito abandonados quando da partida de seus donos. Contudo, embora os receados Martense estivessem longe, o medo da casa assombrada persistia – e tornou-se ainda mais intenso quando novas e estranhas histórias começaram a circular entre os decadentes da montanha. Lá estava ela; deserta, temida e vinculada ao fantasma vingativo de Jan Martense. Lá estava ela, ainda, na noite em que cavei na sepultura de Jan Martense.

Descrevi minha prolongada escavação como idiota, e assim ela era, de fato, tanto nos objetivos como no método. O caixão de Jan Martense logo havia sido desenterrado – só continha pó e nitro agora –, mas, no meu furor para exumar seu fantasma, mergulhei de maneira irracional e desajeitada por baixo de onde ele jazera. Sabe Deus o que eu esperava encontrar – sentia somente que estava cavando na sepultura de um homem cujo fantasma rondava à noite.

É impossível dizer que profundidade monstruosa eu atingira quando minha pá, e logo depois meus pés, romperam o solo. O fato, naquela circunstância, era espantoso, porque, perante a existência de um espaço subterrâneo ali, minhas teorias

O medo à espreita

enlouquecidas ganhavam terrível confirmação. Minha leve queda apagara a lanterna, mas tirei do bolso uma lâmpada elétrica e avistei o pequeno túnel horizontal que se afastava, indefinidamente, em ambas as direções. Era amplo o bastante para um homem se esgueirar por ele; nenhuma pessoa sã teria tentado fazê-lo naquele momento, mas esqueci perigo, razão e asseio em meu fervor pertinaz por desenterrar o medo à espreita. Escolhendo a direção da casa, arrastei-me temerariamente pela toca estreita, contorcendo-me com rapidez em frente, às cegas, ligando raras vezes a lâmpada que eu mantinha diante de mim.

Que linguagem poderá descrever o espetáculo de um homem perdido na terra infinitamente abismal, escarvando, retorcendo-se, resfolegando, arrastando-se como um louco por convoluções profundas na escuridão imemorial, sem noção de tempo, segurança, direção ou objetivo definido? Existe algo de horrendo nisso, mas foi o que fiz. Eu o fiz por tanto tempo que a vida se dissolveu numa memória distante, igualando-me às toupeiras e às larvas das profundezas entrevadas. Na verdade, foi apenas por acidente que, depois de serpenteios intermináveis, acendi num solavanco minha esquecida lâmpada elétrica, fazendo-a iluminar sinistramente a toca de barro endurecido que se estendia e se curvava mais à frente.

Arrastei-me dessa forma por algum tempo, e assim minha bateria já estava muito esgotada quando a passagem, de súbito, inclinou-se abruptamente para cima, alterando meu modo de avanço. E ao erguer meu olhar, foi sem preparação que vi cintilando, na distância, dois reflexos demoníacos da minha lanterna moribunda – dois reflexos incandescendo num resplendor pernicioso e inequívoco, evocando memórias enlouquecedoramente nebulosas. Parei automaticamente, embora me faltasse cabeça para retroceder. Os olhos se aproximaram, mas, da coisa que os ostentava, só consegui distinguir a garra da coisa que se aproximava. Mas que garra! Em seguida, de muito acima, ouvi um débil estrondo que reconheci. Era o trovão selvagem da montanha, elevado a um furor histérico – eu decerto já vinha rastejando para cima por algum tempo, de modo que a superfície, agora, estava bem próxima. E, enquanto retumbava o trovão abafado, aqueles olhos ainda me fitavam com vazia malignidade.

Graças a Deus, não vim a saber então o que era essa coisa, caso contrário teria morrido. Mas fui salvo pelo próprio trovão que a convocara, pois, após horrenda espera, prorrompeu do inobservado céu exterior, tendo por alvo a montanha, um dos frequentes raios cujo rescaldo eu notara, aqui e ali, em talhos de terra revolvida e fulguritos de diversos tamanhos. Com ira ciclópica ele rasgara o solo por sobre aquele fosso abominável, cegando-me, ensurdecendo-me, mas sem me reduzir de todo a um coma.

No caos da terra deslocada e deslizante, escalavrei e patinhei, impotente, até que a chuva sobre minha cabeça me acalmou, e eu percebi que havia chegado à superfície num ponto familiar: um lugar desmatado e íngreme na encosta sudoeste da montanha. Recorrentes relâmpagos difusos iluminavam o terreno desmoronado e os restos do curioso cômoro baixo que se esticara do alto, descendo a encosta superior arborizada, mas não havia nada no caos que mostrasse o local do meu egresso da catacumba letal. Meu cérebro era um caos imenso, equiparável ao da terra; enquanto um distante clarão vermelho explodia na paisagem ao sul, eu mal me dava conta do horror pelo qual passara.

Mas quando, dois dias depois, os posseiros me contaram o que significava o clarão vermelho, senti um horror ainda maior do que o provocado pela toca de barro e a garra e os olhos; um horror maior por causa das avassaladoras implicações. Num vilarejo a trinta quilômetros de distância, uma orgia de medo sucedera o raio que havia me recolocado acima do chão, e uma coisa inominável saltara de uma árvore saliente para dentro de uma cabana de telhado frágil. A coisa fizera algo, mas os posseiros, num frenesi, haviam ateado fogo à cabana antes que pudesse escapar. Ela estivera fazendo esse algo no exato momento em que a terra desabara sobre a coisa com a garra e os olhos.

4. O horror nos olhos

Não pode haver nada de normal na mente de alguém que, sabendo o que eu sabia sobre os horrores de Tempest Mountain, procurasse sozinho o medo que espreitava ali. A circunstância de que pelo menos duas das encarnações do medo estavam destruídas

O medo à espreita

representava não mais do que uma leve garantia de segurança física e mental naquele Aqueronte de multiforme diabolismo, mas dei prosseguimento à minha busca com ardor ainda maior na medida em que os acontecimentos e as revelações tornavam-se mais monstruosos.

Quando, dois dias depois do meu pavoroso rastejamento por aquela cripta dos olhos e da garra, tomei conhecimento de que uma coisa pairara malignamente a trinta quilômetros de distância no mesmo instante em que os olhos me fitavam, experimentei virtuais convulsões de pavor. Mas o pavor misturava-se ao assombro e ao fascínio grotesco a tal ponto que a sensação era quase agradável. Às vezes, nos espasmos de um pesadelo, quando poderes inobservados nos fazem rodopiar por sobre os telhados de estranhas cidades mortas rumo ao abismo sorridente de Nis, é um alívio e até mesmo um deleite soltar gritos desvairados e afundar voluntariamente, por qualquer fosso sem fundo escancarado, no vórtice horrendo da perdição onírica. E assim se deu com o pesadelo ambulante de Tempest Mountain; a descoberta de que dois monstros haviam assombrado aquele lugar me provocou, enfim, um anseio insano de mergulhar na própria terra da região amaldiçoada e desenterrar, com mãos nuas, a morte que espreitava de cada centímetro do solo venenoso.

Tão logo foi possível, visitei a sepultura de Jan Martense e cavei em vão onde já cavara antes. Um desmoronamento extenso apagara todos os vestígios da passagem subterrânea, ao passo que a chuva varrera tanta terra de volta para dentro da escavação que não consegui mensurar a profundidade à qual eu chegara no outro dia. Também fiz uma difícil viagem à vila distante onde a criatura mortal havia sido queimada, e pouca recompensa recebi por meu esforço. Encontrei diversos ossos nas cinzas da fatídica cabana, mas nenhum, aparentemente, do monstro. Os posseiros disseram que a coisa fizera uma única vítima; contudo, julguei-os imprecisos nisso, pois além do crânio completo de um ser humano havia outro fragmento ósseo que parecia certamente ter pertencido em algum momento a um crânio humano. Embora tivessem visto a rápida queda do monstro, ninguém soube dizer qual era o aspecto exato da criatura; os que a tinham vislumbrado chamavam-na simplesmente de diabo. Examinando a grande árvore onde ela espreitara, não consegui discernir nenhuma marca distintiva. Tentei encontrar algum rastro na floresta negra, mas nessa ocasião não pude suportar a visão dos troncos morbidamente grossos ou das enormes raízes serpejantes que se retorciam com extrema malevolência antes de afundar na terra.

Meu passo seguinte foi reexaminar, com cuidado microscópico, a vila deserta onde a morte comparecera com maior abundância e onde Arthur Munroe vira algo que não vivera para descrever. Embora minhas vãs pesquisas anteriores tivessem sido minuciosas no máximo grau, agora eu tinha novos dados para testar, pois meu horrível rastejamento sepulcral me convencera de que ao menos uma das fases da monstruosidade havia sido uma criatura subterrânea. Dessa vez, em 14 de novembro, minha busca se ocupou principalmente das encostas de Cone Mountain e Maple Hill que davam vista para o desafortunado vilarejo, e dei particular atenção à terra solta da região deslizada nesta última elevação.

A tarde da minha busca nada trouxe à luz, e o crepúsculo chegou enquanto eu, parado de pé em Maple Hill, olhava para baixo, contemplando a vila e, por sobre o vale, Tempest Mountain. O pôr do sol tinha sido deslumbrante, e agora a lua subira, quase cheia, vertendo uma inundação de prata na planície, na encosta longínqua e nos curiosos montículos baixos que se erguiam aqui e ali. Era um cenário bucólico e sereno, mas, sabendo o que ocultava, eu o detestei. Detestei a lua zombeteira, a planície hipócrita, a montanha purulenta e aqueles montículos sinistros. Tudo me parecia maculado por um contágio asqueroso e inspirado por uma aliança nociva com poderes ocultos distorcidos.

Dentro em pouco, enquanto eu observava, absorto, o panorama enluarado, meu olhar foi atraído por algo singular na natureza e na disposição de certos elementos topográficos. Sem ter qualquer conhecimento preciso de geologia, desde o início eu me interessara pelos montículos e cômoros esquisitos da região. Havia notado que estavam distribuídos de modo bem amplo por Tempest Mountain, embora fossem menos numerosos na planície do que perto do próprio topo da montanha, onde a glaciação pré-histórica por certo encontrara menor oposição para seus caprichos impressionantes e fantásticos. Agora, sob a luz daquela lua baixa que projetava longas sombras inusitadas, ocorreu-me forçosamente que os diversos pontos e linhas do sistema de montículos revelavam uma relação peculiar com o ápice de Tempest Mountain. Aquele ápice era com toda certeza um centro do qual irradiavam, de modo indefinido e irregular, linhas ou fileiras de pontos, como se a insalubre mansão Martense tivesse lançado visíveis tentáculos de terror. A ideia de tais tentáculos provocou-me um calafrio inexplicável, e eu parei a fim de analisar meus motivos para crer naqueles montículos como um fenômeno glacial.

Quanto mais eu analisava, menos acreditava, e, na minha mente recém-aberta, começaram a martelar horríveis e grotescas analogias baseadas em aspectos superficiais e em minha experiência embaixo da terra. Quando dei por mim, vi-me proferindo palavras delirantes e desconexas: "Meu Deus!... Montículos de toupeiras... o maldito lugar deve estar todo minado... quantos... aquela noite na mansão... elas pegaram Bennet e Tobey primeiro... um de cada lado...". Depois me vi cavando freneticamente no montículo que chegara mais perto de mim; cavando com desespero, tremendo, mas quase jubilante; cavando até que, por fim, gritando alto com certa emoção sem lugar, topei com um túnel idêntico à toca pela qual eu rastejara naquela noite demoníaca.

Depois disso eu me lembro de ter corrido com a pá na mão, uma corrida horrenda por prados enluarados, repletos de montículos, e por precipícios abruptos na assombrada floresta da encosta, saltando, berrando, ofegando, disparando rumo à terrível mansão Martense. Lembro-me de ter cavado de maneira irracional em todas as partes do porão sufocado por arbustos espinhosos – cavado para encontrar o âmago e o centro daquele maligno universo de montículos. Depois, lembro-me de como ri quando me deparei com a passagem, o buraco na base da velha chaminé, onde o mato espesso assomava e projetava sombras bizarras à luz da única vela que por acaso eu trouxera comigo. O que ainda restava no fundo daquela colmeia infernal, espreitando e aguardando a convocação da trovoada, isso eu não sabia. Dois haviam sido mortos; talvez aquilo tivesse dado fim a tudo. Mas restava, ainda, a determinação ardente de alcançar o segredo mais íntimo do medo, o medo que eu viera, mais uma vez, a julgar definido, material e orgânico.

Minha indecisa especulação quanto a explorar a passagem sozinho e sem demora com minha lanterna de bolso ou tentar reunir um grupo de posseiros para tal busca foi interrompida, momentos depois, por uma súbita rajada de vento vinda de fora que apagou a vela e me deixou na mais absoluta escuridão. A lua já não brilhava por entre as brechas e aberturas acima de mim, e com uma sensação de fatídico alarme ouvi o sinistro e significativo rumor do trovão se aproximando. Uma confusa associação de ideias se apossou do meu cérebro, levando-me a recuar, tateando, até o canto mais afastado do porão. Meus olhos, entretanto, não se desviaram em nenhum momento da horrível abertura na base da chaminé; e comecei a vislumbrar os tijolos desmoronados e o mato insalubre, enquanto débeis clarões de relâmpagos trespassavam o mato externo e iluminavam as brechas no alto da parede. A cada segundo eu era consumido por uma mistura de medo e curiosidade. O que a tempestade chamaria – será que restava algo a ser chamado? Guiado por um relâmpago, acomodei-me atrás de uma densa moita de vegetação pela qual eu conseguia ver a abertura sem ser visto.

Se o céu for misericordioso, apagará de minha consciência, um dia, a visão que tive, e me deixará viver em paz meus últimos anos. Não consigo dormir à noite agora, e preciso tomar opiáceos quando troveja. A coisa veio abruptamente, sem aviso: o som de uma correria demoníaca de ratazanas em voragens remotas e inimagináveis, um arquejar infernal e grunhidos abafados, e então, daquela abertura embaixo da chaminé, a irrupção de uma vida multitudinária e leprosa – uma repulsiva inundação de corrupção orgânica gerada pela noite, mais devastadoramente horrenda do que as mais negras conjurações de mortal loucura e morbidez. Espumando, fervendo, confluindo, borbulhando como muco de serpentes, ela rolou para fora daquele buraco escancarado, espalhando-se como um contágio séptico e escorrendo do porão por todos os pontos de saída – escorrendo para fora de modo a disseminar pelas amaldiçoadas florestas da meia-noite, propagando medo, loucura e morte.

O medo à espreita

Sabe Deus quantos eram – por certo, milhares. Era chocante ver aquele fluxo sob os débeis relâmpagos intermitentes. Quando ficaram esparsos o bastante para poderem ser vislumbrados como organismos separados, percebi que eram demônios ou macacos nanicos, deformados e cabeludos – caricaturas monstruosas e diabólicas da tribo símia. Eram tão horrendamente silenciosos... Mal se ouviu um guincho quando um dos últimos desgarrados virou-se com a perícia da vasta experiência para fazer de um companheiro mais fraco, num gesto costumeiro, uma refeição. Outros abocanharam as sobras e as devoraram com salivante deleite. Depois, apesar do meu torpor de pavor e repugnância, minha curiosidade mórbida triunfou; quando a última das monstruosidades escoou sozinha daquele mundo inferior de desconhecido pesadelo, saquei minha pistola automática e atirei nela ao abrigo do trovão.

Sombras uivantes, escorregadias e torrenciais de viscosa loucura vermelha perseguindo-se umas às outras por intermináveis corredores ensanguentados de fulguroso céu púrpura... fantasmas informes e mutações caleidoscópicas de um cenário macabro relembrado; florestas de monstruosos carvalhos hipertrofiados com raízes serpejantes que se retorcem e sugam os sumos inomináveis de uma terra verminosa com milhões de diabos canibais; tentáculos em forma de montículos tateando a partir de núcleos subterrâneos de perversão poliposa... relâmpagos insanos por sobre paredes cobertas de heras malignas e arcadas demoníacas asfixiadas pela vegetação fúngica... O céu seja louvado pelo instinto que me levou inconsciente a lugares habitados por homens, ao pacato vilarejo que dormia sob as estrelas calmas de um firmamento aclarado.

Em uma semana, recuperado em medida suficiente, convoquei de Albany um bando de homens para explodir a mansão Martense e o topo inteiro de Tempest Mountain com dinamite, obstruir todas as tocas-montículos localizáveis e destruir certas árvores hipertrofiadas cuja própria existência parecia ser um insulto à sanidade. Consegui dormir um pouco depois de terem feito isso, mas o verdadeiro repouso jamais virá enquanto eu recordar aquele inominável segredo do medo à espreita. A coisa irá me assombrar, pois quem pode saber se o extermínio foi completo e se fenômenos análogos não existem no mundo todo? Quem poderia, com os meus conhecimentos, pensar nas cavernas desconhecidas da terra sem um pesadelo medonho das futuras possibilidades? Não consigo ver um poço ou uma entrada de trem subterrâneo sem estremecer... Por que os médicos não me dão algo que me faça dormir, ou que verdadeiramente acalme meu cérebro quando troveja?

O que vi sob o fulgor da lanterna, depois de atirar no inexprimível objeto desgarrado, foi tão simples que quase um minuto se passou até minha compreensão me fazer delirar. O objeto era nauseante: um imundo gorila esbranquiçado com presas amarelas afiadas e pelos emaranhados. Era o produto final da degeneração mamífera; o pavoroso resultado da geração isolada, da multiplicação, da nutrição canibal acima e embaixo do solo; a encarnação de todo o medo rosnador e caótico e sorridente que espreita por trás da vida. Ele olhara para mim enquanto morria, e seus olhos tinham a mesma qualidade estranha que marcava os outros olhos que haviam me fitado embaixo da terra e instigado nebulosas recordações. Um olho era azul, o outro castanho. Eram os olhos dissimilares dos Martense, os olhos das velhas lendas, e eu soube, num inundante cataclismo de horror mudo, o que acontecera com aquela família desaparecida, com a terrível casa dos Martense, enlouquecida pelo trovão.

A casa maldita

1

Nem mesmo os mais extremos horrores costumam ser isentos de ironia. Às vezes ela entra diretamente na composição dos eventos, já em outras tem relação apenas com sua posição fortuita entre pessoas e lugares. Esse segundo tipo é exemplificado de maneira esplêndida por um caso da antiga cidade de Providence, onde no fim dos anos 40 Edgar Allan Poe costumava pernoitar enquanto empreendia sua malsucedida corte à talentosa poetisa sra. Whitman. Poe costumava parar na Mansion House em Benefit Street – o velho Golden Ball Inn rebatizado, cujo teto abrigou Washington, Jefferson e Lafayette – e sua caminhada favorita levava ao norte, pela mesma rua, até a casa da sra. Whitman e ao cemitério de St. John na encosta, cuja extensão oculta de lápides do século XVIII guardava para ele um fascínio especial.

Ora, a ironia é a seguinte. Nessa caminhada, tantas vezes repetida, o maior mestre mundial do terrível e do bizarro era obrigado a passar por uma casa em particular, no lado leste da rua; uma estrutura lúgubre e antiquada, empoleirada na encosta lateral que ascendia abruptamente, com um grande jardim em desarranjo datando de uma época em que a região era, em parte, campo aberto. Ao que parece ele jamais escreveu ou falou sobre ela, e tampouco há qualquer evidência de que sequer a tenha notado. Ainda assim, aquela casa, para as duas pessoas de posse de uma certa informação, equivale ou supera em horror a mais louca fantasia do gênio que tantas vezes passou por ela sem de nada saber, e permanece lá como uma austera afronta, um símbolo de tudo o que é impronunciavelmente hediondo.

A casa era – e, a propósito, ainda é – de um tipo que atrai a atenção dos curiosos. Originalmente uma construção de fazenda ou algo próximo disso, seus contornos eram os tradicionais da Nova Inglaterra em meados do século XVIII – o tipo próspero, de telhado pontiagudo, com dois andares, sótão sem trapeira e o portal georgiano e o revestimento das paredes internas ditados pelo progresso do gosto à época. Era voltada para o sul, com uma extremidade do frontão enterrada nas janelas inferiores, na colina ascendente a leste, e a outra exposta até os alicerces, no lado que dava para a rua. Sua construção, mais de um século e meio atrás, seguira a gradação e o nivelamento da estrada naquela área específica; pois a Benefit Street – de início chamada de Back Street – fora assentada como uma sinuosa via entre os cemitérios dos primeiros colonos e tornada mais reta apenas quando a remoção dos corpos para o North Burial Ground tornou factível cortar caminho pelos velhos jazigos de famílias.

No começo, a parede oeste era separada da estrada por um íngreme gramado de mais ou menos seis metros de extensão; mas um alargamento da rua na época da revolução tomou a maior parte do espaço interposto, expondo os alicerces de modo que foi preciso erguer uma parede de tijolos para o porão, dando à cave profunda uma fachada para a rua, com porta e duas janelas acima do solo, perto da nova linha de transporte público. Quando a calçada foi construída, um século atrás, o que restava do espaço que separava a casa da rua foi removido; e Poe, em suas caminhadas, deve ter visto somente uma íngreme ascensão de tijolos cinza pálidos rente à calçada e encimada, a uma altura de três metros, pela antiga massa de cascalho da casa propriamente dita.

O terreno como o de uma fazenda se estendia muito pela parte de trás da casa, subindo a encosta, chegando quase até a Wheaton Street. O espaço sul da casa, adjacente à Benefit Street, ficava, é claro, muito acima do nível da calçada de então, formando um terraço limitado por um alto muro de pedra úmida e musgosa perfurado por um íngreme lance de degraus estreitos, que

A casa maldita

levavam para dentro, por entre superfícies como de cânion, até a região mais alta de um sórdido gramado, paredes de tijolos com infiltrações e jardins malcuidados cujos cântaros desmantelados de cimento, tachos enferrujados caídos dos tripés feitos com gravetos nodosos e parafernálias semelhantes realçavam a porta da frente castigada pelo clima, com sua claraboia quebrada, pilastras jônicas apodrecidas e frontão triangular comido por vermes.

    O que ouvi em minha juventude sobre a casa maldita foi apenas que uma quantidade alarmante de pessoas morriam lá. Isso, me disseram, foi o motivo de os primeiros donos terem se mudado cerca de vinte anos depois de construírem o lugar. Estava claro que era um lugar insalubre, talvez por causa da umidade e dos crescimentos de fungos no porão, do cheiro doentio que dominava, das correntes de ar frio nos corredores ou da qualidade da água do poço e da bomba. Isso tudo já era bastante ruim, e era apenas nisso que as pessoas que eu conhecia acreditavam. Somente os cadernos de meu tio antiquário, dr. Elihu Whipple, me revelaram por fim as conjecturas mais sinistras e vagas que compunham uma aura de folclore entre os velhos criados e as pessoas humildes; conjecturas que nunca circularam muito longe do próprio local e que estavam em grande parte esquecidas quando Providence se transformou numa metrópole com uma inconstante população moderna.

    O fato, em termos gerais, é que a casa nunca foi considerada, pela maior parte da comunidade, como "assombrada" em qualquer sentido concreto. Não se contavam histórias de correntes sendo arrastadas no chão, lufadas de ar frio, luzes que se apagavam ou rostos na janela. Os mais radicais às vezes diziam que a casa era "azarada", mas não passava disso. O fato realmente indiscutível era que uma proporção assustadora de pessoas morria ali; ou, mais exatamente, *morrera* ali, já que, após alguns acontecimentos peculiares havia mais de sessenta anos, a construção fora abandonada devido à total impossibilidade de alugá-la. Essas pessoas não foram todas liquidadas de repente por uma causa específica; parecia, na verdade, que sua vitalidade era corroída de maneira insidiosa, de modo que cada uma morria mais cedo de qualquer tendência à debilidade que talvez tivesse em sua natureza. E aqueles que não morreram apresentaram, com intensidades diversas, um tipo de anemia ou definhamento, e às vezes um declínio das faculdades mentais, que evidenciava a insalubridade da construção. As casas vizinhas, deve-se acrescentar, pareciam de todo livres da qualidade nociva.

Disso eu tinha conhecimento antes que as insistentes perguntas que eu fazia levassem meu tio a me mostrar as anotações que por fim nos fizeram empreender nossa hedionda investigação. Na minha infância, a casa maldita estava vazia, com árvores velhas, mortas, retorcidas e terríveis, grama alta e estranhamente pálida e disformes ervas daninhas de pesadelo no alto pátio escalonado onde os pássaros nunca se deixavam ficar. Nós, crianças, costumávamos invadir o lugar, e ainda lembro do terror juvenil que senti não só diante da estranheza mórbida daquela vegetação sinistra, mas da atmosfera e do odor espectrais da casa dilapidada, por cuja porta da frente, destrancada, muitas vezes entrávamos em busca de arrepios. As janelas de vidraças pequenas estavam em sua maioria quebradas, e um ar inominável de desolação pairava acerca do revestimento das paredes, em estado precário, das venezianas internas vacilantes, do papel de parede descascado e do gesso que desmoronava, das escadarias frágeis e dos fragmentos de móveis danificados que ainda restavam. A poeira e as teias de aranha acrescentavam seu toque do terrível; e era realmente corajoso o menino que subisse, sem ser obrigado, a escada que levava ao sótão, uma grande área com vigas, iluminada somente por pequenas janelas cintilantes nas extremidades do frontão e repleta de um amontoado de escombros de baús, cadeiras e rodas de fiar que os anos infinitos ali passados haviam amortalhado e adornado, resultando em formas monstruosas e infernais.

Mas o sótão não era, apesar de tudo, a parte mais terrível da casa. Era o úmido e viscoso porão que de alguma forma causava em nós a mais violenta repulsa, mesmo não sendo subterrâneo no lado da rua e estando separado da tumultuada calçada apenas por uma porta fina e uma parede de tijolos atravessada por uma janela. Não sabíamos o que fazer: assombrá-lo como espectros fascinados ou evitá-lo por bem de nossa sanidade e nossas almas. Para começo de conversa, o mau cheiro da casa lá era mais forte e, em segundo

A casa maldita

lugar, não gostávamos das excrescências brancas fungosas que vez por outra brotavam com o clima chuvoso do verão no chão de terra dura. Aqueles fungos, com uma semelhança grotesca com a vegetação do pátio lá fora, tinham uma forma realmente horrível; paródias detestáveis de agáricos e cachimbos indianos, de um tipo que jamais víramos em nenhuma outra situação. Eles apodreciam rápido e num dado estágio se tornavam levemente fosforescentes, de modo que os que passavam por ali à noite às vezes falavam de fogos de bruxa brilhando por trás das vidraças quebradas das janelas que deixavam o fedor escapar.

Nós nunca – nem mesmo em nossas mais radicais empolgações com o dia das bruxas – visitamos esse porão à noite, mas em algumas de nossas visitas diurnas conseguíamos detectar a fosforescência, especialmente quando o dia estava escuro e chuvoso. Havia também uma coisa mais sutil, que muitas vezes acreditávamos detectar – uma coisa muito estranha que era, no entanto, não mais do que meramente evocativa. Refiro-me a uma espécie de padrão esbranquiçado, como que de nuvem, no chão de terra – um vago e cambiante depósito de mofo ou salitre que às vezes pensávamos poder distinguir por entre as esparsas excrescências fungosas perto da imensa lareira da cozinha do porão. De vez em quando nos ocorria que aquela mancha tinha uma semelhança fantástica com uma figura humana duplicada, embora em geral tal semelhança não existisse, e muitas vezes não houvesse qualquer depósito esbranquiçado. Numa certa tarde chuvosa, quando essa ilusão parecia fenomenalmente forte e quando, além disso, eu imaginara ter vislumbrado uma espécie de exalação fina, amarelada e cintilante subindo do desenho nitroso até a grande abertura da lareira, conversei com meu tio sobre o assunto. Ele sorriu ao ouvir aquele estranho delírio, mas pareceu que seu sorriso tinha um quê de recordação. Tempos depois, ouvi que uma noção semelhante aparecia em algumas das loucas e antigas histórias populares – uma noção que aludia também a formas macabras e lupinas desenhadas pela fumaça da grande chaminé e estranhos contornos desenhados por algumas das sinuosas raízes das árvores que invadiam o porão através das pedras soltas dos alicerces.

2

Só em minha idade adulta meu tio me mostrou as anotações e informações que havia coletado a respeito da casa maldita. O dr. Whipple era um médico à moda antiga, sensato, conservador e, apesar de todo seu interesse pelo local, não incentivaria os pensamentos de um jovem na direção do anormal. Sua própria opinião, que postulava apenas que a construção e o local da casa tinham qualidades especialmente insalubres, em nada dizia respeito ao anormal; mas ele percebera que a mesma qualidade pitoresca que havia excitado seu interesse na mente de um menino de grande imaginação formaria todos os tipos de associações imaginativas horripilantes.

O doutor não se casara; era um cavalheiro de cabelos brancos, sem barba, à moda antiga, e um historiador local de destaque, que muitas vezes entrara em debates com guardiões polêmicos da tradição, como Sidney S. Rider e Thomas W. Bicknell. Ele vivia com um mordomo em uma propriedade rural georgiana, com aldravas e escada com corrimão de ferro, equilibrada de maneira sinistra na subida íngreme da North Court Street, ao lado do antigo tribunal e casa colonial de tijolos onde seu avô – um primo daquele famoso marinheiro de um navio corsário, o capitão Whipple, que incendiou a escuna armada de Sua Majestade, *Gaspee*, em 1772 – havia votado na legislatura em 4 de maio de 1776 pela independência da colônia de Rhode Island em relação à Inglaterra. Em torno dele, na úmida biblioteca de teto baixo, com o apainelamento branco embolorado, uma estrutura ornamental com elaborados entalhes sobre o console da lareira e janelas de vidraças pequenas escurecidas por trepadeiras, estavam as relíquias e registros de sua antiga família, entre os quais havia muitas alusões vagas à casa maldita de Benefit Street. Aquele local problemático não está muito distante – pois a Benefit corre, no sentido dos morros, logo acima do tribunal, ao lado da íngreme colina pela qual subiram os primeiros assentamentos.

Quando, ao fim, meus insistentes pedidos e meu amadurecimento extraíram de meu tio a reserva de histórias folclóricas que eu buscava, uma crônica bastante estranha me foi apresentada.

A casa maldita

Por mais que parte das histórias fosse prolixa, cheia de estatísticas e tediosas genealogias, havia no centro delas uma linha contínua de um obstinado e taciturno horror, e de uma malignidade sobrenatural, que me impressionou ainda mais do que havia impressionado ao bom doutor. Acontecimentos distintos se encaixavam uns nos outros de maneira sinistra, e detalhes à primeira vista irrelevantes continham uma abundância de possibilidades hediondas. Uma nova e incandescente curiosidade cresceu em mim, comparada à qual a minha curiosidade de menino era débil e incipiente. A primeira revelação levou a uma pesquisa meticulosa, e por fim àquela busca palpitante que se mostrou tão desastrosa para mim e os meus. Pois meu tio acabou por insistir em juntar-se à busca que eu havia iniciado, e depois de uma certa noite naquela casa ele não voltou comigo. Sinto-me solitário sem a companhia daquele homem gentil, em cujos muitos anos de vida havia apenas honra, virtude, bom gosto, benevolência e erudição. Construí uma urna de mármore em sua memória no cemitério de St. John – o lugar que Poe amava –, o bosque escondido de salgueiros gigantescos no monte, onde tumbas e lápides se amontoam tranquilamente entre o antigo vulto da igreja e as casas e muros de Benefit Street.

A história da casa, começando com um labirinto de datas, não revelou qualquer indício sinistro, quer sobre sua construção, quer sobre a próspera e honrosa família que a construiu. Contudo, desde o início uma mácula de desgraça, logo assumindo um significado agourento, ficara evidente. O registro de meu tio, compilado com esmero, começava com a construção da estrutura, em 1763, e seguia o tema com uma quantidade anormal de detalhes. A casa maldita, ao que parecia, teve como seus primeiros habitantes William Harris e sua esposa, Rhoby Dexter, com seus filhos, Elkanah, nascido em 1755, Abigail, em 1757, William Jr., nascido em 1759, e Ruth, em 1761. Harris era um mercante e marujo de destaque no comércio da Índia Ocidental, ligado à firma de Obadiah Brown e seus sobrinhos. Após a morte de Brown em 1761, a nova firma de Nicholas Brown & Co. nomeou-o comandante do brigue *Prudence*, construído em Providence, de 120 toneladas, o que permitiu a ele erigir o novo domicílio que desejava desde o casamento.

H.P. Lovecraft

O lugar escolhido por ele – uma parte recém-alinhada da nova e elegante Back Street, que corria ao longo do monte acima do apinhado bairro Cheapside – era tudo o que poderia desejar, e a construção fez juz ao local. Foi o melhor que uma fortuna modesta poderia proporcionar, e Harris apressou-se para se mudar para a casa antes que nascesse o quinto filho que a família esperava. Essa criança, um menino, chegou em dezembro, mas nasceu morta. Nenhuma criança nasceria viva naquela casa pelos 150 anos seguintes.

No mês de abril seguinte as crianças ficaram doentes, e Abigail e Ruth morreram antes do fim do mês. O dr. Job Ives diagnosticou o problema como algum tipo de febre infantil, embora outros tenham declarado tratar-se mais de um simples definhamento ou declínio. De qualquer forma, parecia ser contagioso, pois Hannah Bowen, uma de dois criados, morreu dele em junho. Eli Liddeason, o outro criado, reclamava sempre de fraqueza e teria voltado para a fazenda de seu pai, em Rehoboth, não fosse por um inesperado relacionamento com Mehitabel Pierce, que foi contratada para suceder Hannah. Ele morreu no ano seguinte – um ano deveras triste, já que marcado pela morte do próprio William Harris, debilitado como estava pelo clima da Martinica, onde seu trabalho o mantivera por grandes períodos durante a década anterior.

A viúva Rhoby Harris jamais se recuperou do choque pela morte de seu marido, e o falecimento de seu primogênito, Elkanah, dois anos depois, foi o golpe final contra sua lucidez. Em 1768, caiu vítima de uma forma suave de insanidade e ficou dali em diante confinada ao andar superior da casa; sua irmã solteira mais velha, Mercy Dexter, foi morar lá para assumir o comando da família. Mercy era uma mulher simples e ossuda de grande força, mas sua saúde declinou a olhos vistos desde que lá chegou. Era muito devotada a sua desventurada irmã e tinha uma afeição especial por seu único sobrinho sobrevivente, William, que de uma criança robusta havia se transformado num rapaz doentio, comprido e magro. Nesse ano, Mehitabel morreu e o outro criado, Preserved Smith, foi embora sem fornecer qualquer explicação que fizesse sentido – ou, pelo menos, contando somente algumas histórias loucas e dizendo que não gostava do cheiro do lugar. Por

A casa maldita

algum tempo Mercy foi incapaz de contratar novos criados, já que as sete mortes e o caso de loucura, todos tendo ocorrido no intervalo de um ano, haviam começado a fazer circular o conjunto de boatos contados ao pé da lareira que depois veio a se tornar tão bizarro. Por fim, contudo, ela contratou novos criados de fora da cidade; Ann White, uma mulher soturna daquela parte de North Kingstown hoje conhecida como a comarca de Exeter, e um competente homem de Boston chamado Zenas Low.

Foi Ann White quem primeiro deu uma forma definida às fofocas sinistras. Mercy deveria ter sabido que não seria boa ideia contratar alguém da região de Nooseneck Hill, pois aquela diminuta roça distante era então, como é hoje, lugar das superstições mais desagradáveis. Já em 1892, uma comunidade de Exeter exumou um cadáver e queimou ritualmente seu coração, de maneira a impedir certas supostas aparições daninhas à paz e à saúde públicas, e pode-se imaginar as opiniões e sentimentos nessa região em 1768. A língua de Ann era ativa e perniciosa, e dentro de poucos meses Mercy a despediu, colocando em seu posto uma leal e afável mulher aguerrida chamada Maria Robbins, vinda de Newport.

Enquanto isso a pobre Rhoby Harris, em sua loucura, deu voz a sonhos e fantasias da espécie mais hedionda. Às vezes seus gritos eram insuportáveis, e por longos períodos proferia guinchos de horror que tornaram necessário que seu filho fosse morar por algum tempo com uma parente, Peleg Harris, na Presbyterian-Lane, perto do novo prédio da faculdade. O garoto parecia melhorar depois dessas visitas, e se Mercy fosse tão sábia quanto era bem-intencionada teria deixado que ele fosse morar de vez com Peleg. Sobre qual exatamente era o conteúdo dos gritos da sra. Harris em seus surtos de violência a tradição hesita em falar; ou melhor, fornece relatos tão extravagantes que se anulam pelo simples absurdo. Certamente soa absurdo ouvir que uma mulher que aprendera somente os rudimentos do francês muitas vezes gritasse durante horas numa forma vulgar e coloquial daquela língua, ou que a mesma pessoa, sozinha e mantida sob observação, reclamasse histericamente de uma coisa de olhar fixo que lhe mordia e mastigava. Em 1772, o criado Zenas morreu e, quando a sra. Harris recebeu a notícia, gargalhou demonstrando uma alegria chocante que de modo algum lhe era normal. No ano seguinte ela própria morreu, e foi enterrada no North Burial Ground, ao lado de seu marido.

Quando da irrupção dos conflitos com a Grã-Bretanha em 1775, William Harris, apesar de seus exíguos dezesseis anos e de sua constituição frágil, conseguiu alistar-se no Exército de Observação, sob o comando do general Greene; e daí em diante desfrutou de uma ascensão regular de prestígio e saúde. Em 1780, como capitão das forças de Rhode Island em Nova Jersey, sob o comando do coronel Angell, conheceu e se casou com Phebe Hetfield, de Elizabethtown, a qual trouxe para Providence após sua dispensa honrosa no ano seguinte.

O retorno do jovem soldado não deu início a um período de felicidade perfeita. A casa, é verdade, ainda estava em boas condições, e a rua fora alargada e tivera seu nome alterado de Back Street para Benefit Street. Mas a constituição outrora robusta de Mercy Dexter sofrera uma triste e peculiar decadência, transformando-a numa figura corcunda e patética de voz inexpressiva e palidez desconcertante – qualidades compartilhadas em alto grau pela única criada que restara, Maria. No outono de 1782, Phebe Harris deu à luz uma filha morta, e no dia 15 de maio seguinte Mercy Dexter deixou sua vida profícua, austera e virtuosa.

William Harris, afinal convencido por completo da natureza radicalmente insalubre daquela moradia, tomou medidas para abandoná-la e fechá-la para sempre. Obtendo um alojamento temporário para si mesmo e sua esposa no recém-inaugurado Golden Ball Inn, providenciou a construção de uma casa nova e melhor em Westminster Street, numa área da cidade em franco desenvolvimento, do outro lado da Great Bridge. Lá, em 1785, seu filho Dutee nasceu; e lá a família morou até que as novas expansões do comércio a obrigassem a cruzar o rio mais uma vez e ir para trás do morro, para a Angell Street, no mais novo distrito residencial de East Side, onde o falecido Archer Harris construiu sua suntuosa mas hedionda mansão de teto francês, em 1876. Tanto William quanto Phebe sucumbiram à epidemia de febre amarela de 1797, mas Dutee foi criado por seu parente Rathbone Harris, filho de Peleg.

A casa maldita

Rathbone era um homem prático e alugou a casa de Benefit Street apesar do desejo de William de que continuasse vazia. Ele considerava uma obrigação para com seu tutelado fazer o melhor uso de toda a propriedade do menino, e tampouco se importava com as mortes e doenças que causaram tantas mudanças de inquilinos, ou com a aversão sempre crescente com que a casa era em geral vista. É provável que ele tenha sentido apenas irritação quando, em 1804, a autoridade municipal ordenou que ele fumigasse o lugar com enxofre, alcatrão e resina de cânfora por causa das mortes tão faladas de quatro pessoas, presumia-se que causadas pela epidemia de febre que à época arrefecia. Eles disseram que o lugar tinha um cheiro febril.

O próprio Dutee pouco se importava com a casa, pois quando cresceu se tornou marinheiro de um corsário particular e serviu com distinção no *Vigilant*, sob o comando do capitão Cahoone, na guerra de 1812. Ele voltou ileso, se casou em 1814 e tornou-se pai naquela noite memorável de 23 de setembro de 1815, quando uma grande ventania fez com que as águas da baía inundassem mais que meia cidade e fez uma corveta alta flutuar por um grande trecho da Westminster Street, com seus mastros quase batendo às janelas dos Harris, numa afirmação simbólica de que o novo menino, Welcome, era o filho de um marinheiro.

Welcome não sobreviveu a seu pai, mas viveu para perecer gloriosamente em Fredericksburg, no ano de 1862. Nem ele nem seu filho Archer viam na casa maldita mais do que um estorvo quase impossível de alugar – talvez por causa do bolor e do cheiro doentio de coisa velha e malcuidada. De fato, ela jamais foi alugada depois de uma série de mortes que culminou em 1861 e que a agitação da guerra contribuiu para legar à obscuridade. Carrington Harris, o último da linhagem masculina, via a casa, até que eu lhe narrasse minha experiência, como um simples centro abandonado e um tanto pitoresco de histórias folclóricas. Ele tinha planos de demolir a casa e construir um prédio de apartamentos no lugar, mas depois de meu relato decidiu permitir que continuasse de pé, mandou instalar um encanamento e a alugou. Ele tampouco encontrou, até agora, qualquer dificuldade em arranjar inquilinos. O horror se foi.

3

Pode-se muito bem imaginar com que violência fui afetado pelos anais dos Harris. Naquele registro contínuo me parecia estar encubado um mal inexorável, superior a qualquer elemento ou força da Natureza de que eu tivesse conhecimento; um mal claramente ligado à casa, e não à família. Essa impressão foi confirmada pelo leque, menos sistemático, de uma miscelânea de informações coletadas por meu tio – lendas transcritas das fofocas dos criados, recortes dos jornais, cópias de certificados de óbitos assinados por seus colegas de profissão e afins. Não é possível fazer referência a todos esses dados, posto que meu tio era um antiquário incansável e nutria um profundo interesse pela casa maldita; mas posso descrever vários pontos dominantes que merecem destaque devido a sua recorrência em muitos relatos de fontes diversas. Por exemplo, a fofoca dos criados era praticamente unânime em atribuir ao bolorento e malcheiroso *porão* da casa uma vasta supremacia na influência maligna. Alguns criados – Anne White em especial – se recusavam a usar a cozinha do porão, e ao menos três lendas bem definidas tratavam dos estranhos contornos semi-humanos ou diabólicos formados pelas raízes das árvores e manchas de mofo naquela parte da casa. Tais narrativas me interessaram profundamente por causa do que eu vira em minha juventude, mas senti que boa parte do significado havia sido, em cada um dos casos, em grande parte obscurecida por acréscimos advindos da reserva comum de histórias de assombração da região.

Ann White, com a superstição típica dos nascidos em Exeter, disseminara a história mais extravagante, e ao mesmo tempo mais coerente, alegando que devia haver enterrado sob a casa um daqueles vampiros – os mortos que retêm sua forma corporal e se alimentam do sangue ou do hálito dos vivos –, cujas hediondas legiões libertam suas aparições ou espíritos de rapina durante a noite. Para destruir um vampiro é preciso, dizem as avós, exumá-lo e queimar seu coração, ou ao menos trespassar esse órgão com uma estaca; e a insistência tenaz de Ann para que se fizesse uma busca sob o porão fora um dos principais fatores que contribuíram para sua demissão.

A casa maldita

Suas histórias, contudo, obtiveram grande público e eram aceitas com maior facilidade, pois a casa de fato estava situada sobre um pedaço de terra outrora usado como cemitério. Para mim, o interesse das histórias estava menos nessa circunstância do que na maneira peculiarmente apropriada com que se harmonizavam com alguns outros elementos – a queixa de Preserved Smith ao ir embora, o criado que havia precedido Ann e que dela nunca ouvira falar, de que alguma coisa "sugava seu ar" durante a noite; os certificados de óbito das vítimas da febre de 1804, assinados pelo dr. Chad Hopkins, mostrando que todos os quatro falecidos, de maneira inexplicável, não tinham sangue em seus corpos; e as passagens obscuras dos devaneios da pobre Rhoby Harris, reclamando dos dentes afiados de uma presença semivisível de olhar embotado.

Embora eu seja livre de superstições infundadas, tais coisas me causaram uma sensação estranha, que foi intensificada por dois recortes de jornal de datas muito distantes, tratando de mortes na casa maldita – um do *Providence Gazette and Country Journal*, de 12 de abril de 1815, e o outro do *Daily Transcript and Chronicle*, de 27 de outubro de 1845 – cada um deles detalhando uma circunstância estarrecedoramente pavorosa cuja repetição era notável. Parece que em ambos os casos a pessoa moribunda, em 1815 uma amável velhinha chamada Stafford, e em 1845 uma professora de ginásio na meia-idade de nome Eleazar Durfee, transfigurou-se de maneira horrível, encarando com um olhar embotado e tentando morder a garganta do médico responsável. Ainda mais misterioso, porém, foi o caso final que pôs termo ao aluguel da casa – uma série de mortes por anemia, precedidas por uma loucura progressiva na qual o paciente atentava astutamente contra a vida de seus parentes, fazendo-lhes incisões no pescoço ou no pulso.

Isso se deu em 1860 e 1861, quando meu tio acabara de abrir seu consultório médico; e antes de partir para a guerra ele ouviu muitos relatos sobre o caso de seus colegas de profissão mais velhos. A coisa realmente inexplicável foi a maneira com que as vítimas – pessoas que de nada sabiam, pois a casa malcheirosa e amaldiçoada por muitos agora não podia ser alugada a mais ninguém – balbuciavam maldições em francês, uma língua que não poderiam de modo algum ter estudado em qualquer profundidade. Isso fazia lembrar da pobre Rhoby Harris quase um século antes, e de tal forma comoveu meu tio que ele começou a coletar dados históricos sobre a casa após ouvir, algum tempo depois de haver retornado da guerra, o relato de primeira mão dos doutores Chase e Whitmarsh. Com efeito, pude ver que meu tio refletira profundamente sobre o assunto e que meu próprio interesse o alegrou – um interesse imparcial e solícito que permitiu a ele discutir comigo assuntos dos quais outras pessoas teriam apenas rido. Sua imaginação não fora tão longe quanto a minha, mas ele sentiu que o lugar era extraordinário em suas potencialidades imaginativas e digno de atenção como uma fonte de inspiração no campo do grotesco e do macabro.

De minha parte, estava disposto a encarar a questão toda com profunda seriedade e comecei de pronto não só a estudar as evidências, como também a acumular a maior quantidade de novas evidências que me fosse possível. Conversei muitas vezes com o idoso Archer Harris, então proprietário da casa, antes de sua morte em 1916; e obtive dele e de sua irmã solteira ainda viva, Alice, corroboração autêntica de todas as informações da família que meu tio coletara. Quando, porém, perguntei a eles qual ligação com a França ou com a língua daquele país a casa poderia ter, eles se confessaram tão perplexos e ignorantes quanto eu. Archer não sabia de nada, e tudo o que a srta. Harris pôde dizer foi que uma antiga alusão sobre a qual seu avô, Dutee Harris, ouvira poderia ter esclarecido a questão em alguma medida. O velho marinheiro, que sobrevivera à morte de seu filho Welcome na guerra por dois anos, não conhecia diretamente a lenda, mas lembrava que sua mais antiga babá, a velha Maria Robbins, parecia obscuramente consciente de algo que poderia ter dado um estranho significado aos desvarios em francês de Rhoby Harris, que ela tantas vezes ouvira durante os últimos dias daquela infeliz mulher. Maria estivera na casa maldita de 1769 até a remoção da família, em 1783, e vira Mercy Dexter morrer. Certa vez fez alusão, para a criança Dutee, a uma circunstância um tanto peculiar dos últimos momentos de vida de Mercy, mas ele logo esqueceu o que ouvira, exceto que se tratava de algo estranho. A neta, ademais, lembrava até mesmo

A casa maldita

disso com dificuldade. Ela e seu irmão não estavam tão interessados na casa quanto o filho de Archer, Carrington, o atual proprietário, com o qual conversei após minha experiência.

Havendo extraído da família Harris todas as informações que ela podia fornecer, voltei minha atenção aos antigos registros e escrituras da cidade, com um empenho mais alerta do que meu tio vez por outra demonstrara no mesmo trabalho. Eu desejava uma história abrangente do local desde o próprio assentamento em 1626 – ou até mesmo de antes, se alguma lenda dos índios Narragansett pudesse ser descoberta para fornecer as informações. Descobri, no começo, que a terra fora parte da longa faixa de lote habitacional concedida originalmente a John Throckmorton; uma das muitas faixas semelhantes que começavam na Town Street ao lado do rio e que se estendiam até depois da colina, terminando em uma linha que corresponde aproximadamente à moderna Hope Street. O lote de Throckmorton depois havia sido, é claro, subdividido em muitas partes; e me dediquei com muita diligência à tarefa de rastrear aquela seção pela qual a Back ou Benefit Street veio a passar depois. Havia sido, como os rumores de fato indicaram, o cemitério dos Throckmorton; mas ao examinar os registros com maior cuidado descobri que as covas tinham sido todas transferidas há muito tempo para o North Burial Ground, na Pawtucket West Road.

Então de repente deparei – por um raro golpe de sorte, visto que não estava no acervo principal de registros e poderia ter facilmente passado despercebido – com algo que me incitou a avidez mais profunda, por se encaixar tão bem com várias das fases mais estranhas do caso. Era o registro de um arrendamento, em 1697, de um pequeno trato de terra a um Etienne Roulet e esposa. Enfim o elemento francês aparecera – e também um outro elemento de horror, mais profundo, que o nome conjurava dos mais negros recessos de minhas leituras estranhas e heterogêneas – e estudei febrilmente os mapas da localidade – como fora antes que a Back Street fosse cortada e parcialmente alinhada entre 1747 e 1758. Descobri o que já de certa forma esperava, que no local em que hoje estava a casa maldita os Roulet tinham construído seu cemitério atrás de uma cabana de andar térreo mais sótão e que nenhum registro de transferência de covas existia. O documento, com efeito, terminava de modo muito confuso; e fui forçado a esquadrinhar tanto a Sociedade Histórica de Rhode Island quanto a biblioteca Shepley antes de conseguir encontrar uma porta local que seria destrancada pelo nome de Etienne Roulet. Ao fim, eu realmente encontrei algo; algo de um significado de tal forma vago mas monstruoso que passei de imediato a examinar o porão da própria casa maldita com um detalhismo novo e cheio de animação.

Ao que parecia, os Roulet haviam chegado em 1696 de East Greenwich, abaixo da costa ocidental da baía de Narragansett. Eram huguenotes de Caude e tinham deparado com uma grande resistência antes que os membros do conselho municipal permitissem que eles se assentassem na cidade. A impopularidade os perseguira em East Greenwich, para onde haviam ido em 1686, após a revogação do Édito de Nantes, e os rumores diziam que a causa da antipatia ia muito além do simples preconceito racial e de nacionalidade e das disputas de terra que envolviam outros colonos franceses com os ingleses em rivalidades que nem mesmo o governador Andros conseguia aplacar. Mas seu protestantismo ardoroso – ardoroso demais, diziam alguns à boca pequena – e seu óbvio sofrimento quando foram praticamente expulsos do vilarejo na baía despertaram a solidariedade dos fundadores da cidade. Aqui, os estrangeiros encontraram um refúgio; e o moreno Etienne Roulet, menos predisposto à agricultura do que à leitura de livros estranhos e a desenhar diagramas estranhos, recebeu um cargo administrativo no depósito do píer de Pardon Tillinghast, bem ao sul, na Town Street. No entanto, houvera depois disso algum tipo de tumulto – talvez quarenta anos mais tarde, depois da morte do velho Roulet – e ninguém parece ter ouvido falar nessa família desde então.

Por mais de um século, ao que parecia, os Roulet permaneceram bastante vivos na memória e eram tema frequente das conversas, mencionados como incidentes dramáticos na pacata vida de um porto marítimo da Nova Inglaterra. O filho de Etienne, Paul, um sujeito grosseiro cuja conduta errática provavelmente dera azo ao tumulto que exterminou a família, era, mais do que todos, tema de especulações; e embora Providence nunca tenha

A casa maldita

partilhado dos pânicos relativos à bruxaria de seus vizinhos puritanos as velhas esposas insinuavam abertamente que as preces dele não eram ditas na hora correta e tampouco voltadas para o objeto apropriado. Tudo isso havia sem dúvida formado a base da lenda conhecida pela velha Maria Robbins. Que relação possuía com os desvarios em francês de Rhoby Harris e outros habitantes da casa maldita, somente a imaginação ou descobertas futuras poderiam determinar. Eu me perguntava quantos daqueles que tinham conhecimento das lendas se aperceberam daquela ligação adicional com o terrível que minhas vastas leituras me haviam proporcionado; aquele item fatídico nos anais do horror mórbido, que conta da criatura *Jacques Roulet, de Claude*, que em 1598 foi condenado à morte como um endemoniado mas posteriormente salvo da fogueira pelo parlamento de Paris e confinado em um hospício. Ele fora encontrado num bosque, coberto de sangue e fragmentos de carne, pouco depois que um menino fora morto e despedaçado por dois lobos. Um dos lobos foi visto fugindo ileso do local. Uma ótima história, é claro, para contar ao pé da lareira, contendo uma estranha implicação relativa a nome e lugar; mas concluí que o fato não poderia ser de conhecimento geral dos mexeriqueiros de Providence. Caso fosse, a coincidência de nomes acabaria por gerar alguma ação drástica e amedrontada – com efeito, será que alguns poucos boatos sobre o caso não teriam precipitado o tumulto derradeiro que varreu os Roulet da cidade?

Eu agora visitava o lugar amaldiçoado com assiduidade crescente; estudando a doentia vegetação do jardim, examinando todas as paredes da construção e esquadrinhando cada centímetro do chão de terra do porão. Por fim, com a permissão de Carrington Harris, inseri uma chave na porta em desuso que abria do porão direto para a Benefit Street, preferindo ter um acesso mais imediato ao mundo exterior do que as escadas mal iluminadas, o vestíbulo do andar térreo e a porta da frente proporcionavam. Lá, onde a morbidez espreitava com maior intensidade, busquei e vasculhei durante longas tardes, enquanto a luz solar se filtrava pelas janelas com teias de aranha, e uma sensação de segurança irradiava da porta destrancada que me colocava a apenas alguns metros da plácida calçada do lado de fora. Meus esforços não foram recompensados por nenhuma novidade – somente o mesmo bolor deprimente e as sugestões idem de odores repugnantes e contornos nitrosos no chão – e imagino que muitos transeuntes devam ter me observado com curiosidade pelas vidraças quebradas.

Depois de muito tempo, por sugestão de meu tio, decidi visitar o local à noite; e numa meia-noite tempestuosa corri o lume de uma lanterna elétrica pelo chão bolorento, com suas formas sinistras e fungos retorcidos e semifosforescentes. O lugar me deprimira de maneira muito curiosa aquela noite, e eu estava para ir embora quando vi – ou acreditei ter visto – entre os depósitos esbranquiçados uma definição particularmente nítida da "forma amontoada" da qual eu suspeitara desde criança. Sua nitidez era estarrecedora e sem precedentes – e ao observá-la me pareceu ver novamente a exalação fina, amarelada e cintilante que me assustara naquela tarde chuvosa de muitos anos atrás.

Acima da mancha antropomórfica de bolor perto da lareira ela se evolava; um vapor sutil, doentio, quase luminoso que ao pairar tremulante naquela umidade pareceu gerar vagas e chocantes sugestões de forma, que aos poucos se desfaziam numa decadência nebulosa e passavam para a escuridão da grande chaminé, deixando atrás de si um rastro de fetidez. Foi verdadeiramente horrível, e ainda mais por causa do que eu conhecia sobre o lugar. Recusando-me a fugir, observei o vapor desvanecer – e nisso senti que ele estava, por sua vez, me encarando cheio de cobiça, com olhos mais imaginados do que vistos. Quando contei a meu tio, ele ficou num estado de grande excitação; e após uma tensa hora de meditação chegou a uma decisão drástica e definitiva. Pesando em sua mente a importância da questão e o significado de nosso envolvimento com ela, ele insistiu que nós dois examinássemos – e se, possível, destruíssemos – o horror da casa por uma noite ou noites de uma vigília agressiva em dupla naquele porão bolorento e assolado por fungos.

4

Na quarta-feira, 25 de junho de 1919, após enviarmos a devida comunicação a Carrington Harris, sem incluir conjecturas a respeito do que esperávamos encontrar, meu tio e eu levamos para

A casa maldita

a casa maldita duas cadeiras de acampamento e um catre dobrável, em conjunto com alguns equipamentos científicos de maior peso e complexidade. Estes nós colocamos no porão durante o dia, vedando as janelas com papel e planejando retornar ao cair da noite para a nossa primeira vigília. Tínhamos trancado a porta que dava do porão para o andar térreo; e tendo a chave da porta que dava do porão para a rua podíamos deixar nossos equipamentos caros e frágeis – que obtivéramos em segredo e a um custo muito alto – por quantos dias precisássemos estender as vigílias. Planejávamos sentar em companhia um do outro até bem tarde da noite e então montar guardas de um até o alvorecer por períodos de duas horas, eu primeiro e depois meu companheiro; o membro inativo descansaria no catre.

A liderança natural com que meu tio obteve os instrumentos dos laboratórios da Brown University e do Arsenal da Cranston Street e instintivamente assumiu a direção de nossa empreitada foi uma ilustração maravilhosa das reservas de vitalidade e flexibilidade de um homem 81 anos. Elihu Whipple vivera de acordo com as leis de higiene que ensinara enquanto médico, e não fosse pelo que aconteceu depois estaria aqui ainda hoje, em pleno viço. Somente duas pessoas têm alguma ideia do que realmente aconteceu – Carrington Harris e eu. Fui obrigado a contar para Harris, pois ele era o dono da casa e merecia saber o que havia saído dela. E também havíamos falado com ele antes de nossa missão e senti, após a partida de meu tio, que ele compreenderia e me ajudaria a dar algumas explicações públicas vitalmente necessárias. Ele ficou muito pálido, mas concordou em me ajudar e chegou à conclusão de que agora seria seguro alugar a casa.

Afirmar que não estávamos nervosos naquela chuvosa noite de vigília seria um exagero ao mesmo tempo tosco e ridículo. Não estávamos, como já disse, tomados, em nenhum sentido, por superstições infantis, mas os estudos científicos e a reflexão haviam nos ensinado que o universo conhecido de três dimensões corresponde a uma fração minúscula de todo o cosmo de substância e energia. Naquele caso, uma preponderância avassaladora de evidências, de uma grande quantidade de fontes autênticas, apontava para a existência continuada de certas forças de imenso poder e, da perspectiva humana, de uma malignidade excepcional. Dizer que realmente acreditávamos em vampiros ou lobisomens seria uma declaração de abrangência leviana. Deve-se dizer, sim, que não estávamos preparados para negar a possibilidade de certas modificações, desconhecidas e não classificadas, de força vital e matéria rarefeita, cuja existência no espaço tridimensional é muito infrequente, devido à sua ligação mais íntima com outras unidades espaciais, mas ainda assim próximas o suficiente da fronteira de nossa própria para fornecer manifestações ocasionais que nós, por falta de um posto de observação adequado, talvez jamais possamos compreender.

Em suma, parecia a meu tio e a mim que uma série irrefutável de fatos apontava para alguma influência que subsistia na casa maldita, atribuível a um ou outro dos desagradáveis colonos franceses de dois séculos atrás e ainda operando através de leis excepcionais e desconhecidas de movimento atômico e eletrônico. Que a família de Roulet possuíra uma afinidade anormal por esferas remotas do ser – esferas negras que em pessoas normais causam apenas repulsa e terror –, o registro histórico da família parecia provar. Será, então, que os tumultos registrados naquela longínqua década de 1730 não haviam posto em operação certos padrões cinéticos no mórbido cérebro de um ou mais deles – em especial do sinistro Paul Roulet – que, de alguma maneira obscura, sobrevivera aos corpos assassinados e enterrados pela multidão e que continuava a funcionar em algum espaço de múltiplas dimensões, de acordo com as linhas de força originais, determinadas por um ódio frenético contra a comunidade invasora?

Isso não era, com certeza, uma impossibilidade física ou bioquímica, não à luz de uma ciência nova, que inclui as teorias da relatividade e do movimento intra-atômico. É possível imaginar com facilidade um núcleo alienígena de substância ou energia, informe ou não, mantido vivo por subtrações imperceptíveis ou intangíveis da força vital ou dos tecidos e fluidos corporais de outros seres cuja forma de vida é mais palpável, nos quais penetra e com cujo tecido às vezes se mescla por inteiro. Talvez seja ativamente hostil, ou determinado somente por motivos cegos de autopreservação. De qualquer modo, tal monstro deve ser, por força, quando visto da perspectiva de nossa situação estrutural, uma anomalia e um invasor, cuja extirpação constitui um dever essencial de todo homem que não seja um inimigo da vida, da boa saúde e da sanidade do mundo.

O que nos deixou perplexos foi nossa total ignorância a respeito da aparência que a coisa poderia ter aos nossos olhos. Nenhuma pessoa sã jamais a vira, e poucos já a haviam sentido com clareza. Talvez fosse energia pura – uma forma etérea, e não do reino da substância – ou parcialmente material; alguma massa desconhecida e críptica de plasticidade, capaz de atingir ao bel-prazer certas aproximações nebulosas dos estados sólido, líquido, gasoso, ou sutilmente desprovidos de partículas. A mancha antropomórfica de mofo no chão, a forma do vapor amarelado e o arqueamento das raízes das árvores em algumas das velhas histórias – tudo isso indicava ao menos uma conexão remota e reminiscente com a forma humana; mas não seria possível afirmar, com nenhum grau de certeza, o quanto essa semelhança poderia ser característica ou permanente.

Tínhamos pensado em duas armas para combatê-la; um tubo de Crookes grande e feito sob medida, acionado por poderosas baterias recarregáveis e equipado com telas e refletores especiais, caso a coisa se mostrasse intangível e vulnerável apenas a radiações de éter de grande poder de destruição; e dois lança-chamas militares do tipo usado na guerra mundial, caso a coisa se mostrasse parcialmente material e suscetível à destruição mecânica – pois, como os capiaus supersticiosos de Exeter, estávamos preparados para queimar o coração dela, se coração houvesse para ser queimado. Pusemos todos esses aparelhos de agressão no porão, em locais estratégicos com relação ao catre e às cadeiras, e ao ponto diante da lareira onde o bolor havia tomado formas estranhas. Aquela sugestiva mancha, aliás, mal estava visível quando posicionamos os móveis e instrumentos, e também quando retornamos ao cair daquela noite, para a vigília propriamente dita. Por um momento, de certa forma duvidei ter visto alguma vez a mancha assumir contornos mais definidos – mas então lembrei das lendas.

Nossa vigília no porão começou às dez da noite, horário de verão, e em seu decorrer não encontramos qualquer potencial de manifestações pertinentes. Um brilho fraco e filtrado advindo dos postes de luz fustigados pela chuva lá fora e uma débil fosforescência dos execráveis fungos do lado de dentro iluminavam as pedras gotejantes das paredes, das quais todos os vestígios de cal tinham desaparecido; o chão de terra batida, úmido, fétido e com manchas de mofo, com seus fungos obscenos; os restos apodrecidos do que haviam sido bancos, cadeiras e mesas, e outros móveis mais informes; as tábuas pesadas e vigas imensas que sustentavam o andar térreo acima de nós; a decrépita porta de tábuas que levava a despensas e cômodos embaixo de outras partes da casa; a escada de pedra aos pedaços com um corrimão de madeira estragado; e a rústica e cavernosa lareira de tijolos enegrecidos onde fragmentos de ferro oxidado revelavam a presença de antigos ganchos, cães de lareira, espeto e suporte, e uma portinhola para o forno holandês – iluminavam essas coisas, e nossos ascéticos catre e cadeiras de acampamento, e os pesados e complexos aparelhos de destruição que tínhamos comprado.

Como em minhas explorações anteriores, deixamos a porta para a rua destrancada, de modo que um caminho direto e prático de fuga pudesse permanecer aberto em caso de manifestações que estivessem além de nossos poderes. Acreditávamos que nossa presença noturna continuada evocaria qualquer entidade maligna que se ocultasse por ali e que, estando preparados, poderíamos liquidar a coisa com um dos meios à disposição, assim que fosse identificada e a tivéssemos observado o suficiente. Não fazíamos ideia de quanto tempo seria necessário para evocar e aniquilar a coisa. Ocorreu-nos, também, que a empreitada não era de modo algum segura, pois era impossível dizer com qual força a coisa poderia aparecer. Mas concluímos que a aposta valia o risco e embarcamos nela sozinhos e sem hesitar, conscientes de que buscar ajuda externa só faria nos expor ao ridículo e talvez contrariasse o nosso objetivo. Era esse o nosso estado de espírito enquanto conversávamos – até tarde da noite, quando a sonolência cada vez maior de meu tio me fez lembrá-lo de ir deitar-se para suas duas horas de sono.

Alguma coisa parecida com medo me fez ficar arrepiado enquanto fiquei lá sentado, sozinho, na madrugada – digo sozinho pois quem senta ao lado de quem dorme está realmente sozinho; talvez mais sozinho do que consegue perceber. Meu tio respirava

A casa maldita

pesado, suas profundas inalações e expirações acompanhadas pela chuva lá fora e pontuadas por um outro som enervante de uma goteira distante no lado de dentro – pois a casa era de uma umidade repulsiva até mesmo em tempo seco e, naquela tempestade, parecia realmente um pântano. Estudei a cantaria antiga e frouxa das paredes à luz dos fungos e dos débeis raios de luz que se esgueiravam da rua para dentro, pela janela telada; e uma vez, quando a atmosfera repugnante do lugar parecia prestes a me dar náuseas, abri a porta e olhei de um lado para outro da rua, regalando os olhos com a visão de coisas conhecidas e as narinas com ar puro. Ainda não ocorrera nada que recompensasse minha vigilância, e bocejei repetidas vezes, a fadiga superando minha apreensão.

Então, meu tio se revirando no sono chamou minha atenção. Ele se virara inquieto no catre várias vezes na segunda metade da primeira hora, mas agora respirava com uma irregularidade incomum, de vez em quando soltando um suspiro que continha mais do que algumas das qualidades do gemido de alguém que sufocava. Iluminei-o com a lanterna e vi seu rosto virado para o outro lado; então, me levantando e indo até o outro lado do catre, mais uma vez liguei a luz para ver se ele parecia sentir alguma dor. O que vi me inquietou da maneira mais surpreendente, já que se tratava de algo relativamente banal. Deve ter sido apenas a associação de qualquer circunstância fortuita com a natureza sinistra da nossa missão e do lugar em que estávamos, pois a circunstância em si mesma não era de modo algum assustadora ou anômala. Era apenas que a expressão facial de meu tio, perturbada, sem dúvida, pelos sonhos estranhos incitados pela nossa situação, traía uma agitação considerável que não parecia de modo algum característica dele. Sua expressão normal era de uma calma benevolente e refinada, ao passo que agora diversas emoções pareciam lutar dentro dele. Penso, no todo, que foi essa *diversidade* o que mais me perturbou. Meu tio, ao resfolegar e se revirar numa perturbação crescente, e com olhos que haviam agora começado a se abrir, parecia ser não um, mas muitos homens, e passava uma peculiar impressão de estar diferente de si mesmo.

De repente, ele começou a resmungar, e não gostei da aparência de sua boca e dentes quando ele começou a falar. As palavras foram no início indiscerníveis, e então – com um susto tremendo – reconheci algo nelas que me encheu de um medo frio até que eu lembrasse de como era ampla a educação de meu tio e das intermináveis traduções que fizera de artigos antropológicos e de ciência antiquária na *Revue de Deux Mondes*. Pois o venerável Elihu Whipple estava murmurando em francês, e as poucas expressões que pude discernir pareciam relacionadas com os mitos mais sombrios que ele vertera da famosa revista de Paris.

Logo gotas de suor começaram a irromper na testa do adormecido, e ele levantou abruptamente, semiacordado. A confusão de francês transformou-se em um grito em inglês, e a voz roufenha berrou, agitada: "Meu fôlego, meu fôlego!". Então despertou por completo e, com um abrandamento da expressão facial, que voltava ao estado normal, meu tio tomou minha mão e começou a relatar um sonho cujo núcleo de significado eu podia apenas imaginar, sentindo uma espécie de reverência.

Ele houvera, disse, passado de uma série bastante comum de imagens oníricas a uma cena cuja estranheza não tinha relação com nenhuma de suas leituras. Era algo desse mundo, mas de fora dele – uma umbrosa confusão geométrica na qual se podia ver elementos de coisas conhecidas, nas combinações mais desconhecidas e perturbadoras. Havia sugestões de figuras estranhamente desordenadas sobrepostas umas às outras; um arranjo no qual os fundamentos do tempo e também do espaço pareciam dissolver--se e mesclar-se da maneira mais ilógica. Naquele caleidoscópio de imagens fantasmagóricas havia alguns instantâneos, se é que se pode dizer assim, de uma clareza singular mas de heterogeneidade inexplicável.

Numa hora meu tio acreditou estar deitado num fosso aberto com desleixo, com uma multidão de rostos raivosos emoldurados por cachos de cabelo desordenados e chapéus tricornes fechando a cara para ele. Depois lhe pareceu estar no interior de uma casa – uma casa antiga, pelo visto –, mas os detalhes e habitantes mudavam a toda hora e ele nunca podia ter certeza dos rostos e dos móveis, ou até mesmo do próprio cômodo, já que as portas e janelas pareciam estar num estado de fluxo tão grande

A casa maldita

quanto os objetos supostamente mais móveis. Foi estranho – abominavelmente estranho – e meu tio falou quase com vergonha, como se esperasse não ser acreditado, quando declarou que dos rostos estranhos muitos exibiam, inquestionavelmente, as características da família Harris. E durante todo o sonho havia uma sensação pessoal de sufocamento, como se alguma presença difusa houvesse se espalhado por sobre seu corpo e buscado se apoderar dos seus processos vitais. Estremeci ao pensar naqueles processos vitais, desgastados como estavam por 81 anos de funcionamento contínuo, entrando em conflito com forças desconhecidas que poderiam muito bem pôr medo no mais jovem e forte dos organismos; mas no momento seguinte me ocorreu que sonhos são apenas sonhos e que aquelas visões desconfortáveis não poderiam ser mais, na pior das hipóteses, do que a reação de meu tio às investigações e às expectativas que nos últimos tempos vinham ocupando por inteiro as nossas mentes.

Conversar com ele, também, logo começou a dispersar meu sentimento de estranheza; e com o tempo cedi aos bocejos e fui dormir o meu turno. Meu tio parecia muito alerta e gostou que agora fosse sua vez de vigiar, mesmo tendo sido despertado pelo pesadelo bem antes que se completassem as duas horas combinadas. Logo sucumbi ao sono e fui imediatamente assombrado por sonhos do tipo mais perturbador. Senti, em minhas visões, uma solidão cósmica e abissal; com hostilidade vindo de todos os lados em alguma prisão na qual eu jazia confinado. Parecia que eu estava amarrado e amordaçado, e que era provocado por gritos ecoantes de multidões longínquas, que tinham sede do meu sangue. O rosto de meu tio me apareceu, com associações menos agradáveis do que no mundo da vigília, e lembro de muitos conflitos e tentativas de fugir, sempre em vão. Não foi um sono agradável, e por um segundo não lamentei o guincho ecoante que perfurou as barreiras do sonho e me lançou num despertar ríspido e assustado, no qual todos os objetos reais diante de meus olhos se destacavam com uma clareza e uma realidade que não eram naturais.

5

Eu estivera deitado com o rosto virado para longe da cadeira de meu tio, de maneira que, naquele lampejo repentino do despertar, vi somente a porta da rua, a janela mais ao norte, e a parede e o chão e o teto na direção norte do cômodo, todos fotografados com uma vividez mórbida em meu cérebro, numa luz mais brilhante do que a luminosidade dos fungos ou a luz que vinha da rua poderiam proporcionar. Não era uma luz forte, nem sequer relativamente forte; decerto passava longe de ser forte o bastante para se ler um livro normal. Mas lançou uma sombra de mim e do catre sobre o chão, e tinha uma força amarelada e penetrante que sugeria coisas mais potentes do que a mera luminosidade. Isso eu percebi com uma nitidez insalubre, apesar do fato de que dois de meus outros sentidos haviam sido atacados com violência. Pois em meus ouvidos soavam as reverberações daquele grito chocante, enquanto minhas narinas se enojavam com o fedor que enchia o lugar. Minha mente, tão alerta quanto os sentidos, reconheceu a presença do gravemente insólito; e quase automaticamente saltei de pé e girei para apanhar os aparelhos de destruição que havíamos deixado apontados para a mancha bolorosa na frente da lareira. Ao girar, temi pelo que veria; pois o grito fora na voz de meu tio, e eu não sabia contra qual ameaça teria que defender a ele e a mim.

Mas, ainda assim, o que vi era pior do que meus temores. Há horrores para além dos horrores, e aquele era um daqueles núcleos de toda hediondez imaginável que o cosmos guarda para descarregar contra alguns poucos infelizes e amaldiçoados. Da terra infestada de fungos subia um vaporoso fogo-fátuo, amarelo e enfermiço, que borbulhava e chegava a uma altura gigantesca, com vagos contornos meio humanos e meio monstruosos, através dos quais pude ver a chaminé e a lareira atrás. Era todo olhos – vorazes e zombeteiros –, e a cabeça rugosa como que de inseto se dissolvia no topo, formando um fino fluxo de névoa que se encrespava putridamente e por fim desaparecia chaminé acima. Digo que vi essa coisa, mas foi apenas examinando de maneira consciente minhas memórias que consegui detectar com clareza sua detestável aproximação de forma. Na hora, foi para mim somente uma nuvem

A casa maldita

de hediondez fungosa, fervilhante e de tênue fosforescência, circunvagando e dissolvendo numa plasticidade abominável o objeto em que minha atenção estava concentrada. Esse objeto era meu tio – o venerando Elihu Whipple – que, com feições que decaíam e se enegreciam, me olhava de soslaio e balbuciava algo para mim, e estendia garras gotejantes para me rasgar na fúria que fora causada por aquele horror.

Foi a imersão na rotina o que me impediu de enlouquecer. Eu fizera treinamentos de modo a me preparar para o momento crucial, e o que me salvou foi colocar cegamente em prática aquilo que eu treinara. Reconhecendo que o mal borbulhante era uma substância invulnerável à matéria e à química material, e portanto ignorando o lança-chamas que avultava a minha esquerda, liguei o fluxo do tubo de Crookes e mirei naquela cena de blasfêmia imortal as mais fortes radiações de éter que a arte humana é capaz de extrair dos espaços e fluidos da natureza. Houve uma névoa azulada e uma crepitação frenética, e a fosforescência amarelada tornou-se mais indistinta. Mas percebi que a indistinção foi causada apenas pelo contraste e que as ondas da máquina não surtiram efeito algum.

Então, em meio àquele espetáculo demoníaco, vi um novo horror que trouxe gritos aos meus lábios e me mandou aos trancos e barrancos na direção daquela porta destrancada para a rua tranquila, indiferente a quais horrores anormais eu soltava no mundo e ao que os homens poderiam pensar de mim. Naquela mescla indistinta de azul e amarelo a forma de meu tio havia começado a se liquefazer de maneira nauseante, liquefação cuja natureza escapa a qualquer descrição e que impôs sobre seu rosto que desaparecia tais mudanças de identidade que só um louco poderia conceber. Ele foi, ao mesmo tempo, um demônio e uma multidão, um ossuário e uma procissão. Iluminado pelos raios mesclados e inconstantes, aquele rosto gelatinoso assumiu uma dezena – uma vintena – uma centena – de aspectos, com um sorriso arreganhado ao afundar no chão em um corpo que derretia como sebo assemelhando-se de modo caricatural a estranhas legiões, mas ao mesmo tempo não estranhas.

Vi as feições da linhagem dos Harris, homens e mulheres, adultos e crianças, e outras feições de velho e de jovem; embrutecidas e refinadas, conhecidas e desconhecidas. Por um segundo cintilou uma falsificação degradada de uma miniatura da pobre louca Rhoby Harris, que eu vira no School of Design Museum, e noutro momento pensei ter visto a imagem ossuda de Mercy Dexter, de acordo com o que eu dela lembrava, a partir de uma pintura na casa de Carrington Harris. Foi uma cena de terror inconcebível; perto do fim, quando uma curiosa mistura de imagens de criados e bebês bruxuleou perto do chão bolorento onde uma poça de gordura esverdeada se espalhava, pareceu que as feições mutáveis lutavam umas com as outras e esforçavam-se para formar contornos como os do rosto bom de meu tio. Gosto de pensar que ele ainda existia naquele momento e que tentou me dar adeus. Parece-me que solucei um adeus de minha própria garganta ressequida enquanto cambaleava até a rua, com um fino fluxo de gordura me seguindo pela porta até a calçada encharcada pela chuva.

O restante dos acontecimentos é indistinto e monstruoso. Não havia ninguém na rua encharcada, e no mundo inteiro não havia ninguém a quem eu ousasse contar. Caminhei sem objetivo para o sul, passando College Hill e o Ateneu, pela Hopkins Street, e cruzando a ponte para o bairro comercial, onde os prédios altos pareciam me proteger como os objetos materiais modernos protegem o mundo dos antigos e deletérios portentos. Então um alvorecer cinza surgiu úmido do leste, acentuando os contornos da colina arcaica e seus picos veneráveis e me atraindo para onde meu trabalho terrível ainda estava inacabado. E no final eu fui, molhado, sem chapéu e entorpecido sob a luz matinal, e entrei naquela repulsiva porta de Benefit Street, que eu deixara entreaberta e ainda oscilava de modo críptico, à vista de todos os habitantes que circulavam por ali e com os quais eu não ousaria falar.

A gordura sumira, pois o chão bolorento era poroso. E em frente à lareira não havia vestígio da gigantesca forma duplicada em nitrato. Olhei para o catre, as cadeiras, os instrumentos, o chapéu que eu esquecera ali e o amarelecido chapéu de palha de meu tio. Meu atordoamento estava em seu grau mais elevado, e eu mal conseguia lembrar o que era sonho e o que era realidade. Então a racionalidade começou a voltar aos poucos, e eu soube que testemunhara coisas mais horríveis do que as que concebera em sonho. Sentado, tentei conjecturar, tanto quanto me era permitido pelos

A casa maldita

limites da sanidade, o que havia acontecido e como eu poderia pôr fim ao horror, se de fato tinha sido real. Matéria não parecia ter sido, tampouco éter, nem qualquer outra coisa concebível pela mente de um mortal. O que, então, se não alguma *emanação* exótica; algum vapor vampiresco como aquele de que falavam os capiaus de Exeter, que se ocultaria em certos cemitérios? Senti que devia seguir aquela pista, e mais uma vez olhei para o chão diante da lareira, onde o mofo e o nitrato haviam assumido formas estranhas. Depois de dez minutos cheguei a uma conclusão e, tomando meu chapéu, parti para casa, onde tomei um banho, comi e pedi por telefone uma picareta, uma pá, uma máscara antigás de fabricação militar e seis garrafões de ácido sulfúrico, todos os quais deviam ser entregues na manhã seguinte na porta do porão da casa maldita, em Benefit Street. Depois disso, tentei dormir; e, não conseguindo, passei o tempo lendo e escrevendo versos inanes para contrabalançar meu estado de espírito.

Às onze da manhã do dia seguinte comecei a cavar. Fazia sol, e isso me deixou contente. Eu ainda estava sozinho, pois por mais que temesse o horror desconhecido que buscava temia mais ainda contar a alguém. Contei a Harris mais tarde, pois era absolutamente necessário e porque ele ouvira histórias estranhas de velhos que o dispuseram um pouco a acreditar. Ao remexer a fétida terra negra defronte à lareira, a pá fazendo com que um viscoso icor amarelo brotasse dos fungos brancos que eu cortava, as noções incertas sobre o que eu encontraria me fizeram estremecer. Alguns segredos do subterrâneo não são bons para a humanidade, e me pareceu que aquele era um deles.

Minha mão tremia a olhos vistos, mas ainda assim continuei a cavar; depois de um tempo, de pé no grande buraco que eu abrira. Com o aprofundamento do buraco, que tinha cerca de dois metros quadrados, o cheiro maligno se intensificou; e perdi qualquer dúvida de que era iminente o contato com a coisa infernal cujas emanações vinham amaldiçoado a casa por mais de um século e meio. Perguntei-me que aspecto teria – qual seria sua forma e substância e a que tamanho poderia ter crescido durante as longas eras em que sugou vidas. Por fim saí do buraco e espalhei a terra amontoada, e então posicionei os imensos garrafões de ácido em volta e próximos de dois lados, de modo que, quando necessário, eu pudesse esvaziá-los inteiros no buraco, em rápida sucessão. Depois disso, acumulei a terra apenas nos outros dois lados, trabalhando com mais vagar e pondo a máscara antigás quando o odor cresceu. Estar próximo a uma coisa inominável que jazia no fundo de um fosso quase me fez desfalecer.

De repente a pá bateu em algo mais macio do que a terra. Estremeci e fiz menção de sair do buraco, cuja borda agora batia em meu pescoço. Então a coragem voltou e cavei ainda mais à luz da lanterna elétrica que trouxera. A superfície que desencavei era píscea e vítrea – uma espécie de geleia coagulada semipútrida, com insinuações de translucidez. Raspei ainda mais e vi que a coisa tinha forma. Havia uma greta em que uma parte da substância estava dobrada. A área exposta era imensa e mais ou menos cilíndrica; como uma colossal chaminé azul-branca, macia, dobrada em dois, sua parte maior com cerca de meio metro de diâmetro. Continuei a raspar, e então bruscamente saltei para fora do buraco e para longe da coisa asquerosa; num frenesi destampei e emborquei os pesados garrafões, precipitando seu conteúdo corrosivo, um após o outro, naquele abismo sepulcral e sobre aquela anomalia inconcebível cujo titânico *cotovelo* eu vira.

O ofuscante turbilhão de vapor amarelo esverdeado que se ergueu como tempestade daquele buraco à medida que o ácido caía aos borbotões jamais me sairá da memória. Por toda a colina as pessoas contam do dia amarelo, quando emanações virulentas e horríveis se ergueram do lixo fabril jogado no rio Providence, mas sei bem o quanto estão enganados sobre a fonte. Contam, também, do rugido hediondo que na mesma hora subiu de alguns canos de água ou gás defeituosos sob a terra – mas novamente eu poderia corrigi-los, se ousasse. Foi indizivelmente chocante, e não entendo como consegui sobreviver. Com efeito, desmaiei depois de esvaziar o quarto garrafão, que tive de manejar depois que as emanações haviam começado a penetrar a máscara; mas quando me recuperei vi que o buraco não emitia mais novos vapores.

Esvaziei os dois últimos garrafões sem obter qualquer resultado perceptível, e depois de algum tempo senti que seria seguro recolocar a terra no fosso. O crepúsculo chegou antes que eu terminasse, mas o medo fora embora dali. A umidade era menos fétida, e todos os fungos estranhos haviam definhado até virar um tipo de pó acinzentado inofensivo, que errava como cinza pelo chão. Um dos terrores mais profundos da terra perecera para sempre; e, se existe inferno, ele recebeu finalmente o espírito demoníaco de uma coisa profana. E, ao compactar a última pá de terra, deixei cair a primeira das muitas lágrimas com que prestei uma sincera homenagem à amada memória de meu tio.

Na primavera seguinte, não nasceram mais gramas pálidas e estranhas ervas daninhas no jardim com patamares da casa maldita, e pouco depois Carrington Harris alugou o local. Continua sendo espectral, mas sua estranheza me fascina e encontrarei, mesclado com meu alívio, um estranho lamento quando ela for demolida para dar lugar a uma loja espalhafatosa ou um prédio de apartamentos ordinário. As áridas e velhas árvores do jardim começaram a dar maçãs pequenas e doces, e no ano passado os pássaros fizeram ninhos em seus ramos retorcidos.

Ele

Eu o vi numa noite insone quando caminhava desesperadamente para salvar a minha alma e a capacidade de fantasiar. A ida para Nova York havia sido um erro; pois ao passo que eu procurara emoção e inspiração nos labirintos numerosos de ruas antigas, que dão voltas infinitas em becos, praças e zonas portuárias esquecidas em direção a becos, praças e zonas portuárias igualmente esquecidas, e nas torres e arranha-céus modernos gigantescos que se erguem como uma Babilônia escurecida sob luas minguantes, eu encontrara, em vez disso, somente um sentimento de horror e opressão que ameaçava me dominar, paralisar e aniquilar.

A desilusão havia sido gradual. Chegando pela primeira vez na cidade, eu a vira no pôr do sol a partir de uma ponte. Imponente sobre as águas, seus picos e pirâmides incríveis erguiam-se como uma floração delicada sobre uma névoa violeta para brincar com as nuvens flamejantes e as primeiras estrelas da noite. Então janela a janela foi sendo acesa acima das correntes difusas onde as claraboias ondulavam deslizando e os silvos penetrantes ressoavam longamente, e a própria cidade tornou-se um firmamento cintilante de sonho, fragrante de músicas graciosas e com as maravilhas de Carcassonne, Samarcand e El Dorado e todas as cidades magníficas e mitológicas. Logo em seguida fui levado por aquelas ruas antigas tão queridas para minha imaginação – vielas e caminhos estreitos e curvos, onde fileiras de casas de tijolo vermelho georgiano tremeluziam com suas pequenas águas-furtadas acima das portas encimadas por colunas e que haviam sido espectadoras de sedas dourados e coches envidraçados em outras épocas – e no primeiro entusiasmo da realização dessas coisas que há tanto tempo eu queria ver, pensei que tinha realmente alcançado os tesouros que me fariam um poeta com o tempo.

Mas o sucesso e a felicidade não eram para acontecer. A luz brilhante do dia mostrou somente imundície, estranheza e a elefantíase doentia da pedra que subia e se espalhava onde a lua insinuara encanto e magia antiga; e as multidões de pessoas que fervilhavam por ruas que as escoavam como se fossem calhas eram estranhos atarracados e de compleição escura, com rostos endurecidos e olhos estreitos, estranhos tiranos sem sonhos e sem qualquer afinidade com as cenas a sua volta, que nunca poderiam significar algo para um homem de olhos azuis da raça antiga, que trazia o amor das alamedas verdes espaçosas e dos campanários brancos dos vilarejos da Nova Inglaterra no seu coração.

Então, em vez dos poemas que eu desejara, sobreveio apenas uma escuridão arrepiante e uma solidão inexprimível; e vi por fim uma verdade terrível que ninguém tivera ainda a coragem de sussurrar antes – o segredo dos segredos inconfessável –, o fato de que essa cidade de pedra e ruídos ásperos não é uma perpetuação consciente da Velha Nova York como Londres é da Velha Londres e Paris da Velha Paris, mas que ela está na realidade bem morta, seu corpo se esparramando malconservado e infestado de seres estranhos animados que não têm nada a ver com a cidade como ela foi em vida. Ao fazer essa descoberta deixei de dormir bem, apesar de algo próximo de uma tranquilidade resignada ter voltado quando gradualmente criei o hábito de manter-me distante das ruas durante o dia, arriscando-me para fora apenas de noite, quando a escuridão suscita aquele pouco do passado que ainda paira à sua volta como um fantasma e as portas brancas e antigas lembram as figuras resolutas que outrora passaram por elas. Com essa saída como consolo, até escrevi alguns poemas e ainda me abstive de voltar à casa da minha família, o que poderia parecer um retorno ignóbil, arrastando-me derrotado.

Então uma noite, numa caminhada insone, encontrei o homem. Foi num pátio bizarro escondido do bairro de Greenwich, pois fora lá que me estabelecera na minha ignorância, tendo ouvido

Ele

falar do lugar como a morada natural de poetas e artistas. As ruas e casas antigas e os cantos inesperados de praças e becos haviam realmente me encantado, e quando descobri que os poetas e artistas não passavam de embusteiros que falavam alto, com uma originalidade barata, e cujas vidas eram uma negação de toda a beleza pura que é a poesia e a arte, permaneci no bairro pelo amor por essas coisas veneráveis. Eu o imaginava quando estava no seu auge, quando Greenwich era um bairro tranquilo que não fora ainda tragado pela cidade; e nas horas antes do amanhecer, quando todos os farristas haviam se retirado furtivamente, eu costumava passear sozinho em meio às suas sinuosidades enigmáticas e meditar sobre os mistérios singulares que gerações deviam ter depositado ali. Isso manteve minha alma viva e me proporcionou alguns daqueles sonhos e visões que o poeta dentro de mim ansiava.

    O homem aproximou-se em torno das duas da manhã de uma madrugada nublada de agosto, quando eu perambulava por uma série de pátios desconexos entre si, acessíveis agora somente por corredores, sem iluminação, de prédios interpostos, mas outrora formando as partes de uma rede contínua de vielas pitorescas. Eu ouvira falar delas por meio de rumores vagos e refleti que não poderiam estar em nenhum mapa de hoje em dia, mas o fato de serem esquecidas apenas as tornou mais queridas para mim, de maneira que as procurei com duas vezes minha animação normal. Agora que as encontrara, essa animação fora mais uma vez redobrada, pois algo na sua disposição insinuava de modo obscuro que talvez restassem apenas algumas vielas assim, escuras e silenciosas, encravadas sombriamente entre muros altos inexpressivos e os fundos de cortiços, ou ocultas sem uma luz atrás de passagens, sem serem traídas pelas hordas falando línguas estrangeiras e guardadas por artistas furtivos e pouco comunicativos cujos costumes não convidam à publicidade ou à luz do dia.

    Ele falou comigo sem ser convidado, observando meu humor e meus olhares enquanto eu estudava algumas portas gastas acima dos seus degraus com corrimãos de ferro e sob o brilho lívido das suas bandeiras, que iluminavam debilmente o meu rosto. Seu próprio rosto estava na sombra, e ele usava um chapéu com abas largas que de alguma forma combinava perfeitamente com a capa fora de época que vestia; mas eu me sentia sutilmente perturbado mesmo antes de ele se dirigir a mim. Sua figura era bastante franzina, magra ao ponto de ser cadavérica, e sua voz provou-se incrivelmente suave e cavernosa, apesar de não ser particularmente grave. Ele disse que havia me observado várias vezes em meus passeios e supôs que eu era como ele no que dizia respeito ao amor que nutria pelos vestígios dos anos passados. E perguntou se eu não apreciaria a orientação de uma pessoa bastante experiente nessas explorações e possuidora de informações locais muito mais profundas do que quaisquer outras que um óbvio recém-chegado poderia ter conseguido.

Enquanto ele falava, vi seu rosto de relance no feixe amarelo da janela solitária de um sótão. Era um rosto nobre, belo até, com um semblante idoso, e trazia os traços de uma linhagem e refinamento fora do comum para a época e o lugar. No entanto, algum atributo a respeito disso me incomodava quase tanto quanto seus traços me agradavam – talvez ele fosse branco demais, ou inexpressivo demais, ou excessivamente em desarmonia com o espaço à sua volta para que me sentisse à vontade ou confortável. Mesmo assim o segui, pois naqueles dias melancólicos minha busca pela beleza antiga e pelo mistério era tudo o que eu tinha para manter minha alma viva, e considerei um raro favor do Destino encontrar uma pessoa cujas buscas afins pareciam ter chegado tão mais longe do que as minhas.

Algo na noite levou o homem encapado a ficar em silêncio, e por uma longa hora me guiou adiante sem palavras desnecessárias, fazendo apenas os comentários mais breves possíveis com relação a nomes, datas antigas e mudanças. Ele dirigia meu progresso em grande parte por gestos, enquanto nos enfiávamos por fendas, seguíamos nas pontas dos pés por corredores, subíamos com dificuldade muros de tijolos e uma vez arrastando-nos apertados sobre as mãos e os joelhos por uma galeria em arco de pedra e cujo cumprimento imenso e curvas tortuosas apagaram por fim qualquer pista de uma localização geográfica que eu pudesse ter preservado. As coisas que víamos eram muito antigas e magníficas, ou pelo menos assim pareciam sob os poucos raios de luz esporádicos com os quais as admirávamos, e nunca vou esquecer as colunas jônicas

Ele

em ruínas, as pilastras suaves e os mourões de ferro com suas extremidades em forma de vaso, as janelas com lintéis brilhantes e as bandeiras decorativas que pareciam tornar-se mais exóticas e estranhas quanto mais nós avançávamos nesse labirinto inexaurível de uma antiguidade desconhecida.

Não vimos ninguém, e à medida que o tempo passava, as janelas iluminadas tornaram-se mais e mais raras. As luzes das ruas a princípio queimavam com óleo e eram do padrão antigo na forma de um losango. Mais tarde observei algumas com velas, e por fim não havia iluminação alguma. Chegando num beco horrível, meu guia teve de me dirigir com sua mão enluvada através da escuridão total até um portão de madeira estreito num muro alto. Passando por ele, estávamos num trecho de uma viela iluminada somente por lanternas na frente de cada sétima casa – lanternas de lata incrivelmente coloniais com topos cônicos e buracos furados nos lados. Essa viela seguia numa subida íngreme – mais íngreme do que pensei ser possível nessa parte de Nova York – e sua extremidade de cima estava bloqueada completamente pelo muro tomado de heras de uma propriedade privada, além da qual eu podia ver uma abóbada descorada e as copas de árvores agitando-se contra uma claridade vaga no céu. Nesse muro havia um portão baixo de carvalho negro pregado com tachos, ao qual o homem se dirigiu para destrancar com uma chave pesada. Seguindo à minha frente, ele traçou um curso na escuridão absoluta sobre o que parecia ser um caminho de cascalhos e, finalmente, subindo um lance de degraus de pedra até a porta da casa, destrancou-a e abriu-a para mim.

Ao entrarmos fiquei tonto com o cheiro forte de um mofo infinito que jorrou ao nosso encontro e que devia ser fruto de séculos insalubres de decomposição. Meu anfitrião parece não ter percebido isso, e por educação mantive o silêncio enquanto ele me guiava por uma escada em curva, através de um corredor e para uma sala cuja porta o ouvi trancar atrás de nós. Então vi que abria as cortinas das três janelas com vidraças pequenas que mal apareciam contra o céu que clareava; em seguida cruzou a sala até o consolo da lareira, riscou uma pedra de fogo, acendeu duas velas de um candelabro de doze castiçais e gesticulou recomendando que falássemos baixo.

Nesse brilho débil vi que estávamos numa biblioteca espaçosa, bem mobiliada e revestida de madeira, datando dos primeiros 25 anos do século XVIII, com frontões triangulares esplêndidos, uma cornija dórica encantadora e um ornamento magnífico entalhado com arabescos sobre o consolo da lareira. Acima das prateleiras cheias, em intervalos seguindo as paredes, viam-se retratos de família bastante gastos, todos manchados até uma obscuridade enigmática e trazendo uma semelhança inequívoca com o homem que agora me indicava uma cadeira atrás de uma mesa Chippendale encantadora. Antes de sentar-se do outro lado da mesa, meu anfitrião parou por um momento como se envergonhado, então, devagar retirou as luvas, o chapéu de abas largas e a capa, parando teatralmente exposto com os trajes de meados do período georgiano, desde o cabelo com tranças, passando pelo colarinho ondulado, as bermudas, as meias de seda e os sapatos com fivelas que eu não tinha observado antes. Agora sentando com vagar na cadeira com encosto de lira, passou a me encarar com atenção.

Sem o chapéu ele assumiu a aparência de uma idade incrível que mal era visível antes e me perguntei se essa marca despercebida de longevidade singular não era uma das fontes da minha inquietação. Quando por fim falou, sua voz suave, cavernosa e cuidadosamente contida várias vezes soava trêmula, e uma vez ou outra tive muita dificuldade em acompanhá-lo enquanto o ouvia com um frêmito de espanto e cada vez mais abalado de uma maneira que desconhecia.

– O cavalheiro está olhando para um homem de hábitos muito excêntricos, por cujos trajes não é preciso dar desculpa alguma para uma pessoa da sua inteligência e interesses. Considerando tempos melhores, não hesitei em apurar os seus costumes e adotar suas roupas e modos, uma indulgência que não ofende a ninguém se praticada sem ostentação. Tem sido minha boa fortuna manter a sede rural dos meus ancestrais, apesar de ter sido tragada por duas cidades, primeiro Greenwich, que seguiu até esse ponto depois de 1800, então Nova York, que se ligou a ela perto de 1830. Havia muitas razões para manter este lugar junto da minha família, e não tenho sido negligente em me eximir de tais obrigações. O fidalgo que a herdou em 1768 estudou determinadas artes

Ele

e fez certas descobertas, todas ligadas a influências que se encontram neste pedaço de terra em particular e eminentemente merecedoras da vigilância mais cerrada. Alguns efeitos interessantes dessas artes e descobertas eu tenho a intenção de mostrá-los, sob o sigilo mais estrito, e creio que posso confiar no meu julgamento dos homens o suficiente para não desconfiar nem do seu interesse, nem da sua lealdade.

Ele fez uma pausa, mas eu só conseguia concordar com a cabeça. Já disse que estava assustado, mas para minha alma, entretanto, nada era mais mortal do que o mundo material da luz do dia de Nova York, e se esse homem era um excêntrico inofensivo ou um praticante de artes perigosas, eu não tinha escolha a não ser segui-lo e saciar meu sentimento de assombro sobre o que quer que ele tivesse a oferecer. Então o ouvi.

– Em meu antepassado – continuou com suavidade – pareciam estar presentes algumas qualidades realmente extraordinárias na força de vontade da humanidade; qualidades que têm um domínio pouco percebido não apenas sobre os atos de uma pessoa e de outros, mas sobre toda sorte de forças e substâncias na natureza e sobre muitos elementos e dimensões considerados mais universais que a própria natureza. Será que eu poderia dizer que ele zombava da santidade de coisas tão grandes quanto o espaço e o tempo e que usou de maneiras estranhas os ritos de certos índios peles-vermelhas mestiços que outrora acampavam neste morro? Esses índios ficaram coléricos quando a casa foi construída e foram desagradáveis e irritantes pedindo para visitar suas terras na lua cheia. Por anos eles entraram furtivamente pelo muro, e a cada mês, quando conseguiam, faziam certos rituais na calada da noite. Então, em 68, o novo fidalgo os pegou com a mão na massa e ficou calado a observá-los. A partir daí negociou com eles e trocou o livre acesso para suas terras pelo conhecimento íntimo e preciso do que eles faziam, descobrindo que os antepassados deles tinham aprendido parte desse costume dos seus ancestrais peles-vermelhas e parte de um velho holandês da época da *States-General*.[*]

---

[*] *States-General* é o parlamento holandês. Reuniu delegados de estados provinciais pela primeira vez em 9 de janeiro de 1464 sob o reinado de Felipe III, Duque da Borgonha. (N.T.)

E maldito seja, mas temo que o fidalgo ofereceu a eles um rum envenenado terrível – não sei se de propósito –, pois uma semana depois de aprender o segredo, ele era o único homem vivo que o sabia. O senhor, cavalheiro, é a primeira pessoa de fora que ouviu falar da existência desse segredo, e que um raio me parta se eu teria arriscado mexer com tanto – com os poderes – se o senhor não fosse tão interessado pelas coisas do passado.

Senti um calafrio à medida que o homem ficava mais à vontade e falava com o tom familiar de dias passados. Ele seguiu em frente.

– Mas o senhor deve saber, cavalheiro, que o costume que o fidalgo aprendeu daqueles selvagens vira-latas foi apenas uma pequena parte do conhecimento que ele veio a ter. Ele não esteve em Oxford por nada, tampouco conversou por razão alguma com um químico e astrólogo antigo em Paris. Ele compreendeu, em suma, que o mundo não passa da fumaça dos nossos intelectos, além do alcance das pessoas vulgares, mas para os sábios tirarem baforadas e tragarem como o melhor tabaco da Virgínia. O que quisermos, podemos fazer à nossa volta, e o que não quisermos, podemos varrer para longe. Não vou dizer que tudo isso é completamente verdadeiro enquanto matéria, mas é verdadeiro o suficiente para proporcionar um espetáculo bastante interessante de vez em quando. O senhor, penso eu, ficaria encantado com uma visão melhor de determinados anos do que a sua imaginação consegue lhe propiciar; portanto, por favor, contenha qualquer temor diante do que pretendo lhe mostrar. Venha até a janela e fique em silêncio.

Meu anfitrião me levou pela mão até uma das duas janelas na parede maior da sala fétida. Enregelei ao primeiro toque dos seus dedos sem luvas; sua pele, apesar de seca e firme, tinha a qualidade do gelo, e quase me esquivei do braço que me puxava. Entretanto, mais uma vez pensei no vazio e no horror da realidade, e corajosamente me preparei para segui-lo aonde quer que fosse levado. Uma vez junto à janela, o homem abriu as cortinas de seda amarela e dirigiu meu olhar para a escuridão na rua. Por um momento não vi nada, a não ser uma miríade de luzes minúsculas dançando distantes à minha frente. Então, como se em resposta a

Ele

um movimento inesperado da sua mão, o clarão de um relâmpago apareceu em cena e olhei para um mar de folhagens exuberantes e despoluídas, e não o mar de telhados que qualquer mente normal esperaria. À minha direita o rio Hudson cintilava travesso, e na distância mais adiante vi a luz difusa doentia de um vasto pântano salgado com uma constelação de vaga-lumes nervosos. O clarão desapareceu e um sorriso diabólico iluminou o rosto de cera do velho necromante.

– Isso foi antes do meu tempo, antes do tempo do primeiro fidalgo. Vamos tentar de novo.

Eu me sentia sufocado, mais sufocado até que a modernidade odiosa daquela cidade maldita me fizera sentir.

– Meu Deus! – sussurrei. – Você consegue fazer isso para *qualquer época*?

E quando ele concordou, expondo os tocos escuros do que foram um dia caninos amarelados, agarrei-me nas cortinas para evitar cair. Mas ele me firmou com aquela garra terrível, fria como o gelo, e mais uma vez fez seu gesto inesperado.

O relâmpago brilhou outra vez – mas dessa vez sobre uma cena que não era completamente estranha. Era Greenwich, a Greenwich de um passado não tão distante, com um telhado aqui e outro ali, ou uma fileira de casas como as vemos agora, no entanto com alamedas verdes, campos graciosos e terrenos públicos gramados. O pântano ainda brilhava adiante, mas mais distante vi os campanários do que fora então toda a Nova York; as igrejas de Trinity, Saint Paul e Brick prevalecendo sobre as suas irmãs, e uma bruma indistinta de fumaça de madeira pairando sobre o todo. Respirei fundo, nem tanto pela visão em si, mas pelas possibilidades que minha imaginação evocara com assombro.

– Você consegue, ou teria a coragem, de ir longe? – falei espantado e creio que ele compartilhou desse espanto por um segundo, mas o esgar diabólico retornou ao seu rosto.

– Longe? O que eu vi o teria transformado numa estátua de pedra maluca! Para trás, para trás, agora para frente, *para frente*, e olhe você choramingando, seu asno!

E enquanto rosnava a frase num sussurro, ele gesticulou novamente, trazendo para o céu um relâmpago mais ofuscante do que qualquer um dos dois que tinham aparecido antes. Por três segundos inteiros pude ver de relance aquela cena de pandemônio, e naqueles segundos vi uma paisagem que para sempre me atormentaria em sonhos. Vi um céu repugnante com coisas estranhas que voavam, e abaixo dele uma cidade escura infernal com terraços de pedra gigantescos, pirâmides hereges lançando-se ferozmente em direção à lua e luzes diabólicas queimando de janelas inumeráveis. E enxameando sobre galerias aéreas de forma repulsiva, via as pessoas amarelecidas e de olhos semicerrados daquela cidade, vestindo túnicas laranja e vermelhas horríveis e dançando loucamente com as batidas febris de timbales, a algazarra obscena de crótalos e o lamento maníaco de clarins abafados, cujos toques tristes e contínuos subiam e desciam ondulantes como as ondas de um oceano profanado de betume.

Eu vi essa paisagem, sim, a vi, e ouvi, como se com os ouvidos da mente, a confusão blasfema de dissonâncias que a acompanhavam. Era a realização estridente de todo o horror que aquela cidade-cadáver havia despertado na minha alma, e, esquecendo todos os pedidos para ficar em silêncio, gritei, gritei e gritei enquanto meus nervos cediam e as paredes estremeciam à minha volta.

Então, à medida que o clarão desaparecia, vi que meu anfitrião estava tremendo também; um olhar de medo e abalo apagara por um instante a distorção de raiva de serpente que meus gritos haviam provocado. Ele cambaleou e agarrou-se nas cortinas como eu havia feito antes e meneou a cabeça violentamente, como um animal caçado. Deus sabe que ele tinha razão para isso, pois assim que os ecos dos meus gritos morreram, ouvimos outro som tão diabolicamente sugestivo quanto os primeiros. Apenas minhas emoções entorpecidas me mantiveram são e consciente. Era o rangido furtivo e constante das escadas além da porta trancada, como se uma horda de pés no chão ou calçando peles estivesse subindo; e, por fim, o retinir cuidadoso e intencional do trinco de bronze que brilhava na luz débil das velas. O velho me arranhou, cuspiu através do ar mofado, e vociferou coisas enquanto balançava com a cortina amarela que agarrava.

– A lua cheia, maldito seja, seu... seu cão uivante, você os chamou e eles vieram atrás de mim! Pés com mocassins... homens

Ele

mortos... Deus os fez desaparecer, seus diabos vermelhos, mas não fui eu quem envenenou o rum de vocês... e não mantive a sua mágica podre a salvo? Vocês beberam como esponjas, malditos sejam, e ainda assim têm de culpar o fidalgo... vão embora! Larguem esse trinco... não tenho nada para vocês aqui...

Nesse momento três pancadas secas absolutamente deliberadas sacudiram o revestimento de madeira da porta e uma espuma branca juntou-se na boca do mágico desvairado. O seu horror, transformando-se num desespero frio como o aço, deixou ressurgir sua raiva contra mim, e ele cambaleou um passo em direção à mesa sobre cuja extremidade eu me firmava. Com as cortinas ainda presas na mão direita enquanto com a esquerda me arranhava, ele esticou-as ao máximo, fazendo com que finalmente desabassem dos ganchos altos, deixando entrar no quarto o jorro de luz da lua cheia que o céu clareando havia pressagiado. Naqueles feixes esverdeados, as velas quase apagaram e uma nova aparência de decadência esparramou-se sobre a sala e sua atmosfera infecta de almíscar, seus revestimentos de madeira bichada, o chão que cedia e o consolo judiado da lareira, os móveis frágeis e suas cortinas em farrapos. Ela se esparramou sobre o velho também, fosse da mesma fonte ou pelo seu medo e violência, e vi quando ele começou a encarquilhar e enegrecer enquanto se aproximava debilmente e lutava para me despedaçar com garras de abutre. Apenas seus olhos permaneceram inteiros, e eles brilhavam com uma incandescência dilatada e propulsora que crescia enquanto o rosto à sua volta queimava e encolhia.

As batidas se repetiram agora com maior insistência, e dessa vez traziam uma sugestão de metal. A coisa escura que me encarava se tornou apenas uma cabeça com olhos tentando impotentemente se retorcer pelo chão que afundava na minha direção, algumas vezes emitindo expectorações ligeiras e débeis de uma maldade imortal. Nesse instante, golpes rápidos e penetrantes investiram contra os revestimentos apodrecidos, e vi o brilho de um tacape quando este fendeu a madeira que se despedaçava. Não me mexi, até porque não conseguia, mas observei aturdido quando a porta desabou em pedaços deixando entrar um influxo colossal e disforme de uma substância negra como uma tinta e repleta de olhos brilhantes e malignos. Ela jorrou grossa, como uma torrente de óleo, quebrando um anteparo apodrecido e virando uma cadeira enquanto se esparramava, e finalmente fluiu para baixo da mesa e através da sala até onde a cabeça enegrecida e seus olhos ainda me olhavam ferozmente. Ela se fechou em volta da cabeça, engolindo-a por completo, e no momento seguinte começou a retroceder, levando consigo seu fardo invisível sem tocar-me e fluindo por aquela porta escura e descendo as escadas fora de vista, que rangeram como antes, embora no sentido inverso.

Por fim o chão cedeu, e escorreguei boquiaberto até o aposento escurecido abaixo, sufocado pelas teias de aranha e quase desfalecendo de terror. A luz esverdeada que brilhava através das janelas quebradas mostrou a porta do corredor entreaberta, e quando levantei do chão salpicado de estuque e me livrei com dificuldade do teto caído, vi passando rapidamente pela porta uma torrente terrível de escuridão com seus incontáveis olhos malignos brilhantes. Ela buscava a entrada para a adega e, quando a encontrou, sumiu naquele lugar. Nesse instante senti o chão desse aposento mais abaixo cedendo como ocorrera antes, e imediatamente um estrondo no alto foi seguido pela passagem na janela a oeste de algo que deve ter sido a abóbada. Agora liberado por um instante dos escombros, cruzei correndo o corredor até a porta da frente e, vendo-me incapaz de abri-la, peguei uma cadeira e quebrei uma janela, escalando freneticamente para fora onde a lua dançava sobre o gramado descuidado com sua grama e ervas altas. O muro era alto e todos os portões estavam trancados, mas pegando uma pilha de caixas de um canto, consegui ganhar o topo e me segurei ao grande vaso de pedra colocado ali.

À minha volta, exausto como estava, só conseguia ver muros e janelas estranhas e telhados velhos à holandesa. A rua íngreme da minha chegada não era visível em lugar algum, e o pouco que vi sucumbiu rapidamente numa névoa que surgiu vinda do rio apesar da luz brilhante do luar. De repente o vaso em que me segurava começou a tremer, como se compartilhando da minha própria vertigem letal, e no instante seguinte meu corpo mergulhava para um destino desconhecido.

Ele

O homem que me encontrou disse que eu devo ter me arrastado por um longo caminho, apesar dos meus ossos quebrados, pois uma trilha de sangue se estendia tão longe quanto ele teve coragem de olhar. A chuva que empoçava logo apagou esse elo com a cena da minha provação, e os relatos ouvidos não declararam nada além de que eu tinha aparecido vindo de um lugar desconhecido na entrada de um beco pequeno junto da rua Perry.

Nunca procurei voltar para aqueles labirintos tenebrosos e, se pudesse, tampouco daria as suas direções para qualquer homem sensato. Quem ou o que era aquela criatura, não tenho a menor ideia; mas repito que a cidade está morta e repleta de horrores desconhecidos. Para onde *ele* foi, não sei, mas voltei para casa e para as alamedas límpidas da Nova Inglaterra que são varridas à noite pelas brisas deliciosas do mar.

O Caso de Charles Dexter Ward

Capítulo um
Um resultado e um prólogo

1

De um hospital particular para doentes mentais, nas proximidades de Providence, em Rhode Island, desapareceu há pouco tempo uma pessoa extraordinariamente singular. Chamava-se Charles Dexter Ward e fora internado com grande relutância do pai, o qual, pesaroso, vira sua aberração transformar-se de mera excentricidade numa lúgubre obsessão que implicava a possibilidade de tendências assassinas e uma mudança peculiar de sua estrutura mental. Os médicos confessam-se bastante desconcertados com seu caso, pois apresenta singularidades de caráter fisiológico geral e, ao mesmo tempo, psicológico.

Em primeiro lugar, o paciente parecia estranhamente mais velho do que atestavam seus vinte e seis anos. É verdade que uma perturbação mental faz uma pessoa envelhecer depressa, mas o rosto desse jovem assumira uma aparência grácil que só os muito idosos normalmente adquirem. Em segundo lugar, seus processos orgânicos mostravam uma certa estranheza de proporções que não encontrava paralelo na experiência médica. A respiração e o funcionamento cardíaco tinham uma desconcertante falta de simetria, a voz sumira, a ponto de lhe ser impossível emitir qualquer som mais alto do que um sussurro, a digestão era incrivelmente prolongada e reduzida ao mínimo, e as reações nervosas aos estímulos comuns não tinham qualquer relação com tudo o que, normal ou patológico, fora antes registrado no passado. A pele era morbidamente fria e a estrutura celular do tecido parecia exageradamente áspera e frouxa. Até uma marca de nascença, grande e cor de oliva sobre o quadril direito, havia desaparecido e, ao mesmo tempo, formara-se sobre seu peito uma verruga muito peculiar, uma mancha enegrecida, da qual não havia sinal antes. Em geral, todos os médicos concordam que em Ward os processos metabólicos estavam retardados num grau inusitado.

 Do ponto de vista psicológico, Charles Ward era singular. Sua loucura não tinha nenhuma afinidade com qualquer caso já registrado, inclusive nos tratados mais recentes e abrangentes, e se combinava a uma energia mental que o tornaria um gênio ou um líder não tivesse degenerado em formas estranhas e grotescas. O doutor Willett, o médico da família Ward, afirma que toda a capacidade mental do paciente, a julgar por sua reação às questões externas à esfera de sua insanidade, em realidade aumentara desde que adoecera. Ward, em verdade, sempre fora um estudioso e um apreciador de antiguidades; mas mesmo suas obras anteriores mais brilhantes não mostravam o prodigioso domínio e a profundidade revelados durante os exames a que os psiquiatras o submeteram. Em realidade, foi difícil conseguir sua internação legal no hospital, tão poderosa e lúcida parecia a mente do jovem, e somente as provas apresentadas por outras pessoas e a quantidade de lacunas anormais em seu cabedal de informações, em contraposição à sua inteligência, permitiram que ele fosse por fim internado. Na época de seu desaparecimento era um ávido leitor e um conversador tão grande quanto sua fraca voz lhe permitia, e observadores agudos, incapazes de prever sua fuga, prognosticavam que ele não demoraria muito a obter a autorização para sair do hospital.

2

 Somente o doutor Willett, que trouxera ao mundo Charles Ward e acompanhara o desenvolvimento de seu corpo e espírito, parecia alarmado com a ideia de sua futura liberdade. Ele tivera

O Caso de Charles Dexter Ward

uma terrível experiência e fizera uma terrível descoberta que não ousava revelar aos colegas céticos. Em realidade, Willett guarda para si um pequeno mistério em seu envolvimento com o caso.

Ele foi a última pessoa a ver o paciente antes da fuga e saiu daquela derradeira entrevista num estado de horror misturado a alívio lembrado por muitos ao ser conhecida a fuga de Ward, três horas mais tarde. A fuga em si é um dos mistérios não solucionados do hospital do doutor Waite. Uma janela aberta sobre uma abrupta queda de vinte metros não a explicaria; contudo, após aquela conversa com Willett, o jovem inegavelmente desaparecera. O próprio Willett não tem explicações satisfatórias para oferecer, embora estranhamente seu espírito pareça mais aliviado do que antes da fuga. Muitos, em realidade, acham que ele gostaria de dizer mais coisas se acreditasse que um número considerável de pessoas lhe daria crédito. Encontrara Ward em seu quarto, mas, pouco depois que o médico saíra, os atendentes bateram em vão à porta. Ao abri-la, constataram que o paciente não estava lá e só encontraram a janela aberta através da qual uma brisa gélida de abril trouxe para dentro uma nuvem de fino pó cinza-azulado que quase os sufocou. É verdade que os cães uivaram algumas vezes antes, mas isto foi enquanto Willett ainda estava presente; os animais não pegaram nada e em seguida se acalmaram. O pai de Ward foi informado imediatamente por telefone, contudo pareceu mais entristecido do que surpreso. Quando o doutor Waite foi visitá-lo pessoalmente, o doutor Willett já havia conversado com ele e ambos negaram qualquer conhecimento ou cumplicidade na fuga. Só foi possível obter algumas indicações de poucos amigos íntimos de Willett e de Ward pai, e mesmo estas eram extremamente fantásticas para que se lhes pudesse dar crédito. O único fato concreto é que até o momento não foi descoberto nenhum vestígio do louco desaparecido.

Charles Ward amava as coisas antigas desde a infância e indubitavelmente adquirira essa predileção por causa da antiguidade da cidade em que vivia e pelas relíquias do passado que enchiam cada canto da velha mansão dos pais em Prospect Street, no cume da colina. Com o passar dos anos, sua paixão pelas coisas antigas aumentava de forma que história, genealogia e o estudo da arquitetura, do mobiliário e da arte colonial acabaram por ocupar totalmente sua esfera de interesses. É importante lembrar estas predileções ao analisar sua loucura, pois muito embora não constituam absolutamente seu cerne, desempenham um papel proeminente em sua forma superficial. As lacunas de informação detectadas pelos psiquiatras estavam todas relacionadas a assuntos modernos e invariavelmente eram contrabalançadas por um correspondente e excessivo, embora exteriormente disfarçado, conhecimento de assuntos do passado, revelado porém por um hábil interrogatório: de modo que se poderia imaginar que o paciente literalmente se transferira para uma época anterior por alguma obscura espécie de auto-hipnose. O estranho era que Ward não parecia mais interessado pelas coisas antigas que conhecia tão bem. Aparentemente, perdera o apreço por elas por causa da mera familiaridade, e todos os seus esforços recentes estavam obviamente voltados para o domínio dos fatos comuns do mundo moderno que se haviam apagado de maneira tão completa e inequívoca de seu cérebro. E ele se esforçava para esconder tal aniquilação, mas era claro para quem o observava que todo o seu programa de leituras e conversações era determinado por um frenético desejo de sorver os conhecimentos de sua própria vida e da formação cultural e prática comum do século XX que ele deveria possuir pelo fato de ter nascido em 1902 e de ter sido educado nas escolas do nosso tempo. Os psiquiatras perguntam-se agora, tendo em vista a destruição total de seu cabedal de informações, como o paciente fugitivo conseguira fazer frente ao complexo mundo dos nossos dias; e a opinião comum é que estaria se escondendo numa função humilde e discreta até que seu cabedal de informações modernas pudesse voltar ao nível normal.

    O início da loucura de Ward constitui matéria de debate entre os psiquiatras. O doutor Lyman, a eminente autoridade de Boston, situa-o entre 1919 e 1920, o último ano que o rapaz cursara na Escola Moses Brown, quando subitamente se desviou do estudo do passado para o do oculto e recusou preparar-se para a universidade, alegando que tinha pesquisas pessoais muito mais importantes a realizar. Com certeza, isto foi uma decorrência da alteração dos hábitos de Ward na época, principalmente de sua busca contínua, nos registros da cidade e entre antigos cemitérios, de certa sepultura aberta em 1771: o túmulo de um ancestral chamado Joseph Curwen, do qual alegara ter encontrado certos papéis atrás dos lambris de uma casa muito antiga de Olney Court, em Stampers Hill, em que notoriamente Curwen havia vivido.

É inegável que no inverno de 1919-20 houve uma grande mudança em Ward; de fato, ele parou de repente suas atividades de antiquário, empreendendo uma investigação profunda no campo do ocultismo em seu país e no exterior, alternando-a apenas à busca estranhamente obstinada do túmulo do seu antepassado.

O doutor Willett, contudo, discorda substancialmente dessa opinião, baseando seu parecer no prolongado conhecimento íntimo do paciente e em algumas pesquisas e descobertas assustadoras feitas a seu respeito. Essas pesquisas e descobertas deixaram nele uma marca tão profunda que ao falar nelas sua voz treme e treme-lhe a mão ao escrever sobre elas. Willett admite que a mudança ocorrida em 1919-20 parece marcar o início de uma decadência progressiva que culminou na horrível, triste e misteriosa alienação mental de 1928, mas acredita, baseado na observação pessoal, que é preciso fazer uma distinção mais nítida. Reconhecendo que o rapaz sempre teve um temperamento pouco equilibrado e propenso a uma suscetibilidade e a um entusiasmo excessivos em suas reações aos fenômenos que o cercavam, ele se recusa a admitir que as primeiras mudanças marcam a passagem da razão à loucura; ao contrário, prefere acreditar na própria afirmação de Ward, de que descobrira ou redescobrira algo cujo efeito sobre o pensamento humano seria provavelmente maravilhoso e profundo.

A loucura verdadeira, ele tem certeza disso, apareceu com uma mudança posterior, depois do descobrimento do retrato e dos velhos papéis de Curwen; após uma viagem a estranhos lugares no exterior, após recitar certas terríveis invocações em estranhas e secretas circunstâncias; depois de obter claramente certas *respostas* a essas invocações e de redigir uma carta em condições angustiantes e inexplicáveis; depois da onda de vampirismo e dos infaustos boatos em Pawtuxet; e depois que a memória do paciente começou a excluir as imagens contemporâneas ao mesmo tempo em que sua voz falhava e seu aspecto físico ia sofrendo a sutil modificação que tantas pessoas mais tarde notaram.

Somente nessa época, salienta Willett com grande agudeza, o clima de pesadelo passou a ser inquestionavelmente associado a Ward e o médico, estremecendo de pavor, está seguro de que existem provas bastante concretas corroborando a afirmação do rapaz quanto à sua descoberta crucial. Em primeiro lugar, dois trabalhadores muito inteligentes viram os velhos papéis de Joseph Curwen quando ele os descobriu. Em segundo, o rapaz uma vez lhe mostrou tais papéis e uma página do diário de Curwen, e cada um dos documentos tinha toda a aparência de autenticidade. O buraco onde Ward afirmou tê-los encontrado é uma realidade visível e Willett tivera oportunidade de vê-los pela última vez e de modo bastante convincente num local em que ninguém acreditaria ou cuja existência talvez jamais seria provada. Depois havia os mistérios e as coincidências das outras cartas de Orne e Hutchinson e o problema da caligrafia de Curwen e daquilo que os detetives trouxeram à luz a respeito do doutor Allen; essas coisas e a terrível mensagem em cursivo medieval encontrada no bolso de Willett quando recuperou a consciência após sua experiência chocante.

E mais conclusivos do que tudo são os dois horrendos resultados obtidos pelo médico com certas fórmulas durante suas investigações finais; resultados que praticamente comprovaram a autenticidade dos papéis e de suas monstruosas implicações, ao mesmo tempo em que os tais papéis foram subtraídos para sempre do conhecimento humano.

3

É preciso considerar os primeiros anos da vida de Charles Ward como algo que pertence ao passado e às antiguidades que ele amava tão ardentemente. No outono de 1918, com uma considerável manifestação de entusiasmo pelo adestramento militar da época, ele ingressara no primeiro ano da Escola Moses Brown, que fica bem próxima de sua casa. O antigo edifício principal, erguido em 1819, sempre agradara seu gosto pelas coisas antigas; e o amplo parque no qual se localiza a Academia atraía sua predileção pela paisagem. Suas atividades sociais eram poucas e passava grande parte de seu tempo em casa, em caminhadas sem destino, nas aulas e deveres e na busca de dados arqueológicos e genealógicos na Prefeitura, na Assembleia Estadual, na Biblioteca Pública, na Sociedade Científica, na Sociedade Histórica, nas bibliotecas John Carter Brown e John Hay da Brown University e na Biblioteca Shepley, recentemente inaugurada em Benefit Street. Ainda é possível retratá-lo como era naquele tempo: alto, magro, loiro, olhos atentos e ligeiramente curvo, trajado de maneira um tanto negligente. A impressão predominante era de inócua falta de jeito mais que de encanto pessoal.

Suas caminhadas eram sempre aventuras pelo mundo do passado, durante as quais ele tentava recapturar as miríades de relíquias de uma fascinante cidade antiga, um retrato vivo e coerente de outros séculos. Sua casa era uma grande mansão georgiana no topo da colina bastante íngreme que se ergue a leste do rio, e das janelas posteriores ele olhava atordoado a multidão de pináculos, cúpulas, telhados e topos de arranha-céus da cidade baixa até as colinas em tons violeta nos campos distantes, ao fundo. Aqui ele nascera e do belo pórtico clássico na fachada de tijolos entre as duas janelas salientes a babá o conduzia para o primeiro passeio de carrinho; em frente à pequena casa branca da fazenda de duzentos anos, que há muito a cidade absorvera, em direção às imponentes escolas ao longo da rua suntuosa, cujas antigas mansões quadradas de tijolos e casas menores de madeira de pórticos estreitos com pesadas colunas dóricas pareciam sonhar, sólidas e exclusivas em meio aos seus generosos parques e jardins.

Havia sido conduzido também ao longo da sonolenta Congdon Street, um patamar abaixo na colina íngreme e com todas as suas casas a leste sobre altos terraços. As pequenas casas de madeira em geral eram mais antigas aqui, pois ao crescer a cidade fora subindo por esta colina. Nesses passeios ele absorvera um pouco da cor de uma pitoresca aldeia colonial. A babá costumava parar e sentar-se nos bancos de Prospect Terrace para conversar com os guardas; e uma das primeiras lembranças da criança era o imenso mar de nebulosos telhados, cúpulas, campanários e colinas distantes a ocidente, que vira numa tarde de inverno daquele grande terraço com balaustrada, violeta e místico contra um pôr de sol apocalíptico, de febris tons vermelhos, ouro, púrpura e curiosos verdes. A imensa cúpula de mármore da Assembleia destacava-se com sua maciça silhueta, a estátua do topo aureolada fantasticamente por um rasgo na camada de nuvens matizadas que barravam o céu chamejante.

Quando ele cresceu, começaram suas famosas caminhadas; primeiro com a babá, arrastada com impaciência, e depois sozinho em sonhadora meditação. Ele se aventurava cada vez mais longe, descendo a colina quase perpendicular, alcançando os planos mais antigos e pitorescos da cidade velha. Hesitava cautelosamente descendo a vertical Jenckes Street com seus muros posteriores e frontões coloniais até a esquina da sombria Benefit Street, onde se erguiam dois portões antigos com colunas jônicas; ao seu lado, um telhado pré-histórico com mansarda, as ruínas de um primitivo quintal de fazenda e a imensa casa do juiz Durfee, com vestígios do fausto georgiano. Isto aqui estava se tornando um cortiço, mas os olmos titânicos espalhavam uma sombra restauradora sobre o lugar e o menino costumava dirigir--se para o sul – pelas longas fileiras de casas da época pré-revolucionária com suas grandes chaminés centrais e portais clássicos. Do lado oriental, elas se erguiam sobre porões com dois lances de degraus de pedra ladeados por balaústres de ferro, e o jovem Charles as imaginava como eram quando a rua era nova e saltos vermelhos e perucas adornavam os frontões pintados cujos sinais de deterioração já se tornavam tão visíveis.

A oeste, a colina despencava quase tão verticalmente como acima, até a velha "Town Street" que os fundadores haviam projetado à beira do rio em 1636. Aqui estendiam-se inúmeras vielas com casas amontoadas, apoiadas umas às outras, antiquíssimas; embora fascinado, demorou muito até ousar palmilhar sua arcaica verticalidade, temeroso de que não passassem de um sonho ou o introduzissem a terrores desconhecidos. Achava muito menos ameaçador prosseguir por Benefit Street em frente às grades de ferro que cercavam o escondido cemitério da Igreja St. John e a parte posterior de Colony House, de 1761, e a massa da Golden Ball Inn, reduzida a ruínas, onde Washington se hospedara. Em Meeting Street – chamada sucessivamente Gaol Lane e King Street em outras épocas – ele costumava olhar para cima, em direção ao oriente, e contemplar os lances curvos de degraus com os quais a estrada subia a encosta, e depois para baixo, a ocidente, vislumbrando o antigo edifício colonial de tijolos da escola, que sorri do outro lado da rua sob a antiga tabuleta com a Cabeça de Shakespeare, onde o *Providence Gazette and Country-Journal* era impresso antes da Revolução. Vinha então a bela Primeira Igreja Batista de 1775, faustosa, com seu incomparável campanário de Gibbs, e ao seu redor os telhados georgianos e as cúpulas como que suspensos no ar. Aqui e para o sul o bairro se tornava mais bonito, desabrochando finalmente num maravilhoso grupo de mansões primitivas. Mas as vetustas vielas ainda conduziam ladeira abaixo a oeste, espectrais no arcaísmo de suas inúmeras cúspides, mergulhando numa orgia de decadência iridescente onde o antigo porto de odores repulsivos lembra os gloriosos tempos das Índias Orientais entre sordidez e vícios poliglotas, desembarcadouros podres, velaria indistinta e nomes de ruas sobreviventes como Packet, Bullion, Gold, Silver, Coin, Doubloon, Sovereign, Guilder, Dollar, Dime e Cent.

Às vezes, à medida que ia crescendo e se tornava mais afoito, o jovem Ward se aventurava lá embaixo naquele turbilhão de casas trôpegas, bandeiras de janelas quebradas, degraus arrebentados, balaustradas retorcidas, rostos trigueiros e odores indefiníveis; virando de South Main para South Water, vasculhando as docas onde os vapores ainda atracavam na baía e voltando em direção ao norte para este terraço inferior, passando pelos armazéns de tetos muito inclinados de 1816 e a ampla praça na Great Bridge; aqui o edifício do Mercado de 1773 ainda se ergue firme sobre seus antigos arcos. Naquela praça ele costumava parar para contemplar a fantástica beleza da cidade velha sobre o penhasco oriental, coberta de cúspides georgianas e coroada pela imensa e nova cúpula da Christian Science, assim como Londres é coroada pela cúpula de São Paulo. Agradava-lhe extremamente chegar a este local no fim da tarde, quando os raios inclinados do sol inundam de ouro o edifício do mercado e os antigos telhados e campanários na colina e mergulham em sua magia os desembarcadouros sonolentos onde os navios de Providence, procedentes das Índias, costumavam fundear. Após uma longa contemplação sentia o atordoamento de sua paixão de poeta por aquela paisagem, e então escalava a encosta em direção à sua casa, no crepúsculo, passando pela antiga igreja branca, subindo pelas ruas íngremes onde brilhos amarelos começavam a surgir nas janelas de pequenas vidraças e através das bandeiras das portas, lá no alto, sobre lances duplos de escadas com curiosas balaustradas de ferro trabalhado.

Em outras épocas, e nos últimos anos, ele costumava procurar contrastes vivos; realizando parte da caminhada pelos bairros coloniais em ruínas a noroeste de sua casa, onde a colina desce abruptamente até a elevação inferior de Stampers Hill com seu gueto e o bairro negro apertando-se ao redor da praça da qual a diligência de Boston costumava partir antes da Revolução, e a outra parte na graciosa região meridional das ruas George, Benevolent, Power e Williams, onde a velha encosta guarda intocadas as belas propriedades e trechos de jardins cercados por muros e vielas íngremes e verdes, nas quais perduram inúmeras e fragrantes memórias. Estas perambulações, juntamente com os estudos diligentes que as acompanhavam, com certeza são responsáveis pela quantidade de conhecimentos sobre arqueologia que no fim povoavam o mundo moderno na mente de Charles Ward e mostram o terreno espiritual sobre o qual caíram, naquele inverno fatal de 1919-20, as sementes brotadas daquela estranha e terrível fruição.

O doutor Willett está certo de que, até aquele malfadado inverno em que ocorreu a primeira mudança, a paixão de Charles Ward pela arqueologia não tinha qualquer sinal de morbidez. Os cemitérios não tinham para ele nenhuma atração particular além de seu exotismo e seu valor histórico, e ele estava totalmente isento de tudo que se assemelhasse a violência ou instintos selvagens. Foi então que, numa progressão insidiosa, pareceu desenvolver uma curiosa sequela de um dos seus triunfos genealógicos do ano anterior, quando descobrira entre seus ancestrais maternos um indivíduo que teve vida muito longa, chamado Joseph Curwen, que para lá se mudara vindo de Salem em março de 1692 e em torno do qual sussurrava-se uma série de boatos extremamente peculiares e inquietantes.

O tataravô de Ward, Welcome Potter, casara-se em 1785 com certa "Ann Tillinghast, filha de Eliza, filha do capitão James Tillinghast", de cuja paternidade a família não preservara qualquer vestígio. No final de 1918, examinando um volume de registros manuscritos originais da cidade, o jovem genealogista encontrou um assentamento descrevendo uma mudança legal de nome, pelo qual uma senhora Eliza Curwen, viúva de Joseph Curwen, retomava, juntamente com a filha Ann, de sete anos de idade, o nome de solteira Tillinghast; alegando "que o nome de seu marido se tornara opróbrio público em razão do que se soubera após seu falecimento; confirmando um antigo boato, que não deveria ser levado em conta por uma esposa leal enquanto não se comprovasse que estava acima de qualquer dúvida". Este assentamento veio à luz pela separação acidental de duas folhas cuidadosamente coladas uma a outra para parecerem uma só após uma trabalhosa verificação dos números das páginas.

Ficou imediatamente claro para Charles Ward que havia de fato descoberto um tetravô até então desconhecido. A descoberta o emocionou duplamente porque já havia ouvido vagas histórias e observado alusões esparsas relacionadas a essa pessoa sobre a qual restavam tão poucos registros publicamente disponíveis, além daqueles só conhecidos nos tempos modernos, que quase parecia existir uma conspiração para apagá-la da memória. A descoberta, além disso, era de uma natureza tão singular e excitante que não se poderia deixar de pensar no que os escrivães coloniais estavam tão ansiosos por ocultar e esquecer, ou suspeitar que a passagem fora suprimida por razões totalmente válidas.

Antes disso, Ward contentara-se em deixar adormecida sua fascinação pelo velho Joseph Curwen; mas, ao descobrir seu parentesco com esse personagem sobre o qual se preferia silenciar, passou a perseguir da maneira mais sistemática possível tudo o que podia achar a seu respeito. Nessa agitada busca, ele acabou alcançando um sucesso superior às suas expectativas mais ousadas, pois velhas cartas, diários e pilhas de livros de memórias não publicadas encontrados nas águas-furtadas cheias de teias de aranhas de Providence e de outros lugares continham muitas passagens esclarecedoras que seus autores não haviam achado necessário destruir. Uma informação acidental surgiu até mesmo num lugar tão distante como Nova York, onde uma correspondência da época colonial de Rhode Island estava guardada no Museu de

Fraunces' Tavern. A coisa realmente crucial, entretanto, e o que na opinião do doutor Willett constituiu a causa definida da desgraça de Ward, foi o material encontrado em agosto de 1919 atrás dos lambris de madeira da casa semidestruída de Olney Court. Foi aquilo, sem sombra de dúvida, que escancarou as visões negras cujo fim era mais profundo do que o inferno.

Capítulo dois
Antecedente e horror

1

Joseph Curwen, segundo revelaram as vagas lendas ouvidas ou descobertas por Ward, era um indivíduo extremamente assombroso, enigmático, sombriamente horrível. Ele fugira de Salem para Providence – o abrigo universal dos excêntricos, dos homens livres e dos dissidentes – no início do grande pânico da bruxaria, temendo ser acusado por causa de seus hábitos solitários e de suas curiosas experiências químicas e alquimistas. Era um homem de aspecto insignificante, de cerca de trinta anos de idade; logo foi considerado digno de se tornar um cidadão de Providence; adquiriu então um lote para habitação ao norte daquele de Gregory Dexter, aproximadamente no início de Olney Court. Sua casa foi construída em Stampers Hill a oeste de Town Street, na parte que mais tarde se chamaria Olney Court, e em 1761 a substituiu por outra maior, no mesmo local, que ainda está de pé.

A primeira coisa estranha em Joseph Curwen era o fato de que ele não parecia mais velho do que era na época de sua chegada. Ingressou no negócio dos transportes marítimos, adquiriu alguns desembarcadouros nas proximidades de Mile-End Cove, ajudou a reconstruir a Great Bridge em 1713 e a Igreja Congregacional sobre a colina; mas sempre conservava o aspecto indefinível de um homem não muito acima dos trinta ou trinta e cinco anos. Com o passar das décadas, esta característica singular começou a despertar grande atenção, mas Curwen sempre a explicava dizendo que descendia de antepassados vigorosos e levava uma vida simples que não o desgastava. De que maneira tal simplicidade poderia se conciliar com as inexplicáveis idas e vindas do comerciante e com estranhos brilhos em suas janelas a todas as horas da noite não era muito claro para as gentes da cidade, que estavam propensas a atribuir outras razões à sua perene juventude e longevidade. A maioria acreditava que isto teria muito a ver com incessantes misturas e cocção de substâncias químicas. Diziam os boatos que ele mandava vir estranhas substâncias de Londres e das Índias em seus navios ou as adquiria em Newport, Boston e Nova York, e quando o velho doutor Jabez Bowen chegou de Rehoboth e abriu sua loja de boticário do outro lado da Great Bridge com o Unicórnio e o Almofariz na tabuleta sobre a porta, houve intermináveis falatórios a respeito das drogas, ácidos e metais que o taciturno recluso continuamente comprava ou encomendava. Supondo que Curwen possuísse uma assombrosa e secreta habilidade de médico, muitos que sofriam de várias doenças recorriam a ele, mas embora parecesse encorajar sua convicção, ainda que de modo cauteloso, e sempre lhes desse poções de cores estranhas para atendê-los, observava-se que as coisas que ele ministrava aos outros raramente eram eficazes. Finalmente, quando mais de cinquenta anos haviam se passado desde a chegada do forasteiro, sem produzir uma mudança de mais de cinco anos em seu rosto e físico, as pessoas começaram a murmurar de maneira ainda mais insistente e atender quase totalmente ao desejo de isolamento que ele sempre manifestara.

Cartas pessoais e diários da época revelam também uma profusão de outras razões pelas quais Joseph Curwen era olhado com estranheza, temido e, no fim, evitado como a peste. Sua paixão pelos cemitérios, nos quais era visto a todas as horas e com qualquer tempo, era notória, embora ninguém tivesse presenciado qualquer ato de sua parte que pudesse de fato ser definido como vampiresco. Ele possuía uma fazenda na Pawtuxet Road, na qual costumava morar durante o verão e para a qual frequentemente podia ser visto dirigir-se a cavalo nas horas mais estranhas do dia e da noite. Aqui, seus únicos empregados, trabalhadores braçais e guardas, eram dois taciturnos índios da tribo Narragansett: o marido mudo e com curiosas cicatrizes, e a mulher com uma expressão extremamente repulsiva, talvez devido a uma mistura com sangue negro. Num anexo dessa casa ficava o laboratório onde era realizada a maior parte das experiências químicas. Carregadores e carroceiros que entregavam garrafas, sacos ou caixas nas portas traseiras da casa bisbilhotavam e trocavam relatos sobre os fantásticos frascos, crisóis, alambiques e fornalhas que viam no quarto baixo cheio de prateleiras, e profetizavam em sussurros que o calado "quimista" – querendo dizer "alquimista" – não demoraria a descobrir a Pedra Filosofal. Os vizinhos mais próximos à sua fazenda – os Fenners, distantes um quarto de milha – tinham coisas ainda mais fantásticas para contar a respeito de certos sons que, afirmavam, vinham da casa de Curwen à noite. Eram gritos, diziam, e uivos prolongados, e eles não gostavam da grande quantidade de gado que invadia os pastos, porque essa quantidade não era necessária para suprir um velho solitário e pouquíssimos empregados com carne, leite e lã. A identidade do gado parecia mudar de semana a semana quando novos rebanhos eram comprados dos fazendeiros de Kingstown. E depois também havia algo extremamente detestável com relação a um grande edifício de pedra, pouco distante da casa, com estreitas fendas em lugar das janelas.

Os desocupados da Great Bridge tinham muito para comentar sobre a casa de Curwen na cidade, em Olney Street; não tanto a casa nova, bonita, construída em 1761, quando o homem devia ter aproximadamente um século, mas a primeira, baixa, o telhado com água-furtada, sem janelas, revestida de tábuas, cujo madeiramento ele tomou a peculiar precaução de queimar após a demolição. Aqui havia menos mistério, é verdade, mas as horas nas quais as luzes eram vistas, o ar furtivo dos dois forasteiros morenos que constituíam a única criadagem masculina, os horríveis e indistintos murmúrios da governanta francesa incrivelmente velha, a grande quantidade de comida que era vista entrar por uma porta atrás da qual viviam apenas quatro pessoas e a *qualidade* de certas vozes ouvidas frequentemente em conversas abafadas em horas totalmente inadequadas, tudo isto combinava com o que se sabia da fazenda Pawtuxet para conferir ao lugar uma péssima fama.

Mesmo nos círculos mais seletos a residência de Curwen não deixava de ser comentada; pois, à medida que o recém-chegado se introduzira na igreja e no ambiente dos negócios da cidade, travara naturalmente conhecimento com pessoas da melhor espécie, cuja companhia e conversação estava bastante apto a apreciar. Sabia--se que nascera de boa família, porque os Curwens de Salem não precisavam de apresentação na Nova Inglaterra. Soube-se que Joseph Curwen viajara muito na juventude, que vivera um tempo na Inglaterra e fizera pelo menos duas viagens ao Oriente; e sua conversação, quando se dignava usá-la, era a de um inglês instruído e culto. Mas, por alguma razão, Curwen não se importava com a sociedade. Embora em realidade ele jamais recebesse mal um visitante, sempre erguia um muro de reserva tão grande que poucos conseguiam dizer-lhe alguma coisa que não soasse tola.

Em seu comportamento parecia haver sempre à espreita uma certa arrogância enigmática, sardônica, como se, tendo convivido entre estrangeiros e homens mais poderosos, tivesse concluído que todos os seres humanos eram obtusos. Quando o doutor Checkley, famoso por sua sabedoria, chegou de Boston em 1738 para se tornar o reitor da King's Church, não deixou de visitar alguém a cujo respeito tanto ouvira falar; mas saiu pouco depois por ter percebido algo sinistro nas conversas de seu anfitrião. Charles Ward disse a seu pai, quando discutiam sobre Curwen numa noite de inverno, que daria tudo para saber o que o misterioso velho teria dito ao brilhante clérigo, mas todos os diários concordam quanto à relutância do doutor Checkley em repetir algo daquilo que ouvira. O bom homem ficara terrivelmente chocado e jamais conseguira lembrar de Joseph Curwen sem perder, de maneira evidente, a jovial cortesia que o tornara famoso.

No entanto, mais definida era a razão pela qual outro homem de refinamento e berço evitava o arrogante ermitão. Em 1746, o senhor John Merritt, um idoso cavalheiro inglês, com tendências literárias e científicas, chegou de Newport a cidade que já a superava rapidamente em prestígio e construiu uma bela casa de campo no Neck, no que é hoje o coração da zona residencial. Ele vivia com considerável estilo e conforto, era proprietário da primeira carruagem e de criados de libré da cidade, orgulhando-se grandemente de seu telescópio, microscópio e de sua seleta biblioteca de livros ingleses e latinos. Ouvindo falar de Curwen como o proprietário da melhor biblioteca de Providence, o senhor Merritt lhe fez logo uma visita e foi recebido de modo mais cordial do que muitos outros visitantes da casa haviam sido. Sua admiração pelas amplas estantes do anfitrião, as quais, ao lado dos clássicos gregos, latinos e ingleses exibiam uma notável bateria de obras filosóficas, matemáticas e científicas, incluindo Paracelsus, Agrícola, Van Helmont, Sylvius, Glauber, Boyle, Boerhaave, Becher e Stahl, levou Curwen a sugerir uma visita à casa da fazenda e ao laboratório para onde jamais havia convidado quem quer que fosse antes; e os dois partiram imediatamente na carruagem do senhor Merritt.

O senhor Merritt sempre confessou não ter visto nada de realmente horrível na casa da fazenda, mas afirmou que os títulos dos livros da biblioteca especial sobre assuntos taumatúrgicos, alquimistas e teológicos, que Curwen mantinha numa sala da frente, foram suficientes para inspirar-lhe uma aversão duradoura. Entretanto, foi talvez a expressão do rosto do proprietário ao exibi-los que contribuiu em grande parte para esse preconceito. Essa bizarra coleção, além de uma miríade de obras comuns que o senhor Merritt não se sentiu excessivamente alarmado em lhe invejar, abrangiam quase todos os cabalistas, demonólogos e mágicos conhecidos, e era um reservatório de tesouros do saber nos duvidosos reinos da alquimia e astrologia. Hermes Trismegisto na edição de Mesnard, a *Turba Philosopharum*, o *Liber Investigationis* de Geber; e *A Chave da Sabedoria de* Artephous; estavam todos lá, com o cabalístico *Zohar*, a série *Albertus Magnus* de Peter Jamm, Ars *Magna et Ultima* de Raymond Lully na edição de Zetzner, *Thesaurus Chemicus* de Roger Bacon, *Clavis Alchimiae* de Fludd, *De Lapide Philosophico* de Tritêmio, um ao lado do outro. Os judeus e árabes medievais estavam representados em profusão e o senhor Merritt ficou pálido quando, ao retirar da estante um lindo volume com o título vistoso de *Qanoon- é-Islam,* descobriu tratar-se em verdade do proibido *Necronomicon* do louco árabe Abdul Alhazred, a cujo respeito ouvira sussurrar coisas monstruosas, alguns anos antes, após a descoberta de ritos abomináveis na estranha aldeiazinha de pescadores de Kingsport, na Província de Massachusetts-Bay.

Mas, curiosamente, o digno cavalheiro confessou-se perturbado de modo mais indefinível por um detalhe insignificante. Sobre a imensa mesa de mogno jazia virado para baixo um exemplar de Borellus, gasto pelo uso, trazendo muitas notas misteriosas escritas à mão por Curwen ao pé da página e entre as linhas. O livro estava aberto mais ou menos no meio e um parágrafo exibia riscos tão grossos e trêmulos debaixo das linhas em místico gótico antigo que o visitante não resistiu à tentação de examiná-las atentamente. Ele não soube dizer se foi a natureza do trecho sublinhado ou a forma febril dos traços com que estava marcado, mas algo nessa combinação o impressionou de um modo muito profundo e peculiar. Lembrou-o até o fim da vida e o transcreveu de memória em seu diário. Uma vez tentou recitá-lo ao seu amigo, doutor Checkley, até notar quão profundamente aquilo perturbava o polido vigário. O trecho dizia:

> "Os sais essenciais dos animais podem ser preparados e preservados de modo que um homem engenhoso pode ter toda a Arca de Noé em seu próprio escritório e fazer surgir a bela forma de um animal das cinzas deste a seu bel-prazer; e, pelo mesmo método, dos sais essenciais do pó humano, sem criminosa necromancia, um filósofo pode fazer reviver a forma de qualquer ancestral falecidodas cinzas em que seu corpo se tornou".

Era, contudo, perto das docas, ao longo da parte meridional de Town Street, que se murmuravam as piores coisas a respeito de Joseph Curwen. Os marujos são gente supersticiosa e os calejados lobos-do-mar que constituíam a tripulação das inúmeras corvetas que traficavam com rum, escravos e melado, dos esbeltos navios corsários e dos grandes brigues dos Browns, Crawfords e Tillinghasts, todos faziam sinais estranhos e furtivos de esconjuro quando viam a figura magra e enganadoramente jovem, com os cabelos amarelecidos, ligeiramente curva, entrando nos armazéns Curwen em Doubloon Street ou conversando com capitães e comissários de bordo sobre os longos molhes aos quais atracavam incessantemente os navios de Curwen. Os próprios capitães e caixeiros de Curwen o odiavam e temiam e todos os seus marinheiros eram mestiços, um rebotalho da Martinica, Santo Eustáquio,

Havana ou Port Royal. De certo modo, era a frequência com a qual esses marujos eram substituídos que inspirava o aspecto mais concreto e mais agudo do medo que o velho suscitava. Ocorria que uma tripulação tinha licença para ir à cidade e alguns de seus membros eram encarregados de levar alguma encomenda; terminada a licença, quando a tripulação voltava a se reunir, quase certamente um ou outro homem estaria faltando. Muitos não podiam deixar de observar que diversas das encomendas diziam respeito à fazenda de Pawtuxet Road e que eram poucos os marinheiros que haviam sido vistos voltar daquele local. Assim, com o tempo, ficou extremamente difícil para Curwen manter aquela malta estranhamente sortida. Quase sempre muitos desertavam tão logo ouviam os boatos nos molhes de Providence e sua substituição nas Índias Ocidentais tornou-se um problema cada vez maior para o comerciante.

Em 1760, Joseph Curwen era praticamente um proscrito, suspeito de vagos horrores e demoníacas alianças que pareciam mais ameaçadoras pelo fato de não poderem ser definidas, compreendidas ou mesmo comprovadas. A última gota foi talvez o caso dos soldados desaparecidos em 1758, pois em março e abril daquele ano dois regimentos reais a caminho da Nova França aquartelaram-se em Providence e inexplicavelmente registrou-se um número de deserções muito superior à média. Os boatos insistiam na frequência com a qual Curwen costumava ser visto conversando com os estrangeiros de casaca vermelha; como vários deles começaram a desaparecer, as pessoas pensaram em episódios semelhantes ocorridos com seus próprios marujos. Ninguém pode dizer o que teria acontecido se os regimentos não tivessem recebido ordem de prosseguir.

Enquanto isso, os negócios do comerciante prosperavam em terra. Ele praticamente detinha o monopólio do comércio da cidade em salitre, pimenta preta e canela, e ultrapassava qualquer outra empresa de navegação, com exceção dos Browns, na importação de produtos de latão, índigo, algodão, lã, sal, cordas, ferro, papel e artigos ingleses de todo gênero. Comerciantes como James Green, no estabelecimento com a tabuleta do Elefante em Cheapside, os Russells, do estabelecimento Águia Dourada, do outro lado da Great Bridge, ou Clark e Nightingale, de A Frigideira e o Peixe, perto da Nova Casa de Café, dependiam quase totalmente dele para seus estoques; e seus negócios com os destiladores locais, os fabricantes de laticínios, os criadores de cavalos Narragansett e os fabricantes de velas de Newport tornavam-no um dos mais importantes exportadores da Colônia.

Embora fosse posto no ostracismo, não lhe faltava certo espírito cívico. Quando a Colony House foi destruída por um incêndio, ele contribuiu generosamente para as loterias graças às quais a nova casa de tijolos, que ainda existe na antiga Main Street, pôde ser construída em 1761. Naquele mesmo ano, ele contribuiu ainda para a reconstrução da Great Bridge depois do furacão de outubro. Adquiriu muitos livros para a biblioteca pública para substituir os que haviam sido consumidos no incêndio da Colony House e fez vultosa contribuição para a loteria que permitiu pavimentar com grandes pedras redondas e uma calçada central ou "passeio" a enlameada Market Parade e a Town Street, cheias de sulcos profundos. Por volta dessa época, também, construiu a nova casa, simples porém excelente, cujo portão constitui uma obra-prima de entalhes em madeira. Quando os partidários de Whitefield romperam com a igreja do doutor Cotton, sobre a colina, em 1743, e fundaram a igreja Deacon Snow, do outro lado da Great Bridge, Curwen fora com eles, embora seu zelo e frequência logo diminuíssem. Agora, entretanto, mais uma vez dava mostras de devoção, como para dissipar as sombras que o haviam atirado no isolamento e que em breve, se não fossem prontamente detidas, começariam a arruinar o sucesso dos seus negócios.

A vista desse homem estranho, pálido, que no aspecto mal tocava a meia-idade, embora certamente não contasse menos de um século, tentando finalmente emergir de uma nuvem de medo e abominação, demasiado vaga para ser definida ou analisada, era uma coisa ao mesmo tempo patética, dramática e desprezível. Tal é, entretanto, o poder da riqueza e dos gestos exteriores que, na verdade, a visível aversão a seu respeito diminuiu um pouco; principalmente depois que os repentinos desaparecimentos dos seus marinheiros cessaram abruptamente. Do mesmo modo, começou talvez a usar de extremo cuidado e sigilo em suas expedições aos cemitérios, porque nunca mais foi apanhado nessas peregrinações, ao passo que diminuíam proporcionalmente os comentários sobre os sons e manobras misteriosas em sua fazenda de Pawtuxet. O volume do consumo de alimentos e a substituição do gado continuaram anormalmente elevados; mas jamais até os tempos modernos, quando Charles Ward examinou uma pilha de contas e faturas na Biblioteca Shepley, ocorreu a alguém – salvo talvez a um jovem angustiado – fazer tenebrosas comparações entre o grande número de negros da Guiné que ele importara até 1766 e a quantidade perturbadoramente pequena daqueles para os quais ele podia apresentar notas de venda a comerciantes de escravos da Great Bridge ou aos plantadores de Narragansett Country. Com certeza, a astúcia e engenhosidade desse detestado personagem eram misteriosamente profundas quando se convenceu da necessidade de utilizá-las.

Mas é claro que o efeito dessa tardia regeneração foi necessariamente leve. Curwen continuava a ser evitado e detestado, como, em realidade, o simples fato de mostrar constantemente um aspecto jovem numa idade avançada bastaria para justificar; e ele percebia que seu sucesso provavelmente acabaria sendo prejudicado por isso. Seus estudos e experiências elaboradas, quaisquer que fossem, exigiam aparentemente uma vultosa renda para serem realizados; e como uma mudança de ambiente o privaria da posição que alcançara com seus negócios, não seria vantajoso para ele, a essa altura, começar de novo num lugar diferente. O bom-senso exigia que ele melhorasse de algum modo suas relações com os cidadãos de Providence, de modo que sua presença deixasse de ser motivo de conversas a meia voz, de evidentes desculpas de serviços a fazer em outro lugar e de uma atmosfera geral de embaraço e mal-estar. Seus empregados, reduzidos agora a um rebotalho inepto e indigente que ninguém mais contrataria, davam-lhe muitas preocupações; e só conservava seus capitães e imediatos pela astúcia, tentando ganhar algum tipo de ascendência sobre eles – uma hipoteca, uma nota promissória ou uma informação muito útil para seu bem-estar. Em muitos casos, os autores dos diários registraram com certo espanto, Curwen mostrava quase o poder de um bruxo desenterrando segredos de família para utilizá-los de modo questionável. Nos últimos cinco anos de sua vida, parecia que só uma conversa direta com os defuntos poderia fornecer as informações que ele exibia com tanta facilidade.

Mais ou menos nessa época, o astuto estudioso encontrou um último desesperado expediente para reconquistar sua posição na comunidade. Até então um completo ermitão, resolveu contrair um vantajoso matrimônio, tomando como esposa alguma dama cuja posição indiscutível tornasse impossível qualquer forma de ostracismo contra seu lar. Talvez ele também tivesse razões mais profundas para desejar uma aliança, razões tão alheias à esfera cósmica conhecida que somente os papéis encontrados um século e meio após sua morte alguém suspeitaria delas; mas jamais será possível saber algo seguro a esse respeito. Naturalmente, ele tinha consciência do horror e da indignação com os quais um cortejamento de sua parte seria recebido, portanto, procurou uma candidata provável sobre cujos pais ele pudesse exercer uma pressão adequada. Descobriu que não era fácil encontrar tais candidatas, pois ele tinha exigências muito particulares em matéria de beleza, habilidades e posição social. Finalmente, sua pesquisa se restringiu à casa de um dos seus melhores e antigos capitães, um viúvo de berço e reputação sem mácula chamado Dutie Tillinghast, cuja única filha, Eliza, parecia dotada de todas as virtudes concebíveis, salvo a perspectiva de se tornar uma herdeira. O capitão Tillinghast era totalmente dominado por Curwen e consentiu, após uma tempestuosa entrevista em sua casa ornada por uma cúpula na colina de Power's Lane, em sancionar a aliança blasfema.

Eliza Tillinghast tinha naquela época dezoito anos de idade e havia sido educada do modo mais digno que as condições limitadas de seu pai permitiam. Frequentara a escola Stephen Jackson, em frente à Court House Parade, e havia sido diligentemente instruída pela mãe, antes que esta morresse de varíola, em 1757, em todas as artes e refinamentos da vida doméstica. Um mostruário de seus trabalhos, realizado em 1753, aos nove anos de idade, ainda pode ser visto nos salões da Sociedade Histórica de Rhode Island. Após a morte da mãe, ela passara a dirigir a casa, auxiliada apenas por uma velha negra. A discussão com o pai sobre a proposta de casamento de Curwen deve ter sido bastante penosa, mas não existe qualquer registro dela. Certo é que seu noivado com o jovem Ezra Weeden, imediato do paquete *Enterprise* de Crawford, foi devidamente desfeito e sua união com Joseph Curwen realizada no dia 7 de março de 1763, na Igreja Batista, na presença de uma das mais distintas assembleias de que a cidade podia se vangloriar; a cerimônia foi celebrada pelo mais jovem dos Winsons, Samuel. O *Gazette* mencionou o evento muito brevemente e na maioria das cópias remanescentes a nota em questão parece ter sido cortada ou rasgada. Ward descobriu uma única cópia intacta, após muitas buscas, nos arquivos de um famoso colecionador particular, observando com deleite a total inexpressão da polida linguagem:

"Na tarde da última segunda-feira, o senhor Joseph Curwen, dessa Cidade, Comerciante, casou-se com a senhorita Eliza Tillinghast, filha do capitão Dutie Tillinghast, uma jovem que soma real merecimento a uma bela Pessoa, para honrar o Estado conjugal e perpetuar sua Felicidade".

A correspondência Durfee-Arnold, descoberta por Charles Ward pouco depois de sua primeira suposta crise de loucura na coleção particular de Melville F. Peters, de George Street, referente a este período e a outro um pouco anterior, lança viva luz sobre o ultraje perpetrado contra o sentimento público por essa união disparatada. A influência social dos Tillinghasts, entretanto, não podia ser negada; e mais uma vez Joseph Curwen viu sua casa frequentada por pessoas que de outra forma ele jamais poderia induzir a transpor-lhe os umbrais. Jamais, porém, ele foi completamente aceito, e sua esposa sofria socialmente pela forçada união; mas, em todo caso, reduzira-se significativamente a possibilidade de maior ostracismo. No tratamento para com a esposa o estranho noivo maravilhava a ela e à comunidade mostrando uma delicadeza e consideração extremas. A nova casa em Olney Court agora estava livre de manifestações perturbadoras e embora Curwen se ausentasse muitas vezes para ir à fazenda Pawtuxet, que sua esposa jamais visitou, parecia um cidadão normal mais do que em qualquer outro momento de seus longos anos de residência.

O Caso de Charles Dexter Ward

Apenas uma pessoa conservava uma aberta inimizade com ele, o jovem oficial da marinha cujo noivado com Eliza Tillinghast havia sido tão abruptamente rompido. Ezra Weeden jurara vingança e, embora de temperamento em geral pacífico e calmo, tinha agora um propósito pertinaz, inspirado pelo ódio, que não pressagiava nada de bom para o marido e usurpador.

No dia 7 de maio de 1765 nasceu Ann, a única filha de Curwen, e foi batizada pelo reverendo John Graves da King's Church, da qual marido e mulher haviam se tornado membros pouco depois do casamento a fim de chegar a um compromisso entre suas respectivas filiações às igrejas Congregacional e Batista. O registro desse nascimento, bem como o do casamento dois anos antes, foi apagado da maioria das cópias da igreja e dos anais da cidade onde deveria constar, e Charles Ward o localizou com a maior dificuldade depois que a descoberta da mudança do nome da viúva lhe revelara seu próprio parentesco, fazendo despontar o interesse febril que culminara com sua loucura. Em realidade, a anotação do nascimento foi encontrada, curiosamente, através da correspondência com os herdeiros do legalista doutor Graves, que levara consigo uma cópia dos registros quando deixara seu cargo de pastor ao eclodir a Revolução. Ward tentara essa fonte porque sabia que sua trisavó, Ann Tillinghast Potter, havia pertencido à Igreja Episcopal.

Pouco depois do nascimento da filha, acontecimento ao que parece por ele recebido com um entusiasmo enormemente contrastante com sua frieza habitual, Curwen resolveu posar para um retrato. Este foi pintado por um escocês de grande talento chamado Cosmo Alexander, então residente em Newport e posteriormente famoso por ter sido o primeiro professor de Gilbert Stuart. O retrato teria sido executado sobre um painel da parede da biblioteca da casa de Olney Court, mas nenhum dos dois velhos diários que o mencionam fornecia qualquer indicação de seu paradeiro final. Nesse período, o excêntrico estudioso mostrava sinais de abstração incomum e passava a maior parte do tempo na fazenda de Pawtuxet Road. Segundo diziam, ele parecia viver num estado de excitação ou ansiedade reprimidas, como se aguardasse algo fenomenal ou estivesse prestes a fazer alguma estranha descoberta. A química ou a alquimia pareciam desempenhar um papel significativo a esse respeito, porque levou da casa para a fazenda o maior número de livros sobre o assunto.

Sua afetação de interesse cívico não diminuiu e ele não perdia a oportunidade de ajudar líderes como Stephen Hopkins, Joseph Brown e Benjamin West em seus esforços visando elevar o nível cultural da cidade, na época bastante inferior ao de Newport no patrocínio das belas-artes. Ele ajudara Daniel Jenckes a abrir sua livraria em 1763, tornando-se a partir de então seu melhor cliente. Estendeu sua ajuda também à *Gazette*, que lutava com dificuldades e saía todas as quartas-feiras na oficina sob a tabuleta da Cabeça de Shakespeare. No campo da política, ele apoiava fervorosamente o governador Hopkins contra o partido de Ward, cuja maior força estava em Newport, e seu discurso realmente eloquente em Hatcher's Hall, em 1765, contra o estabelecimento de North Providence como cidade autônoma com um voto a favor de Ward na Assembleia Geral, contribuiu mais do que qualquer outra coisa para acabar com o preconceito contra ele próprio. Mas Ezra Weeden, que o mantinha sob uma vigilância cerrada, escarnecia de toda essa atividade exterior e afiançava que não passava de uma fachada para algum tipo de tráfico inominável com os mais negros abismos do Tártaro. O jovem, determinado a se vingar, começou um estudo sistemático do homem e de seus atos sempre que se encontrava no porto; passava horas à noite pelos cais com um pequeno barco a remos de prontidão quando via luzes nos armazéns de Curwen e seguia a pequena embarcação que vez por outra – se afastava ou chegava furtivamente na baía. Também vigiava tanto quanto possível a fazenda Pawtuxet e uma vez foi gravemente mordido pelos cachorros que o velho casal de índios soltara em cima dele.

2

Em 1766 verificou-se a mudança final em Joseph Curwen. Ocorreu repentinamente e obteve ampla notoriedade entre os curiosos cidadãos, pois o ar de suspense e expectativa caiu como uma capa velha, dando imediatamente o lugar a uma maldisfarçada exaltação de perfeito triunfo. Curwen parecia ter dificuldades em frear o impulso de fazer arengas públicas sobre aquilo que havia descoberto, aprendido ou feito; mas aparentemente a necessidade de sigilo era maior do que o desejo de compartilhar seu regozijo, pois jamais ofereceu qualquer explicação. Foi após essa transição, ocorrida ao que parece no início de julho, que o sinistro sábio começou a espantar as pessoas com a posse de informações que somente seus ancestrais, há muito falecidos, poderiam fornecer. Mas as febris atividades secretas de Curwen não cessaram absolutamente com essa mudança. Ao contrário, tenderam a aumentar; de modo que uma parte cada vez maior de seus negócios marítimos passou a ser gerida pelos capitães que agora prendia a si pelos laços do medo, tão poderosos quanto haviam sido os do temor da bancarrota. Abandonara de todo o tráfico de escravos, alegando que seus lucros caíam continuamente. Passava todos os momentos disponíveis na fazenda Pawtuxet; entretanto, de vez em quando surgiam boatos sobre sua presença em lugares que, embora de fato não estivessem próximos de cemitérios, de modo tal localizavam-se em relação aos cemitérios que as pessoas atentas se perguntavam se os hábitos do velho comerciante haviam realmente mudado. Embora seus períodos de espionagem fossem necessariamente breves e intermitentes por conta de suas viagens marítimas, Ezra Weeden conservava uma persistência vingativa que a maioria das pessoas práticas da cidade e do campo não possuía e mantinha os negócios de Curwen sob uma vigilância a que jamais haviam sido submetidos antes.

Muitas das curiosas manobras dos barcos do estranho comerciante eram consideradas corriqueiras, levando em conta os tempos conturbados, quando todos os colonos pareciam determinados a resistir às disposições da Lei do Açúcar que obstaculizavam um tráfico vultoso. Contrabando e evasão eram a regra na baía de Narragansett e os desembarques noturnos de cargas ilícitas eram constantes e notórios. Mas Weeden, noite após noite, seguia as barcas ou pequenas chalupas que saíam furtivamente dos armazéns de Curwen nas docas de Town Street e logo teve a certeza de que não eram apenas os navios armados de Sua Majestade que o sinistro covarde estava ansioso por evitar. Antes da mudança de 1766 esses barcos continham na maior parte negros acorrentados, que eram transportados através da baía e desembarcados num ponto indefinido da costa, um pouco ao norte de Pawtuxet; em seguida, eram levados sobre as rochas e pelos campos até a fazenda Curwen, onde eram trancafiados num enorme edifício de pedra que tinha apenas altas e estreitas fendas como janelas. No entanto, depois daquela mudança, todo o programa foi alterado. A importação de escravos cessou imediatamente e por algum tempo Curwen abandonou as travessias noturnas. Então, aproximadamente na primavera de 1767, um novo método foi adotado. Mais uma vez as barcas eram vistas partir das silenciosas e negras docas, e agora desciam pela baía, chegando provavelmente até Nanquit Point, onde encontravam estranhos navios de considerável tamanho e de aparências as mais variadas cuja carga recebiam. Os marinheiros de Curwen então desembarcavam essa carga no local costumeiro na costa e a transportavam por terra até a fazenda, onde era guardada no mesmo misterioso edifício de pedra no qual anteriormente eram colocados os negros. A carga consistia quase exclusivamente em caixas e caixotes, grande parte dos quais era oblonga e pesada e se assemelhava de modo perturbador a caixões de defunto.

Weeden sempre vigiava a fazenda com incansável assiduidade, visitando-a todas as noites por longos períodos e raramente deixava passar uma semana sem fazer uma visita, salvo quando a neve que cobria o chão poderia revelar suas pegadas. Mesmo então ele chegava o mais perto possível pela estrada ou caminhando sobre o gelo do rio próximo, para observar as marcas que outros poderiam ter deixado. Como seus períodos de vigilância eram interrompidos pelas obrigações náuticas, ele contratou um companheiro de taberna, chamado Eleazer Smith, para que continuasse vigiando durante sua ausência; os dois poderiam espalhar boatos fantásticos. Só não faziam isto porque sabiam que essa publicidade chamaria a atenção de quem vigiavam, tornando impossível qualquer progresso. Ao contrário, pretendiam saber algo definitivo antes de agir. O que eles descobriram deve ter sido realmente assustador, pois Charles Ward comentou muitas vezes com os pais seu pesar por Weeden, no fim, ter queimado seus apontamentos.

O Caso de Charles Dexter Ward

Tudo o que se pode dizer a respeito de suas descobertas é o que Eleazer Smith anotou apressadamente em um diário não muito coerente e que outros, em diários e cartas, repetiram timidamente a partir das declarações que os dois no fim fizeram, segundo as quais a fazenda não passava da fachada de uma vasta e revoltante ameaça, de um alcance e profundidade demasiado grandes e tangíveis para uma compreensão menos que nebulosa.

Conclui-se que Weeden e Smith logo se convenceram de que debaixo da fazenda existia uma imensa rede de túneis e catacumbas, habitados por um número bastante significativo de pessoas além do velho índio e sua mulher. A casa era uma antiga ruína dos meados do século XVII, com o teto pontudo, uma enorme chaminé e janelas de rótula, sendo que o laboratório se localizava numa ala acrescentada na face norte, cujo telhado chegava quase até o chão. Era um edifício isolado, no entanto, a julgar pelas diferentes vozes ouvidas nas horas mais estranhas em seu interior, e devia ser acessível por meio de passagens subterrâneas secretas. Essas vozes, antes de 1766, eram meros resmungos e sussurros de negros, gritos frenéticos juntamente com curiosas declamações e invocações. Após esta data, porém, alcançaram uma gama terrível e muito singular, percorrendo toda a escala desde sussurros de obtusa aquiescência até explosões de fúria selvagem, ruídos de conversas e choramingos de súplica, arquejamentos ansiosos e gritos de protesto. Pareciam ser línguas diferentes, todas conhecidas de Curwen, cujos ásperos acentos eram frequentemente ouvidos num tom de resposta, reprovação ou ameaça.

Às vezes parecia que várias pessoas deviam estar na casa: Curwen, alguns prisioneiros e os seus guardas. Havia vozes de uma natureza tal que nem Weeden nem Smith jamais haviam ouvido antes, não obstante seus vastos conhecimentos de portos estrangeiros, e muitas que aparentemente poderiam atribuir a essa ou àquela nacionalidade. A natureza das conversas parecia sempre uma espécie de interrogatório, como se Curwen estivesse arrancando algum tipo de informação de prisioneiros aterrorizados ou rebeldes.

Weeden anotara em seu caderno muitos trechos de conversas ouvidas furtivamente, porque o inglês, o francês e o espanhol, línguas que ele conhecia, eram frequentemente empregadas;

mas nenhum se salvou. No entanto, ele dizia que, à parte alguns diálogos macabros referentes aos antigos negócios das famílias de Providence, a maioria das perguntas e respostas que ele conseguiu entender eram históricas ou científicas, às vezes relacionadas a lugares e épocas muito remotos. Certa ocasião, por exemplo, um personagem ora enfurecido, ora calado, foi interrogado em francês sobre o massacre do Príncipe Negro em Limoges, em 1370, como se houvesse alguma razão oculta que ele devesse conhecer. Curwen perguntou ao prisioneiro – se é que se tratava de um prisioneiro – se a ordem de matar havia sido dada por ter sido encontrada a Marca do Bode sobre o altar na antiga cripta romana debaixo da catedral, ou se o Homem Negro da Congregação das Bruxas da Alta Viena havia falado as Três Palavras. Não conseguindo obter respostas, o inquisidor aparentemente recorrera a meios extremos, pois se ouviu um grito agudo e terrível seguido pelo silêncio, por murmúrios e um baque surdo.

Nenhum desses colóquios jamais foi testemunhado por alguém, porque as janelas eram sempre protegidas por pesadas cortinas. Certa vez, contudo, durante uma conversa numa língua desconhecida, foi vista uma sombra sobre a cortina que assustou extremamente Weeden, lembrando-lhe uma marionete vista numa representação no outono de 1764, em Hatcher's Hall. Um sujeito de Germantown, Pensilvânia, montara um engenhoso espetáculo mecânico anunciado como "Vista da Famosa Cidade de Jerusalém, na qual são representados Jerusalém, o Templo de Salomão, seu Trono Real, as Torres famosas e as Colinas, bem como os padecimentos do Nosso Salvador desde o Jardim de Getsemani até a Cruz sobre o Monte Gólgota; uma Peça Artística que os curiosos não podem deixar de ver". Nessa ocasião o ouvinte, que se aproximara sorrateiramente à janela da sala da frente de onde saía a conversa, teve um sobressalto que acordou o velho casal de índios, os quais soltaram os cachorros em cima dele. Depois disso não se ouviram mais conversas na casa e Weeden e Smith concluíram que Curwen havia transferido seu campo de ação para locais subterrâneos.

Que estes existissem de verdade, parecia bastante evidente por muitos indícios. Gritos fracos e gemidos saíam indiscutivelmente vez por outra do que parecia ser solo compacto em lugares distantes de qualquer construção; enquanto se escondia no matagal na ribanceira do rio, atrás, onde o morro despencava abruptamente até o vale do Pawtuxet, encontrou uma porta de carvalho com umbrais e verga de pesada alvenaria, obviamente a entrada de uma caverna no interior do morro. Quando ou como essas catacumbas poderiam ter sido construídas, Weeden era incapaz de dizer; mas frequentemente salientou como seria fácil para turmas de trabalhadores chegar sem ser vistas até o local pelo rio. Joseph Curwen, realmente, usava das maneiras mais variadas seus marujos mestiços. Durante as pesadas chuvas da primavera de 1769, os dois espiões vigiaram atentamente a íngreme margem do rio para ver se alguns dos segredos subterrâneos seriam trazidos à luz e foram recompensados pelo aparecimento de uma profusão de ossos humanos e animais em pontos em que profundas valas haviam sido escavadas na ribanceira. Naturalmente, poderia haver explicações plausíveis para estas coisas na área de uma fazenda de gado e numa localidade em que eram comuns antigos cemitérios índios, mas Weeden e Smith tiraram suas próprias conclusões.

Foi em janeiro de 1770, enquanto Weeden e Smith ainda estavam debatendo em vão o que pensar ou fazer a respeito de todo o desconcertante negócio, que ocorreu o incidente do *Fortaleza*. Exasperada pelo incêndio da corveta *Liberty*, do serviço aduaneiro, em Newport, no verão anterior, a frota da aduana, sob o comando do almirante Wallace, reforçara a vigilância das embarcações estrangeiras; e nessa ocasião a escuna armada *Cygnet*, de Sua Majestade, comandada pelo capitão Harry Leshe, capturou, uma manhã muito cedo, após uma breve perseguição, a chata espanhola *Fortaleza*, de Barcelona, comandada pelo capitão Manuel Arruda, procedente, de acordo com o diário de bordo, do Grande Cairo, Egito, com destino a Providence. Vasculhado sob suspeita de contrabando, o navio revelou o fato espantoso de que sua carga consistia exclusivamente de múmias egípcias, consignadas a "Marujo A. B. C.", que viria retirar suas mercadorias numa barca ao largo de Nanquit Point e cuja identidade o capitão Arruda estava obrigado, por razões de honra, a não revelar. O Tribunal do Vice-Almirantado de Newport, sem saber o que fazer, pois se de um lado a natureza da carga não poderia ser considerada contrabando, do outro, o sigilo da mercadoria era ilegal, adotou uma solução de compromisso por recomendação do coletor Robinson, liberando o navio mas proibindo-o de ancorar em qualquer porto nas águas de Rhode Island. Surgiram posteriormente boatos de que teria sido visto no porto de Boston, embora nunca tivesse entrado abertamente no porto bostoniano.

Este incidente extraordinário não podia deixar de ser muito comentado em Providence e foram poucos os que duvidaram da existência de alguma relação entre a carga de múmias e o sinistro Joseph Curwen. Como seus estudos exóticos e suas curiosas importações de natureza química eram de conhecimento público e sua predileção por cemitérios uma suspeita geral, não era necessária muita imaginação para atribuir-lhe os esquisitos itens importados que evidentemente não poderiam se destinar a nenhuma outra pessoa da cidade. Como se estivesse consciente dessa convicção natural, Curwen tomou o cuidado de falar casualmente, em várias ocasiões, do valor químico dos bálsamos encontrados nas múmias, pensando talvez que assim poderia fazer com que a coisa parecesse menos anormal, sem contudo admitir sua participação. Weeden e Smith, é claro, não tinham qualquer dúvida quanto à importância do fato, e aventavam as mais tresloucadas teorias a respeito de Curwen e de suas monstruosas atividades.

Na primavera seguinte, como na do ano anterior, caíram fortes chuvas e os espiões vasculharam cuidadosamente a margem do rio atrás da fazenda de Curwen. Grandes trechos foram levados pelas águas e uma certa quantidade de ossos ficou descoberta mas nem sombra de qualquer câmara ou cova subterrânea. No entanto, alguns rumores se espalharam na aldeia de Pawtuxet, cerca de uma milha rio abaixo, onde o rio despenca por quedas d'água sobre um terraço de pedra até chegar à plácida enseada protegida. Lá, onde velhos e esquisitos sobrados subiam morro acima desde a ponte rústica e barcos de pesca ficavam ancorados em seus cais sonolentos, correram vagos boatos de coisas que flutuavam rio abaixo e podiam ser vistas por um instante ao passar pela queda d'água. É verdade que o Pawtuxet é um rio extenso que vai serpeando por muitas regiões povoadas onde os cemitérios são numerosos, e que as chuvas da primavera haviam sido muito pesadas, mas os pescadores perto da ponte não gostaram do olhar desvairado de uma das coisas ao precipitar na água tranquila lá embaixo, ou do modo como outra gritou, embora seu estado fosse bastante diferente daquele dos objetos que normalmente gritam. Esse boato fez Smith correr – pois Weeden se encontrava no mar naquele momento – para a margem do rio atrás da fazenda, onde seguramente existiriam os sinais de uma enorme caverna. No entanto, não havia indício algum de uma passagem para o interior da margem escarpada, pois a minúscula avalanche havia deixado para trás uma sólida parede de terra misturada com os arbustos do topo. Smith tentou até fazer uma escavação a título experimental, mas foi dissuadido pelo insucesso – ou talvez pelo temor do possível sucesso. É interessante especular sobre aquilo que o persistente e vingativo Weeden teria feito se se encontrasse em terra na ocasião.

3

No outono de 1770, Weeden decidiu que era chegado o momento de falar aos outros sobre suas descobertas, pois ele tinha uma grande quantidade de fatos para relacionar e uma segunda testemunha ocular para refutar a possível acusação de que o ciúme e o desejo de vingança haviam estimulado sua imaginação. Como seu primeiro confidente ele escolheu o capitão James Mathewson, do *Enterprise*, que de um lado o conhecia o bastante para não duvidar de sua veracidade, e do outro era suficientemente influente na cidade para ser ouvido, por sua vez, com respeito. O colóquio realizou-se num quarto em cima da Taberna de Sabin, perto das docas, com Smith presente para corroborar praticamente todas as afirmações. Percebia-se que o capitão Mathewson estava terrivelmente impressionado. Como quase todo mundo na cidade, ele também alimentava suas próprias obscuras suspeitas a respeito de Joseph Curwen; por isso bastou apenas essa confirmação e um número maior de dados para convencê-lo completamente. No final da conferência, ele tinha um ar muito grave e recomendou rigoroso silêncio aos dois jovens. Disse que transmitiria a informação separadamente a uns dez dos cidadãos mais instruídos e destacados de Providence, indagando suas opiniões e seguindo qualquer conselho que eles pudessem oferecer. O sigilo provavelmente seria aconselhável em todo caso, pois não se tratava de um assunto que as autoridades policiais ou os milicianos da cidade pudessem resolver, e, acima de tudo, a multidão excitável deveria ser mantida na ignorância, para que nesses tempos, já por si conturbados, não se repetisse o pânico assustador ocorrido em Salem, menos de meio século antes, que trouxera Curwen para Providence.

As pessoas que convinha informar da situação seriam, achava ele, o doutor Benjamin West, cujo trabalho sobre a tardia morte de Vênus revelara um estudioso e agudo pensador; o reverendo James Manning, diretor do College, que acabara de mudar-se de Warren e estava temporariamente hospedado no novo edifício da escola em King Street, aguardando a conclusão de sua construção sobre a colina acima de Presbyterian Lane; o ex-governador Stephen Hopkins, que havia sido membro da Sociedade Filosófica de Newport e era um homem do mais amplo discernimento; John Carter, editor do *Gazette;* os quatro irmãos Brown, John, Joseph, Nicholas e Moses, reconhecidamente os magnatas locais, sendo que Joseph era um cientista amador de algum talento; o velho doutor Jabez Bowen, cuja erudição era considerável e tinha bastante conhecimento em primeira mão das estranhas aquisições de Curwen; e o capitão Abraham Whipple, um pirata de audácia e energia fenomenais, com quem se poderia contar para chefiar qualquer operação necessária. Caso se mostrassem favoráveis, esses homens poderiam se unir para uma deliberação conjunta e a eles caberia a responsabilidade de decidir se deveriam ou não informar o governador da Colônia, Joseph Wanton, de Newport, antes de agir.

A missão do capitão Mathewson teve um sucesso superior às suas expectativas pois embora uma ou duas das pessoas de confiança a quem fez suas revelações se mostrassem céticas devido ao possível aspecto fantástico da história de Weeden, não houve nenhuma que não achasse necessário empreender uma ação secreta e coordenada. Estava claro que Curwen constituía uma vaga ameaça potencial para o bem-estar da cidade e da Colônia e devia ser eliminado a todo custo. No final de dezembro de 1770, um grupo de eminentes cidadãos reuniu-se na casa de Stephen Hopkins e debateu várias medidas a serem tomadas. As anotações de Weeden, que ele entregara ao capitão Mathewson, foram lidas cuidadosamente e ele e Smith foram convidados a apresentar seu testemunho em certos detalhes. Algo muito próximo do medo apoderou-se de toda a assembleia antes que a reunião se concluísse, embora ao medo se misturasse uma inflexível determinação que as rudes e retumbantes blasfêmias do capitão Whipple expressavam do modo melhor. Eles não notificariam o governador, porque parecia necessária uma conduta mais do que legal. Com os poderes ocultos de alcance desconhecido de que aparentemente dispunha, Curwen não era um homem a quem se pudesse pedir que deixasse a cidade sem riscos. Represálias inomináveis poderiam decorrer e, mesmo que a sinistra criatura concordasse, a mudança não iria além da transferência de um problema imundo para outro lugar. Eram tempos em que a ilegalidade imperava e os homens que há anos escarneciam das forças da alfândega real não recusariam medidas mais duras se o dever os obrigasse a isso. Curwen deveria ser surpreendido em sua fazenda de Pawtuxet pela incursão de um grande destacamento de calejados piratas e lhe seria oferecida uma chance decisiva de se explicar. Se ficasse comprovado que ele era louco, divertindo-se com estrepitosas e imaginárias conversações em vozes diferentes, seria convenientemente internado num asilo. Se algo mais grave viesse à luz e se de fato os horrores subterrâneos se revelassem reais, ele e todos que estavam com ele deveriam perecer. A coisa poderia ser feita sem alarde e mesmo a viúva e seu pai não precisariam ser informados da maneira como aquilo iria acontecer.

Enquanto essas sérias medidas estavam sendo discutidas, ocorreu na cidade um incidente tão terrível e inexplicável que, por algum tempo, não se comentou outra coisa por milhas e milhas ao redor. No meio de uma noite enluarada de janeiro, quando espessa camada de neve cobria o chão, ressoou sobre o rio e sobre a colina uma série chocante de gritos que atraiu às janelas muitas cabeças sonolentas e as pessoas perto de Weybosset Point viram uma grande coisa branca mergulhar desvairadamente no espaço em frente à Cabeça do Turco. Ouviu-se um latir de cachorros na distância, que cessou assim que o clamor da cidade desperta se tornou audível. Grupos de homens com lanternas e mosquetes precipitaram-se para fora para ver o que acontecia, mas suas buscas foram infrutíferas. Na manhã seguinte, porém, um corpo musculoso, gigantesco, totalmente nu, foi encontrado sobre os montões de gelo ao redor dos molhes meridionais da Great Bridge, onde as Longas Docas se estendiam ao lado da destilaria Abbott, e a identidade desse objeto tornou-se assunto de infindáveis especulações e murmúrios. Não eram tanto os mais jovens quanto os mais velhos que murmuravam, pois somente nos patriarcas o rosto rígido cujos olhos horrorizados saíam das órbitas despertava vagas lembranças. Balançando a cabeça, eles trocavam furtivos sussurros de espanto e medo; pois naqueles traços enrijecidos e horrendos havia uma semelhança tão assombrosa que se tornava quase uma identidade total – e essa identidade era com um homem que havia morrido uns bons cinquenta anos antes.

    Ezra Weeden estava presente na descoberta e, lembrando o latir da noite anterior, dirigiu-se por Weybosset Street, do outro lado de Muddy Dock Bridge, de onde o som viera. Tinha uma curiosa expectativa e não ficou surpreso quando, chegando ao fim da zona habitada, onde a rua desembocava na Pawtuxet Road, deparou com umas curiosas marcas no chão. O gigante nu havia sido perseguido por cães e muitos homens de botas e as marcas dos animais e seus donos no caminho de volta se distinguiam facilmente. Eles haviam desistido da perseguição ao chegar demasiado perto da cidade. Weeden sorriu de modo sinistro e, como se tratasse de um detalhe insignificante, seguiu as pegadas até o seu ponto de origem. Era a fazenda Pawtuxet de Joseph Curwen, como ele sabia muito bem; e teria dado qualquer coisa para que o terreno não estivesse pisoteado de maneira tão confusa. Por outro lado, não ousou se mostrar tão interessado à plena luz do dia. O doutor Bowen, que Weeden procurou imediatamente com seu relato, fez uma autópsia do estranho cadáver e descobriu peculiaridades que o deixaram absolutamente aturdido. O aparelho digestivo do homenzarrão parecia nunca ter sido usado, enquanto toda a sua pele tinha uma textura áspera e frouxa impossível de explicar. Impressionado com aquilo que os velhos murmuravam a respeito da semelhança do cadáver com o ferreiro Daniel Green, falecido há muito tempo, e cujo bisneto Aaron Hoppin era comissário de bordo aos serviços de Curwen, Weeden fez algumas perguntas aparentemente casuais até descobrir onde Green estava enterrado. Naquela noite, um grupo de dez homens visitou o antigo Cemitério Norte, do outro lado de Herrenden's Lane, e abriu um túmulo. Descobriram que estava vazio, precisamente como esperavam.

Enquanto isso, haviam sido feitos acordos com os funcionários da diligência a fim de interceptar a correspondência de Joseph Curwen e, pouco antes do incidente com o corpo nu, foi encontrada uma carta de um tal Jedediah Orne, de Salem, que deixou os cooperativos cidadãos profundamente preocupados. Trechos da missiva, copiados e conservados nos arquivos particulares da família onde Charles Ward a encontrou, diziam:

"Alegro-me que o senhor continue no estudo de Antigos Casos com seu método e não penso que melhor tenha sido feito na casa do senhor Hutchinson, na vila de Salem. Certamente, nada havia senão o mais vivo horror no que H. evocou daquilo que só pudemos compreender apenas em parte. O que o senhor enviou não funcionou, ou porque alguma coisa estava faltando, ou porque as palavras que eu pronunciei ou que o senhor copiou não estavam certas. Sozinho fico sem saber. Não possuo as artes químicas para imitar Borellus e confesso que fiquei confuso com o VII Livro do *Necronomicon* que o senhor recomenda. Mas gostaria que observasse o que nos foi dito a respeito de quem chamar, pois o senhor tem conhecimento do que o senhor Mather escreveu nos Marginalia de_____ , e pode julgar quão fielmente a Horrenda Coisa está relatada. Recomendo--lhe novamente que não evoque ninguém que não possa mandar de volta; com isso quero dizer, ninguém que por sua vez possa chamar algo contra o senhor, contra o qual seus mais poderosos artifícios não seriam de uso algum. Chame os menores para que os maiores não desejem responder e sejam mais poderosos do que o senhor. Fiquei assustado quando li que o senhor sabe o que Ben Zaristnatmik tem em sua Caixa de Ébano, pois estou ciente de quem lhe deve ter contado. E novamente peço-lhe que me escreva como Jedediah e não como Simon. Nessa comunidade um homem pode não viver por muito tempo e o senhor conhece meu Plano pelo qual voltei como meu Filho. Desejaria que me fizesse conhecer o que o Homem Negro aprendeu com Sylvanus Cocidius na cripta debaixo do muro romano e ficaria agradecido se me emprestasse o manuscrito de que o senhor fala."

Outra carta não assinada de Filadélfia provocou igual preocupação, principalmente pelo seguinte trecho:

"Observarei o que o senhor diz com respeito ao envio das contas unicamente por seus navios, mas não pode saber ao certo quando deverá esperá-las. Quanto ao assunto de que fala, quero apenas mais uma coisa, mas desejo ter certeza de que o entendo perfeitamente. O senhor me informa que nenhuma parte deve estar faltando para que se obtenham os melhores efeitos, mas o senhor deve saber quão difícil é ter certeza. Parece muito perigoso e uma tarefa muito pesada levar toda a caixa, e na cidade (ou seja, na Igreja de São Pedro, São Paulo, Santa Maria e na Igreja de Cristo) isto não pode ser feito. Mas sei das imperfeições daquele que foi retirado em outubro passado e quantos espécimes vivos o senhor foi obrigado a empregar antes de chegar ao método certo no ano de 1766; portanto, seguirei suas orientações em todas as questões. Aguardo com impaciência seu brigue e indago todos os dias no cais do senhor Biddle".

Uma terceira carta suspeita estava escrita numa língua desconhecida e inclusive num alfabeto desconhecido. No diário de Smith encontrado por Charles Ward, uma única combinação de caracteres várias vezes repetida está copiada desajeitadamente e as autoridades da Brown University declararam tratar-se do alfabeto amárico ou abissínio, embora não compreendessem uma palavra.

Nenhuma dessas missivas jamais foi entregue a Curwen, embora o desaparecimento de Jedediah Orne, de Salem, relatado pouco depois, demonstrasse que os homens de Providence haviam tomado medidas secretas. Também a Sociedade Histórica da Pensilvânia possui uma curiosa carta recebida pelo doutor Shippen referente à presença de um personagem abominável em Filadélfia. Mas medidas mais decisivas estavam no ar e é nas reuniões noturnas e secretas de calejados marujos juramentados e velhos e fiéis piratas nos armazéns Brown que devemos procurar os principais frutos das revelações de Weeden. Lenta e firmemente foi se desenvolvendo o plano de uma campanha que não deixaria traço dos funestos mistérios de Joseph Curwen.

Este, apesar de todas as precauções, aparentemente sentia que havia algo no ar, pois agora podia-se perceber seu olhar inusitadamente preocupado. Sua carruagem era vista a todas as horas pela cidade e na Pawtuxet Road e ele havia abandonado aos poucos o ar de forçada jovialidade com o qual ultimamente tentara combater o preconceito da cidade. Os vizinhos mais próximos à sua fazenda, os Fenners, uma noite notaram um grande feixe de luz projetar-se no céu de alguma abertura do telhado daquele misterioso edifício de pedra de altas janelas excessivamente estreitas; acontecimento que de imediato comunicaram a John Brown em Providence. O senhor Brown tornara-se o chefe do seleto grupo resolvido a eliminar Curwen e informara os Fenners de que estava prestes a ser tomada alguma medida. Achara isto necessário, visto ser impossível que a família não testemunhasse a incursão final e justificou seu procedimento afirmando que Curwen era um notório espião dos funcionários da alfândega de Newport, contra a qual aberta ou clandestinamente todo marujo, negociante e fazendeiro de Providence conspirava. Não se sabe ao certo se os vizinhos que haviam visto tantas coisas estranhas aceitaram a justificativa; em todo caso, os Fenners estavam propensos a atribuir todo mal a um homem de hábitos tão curiosos. A eles o senhor Brown confiou a tarefa de observar a casa da fazenda de Curwen e de relatar regularmente todo fato que lá ocorresse.

4

A probabilidade de que Curwen estivesse em guarda e tentando coisas inusitadas, como sugeria o estranho feixe de luz, por fim precipitou a ação tão cuidadosamente planejada pelo grupo de homens de bem. Segundo o diário de Smith, uma companhia de cerca de cem homens encontrou-se às dez da noite na sexta-feira, 12 de abril de 1771, na sala grande da Taberna de Thurston, ao Leão Dourado, em Weybosset Point, do outro lado da ponte. Do grupo de vanguarda composto de homens proeminentes, além do líder, John Brown, estavam presentes o doutor Bowen, com sua valise de instrumentos cirúrgicos, o diretor Manning, sem a grande peruca (a maior das Colônias) pela qual se distinguia, o governador Hopkins, envolto em seu manto escuro e acompanhado por seu irmão Eseh, homem do mar incluído no último momento com a permissão dos restantes, John Carter, o capitão Mathewson e o capitão Whipple, que chefiaria o grupo invasor. Esses chefes conferenciaram separadamente num cômodo de trás, depois do que o capitão Whipple dirigiu-se para a sala grande e, fazendo-os jurar fidelidade, deu aos marujos reunidos as últimas instruções. Eleazer Smith ficou com os chefes durante a reunião no aposento posterior, aguardando a chegada de Ezra Weeden, cuja tarefa consistia em vigiar Curwen e informar a saída de sua carruagem rumo à fazenda.

Por volta de dez e meia um ruído prolongado e surdo foi ouvido sobre a Great Bridge, seguido por aquele de uma carruagem na rua adiante; àquela hora não havia necessidade de esperar Weeden para saber que o homem condenado se pusera a caminho para sua última noite de iníquas bruxarias. Um instante mais tarde, enquanto o ruído da carruagem que se afastava soava fracamente sobre Muddy Dock Bridge, Weeden apareceu e os invasores se alinharam silenciosamente em ordem militar na rua, tendo aos ombros seus mosquetes, espingardas de caça ou arpões para a caça às baleias que traziam consigo. Weeden e Smith estavam com o grupo e do pessoal do conselho estavam presentes para tomar parte da ação o capitão Whipple, o chefe, o capitão Eseh Hopkins, John Carter, o diretor Manning, o capitão Mathewson e o doutor Bowen, juntamente com Moses Brown, que apareceu às onze horas, embora estivesse ausente da sessão preliminar na taberna. Todos esses cidadãos e sua centena de marujos iniciaram a longa marcha sem delongas, determinados e um tanto apreensivos ao deixar Muddy Dock atrás de si, subindo pelo suave aclive de Broad Street em direção a Pawtuxet Road. Logo atrás da Igreja de Elder Snow, alguns deles viraram-se para lançar um olhar de despedida a Providence que se espalhava debaixo das estrelas do início da primavera. Torres e frontões erguiam-se negros e bem delineados, e a brisa salobra soprava gentilmente da enseada ao norte da ponte. Vega subia sobre a grande colina, do outro lado do rio, onde o contorno das árvores era quebrado pela linha dos telhados do edifício inacabado do College. Ao pé daquela colina e ao longo das estreitas ruelas que trepavam por seus flancos, a velha cidade dormia; Old Providence, em nome de cuja segurança e salvação moral uma blasfêmia tão monstruosa e colossal estava prestes a ser eliminada.

    Uma hora e um quarto mais tarde, os invasores chegaram, conforme havia sido previamente combinado, à casa da fazenda Fenner, onde ouviram o último relato sobre sua futura vítima. Ele havia chegado à sua fazenda há mais de meia hora, em seguida a estranha luz apontara para o céu, mas não havia luzes em nenhuma janela visível. Ultimamente era quase sempre assim. E no mesmo instante em que essa notícia estava sendo dada, outro grande clarão subiu ao sul e o grupo se deu conta de que de fato se aproximava do cenário de terríveis e monstruosos prodígios. O capitão Whipple então ordenou à tropa que se separasse em três grupos; um de vinte homens sob o comando de Eleazer Smith para atacar do lado da praia e guardar o local de desembarque contra possíveis reforços para Curwen, até ser convocado por um mensageiro como recurso extremo; um segundo de vinte homens, sob o comando do capitão Eseh Hopkins, para descer até o vale do rio atrás da fazenda de Curwen e derrubar com machados ou pólvora a porta de carvalho da margem íngreme e elevada; e o terceiro, para cercar a casa e os edifícios adjacentes. Um terço desse grupo seria conduzido pelo capitão Mathewson até o misterioso edifício de pedra com altas janelas estreitas, outro terço seguiria o próprio capitão Whipple até a casa principal da fazenda e o restante formaria um círculo ao redor de todo o grupo de edifícios até ser chamado por um último sinal de emergência.

O grupo do rio derrubaria a porta na encosta do morro ao ouvir soar um único apito, com ordens de aguardar e capturar tudo o que emergisse das regiões subterrâneas. Ao soarem dois apitos, avançaria pela abertura para fazer frente ao inimigo ou se uniria ao restante do contingente invasor. O grupo postado no edifício de pedra obedeceria, de modo análogo, a esses respectivos sinais, forçando a entrada ao primeiro e ao segundo descendo por qualquer passagem que viesse a ser descoberta no terreno para se unir à escaramuça geral ou local que, esperava-se, ocorreria nas cavernas. Um terceiro sinal, esse de emergência, de três apitos, convocaria a reserva destacada para a tarefa de vigilância geral, seus vinte homens se dividiriam em número igual e penetrariam nas profundezas desconhecidas tanto pela casa da fazenda quanto pelo edifício de pedra. O capitão Whipple tinha a convicção absoluta de que existiam catacumbas e não levou em consideração nenhuma alternativa ao fazer seus planos. Ele trazia consigo um apito muito potente e de som muito agudo e não temia qualquer equívoco ou confusão dos sinais. O último contingente de reserva no desembarcadouro, é claro, estava fora do alcance do apito, e exigiria um mensageiro especial se sua ajuda fosse necessária. Moses Brown e John Carter foram com o capitão Hopkins para a margem do rio, enquanto o diretor Manning era destacado com o capitão Mathewson para o edifício de pedra. O doutor Bowen, com Ezra Weeden, permaneceu no grupo do capitão Whipple que deveria tomar de assalto a casa da fazenda. O ataque deveria iniciar assim que um mensageiro do capitão Hopkins alcançasse o capitão Whipple para notificá-lo de que o destacamento do rio estava de prontidão. O chefe então sopraria uma única vez o apito e os vários destacamentos de vanguarda começariam seu ataque simultâneo a três pontos. Pouco antes de uma da manhã, os três grupos deixaram a casa da fazenda Fenner; um para guardar o desembarcadouro, outro rumando para o vale do rio e a porta na encosta do morro, e o terceiro para dividir-se e cuidar dos edifícios da fazenda Curwen.

Eleazer Smith, que acompanhara o grupo de guarda na praia, registra em seu diário uma marcha calma e uma longa espera

O Caso de Charles Dexter Ward

sobre o penhasco da baía, interrompida a certa altura por aquilo que pareceu o som distante do apito de advertência e de novo por uma mistura abafada e peculiar de estrondos e gritos e uma explosão que pareciam vir da mesma direção. Mais tarde, um homem acreditou ter ouvido tiros distantes, e mais tarde ainda o próprio Smith escutou o reboar de palavras titânicas e trovejantes ressoando a grande altura. Foi pouco antes do amanhecer que surgiu um único mensageiro transtornado de olhar desvairado e com um odor horrendo e desconhecido exalando de suas roupas, dizendo que o destacamento dispersasse e voltasse silenciosamente para as respectivas casas e jamais pensasse ou mencionasse os feitos da noite ou daquele que havia sido Joseph Curwen. Algo no comportamento do mensageiro revelava uma convicção que suas simples palavras jamais conseguiriam transmitir, pois embora fosse um marujo conhecido por muitos deles, havia algo obscuramente perdido ou conquistado em sua alma que o tornaria para sempre diferente dos outros. O mesmo ocorreu quando, mais tarde, eles encontraram outros velhos companheiros que haviam penetrado naquela zona de horror. A maioria deles havia perdido ou conquistado algo imponderável e indescritível. Haviam visto, ouvido ou sentido algo que não era para criaturas humanas e jamais poderiam esquecer. Deles jamais partiu um comentário, pois mesmo para o mais comum dos instintos mortais existem limites terríveis. E aquele único mensageiro incutiu no grupo da praia um pavor indizível que quase selou seus lábios. Foram pouquíssimos os boatos espalhados por qualquer um deles e o diário de Eleazer Smith é o único registro escrito sobrevivente de toda a expedição que partira do estabelecimento do Leão Dourado sob as estrelas.

No entanto, Charles Ward descobriu outras vagas informações incidentais na correspondência de Fenner encontrada em Nova Londres, onde sabia ter residido outro ramo da família. Parece que os Fenners, de cuja casa a fazenda condenada era visível à distância, haviam observado as colunas de incursores pôr-se em marcha e haviam ouvido com muita clareza o raivoso latido dos cães de Curwen, seguido pelo primeiro som agudo do apito que precipitou o ataque. O primeiro apito havia sido seguido por outro grande feixe de luz saindo do edifício de pedra, e mais tarde, após o rápido ecoar do segundo sinal ordenando uma invasão geral, ouviu-se um pipocar atenuado de tiros de mosquete e depois um horrível bramido que o missivista Luke Fenner representara em sua epístola com as letras "Uaaaahrrrr R'uaaahrrr". Esse grito, porém, era de tal natureza que seria impossível traduzi-lo em simples caracteres impressos e o missivista menciona que sua mãe perdeu completamente os sentidos àquele som. Mais tarde foi repetido, com menor força, seguindo-se outros ruídos mais abafados de tiros, juntamente com uma explosão muito forte na direção do rio. Cerca de uma hora mais tarde, todos os cães começaram a latir assustadoramente e ouviram-se vagos sons surdos e prolongados vindos da terra, tão acentuados que os castiçais se agitaram sobre a lareira. Foi notado um forte odor de enxofre e o pai de Luke Fenner declarou ter ouvido o terceiro apito, o de emergência, embora os outros não o tivessem percebido. Novo barulho surdo de disparos de mosquetes, seguido por um grito menos lancinante, mas mais horrível ainda do que os precedentes; uma espécie de tosse gutural ou de gorgolejo, desagradavelmente plástica, cuja semelhança com um grito devia-se talvez mais à sua continuidade e impacto psicológico do que à sua qualidade acústica.

Então a coisa chamejante apareceu subitamente num ponto em que deveria se encontrar a fazenda de Curwen e ouviram-se gritos de homens desesperados e apavorados. Os mosquetes faiscaram e crepitaram e a coisa chamejante caiu ao solo. Uma segunda coisa chamejante apareceu e distinguiu-se claramente um grito agudo de choro humano. Fenner escreveu que conseguiu até compreender algumas palavras vomitadas como num delírio: "Todo-poderoso, protege teu cordeiro!" Então, houve mais tiros e a segunda coisa chamejante caiu. Depois disso fez-se o silêncio por cerca de três quartos de hora, no fim do qual o pequeno Arthur Fenner, irmão de Luke, exclamou que vira "uma névoa vermelha" subindo da fazenda maldita até as estrelas, à distância. Ninguém, com exceção da criança, poderia provar isso, mas Luke admite uma coincidência significativa no pânico de um terror quase convulsivo que, no mesmo instante, fez com que os três gatos que se encontravam na sala arqueassem o dorso e eriçassem o pelo.

Cinco minutos mais tarde, começou a soprar um vento gélido e o ar ficou impregnado de um fedor tão intolerável que somente a forte brisa do mar impediu que fosse percebido pelo grupo da praia ou por alguma das almas vigilantes na aldeia de Pawtuxet. Esse fedor não se assemelhava a nada que os Fenners conhecessem e provocou uma espécie de pavor avassalador, amorfo, muito pior do que o do túmulo ou do cemitério. Logo em seguida ouviu-se a voz pavorosa que nenhum infeliz ouvinte jamais poderá esquecer. Ela ribombava do céu como uma condenação e as janelas tremeram enquanto seus ecos se perdiam. Era profunda e musical; possante como a de um órgão, mas maligna como os livros proibidos dos árabes. Homem algum pode saber o que ela dizia, porque falava numa língua desconhecida, mas isto é o que Luke Fenner transcreveu para reproduzir os demoníacos sons: "DEESMEES – JESHET – BONEDOSEFEDUVEMA – ENTTEMOSS". Foi somente no ano de 1919 que alguém relacionou essa transcrição tosca com algum tipo de conhecimento mortal, mas Charles Ward empalideceu ao reconhecer o que Mirandola denunciara estremecendo como o mais pavoroso horror das feitiçarias da magia negra.

Um grito inconfundivelmente humano ou um grito profundo e coral pareceu responder a esse prodígio maligno que vinha da fazenda de Curwen, em seguida o fedor desconhecido se tornou mais pesado ao acrescentar-se um odor igualmente intolerável. Lamentos distintamente diferentes de gritos irrompiam agora e prolongavam-se em uivos com paroxismos ascendentes e descendentes. Às vezes eram quase articulados, embora ouvinte algum pudesse captar palavras definidas; a certa altura, pareciam elevar-se até se tornarem quase risadas diabólicas e histéricas. Depois, um bramido de definitivo e absoluto terror, e a loucura total arrebentou de dezenas de gargantas humanas; um bramido que soou forte e claro apesar da profundeza da qual deve ter jorrado; após o que a escuridão e o silêncio dominaram todas as coisas. Espirais de fumaça acre subiram apagando as estrelas, embora não aparecessem chamas e no dia seguinte não se visse nenhum edifício destruído ou danificado.

Perto da madrugada, dois mensageiros apavorados, com cheiros monstruosos e indescritíveis saturando suas vestimentas, bateram à porta dos Fenners e pediram um barrilete de rum pelo qual pagaram muito bem. Um deles disse à família que o caso de Joseph Curwen estava encerrado e que os acontecimentos da noite nunca mais deveriam ser mencionados. Por mais arrogante que a ordem pudesse parecer, o aspecto daquele que a dava era tal que não provocou nenhum ressentimento e emprestou-lhe uma terrível autoridade; de modo que somente as furtivas missivas de Luke Fenner, que ele instou o parente de Connecticut a destruir, restam para contar o que foi visto e ouvido. O não atendimento desse parente, graças ao qual as cartas foram salvas apesar de tudo, foi a única coisa que impediu que o assunto caísse num piedoso esquecimento. Charles Ward tinha outro detalhe a acrescentar como resultado de uma cuidadosa investigação sobre as tradições ancestrais junto aos habitantes de Pawtuxet. O velho Charles Slocum daquela aldeia disse que seu avô soubera de um curioso boato referente a um corpo carbonizado e retorcido, encontrado nos campos uma semana depois do anúncio da morte de Joseph Curwen. O que gerou o boato foi a constatação de que esse corpo, pelo que se podia depreender dos restos queimados e contorcidos, não podia ser considerado nem totalmente humano nem podia ser atribuído a nenhum animal que o povo de Pawtuxet jamais tivesse visto ou conhecido por leituras.

5

Nenhum dos participantes daquela terrível incursão jamais seria induzido a pronunciar palavra a seu respeito e qualquer fragmento das vagas informações remanescentes vem de pessoas estranhas ao grupo que realizara o combate final. Há algo aterrador no cuidado com o qual os verdadeiros invasores destruíram os fragmentos que traziam a menor alusão ao assunto.

Oito marinheiros foram mortos, mas, embora seus corpos não fossem apresentados, suas famílias se contentaram com a declaração de que ocorrera um choque com funcionários da alfândega. O mesmo serviu para justificar os numerosos casos de ferimentos, todos eles cuidados e tratados pelo doutor Jabez Bowen, que acompanhara o grupo. O mais difícil foi explicar o odor indescritível que impregnava todos os invasores, fato discutido durante semanas. Dos cidadãos no comando, o capitão Whipple e Moses Brown foram os mais gravemente feridos e algumas cartas de suas esposas comprovam o espanto provocado por sua reticência e excessivo cuidado em relação aos curativos. Psicologicamente, cada um dos participantes mostrou-se abalado, amadurecido, de certo modo envelhecido, mais moderado. Por sorte, eram todos homens de ação, fortes e simples, religiosos ortodoxos, pois se fossem dotados de uma introspecção mais sutil e de maior complexidade mental teriam se saído muito mal. O diretor Manning ficou mais perturbado do que todos, mas ele também venceu as mais negras trevas e sufocou as lembranças na oração. Todos aqueles chefes desempenhariam papéis ativos nos anos seguintes e talvez tenha sido bom que isso se desse. Pouco mais de doze meses depois, o capitão Whipple liderou a multidão que incendiou o barco *Gaspee*, das autoridades da alfândega, e nesse ato audacioso podemos perceber uma tentativa de apagar perniciosas imagens.

À viúva de Joseph Curwen foi entregue um caixão de chumbo lacrado, de feitio curioso, obviamente encontrado pronto no local, no qual lhe foi dito encontrar-se o corpo do marido. Foi explicado que ele havia sido morto num choque com a milícia da alfândega, a respeito do qual não seria conveniente buscar detalhes. Mais do que isso língua alguma nada jamais pronunciou sobre o fim de Joseph Curwen, e Charles Ward dispunha de uma única indicação com a qual construir uma teoria. Esta indicação era um simples fio – um traço tremido sublinhando um trecho da carta de Jedediah Orne a Curwen que havia sido confiscada e copiada em parte à mão por Ezra Weeden. A cópia foi encontrada com um dos descendentes de Smith e a nós cabe decidir se Weeden a deu ao seu companheiro depois do fim, como um mudo indício da anormalidade que havia ocorrido, ou se, como é mais provável, Smith a obtivera antes, e ele próprio acrescentara o grifo a partir daquilo que conseguira extrair de seu amigo por meio de inteligentes conjeturas e hábeis perguntas. O trecho sublinhado é este:

"Digo-lhe novamente, não evoque ninguém que não possa mandar de volta; quero dizer ninguém que por sua vez chame algo contra o senhor e contra o qual seus recursos mais poderosos não possam ter eficácia alguma. Busque os menores, para que os maiores não desejem responder e tenham mais poder do que o senhor".

À luz desse trecho e refletindo sobre que aliados inomináveis um homem derrotado pode tentar convocar em seu mais funesto transe, Charles Ward pode ter se perguntado se algum cidadão de Providence não teria assassinado Joseph Curwen.

A destruição total de toda lembrança do morto da vida e dos anais de Providence foi amplamente corroborada pela influência dos chefes da invasão. De início, eles não pretendiam ser tão radicais e, por outro lado, a viúva, seu pai e filha foram deixados na ignorância dos fatos reais; mas o capitão Tillinghast era um homem astuto e logo teve conhecimento de boatos suficientes para aguçar seu horror e exigir que sua filha e neta mudassem o nome, queimassem a biblioteca e todos os papéis restantes e raspassem a inscrição da lápide de ardósia sobre o jazigo de Joseph Curwen. Ele conhecia bem o capitão Whipple e provavelmente obteve mais indícios daquele rude marinheiro do que de qualquer outra pessoa sobre o fim do amaldiçoado bruxo.

A partir daquela época, a eliminação da memória de Curwen se tornou cada vez mais rigorosa, estendendo-se inclusive, por consenso comum, até os registros da cidade e os arquivos do *Gazette*. Só pode ser comparada pelo espírito ao silêncio que envolveu o nome de Oscar Wilde por toda uma década depois que ele caíra em desgraça e, pela extensão, somente ao destino do pecaminoso rei de Runagur na história de lorde Dunsany, a respeito do qual os deuses decidiram que não só deveria cessar de existir como se deveriam negar que tivesse existido.

A senhora Tillinghast, como a viúva passou a ser conhecida a partir de 1772, vendeu a casa de Olney Court e residiu com o pai em Power's Lane até sua morte, em 1817. A fazenda de Pawtuxet, evitada por todas as criaturas, foi abandonada, caindo em ruínas com o passar dos anos e aparentemente deteriorou-se com indizível rapidez. Por volta de 1780, só permaneciam de pé as paredes de pedra e tijolos e em 1800 estas também haviam se transformado em ruínas disformes. Ninguém se aventurava a olhar no matagal espesso na margem do rio, atrás do qual poderia existir a porta da encosta do morro, e jamais tentou formar uma imagem definida dos fatos em meio aos quais Joseph Curwen desaparecera junto com os horrores por ele mesmo criados.

Somente o velho e robusto capitão Whipple foi ouvido, vez por outra, por pessoas atentas murmurar de si para si: "Que aquele_____ morresse de sífilis, ele não tinha que rir enquanto gritava. Era como se o excomungado_____ tivesse um trunfo na manga. Por meia coroa eu botaria fogo em sua_____casa".

CAPÍTULO TRÊS
Uma pesquisa e uma evocação

1

Charles Ward, como vimos, soube apenas em 1918 que descendia de Joseph Curwen. Não admira que imediatamente mostrasse profundo interesse por tudo o que dizia respeito ao antigo mistério; pois todos os vagos boatos que ouvira a respeito de Curwen agora se tornavam algo vital para ele, em cujas veias corria o sangue de Curwen. Nenhum estudioso de genealogia dotado de agudeza e imaginação agiria de modo diferente e ele empreendeu então uma ávida e sistemática coleta de informações sobre o antepassado.

Nas suas primeiras pesquisas não houve a menor tentativa de sigilo; de modo que mesmo o doutor Lyman hesita em datar a loucura do jovem em qualquer período anterior ao final de 1919. Ele conversava abertamente sobre o fato com a família – embora a mãe, em particular, não estivesse satisfeita em possuir um antepassado como Curwen – e com os funcionários dos vários museus e bibliotecas por ele visitados. Ao apelar para famílias de particulares em sua busca de registros que supostamente possuiriam, ele não ocultava seu objetivo e compartilhava do mesmo ceticismo bem-humorado com o qual eram vistos os relatos dos antigos autores de diários e cartas. Frequentemente expressava profunda curiosidade por aquilo que de fato ocorrera um século e meio antes naquela casa de Pawtuxet, cujo local tentara em vão encontrar, e por aquilo que Joseph Curwen havia sido na realidade.

Quando descobriu o diário e os arquivos de Smith e encontrou a carta de Jedediah Orne, decidiu visitar Salem e investigar as primeiras atividades de Curwen bem como suas relações lá na cidade, o que fez nas férias da Páscoa de 1919. No Instituto Essex, que ele conhecia bem de estadas anteriores na fascinante e antiga cidade de frontões puritanos em ruínas e aglomeração de telhados com mansardas, comprimindo-se uns ao lado dos outros, foi gentilmente recebido e lá descobriu uma quantidade considerável de informações sobre Curwen. Averiguou que seu ancestral nascera em Salem-Village, hoje Danvers, a sete milhas da cidade, no dia 18 de fevereiro de 1662-63 e que fugira para fazer-se ao mar à idade de quinze, só aparecendo nove anos mais tarde, quando regressou com a fala, as roupas e as maneiras de um inglês nativo e se estabeleceu na própria cidade de Salem. Na época, ele tinha poucas relações com a família, mas passava a maior parte do seu tempo debruçado sobre os livros curiosos adquiridos na Europa e as estranhas substâncias químicas que chegavam para ele em navios procedentes da Inglaterra, França e Holanda. Certas viagens dele para o interior eram objeto de muita curiosidade local e eram associadas, à boca pequena, a vagos relatos de fogueiras sobre as colinas, à noite.

Os únicos amigos próximos a Curwen haviam sido um certo Edward Hutchinson, de Salem-Village, e certo Simon Orne, de Salem. Com estes homens frequentemente era visto pelo parque e as visitas entre eles eram bastante frequentes. Hutchinson possuía uma casa fora da cidade, na direção dos bosques, e as pessoas sensíveis não gostavam dela por causa dos sons ouvidos lá à noite. Dizia-se que ele recebia estranhos visitantes e as luzes de suas janelas não eram sempre da mesma cor. O conhecimento que ele demonstrava ter a respeito de pessoas há muito tempo falecidas e de fatos há muito ocorridos era considerado totalmente blasfemo. Desapareceu aproximadamente na época em que começou o pânico da bruxaria e nunca mais se ouviu falar nele. Naquele tempo, Joseph Curwen também partiu, mas logo se soube que se estabelecera em Providence. Orne viveu em Salem até 1720, quando o fato de não mostrar sinais visíveis de envelhecimento começou a chamar a atenção das pessoas. Então ele desapareceu, embora, trinta anos mais tarde, seu sósia, denominando-se seu filho, aparecesse para reclamar a propriedade. A procedência da reclamação foi reconhecida com base em documentos lavrados por Simon Orne cuja caligrafia era conhecida, e Jedediah Orne continuou a morar em Salem até 1771, quando certas cartas de cidadãos de Providence endereçadas ao reverendo Thomas Barnard e a outros tiveram como resultado sua silenciosa mudança para local desconhecido.

Documentos sobre todos esses estranhos fatos estavam disponíveis no Instituto Essex, no Tribunal e no Cartório Civil e incluíam coisas comuns e inócuas como títulos de terras, escrituras de venda de terras e fragmentos secretos de uma natureza mais estimulante. Havia quatro ou cinco alusões inequívocas a eles nos registros dos processos de bruxaria: certo Hepzibah Lawson jurou, no dia 10 de julho de 1692, no Tribunal de Oyer e Terminen presidido pelo juiz Hathorne, que "quarenta bruxas e o Homem Negro foram vistos reunir-se nos bosques atrás da casa do senhor Hutchinson", e certa Amity How declarou, numa sessão de 8 de agosto, perante o juiz Gedney, que "o senhor G. B. (George Burroughs) naquela noite colocou a Marca do Diabo em Bridget S., Jonathan A., *Simon O.*, Deliverance W., *Joseph C.*, Susan P., Mehitable C., e Deborah B.". Depois, havia um catálogo da misteriosa biblioteca de Hutchinson como fora encontrada após seu desaparecimento e um manuscrito inacabado em sua caligrafia, numa linguagem cifrada que ninguém conseguia ler. Ward mandou fazer uma cópia fotostática desse manuscrito e começou a trabalhar casualmente no código assim que lhe foi entregue. Depois do mês de agosto seguinte, seu trabalho no código se tornou intenso e febril e, a partir daquilo que ele dizia e de seu comportamento, existem razões para se acreditar que conseguira decifrar o código antes de outubro ou novembro. Contudo, ele jamais afirmou se conseguira ou não.

Mas de maior interesse imediato era o material de Orne. Foi preciso pouco tempo para que Ward provasse, graças à caligrafia, uma coisa que já havia estabelecido a partir do texto da carta endereçada a Curwen, ou seja, que Simon Orne e seu suposto filho eram a mesma pessoa. Como Orne dissera ao seu missivista, não era seguro viver por muito tempo em Salem, daí ele ter resolvido se mudar por trinta anos para o exterior, só voltando para reclamar suas terras como representante de uma nova geração. Orne aparentemente havia tomado o cuidado de destruir a maior parte de sua correspondência, mas os cidadãos que agiram em 1771 descobriram e preservaram algumas cartas e papéis que estimularam sua curiosidade. Havia fórmulas e diagramas enigmáticos escritos em sua caligrafia e na de outras pessoas que Ward agora copiou com cuidado ou fotografou, e uma carta extremamente misteriosa numa caligrafia que o pesquisador reconheceu por certos registros contidos no Cartório Civil como sendo positivamente de Joseph Curwen.

Essa carta de Curwen, embora não datada em relação ao ano, não foi evidentemente aquela em resposta à escrita por Orne e que fora apreendida; por certas evidências Ward a atribuiu a uma data não muito posterior a 1750. Talvez não seja fora de propósito apresentar seu texto integral, como amostra do estilo de alguém cuja história foi tão obscura e terrível. Seu destinatário é chamado "Simon", mas existe um traço (não foi possível a Ward estabelecer se de autoria de Curwen ou de Orne) riscando a palavra.

Providence, 1º de maio

Irmão:

Meu honrado e velho amigo, meus devidos respeitos e sinceras saudações àquele que servimos para seu eterno poder. Acabo de descobrir aquilo que o senhor deve saber, referente ao funesto transe e ao que é preciso fazer a respeito. Não estou disposto a segui-lo e partir por causa de minha idade, pois Providence não possui a agudeza do latido na perseguição de coisas incomuns e em seu julgamento. Estou atarefado com navios e mercadorias e não poderia fazer como o senhor; além do mais, debaixo de minha fazenda em Pawtuxet está aquilo que o senhor sabe não esperaria que eu voltasse como outra pessoa.

Mas eu estou disposto a enfrentar tempos difíceis como lhe disse, e tenho trabalhado muito sobre a maneira de reaver o que perdi. Na noite passada, descobri as palavras

que evocam YOGGESOTHOTHE e vi pela primeira vez aquele rosto de que fala Ibn Schacabac no_____.
E ELE disse que o III Salmo no Liber-Damnatus tem a Clavícula. Com o Sol na V casa, Saturno na tríade, desenhe o Pentagrama do Fogo e pronuncie o nono verso três vezes. Repita esse verso na véspera do dia da Cruz e de Todos os Santos e a coisa se multiplicará nas esferas exteriores.
E da semente do velho nascerá Um que olhará para trás embora não saiba o que busca.
Isto de nada servirá se não houver um herdeiro e se os sais, ou a maneira de fazer os sais, não estiverem à mão. E nesse caso admito que não tomei as medidas necessárias nem descobri muito. O processo é danado de difícil de funcionar e utiliza tamanha multiplicidade de espécies que tenho dificuldades em encontrá-las em quantidade suficiente, não obstante os marinheiros das Índias que eu tenho. O povo por aqui é curioso, mas eu consigo enganá-lo. Os senhores de boa família são piores do que a populaça, pois possuem mais informações e as pessoas respeitam mais o que eles dizem. Temo que o pastor e o senhor Merritt tenham comentado algo, mas até o momento não há perigo. As substâncias químicas são fáceis de se conseguir, havendo dois bons boticários na cidade, o doutor Bowen e Sam Carew. Estou seguindo o que Borellus diz e disponho do auxílio do VII Livro de Abdool Al-Hazred. O que eu obtiver, o senhor terá também. E no meio tempo não deixe de usar as palavras que dei aqui. Elas estão certas, mas se desejar vê-lo, empregue o que escrevi no pedaço de_____, que estou enviando nesse pacote. Diga os versos na véspera de cada dia da Cruz e de Todos os Santos e se sua linhagem não acabar, *nos anos por vir aparecerá aquele que olhará para trás e usará os sais ou a matéria dos sais que tu lhe deixares.* Jó, XIV, 14.
Alegro-me que o senhor esteja novamente em Salem e espero poder vê-lo em breve. Tenho um bom garanhão

e estou pensando em comprar uma carruagem, pois já há uma (a do senhor Merritt) em Providence, embora as estradas sejam más. Se estiver disposto a viajar não deixe de me visitar. De Boston, pegue a estrada da diligência passando por Dedham, Wrentham e Attleborough, em todas estas cidades há boas tabernas. Hospede-se na do senhor Bolcom, em Wrentham, onde as camas são melhores do que na do senhor Hatch, mas coma no outro estabelecimento, pois seu cozinheiro é melhor. Vire na direção de Providence na altura das corredeiras de Patucket e pegue a estrada depois da taberna do senhor Sayles. Minha casa fica em frente à taberna do senhor Epenetus Olney, saindo de Town Street, a primeira do lado norte de Olney Court. A distância de Boston Store é cerca de 44 milhas.
Declaro-me, senhor, seu velho e sincero amigo e criado em Almonsin-Metraton.

Josephus C.

Ao Senhor Simon Orne,
William's-Lane, Salem.

Foi essa carta, estranhamente, que pela primeira vez forneceu a Ward a localização exata da casa de Curwen em Providence, pois nenhum dos registros encontrados até aquele momento havia sido totalmente específico. A descoberta era duplamente sensacional porque descrevia como sendo a nova casa de Curwen, construída em 1761 no local da antiga, a construção semidestruída que ainda se encontrava em Olney Court, bastante familiar a Ward em suas perambulações em busca de antiguidades em Stampers Hill. O lugar de fato ficava a poucas quadras de distância de sua casa, no ponto mais elevado da grande colina, e agora era habitada por uma família de negros muito procurada para serviços ocasionais, como lavagem de roupa, limpeza doméstica e manutenção de fornalhas. Encontrar na longínqua Salem uma prova tão inesperada da importância desse conhecido casebre na história de sua própria família foi algo muito emocionante para Ward, que resolveu explorar imediatamente o lugar à sua volta. Os trechos mais misteriosos da carta, que interpretou como uma forma extravagante de simbolismo, francamente o desafiavam embora observasse com um frêmito de curiosidade que a passagem bíblica referida – Jó, XIV, 14 – era o conhecido versículo, "Se um homem morre, deverá viver novamente? Todos os dias do tempo que me foi destinado eu esperarei, até que venham me soerguer".

2

O jovem Ward voltou para casa num estado de agradável excitação e passou o sábado seguinte num longo e exaustivo estudo da casa de Olney Court. A construção, atualmente em ruínas devido à idade, jamais havia sido uma mansão; mas era uma modesta casa de madeira de dois andares e uma água-furtada do tipo colonial comum em Providence, com um teto pontiagudo, ampla chaminé central, porta artisticamente entalhada e bandeira semicircular com raios, frontão triangular e elegantes colunas dóricas. Sofrera poucas alterações externamente e Ward teve a sensação de estar olhando algo muito próximo ao sinistro objeto de sua investigação.

Os atuais moradores negros eram seus conhecidos, e o velho Asa e sua gorda mulher Hannah mostraram-lhe muito gentilmente o interior. Aqui as alterações eram maiores do que parecia externamente e Ward observou com tristeza que uma boa metade das belas cornijas das lareiras lavradas com motivos de volutas e urnas e os entalhes em forma de conchas sobre os armários haviam desaparecido, enquanto a maior parte dos belos lambris de madeira e respectivas molduras estava arranhada, gasta, arrancada, ou coberta totalmente de papel de parede barato. De modo geral, a pesquisa não rendeu a Ward muito mais do que esperava, mas pelo menos foi emocionante encontrar-se entre as paredes ancestrais que haviam hospedado um homem horroroso como Joseph Curwen. Ele notou com um arrepio que o monograma havia sido cuidadosamente apagado da antiga aldrava de latão.

Desde aquele momento até o encerramento do curso, Ward passou todo o tempo debruçado sobre a cópia fotostática do código de Hutchinson e acumulando dados sobre Curwen no local. O código ainda se mostrava renitente, mas ele obteve tantos dados e tantos indícios em outras partes, que se predispôs a empreender uma viagem a Nova Londres e Nova York, a fim de consultar antigas cartas cuja presença estava indicada naqueles lugares. Essa viagem foi muito frutífera, pois resultou nas cartas de Fenner com sua terrível descrição da incursão à casa de Pawtuxet e as cartas da correspondência Nightingale-Talbot, nas quais ele ficou sabendo do retrato pintado no painel da biblioteca de Curwen. A questão do retrato interessou-o de modo particular, pois teria dado tudo para saber como era exatamente Joseph Curwen; e decidiu realizar uma segunda busca na casa de Olney Court para ver se não haveria algum vestígio das feições antigas debaixo das demãos da pintura posterior ou das camadas de papel de parede bolorento.

A busca foi empreendida no início de agosto e Ward percorreu cuidadosamente as paredes de cada cômodo cujas dimensões fossem suficientes para ter abrigado a biblioteca do perverso criador. Dedicou particular atenção aos amplos painéis sobre as lareiras que ainda restavam e ficou profundamente emocionado quando, após cerca de uma hora, num largo espaço sobre a lareira de uma sala espaçosa do andar térreo, teve a certeza de que a superfície trazida à luz ao arrancar várias camadas de tinta era sensivelmente mais escura do que a pintura de interior comum ou do que a madeira de baixo deveria ser. Após algumas outras tentativas mais cuidadosas com uma faca fina, teve a certeza de ter descoberto um retrato a óleo de grandes dimensões. Com a prudência de um autêntico estudioso, o jovem não arriscou o dano que uma tentativa imediata de descobrir com a faca a pintura oculta poderia perpetrar, mas simplesmente retirou-se do cenário de sua descoberta a fim de recrutar a ajuda de um especialista. Três dias mais tarde, voltou com um artista de longa experiência, o senhor Walter Dwight, cujo estúdio se encontra ao pé de College Hill, e aquele provecto restaurador de quadros pôs-se ao trabalho imediatamente, com métodos e substâncias químicas adequadas. O velho Asa e a esposa ficaram, é claro, curiosos a respeito de seus estranhos visitantes e foram adequadamente indenizados por essa invasão de seu lar.

À medida que o trabalho avançava, dia após dia, Charles Ward acompanhava com crescente interesse as linhas e sombras que gradativamente iam-se revelando após um longo esquecimento. Dwight começara na parte inferior do retrato; por isso, tendo o quadro a proporção de três por um, o rosto não apareceu por algum tempo. No meio tempo via-se que o sujeito era um homem magro, de boas proporções, com um casaco azul-escuro, colete bordado, calções de cetim preto e meias de seda branca, sentado numa cadeira entalhada contra uma janela com desembarcadouros e navios aparecendo ao longe. Quando surgiu a cabeça, observou-se que tinha uma peruca Albemarle bem arranjada e possuía um rosto fino, calmo, comum, de certo modo familiar a Ward e ao artista. No entanto, somente no fim o restaurador e seu cliente ficaram espantados diante dos detalhes do rosto magro, pálido, reconhecendo com um certo horror a dramática brincadeira pregada pela hereditariedade. Pois foi preciso o último banho de óleo e o último toque da delicada raspadeira para revelar totalmente a expressão que os séculos haviam ocultado e comparar o perplexo Charles Dexter Ward, amante do passado, aos seus próprios traços vivos retratados no semblante de seu horrível tetravô.

Ward levou os pais para ver a maravilha que havia descoberto e seu pai imediatamente determinou a aquisição do quadro, embora fosse pintado sobre painéis fixos. Para o rapaz, a semelhança era maravilhosa, apesar de aparentar uma idade avançada, e era possível constatar que, graças a um artificioso ardil do atavismo, os traços físicos de Joseph Curwen haviam encontrado uma cópia perfeita um século e meio mais tarde. A semelhança da senhora Ward com o seu antepassado não era muito acentuada, embora ela lembrasse de parentes que tinham algumas das características fisionômicas de seu filho e do falecido Curwen. Ela não gostou da descoberta e disse ao marido que seria melhor que ele queimasse o retrato em vez de levá-lo para casa. Afirmou que havia algo pernicioso nele, não apenas no aspecto intrínseco, mas na própria semelhança com Charles. O senhor Ward, contudo, era um prático e poderoso homem de negócios – um fabricante de tecidos de algodão com grandes tecelagens em Riverpoint e no vale do Pawtuxet – e não era pessoa de dar ouvidos a escrúpulos femininos. O quadro o impressionara enormemente pela semelhança com o filho e achou que o rapaz o merecia como presente. Não é preciso dizer que Charles concordou calorosamente com a ideia; poucos dias mais tarde o senhor Ward localizou o dono da casa – um sujeito baixo com o aspecto de um roedor e um acento gutural – e conseguiu todo o painel e a peça sobre a qual ficava o quadro por um preço rapidamente acordado que acabou com a torrente ameaçadora de untuosos regateios.

Restava agora retirar o painel e levá-lo para a residência dos Ward, onde foram adotadas todas as providências para sua completa restauração e instalação junto com uma lareira elétrica de imitação na biblioteca-escritório de Charles, no terceiro andar. A Charles foi deixada a tarefa de supervisionar a remoção e, no dia 28 de agosto, ele acompanhou dois técnicos da firma de decorações Crooker até a casa de Olney Court, onde o painel e toda a peça com o retrato foram despregados com grande cuidado e precisão e transportados no caminhão da empresa. Restou descoberto um espaço de tijolos deixando à mostra a parede da chaminé e nesta o jovem Ward observou um vão quadrado aproximadamente da largura de um pé, que devia ficar diretamente atrás da cabeça do retrato. Curioso com o que aquele vão poderia significar ou conter, o jovem aproximou-se, olhou em seu interior e descobriu, debaixo das espessas camadas de pó e fuligem, alguns papéis soltos, amarelados, um rústico e grosso caderno e alguns fiapos bolorentos que haviam sido talvez a fita prendendo o todo. Soprou o grosso do pó e das cinzas e pegou o livro olhando a inscrição em grossas letras negras da capa. Estava escrita numa caligrafia que ele aprendera a reconhecer no Instituto Essex e dizia que o volume era o *Diário e Notas de Jos. Curwen, Gent., das Plantações de Providence, anteriormente de Salem.*

Emocionado ao extremo com sua descoberta, Ward mostrou o livro aos dois trabalhadores curiosos ao seu lado. O testemunho destes quanto à natureza e autenticidade da descoberta é absoluto; e o doutor Willett baseia-se neles para estabelecer sua teoria de que o jovem não era louco quando começou a exibir suas maiores excentricidades. Todos os outros papéis também estavam escritos na caligrafia de Curwen e um deles parecia especialmente assombroso, por causa de sua inscrição: *"Àquele que virá depois, e como ele poderá voltar no tempo e nas esferas"*. Outro estava em código, o mesmo, esperava Ward, de Hutchinson, que até o momento o frustrara. Um terceiro, e aqui o pesquisador se regozijou, parecia ser a chave do código, enquanto o quarto e quinto eram endereçados respectivamente "ao Gentil homem Edw: Hutchinson" e "Ao Cavalheiro Jedediah Orne", "ou Seu Herdeiro ou Herdeiros, ou a quem os Represente". O sexto e último tinha a inscrição: *"Joseph Curwen, sua vida e viagens entre os anos 1678 e 1687: para onde viajou, onde viveu, quem viu e o que aprendeu".*

3

Chegamos agora ao momento ao qual a escola mais acadêmica de psiquiatras data a loucura de Charles Ward. Após a descoberta, o jovem folheara imediatamente as páginas internas do livro e dos manuscritos e evidentemente viu algo que o impressionou de modo fantástico. Em verdade, ao mostrar os títulos aos trabalhadores, ele pareceu resguardar o texto com cuidado peculiar e mostrar um estado de perturbação que mesmo a importância arqueológica e genealógica da descoberta não justificava. Ao voltar para casa, ele deu a notícia com um ar quase embaraçado, como se desejasse transmitir uma ideia de sua suprema importância, sem contudo exibir a prova. Sequer mostrou os títulos aos pais, mas simplesmente disse-lhes que havia encontrado alguns documentos escritos na caligrafia de Joseph Curwen, "a maior parte em código", que teriam de ser estudados com muito cuidado para revelar seu significado verdadeiro. É improvável que ele tivesse mostrado o que mostrou aos trabalhadores não fosse pela curiosidade indisfarçada daqueles. Sem dúvida, pretendia evitar qualquer demonstração de uma reticência peculiar que aumentaria as discussões em torno do assunto.

Naquela noite, Charles Ward ficou sentado em seu quarto lendo o livro e os papéis recém-descobertos e quando clareou o dia não desistiu. As refeições, conforme seu urgente pedido quando a mãe foi falar com ele para ver o que estava ocorrendo, foram levadas para o quarto e, à tarde, ele apareceu muito rapidamente quando os homens foram instalar o retrato de Curwen e o painel da lareira em seu escritório. Na noite seguinte, dormiu a curtos intervalos, de roupa, enquanto lutava febrilmente para decifrar o manuscrito em código. Pela manhã, a mãe viu que ele estava trabalhando na cópia fotostática do código de Hutchinson, que várias vezes lhe havia mostrado antes; mas, respondendo à sua interrogação, ele disse que a chave de Curwen não lhe podia ser aplicada. Naquela tarde, abandonou seu trabalho e observou fascinado os homens enquanto terminavam a instalação do quadro com sua estrutura de madeira sobre um tronco de árvore elétrico engenhosamente realista, colocavam a imitação de lareira e o painel um pouco afastados da parede norte, como se atrás existisse uma chaminé, e encaixavam nos lados lambris combinando com o quarto.

O painel da frente com a pintura foi serrado e montado, deixando um espaço para um armário atrás. Assim que os homens se foram transferiu seu trabalho para o escritório e sentou à sua frente com um olho no código e outro no retrato, que lhe devolvia o olhar como um espelho que o envelhecia ou evocava séculos passados. Os pais, lembrando mais tarde seu comportamento nesse período, forneceram interessantes detalhes referentes aos subterfúgios por ele adotados para disfarçar sua atividade. Diante dos empregados, raramente escondia algum papel que estava estudando, pressupondo, com razão, que a intrincada e arcaica caligrafia de Curwen seria demais para eles. Com os pais, no entanto, era mais circunspecto, e a não ser que o manuscrito em questão fosse em código, ou um amontoado de símbolos misteriosos e ideogramas desconhecidos (como aquele intitulado *"Àquele que vier depois etc."* parecia), cobria-o com um papel até que a visita saísse do quarto. À noite, mantinha os papéis trancados a chave numa antiga papeleira sua, onde também os colocava sempre que saía do quarto. Logo retomou horários e hábitos razoavelmente regulares, com a exceção de que seus longos passeios e outros interesses externos pareciam ter cessado. A reabertura da escola, onde agora iniciava o último ano, aparentemente o aborreceu e afirmou muitas vezes sua determinação de nunca mais retomar o curso. Dizia ter importantes pesquisas sociais a fazer, que lhe abririam mais caminhos para o conhecimento e as ciências humanas do que qualquer universidade de que o mundo podia se vangloriar.

O Caso de Charles Dexter Ward

É claro que só uma pessoa que sempre havia sido mais ou menos estudiosa, excêntrica e solitária poderia adotar esse comportamento durante muitos dias sem chamar a atenção. No entanto, Ward era por constituição um estudioso e um ermitão; daí seus pais ficarem menos surpresos do que magoados com a rígida reclusão e o sigilo que ele adotara. Ao mesmo tempo, tanto o pai quanto a mãe achavam estranho que ele não lhes mostrasse nenhum fragmento de seu valioso achado, nem lhes fizesse um relato sobre as informações decifradas. Ele justificava essa reticência atribuindo-a a um desejo de aguardar até poder anunciar algo pertinente, mas, como as semanas passavam sem maiores revelações, começou a surgir entre o jovem e a família uma espécie de constrangimento, intensificado no caso da mãe, por sua manifesta desaprovação de todas as pesquisas referentes a Curwen.

No mês de outubro, Ward começou a visitar novamente as bibliotecas, porém não mais pelo interesse arqueológico dos primeiros dias. Bruxaria e magia, ocultismo e demonologia era o que buscava agora, e quando as fontes de Providence se revelaram infrutíferas, tomou o trem para Boston para haurir da riqueza da biblioteca de Copley Square, da Biblioteca Widener de Harvard ou da Biblioteca de Pesquisa Zion em Brookline, onde se encontravam certas obras raras sobre temas bíblicos. Comprou muitos livros e montou toda uma nova estante em seu escritório para as obras recém-adquiridas sobre temas sobrenaturais; durante as férias de Natal, fez uma série de viagens fora da cidade, inclusive uma para Salem, a fim de consultar alguns registros do Instituto Essex.

Aproximadamente em meados de janeiro de 1920, acrescentou-se ao comportamento de Ward um ar de triunfo que ele não explicou; já não era visto trabalhar no código de Hutchinson. Ao contrário, adotou duas linhas de investigação: a pesquisa química e a análise de registros. Montou para a primeira um laboratório na mansarda da casa que não era usada e para a segunda vasculhou todas as fontes de dados vitais de Providence. Os comerciantes de drogas e de instrumentos científicos da cidade, posteriormente interrogados, forneceram listas fantasticamente estranhas, sem sentido, das substâncias e instrumentos por ele adquiridos; mas os funcionários da Assembleia Estadual, da Prefeitura e de várias bibliotecas concordam quanto ao objetivo definido de seu segundo interesse. Ele procurava intensa e febrilmente o túmulo de Joseph Curwen, de cuja lápide uma geração mais antiga apagara tão sabiamente o nome.

Aos poucos, na família Ward foi crescendo a convicção de que algo estava errado. Charles já tivera manias extravagantes, e mudanças de interesses menores antes, mas este sigilo e a absorção cada vez maior em estranhas investigações eram contrários inclusive à sua índole. Suas atividades na escola não passavam de pura simulação, e, embora passasse em todos os exames, era visível que sua antiga aplicação havia desaparecido. Tinha outros interesses agora e, quando não estava em seu laboratório com uma vintena de livros antiquados de alquimia, podia ser encontrado lendo atentamente velhos registros funerários no centro da cidade ou colado aos seus volumes de ciências ocultas em seu escritório, onde as feições espantosamente semelhantes – pode-se dizer cada vez mais semelhantes – de Joseph Curwen olhavam-no de modo afável do grande painel sobre a lareira na parede norte.

No fim de março, Ward acrescentou à sua busca nos arquivos uma série de vampirescas perambulações pelos vários cemitérios antigos da cidade. A causa foi revelada mais tarde, quando se soube dos funcionários da Prefeitura que ele provavelmente havia encontrado um indício importante. Sua investigação repentinamente desviara-se do túmulo de Joseph Curwen para o de certo Naphthali Field; e a mudança foi explicada quando, ao examinar os arquivos por ele pesquisados, os investigadores de fato encontraram um registro fragmentado do sepultamento de Curwen que escapara da destruição geral e que dizia que o curioso caixão de chumbo havia sido enterrado "dez pés ao sul e cinco pés a oeste do túmulo de Naphthali Field no_____". A ausência de um jazigo especificado no registro sobrevivente complicou enormemente a pesquisa e o túmulo de Naphthali parecia tão indefinível quanto o de Curwen; no entanto, nesse caso não tinha havido uma eliminação sistemática e seria razoável esperar encontrar a própria pedra tumular mesmo que seu registro tivesse desaparecido. Daí as perambulações – das quais ficaram excluídos o cemitério de St. John (outrora King's) e o antigo cemitério congregacional no meio do cemitério de Swan Point, uma vez que outros dados haviam demonstrado que o único Naphthali Field (falecido em 1729) cujo túmulo poderia estar indicado era batista.

4

Foi por volta de maio que o doutor Willett, por solicitação de Ward pai, e baseado em todos os dados referentes a Curwen que a família havia obtido de Charles em épocas nas quais não se preocupava com o sigilo, teve uma conversa com o jovem. A entrevista foi pouco valiosa e conclusiva, pois Willett sentiu a todo momento que Charles estava totalmente dono de si e consciente de assuntos de verdadeira importância; mas pelo menos obrigou o reservado jovem a apresentar alguma explicação racional de seu comportamento recente. Com o rosto pálido, impassível, sem mostrar embaraço, Ward pareceu bastante disposto a discutir suas investigações, embora não a revelar seu objetivo. Afirmou que os papéis de seu antepassado continham notáveis segredos do saber científico de tempos primitivos, na maior parte em código, de um alcance comparável apenas às descobertas do frei Bacon e talvez mesmo superior a estas. No entanto, não tinham qualquer importância, salvo se relacionadas a um corpo de conhecimentos hoje totalmente ultrapassado; de modo que sua apresentação imediata a um mundo equipado unicamente com a ciência moderna lhes tiraria toda a força e significado dramático. Para que pudessem ser vividamente assimilados pela história do pensamento humano deveriam primeiramente ser correlacionadas por alguém familiarizado com o ambiente no qual haviam evoluído e a essa tarefa de correlação Ward se dedicava agora. Ele estava tentando adquirir tão rápido quanto possível o saber negligenciado dos antigos, que um autêntico intérprete dos dados sobre Curwen deveria possuir, e esperava fazer uma apresentação completa do maior interesse para a humanidade e o mundo do pensamento em seu devido tempo. Nem mesmo Einstein, declarou, poderia revolucionar de maneira mais profunda a atual concepção das coisas.

Quanto à sua pesquisa nos cemitérios, cujo objetivo admitiu abertamente, sem contar os detalhes de seu progresso, disse que tinha razões para pensar que a pedra tumular mutilada de Joseph Curwen continha certos símbolos mágicos – esculpidos segundo instruções contidas em seu testamento e por ignorância poupadas por aqueles que haviam apagado o nome – absolutamente essenciais à solução final de seu misterioso sistema cifrado. Ele acreditava que Curwen desejara guardar com carinho seu segredo e, consequentemente, distribuíra as informações de uma forma sobremaneira curiosa. Quando o doutor Willett pediu para ver os documentos mágicos, Ward demonstrou muita relutância e tentou esquivar-se com evasivas, como as cópias fotostáticas do código de Hutchinson e as fórmulas e os diagramas de Orne; mas finalmente mostrou-lhe a capa de algumas das verdadeiras descobertas sobre Curwen – o *Diário e Notas*, o código (título em código também) e a mensagem repleta de fórmulas "*Àquele que virá depois*" – e deixou-o dar uma olhada nos papéis escritos em caracteres incompreensíveis.

Ele abriu também o diário numa página cuidadosamente escolhida por seu teor totalmente inócuo e permitiu que Willett olhasse o manuscrito de Curwen em inglês. O médico observou com atenção as letras ininteligíveis e complicadas e a aura do século XVII que pairava sobre a caligrafia e o estilo, embora seu escritor sobrevivesse até o século XVIII, e teve imediatamente a certeza de que o documento era autêntico. O próprio texto era relativamente trivial, e Willett lembrava apenas um fragmento:

"Quarta-feira, dia 16 de outubro de 1754. Minha corveta *Wahefal* saiu hoje de Londres com XX novos homens embarcados nas Índias, espanhóis da Martinica e holandeses do Suriname. Os holandeses estão propensos a desertar por terem ouvido falar um tanto mal desse empreendimento, mas farei de modo a induzi-los a ficar. Para o senhor Knight Dexter no Bay and Book 120 peças de chamalote, 100 peças sortidas de pelo de camelo, 20 peças de lã azul, 50 peças de calamanta, 300 peças cada de algodão das Índias e *shendsoy*. Para o senhor Green do Elefante, 50 panelas de um galão, 20 panelas de aquecer, 15 formas de assar, 10 tenazes de defumar. Para o senhor Perrigo, 1 conjunto de sovelas. Para o senhor Nightingale, 50 resmas de papel de primeira. Recitei o SABBAOTH três vezes na noite passada mas ninguém apareceu. Preciso saber mais do senhor H. na Transilvânia, embora seja difícil entrar em contato com ele e é muito estranho que ele não possa me ensinar o uso daquilo que tem usado tão bem nesses cem anos. Simon não escreveu nessas V semanas, mas espero ter notícias suas em breve".

Chegando a esse ponto, quando o doutor Willett virou a página, foi rapidamente impedido por Ward, que quase arrancou o livro de suas mãos. Tudo o que o médico conseguiu ver na página recém-aberta foram duas frases; mas estas, é estranho, permaneceram obstinadamente em sua memória. Diziam: "Pronunciado o verso do Liber-Damnatus em V vésperas do dia da Cruz e IV vésperas de Todos os Santos, espero que a coisa esteja se preparando fora das esferas. Ele trará aquele que está para vir se eu puder ter certeza de que ele existirá e pensará as coisas passadas e olhará para trás dos anos e para isto deverei ter os sais prontos ou o necessário para fazê-los".

Willett não viu mais nada, mas de alguma forma essa rápida olhada conferiu um novo e vago terror às feições pintadas de Joseph Curwen, que olhava afavelmente de cima da lareira. Mesmo depois, ele teve a curiosa fantasia – sua experiência médica, é claro, lhe garantiu não passar de uma fantasia – de que os olhos do retrato tinham uma espécie de desejo, se não uma autêntica tendência, a seguir Charles Ward enquanto este se deslocava pelo cômodo. Deteve-se antes de sair para examinar de perto a pintura, assombrado com sua semelhança com Charles e memorizou cada mínimo detalhe do rosto misterioso e sem cor, inclusive uma pequena cicatriz ou cova na testa lisa sobre o olho direito. Cosmo Alexander, decidiu, era um pintor digno da Escócia que produziu Raeburn e um mestre digno de seu ilustre pupilo Gilbert Stuart.

Assegurados pelo médico de que a saúde mental de Charles não estava em perigo, mas que, por outro lado, o jovem estava envolvido em pesquisas que poderiam se revelar de importância real, os Ward ficaram mais tolerantes do que de outro modo seriam quando, no mês de junho seguinte, ele se recusou decididamente a frequentar a escola. Alegou ter estudos de uma importância muito mais vital a seguir e anunciou o desejo de ir para o exterior no ano seguinte, a fim de se valer de certas fontes de informações inexistentes na América. O pai de Ward, embora recusasse atender a este desejo por considerá-lo absurdo para um rapaz de apenas dezoito anos, concordou a respeito da universidade. Assim, após uma conclusão não muito brilhante do curso na Escola Moses Brown, seguiu-se para Charles um período de três anos de intensos estudos de ocultismo e pesquisas em cemitérios. Ele passou a ser considerado um excêntrico e desapareceu da vista dos familiares e amigos ainda mais completamente do que antes; debruçou-se sobre seu trabalho e apenas de vez em quando viajava para outras cidades a fim de consultar misteriosos registros. Certa vez, foi ao sul para conversar com um estranho velho mulato que vivia num pântano e a respeito do qual um jornal escrevera um curioso artigo. Depois, procurou uma pequena aldeia nos montes Adirondack, de onde haviam saído relatos de curiosas cerimônias. Mas ainda seus pais lhe proibiam a viagem tão desejada ao Velho Mundo.

Ao chegar à maioridade, em abril de 1923, e tendo herdado do avô materno uma pequena renda, Ward resolveu enfim realizar a viagem à Europa até então negada. Nada comentou a respeito do itinerário pretendido, salvo que as necessidades de seus estudos o levariam a muitos lugares, mas prometeu escrever aos pais um relato sincero e completo. Quando eles viram que não poderiam dissuadi-lo, abandonaram toda a oposição e ajudaram-no na medida do possível; de modo que em junho o jovem embarcava para Liverpool com as bênçãos do pai e da mãe, que o acompanharam até Boston e acenaram para ele até o navio desaparecer do embarcadouro White Star, em Charlestown. As cartas logo contaram que chegara são e salvo e que tomara boas acomodações em Great Russell, em Londres, onde propunha-se a ficar, evitando todos os amigos da família, até esgotar os recursos do Museu Britânico num determinado assunto. Escrevia pouco sobre sua vida de todos os dias, pois havia pouco a escrever. Estudos e experimentos tomavam-lhe o tempo todo e mencionava um laboratório que havia montado num dos cômodos. O fato de não falar de peregrinações arqueológicas na antiga e fascinante cidade, com seu atraente horizonte de antigas cúpulas e campanários e seu emaranhado de ruas e ruelas cujos meandros misteriosos e vistas inesperadas alternadamente acenam e surpreendem, foi tomado por seus pais como um indício seguro do grau em que seus novos interesses absorviam sua mente.

O Caso de Charles Dexter Ward

Em junho de 1924, uma breve mensagem informou que ele partia rumo a Paris, cidade para a qual havia feito antes duas ou três viagens em busca de material na Bibliotèque Nationale. Nos três meses seguintes, enviou apenas cartões-postais, dando um endereço na rua St. Jacques e referindo-se a uma pesquisa especial entre manuscritos raros na biblioteca de um colecionador cujo nome não mencionou. Evitava fazer amizades e nenhum turista voltou contando tê-lo encontrado. Seguiu-se então um período de silêncio e em outubro os Ward receberam um cartão de Praga dizendo que Charles se encontrava naquela antiga cidade com o propósito de consultar um homem muito idoso, supostamente o último detentor vivo de algumas informações medievais muito curiosas. Dava um endereço na Neustadt e anunciava que lá permaneceria até janeiro do ano seguinte, quando mandou vários cartões de Viena falando de sua passagem por aquela cidade a caminho de uma região mais oriental, para a qual fora convidado por um de seus correspondentes e colegas de pesquisas do oculto.

O próximo cartão era de Klausenburg, na Transilvânia, e falava dos progressos de Ward na perseguição de seu objetivo. Ia visitar um certo barão Ferenczy, cuja propriedade ficava nas montanhas a leste de Rakus, e a correspondência deveria ser endereçada a Rakus aos cuidados daquele aristocrata. Outro cartão de Rakus, enviado uma semana mais tarde, dizia que a carruagem de seu anfitrião havia ido ao seu encontro e que ele estava partindo da aldeia rumo às montanhas, sendo esta a última mensagem durante um período considerável. Em realidade, não respondeu às frequentes cartas dos pais até maio, quando escreveu desaconselhando o projeto de sua mãe de encontrá-lo em Londres, Paris ou Roma no verão, quando os Ward pretendiam viajar para a Europa. Suas pesquisas, ele disse, eram de tal ordem que não podia deixar sua atual morada, e ao mesmo tempo a localização do castelo do barão Ferenczy não favorecia visitas. Ficava num penhasco nas sombrias montanhas cobertas de florestas e a região era tão evitada pelos habitantes dos campos que as pessoas normais não se sentiriam à vontade. Além disso, o barão não era uma pessoa que pudesse agradar a gente de posição e conservadora da Nova Inglaterra. Seu aspecto e comportamento tinham certas idiossincrasias e sua idade era tão avançada que chegava a inquietar. Seria melhor, dizia Charles, que seus pais esperassem sua volta a Providence, o que não demoraria a acontecer.

No entanto, ele só voltou em maio de 1925, quando, depois de alguns cartões anunciando sua chegada, o jovem viajante desembarcou do *Homeric* sem alardes em Nova York e percorreu as longas milhas até Providence de ônibus, embebendo-se avidamente da visão das onduladas colinas verdejantes dos fragrantes pomares em flor e das brancas cidadezinhas com campanário do Connecticut primaveril; era seu primeiro contato em quase quatro anos com a Nova Inglaterra. Quando o ônibus atravessou o Pawcatuck e entrou em Rhode Island no ar dourado e irreal de uma tarde de fim de primavera, seu coração batia com mais força e o ingresso em Providence, pelas avenidas Reservoir e Elmwood, foi uma coisa maravilhosa, de tirar o fôlego, apesar da profundidade dos conhecimentos proibidos nos quais havia mergulhado. Na praça elevada onde as ruas Broad, Weybosset e Empire se cruzam, ele viu à sua frente e mais abaixo, no incêndio do pôr do sol, as casas aprazíveis de suas recordações e as cúpulas e campanários da cidade velha; e sua cabeça rodou numa curiosa vertigem enquanto o veículo descia até o terminal atrás do Baltimore, descortinando a visão da grande cúpula e do verde da folhagem macia, pontilhada de telhados, da antiga colina do outro lado do rio e o alto pináculo colonial da Primeira Igreja Batista, pintada de vermelho na mágica luz do crepúsculo destacando-se contra o fundo íngreme de fresca verdura primaveril.

Velha Providence! Foram este lugar e as forças misteriosas de sua longa e contínua história que o haviam feito nascer e o haviam atraído para maravilhas e segredos cujas fronteiras nenhum profeta poderia delimitar. Aqui se encontravam os mistérios, fantásticos ou medonhos, para os quais todos aqueles anos de viagens e estudos o haviam preparado. Um táxi levou-o rapidamente através da praça do Correio com a vista rápida do rio, o antigo edifício do Mercado e a ponta da enseada, subindo pela curva íngreme de Waterman Street até Prospect, onde a vasta cúpula resplandecente e as colunas jônicas banhadas pelo poente da Igreja da Ciência Cristã acenavam ao norte. E, depois de oito quadras, as belas mansões antigas que seus olhos de criança haviam conhecido, e as exóticas calçadas de tijolos tantas vezes percorridas por seus pés juvenis. E finalmente a pequena casa branca da fazenda que havia sido invadida à direita, à esquerda a clássica varanda Adam e a imponente fachada com as janelas salientes do casarão de tijolos onde havia nascido. Era o crepúsculo, e Charles Ward estava de volta.

5

Uma corrente da psiquiatria, um pouco menos acadêmica do que a do doutor Lyman, atribui à viagem de Ward à Europa o início de sua verdadeira loucura. Admitindo que o jovem fosse são ao partir, ela acredita que sua conduta na volta implica uma mudança desastrosa. Mas o doutor Willett recusa-se a concordar mesmo com esta afirmação. Algo ocorreu mais tarde, ele insiste, e atribui as esquisitices do jovem nessa fase à prática de rituais aprendidos no exterior – coisas bastante estranhas, em verdade, mas que absolutamente não implicam aberrações mentais por parte de seu celebrante. O próprio Ward, embora visivelmente envelhecido e calejado, ainda era normal em suas reações gerais e, em várias conversas com Willett, mostrara um equilíbrio que nenhum louco – mesmo um louco incipiente – poderia fingir continuamente por muito tempo. O que suscitou a ideia de insanidade nesse período foram os *sons* que provinham a todas as horas do laboratório de Ward na mansarda, na qual ele permanecia pela maior parte do tempo. Eram recitações, repetições e tonitroantes declamações em ritmos misteriosos; e embora esses sons fossem sempre na própria voz de Ward, havia algo na qualidade daquela voz e nas entonações das fórmulas pronunciadas que não podia deixar de gelar o sangue de qualquer ouvinte. As pessoas observavam que Nig, o venerando e adorado gato preto da casa, ficava sobressaltado e arqueava visivelmente as costas quando se ouviam certos sons.

Os odores que ocasionalmente emanavam do laboratório eram do mesmo modo extremamente estranhos. Às vezes eram mefíticos, mas mais frequentemente aromáticos, com uma característica obsedante e evanescente que parecia ter o poder de criar imagens fantásticas. As pessoas que os aspiravam tinham a tendência a vislumbrar miragens momentâneas de paisagens enormes, com estranhos montes ou avenidas intermináveis de esfinges e hipogrifos estendendo-se por uma distância infinita. Ward não retomou as perambulações de outrora, mas se aplicou diligentemente aos estranhos livros que trouxera para casa e a investigações igualmente estranhas em seus próprios aposentos, explicando que as fontes europeias haviam ampliado enormemente as possibilidades de seu trabalho e prometendo grandes revelações nos próximos anos. Seu aspecto envelhecido acentuou em grau espantoso sua semelhança com o retrato de Curwen na biblioteca e o doutor Willett frequentemente se detinha ao lado deste depois de uma visita, espantando-se com a virtual identidade e refletindo que agora só restava a pequena cova sobre o olho direito do retrato para diferenciar o bruxo, há muito tempo falecido, do jovem vivo. Essas visitas de Willett, feitas a pedido do casal Ward, eram curiosas. Em nenhum momento Ward repeliu o médico, mas este percebia que jamais conseguiria apreender a psicologia íntima do jovem. Frequentemente observava coisas peculiares à sua volta: pequenas imagens de cera de desenho grotesco sobre as estantes ou as mesas e os restos semiapagados de círculos, triângulos e pentagramas traçados com giz ou carvão no espaço livre no centro do amplo aposento. E, à noite, sempre ressoavam aqueles ritmos e encantamentos estrondosos, até que se tornou muito difícil manter os empregados ou acabar com os comentários furtivos sobre a loucura de Charles.

  Em janeiro de 1927, ocorreu um incidente peculiar. Certa vez, por volta da meia-noite, enquanto Charles entoava um ritual cuja cadência irreal ecoava de modo desagradável pelos andares inferiores da casa, de repente soprou uma rajada de vento gélido da baía, e sentiu-se um ligeiro e inexplicável tremor de terra que todos na vizinhança notaram. Ao mesmo tempo, o gato mostrou sinais fenomenais de terror, enquanto os cães latiam em até uma milha de distância. Era o prelúdio de uma violenta tempestade, anormal naquela estação, durante a qual ouviu-se um estalo tão forte que o senhor e a senhora Ward pensaram que a casa tivesse sido atingida por um raio. Correram para cima para ver os estragos, mas Charles os atendeu à porta da mansarda, pálido, resoluto e sinistro, com uma mistura quase temível de triunfo e seriedade em seu rosto. Assegurou-os de que a casa não havia sido atingida e que a tempestade logo acabaria. Eles pararam e, ao olharem pela janela, viram que o rapaz estava certo; os raios iam se distanciando, enquanto as árvores já não se curvavam à estranha rajada gélida que vinha do mar. O trovão foi abrandando numa espécie de resmungo abafado e finalmente cessou. As estrelas apareceram e a marca do triunfo no rosto de Charles Ward cristalizou-se numa expressão bastante singular.

Durante dois meses ou mais, depois desse incidente, Ward manteve-se menos segregado em seu laboratório do que de costume. Ele exibia um curioso interesse pelo tempo e fazia estranhas perguntas a respeito da época do degelo da primavera. Uma noite, no fim de março, saiu de casa após a meia-noite e só voltou perto do amanhecer, quando sua mãe, que estava acordada, ouviu o ruído de um motor subir pela alameda. Podia-se distinguir palavrões abafados e a senhora Ward, levantando-se e indo até a janela, viu quatro vultos escuros retirarem uma caixa comprida e pesada de um caminhão sob a orientação de Charles, carregando-a ao interior da casa pela porta lateral. Ela ouviu respirações arquejantes e passos pesados sobre as escadas e, finalmente, um baque surdo na mansarda; depois disso os passos desceram, os quatro homens reapareceram fora da casa e partiram em seu caminhão.

No dia seguinte, Charles retomou sua rígida reclusão na mansarda, descendo as cortinas escuras das janelas do laboratório e aparentemente dedicando-se ao trabalho com alguma substância metálica. Ele não abria a porta para ninguém e recusava peremptoriamente toda a comida que lhe era oferecida. Perto de meio-dia ouviu-se uma pancada violenta seguida por um grito terrível e uma queda, mas quando a senhora Ward bateu à porta o filho demorou a responder e, com voz fraca, disse que não havia acontecido nada. Explicou que o fedor horrendo e indescritível que agora se espalhava era absolutamente inócuo e infelizmente necessário, que o isolamento era o elemento essencial e que desceria atrasado para o jantar. Naquela tarde, ao terminarem os estranhos sons sibilantes que vinham de trás da porta trancada, Charles por fim apareceu, com um aspecto extremamente perturbado e proibindo a quem quer que fosse o ingresso no laboratório, sob qualquer pretexto. Este, em realidade, seria o começo de um novo período de sigilo; porque a partir de então nunca mais nenhuma outra pessoa teria a permissão de visitar a misteriosa oficina na água-furtada ou o quarto de despejo adjacente que ele limpara, mobiliando-o toscamente, e acrescentara, como dormitório, ao seu domínio inviolavelmente privado. Ali ele viveu, com os livros trazidos da biblioteca do andar de baixo, até que adquiriu um bangalô em Pawtuxet e para lá se mudou com todos os seus pertences científicos.

À noite, Charles apoderou-se do jornal antes dos outros membros da família e rasgou uma parte, aparentemente por acidente. Mais tarde, o doutor Willett, que descobriu a data pelas declarações das várias pessoas da casa, pesquisou uma cópia intacta do jornal na redação do *Journal* e descobriu, na parte destruída, o seguinte artigo:

Violadores Noturnos Surpreendidos no Cemitério Norte

Robert Hart, guarda-noturno do Cemitério Norte, descobriu esta manhã um grupo de homens com um caminhão na parte mais antiga do cemitério, mas aparentemente assustou-os antes que concluíssem o que pretendiam.
A descoberta ocorreu por volta das quatro horas da manhã, quando a atenção de Hart foi despertada pelo ruído de um motor do lado de fora do seu abrigo. Ao fazer uma averiguação, viu um caminhão grande na alameda principal, a muitas varas de distância, mas não conseguiu alcançá-lo porque o barulho dos seus passos revelou sua presença. Os homens colocaram apressadamente uma grande caixa no caminhão e rumaram para a rua antes que pudessem ser detidos; e como nenhum túmulo conhecido foi molestado, Hart acredita que os homens pretendiam enterrar a própria caixa.
Os profanadores deviam estar cavando há muito tempo antes de serem surpreendidos, porque Hart encontrou uma cova enorme aberta a uma distância considerável da alameda no setor de Amosa Field, onde a maioria das antigas lápides desapareceu há muito tempo. O buraco,

uma cova larga e profunda como um túmulo, estava vazio; e não coincidia com nenhuma sepultura indicada nos registros do cemitério.

O sargento Riley, do Segundo Distrito de Polícia, vistoriou o local e opinou que o buraco foi cavado por contrabandistas que, numa atitude revoltante e engenhosa, procuravam um esconderijo seguro para suas bebidas num lugar que não seria molestado. Em resposta às perguntas que lhe foram feitas, Hart disse que achava que o caminhão fugitivo rumara para a Rochambeau Avenue, embora não tivesse certeza disso.

Nos dias seguintes, Charles Ward raramente foi visto pela família. Como anexara um cômodo para dormir ao seu reino na mansarda, isolava-se em seus aposentos, ordenando que a comida fosse levada até a porta, e só a apanhava quando o empregado havia se retirado. O salmodiar de fórmulas em tom monótono e a entoação de ritmos bizarros ocorria a intervalos, enquanto em outros momentos ocasionais ouvintes poderiam distinguir o tinido de vidros, silvos de substâncias químicas, o ruído de água corrente ou o reboar de chamas de gás. Odores dos mais indescritíveis, totalmente diferentes de quaisquer outros notados antes, flutuavam às vezes nas proximidades da porta; e um ar de tensão era observado no jovem recluso sempre que se aventurava brevemente para fora, estimulando a especulação mais intensa. Uma vez ele realizou uma saída até o Ateneu para buscar um livro de que precisava, e depois contratou um mensageiro para buscar um volume totalmente desconhecido em Boston. A situação não deixava pressagiar nada de bom e tanto a família quanto o doutor Willett confessavam-se totalmente sem saber o que fazer ou pensar a respeito.

6

Então, no dia 15 de abril, deu-se um fato estranho. Embora nada diferente ocorresse em gênero, houve com certeza uma diferença realmente terrível em grau, e o doutor Willett de certa forma atribui grande importância à mudança. Era a Sexta-Feira

Santa, circunstância muito importante para os empregados, mas que outros menosprezam por considerá-la uma coincidência irrelevante. No fim da tarde, o jovem Ward começou a repetir certa fórmula num tom singularmente elevado, queimando ao mesmo tempo alguma substância de cheiro tão penetrante que seus vapores se expandiram por toda a casa. A fórmula era tão claramente audível no corredor, do outro lado da porta trancada, que a senhora Ward não pôde deixar de memorizá-la enquanto esperava e ouvia ansiosamente e mais tarde conseguiu escrevê-la a pedido do doutor Willett. Os especialistas disseram ao doutor Willett que seu equivalente mais próximo podia ser encontrado nos escritos místicos de "Eliphas Levi", aquele espírito misterioso que se insinuou por uma fenda da porta proibida e teve um rápido vislumbre das terríveis visões do vazio além. Seu teor era o seguinte:

"Per Adonai Eloim, Adonai Jehova,
Adonai Sabaoth, Metraton Ou Agla Methon,
verbum pythonicum, mysterlum salamandrae,
cenventus sylvorum, antra gnomorum,
daemonia Coeli God, Almonsin, Gibor,
Jehosua, Evam, Zariathnatmik, Veni, veni, veni".

A recitação continuava há duas horas sem alteração ou interrupção quando se desencadeou por toda a vizinhança um pandemônio de latidos de cachorros. A dimensão desses latidos pode ser julgada pelo espaço que lhe foi dedicado pelos jornais no dia seguinte, mas para as pessoas da residência dos Ward foi sobrepujada pelo odor que instantaneamente se seguiu; um odor horrível, que penetrou em toda parte, jamais sentido antes nem depois. Em meio a esse fluxo mefítico apareceu uma luz muito nítida como a do relâmpago, que poderia ofuscar e impressionar não fosse dia pleno; e então ouviu-se *a voz* que nenhum ouvinte jamais poderá esquecer por causa de seu tonitroante tom distante, sua incrível profundidade e sua dessemelhança sobrenatural da voz de Charles Ward. Abalou a casa e foi claramente ouvida pelo menos por dois vizinhos, apesar do uivo dos cães. A senhora Ward, que ouvia desesperada fora da porta trancada do laboratório do filho, ficou arrepiada ao reconhecer seu sentido diabólico, pois Charles lhe havia contado sua má fama nos livros secretos e a maneira como reboara, segundo as cartas de Fenner, sobre a casa de Pawtuxet condenada à destruição na noite do extermínio de Joseph Curwen. Não havia como equivocar-se quanto à frase apavorante, pois Charles a havia descrito de modo muito vivo em outros tempos, quando conversava com franqueza de suas investigações sobre Curwen. E no entanto era apenas um fragmento numa linguagem arcaica e esquecida: "DIES MIES JESCHET BOENE DOESEF DOUVE-MA ENITEMAUS".

Logo após esse reboar a luz do dia escureceu momentaneamente, embora o pôr do sol demorasse ainda uma hora, e então seguiu-se uma lufada de outro odor, diferente do primeiro, mas igualmente desconhecido e intolerável. Charles recitava de novo em tom monótono e sua mãe ouvia as sílabas que soavam como "Yinash-Yog-Sothoth-he-lglb-fi-throdag"– acabando com um "Yah!" cuja força desvairada subia num crescendo de arrebentar os tímpanos. Um segundo mais tarde, todas as lembranças anteriores foram apagadas pelo grito lamentoso que irrompeu com uma explosividade desvairada e gradativamente foi se transformando num paroxismo de risadas diabólicas e histéricas. A senhora Ward, com aquela mistura de medo e coragem cega própria da maternidade, aproximou-se e bateu alarmada à porta ocultadora, mas não obteve nenhum sinal de reconhecimento. Bateu de novo, mas parou impotente quando um segundo grito se levantou, dessa vez na voz inconfundível e familiar de seu filho, ao mesmo tempo em que a outra voz ria desmedidamente. Em seguida, ela desmaiou e ainda é incapaz de lembrar a causa precisa e imediata. A memória às vezes apaga piedosamente certas lembranças.

O senhor Ward voltou do trabalho às seis e quinze e, não encontrando a esposa no andar térreo, foi informado pelos empregados apavorados que provavelmente ela estava diante da porta de Charles, da qual vinham sons mais estranhos do que nunca. Subindo de imediato as escadas, viu a senhora Ward estirada no chão do corredor fora do laboratório e, ao perceber que ela havia desmaiado, apressou-se a buscar um copo de água de uma jarra numa alcova próxima. Borrifou o líquido frio em seu rosto e sentiu-se reanimado ao perceber uma reação imediata da parte dela; observava-a enquanto seus olhos se abriam perplexos quando um calafrio o percorreu e ameaçou reduzi-lo ao mesmo estado do qual ela estava se recobrando. Pois o laboratório não era tão silencioso como parecia ser, mas emanava os murmúrios de uma conversação tensa e abafada, em tons demasiado baixos para que fosse possível compreendê-los e, contudo, de uma qualidade profundamente perturbadora para a alma.

Evidentemente, não era uma novidade que Charles resmungasse fórmulas, mas esse resmungo era definidamente diferente. Era claramente um diálogo, ou uma imitação de inflexões sugerindo pergunta e resposta, afirmação e réplica. Uma voz era inconfundivelmente a de Charles, mas a outra tinha uma profundidade e um timbre profundo e cavernoso que, apesar dos maiores poderes de imitação, o jovem jamais havia conseguido reproduzir. Tinha algo de medonho, blasfemo e anormal, e não fosse um grito de sua mulher que voltava a si, clareando sua mente e despertando nele seu instinto de proteção, é muito provável que Theodore Howland Ward não conseguisse manter por quase um ano ainda seu velho motivo de orgulho, o fato de jamais ter desmaiado. Pegou a esposa nos braços e a carregou para baixo antes que ela pudesse perceber as vozes que o haviam perturbado de modo tão horrível. Mesmo assim, porém, não foi suficientemente rápido para ele mesmo deixar de captar algo que fez com que cambaleasse perigosamente com sua carga. Pois o grito da senhora Ward evidentemente havia sido ouvido por outros além dele e em resposta vieram de trás da porta trancada as primeiras palavras compreensíveis pronunciadas naquele colóquio camuflado e terrível. Não passavam de uma excitada advertência na voz do próprio Charles, mas de algum modo suas implicações produziram um terror indescritível no pai que as ouviu. A frase foi apenas isto: *"Sshh! – Escreva."*

O senhor e a senhora Ward debateram longamente o caso após o jantar e o primeiro resolveu ter uma conversa firme e séria com Charles naquela mesma noite. Não importava quão importante fosse o objetivo, esse comportamento não seria mais permitido; pois os últimos acontecimentos ultrapassavam todo limite da razão e constituíam uma ameaça à ordem e ao bem-estar de todos na casa. O jovem devia de fato estar totalmente fora de si, pois só a loucura completa poderia provocar gritos tão selvagens e conversações imaginárias em vozes simuladas como naquele dia. Tudo isto deveria parar ou a senhora Ward adoeceria e se tornaria impossível conservar a criadagem.

O senhor Ward levantou-se no fim da refeição e começou a subir as escadas rumo ao laboratório de Charles. No entanto, no terceiro andar, ele parou ao ouvir os sons procedentes da biblioteca do filho, agora em desuso. Os livros, aparentemente, estavam sendo atirados pela sala e os papéis eram amassados de modo frenético, e ao chegar à porta o senhor Ward observou o jovem no interior do cômodo, reunindo excitado uma enorme braçada de material literário de todos os tamanhos e formatos. O aspecto de Charles era muito tenso e conturbado e ele largou tudo sobressaltado ao som da voz do pai. À sua ordem sentou-se e por alguns momentos ouviu as admoestações que há muito merecia. Não houve cenas. No final do sermão, concordou que o pai estava certo e que as vozes, resmungos, fórmulas cabalísticas e odores químicos eram de fato incômodos imperdoáveis. Concordou com métodos mais calmos, embora insistisse num prolongamento de seu extremo isolamento. Grande parte de seu trabalho futuro, disse ele, em todo caso consistiria exclusivamente em pesquisa em livros e poderia conseguir um alojamento em algum outro lugar para realizar todos os rituais vocais necessários num outro estágio. Pelo medo e o desmaio da mãe expressou sua mais profunda contrição e explicou que a conversação ouvida mais tarde fazia parte de um elaborado simbolismo destinado a criar uma determinada atmosfera mental. O emprego de abstrusos termos químicos confundiu um pouco o senhor Ward, mas a última impressão ao despedir-se do filho foi de inegável sanidade mental e equilíbrio, apesar de uma misteriosa tensão da maior gravidade. A entrevista, na realidade, foi de todo inconclusiva e, enquanto Charles recolhia do chão sua braçada de livros e deixava o quarto, o senhor Ward não sabia o que fazer com toda essa história. Era tão misteriosa quanto a morte do pobre velho Nig, cujo corpo enrijecido, os olhos esbugalhados e a boca contorcida pelo medo, havia sido encontrado uma hora antes no subsolo da casa.

Levado por um vago instinto de detetive, o confuso genitor agora fixava com curiosidade as prateleiras vazias para ver o que seu filho havia levado para a mansarda. A biblioteca do jovem era classificada de maneira simples e rígida, de modo que bastava uma olhada para saber que livros ou pelo menos que tipo de livros haviam sido retirados. Nessa ocasião, o senhor Ward ficou espantado ao verificar que nada que falasse de ocultismo ou arqueologia estava faltando, além daquilo que já havia sido retirado. Os livros que acabava de retirar eram todos sobre assuntos modernos: história, tratados científicos, geografia, manuais de literatura, obras filosóficas e alguns jornais e revistas contemporâneos. Tratava-se de uma mudança muito curiosa no rumo recente das leituras de Charles Ward e o pai se deteve num crescente turbilhão de perplexidade e na sensação avassaladora de algo inexplicável. O inexplicável era uma sensação muito aguda e quase dilacerava seu peito enquanto se esforçava por entender o que havia de errado ao seu redor. Alguma coisa em realidade estava errada, tanto material quanto espiritualmente. Desde que penetrara nesse aposento sabia que algo estava errado e finalmente se deu conta do que era.

Na parede norte ainda estava a antiga peça trabalhada de madeira da casa de Olney Court, mas o óleo rachado e precariamente restaurado do grande retrato de Curwen sofrera um desastre. O tempo e o calor desigual haviam enfim realizado o seu trabalho, e desde a última limpeza da peça o pior havia acontecido. Com a madeira evidentemente descascada, cada vez mais empenada e por fim esmigalhada com uma rapidez diabolicamente silenciosa, o retrato de Joseph Curwen renunciara para sempre a vigiar o jovem ao qual se assemelhava de um modo tão estranho e agora jazia espalhado sobre o solo transformado numa camada de fino pó cinza-azulado.

Capítulo quatro
Mutação e loucura

1

Na semana que se seguiu àquela memorável Sexta-feira Santa, Charles Ward foi visto com frequência maior do que de costume e sempre carregando livros entre sua biblioteca e o laboratório na mansarda. Seus atos eram calmos e racionais, mas ele tinha um olhar furtivo e atormentado que não agradava absolutamente à mãe, e mostrava um apetite incrivelmente ávido, proporcional às exigências que dera de fazer ao cozinheiro.

O doutor Willett foi informado dos ruídos e acontecimentos daquela sexta-feira e na terça-feira seguinte teve uma conversa com o jovem na biblioteca onde o quadro já não ficava vigiando. A entrevista foi, como sempre, inconclusiva; mas Willett ainda está disposto a jurar que o jovem era são e dono de si naquela ocasião. Fez promessas de uma próxima revelação e falou da necessidade de montar um laboratório em algum outro lugar. A falta do retrato entristeceu-o singularmente pouco, considerando seu primitivo entusiasmo pela peça, mas parecia encontrar certo humor positivo em sua repentina desintegração.

Aproximadamente na segunda semana, Charles começou a se ausentar da casa por longos períodos, e um dia, quando a boa e velha negra Hannah veio para ajudar na limpeza da primavera, ela mencionou suas frequentes visitas à velha casa de Olney Court aonde ele costumava ir com uma grande valise e realizar curiosas buscas no porão. O jovem era muito pródigo com ela e o velho Asa, mas parecia mais preocupado do que costumava ser, o que muito a entristecia, porque cuidara dele desde o nascimento.

Outro relato de suas ações veio de Pawtuxet, onde alguns amigos da família o haviam visto de longe um número surpreendente de vezes. Ele parecia frequentar o clube e a garagem dos barcos de Rhodes-on-the-Paw-tuxet e subsequentes investigações do doutor Willett naquele local revelaram que seu objetivo era conseguir o acesso à margem do rio protegida por cercas ao longo da qual caminhava em direção ao norte, em geral só reaparecendo muito tempo depois.

No fim de maio houve uma retomada momentânea dos sons ritualísticos no laboratório da mansarda que provocou uma severa reprovação do senhor Ward e uma promessa um tanto distraída de Charles de que se emendaria. Aconteceu numa manhã e parecia uma continuação da conversa imaginária ouvida naquela sexta-feira turbulenta. O jovem estava discutindo ou queixando-se calorosamente consigo mesmo, pois repentinamente jorrou uma série perfeitamente compreensível de gritos estrepitosos em tons diferenciados como perguntas e negativas alternadas, que fez a senhora Ward subir as escadas e ficar ouvindo à porta. Não conseguiu apreender senão um fragmento cujas únicas palavras nítidas foram "tem de ficar vermelho por três meses", e assim que ela bateu à porta todos os sons cessaram de chofre. Quando o pai mais tarde inquiriu Charles, este disse que existiam certos conflitos das esferas da consciência que somente com grande habilidade poderia evitar, mas que tentaria transferir para outros domínios.

Por volta de meados de junho, ocorreu um estranho incidente noturno. À noitinha, ouviram-se alguns ruídos e baques surdos em cima, no laboratório, e o senhor Ward estava pronto a verificar, mas tudo subitamente se acalmou. À meia-noite, depois que a família se recolheu, o mordomo foi trancar as portas da frente da casa quando, segundo declarou, Charles surgiu um pouco desajeitado e inseguro ao pé das escadas com uma enorme mala, fazendo-lhe sinal de que desejava sair. O jovem não pronunciou uma única palavra, mas o honrado cidadão de Yorkshire notou rapidamente os olhos febris e tremeu sem motivo nenhum. Abriu a porta e o jovem Ward saiu, mas pela manhã o mordomo comunicou à senhora Ward que pretendia se demitir. Ele disse que havia algo temível no olhar que Charles pousara sobre sua pessoa. Não era a maneira de um jovem cavalheiro olhar um homem honesto e ele não teria condições de suportar sequer outra noite daquelas. A senhora Ward concordou com a saída do empregado, mas não deu muita importância à sua afirmação. Era ridículo imaginar Charles alterado naquela noite, pois por todo o tempo em que ela permanecera acordada ouvira sons fracos vindo do laboratório em cima;

sons como de soluços e passos e um suspiro que revelava o mais profundo desespero. A senhora Ward acostumara-se a ficar ouvindo à noite, pois os mistérios de seu filho logo afastavam todas as outras preocupações de sua mente.

Na noite seguinte, como numa outra quase três meses antes, Charles Ward pegou o jornal muito cedo e acidentalmente perdeu a seção principal. Este fato só foi lembrado mais tarde, quando o doutor Willett começou a analisar os detalhes e a procurar os elos que estavam faltando. Na redação do *Journal* ele encontrou a seção que Charles havia perdido e marcou duas notas de possível importância. Diziam o seguinte:

Mais Escavações no Cemitério

Hoje pela manhã, o vigia noturno do Cemitério Norte, Robert Hart, descobriu que profanadores voltaram a atacar na parte antiga do local. O túmulo de Ezra Weeden, nascido em 1740 e falecido em 1824, segundo a pedra tumular arrancada e selvagemente despedaçada, foi escavado em profundidade e saqueado, sendo que o trabalho foi evidentemente feito com uma pá roubada do depósito de utensílios adjacente.

Qualquer que fosse seu conteúdo após mais de um século, tudo havia desaparecido, com exceção de umas poucas lascas de madeira apodrecida. Não havia marcas de rodas, mas a polícia analisou algumas pegadas encontradas nas proximidades que indicam botas de uma pessoa refinada.

Hart está propenso a relacionar esse incidente com as escavações descobertas em março passado, quando um grupo de homens utilizando um caminhão fugiu enquanto realizava uma profunda escavação; mas o sargento Riley, da Segunda Delegacia, descarta essa teoria e assinala duas diferenças vitais nos dois casos. Em março, a escavação foi feita num ponto em que reconhecidamente não existia nenhum túmulo; dessa vez, foi pilhada uma tumba bem-definida e cuidada, sendo que todas as evidências mostram tratar-se de um objetivo deliberado e uma perversidade consciente expressa-se na laje despedaçada, a qual estava intacta até o dia anterior. Membros da família Weeden, notificados a respeito do acontecimento, expressaram sua surpresa e dor e mostraram-se totalmente incapazes de pensar em um inimigo que tivesse interesse em violar o túmulo de seu antepassado. Hazard Weeden, morador do número 598 de Angell Street, lembrou de uma lenda da família segundo a qual Ezra Weeden se envolvera em certas circunstâncias bastante peculiares, nada desonrosas para sua pessoa, pouco antes da Revolução; mas ele ignora completamente qualquer inimizade ou mistério na época atual. O inspetor Cunningham foi destinado ao caso, e espera descobrir alguns indícios valiosos no futuro próximo.

Cães Barulhentos em Providence

Cidadãos residentes em Pawtuxet foram despertados por volta das três horas da manhã de hoje com um fenomenal latido de cães que parecia provir do rio ao norte de Rhodes-on-the-Pawtuxet. O volume e a qualidade dos latidos eram estranhamente descomunais, segundo a maioria das pessoas que os ouviram; e Fred Lemdin, vigia noturno em Rhodes, declarou que o ruído se misturava aos gritos de um homem presa de um terror e uma agonia mortal. Uma forte tempestade de curta duração, que parecia atingir um ponto nas proximidades da margem do rio, pôs fim à alteração. Odores estranhos e desagradáveis, provavelmente procedentes dos tanques de óleo ao longo da baía, estão sendo por todos relacionados a este incidente e podem ter contribuído para excitar os cachorros.

O aspecto de Charles agora tornara-se muito conturbado e atormentado e todos concordaram posteriormente que nesse período ele talvez desejasse prestar alguma declaração ou fazer uma confissão das quais se abstinha por mero terror. O hábito mórbido da mãe de ficar ouvindo à noite revelou que ele realizava saídas frequentes, protegido pela escuridão, e a maioria dos psiquiatras mais acadêmicos concorda atualmente em culpá-lo pelos revoltantes casos de vampirismo que a imprensa relatou de modo tão sensacionalista na época, mas cuja autoria ainda não pôde ser concretamente apontada. Esses casos, tão recentes e comentados que dispensam detalhes, envolveram vítimas de todas as idades e tipos e aparentemente concentraram-se em duas localidades distintas: a colina residencial e o North End, perto da residência dos Ward, e os bairros suburbanos do outro lado da linha Cranston perto de Pawtuxet. Notívagos e pessoas que dormiam de janelas abertas foram igualmente atacados, e as que sobreviveram para contar a história foram unânimes em descrever um monstro magro, ágil, que pulava, com olhos de fogo, que cravava seus dentes na garganta ou no antebraço e se satisfazia sofregamente.

O doutor Willett, que se recusa a datar a loucura de Charles Ward até mesmo nesta época, mostra-se cauteloso ao tentar explicar esses horrores. Ele afirma possuir certas teorias próprias e limita suas declarações positivas a um tipo peculiar de negação. "Não pretendo", diz ele, "apontar quem ou o que acredito tenha perpetrado esses ataques e assassinatos, mas declaro que Charles Ward era inocente. Tenho razões para garantir que ele ignorava o gosto do sangue, como de fato seu contínuo definhamento físico, em função da anemia, e uma crescente palidez comprovam mais do que qualquer argumento verbal. Ward se envolveu com coisas terríveis, mas pagou por isto, ele jamais foi um monstro ou um vilão. Quanto ao que está acontecendo agora, nem gosto de pensar. Houve uma mudança e quero crer que o velho Charles Ward morreu com ela. Sua alma morreu, de qualquer maneira, mas o corpo tresloucado que desapareceu do hospital de Waite tinha outra".

Willett fala com autoridade, pois frequentemente visitava a residência dos Ward para cuidar da senhora Ward, cujos nervos começavam a ceder por causa da tensão. O hábito de ficar ouvindo durante a noite gerara alucinações mórbidas que ela confiava com certa hesitação ao médico, o qual as levava na brincadeira em suas conversas com ela, embora o fizessem meditar profundamente quando estava sozinho. Esses delírios sempre diziam respeito aos sons fracos que imaginava ouvir no laboratório e no quarto de dormir da mansarda, e enfatizavam a ocorrência de suspiros e soluços abafados nas horas mais impossíveis. No início de julho, Willett ordenou que a senhora Ward passasse uma temporada em Atlantic City por tempo indefinido a fim de se recuperar e recomendou ao senhor Ward e ao tresloucado e esquivo Charles que escrevessem para ela somente cartas confortadoras. É provavelmente a esta fuga forçada e relutante que ela deve sua vida e sua saúde mental.

2

Não muito tempo depois da viagem da mãe, Charles Ward iniciou as negociações para adquirir o bangalô de Pawtuxet. Era um edifício esquálido e pequeno de madeira, com uma garagem de concreto, encarapitado no alto da margem do rio, escassamente habitada, pouco acima de Rhodes, mas por alguma estranha razão o jovem só queria aquela. Não deu sossego às corretoras de imóveis até que uma delas o conseguiu para ele, a um preço exorbitante, de um proprietário um tanto relutante. Assim que vagou, tomou posse da casa protegido pela escuridão, transportando num grande caminhão fechado todos os apetrechos de seu laboratório da mansarda, inclusive os livros, tanto os de magia quanto os modernos, que tomara emprestado para seus estudos. Mandou que o caminhão fosse carregado às primeiras horas da negra madrugada e seu pai lembra apenas ter ouvido, em meio ao sono, imprecações abafadas e ruído de passos na noite em que as coisas foram retiradas. Depois disso, Charles voltou a ocupar seus aposentos no terceiro andar e nunca mais voltou à mansarda.

Para o bangalô de Pawtuxet Charles transferiu todo o sigilo no qual cercara seus domínios da mansarda, com a exceção de que agora aparentemente havia duas pessoas que compartilhavam seus mistérios; um mestiço português de aspecto detestável, da zona do porto de South Main Street, que exercia as funções de criado, e um estrangeiro magro, com o aspecto de um estudioso, óculos escuros e barba curta que parecia tingida, provavelmente um colega. Os vizinhos tentaram em vão manter alguma conversação com estas estranhas pessoas. O mulato Gomes falava muito pouco inglês e o sujeito barbudo, que dissera chamar-se doutor Allen, seguia voluntariamente seu exemplo. O próprio Ward tentou ser mais afável, mas só conseguiu provocar a curiosidade com seus relatos desconexos a respeito de pesquisas químicas. Logo começaram a circular estranhas histórias referentes a luzes acesas a noite toda, e um pouco mais tarde, depois que cessaram, surgiram histórias mais esquisitas ainda sobre encomendas descomunais de carne no açougue e gritos, entoações abafadas, recitações rítmicas e berros supostamente provenientes de algum local subterrâneo e profundo debaixo da casa. É evidente que a nova e estranha residência era profundamente detestada pela honesta burguesia da vizinhança, e não é de estranhar se foram levantadas terríveis suspeitas ligando seus habitantes à atual epidemia de ataques vampirescos, em particular devido ao fato de que o raio de ação parecia agora restringir-se totalmente a Pawtuxet e às ruas adjacentes de Edgewood.

Ward passava a maior parte de seu tempo no bangalô, mas ocasionalmente dormia em casa e ainda era reconhecido como residente na casa do pai. Duas vezes ausentou-se da cidade em viagens que duraram toda uma semana, cuja destinação ainda não foi descoberta. Foi ficando cada vez mais pálido e emaciado do que antes e já não mostrava a mesma segurança ao repetir ao doutor Willett sua velhíssima história a respeito de pesquisas de importância vital e de futuras revelações. Willett frequentemente seguia-o sem ser visto até a casa do pai, pois o senhor Ward estava muito preocupado e perplexo e desejava que o filho fosse vigiado na medida do possível, em se tratando de um adulto tão misterioso e independente. O médico ainda insiste que o jovem era são de mente mesmo nessa época e aduz muitas conversações para comprovar essa convicção.

Por volta de setembro, o vampirismo declinou, mas, em janeiro do ano seguinte, Ward quase se envolveu em problemas sérios. Havia algum tempo as chegadas e partidas noturnas de caminhões no bangalô de Pawtuxet eram motivo de comentários e a essa altura um acontecimento imprevisto revelou a natureza de pelo menos uma das suas cargas. Num local solitário, perto de Hope Valley, ocorreu uma das frequentes e sórdidas emboscadas a caminhões por obra de assaltantes visando carregamentos de uísque, mas dessa vez os bandidos estavam destinados a levar um enorme choque. Pois, ao serem abertas, as longas caixas roubadas revelaram um conteúdo extremamente asqueroso, em realidade tão asqueroso que a coisa não pôde ser abafada entre os membros do submundo. Os ladrões enterraram precipitadamente o que haviam descoberto, mas, quando a polícia do estado foi informada do caso, empreendeu-se uma cuidadosa busca. Um vagabundo preso havia pouco tempo, em troca da garantia de isenção de acusações adicionais, consentiu por fim em conduzir um grupo de milicianos até o local e no esconderijo improvisado foi descoberta uma coisa absolutamente asquerosa e vergonhosa. Não ficaria bem para o senso de decoro nacional – ou mesmo internacional – se o público viesse a saber o que foi descoberto por aquele grupo horrorizado. Não havia dúvidas, mesmo para policiais sem muito preparo; vários telegramas foram enviados a Washington com febril rapidez.

As caixas eram endereçadas a Charles Ward em seu bangalô de Pawtuxet e agentes estaduais e federais imediatamente fizeram-lhe uma visita com propósitos enérgicos e sérios. Encontraram-no pálido e preocupado com seus dois estranhos companheiros e receberam dele o que lhes pareceu uma explicação válida e provas de inocência. Ele necessitara de certos espécimes anatômicos como parte de um programa de pesquisa cuja profundidade e autenticidade qualquer um que o conhecesse na última década poderia comprovar, e encomendara tipo e número exigidos a certas agências que ele julgara tão legítimas quanto este tipo de coisas poderia ser. Da *identidade* dos espécimes ele não sabia absolutamente nada e ficou muito chocado quando os inspetores aludiram às consequências monstruosas para o sentimento público e a dignidade nacional que o conhecimento do assunto produziria. Em sua declaração ele foi firmemente apoiado por seu colega barbudo, o doutor Allen, cuja estranha voz abafada tinha mais convicção mesmo do que o tom nervoso de Charles; de modo que no fim os agentes não adotaram nenhuma medida, mas cuidadosamente tomaram nota do nome e endereço de Nova York que Ward lhes forneceu como base para uma averiguação que não resultou em nada. Apenas é justo acrescentar que os espécimes foram rápida e silenciosamente devolvidos aos seus devidos lugares e o grande público jamais saberá de sua sacrílega perturbação.

No dia 9 de fevereiro de 1928, o doutor Willett recebeu uma carta de Charles Ward que ele considera de extraordinária importância e a respeito da qual frequentemente discutiu com o doutor Lyman. Este acredita que a carta contém provas positivas de um caso avançado de *dementia praecox;* Willett, por outro lado, considera-a a última manifestação perfeitamente sã do infeliz jovem. E chama atenção especialmente para a característica normal da caligrafia que, embora mostrando indícios de nervos em frangalhos, é nitidamente a caligrafia do próprio Ward. O texto integral é o seguinte:

> Prospect St., 100,
> Providence, R. I.,
> 8 de março de 1928.

Caro Doutor Willett,

Acho que finalmente chegou o momento de fazer as revelações que há tanto tempo lhe prometi e pelas quais o senhor insistiu em tantas ocasiões. A paciência que o senhor mostrou em esperar, e sua confiança em minha mente e integridade, são coisas que jamais deixarei de apreciar.

E agora que estou pronto para falar, devo admitir humilhado que jamais alcançarei o triunfo com o qual tanto sonhei. Em vez do triunfo encontrei o terror e minha conversa com o senhor não será o alarde da vitória, mas um apelo de ajuda e conselhos capazes de me salvar e de salvar o mundo de um horror além de toda a imaginação ou previsão humanas. O senhor lembra do que diziam as cartas de Fenner a respeito do grupo que invadiu Pawtuxet. Tudo aquilo precisa ser feito de novo – e depressa. De nós depende muito mais do que simples palavras poderiam exprimir – toda a civilização, toda lei natural, talvez mesmo o destino do sistema solar e do universo. Eu trouxe à luz uma anormalidade monstruosa, mas o fiz em nome do conhecimento. Agora, em nome de toda a vida e natureza, o senhor deve ajudar-me a rechaçá-lo de volta às trevas.

Deixei aquele lugar em Pawtuxet para sempre e nós devemos extirpar tudo o que nele existe, vivo ou morto. Não voltarei para lá e o senhor não deve acreditar se ouvir dizer que estou lá. Quando nos encontrarmos, contarei ao senhor por que digo isto. Voltei para casa definitivamente e gostaria que o senhor reservasse umas cinco ou seis horas seguidas para ouvir o que tenho a dizer. Precisarei de todo esse tempo – e acredite em mim quando lhe digo que o senhor nunca teve um dever mais autenticamente profissional do que este. Minha vida e minha razão são a coisa menos importante nisso tudo.

Não ouso falar com meu pai, ele não entenderia todo o alcance da questão. Mas eu lhe falei do perigo que estou correndo e ele contratou quatro detetives de uma agência para vigiar a casa. Não sei até que ponto poderão ajudar, pois têm contra si forças que nem mesmo o senhor poderia imaginar ou reconhecer. Portanto, venha logo se quiser me ver vivo e ouvir de que modo poderá ajudar a salvar o cosmos do inferno total.

Venha quando quiser – não sairei da casa. Não telefone de antemão, pois não é preciso dizer quem ou o que poderá tentar interceptá-lo. E rezemos a todos os deuses existentes para que nada impeça esse encontro.

Com a maior gravidade e desespero,
Charles Dexter Ward

P. S.: Atire no doutor Allen sem aviso e *dissolva seu corpo em ácido. Não o queime.*

O doutor Willett recebeu esta mensagem por volta das dez e meia da manhã e imediatamente tratou de reservar todo o fim da tarde e a noite para a grave conversa, deixando que se estendesse noite adentro tanto quanto fosse necessário. Pretendia chegar por volta das quatro da tarde e durante todo o tempo ficou tão mergulhado em toda espécie de desenfreadas especulações que executou a maior parte de seu trabalho de forma totalmente mecânica. Embora a carta pudesse parecer desvairada a um estranho, Willett tinha testemunhado tantas esquisitices de Charles Ward que não poderia menosprezá-la como mera loucura. Tinha certeza de que algo muito sutil, antigo e horrível pairava no ar e a referência ao doutor Allen era quase compreensível, considerando os boatos em Pawtuxet a respeito do enigmático colega de Ward. Willett nunca vira o homem, mas ouvira muito sobre seu aspecto e comportamento e só podia ficar imaginando que tipo de olhos aqueles comentados óculos escuros poderiam ocultar.

 Solicitamente, às quatro horas, o doutor Willett apresentou-se à residência de Ward, mas constatou, para sua contrariedade, que Charles não cumprira sua determinação de permanecer em casa. Os guardas lá estavam, mas disseram que o jovem parecia ter perdido em parte sua timidez. Naquela manhã ele discutira muito, em tom aparentemente assustado, e protestara pelo telefone, disse um dos detetives, respondendo a uma voz desconhecida com frases como "Estou muito cansado e preciso descansar um pouco", "Não posso receber ninguém por um certo tempo, precisa me desculpar", "Por favor, adie as decisões até que possamos chegar a alguma forma de compromisso", ou "Sinto muito, mas preciso tirar férias prolongadas de tudo; falarei com o senhor mais tarde". Depois, como que ganhando coragem com a meditação, escapuliu de modo tão silencioso que ninguém o viu sair ou sabia que ele havia saído até que voltou perto de uma hora da manhã e entrou em casa sem uma palavra. Subira as escadas, onde seu medo pareceu ter voltado, pois ouviram-no gritar alto e aterrorizado ao entrar em sua biblioteca, terminando numa espécie de arquejo sufocado. No entanto, quando o mordomo foi investigar o que estava acontecendo, ele apareceu à porta exibindo uma expressão atrevida e, sem falar, mandou o homem embora com um gesto que o aterrorizou de modo indescritível. Depois evidentemente ele fez alguma nova arrumação das estantes, pois ouviu-se um grande fragor, pancadas surdas e rangidos, após o que reapareceu e saiu imediatamente. Willett perguntou se havia deixado algum recado, mas responderam-lhe que não havia nada. O mordomo parecia estranhamente perturbado com alguma coisa no aspecto físico de

Charles e em seu comportamento e perguntou solícito se havia esperança de cura para seus nervos abalados.

    Durante quase duas horas, o doutor Willett esperou em vão na biblioteca de Charles Ward, observando as prateleiras cobertas de poeira com grandes espaços vazios de onde haviam sido retirados os livros e sorrindo severamente para o painel da chaminé na parede norte, de onde um ano antes as feições afáveis de Joseph Curwen olhavam com ar benigno para baixo. Dentro em pouco as sombras começaram a se adensar e a alegria do pôr do sol cedeu o lugar a um vago e crescente terror pairando como uma sombra no anoitecer. O senhor Ward finalmente chegou e mostrou-se muito surpreso e zangado com a ausência do filho, depois de todos os cuidados que haviam sido tomados para vigiá-lo. Ele não havia sido informado do encontro marcado por Charles e prometeu notificar Willett quando o jovem voltasse. Ao desejar boa-noite ao médico, expressou toda a sua perplexidade sobre a doença do filho e instou o visitante a fazer todo o possível para devolver o equilíbrio ao rapaz. Willett ficou feliz em fugir daquela biblioteca, pois algo assustador e anormal parecia assombrá-la, como se o quadro desaparecido tivesse deixado atrás de si uma herança diabólica. Ele nunca gostara do quadro e mesmo agora, embora seus nervos fossem fortes, do painel vazio emanava algo que o fazia sentir a urgente necessidade de sair para o ar puro o mais depressa possível.

3

    Na manhã seguinte, Willett recebeu um bilhete do pai de Ward dizendo que Charles continuava ausente. O senhor Ward mencionava que o doutor Allen lhe telefonara para dizer que Charles permaneceria em Pawtuxet por mais algum tempo e não deveria ser incomodado. Isto se tornara necessário porque o próprio Allen precisara partir por um período indeterminado, deixando as pesquisas à supervisão constante de Charles. Charles enviava saudações e lamentava por todo aborrecimento que sua abrupta mudança de planos havia causado. Ao ouvir a mensagem, o senhor Ward escutou pela primeira vez a voz do doutor Allen e esta pareceu despertar alguma lembrança vaga e fugaz que não poderia identificar, mas que o perturbou até o terror.

Diante desses relatos desconcertantes e contraditórios, o doutor Willett ficou francamente sem saber o que fazer. Não era possível negar a desesperada intensidade do bilhete de Charles, contudo, o que pensar da imediata violação do compromisso assumido por seu próprio autor? O jovem Ward havia escrito que suas investigações haviam se tornado blasfemas e ameaçadoras, que estas e seu colega barbudo deviam ser eliminados a todo custo e que ele próprio nunca mais voltaria àquele cenário; no entanto, segundo informações mais recentes, esquecera tudo isto e voltara a mergulhar no mistério mais impenetrável. O bom-senso pedia que o jovem fosse deixado com suas extravagâncias, no entanto, um instinto mais profundo não permitia que a impressão provocada por aquela carta desvairada aplacasse. Willett a releu e não conseguia fazer com que sua essência soasse tão vazia e insana quanto seu palavrório bombástico e sua falta de cumprimento dos compromissos poderiam sugerir. Seu terror era demasiado profundo e real e, junto com aquilo que o médico já sabia, evocava sugestões demasiado vívidas de monstruosidade, além do tempo e do espaço, para permitir uma explicação cínica. Horrores inomináveis estavam por toda parte e ainda que muito pouco fosse possível fazer para atingi-los, era preciso estar preparado para todo tipo de ação, a qualquer momento.

Por mais de uma semana, o doutor Willett ponderou sobre o dilema que aparentemente lhe havia sido imposto e cada vez mais sentiu-se inclinado a fazer uma visita a Charles no bangalô de Pawtuxet. Nenhum amigo do jovem jamais se aventurara a invadir esse refúgio proibido e mesmo o pai só conhecia seu interior pelas descrições que ele fazia; mas Willett achou que se fazia necessária uma conversa direta com seu paciente. O senhor Ward vinha recebendo do filho bilhetes datilografados sucintos e cautelosos e disse que a senhora Ward, em seu refúgio em Atlantic City, não recebera maiores informações. Então, por fim, o médico resolveu agir e, apesar de uma curiosa sensação inspirada pelas antigas lendas sobre Joseph Curwen e pelas revelações e advertências mais recentes de Charles Ward, partiu rumo ao bangalô sobre o penhasco acima do rio.

Willett visitara o local numa ocasião anterior movido por mera curiosidade, embora, é claro, jamais tivesse entrado na casa ou anunciado sua presença, portanto, sabia exatamente que caminho tomar. Rumando pela Broad Street no início da tarde no final de fevereiro, em seu carrinho, ele pensava estranhamente sobre o implacável grupo que havia tomado aquele mesmo caminho cento e cinquenta e sete anos atrás, com uma terrível missão que ninguém jamais poderá compreender.

O percurso pelas cercanias decadentes da cidade foi curto e a bem-cuidada Edgewood e a sonolenta Pawtuxet estendiam-se à frente. Willett virou à direita descendo Lockwood Street e seguiu a estrada rural até onde lhe foi possível, depois desceu do carro e caminhou em direção ao norte até o ponto em que o penhasco dominava as belas e sinuosas curvas do rio e a linha dos baixios cobertos de névoa lá em baixo. As casas eram ainda escassas aqui e não havia como não avistar o bangalô isolado, com sua garagem de concreto num ponto elevado à sua esquerda. Subindo rapidamente o caminho de cascalho malconservado, bateu à porta com mão firme e falou sem tremer ao maldoso mulato português que a entreabriu milimetricamente.

Disse que precisava conversar imediatamente com Charles Ward sobre assuntos de importância vital. Não aceitaria nenhuma desculpa e uma recusa significaria apenas um relatório completo ao senhor Ward pai. O mulato ainda hesitava e empurrou a porta quando Willett tentou abri-la; mas o médico simplesmente levantou a voz e renovou seu pedido. Então, do interior escuro ouviu-se um murmúrio áspero que gelou o ouvinte por completo, embora não soubesse a razão do pavor. "Deixe-o entrar, Tony", dizia, "temos de falar de uma vez por todas." Mas por mais perturbador que fosse o murmúrio, o pavor maior viria logo em seguida. O assoalho rangeu e o sujeito que havia falado se mostrou – o dono daqueles sons estranhos e ressoantes não era senão Charles Dexter Ward.

A precisão com a qual o doutor Willett recordou e transcreveu a conversa daquela tarde deve-se à importância que atribui a esse período particular. Pois finalmente ele reconhece uma mudança vital na mentalidade de Charles Dexter Ward e acredita que o jovem agora se expressava com um cérebro irremediavelmente alienado em relação àquele cujo desenvolvimento havia acompanhado por vinte e seis anos. A controvérsia com o doutor Lyman o impeliu a ser muito específico e ele data definitivamente a loucura de Charles Ward no período em que os bilhetes datilografados começaram a chegar aos seus pais. Esses bilhetes não têm o estilo normal de Ward nem mesmo o estilo daquela última e desvairada carta endereçada a Willett. Ao contrário, são estranhos e arcaicos, como se o convulsionamento da mente do seu autor tivesse liberado um fluxo de tendências e impressões captadas inconscientemente pela paixão pela arqueologia na adolescência. Existe um óbvio esforço de ser moderno, mas o espírito e ocasionalmente a linguagem são os do passado.

O passado também era evidente em cada palavra e gesto de Ward ao receber o médico naquele bangalô cheio de sombras. Ele inclinou a cabeça, indicou a Willett um lugar para sentar e começou a falar abruptamente naquele estranho sussurro que tratou de explicar no início da conversa.

"Fiquei tísico", começou, "com o amaldiçoado ar desse rio. Deve desculpar minha maneira de falar. Suponho que o senhor veio a mando de meu pai para ver o que me aflige e espero que não diga nada que o possa alarmar."

Willett estudava esse tom arranhado, mas estudava com mais atenção ainda o rosto do locutor. Alguma coisa, ele sentia, estava errada e pensou naquilo que a família lhe contara a respeito do medo do mordomo de Yorkshire naquela noite. Desejou que não estivesse tão escuro, mas não pediu para erguer as cortinas. Ao contrário, simplesmente perguntou a Ward por que não cumprira o prometido na carta desesperada de pouco mais de uma semana antes.

"Estava justamente para falar nisso", replicou o anfitrião. "O senhor deve saber que meus nervos estão em muito má situação e que falo e faço coisas esquisitas sem me dar conta. Como lhe disse frequentemente, estou prestes a conseguir grandes coisas e sua grandeza me faz delirar. Qualquer pessoa ficaria apavorada com aquilo que descobri, mas não devo demorar muito tempo agora. Fui um asno em pedir os guardas e ficar em casa; tendo chegado onde cheguei, meu lugar é aqui. Meus vizinhos bisbilhoteiros falam mal de mim e talvez tenha me deixado levar pela fraqueza ao acreditar naquilo que eles dizem de mim. O que eu faço não traz prejuízos a ninguém, desde que seja benfeito. Tenha a bondade de esperar seis meses e eu lhe mostrarei algo que compensará muito bem sua paciência.

"O senhor certamente sabe que tenho meios de aprender matérias antigas de fontes mais seguras do que os livros e o senhor poderá julgar a importância da minha contribuição à história, à filosofia e às artes em razão dos meios aos quais tenho acesso. Meu antepassado possuía tudo isto quando aqueles estúpidos bisbilhoteiros vieram aqui e o assassinaram. Agora eu estou próximo de obtê-lo em parte, de modo muito imperfeito. Dessa vez nada deverá acontecer e muito menos por causa dos meus temores idiotas. Peço que esqueça tudo o que lhe escrevi, senhor, e não tenha medo desse lugar nem de qualquer um aqui. O doutor Allen é uma pessoa muito preparada e devo-lhe desculpas por aquilo que de mal falei a seu respeito. Gostaria de não ter de dispensá-lo, mas ele tinha coisas a fazer em outro lugar. Seu zelo é igual ao meu em todas essas matérias e suponho que quando eu temia o trabalho temia a ele também, meu maior colaborador."

Ward parou e o médico não sabia o que dizer ou pensar. Sentia-se quase um tolo diante desse calmo repúdio da carta, e contudo persistia para ele o fato de que embora o discurso atual fosse estranho, curioso e indubitavelmente louco, a carta também era trágica por sua naturalidade e afinidade ao Charles Ward que ele conhecera. Willett agora tentou conduzir a conversa sobre outros assuntos e lembrar ao jovem algum acontecimento passado que restabelecesse um clima familiar, mas por esse processo obteve apenas os resultados mais grotescos. O mesmo aconteceria com todos os psiquiatras mais tarde. Partes importantes da massa de imagens mentais de Charles Ward, principalmente aquelas que diziam respeito aos tempos modernos e à sua vida pessoal, haviam sido inexplicavelmente eliminadas, enquanto toda a paixão pela arqueologia acumulada na juventude brotava de um profundo subconsciente que tragava o contemporâneo e o individual. Os enormes conhecimentos que ele possuía sobre antiguidades eram anormais e blasfemos e ele tentava de todas as formas ocultá-los. Quando Willett mencionava algum tema predileto de seus estudos arqueológicos da adolescência, ele frequentemente fornecia, por mero acidente, informações que nenhum mortal normal poderia possuir e o médico arrepiava enquanto o jovem ia falando com desenvolta fluência.

Não era normal saber que a peruca do gordo xerife despencara enquanto ele se debruçava durante a apresentação da peça na Academia Histriônica do senhor Douglas em King Street, no dia 11 de fevereiro de 1762, uma quinta-feira; ou que os atores amputaram de um modo tão lamentável o texto da peça *O Amante Consciente*, de Steele, que as pessoas quase se alegraram quando o legislativo, dominado pelos batistas, fechou o teatro quinze dias mais tarde. Que a diligência de Boston de Thomas Sabin era "danada de desconfortável" era algo que velhas cartas poderiam ter perfeitamente mencionado; mas que arqueólogo normal poderia lembrar que o rangido da nova tabuleta do estabelecimento de Epene-tus Olney (a vistosa coroa colocada depois que ele começou a chamar sua taberna de Café da Coroa) fosse exatamente como as primeiras notas da nova peça de jazz que todas as rádios de Pawtuxet estavam tocando?

No entanto, Ward não se deixaria interrogar por muito tempo dessa maneira. Os assuntos modernos e pessoais ele os descartava sumariamente, enquanto com respeito a questões antigas mostrava logo o mais evidente enfado. O que ele pretendia claramente era apenas satisfazer seu visitante o bastante para que fosse embora sem a intenção de voltar. Com esta finalidade, ofereceu-se para mostrar a Willett toda a casa e imediatamente conduziu o médico por todos os aposentos, desde o porão até a mansarda. Willett olhava atentamente, mas notou que os livros visíveis eram muito poucos e triviais em relação aos amplos espaços vazios deixados nas prateleiras na casa de Ward, e que o medíocre, assim chamado, "laboratório" era a mais inconsistente fachada. Evidentemente, havia em outro lugar uma biblioteca e um laboratório, mas onde exatamente era impossível dizer. Essencialmente derrotado em sua busca de algo que não conseguia definir, Willett voltou à cidade antes do anoitecer e contou ao senhor Ward tudo que havia acontecido. Eles concordaram que o jovem deveria estar definitivamente fora do seu juízo, mas decidiram que naquele momento não deveria ser tomada nenhuma medida drástica. Acima de tudo, a senhora Ward deveria ser mantida no mais completo desconhecimento, na medida em que os estranhos bilhetes datilografados do filho o permitissem.

O senhor Ward agora estava determinado a se encontrar com o filho numa visita de surpresa. O doutor Willett levou-o em seu carro uma noite, guiando-o até as proximidades do bangalô, e esperou pacientemente sua volta. A sessão foi longa e o pai saiu num estado muito contristado e perplexo. Sua recepção foi muito parecida à de Willett, com a exceção de que Charles levara um tempo excessivamente longo para aparecer depois que o visitante forçara a entrada no saguão e afastara o português com uma ordem imperiosa; e no comportamento do filho, tão mudado, não havia nenhum sinal de afeto filial. A luz estava fraca, mas mesmo assim o jovem se queixou de que o ofuscava excessivamente. Ele não falara de modo algum em voz alta, afirmando que sua garganta estava em péssimas condições, mas em seu rouco sussurro havia algo tão vagamente perturbador que o senhor Ward não conseguiu afastá-lo da mente.

Agora, definitivamente aliados para fazer todo o possível para salvar a mente do jovem, o senhor Ward e o doutor Willett começaram a reunir todas as informações disponíveis. Os boatos que corriam em Pawtuxet foram a primeira coisa que estudaram, e foi relativamente simples coligi-los, pois ambos tinham amigos na região. O doutor Willett conseguiu levantar a maior parte dos comentários porque as pessoas conversavam com mais franqueza com ele do que com o pai do personagem central e, a partir de tudo que ouviu, chegou à conclusão de que a vida do jovem Ward se tornara de fato bastante estranha. Os comentários não dissociavam sua casa do vampirismo do verão passado, enquanto as idas e vindas noturnas dos caminhões contribuíam para as lúgubres especulações. Os comerciantes locais falavam das estranhas encomendas feitas pelo mulato mal-encarado e particularmente das quantidades imoderadas de carne e sangue fresco fornecidas pelos dois açougues da vizinhança mais próxima. Para uma casa de apenas três pessoas, as quantidades eram totalmente absurdas.

Depois havia a questão dos sons debaixo da terra. Os relatos sobre essas coisas eram mais difíceis de definir, mas todos os vagos indícios correspondiam em alguns pontos essenciais. Ouviam-se ruídos como de rituais e, às vezes, quando o bangalô estava escuro. Evidentemente, poderiam vir do porão; mas os boatos insistiam que havia criptas mais profundas e mais extensas. Lembrando as antigas lendas sobre as catacumbas de Joseph Curwen e partindo do pressuposto de que o atual bangalô havia sido escolhido por causa de sua localização sobre a antiga fazenda de Curwen, conforme este revelara em um outro documento encontrado atrás do quadro, Willett e o senhor Ward prestaram muita atenção a tais boatos e procuraram várias vezes, sem sucesso, a porta na margem do rio mencionada pelo antigo manuscrito. Quanto à opinião popular sobre os vários habitantes do bangalô, logo ficou claro que o português era detestado, o barbudo doutor Allen, escondido atrás dos seus óculos, temido, e o jovem pálido estudioso, profundamente antipatizado. Era óbvio que nas duas últimas semanas Ward mudara muito; abandonara as tentativas de se mostrar afável e falava apenas em sussurros ásperos mas estranhamente repelentes nas poucas ocasiões nas quais se aventurava a sair.

Estes foram os fragmentos e os pedaços reunidos aqui e ali, e o senhor Ward e o doutor Willett dedicaram-lhes prolongadas e graves conferências. Esforçavam-se para exercitar ao máximo a dedução, a indução e a imaginação construtiva e para correlacionar todos os fatos conhecidos sobre a vida recente de Charles, inclusive a carta desesperada que o médico agora mostrou ao pai, com as escassas provas documentais disponíveis referentes ao velho Joseph Curwen. Eles dariam tudo para poder olhar rapidamente os papéis que Charles havia encontrado, pois estava claro que a chave da loucura do jovem se encontrava naquilo que ele havia aprendido a respeito do antigo bruxo e de suas atividades. E contudo, no fim, não foi por iniciativa do senhor Ward ou do doutor Willett que se deu o próximo passo desse caso singular. O pai e o médico, repelidos e confusos por uma sombra demasiado informe e intangível para ser combatida, com certo embaraço haviam feito uma pausa enquanto os bilhetes datilografados do jovem Ward se tornavam cada vez mais raros. Então veio o primeiro dia do mês com os acertos financeiros usuais e os funcionários de certos bancos começaram a balançar sua cabeça e a telefonar um para o outro. Os que conheciam Charles Ward de vista foram até o bangalô para perguntar por que todos os seus cheques que chegavam ao banco na ocasião não passavam de uma desajeitada falsificação e se sentiram muito menos tranquilizados do que deveriam quando o jovem explicou com voz roufenha que sua mão há pouco tempo ficara tão afetada por um choque nervoso que escrever normalmente se tornara impossível. Disse que só conseguia formar caracteres escritos com grande dificuldade e podia comprová-lo pelo fato de ter sido obrigado a datilografar todas as suas últimas cartas, mesmo aquelas endereçadas ao pai e à mãe, os quais corroborariam sua afirmação.

O que fez os investigadores pararem confusos não foi apenas esta circunstância, pois não era algo incomum ou fundamentalmente suspeito, nem mesmo os boatos em Pawtuxet, alguns dos quais haviam chegado até eles. Foi o discurso confuso do jovem que os deixou perplexos, pois implicava uma perda praticamente total da memória no que dizia respeito a importantes assuntos monetários com os quais ele costumava lidar com extrema facilidade apenas um mês ou dois antes. Havia algum problema, pois, apesar da aparente coerência e racionalidade de seu discurso, não poderia existir uma razão normal para este maldisfarçado esquecimento sobre pontos vitais. Além disso, embora nenhuma dessas pessoas conhecesse bem Ward, não puderam deixar de observar a mudança de sua linguagem e modos. Haviam ouvido dizer que ele gostava de arqueologia, mas mesmo o arqueólogo mais obcecado não faz uso de uma fraseologia e de gestos obsoletos. De modo geral, essa combinação de rouquidão, mãos paralisadas, má memória, fala e comportamento alterados, indicava alguma perturbação ou doença de real gravidade, a qual, indubitavelmente, era responsável pelos boatos na maior parte estranhos. Depois de sair, os funcionários decidiram que a conversa com o pai de Ward se tornara imperativa.

Assim, no dia 6 de março de 1928, houve uma longa e grave reunião no escritório do senhor Ward, após a qual o pai, totalmente desorientado, convocou o doutor Willett com uma espécie de desamparada resignação. Willett examinou as assinaturas forçadas e desajeitadas nos cheques e comparou-as mentalmente à caligrafia daquela última carta desesperada. Com certeza a mudança fora radical e profunda, mas havia algo detestavelmente familiar na nova letra. Tinha tendências ininteligíveis e arcaicas, de um tipo bastante curioso, e parecia um traço totalmente diferente daquele que o jovem sempre usara. Era estranho – onde ele a havia visto antes? Era óbvio que Charles estava louco. Não havia dúvidas quanto a isso. E como parecia improvável que pudesse administrar seus bens ou continuar lidando com o mundo exterior por mais tempo, era preciso agir de pronto para que fosse vigiado e possivelmente tratado. Nesse momento é que foram chamados os psiquiatras, o doutor Peck e o doutor Providence, e o doutor Lyman, de Boston, aos quais o senhor Ward e o doutor Willett forneceram o relato mais exaustivo possível do caso. Eles conferenciaram longamente na biblioteca, agora em desuso, de seu jovem paciente, examinando os livros e papéis que haviam sido deixados a fim de obter alguma outra noção sobre sua estrutura mental habitual. Depois de examinar este material e estudar a carta enviada pelo jovem a Willett, todos eles concordaram que os estudos de Charles Ward haviam sido suficientes para deformar ou pelo menos perturbar qualquer intelecto comum, e expressaram o desejo de ver seus volumes e documentos mais íntimos; mas eles sabiam que isto só lhes seria possível após uma intervenção no bangalô. Willett então analisou novamente todo o caso com energia febril e foi nessa oportunidade que obteve as declarações dos trabalhadores, que haviam visto Charles encontrar os documentos de Curwen, e que ele estudou os incidentes descritos nos artigos dos jornais destruídos, procurando-os na redação do *Journal*.

Na quinta-feira, dia 8 de março, os doutores Willett, Peck, Lyman e Waite, acompanhados pelo senhor Ward, fizeram ao jovem uma solene visita, não ocultando seu propósito e interrogando com extrema minúcia aquele que agora era reconhecidamente seu paciente. Embora demorasse excessivamente para receber os visitantes e ainda rescendesse aos estranhos e insalubres odores do laboratório quando finalmente apareceu agitado, Charles revelou-se um paciente nada recalcitrante; e admitiu abertamente que sua memória e equilíbrio haviam ficado um pouco afetados com a constante aplicação a estudos abstrusos. Não ofereceu nenhuma resistência quando insistiram em transferi-lo para outro local e, em realidade, pareceu mostrar um elevado grau de inteligência além da memória prodigiosa. Seu comportamento teria feito com que seus entrevistadores se retirassem frustrados, não fosse a persistente tendência arcaizante de sua fala e a inquestionável substituição de ideias modernas por ideias antigas em sua consciência, que o marcavam como um indivíduo longe da normalidade. A respeito de seu trabalho não declarou ao grupo de médicos mais do que anteriormente dissera à família e ao doutor Willett, e definiu a carta desesperada do mês anterior como um simples problema nervoso e histeria. Insistiu que aquele sombrio bangalô não possuía nenhuma biblioteca ou laboratório além dos que eram visíveis e tornou-se abstruso ao explicar a razão pela qual os odores que nesse momento saturavam suas roupas não eram percebidos na casa. Atribuiu os boatos da vizinhança a invencionices baratas, fruto de curiosidade frustrada. A respeito do paradeiro do doutor Allen, disse que não poderia falar de modo definitivo, mas assegurou aos seus visitantes que o sujeito barbudo de óculos voltaria se fosse necessário. Ao despedir e pagar o impassível português que resistira a todas as indagações feitas pelos visitantes e ao fechar o bangalô que parecia conter segredos tão profundos, Ward não mostrou nenhum sinal de nervosismo, com exceção de uma tendência quase imperceptível a se deter como para ouvir algo muito tênue. Parecia animado por uma calma resignação filosófica, como se sua internação fosse um incidente transitório que provocaria menos problemas se fosse facilitado e resolvido de uma vez por todas. Era evidente que confiava na agudeza obviamente intocada de sua inteligência absoluta para superar todos os embaraços que lhe haviam sido criados pela memória deformada, a perda da voz e da capacidade de escrever por seu misterioso e excêntrico comportamento. Concordaram que sua mãe não seria informada da mudança e o pai mandaria as cartas datilografadas em seu nome. Ward foi levado ao hospital do doutor Waite, num local calmo e pitoresco, em Conanicut Island, na enseada, e foi submetido aos mais minuciosos exames e interrogatórios por todos os médicos ligados ao caso. Então foram notadas as singularidades físicas, o retardo do metabolismo, a alteração da pele e as desproporcionais reações neurais. O doutor Willett era o mais perturbado dos vários examinadores, pois havia cuidado de Ward durante toda a sua vida e podia verificar com terrível intensidade a gravidade de sua desorganização física. Até a marca familiar em forma de azeitona sobre o quadril havia desaparecido, enquanto em seu peito havia uma grande massa negra carnosa ou uma cicatriz que jamais havia existido naquele lugar e que levou o doutor Willett a pensar se o jovem teria em algum momento se submetido a alguns daqueles rituais para receber a "marca das bruxas", imposta, segundo se acreditava, em certas reuniões noturnas em lugares selvagens e ermos. O médico não conseguia afastar de sua mente certo registro transcrito de um julgamento de bruxas de Salem, que Charles Ward lhe mostrara nos velhos tempos em que não se cercava de segredos, e que dizia: "O senhor G. B. naquela noite pôs a Marca do Diabo em Bridget S., Jonathan A., Simon O., Deliverance W., Joseph C., Susan P., Mehitable C. e Deborah B." O rosto de Ward também o preocupava terrivelmente, até que a certa altura descobriu de repente por que ficara tão horrorizado. Sobre o olho direito do jovem havia algo que jamais havia notado antes – uma pequena cicatriz ou cova exatamente como aquela do retrato pulverizado do velho Joseph Curwen, talvez revelando alguma horrenda inoculação ritual à qual ambos haviam se submetido em certo estágio de suas carreiras ocultas.

Enquanto o próprio Ward intrigava todos os médicos do hospital, toda a correspondência endereçada a ele ou ao doutor Allen, que o senhor Ward ordenara fosse entregue na residência da família, estava sendo estritamente vigiada. Willett previra que muito pouco seria encontrado, pois toda comunicação de natureza vital provavelmente seria realizada por mensageiro; mas, no final de março, chegou de fato uma carta de Praga para o doutor Allen que deixou o médico e o pai muito preocupados. Estava escrita numa letra muito arcaica e indecifrável e, embora claramente não fosse o resultado do esforço de um estrangeiro, mostrava uma diferença tão singular em relação ao inglês moderno quanto a fala do próprio jovem Ward. Dizia:

H.P. Lovecraft

Kleinstrasse, 11
Altstadt, Praga,
11 de fevereiro de 1928.

*Irmão em Almousin-Metraton!*_____

Recebi hoje seu relato do que saiu dos sais que eu lhe enviei. Estava errado e significa claramente que as pedras tumulares haviam sido mudadas quando Barnabus me mandou o espécime. Isto ocorre com frequência, como deve ter percebido pela coisa que recebeu do cemitério de King' Chapel em 1769 e por aquela que recebeu do Cemitério Velho em 1690, que poderia acabar com ele. Eu obtive coisa semelhante no Egito, há 75 anos, de onde apareceu aquela cicatriz que o menino viu em mim em 1924. Como lhe disse há muito tempo, não evoque aquilo que não puder mandar de volta quer pelos sais mortos quer pelas esferas do além. Tenha sempre prontas as palavras para mandar de volta todas as vezes e não espere para ter certeza quando tiver alguma dúvida de *Quem* você tem. As lápides estão todas mudadas agora em nove túmulos de cada dez. Nunca terá certeza enquanto não perguntar. Hoje recebi notícias de H., que teve problemas com os soldados. É provável que ele lamente o fato de a Transilvânia ter passado da Hungria para a Rumênia e mudaria sua sede se o castelo não estivesse tão cheio daquilo que nós sabemos. Mas sem dúvida ele lhe escreveu a este respeito. Na minha segunda remessa, haverá algo de um túmulo da colina do leste que muito lhe agradará. Enquanto isso, não esqueça que desejo B. F. se você puder chamá-lo para mim. Você conhece G. em Filadélfia melhor do que eu. Chame-o você em primeiro lugar se quiser, mas não o use demais; ele será difícil, terei de falar com ele no fim.
Yogg-Sothoth Neblod Zin
Simon O.

Para o senhor J. C.
em Providence.

O senhor Ward e o doutor Willett pararam num caos completo diante dessa aparente amostra de absoluta insanidade. Só aos poucos conseguiram assimilar o que ela parecia implicar. Então o ausente doutor Allen, e não Charles Ward, era o espírito dominante em Pawtuxet? Isto explicaria a violenta referência e a desvairada determinação da última carta desesperada do jovem. E o que dizer do fato de a carta ser remetida ao estrangeiro de óculos e barba como "Senhor J. C."? Não havia como escapar à conclusão, mas existem limites a possíveis monstruosidades. Quem era "Simon O."? O velho que Ward visitara em Praga há quatro anos? Talvez, mas séculos antes havia existido outro Simon O. – Simon Orne, também Jedediah, de Salem, que desaparecera em 1771, *e cuja caligrafia peculiar o doutor Willett agora reconhecia inconfundivelmente como a das cópias fotostáticas das fórmulas de Orne que Charles certa vez lhe mostrara.* Que horrores e mistérios, que contradições e contravenções da natureza voltavam após um século e meio para atormentar a velha Providence com seus inúmeros campanários e cúpulas?

O pai e o velho médico, praticamente sem saber o que fazer ou pensar, foram visitar Charles no hospital e perguntaram-lhe da maneira mais delicada possível a respeito do doutor Allen, da visita a Praga e daquilo que ele havia aprendido de Simon ou Jedediah Orne, de Salem. Diante de todas estas perguntas o jovem se mostrou polidamente reservado, limitando-se a responder de maneira esganiçada, com seus sussurros ásperos, que descobrira que o doutor Allen tinha um notável relacionamento espiritual com certos espíritos do passado e que o correspondente do barbudo em Praga deveria ter iguais poderes. Quando saíram, o senhor Ward e o doutor Willett deram-se conta de que, para seu desapontamento, eles é que haviam sido investigados e que, sem fornecer nenhuma informação vital, o jovem internado havia astutamente extraído deles tudo o que a carta de Praga continha.

Os doutores Peck, Waite e Lyman não estavam inclinados a atribuir grande importância à estranha correspondência do companheiro do jovem Ward, pois conheciam a tendência de indivíduos excêntricos e monomaníacos a constituírem grupos entre si, e acreditavam que Charles ou Allen haviam simplesmente descoberto um colega expatriado – quem sabe alguém que havia visto a caligrafia de Orne e a copiara na tentativa de posar como reencarnação do finado personagem. O próprio Allen era talvez um caso semelhante e poderia ter persuadido o jovem a aceitá-lo como um avatar de Curwen há muito tempo falecido. Essas coisas já eram conhecidas e, com o mesmo argumento, os obstinados doutores liquidaram a crescente inquietação de Willett no que dizia respeito à atual caligrafia de Charles Ward, contida nas amostras obtidas por vários artifícios. Willett acreditava ter identificado enfim a razão de sua estranha familiaridade, pois ela se assemelhava vagamente à caligrafia do falecido velho Joseph Curwen; mas os outros médicos consideraram isto um fenômeno de imitação previsível neste tipo de loucura e recusaram-se a atribuir-lhe alguma importância, a favor ou não. Ao constatar essa atitude prosaica em seus colegas, Willett aconselhou o senhor Ward a guardar a carta que chegara para o doutor Allen no dia 2 de abril de Rakus, na Transilvânia, numa letra tão intensa e fundamentalmente idêntica à do código de Hutchinson que tanto o pai quanto o médico se detiveram apavorados antes de violar o selo. A carta dizia:

> *Castelo Ferenczy*
> *7 de março de 1928,*

> Caro C.–

> Apareceu um esquadrão de vinte milicianos por causa dos boatos do povo. Preciso cavar mais fundo e manter menos gado. Esses rumenos incomodam horrivelmente, são intrometidos e detalhistas, enquanto se pode comprar um magiar com bebida e comida. No mês passado M. me mandou o sarcófago das cinco esfinges da Acrópole onde aquele que eu evoquei me disse que estaria, e tive *três conversas com aquilo que estava inumado em seu interior*. Irá diretamente para S. O. em Praga e de lá para o senhor. É obstinado, mas o senhor sabe como agir. O senhor mostrou sabedoria em ter menos do que antes,

pois não havia necessidade de manter os guardas em forma e comendo tanto, e muito poderia ser encontrado em caso de problemas, como os senhores bem sabem. Agora o senhor pode se mudar e trabalhar em outro lugar sem o inconveniente de matar, se necessário, embora espere que nada o obrigue tão cedo a uma medida tão incômoda. Folgo que não esteja traficando muito com os de fora, pois nisso sempre houve um perigo mortal e o senhor sabe o que ele fez quando pediu proteção de alguém que não estava disposto a dá-la. O senhor me supera em conseguir as fórmulas para que um outro o possa dizê-las com sucesso, mas Borellus imaginou que seria assim, bastando ter as palavras certas. O rapaz as usa frequentemente? Sinto que ele esteja se tornando excessivamente melindroso, como eu temia quando esteve aqui há cerca de quinze meses, mas percebo que o senhor sabe como lidar com ele. O senhor não pode fazê-lo voltar com as fórmulas, pois aquilo só funciona com aqueles que as fórmulas chamam dos sais, mas o senhor ainda tem mãos fortes, faca, pistola e túmulos não são difíceis de cavar, nem os ácidos difíceis de queimar. O. diz que o senhor lhe prometeu B. F. Eu preciso tê-lo depois. B. irá para o senhor logo e poderá lhe dar o que o senhor deseja daquela coisa negra debaixo de Memphis. Tenha cuidado com aquilo que evocar e cuidado com o menino. Daqui a um ano será o momento de convocar as legiões das profundas e então não haverá limites ao nosso poder. Confie no que eu digo, pois o senhor sabe que O. e eu tivemos esses 150 anos mais que o senhor para estudar tais assuntos.

Nephreu – Ka nai Hadoth
Edw: H.

Para o Cavalheiro J. Curwen,
Providence

Mas embora Willett e o senhor Ward não mostrassem essa carta aos psiquiatras, não deixaram de, em seguida, agir por conta própria. Não havia douto sofisma capaz de contestar o fato de que o estranho doutor Allen, com seus óculos e barba, de quem a desesperada carta de Charles falara como de uma ameaça tão monstruosa, mantinha uma íntima e sinistra correspondência com duas inexplicáveis criaturas que Ward havia visitado em suas viagens e que claramente afirmavam ser sobreviventes ou avatares dos velhos colegas de Curwen, em Salem. Que ele se considerava a reencarnação de Joseph Curwen e que cultivava – ou pelo menos havia sido aconselhado a cultivar – mortais desígnios contra um "menino" que não poderia ser senão Charles Ward. O Horror organizado estava agindo e, quem quer que o tivesse começado, o ausente Allen a esta altura estava na origem de tudo. Portanto, agradecendo aos céus por Charles agora estar a salvo no hospital, o senhor Ward não perdeu tempo e contratou imediatamente detetives para que descobrissem tudo a respeito do misterioso doutor barbudo, se informassem de onde ele vinha e o que Pawtuxet sabia sobre ele, e se possível descobrissem seu atual paradeiro. Entregou-lhes uma das chaves do bangalô que eram de Charles e recomendou-lhes que explorassem o quarto vazio de Allen, identificado quando haviam sido empacotados os pertences do paciente, e colhessem todos os indícios possíveis dos objetos pessoais que ele porventura tivesse deixado por lá. O senhor Ward conversou com os detetives na antiga biblioteca do filho e eles se sentiram bastante aliviados quando por fim saíram do aposento sobre o qual parecia pairar um vago fluido diabólico. Talvez tivessem ouvido falar do abominável velho bruxo cujo quadro outrora espiava de cima do painel sobre a lareira, talvez fosse algo diferente e irrelevante; de qualquer maneira, todos eles sentiram um intangível miasma que emanava daquele vestígio entalhado de uma morada mais antiga e que chegava quase à intensidade de uma emanação material.

Capítulo cinco
Pesadelo e cataclismo

1

Logo em seguida deu-se a horrenda experiência que deixou uma marca indelével de terror na alma de Marinus Bicknell Willett e envelheceu de uma década a aparência de um homem cuja juventude já então andava muito distante. O doutor Willett conferenciou longamente com o senhor Ward e chegou a um consenso com ele em vários pontos que, na opinião de ambos, os psiquiatras achariam ridículos. Eles se davam conta de que existia no mundo um terrível movimento cuja ligação direta com uma necromancia mais antiga ainda do que as bruxarias de Salem era algo acima de qualquer dúvida. Que pelo menos dois homens vivos – e outro no qual não ousavam pensar – detinham o domínio absoluto de mentes ou personalidades que haviam existido já em 1690 ou mesmo antes, como estava quase inquestionavelmente comprovado, mesmo contra todas as leis naturais conhecidas. O que estas terríveis criaturas – bem como Charles Ward – estavam fazendo ou tentando fazer parecia bastante claro pelas suas cartas e por todo vislumbre de luz antigo e novo que filtrara sobre o caso. Eles estavam saqueando túmulos de todos os tempos, inclusive os dos maiores e mais sábios homens do mundo, na esperança de recuperar das vetustas cinzas algum vestígio da ciência e do saber que outrora os animara e informara.

Um tráfico hediondo desenrolava-se entre estes vampiros de pesadelo, e ossos ilustres eram barganhados com a atitude calculista e calma de meninos de escola trocando livros entre si; por aquilo que era possível arrancar dessa poeira secular anteviam-se um poder e uma sabedoria superiores a tudo o que o cosmos jamais vira concentrado num só homem ou grupo. Eles haviam encontrado meios blasfemos de manter vivos seus cérebros, no mesmo corpo ou em corpos diferentes, e, evidentemente, haviam descoberto uma maneira de extrair a consciência dos mortos que eles conseguiam obter. Aparentemente, existia um fundo de verdade no velho e quimérico Borellus, quando escreveu a respeito do modo de preparar, mesmo para os restos mais antigos, certos "sais essenciais" dos quais era possível evocar a sombra de um ser há muito falecido. Havia uma fórmula para evocar essa sombra e outra para fazê-la voltar, e agora havia sido tão aperfeiçoada que podia ser ensinada com sucesso. Era preciso ter muito cuidado com essas evocações, pois as lápides das tumbas antigas nem sempre são precisas.

Willett e o senhor Ward estremeciam ao passar de conclusão em conclusão. As coisas – presenças ou vozes – podiam ser evocadas de lugares desconhecidos bem como do túmulo e nesse processo também era preciso ter muito cuidado. Joseph Curwen indubitavelmente evocara muitas coisas proibidas, e quanto a Charles – o que se podia pensar dele? Que forças "fora das esferas" haviam chegado a ele dos tempos de Joseph Curwen fazendo sua mente voltar-se para coisas esquecidas? Ele fora levado a descobrir certas instruções e as usara. Conversara com o homem do horror em Praga e vivera muito tempo com a criatura nas montanhas da Transilvânia. Por fim, encontrara o túmulo de Joseph Curwen. O artigo do jornal e aquilo que sua mãe ouvira aquela noite eram demasiado importantes para serem desprezados. Então ele chamara algo e este algo viera. Aquela voz possante nas alturas, na Sexta-feira Santa, e aqueles tons *diferentes* no laboratório da mansarda trancada. A que se assemelhavam com sua profundidade e cavernosidade? Não haveria neles um horrível prenúncio do temido estrangeiro, o doutor Allen, com seu tom baixo espectral? Sim, era *isso* que o senhor Ward havia percebido com um vago horror em sua única conversa com o homem pelo telefone – se é que se tratava de um homem.

Que consciência ou voz infernal, que mórbida sombra ou presença respondera aos secretos ritos de Charles Ward atrás daquela porta trancada? Aquelas vozes ouvidas numa discussão – "é preciso que fique vermelho três meses" – Bom Deus! Não. Aquilo acontecera pouco antes de começar a onda de vampirismo? O saque do antigo túmulo de Ezra Weeden e mais tarde os gritos em Pawtuxet – que mente planejara a vingança e redescobrira a sede das mais antigas blasfêmias, por todos evitada? E depois o bangalô e o estrangeiro barbudo, os boatos e o terror. A loucura final de

Charles não podia ser explicada nem pelo pai nem pelo médico, mas eles tinham certeza de que a mente de Joseph Curwen voltara novamente à terra e estava seguindo suas antigas tendências mórbidas. A possessão demoníaca era realmente uma possibilidade? Allen tinha algo a ver com isso e os detetives tinham de descobrir mais a respeito de um indivíduo cuja existência ameaçava a vida do jovem. Enquanto isso, como a existência de alguma enorme cripta debaixo do bangalô parecia praticamente indiscutível, era preciso fazer alguma tentativa de encontrá-la. Willett e o senhor Ward, conscientes da atitude cética dos psiquiatras, resolveram durante sua conferência final empreender uma exploração conjunta de uma minúcia sem igual e combinaram encontrar-se no bangalô na manhã seguinte com valises, instrumentos e material adequados à pesquisa arquitetônica e à exploração subterrânea.

A manhã do dia 6 de abril surgiu clara e ambos os exploradores estavam no bangalô às dez horas. O senhor Ward tinha a chave, entraram e realizaram uma busca rápida. Pela desordem do quarto do doutor Allen era óbvio que os detetives já haviam estado lá, e os novos exploradores esperaram que tivessem encontrado algum indício valioso. Evidentemente, o negócio principal ficava no porão; portanto, desceram sem muita demora, percorrendo de novo o trajeto que cada um deles havia feito anteriormente na presença do jovem e maníaco proprietário. Por algum tempo sentiram-se frustrados, cada polegada do chão de terra e das paredes de pedra tinha um aspecto tão sólido e inócuo que era impossível imaginar uma abertura escancarada. Willett refletiu que como o porão original fora escavado sem que se soubesse da existência de uma catacumba debaixo dele, o início da passagem seria justamente a escavação recente do jovem Ward e seus sócios, à procura do antigo subterrâneo cuja existência lhes poderia ter sido revelada por meios não normais.

O médico tentou colocar-se no lugar de Charles para entender como um explorador começaria, mas não conseguiu obter muita inspiração com este método. Então, decidiu optar por aquele da eliminação e percorreu cuidadosamente toda a superfície subterrânea, vertical e horizontal, tentando estudar cada polegada separadamente. Logo restringiu substancialmente sua área de interesse e por fim só restava a pequena plataforma diante da tina de lavar roupa, que ele já havia experimentado. Tentando agora de todos os modos possíveis, e aplicando força redobrada, finalmente descobriu que a tampa de fato girava e deslizava horizontalmente sobre um eixo no canto. Debaixo dela havia uma superfície lisa de concreto com uma tampa de ferro, para a qual o senhor Ward se dirigiu imediatamente, excitado em seu zelo. A tampa não era difícil de levantar e o pai a havia quase removido quando Willett notou que seu aspecto ficara estranho. Ele vacilava e agitava a cabeça atordoado e, na lufada de ar pestilento que saiu do poço negro lá em baixo, o médico logo descobriu a causa.

Num instante, o doutor Willett deitou no chão o companheiro que desmaiara e o ajudou a voltar a si com água fria. O senhor Ward reagiu fracamente, mas percebia-se que a lufada de ar mefítico da cripta de alguma forma o deixara num profundo mal-estar. Ansioso por não correr riscos, Willett saiu apressadamente em busca de um táxi em Broad Street e logo despachou o doente para casa, apesar de seus fracos protestos; depois, pegou uma lanterna a pilha, cobriu o nariz com uma bandagem de gaze esterilizada e desceu mais uma vez para espiar as profundezas recém-descobertas. O ar empestado diminuíra ligeiramente e Willett pôde vasculhar com sua lanterna o abismo infernal. Observou que havia uma queda exatamente cilíndrica de cerca de três metros e meio, com paredes de concreto e uma escada de ferro; depois disso, o buraco parecia dar num lance de antigos degraus de pedra que, originalmente, deviam emergir um pouco ao sul do edifício atual.

Willett admite francamente que por um instante a lembrança das velhas lendas sobre Curwen o impediu de descer sozinho na voragem malcheirosa. Não podia deixar de pensar naquilo que Luke Fenner contara a respeito da última noite monstruosa. Então, o dever predominou e ele se decidiu, carregando uma grande valise para levar algum papel que se revelasse de suprema importância. Lentamente, como convinha a uma pessoa de sua idade, desceu a escada e alcançou os degraus limosos embaixo. Era uma construção antiga, de tijolos, conforme a lanterna desvendava, e, sobre as paredes gotejantes, viu o musgo doentio dos séculos. Os degraus desciam, desciam, não em espiral, mas em três abruptas curvas, e eram tão estreitos que dois homens passariam com dificuldade. Contara cerca de trinta quando ouviu um som muito fraco e depois disso não teve mais disposição para contar.

Era um som perverso; o som daqueles insidiosos e graves ultrajes da natureza que não deveriam existir. Chamar aquilo um gemido surdo, um queixume prolongado fatal ou um uivo desesperado de uma angústia coral e uma carne aflita sem cérebro não definiria sua repugnância essencial e seu tom aterrorizante. Seria isso que Ward parecia ouvir naquele dia em que foi internado? Era a coisa mais chocante que Willett jamais ouvira e continuava de um ponto indeterminado enquanto o médico chegava ao fim dos degraus e movia a luz da lanterna à sua volta sobre as elevadas paredes do corredor encimadas por abóbadas ciclópicas e recortadas por inúmeros arcos negros. O saguão no qual ele se encontrava talvez tivesse mais de quatro metros de altura no centro da abóbada e mais de três metros de largura. Seu assoalho era formado de largas lajes entrecortadas e suas paredes e teto eram de tijolos lisos. Não poderia imaginar seu comprimento, pois estendia-se adiante indefinidamente na escuridão. Alguns dos arcos tinham portas do antigo tipo colonial de seis painéis, enquanto outros não.

Vencendo o horror provocado pelo cheiro e pelos uivos, Willett começou a explorar esses arcos um por um; encontrou atrás deles cômodos com tetos de pedra com nervuras, cada um de tamanho médio e aparentemente reservados para usos bizarros; a maioria deles tinha lareira, sendo que a parte superior das chaminés poderia permitir um interessante estudo de engenharia. Jamais ele vira, ou viu depois disso, tais instrumentos ou sugestões de instrumentos que apareciam aqui por todos os lados entre o pó e as teias de aranha de um século e meio, em muitos casos evidentemente estilhaçados, quem sabe pelos antigos invasores. Muitos dos cômodos pareciam não ter sido visitados em tempos recentes e deviam representar as primeiras e mais ultrapassadas fases das experiências de Joseph Curwen. Finalmente, apareceu um quarto obviamente moderno, ou pelo menos de ocupação recente. Havia fogareiros, prateleiras e mesas, cadeiras e gabinetes, e uma escrivaninha com enormes pilhas de papéis de variados graus de antiguidade e contemporâneos. Castiçais e lampiões espalhavam-se por vários lugares e, encontrando à mão uma caixa de fósforos, Willett acendeu todos os que estavam prontos para o uso.

Na luminosidade agora mais plena via-se que esse apartamento não era senão o último estúdio ou biblioteca de Charles Ward. O médico havia visto muitos daqueles livros antes e boa parte da mobília viera claramente da mansão de Prospect Street. Aqui e ali havia uma peça bem conhecida para Willett e a sensação de familiaridade se tornou tão grande que quase esqueceu o cheiro nauseabundo e os uivos, ambos mais fracos aqui do que ao pé dos degraus. Seu primeiro dever, como havia longamente planejado, era descobrir e recolher todos os papéis que fossem considerados de importância vital, principalmente aqueles monstruosos documentos encontrados por Charles há tanto tempo, atrás do quadro em Olney Court. Enquanto procurava deu-se conta de que espantosa tarefa seria decifrar todo o mistério; pois cada arquivo estava repleto de papéis em curiosas caligrafias e com desenhos curiosos, de modo que meses ou talvez mesmo anos seriam necessários para uma decifração e compilação completa. Em certo momento, descobriu grandes pacotes de cartas com selos de Praga e Rakus numa caligrafia claramente reconhecível como de Orne e Hutchinson; tudo isso ele carregou consigo junto com as coisas a serem levadas na valise.

Por fim, num gabinete de mogno trancado a chave, que outrora adornava a casa de Ward, Willett descobriu o lote de velhos papéis de Curwen, reconhecendo-os graças ao olhar relutante que Charles lhe permitira tantos anos antes. O jovem evidentemente os havia conservado juntos da mesma maneira como estavam quando os descobrira, pois todos os títulos lembrados pelos operários estavam lá, com exceção dos papéis endereçados a Orne e Hutchinson e o código com sua explicação. Willett colocou todo o lote em sua mala e continuou a examinar os arquivos. Como a doença imediata do jovem Ward era a principal questão em jogo, a pesquisa mais cuidadosa foi realizada entre o material mais obviamente recente, e nessa abundância de manuscritos contemporâneos observou uma curiosidade desconcertante. Essa singularidade era a limitada quantidade de coisas escritas na caligrafia normal de Charles, entre as quais indubitavelmente não havia nada mais recente do que dois meses antes. Por outro lado, havia literalmente resmas e resmas de símbolos e fórmulas, apontamentos históricos e comentários filosóficos, numa caligrafia intrincada absolutamente idêntica à escritura antiga de Joseph Curwen, embora inegavelmente com datas modernas. Era evidente que uma parte do programa dos últimos dias havia sido uma diligente imitação da caligrafia do velho bruxo, em que Charles parecia ter conseguido uma perfeição maravilhosa. De uma terceira caligrafia, que deveria pertencer a Allen, não havia traços. Se de fato ele havia se tornado o chefe, devia ter obrigado o jovem Ward a servir-lhe de amanuense.

Nesse novo material, uma fórmula mística, ou melhor, duas fórmulas apareciam com tanta frequência que Willett as decorou antes de chegar à metade de sua investigação. Consistia em duas colunas paralelas, a da esquerda encimada pelo símbolo arcaico chamado "Cabeça do Dragão", usado em almanaques para indicar o nó ascendente, e a da direita encimada por um sinal correspondente, o da "Cauda do Dragão", ou nó descendente. O aspecto da fórmula era algo semelhante ao que está reproduzido abaixo e quase inconscientemente o doutor percebeu que a segunda metade não era senão a primeira escrita com as sílabas invertidas, com exceção dos últimos monossílabos e do estranho nome *Yog-Sothoth*, que ele aprendera a reconhecer em várias ortografias por outras coisas que havia visto relacionadas a esse horrível assunto. As fórmulas eram as seguintes – *exatamente* como Willett pôde testemunhar abundantemente – e a primeira despertou uma curiosa sensação de lembrança desconfortável e latente em sua mente, que reconheceu mais tarde ao rever os eventos daquela horrível Sexta-Feira Santa do ano anterior. Eram tão obsedantes as fórmulas e ele as encontrou tantas vezes que, antes de se dar

☊ ☋

"Y' AI'NG'NGAH   OGTHROD AI'F
YOG-SOTHOTH   GEB'L – EE'H
H'EE – L'GEB   *YOG-SOTHOTH*
F'AI'THRODOG   'NGAH'NG AI'Y
UAAAH!   ZHRO

conta, o médico as estava repetindo em voz baixa. A certa altura, achando que tinha apanhado todos os papéis de interesse que poderia digerir no momento, resolveu não examinar mais nada até que pudesse trazer os céticos psiquiatras *en masse* para uma ampla e mais sistemática incursão. Ainda precisava encontrar o laboratório oculto, assim, deixando a valise na sala iluminada, voltou a penetrar no negro corredor fétido cujas abóbadas ressoavam incessantemente com aquele gemido surdo e horrendo.

Os poucos cômodos seguintes em que entrou estavam todos abandonados ou cheios apenas de caixas semidestruídas e caixões de chumbo de aspecto sinistro, mas que o impressionaram profundamente com a magnitude das operações originais de Joseph Curwen. Pensou nos escravos e marujos desaparecidos, nos túmulos violados em todos os cantos do mundo e naquilo que o grupo da invasão final provavelmente viu; e então decidiu que era melhor não pensar mais. A certa altura, uma grande escadaria de pedra subia à sua direita e deduziu que deveria conduzir a um dos edifícios de Curwen – talvez o famoso edifício de pedra com as altas janelas semelhantes a fendas – se os degraus que ele subira iniciassem na casa da fazenda de teto muito inclinado. De repente as paredes pareceram desaparecer de vista mais à frente e o fedor e os gemidos se tornaram mais fortes. Willett notou que chegara a um amplo espaço aberto, tão grande que a luz de sua lanterna não alcançava o outro lado, e à medida que avançava descobria pilares aqui e ali sustentando os arcos do teto.

Depois de algum tempo, chegou a um círculo de pilares agrupados como os monolitos de Stonehenge e um imenso altar esculpido sobre uma base de três degraus no centro; as esculturas daquele altar eram tão curiosas que ele se aproximou para examiná-las com a lanterna, mas quando viu o que representavam recuou estremecendo e não parou para investigar as marcas escuras que borravam a superfície superior e haviam se espalhado pelos lados em filetes aqui e ali. Em vez disso, chegou até a parede distante e a percorreu enquanto ela se abria num círculo gigantesco perfurado por negras portas esparsas que davam numa miríade de celas pouco profundas, com grades de ferro e argolas para pulsos e tornozelos presas a correntes fixadas à pedra da parede de tijolos do fundo. Essas celas estavam vazias, mas o horrível cheiro e os gemidos lúgubres persistiam, agora mais insistentes do que nunca, e, ao que parecia, variavam às vezes com uma espécie de baques e escorregões.

2

A atenção de Willett já não conseguia se desviar do cheiro assustador e do ruído horrível. Ambos eram mais nítidos e mais horrendos no grande saguão de pilares do que em qualquer outro lugar e davam a vaga impressão de virem de baixo, mais abaixo ainda do que esse profundo e negro mundo de mistérios subterrâneos. Antes de tentar procurar em algumas das escuras arcadas os degraus que o levariam ainda mais para baixo, o médico dirigiu o jato de luz sobre o chão de pedras perfuradas. Era pavimentado de modo muito desconexo e a intervalos irregulares notava-se uma laje curiosamente perfurada com pequenos orifícios dispostos ao acaso; num lugar havia uma escada de madeira muito comprida jogada no chão. Curiosamente, a esta escada parecia aderir uma boa parte do cheiro assustador que impregnava tudo. Enquanto Willett se movia lentamente pelo local, de repente se deu conta de que tanto o ruído quanto o odor pareciam mais fortes diretamente em cima das lajes com as curiosas perfurações, como toscos alçapões levando a alguma região de horror ainda mais profunda. Ajoelhando-se ao lado de uma delas, tentou levantá-la com as mãos e verificou que conseguia fazê-la mover com extrema dificuldade. Com isso, o gemido lá em baixo ficou mais forte e com uma agitação enorme o médico continuou a erguer a pesada pedra. Um fedor indizível subia agora das profundezas e a cabeça de Willett começou a rodar vertiginosamente enquanto apoiava a laje para trás e iluminava com a lanterna o negro espaço quadrado que acabava de escancarar.

Se esperava um lance de escada conduzindo a algum imenso abismo de abominação total, Willett estava destinado a se desapontar, pois entre o fedor e os gemidos entrecortados enxergou apenas o topo revestido de tijolos de um poço cilíndrico de aproximadamente um metro e meio de diâmetro, sem qualquer escada ou outros meios para a descida. Enquanto a luz iluminava lá em baixo, os gemidos se tornaram de repente uma série de uivos horríveis junto com os quais vinha de novo aquele ruído de movimentos desordenados e inúteis e surdos baques e escorregões. O explorador tremeu, recusando-se inclusive a imaginar que coisa horrorosa poderia aguardar no abismo; mas logo encontrou a coragem de espiar pela beirada toscamente recortada, deitado no chão e segurando a lanterna com o braço esticado para ver o que poderia existir lá embaixo. Por um segundo, não conseguiu distinguir nada, com exceção das paredes verdes e escorregadias de limo que mergulhavam sem fim num miasma quase material de negridão, fedor e desesperado frenesi; então viu alguma coisa escura pulando de modo desajeitado e frenético, para cima e para baixo, no fundo da estreita abertura que ficava talvez a sete ou oito metros abaixo do chão de pedra sobre o qual ele estava deitado. A lanterna tremeu em sua mão, mas ele olhou de novo para ver que espécie de ser vivente estaria murado na escuridão daquele poço construído pelo homem e havia sido deixado morrer de inanição pelo jovem Ward por um mês inteiro desde que os médicos o haviam levado, evidentemente apenas um de um grande número de outros trancados em poços semelhantes cujas tampas de pedra perfurada eram tão frequentes no chão da grande caverna abobadada. O que quer que fossem essas coisas, não podiam ficar deitadas em seus cubículos apertados, mas apenas gemer e esperar, pulando fracamente por todas aquelas horríveis semanas desde que seu dono as abandonara e negligenciara.

Mas Marinus Bicknell Willett arrependeu-se de olhar de novo, pois, embora fosse cirurgião e veterano da sala de dissecação, não foi mais o mesmo a partir daquele momento. É difícil explicar como a simples visão de um objeto concreto de dimensões mensuráveis poderia de tal modo abalar e mudar um homem; podemos apenas dizer que certas figuras e entidades possuem um poder de simbolismo e sugestão que agem de maneira assustadora sobre a visão de um pensador sensível e sussurram terríveis sugestões de obscuras relações cósmicas e realidades indescritíveis por trás das protetoras ilusões da visão comum. Naquela segunda olhada, Willett viu essa criatura ou entidade e nos instantes seguintes, sem sombra de dúvida, enlouquecera como qualquer paciente da clínica privada do doutor Waite. Deixou cair a lanterna da mão, da qual sumira toda força muscular ou coordenação nervosa, tampouco se preocupou com o barulho de dentes trincando algo, indicando o destino daquela no fundo do poço. Ele gritou, gritou e gritou ainda numa voz cujo falsete provocado pelo pânico nenhum amigo seu jamais reconheceria, e, não conseguindo erguer-se sobre os pés, arrastou-se e rolou desesperadamente para longe sobre o chão úmido onde dezenas de poços infernais deixavam escapar gemidos e uivos extenuados em resposta aos seus gritos insanos. Esfolou as mãos sobre as pedras desconexas e ásperas e várias vezes machucou a cabeça contra os numerosos pilares, mas mesmo assim continuou. Então, finalmente, aos poucos voltou a si em meio à escuridão total e ao fedor, e tapou os ouvidos para não ouvir os gemidos surdos em que se transformara a explosão de uivos. Estava banhado em suor e, sem ter como fazer luz, debilitado e esgotado naquela negritude e naqueles horrores abissais, esmagado por uma lembrança que jamais poderia apagar. Debaixo dele, dezenas daquelas coisas ainda viviam e a tampa de um dos poços estava levantada. Sabia que o que ele vira jamais conseguiria subir pelas paredes escorregadias, no entanto, estremecia à ideia de que pudesse existir algum ponto de apoio oculto.

 Não conseguia compreender o que era aquele ser. Parecia-se com algumas das coisas esculpidas no altar infernal, mas ainda estava viva. A natureza jamais a fizera com aquela forma, pois era demasiado evidente que estava *inacabada*. As suas deficiências eram as mais surpreendentes e as anomalias de suas proporções indescritíveis. Willett arrisca apenas dizer que esse tipo de coisa devia representar entidades que Ward evocara de *sais imperfeitos* e que conservava com propósitos servis ou rituais. Se não tivesse alguma importância, sua imagem não teria sido gravada naquela maldita pedra. Não era a pior coisa representada na pedra – mas Willett jamais abriu os outros poços. Naquele momento, a primeira ideia que ocorreu à sua mente foi um parágrafo de algumas das anotações do velho Curwen que ele havia analisado muito tempo antes, uma frase usada por Simon ou Jedediah Orne na impressionante carta apreendida, endereçada ao falecido feiticeiro:

"Com certeza, não havia senão o mais vivo horror naquilo que H. evocou daquilo que havia conseguido apenas em parte".

Então, para aumentar o horror da imagem em vez de afastá-la, surgiu a lembrança dos antigos e persistentes boatos sobre a coisa queimada e retorcida que fora encontrada nos campos uma semana após a incursão na fazenda de Curwen. Charles Ward certa vez contara ao médico o que o velho Slocum falara a respeito daquilo: que não era totalmente humana, nem se assemelhava a qualquer animal que o povo de Pawtuxet jamais tivesse visto ou a cujo respeito tivesse lido.

Essas palavras soavam na cabeça do doutor enquanto ele se agitava de lá para cá, agachado no chão salitroso de pedra. Tentou afastá-las e repetiu mentalmente o Padre-Nosso e este acabou se emendando a uma cantilena mnemônica como o moderno "The Waste Land" de T. S. Eliot e enfim voltou à dupla fórmula mencionada tão frequentemente, que encontrara na biblioteca subterrânea de Ward: *Y'ai 'ng'ngah, Yog-Sothoth'* e assim por diante, até o *"Zhro"* final, sublinhado. Parecia acalmá-lo e, cambaleando, depois de algum tempo, ficou de pé; lamentando amargamente a perda da lanterna pelo horror, procurou com desespero à sua volta algum clarão de luz na pegajosa escuridão negra como tinta daquele ar gélido. Não conseguia pensar, mas procurou com os olhos em todas as direções em busca de um fraco vislumbre ou do reflexo da brilhante iluminação que deixara na biblioteca. Após alguns momentos pensou ter captado uma tênue luminosidade a uma distância infinita e nessa direção foi se arrastando com um cuidado angustiante sobre as mãos e os joelhos, entre o fedor e os uivos, sempre tateando à sua frente para não esbarrar nos inúmeros e enormes pilares ou mergulhar no poço abominável que havia destampado.

Em certo momento, seus dedos trêmulos tocaram algo que sabia serem os degraus do altar diabólico e afastou-se com repugnância desse local. Mais tarde, encontrou a laje perfurada que havia removido e aqui seu cuidado se tornou quase patético. Mas o fato de esbarrar na horrenda abertura não o fez parar. Aquilo que havia lá embaixo não produzia nenhum som nem se mexia. Evidentemente, mastigar a lanterna que caíra não havia sido bom para ele. Cada vez que os dedos de Willett apalpavam uma laje perfurada, ele estremecia. Sua passagem sobre a laje às vezes aumentava os gemidos embaixo, mas em geral não produzia nenhum efeito, pois seus movimentos não faziam qualquer barulho. Em vários momentos durante sua busca, o brilho à sua frente diminuiu perceptivelmente e ele se deu conta de que as velas e lampiões que havia deixado iam se apagando, um a um. A ideia de estar perdido na escuridão total, sem fósforos, nesse mundo subterrâneo de pesadelo com seus labirintos, impeliu-o a ficar de pé e correr, o que podia fazer sem perigo agora que havia passado o poço aberto, pois sabia que se a luz apagasse, a única esperança de se salvar e de sobreviver estaria na hipótese de o senhor Ward enviar um grupo em seu socorro, algum tempo após seu desaparecimento. No entanto, conseguiu sair do espaço aberto penetrando no corredor estreito e localizar definitivamente o brilho que vinha de uma porta à sua direita. Num instante alcançou-o e encontrou-se mais uma vez na biblioteca secreta do jovem Ward, e, tremendo aliviado, observou o extinguir-se do último lampião que o havia trazido para a salvação.

3

Em seguida, encheu os lampiões vazios com uma reserva de querosene que havia notado anteriormente e, quando a sala ficou de novo iluminada, olhou à sua volta para ver se encontraria uma outra lanterna que lhe permitisse uma ulterior exploração. Pois, embora aflito pelo horror, seu propósito inabalável era maior do que tudo e ele estava firmemente determinado a tentar qualquer coisa em sua busca dos fatos hediondos responsáveis pela bizarra loucura de Charles Ward. Não conseguindo encontrar uma lanterna, escolheu o menor dos lampiões para carregar consigo. Encheu também os bolsos de velas e fósforos e levou um galão de querosene com a intenção de guardá-lo como reserva no laboratório oculto que porventura viesse a descobrir do outro lado do terrível espaço aberto com o altar manchado e inomináveis fossas cobertas. Atravessar de novo aquele espaço exigiria sua total fortaleza de espírito, mas sabia que aquilo tinha de ser feito. Felizmente, nem o altar apavorante nem a laje aberta estavam perto da vasta parede com os buracos das celas que circundava a área da caverna e cujas misteriosas abóbadas negras constituíam os próximos alvos de uma busca lógica.

 Assim, Willett voltou para o grande saguão cheio de pilares, em meio ao fedor e aos uivos angustiantes, baixou a chama dos lampiões para evitar qualquer vislumbre longínquo do altar infernal ou do poço descoberto com a laje de pedra perfurada virada ao seu lado. A maioria das passagens levava apenas a pequenos cômodos, alguns vazios, outros evidentemente usados como depósitos e, em vários destes, viu curiosas pilhas de objetos diversos. Um estava repleto de trouxas de roupas podres e cobertas de pó e o explorador estremeceu ao se dar conta de que se tratava inconfundivelmente de vestimentas de um século e meio antes. Em outro cômodo, encontrou numerosas peças de vestuário moderno, como se aos poucos estivessem sendo feitas provisões para equipar um vasto contingente de homens. Mas o que mais o desagradou foram as enormes bacias de cobre espalhadas aqui e ali; estas e as sinistras incrustações que havia sobre elas. Desagradaram-lhe ainda mais que as tigelas de chumbo com figuras fantasmagóricas, cujos restos continham depósitos tão asquerosos e em torno das quais pairavam os repelentes odores perceptíveis mesmo sobre o fedor geral da cripta. Quando completou quase metade da circunferência da parede, descobriu outro corredor como aquele do qual viera, em que se abriam várias portas.

 Começou a inspecioná-lo e, depois de entrar em três cômodos de dimensões médias cujo conteúdo não tinha especial importância, chegou finalmente a um amplo apartamento oblongo cujos tanques e mesas, fornalhas e instrumentos modernos, livros ocasionais e inumeráveis prateleiras com jarros e garrafas de aspecto muito eficiente afirmavam sem sombra de dúvida tratar-se do há muito procurado laboratório de Charles Ward – e, antes dele, indubitavelmente do velho Joseph Curwen.

 Após acender os três lampiões que encontrara já cheios e prontos, o doutor Willett examinou o local e todos os seus acessórios com a mais ávida curiosidade, observando, pelas quantidades relativas dos vários reagentes nas prateleiras, que o interesse dominante do jovem Ward devia ter sido algum campo da química orgânica. Ao todo, pouco se podia depreender da aparelhagem científica, que incluía uma mesa de dissecação de aspecto macabro, de modo que o cômodo em realidade o desapontou. Entre os livros havia um antigo exemplar em frangalhos de Borellus em letras góticas e foi fantasticamente interessante observar que Ward havia sublinhado o mesmo trecho que tanto perturbara o bom senhor Merritt na casa da fazenda de Curwen, há mais de um século e meio. A cópia mais antiga, evidentemente, devia ter perecido junto com o restante da oculta biblioteca de Curwen na incursão final. Três passagens em arco abriam-se fora do laboratório e o médico procedeu à sua exploração, uma por uma. Em sua rápida pesquisa, viu que duas conduziam simplesmente a pequenos depósitos que ele examinou com cuidado, notando as pilhas de caixões em vários estágios de ruína, e estremeceu violentamente quando conseguiu decifrar duas ou três das poucas placas sobre os caixões. Nesses cômodos havia também muita roupa armazenada e várias caixas novas e cuidadosamente pregadas que não se deteve para examinar. O mais interessante, talvez, eram alguns objetos esparsos que julgou serem fragmentos dos instrumentos de laboratório do velho Joseph Curwen. Haviam sido danificados pelas mãos dos invasores, mas ainda eram em parte reconhecíveis como a parafernália química do período georgiano.

    A terceira passagem levava a uma sala de bom tamanho, totalmente revestida de prateleiras e tendo ao centro uma mesa com dois lampiões. Willett os acendeu e à sua luz brilhante examinou as intermináveis prateleiras que se estendiam à sua volta. Alguns dos níveis superiores estavam totalmente vazios, mas a maior parte do espaço estava preenchida por pequenos jarros de chumbo de formato estranho e de dois tipos: um alto e sem asas como *lekythoi* gregos ou jarros de óleo, e o outro com uma única asa e proporcional, como um jarro de Faleros. Todos tinham tampas de metal e estavam cobertos de símbolos de aspecto peculiar, em baixo-relevo. Num instante o médico observou que estes jarros estavam classificados com extremo rigor; todos os *lekythoi* ficavam num lado da sala com uma grande tabuleta de madeira em cima com a palavra "Custodes", e todos os jarros de Faleros do outro, igualmente rotulados com uma tabuleta dizendo "Materia". Cada um dos vasos ou jarros, exceto alguns sobre as prateleiras de cima que estavam vazios, tinham uma placa de papelão com um número que aparentemente se referia a um catálogo, e Willett resolveu procurá-lo. Por enquanto, porém, estava mais interessado na natureza dos objetos expostos em geral, e abriu, a título de experiência, vários *lekythoi* e Faleros ao acaso, tentando formar uma ideia geral. O resultado era invariável. Ambos os tipos de jarros continham uma pequena quantidade de uma única espécie de substância; um fino pó seco muito leve e de variadas nuanças de cor neutra e opaca. Não existia um método aparente na disposição das cores, o único elemento de variação, nem uma aparente distinção entre o conteúdo dos *lekythoi* e o dos Faleros. Um pó cinza-azulado estava ao lado de um pó branco-rosado e qualquer um dos que estavam nos Faleros podia ter sua exata contrapartida num *lekythoi*. A característica mais peculiar dos pós era o fato de não serem aderentes. Willett despejou um na mão e, ao colocá-lo de volta em seu jarro, constatou que não permanecia nenhum resíduo na palma.

O significado das duas tabuletas o intrigava e ficou imaginando por que essa bateria de substâncias químicas estava separada tão radicalmente daquelas nos jarros de vidro sobre as prateleiras do laboratório. "Custodes" e "Materia"; em latim significavam "Guardas" e "Matéria", respectivamente – e então, num lampejo de memória, lembrou onde havia visto a palavra "Guardas" antes, relacionada a este terrível mistério. Evidentemente, fora na recente carta endereçada ao doutor Allen supostamente pelo velho Edward Hutchinson, e a frase dizia: "Não havia necessidade de manter os guardas em forma comendo em demasia, com isto muitas coisas poderiam ser descobertas em caso de problema, como o senhor muito bem sabe". O que significava isto? Mas, um momento – não havia *outra* referência a "guardas" de que esquecera totalmente ao ler a carta de Hutchinson? Na época em que ainda não fazia tanto mistério, Ward falara-lhe a respeito do diário de Eleazer Smith, contando que Smith e Weeden espionavam a fazenda Curwen e naquela horrível crônica eram mencionadas conversas ouvidas antes que o velho bruxo se recolhesse totalmente debaixo da terra. Smith e Weeden insistiam que havia terríveis diálogos em que figuravam Curwen, alguns prisioneiros seus e os guardas desses prisioneiros. Esses guardas, segundo Hutchinson, ou seu avatar, "comiam demais", de modo que agora o doutor Allen não os mantinha mais *em forma*. E se não *em forma*, como senão nos "sais" nos quais parece que esse bando de bruxos tentava reduzir todos os corpos ou esqueletos humanos que podia?

Portanto, era *isso* que os *lekythoi* continham; o monstruoso fruto de rituais e ações iníquas, presumivelmente vencidos ou intimidados até cederem a esta submissão para ajudar quando evocados por alguma magia infernal, em defesa de seu blasfemo mestre ou nos interrogatórios daqueles que não estavam dispostos a ceder? Willett estremeceu à ideia daquilo que despejara em suas mãos e, por um instante, sentiu o impulso de sair correndo em pânico da caverna com suas horrendas prateleiras e suas silenciosas e quem sabe atentas sentinelas. Então pensou na "Matéria" – na miríade de jarros de Faleros do outro lado do cômodo. Sais também – e se não eram os dos "guardas", então os sais do quê? Meu Deus! Seria possível que aí se encontrassem os sais mortais de metade dos grandes pensadores de todas as eras; roubados por supremos vampiros das criptas onde o mundo os julgava em segurança, obedientes ao sinal de loucos que buscavam arrancar sua sabedoria por alguma finalidade ainda mais desvairada cuja consequência última afetaria, como o pobre Charles mencionara em seu bilhete desesperado, "toda a civilização, toda lei natural, quem sabe mesmo o destino do sistema solar e do universo?" E Marinus Bicknell Willett deixara escorrer seu pó em suas mãos!

Então observou uma pequena porta na extremidade do cômodo e, acalmando-se, aproximou-se dela examinando a tosca inscrição esculpida sobre ela. Era apenas um símbolo, mas encheu seu coração de um vago terror; pois, certa ocasião, um amigo seu, mórbido sonhador, o desenhara sobre um pedaço de papel e dissera-lhe alguns dos seus significados no negro abismo do sono. Era o símbolo de Koth, que os sonhadores veem fixado sobre o arco de uma torre negra que se ergue sozinha no crepúsculo – e Willett não gostara do que o amigo Randolph Carter lhe contara a respeito de seus poderes. Mas um segundo mais tarde ele havia esquecido o símbolo ao sentir um novo odor acre no ar fétido. Era um cheiro químico e não um cheiro animal, e vinha diretamente do cômodo atrás da porta. Inconfundivelmente, era o mesmo cheiro que saturava as roupas de Charles Ward no dia em que os médicos o haviam levado. Então era aqui que o jovem havia sido interrompido pela intimação final? Ele fora mais sábio do que o velho Joseph Curwen, pois não resistira. Willett, corajosamente determinado a penetrar em todos os mistérios e pesadelos que esse reino subterrâneo pudesse conter, agarrou o pequeno lampião e cruzou o limiar. Uma onda de terror indizível o envolveu, mas ele não cedeu e não condescendeu a nenhuma sensação. Não havia nada de vivo aqui que pudesse fazer-lhe algum mal e nada o impediria de penetrar a nuvem tenebrosa que tragara seu paciente.

O cômodo além da porta era de dimensões médias e não tinha mobília, com exceção de uma mesa, uma única cadeira e dois grupos de curiosas máquinas com braçadeiras e rodas que Willett reconheceu após um instante como instrumentos medievais de tortura. De um lado da porta havia um suporte para chibatas bárbaras, acima do qual havia algumas prateleiras com fileiras vazias de taças rasas de estanho providas de pé do formato de *kylikes* gregos. Do outro lado estava a mesa, com uma potente lâmpada de Argand, uma prancheta e um lápis e dois *lekythoi* tampados semelhantes aos das prateleiras do outro cômodo, espalhados, como se deixados temporariamente ou às pressas. Willett acendeu o lampião e olhou com cuidado a prancheta para ver que anotações o jovem Ward teria rabiscado rapidamente quando fora interrompido; mas não descobriu nada mais inteligível do que os seguintes fragmentos desconexos na caligrafia rabiscada de Curwen, que não esclareciam em absoluto o caso:

"B. não feito. Fugiu dentro das paredes e encontrou lugar lá embaixo."

"Vi o velho V. dizer o Sabaoth e aprendi o caminho."

"Evoquei três vezes *Yog-Sabaoth* e no dia seguinte fui libertado."

"F. tentou apagar todo conhecimento para evocar os de fora."

Enquanto a forte lâmpada de Argand iluminava todo o cômodo, o médico viu que a parede oposta à porta, entre os dois grupos de instrumentos de tortura nos cantos, estava coberta de ganchos nos quais estavam penduradas vestimentas disformes de um branco amarelado um tanto lúgubre. Mas muito mais interessantes eram as duas paredes vazias, ambas profusamente cobertas de símbolos e fórmulas grosseiramente gravadas na pedra lisa. O chão úmido também trazia marcas gravadas; mas com pouca dificuldade Willett decifrou um grande pentagrama no centro, com um círculo simples de cerca de três pés de largura, entre este e cada um dos outros cantos. Num desses quatro círculos, perto do qual uma veste amarelada havia sido atirada descuidadamente ao chão, havia um *kylix* raso do mesmo tipo encontrado nas prateleiras em cima do suporte das chibatas, e imediatamente fora da periferia havia um jarro de Faleros das prateleiras do outro cômodo e seu cartão tinha o número 118. Este não tinha tampa e, ao examiná-lo, constatou que estava vazio; mas o explorador viu com um arrepio que o *kylix* não estava. Em sua concavidade rasa, e impedido de se espalhar unicamente pela ausência de vento nessa caverna isolada, havia uma pequena quantidade de pó seco, verde opaco florescente, que devia pertencer ao jarro; e Willett quase cambaleou ao atinar de repente com as implicações, enquanto pouco a pouco relacionava os vários elementos e os antecedentes da cena. As chibatas e os instrumentos de tortura, o pó e os sais do jarro da "Materia", os dois *lekythoi* da prateleira dos "Custodes", as roupas, as fórmulas nas paredes, as anotações sobre a prancheta, as indicações contidas nas cartas e lendas e as milhares de vagas sugestões, dúvidas e suposições que atormentavam os amigos e pais de Charles Ward – tudo isto tragava o médico como uma onda de horror enquanto ele olhava o esverdeado pó seco espalhado no *kylix* de chumbo de pé alto sobre o chão.

No entanto, com algum esforço, Willett se recompôs e começou a examinar as fórmulas gravadas nas paredes. Pelas letras manchadas e cheias de incrustações era óbvio que haviam sido gravadas na época de Joseph Curwen, e o texto era vagamente familiar a alguém que havia lido tanto material sobre Curwen ou mergulhado intensamente na história da magia. Uma fórmula o médico reconheceu claramente como sendo aquela que a senhora Ward ouvira o filho recitar naquela nefanda Sexta-Feira Santa um ano antes e que um especialista dissera tratar-se de uma terrível invocação aos deuses secretos fora das esferas normais. Aqui não estava grafada exatamente como a senhora Ward a repetira de memória, tampouco como o especialista a mostrara a ele nas páginas proibidas de "Eliphas Levi", mas sua identidade era inconfundível e palavras como *Sabaoth, Metraton, Almonsin* e *Zariatnatmik* provocaram um arrepio de medo no explorador que havia visto e experimentado tanta abominação cósmica nas imediações do lugar.

Esta se encontrava na parede à esquerda de quem entrava. A parede à direita não estava menos coberta de inscrições e Willett sentiu um sobressalto ao se dar conta de que se tratava das duas fórmulas tão frequentes nas recentes anotações encontradas na biblioteca. Eram, *grosso modo,* as mesmas: com os antigos símbolos da "Cabeça do Dragão" e da "Cauda do Dragão" encabeçando-as, como nos rabiscos de Ward. Mas a grafia era muito diferente daquela das versões modernas, como se o velho Curwen tivesse uma maneira diferente de gravar sons, ou se estudos posteriores tivessem gerado variações mais potentes e aperfeiçoadas das invocações em questão. O médico tentou combinar a versão gravada com aquela que voltava insistentemente à sua cabeça, mas achou difícil. O trecho que ele havia memorizado começava com *"Y'ai 'ng'ngah, Yog-Sothoth"*, e esta epígrafe começava com *"Aye, cengehgah, Vogge- Sothotha"*, o que na sua opinião interferiria seriamente com a escansão da segunda palavra.

Como o último texto estava profundamente gravado em sua consciência, a discrepância o incomodava e ele se percebeu recitando a primeira das fórmulas em voz alta na tentativa de fazer corresponder o som que concebera com as letras gravadas que acabava de descobrir. Sua voz soava fantasmagórica e ameaçadora naquele abismo de antigas blasfêmias, suas cadências eram as de uma cantilena sussurrada pela magia do passado e do desconhecido, ou pelo demoníaco exemplo daqueles gemidos surdos, ímpios, dos poços, cuja frieza desumana subia e baixava ritmicamente, em meio ao fedor e à escuridão.

"Y'AI'NG'NGAH
YOG-SOTHOTH
H'EE – L'GEB
F'AI' THRODOG
UAAAH!

Mas o que era esse vento gélido que criara vida ao canto? Os lampiões bruxuleavam tristemente e a escuridão tornara-se tão densa que as letras na parede se apagavam. Havia fumaça também e um odor acre que quase sobrepujava o fedor dos poços distantes; um odor como aquele que sentira antes, mas infinitamente mais forte e mais pungente. Desviou o olhar das inscrições, virou-se para o cômodo com seus objetos bizarros e viu que do *kylix* no chão, que continha o sinistro pó florescente, se desprendia uma nuvem de espesso vapor negro-acinzentado de volume e opacidade surpreendentes. Aquele pó – Deus Todo-poderoso! saíra da prateleira da "Matéria" –, o que estava fazendo agora, o que o provocara? A fórmula que ele recitava – a primeira das duas, a Cabeça do Dragão, o *nó ascendente* – Jesus Bendito, poderia ser...

O médico teve uma vertigem e pela sua cabeça passaram aceleradamente trechos desconexos de tudo aquilo que ele havia visto, ouvido e lido a respeito do espantoso caso de Joseph Curwen e Charles Dexter Ward. "Digo-lhe novamente, não evoque ninguém que não possa mandar de volta... Tenha as palavras prontas todas as vezes para mandar de volta e não se detenha para ter certeza quando houver alguma dúvida de *quem* o senhor tem... Três conversas com *Aquilo* que estava inumado..." *Deus do Céu, o que era aquela forma atrás da fumaça que estava se dissipando?*

4

Marinus Bicknell Willett não esperava nem um pouco que as pessoas acreditassem mesmo em parte em seu relato, com exceção de algum amigo condescendente, portanto, não fez qualquer tentativa de narrá-lo fora do círculo dos mais íntimos. Somente alguns estranhos a este círculo o ouviram e a maioria destes ri e observa que, com certeza, o médico está ficando velho. Foi aconselhado a tirar umas férias prolongadas e a evitar casos futuros de distúrbios mentais. Mas o senhor Ward sabe que o velho médico diz uma horrível verdade. Acaso ele próprio não viu a pestilenta abertura no porão do bangalô? Willett não o mandara para casa vencido e doente às onze horas daquela agourenta manhã? Acaso não telefonou em vão ao médico naquela noite e novamente no dia seguinte, e não foi de carro até o bangalô ao meio-dia encontrando o amigo inconsciente, porém incólume, numa das camas do andar superior? Willett estertorava e abriu lentamente os olhos quando o senhor Ward lhe deu um conhaque que buscara no carro. Então teve um calafrio e gritou, *"Aquela barba... aqueles olhos... Meu Deus, quem é você?"* Algo muito estranho a ser dito a um cavalheiro elegante, de olhos azuis, bem escanhoado, a quem ele conhecia desde a adolescência.

Na luminosidade do meio-dia o bangalô não havia mudado desde a manhã anterior. As roupas de Willett não estavam desalinhadas, com exceção de algumas manchas, os joelhos um pouco puídos, e um leve odor acre lembrou ao senhor Ward aquele que sentira em seu filho no dia em que este fora levado ao hospital. A lanterna do doutor estava faltando, mas sua valise estava lá, inteira, vazia como quando ele a trouxera. Antes de se delongar em explicações e obviamente com um grande esforço moral, Willett cambaleava completamente tonto enquanto descia até o porão onde tentou forçar a fatal plataforma diante da tina. Não cedia. Atravessou o local e foi ao lugar onde havia deixado sua sacola de ferramentas, que não usara no dia anterior, pegou um formão e começou a forçar as pranchas renitentes, uma por uma. Embaixo, o concreto liso ainda era visível, mas já não havia sinal de qualquer abertura ou perfuração. Nada se escancarava dessa vez, aterrorizando o pai desorientado que seguira o médico no porão; somente o concreto liso embaixo das pranchas – nenhum poço fétido, nenhum mundo de horrores subterrâneos, nenhuma biblioteca secreta, nem papéis de Curwen, nem poços dignos de pesadelos com fedores e uivos, nenhum laboratório ou prateleiras ou fórmulas gravadas nas paredes, nada... O doutor Willett ficou pálido e se agarrou ao homem mais jovem. "Ontem", perguntou em voz branda, "você o viu aqui... e sentiu o cheiro?" E quando o próprio senhor Ward, petrificado pelo horror e pelo espanto, encontrou forças para acenar afirmativamente, o médico emitiu um som, quase um suspiro ou um estertor e acenou por sua vez. "Então vou lhe contar", ele disse.

Assim, durante uma hora, no cômodo mais ensolarado que conseguiram encontrar no andar de cima, o médico sussurrou seu relato estarrecedor ao pai surpreso. Não havia nada a contar além daquela forma que aparecera quando o vapor negro-esverdeado começou a se desprender do *kylix* e Willett estava demasiado fatigado para perguntar a si mesmo o que em realidade acontecera. Os dois homens desnorteados ficaram abanando a cabeça, num gesto inútil, e a certa altura o senhor Ward arriscou uma sugestão num sussurro. "O senhor supõe que seria útil cavar?" O médico ficou calado, pois parecia inadequado a qualquer espírito humano responder quando poderes e esferas desconhecidas haviam invadido de modo tão extraordinário esse lado do Grande Abismo. De novo o senhor Ward perguntou: "Mas aonde foi? Ele trouxe o senhor aqui, o senhor sabe, e vedou de alguma forma o buraco". E Willett de novo deixou o silêncio falar em seu lugar.

Mas, apesar de tudo, o assunto não estava encerrado. Pegando o lenço antes de se levantar para ir embora, os dedos do doutor Willett agarraram no bolso um pedaço de papel que não estava lá antes, junto com as velas e os fósforos que havia apanhado no subterrâneo desaparecido. Era uma folha de papel comum, arrancada obviamente da prancha barata naquele fantástico cômodo dos horrores, em algum ponto debaixo da terra, e o que estava escrito nele havia sido rabiscado com um lápis comum – sem dúvida aquele mesmo que se encontrava ao lado da prancha. Estava dobrado de qualquer jeito e, à parte o leve odor acre do cômodo misterioso, não trazia nenhum sinal ou marca de algum outro mundo além desse. Mas, em realidade, o texto estava impregnado de mistério, pois a caligrafia não pertencia a nenhuma época normal, mas os traços elaborados de perversidade medieval, quase ilegíveis para o leigo que agora se esforçava em decifrá-lo, continham combinações de símbolos vagamente familiares.

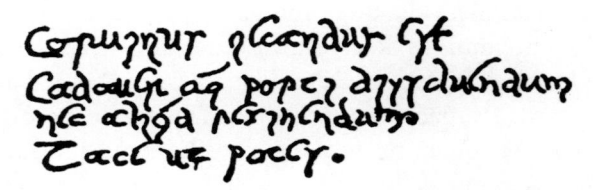

Essa era a mensagem rabiscada às pressas e seu mistério ofereceu um objetivo aos dois homens bastante abalados, os quais sem demora se encaminharam decididos para o carro de Ward, pedindo para serem levados primeiramente a um lugar tranquilo a fim de almoçar e depois para a Biblioteca John Hay, sobre a colina.

Na biblioteca foi fácil encontrar bons manuais de paleografia e os dois se debruçaram sobre estes até que as luzes começaram a brilhar no grande lustre. No fim, encontraram aquilo de que precisavam. Em realidade, as letras não eram uma invenção fantástica, mas a escritura normal de um período obscuro. Tratava-se de um pontudo cursivo saxônio do século VIII ou IX e trazia consigo as memórias de uma época misteriosa em que, sob o recente verniz cristão, agitavam-se furtivamente crenças e ritos antigos e a pálida lua da Bretanha às vezes testemunhava estranhos acontecimentos nas ruínas romanas de Caerleon e Hexhaus e perto das Torres ao longo da muralha de Adriano agora em ruínas. As palavras eram num latim lembrado numa época bárbara – *"Corwinus necandus est. Cadaver aq(ua) forti dissolvendum, nec aliq(ui)d retinendum. Tace ut potes."* E podemos traduzi-las como: "Curwen deve ser morto. O corpo deve ser dissolvido em *aqua fortis* e nada pode restar. Manter o maior silêncio possível".

Willett e o senhor Ward estavam mudos e perplexos. Haviam encontrado o desconhecido e percebiam que não conseguiam reagir emocionalmente como, em modo vago, achavam que deveriam. Willett, em particular, quase esgotara a capacidade de experimentar novas impressões de horror; os dois homens ficaram sentados, imóveis e desamparados, sem saber o que fazer até a hora de fechar a biblioteca, quando foram obrigados a sair. Então, indiferentes, voltaram à mansão Ward em Prospect Street e conversaram sobre coisas banais até tarde da noite. O médico foi descansar ao amanhecer, mas não voltou para casa. E lá se encontrava ainda ao meio-dia do domingo quando os detetives que haviam sido incumbidos de investigar o doutor Allen telefonaram.

O senhor Ward, que caminhava nervosamente para cima e para baixo de roupão, respondeu pessoalmente e, ao ouvir que o relatório estava quase pronto, disse aos homens que aparecessem na manhã seguinte cedo. Willett e ele ficaram contentes que esta fase do caso estivesse começando a tomar forma, pois qualquer que fosse a origem da estranha mensagem manuscrita, parecia certo que o "Curwen" a ser destruído não podia ser outra pessoa senão o estranho de barba e óculos. Charles temia esse homem e havia dito na mensagem desesperada que ele deveria ser morto e dissolvido em ácido. Além disso, Allen estava recebendo cartas dos estranhos bruxos da Europa usando o nome de Curwen e claramente se considerava um avatar do falecido necromante. E agora, de uma fonte nova e desconhecida, surgia uma mensagem dizendo que "Curwen" devia ser morto e dissolvido em ácido. A ligação era demasiado inconfundível para ser artificial; além disso, não estava Allen planejando assassinar o jovem Ward por conselho da criatura chamada Hutchinson? Evidentemente, a carta que eles haviam lido nunca chegara ao estrangeiro barbudo; mas, por seu conteúdo, eles podiam constatar que Allen já havia feito planos de cuidar do jovem caso este ficasse demasiado "melindroso". Sem dúvida, Allen devia ser detido e, mesmo que não fossem tomadas as medidas mais drásticas, deveria ser posto em condições de não mais prejudicar Charles Ward.

Naquela tarde, esperando, contrariamente a todas as expectativas, extrair algum vislumbre de informação sobre os mais profundos mistérios da única pessoa capaz de fornecê-la, o pai e o médico desceram a baía e visitaram o jovem Charles no hospital. De modo simples e grave, Willett contou-lhe tudo o que havia descoberto e se deu conta de que o jovem empalidecia a cada descrição que comprovava a veracidade da descoberta. O médico empregou o máximo efeito dramático de que foi capaz e ficou observando um estremecimento de Charles quando abordou o assunto dos poços cobertos e dos hídricos inomináveis neles contidos. Mas Ward não se abalou. Willett parou e sua voz soou indignada ao comentar que as coisas estavam morrendo de fome. Acusou o jovem de mostrar uma chocante desumanidade e tremeu quando, em resposta, obteve apenas uma risada sardônica. Pois Charles, desistindo de simular, visto que se tornara inútil, que a cripta não existia, parecia considerar o caso uma pilhéria horrível e ria roucamente com algo que o divertia. Então sussurrou, em tons duplamente terríveis por causa da voz áspera: "Malditos, eles *comem* mesmo, mas *não precisam disso!* Isto é que é curioso! Um mês, o senhor diz, sem comida? Deus, como o senhor é modesto! Sabe, essa foi a piada para o pobre velho Whipple, com sua virtuosa fanfarronice! Matar a todos era o que ele queria? Pois, diabo, ficou meio surdo com o ruído do Além e não viu ou ouviu nada nos poços. Ele jamais sonhou que estavam lá! Que o diabo as carregue, aquelas *coisas malditas estão uivando lá embaixo desde que acabaram com Curwen, há cento e cinquenta e sete anos"*.

Mas Willett não conseguiu tirar mais do que isso do jovem. Horrorizado, contudo quase convencido contra sua vontade, continuou seu relato na esperança de que algum incidente pudesse despertar seu ouvinte da louca compostura que ele mantinha. Olhando para o rosto do jovem, o médico não podia deixar de sentir uma espécie de terror com as mudanças que os últimos meses haviam produzido. Em verdade, o rapaz chamara dos céus horrores indescritíveis. Quando o cômodo com as fórmulas e o pó esverdeado foram mencionados, Charles mostrou o primeiro sinal de animação. Um ar zombeteiro espalhou-se por seu rosto enquanto ouviu o que Willett havia lido na prancheta e arriscou a fraca afirmação de que aquelas anotações eram antigas, sem nenhuma eventual importância para ninguém que não fosse profundamente iniciado na história da magia. "Mas", acrescentou, "se o senhor conhecesse as palavras para evocar aquele que eu tinha na taça, não estaria aqui agora para me contar isto. Era o Número 118 e garanto que teria tremido se tivesse visto minha lista no outro cômodo. Eu nunca o havia chamado, mas pretendia fazê-lo no dia em que o senhor foi à minha casa para sugerir que eu viesse para cá."

Então Willett mencionou a fórmula que recitara e a fumaça negra-esverdeada que saíra e, ao fazer isto, viu pela primeira vez o medo despontar no rosto de Charles Ward. "Ele *veio* e você está vivo!" Enquanto Ward grasnava as palavras, sua voz parecia quase explodir, libertando-se do que a prendia, e mergulhar em abismos cavernosos de sinistras ressonâncias. Willett, iluminado por um lampejo de inspiração, acreditou ter compreendido a situação e colocou em sua resposta uma advertência contida numa carta que ele lembrava. "Número 118, você diz? Mas não esqueça que *as pedras foram todas mudadas agora em nove cemitérios em cada dez*. Você nunca tem certeza se não pergunta!" E então, repentinamente, pegou a mensagem em gótico, colocando-a diante dos olhos do paciente. Não poderia esperar uma reação maior, pois Charles Ward desmaiou em seguida.

Toda esta conversa, evidentemente, fora realizada em grande sigilo, para que os psiquiatras residentes não acusassem o pai e o doutor de encorajar os delírios de um louco. Sem solicitar qualquer ajuda também, o doutor Willett e o senhor Ward ergueram o jovem e o colocaram no divã. Ao voltar a si, o paciente murmurou várias vezes que deveria dizer algo a Orne e Hutchinson imediatamente; assim, quando pareceu recobrar de todo a consciência, o médico lhe disse que pelo menos uma daquelas estranhas criaturas era seu grande inimigo e aconselhara o doutor Allen a assassiná-lo. Essa revelação não produziu um efeito visível e, antes mesmo que ela fosse feita, os visitantes puderam perceber que seu anfitrião já tinha o aspecto de um homem acuado. Depois disso, não conversou mais e então Willett e o pai se despediram, deixando uma advertência contra o barbudo Allen, à qual o jovem apenas replicou que este indivíduo estava sendo bem vigiado e não poderia fazer mal a ninguém ainda que quisesse. Estas palavras foram pronunciadas com uma risadinha quase maligna, dolorosa de se ouvir. Eles não se preocuparam com o que Charles poderia escrever aos dois monstruosos indivíduos na Europa, porque sabiam que as autoridades do hospital apreendiam toda a correspondência que saía e não deixariam passar nenhuma missiva desvairada ou bizarra.

No entanto, há uma curiosa continuação da questão de Orne e Hutchinson, se é que eram de fato estes os bruxos exilados. Movido por um vago pressentimento em meio aos horrores daquele período, Willett conseguiu, de uma agência internacional de notícias, recortes sobre importantes crimes e acidentes ocorridos recentemente em Praga e na Transilvânia oriental; depois de seis meses acreditou ter descoberto duas coisas bastante significativas entre os variados artigos que recebeu e mandou traduzir. Uma era a destruição completa de uma casa durante a noite, no bairro mais antigo de Praga, e o desaparecimento do malvado velho chamado Josef Nadeh, que nela morava sozinho desde há tempos imemoriais. A outra foi uma explosão gigantesca nas montanhas da Transilvânia, a oriente de Rakus, e o desaparecimento completo, com todos os seus habitantes, do famigerado Castelo Ferenczy, a respeito de cujo dono tão mal falavam camponeses e soldados o qual, inclusive, dentro em breve seria convocado em Bucareste para rigorosas investigações, se esse incidente não acabasse com uma carreira que já se estendia muito anteriormente a toda lembrança comum. Willett afirma que a mão que escrevera aquelas letras seria capaz de segurar armas muito mais fortes também e que, embora ficasse incumbido de dar cabo de Curwen, o autor da mensagem sentia-se capaz de encontrar e liquidar Orne e o próprio Hutchinson. O doutor esforça-se diligentemente em não pensar em qual poderá ter sido o destino daqueles.

5

Na manhã seguinte, o doutor Willett dirigiu-se apressadamente para a residência dos Ward para estar presente quando os detetives chegassem. A destruição ou prisão de Allen – ou de Curwen, se pudesse considerar válida a tácita declaração de reencarnação –, em sua opinião, deveria ocorrer a qualquer custo e comunicou esta convicção ao senhor Ward enquanto esperavam a chegada dos homens. Dessa vez estavam no andar térreo da casa, pois os andares superiores começavam a ser evitados devido a uma peculiar atmosfera repugnante que parecia impregná-los indefinidamente, repugnância que os criados mais antigos relacionavam a uma maldição deixada pelo retrato desaparecido de Curwen.

Às nove horas, os três detetives se apresentaram e de pronto expuseram tudo o que tinham a dizer. Infelizmente, não haviam localizado o português Tony Gomes como pretendiam, tampouco haviam encontrado o menor indício da procedência do doutor Allen ou mesmo de seu atual paradeiro, mas haviam conseguido descobrir um número considerável de impressões locais e de fatos concernentes ao reticente estrangeiro. Allen era visto pelo povo de Pawtuxet como um ser vagamente antinatural e a opinião geral era que sua espessa barba cor de areia fosse tingida ou postiça – opinião definitivamente confirmada pela descoberta de uma barba postiça junto a um par de óculos escuros em seu quarto no fatídico bangalô. Sua voz, nesse caso o senhor Ward poderia testemunhar pela única conversa telefônica que tivera com ele, tinha um tom profundo e cavernoso que não podia ser esquecido facilmente, e seu olhar parecia maldoso mesmo através de seus óculos escuros de aro de tartaruga. Um comerciante, no decorrer de certas transações, havia visto uma amostra de sua caligrafia e declarou que era muito estranha e cheia de garatujas, sendo isto confirmado pelas notas a lápis, de um significado um tanto obscuro, encontradas em seu quarto e identificadas pelo comerciante.

Quanto aos boatos de vampirismo do verão anterior, a maioria dos comentários pressupunha que Allen, e não Ward, era o verdadeiro vampiro. Declarações foram obtidas também dos policiais que haviam visitado o bangalô após o desagradável incidente do roubo do caminhão. Eles não haviam percebido nada de sinistro no doutor Allen, mas o haviam visto como a figura principal no curioso e sombrio bangalô. O local estava demasiado escuro para que eles pudessem observá-lo claramente, mas o reconheceriam se voltassem a vê-lo. Sua barba parecia estranha e eles achavam que o personagem tinha uma pequena cicatriz sobre o olho direito coberto pelos óculos escuros. Quanto à busca no quarto de Allen, não revelou nada de definido, com exceção da barba e dos óculos, e várias anotações escritas a lápis numa letra cheia de garatujas, que Willett percebeu imediatamente ser idêntica à dos manuscritos do velho Curwen e à do recente volume de anotações do jovem Ward, descoberto nas catacumbas do terror agora desaparecidas.

O doutor Willett e o senhor Ward captaram uma sensação de profundo, sutil e insidioso terror cósmico à medida que essas informações lhes eram apresentadas e quase tremeram ao perceberem a vaga e louca ideia que aparecera simultaneamente na mente de ambos. A barba postiça e os óculos, a caligrafia garatujada de Curwen – o antigo retrato com a minúscula cicatriz, *o jovem perturbado no hospital com a mesma cicatriz*, a voz profunda e surda ao telefone –, não foi disso que o senhor Ward se lembrou quando seu filho pronunciou aquela espécie de latidos em tom esganiçado, aos quais dizia estar reduzida agora sua voz? Quem alguma vez havia visto Charles e Allen juntos? Sim, os policiais os haviam visto uma vez, mas quem mais a partir daí? Não fora quando Allen partira que Charles de repente perdera seu medo crescente e começara a viver definitivamente no bangalô? Curwen – Allen – Ward – em que fusão blasfema e abominável duas idades e duas pessoas haviam se fundido? Aquela execrável semelhança do quadro com Charles – não costumara observar insistentemente e seguir o rapaz pelo quarto com os olhos? Por que, então, Allen e Charles copiavam a caligrafia de Joseph Curwen, mesmo quando sozinhos e sem necessidade de estar em guarda? E depois o trabalho horroroso daquelas pessoas, a cripta dos horrores agora desaparecida, que fizera o médico envelhecer da noite para o dia; os monstros esfomeados nos poços fedorentos; a horrível fórmula que provocara resultados tão indescritíveis; a mensagem em cursivo encontrada no bolso de Willett; os papéis e cartas e toda aquela conversa sobre túmulos, "sais" e descobertas – para onde levaria tudo aquilo? No fim, o senhor Ward fez a coisa mais sensata. Sem se perguntar por que fazia aquilo, deu aos detetives algo para que o mostrassem aos comerciantes de Pawtuxet que haviam conhecido o misterioso doutor Allen. Tratava-se de uma fotografia do seu infeliz filho, na qual ele desenhara cuidadosamente à tinta o par de pesados óculos e a barba negra e pontuda que os homens haviam trazido do quarto de Allen.

Por duas horas ele aguardou com o médico no ambiente opressivo da casa onde o medo e os miasmas estavam lentamente se adensando, enquanto o painel vazio na biblioteca lá em cima olhava e continuava a olhar sem interrupção. Então os homens voltaram. Sim, *a fotografia retocada assemelhava-se de modo passável ao doutor Allen*. O senhor Ward ficou pálido e Willett limpou com o lenço a testa subitamente molhada de suor. Allen – Ward – Curwen – tudo estava se tornando demasiado horrendo para alguém poder pensar de modo coerente. O que o rapaz evocara do vazio e o que aquilo fizera com ele? O que havia acontecido, em realidade, desde o princípio até o fim? Quem era esse Allen que tentara matar Charles por considerá-lo demasiado "melindroso" e por que sua vítima predestinada dissera no pós-escrito daquela carta desesperada que ele deveria ser completamente dissolvido em ácido? Por que, também, a mensagem, em cuja origem nenhum dos dois sequer ousava pensar, dissera que "Curwen" devia ser do mesmo modo destruído? Qual era a *mudança* e quando ocorrera o estágio final? No dia em que chegara sua carta desesperada – ele andara nervoso a manhã toda, então houve uma alteração. Esgueirara-se sem ser visto e voltara passando atrevidamente pelos guardas que haviam sido contratados para vigiá-lo. Fora naquela hora, enquanto ele saíra. Mas não – ele não gritara de terror ao entrar no escritório – naquele mesmo quarto? O que encontrara lá? Ou, esperem – o *que o encontrara?* Aquele simulacro que entrara rápida e atrevidamente sem ser visto – seria uma sombra alienígena, um ser horripilante introduzindo-se à força numa figura trêmula que jamais se fora totalmente? O mordomo não falara por acaso de ruídos estranhos?

Willett chamou o empregado e lhe fez algumas perguntas em voz baixa. Havia sido mesmo um negócio muito feio. Houve muito barulho – gritos, estertores e uma espécie de algazarra, rangidos ou baques surdos, ou tudo isto ao mesmo tempo. E o senhor Charles não era mais o mesmo quando saiu a passos longos e silenciosos, sem pronunciar uma palavra. O mordomo estremecia ao falar e cheirou o ar pesado que vinha de alguma janela aberta dos andares superiores. O terror estabelecera-se definitivamente naquela casa e somente os diligentes detetives não se davam plenamente conta disso. Mas até eles se mostravam inquietos, pois esse caso tinha como pano de fundo vagos elementos que não lhes agradavam em absoluto. O doutor Willett estava pensando profunda e rapidamente e seus pensamentos eram terríveis. Vez por outra ele quase desatou a resmungar enquanto em sua mente analisava uma nova cadeia assustadora e cada vez mais conclusiva de acontecimentos de pesadelo.

Então o senhor Ward fez um sinal para indicar que a conferência acabara e todos, menos ele e o médico, saíram da sala. Já era meio-dia, mas as trevas, como se a noite estivesse próxima, pareciam tragar a casa assombrada por fantasmas. Willett começou a conversar muito seriamente com seu anfitrião e instou-o a confiar-lhe grande parte das futuras investigações. Previa que haveria certos elementos detestáveis que um amigo toleraria melhor do que um parente. Como médico da família, deveria ter liberdade de ação e a primeira coisa que exigiu foi que lhe permitisse passar algum tempo sozinho e sem ser incomodado na biblioteca do andar de cima, onde a peça sobre a lareira atraíra ao seu redor um horror deletério mais intenso do que quando as feições do próprio Joseph Curwen miravam maliciosamente de cima do painel pintado.

    O senhor Ward, confuso pela maré de grotesca morbidez e de sugestões inimagináveis e enlouquecedoras que jorravam de todas as partes, só poderia concordar, e meia hora mais tarde o médico era trancado na sala com o painel de Olney Court evitada por todos. O pai, escutando do lado de fora, ouviu ruídos desajeitados de alguém remexendo e procurando enquanto o tempo passava e, finalmente, um repuxão violento e um rangido, como se a porta de um armário firmemente fechada tivesse sido aberta. Então ouviu-se um grito abafado, uma espécie de resfôlego sufocado e um bater apressado do que havia sido aberto. Quase imediatamente a chave tiniu e Willett apareceu no saguão, com um ar perturbado e espectral, pedindo lenha para a lareira de verdade na parede sul da sala. A fornalha não era suficiente, ele disse, e a lareira elétrica tinha pouca utilidade prática. Ansioso, mas sem ousar fazer perguntas, o senhor Ward deu as ordens necessárias e um criado trouxe grandes troncos de pinho, estremecendo ao entrar no ar corrompido da biblioteca para colocá-los sobre a grade. Enquanto isso, Willett subira até o laboratório desmantelado e trouxera para baixo algumas bugigangas deixadas para trás na mudança do mês de julho. Estavam num cesto coberto e o senhor Ward nunca pôde ver do que se tratava.

    Então o médico voltou a se trancar na biblioteca e, pelas nuvens de fumaça que saíam da chaminé e passavam em grandes rolos pela janela, percebeu-se que ele havia aceso o fogo. Mais tarde, depois de muitos ruídos de jornais remexidos, ouviu-se novamente aquele curioso repuxão e rangido, seguidos por um baque surdo que desagradou a todos os que estavam escutando. Então ouviram-se dois gritos abafados de Willett e logo depois disso um sussurro sibilado de um som indefinidamente detestável. Finalmente, a fumaça que o vento trazia para baixo da chaminé tornou-se muito escura e acre, e todos desejaram que o tempo lhes poupasse esta asfixiante e venenosa inundação de vapores estranhos. A cabeça do senhor Ward rodava vertiginosamente e todos os criados formaram um grupo compacto para olhar a horrível fumaça negra arremeter para baixo. Após o que pareciam séculos, os vapores começaram a clarear e ruídos indefinidos de alguém raspando, varrendo e realizando outras operações menores foram ouvidos atrás da porta trancada. Finalmente, após um bater de portas de algum armário no interior, Willett apareceu, triste, pálido e com o semblante perturbado, carregando o cesto coberto com um pano que havia retirado do laboratório em cima. Havia deixado a janela aberta e, naquela sala outrora amaldiçoada, penetrava agora em profusão o ar puro e saudável misturando-se a um novo cheiro estranho de desinfetantes. A velha peça continuava em seu lugar, mas agora parecia despida de sua malignidade e estava tão calma e imponente em seus painéis brancos como se jamais tivesse exibido o retrato de Joseph Curwen. A noite se aproximava, no entanto dessa vez suas sombras não estavam carregadas de terrores latentes, mas apenas de uma delicada melancolia. O médico jamais comentou a respeito do que havia feito. Ele disse ao senhor Ward: "Não posso responder a nenhuma pergunta, direi apenas que existem diferentes tipos de magia. Fiz uma grande purificação. Os habitantes dessa casa dormirão melhor graças a isto".

6

Que a "purificação" do doutor Willett consistiu uma provação quase tão enlouquecedora quanto suas horrendas perambulações pela cripta agora desaparecida demonstra-o o fato de que o velho médico desmaiou ao chegar em casa naquela noite. Durante três dias ele permaneceu constantemente em seu quarto, embora os criados mais tarde comentassem que o ouviram após a meia-noite da quarta-feira, quando a porta principal se abriu delicadamente e se fechou com espantoso cuidado. Felizmente, a imaginação dos criados é limitada, caso contrário os comentários poderiam se deixar influenciar por um artigo publicado na quinta-feira no *Evening Bulletin*, que dizia o seguinte:

H.P. Lovecraft

VAMPIROS DO CEMITÉRIO NORTE AGEM MAIS UMA VEZ

Após uma calmaria de dez meses, desde os covardes atos de vandalismo cometidos no jazigo da família Weeden no Cemitério Norte, um gatuno noturno foi avistado nessa madrugada no mesmo cemitério por Robert Hart, o vigia da noite. Olhando de sua guarita por volta das duas da manhã, Hart observou a luz de uma lanterna de bolso não muito longe da ala norte e, ao abrir a porta, avistou a silhueta de um homem com uma colher de pedreiro claramente recortada contra uma luz elétrica das proximidades. Imediatamente correu em sua perseguição e viu a figura largar a toda pressa em direção da entrada principal, ganhando a rua e desaparecendo na escuridão antes que ele pudesse se aproximar e agarrá-la.

Como o primeiro da série de vampiros que agiram no ano passado, esse invasor não provocou danos reais antes de ser surpreendido. Uma parte vaga do jazigo dos Ward mostrava sinais de escavação superficial, mas nada que se assemelhasse às dimensões de um túmulo e, por outro lado, nenhum outro túmulo foi molestado. Hart, que pode apenas descrever o intruso como um homem baixo, provavelmente barbudo, acredita que os três casos de violação de túmulos tenham uma origem comum; mas a polícia do Segundo Distrito tem outra opinião, considerando a selvageria do segundo incidente, no qual foi levado um caixão antigo e sua lápide foi violentamente despedaçada.

O primeiro dos incidentes, no qual acredita-se ter sido frustrada uma tentativa de enterrar algo, uma coisa ocorreu um ano atrás, em março passado, e foi atribuída a contrabandistas que procuravam um esconderijo para sua mercadoria. É possível, afirma o sargento Riley, que esse terceiro caso seja de natureza semelhante. Policiais do Segundo Distrito estão tomando medidas especiais para capturar a gangue de perversos indivíduos responsável por estas repetidas violações.

Durante toda a quinta-feira o doutor Willett descansou como para se recuperar de algo ou preparando-se para algo futuro. À noite, escreveu um bilhete ao senhor Ward, que foi entregue na manhã seguinte e fez com que o pai, pasmo, mergulhasse em longas e profundas meditações. O senhor Ward não conseguia voltar ao trabalho desde o choque da segunda-feira, com seus desconcertantes relatos e sua sinistra "purificação", mas achou algo reconfortante a carta do médico, apesar do desespero que parecia prometer e dos novos mistérios que parecia evocar.

Barnes St., nº 10
Providence, R. I.,
12 de abril de 1928

Caro Theodore,

Acho que preciso dizer-lhe algo antes de fazer o que pretendo amanhã. Servirá para encerrar o terrível caso que vivemos (pois penso que nenhuma pá no mundo conseguirá chegar até o lugar monstruoso que nós conhecemos), mas temo que não aplacará seu espírito a não ser que eu o assegure expressamente de que será uma ação definitiva.

Você me conhece desde que era menino, portanto, acho que não me privará de sua confiança quando sugiro que é melhor deixar alguns assuntos inconcluídos e inexplorados. É melhor que você não tente mais nenhuma especulação a respeito do caso de Charles e é quase imperativo que não conte à mãe do rapaz mais do que ela já suspeita. Quando eu for visitá-lo amanhã, Charles terá fugido. Isto é tudo o que as pessoas devem saber. Ele era louco e fugiu. Pode contar com cuidado à sua mãe e, gradativamente, o episódio da loucura quando deixar de enviar-lhe as cartas datilografadas em nome dele. Eu o aconselharia a ir para junto dela, em Atlantic

City, e tirar umas férias. Deus sabe que precisa depois desse choque, assim como eu. Irei para o Sul por algum tempo para me acalmar e pôr a cabeça no lugar.

Portanto, não me faça nenhuma pergunta quando eu aparecer por aí. Pode ser que alguma coisa saia errada, mas eu lhe direi caso isso aconteça. Não acredito que acontecerá. Não haverá mais nada para se preocupar, porque Charles estará muito, muito seguro. Agora – ele está mais seguro do que você poderia sonhar. Não precisa temer nada de Allen, nem de quem ou do que ele possa ser. Ele faz parte do passado tanto quanto o quadro de Joseph Curwen e, quando eu tocar sua campainha, pode ter certeza de que essa pessoa não existirá. E quem escreveu aquela mensagem em cursivo nunca mais perturbará a você ou aos seus.

Mas você não pode se entregar à melancolia e deve preparar sua esposa para fazer o mesmo. Devo dizer-lhe com franqueza que a fuga de Charles não significará que ele lhe será devolvido. Ele foi afetado por uma doença peculiar, como deve ter percebido pelas sutis alterações físicas e mentais que ocorreram nele, e não deve esperar vê-lo novamente. Tenha apenas este consolo – que ele jamais foi um espírito maligno ou mesmo um louco de verdade, mas apenas um menino ambicioso, estudioso e curioso cujo amor pelo mistério e pelo passado foi sua ruína. Ele descobriu coisas que nenhum mortal deveria conhecer e recuou no tempo como nenhum outro homem e de todos esses anos saiu algo que o devorou.

E agora chegamos ao assunto a respeito do qual devo pedir-lhe que confie em mim acima de qualquer coisa. Pois, em realidade, não teremos nenhuma incerteza sobre o destino de Charles. No prazo de mais ou menos um ano, se o desejar, você poderá pensar, se desejar, num relato adequado do fim, pois o rapaz não existirá mais. Pode colocar uma lápide em seu jazigo no Cemitério Norte, exatamente a dez metros oeste do seu pai, voltada na mesma direção, e ela marcará o verdadeiro

local em que seu filho jaz. Não deve temer porque não marcará nenhuma anormalidade ou o corpo de outra pessoa. As cinzas depositadas naquele túmulo serão as dos seus próprios ossos e carne – do verdadeiro Charles Dexter Ward cujo desenvolvimento espiritual você acompanhou desde a infância –, o verdadeiro Charles com a marca de azeitona no quadril e sem a marca negra de bruxo no peito ou a cova na testa. O Charles que na verdade nunca fez o mal e que terá pago com a vida por seus "melindres".
É tudo. Charles terá fugido e daqui a um ano você poderá instalar sua lápide. Não me pergunte nada amanhã. E acredite que a honra de sua antiga família permanece imaculada, agora como sempre foi no passado.
Com a mais profunda simpatia e exortando-o à fortaleza de ânimo, à calma e resignação, serei sempre

Seu sincero amigo
Marinus B. Willett

Assim, na manhã da sexta-feira, 13 de abril de 1928, Marinus Bicknell Willett fez uma visita ao quarto de Charles Dexter Ward na clínica particular do doutor Waite em Conanicut Island. O jovem, embora sem tentar furtar-se à visita, estava mal-humorado e não parecia disposto a iniciar a conversação que Willett obviamente desejava. A descoberta da cripta e a monstruosa experiência do médico em seu interior evidentemente criava um novo motivo de embaraço, portanto, ambos hesitavam de modo perceptível após uma troca de tensas e escassas formalidades. Então surgiu um novo fator de constrangimento, quando Ward pareceu ler no rosto rígido como uma máscara do médico uma terrível determinação que jamais tivera. O paciente tremia, consciente de que desde a última visita havia ocorrido uma mudança em consequência da qual o solícito médico de família se transformara num impiedoso e implacável vingador.

De fato, Ward empalideceu e o médico foi o primeiro a falar. Ele disse:

— Mais coisas foram descobertas e devo adverti-lo honestamente de que se faz necessário um ajuste de contas.

— Andou escavando de novo e descobriu outros pobres bichinhos morrendo de fome? — foi a resposta irônica. Era evidente que o jovem pretendia exibir uma atitude de desafio até o fim.

— Não — retrucou lentamente Willet —, dessa vez eu não precisei escavar. Mandamos alguns homens vigiar o doutor Allen e eles descobriram a barba postiça e os óculos no bangalô.

— Excelente — comentou o anfitrião, inquieto, arriscando uma espirituosa agressão —, e acredito que ficavam melhor do que a barba e os óculos que o senhor está usando agora!

— Eles ficariam bem melhor em você — foi a resposta tranquila e estudada —, *como de fato pareciam ficar.*

Enquanto Willett dizia isto, foi como se uma nuvem passasse sobre o sol, embora não houvesse nenhuma mudança nas sombras do chão. Então Ward arriscou:

— E é isto que torna tão necessário um acerto de contas? Suponhamos que um sujeito ache conveniente, vez por outra, ter duas personalidades?

— Não — disse Willett gravemente —, engana-se de novo. Não é da minha conta se um sujeito procura uma dupla personalidade, *desde que tenha algum direito a existir e desde que ele não destrua o que o chamou de fora do espaço.*

Ward agora teve um violento sobressalto.

— Bem, meu senhor, o que *descobriu* e o que quer de mim?

O médico esperou um pouco antes de responder, como se estivesse escolhendo as palavras para dar uma resposta de efeito.

— Descobri — declarou finalmente — alguma coisa num armário atrás de um antigo painel onde uma vez havia um retrato e a queimei e enterrei as cinzas no lugar em que deveria estar o túmulo de Charles Dexter Ward.

O louco engasgou e pulou da cadeira na qual estava sentado:

— Desgraçado, a quem você contou — e quem acreditará que era ele após esses dois meses, se eu estou vivo? O que pretende fazer?

Embora fosse um homem de baixa estatura, Willett assumiu nesse momento um ar majestático de juiz, acalmando o paciente com um gesto.

– Não contei a ninguém. Esse não é um caso comum – é uma loucura fora do tempo, um horror que vem de além das esferas e que nem a polícia nem os advogados, nem tribunais nem psiquiatras poderiam compreender ou combater. Graças a Deus a sorte me deixou a luz da imaginação, para que eu não me distraísse até resolver essa coisa. *Você não pode me enganar, Joseph Curwen, porque eu sei que sua maldita mágica é verdadeira!*

"Eu sei que você preparou o encantamento que ficou aguardando todos estes anos e encarnou em seu sósia e descendente; sei que você o arrastou para o passado e fez com que o trouxesse de volta do seu detestável túmulo; sei que ele o manteve escondido em seu laboratório enquanto você estudava coisas modernas e vagava à noite como um vampiro e que você mais tarde se mostrou com barba e óculos para que ninguém desconfiasse de sua ímpia semelhança com ele; sei o que você resolveu fazer quando ele recusou suas monstruosas violações dos túmulos de todo o mundo e *o que você planejou depois,* e sei como você fez aquilo.

"Você abandonou barba e óculos e burlou os guardas em volta da casa. Eles pensaram que era ele que entrava e pensaram que era ele que saía quando você o estrangulou e o escondeu. Mas você não se deu conta dos diferentes contextos de duas mentes. Você foi um tolo, Curwen, em imaginar que uma simples identidade física seria suficiente. Por que você não pensou na fala, na voz e na caligrafia? Sabe, aquilo, no fim das contas, não funcionou. Você sabe melhor do que eu quem ou o que escreveu aquela mensagem em cursivo, mas eu lhe afirmo que aquilo não foi escrito em vão. Existem abominações e blasfêmias que devem ser aniquiladas e eu acredito que o autor daquelas palavras cuidará de Orne e Hutchinson. Uma daquelas criaturas escreveu-lhe uma vez, 'não chame nada que você não possa mandar de volta'. Você já foi destruído uma vez, talvez dessa mesma maneira, e talvez sua própria magia maligna o destrua mais uma vez. Curwen, um homem não pode interferir com a natureza além de certos limites e todo horror que você criou se erguerá para destruí-lo".

Mas a essa altura o médico foi interrompido por um grito convulsivo da criatura à sua frente. Irremediavelmente perdido, desarmado e consciente de que qualquer tentativa de violência física atrairia uma dúzia de atendentes em socorro do médico, Joseph Curwen recorreu ao seu antigo aliado e começou uma série de gestos cabalísticos com seus indicadores, enquanto sua voz profunda e cavernosa, agora sem a falsa rouquidão, berrava as palavras introdutórias de uma terrível fórmula.

"PER ADONAI ELOIM, ADONAI JEHOVA, ADONAI SABAOTH, METRATON..."

Mas Willett foi mais rápido do que ele. Enquanto os cães no quintal começavam a uivar e um vento gélido repentinamente soprava da baía, o médico começou a solene e pausada recitação daquilo que todo o tempo desejara pronunciar. Olho por olho – magia por magia –, que o resultado mostre quão bem foi aprendida a lição dos abismos! Assim, em voz clara, Marinus Bicknell Willett iniciou a *segunda* daquelas duas fórmulas, a primeira das quais levantara o autor daquelas palavras em cursivo – a invocação misteriosa cujo cabeçalho era a Cauda do Dragão, o signo do *nó descendente.*

"OGTHROD AI'F
GEB'L – EE'H
YOG-SOTHOTH
'NGAH'NG AI'Y
ZHRO!"

Quando a boca de Willett pronunciou a primeira palavra, a fórmula anteriormente iniciada pelo paciente parou de chofre. Incapaz de falar, o monstro agitou violentamente os braços até que estes também pararam. Quando o nome terrível de *Yog-Sothoth* foi mencionado, iniciou a horrenda transformação. Não se tratava de uma simples *dissolução,* mas de uma *transformação* ou *recapitulação,* e Willett fechou os olhos para não desmaiar antes que o resto do encantamento pudesse ser pronunciado.

Mas ele não desmaiou e aquele homem de séculos profanos e segredos proibidos nunca mais perturbou o mundo. A loucura do tempo cessara e o caso Charles Dexter Ward estava encerrado.

Ao abrir os olhos antes de sair cambaleando daquele quarto do horror, o doutor Willett viu que não havia esquecido o que retivera na memória. Como ele previra, não houve necessidade de ácidos. Pois, como seu amaldiçoado quadro um ano antes, Joseph Curwen agora jazia espalhado sobre o chão como uma leve camada de fino pó cinza-azulado.

Nas montanhas da loucura

1

Sou obrigado a me pronunciar porque homens de ciência se recusaram a seguir meus conselhos sem antes conhecer minhas razões. É inteiramente contra minha vontade que revelo meus motivos para fazer oposição a esta incursão à Antártica que vem sendo planejada – com sua imensa busca por fósseis e a perfuração e derretimento em grande escala das ancestrais calotas de gelo –, e que minha advertência acabe sendo em vão me faz relutar ainda mais. Que se duvide dos fatos, tal como sou obrigado a revelá-los, é inevitável; contudo, se eu suprimisse aquilo que parecerá estapafúrdio e inacreditável, nada restaria a ser contado. As fotografias até este momento ocultadas do conhecimento público, tanto as comuns quanto as aéreas, contarão em meu favor, pois são terrivelmente vívidas e explícitas. Ainda assim, serão postas em dúvida, pois é sabido até que ponto podem nos iludir as fraudes mais competentes. Os desenhos a tinta, é claro, serão ridicularizados e considerados meros embustes, não obstante a excentricidade da técnica artística, que há de suscitar a atenção e a perplexidade dos especialistas.

Terei, em última instância, de fiar-me no discernimento e na autoridade dos poucos cientistas eminentes que desfrutam, por um lado, de suficiente independência intelectual para avaliar os dados por seus próprios méritos – horrendamente convincentes – ou à luz de certos ciclos de mitos ancestrais, altamente insólitos; e, por outro lado, de suficiente influência para impedir que a comunidade dos exploradores embarque em algum projeto estouvado e por demais ambicioso na região daquelas montanhas da loucura. É um fato lastimável que homens relativamente desconhecidos, como eu e meus colaboradores, ligados apenas a uma universidade de pequeno porte, tenham pouca chance de causar impacto quando se trata de assuntos de natureza demasiado bizarra ou altamente controversa.

Pesa também contra nós o fato de não sermos, no sentido mais estrito, especialistas nas áreas primordialmente implicadas. Como geólogo, meu objetivo ao liderar a expedição da Miskatonic University era apenas o de obter amostras profundas de rochas e solos de diversas regiões do continente antártico, auxiliado pela extraordinária broca desenvolvida pelo professor Frank H. Pabodie, do nosso departamento de engenharia. Não era minha intenção ser pioneiro em qualquer outra área que não essa; contudo, eu de fato esperava que o uso desse novo mecanismo, em diferentes pontos ao longo de caminhos já explorados, pudesse trazer à luz evidências de um tipo até então inacessível pelos métodos comuns de coleta. O instrumento perfuratório de Pabodie, como o público já sabe de nossos boletins, era incomparável e revolucionário em sua leveza, facilidade de transporte e capacidade de combinar o princípio da broca artesiana comum com o princípio da pequena broca circular de rocha, de maneira a lidar sem demora com camadas geológicas de diferentes níveis de solidez. Cabeça de aço, hastes articuladas, motor a gasolina, torre retrátil de madeira, acessórios para dinamitação, amarras, trado para retirada de entulho e tubulações modulares para perfurações de treze centímetros de diâmetro e até trezentos metros de profundidade perfaziam, com o acréscimo dos acessórios necessários, uma carga que meros três trenós de sete cães podiam transportar; isso foi possibilitado pela engenhosa liga de alumínio de que era composta a maior parte dos objetos metálicos. Quatro grandes aeroplanos Dornier, fabricados especialmente para os voos de elevadíssimas altitudes que teríamos de realizar sobre o platô antártico, contando com equipamentos para aquecer o combustível e auxiliares de partida rápida, desenvolvidos por Pabodie, podiam transportar toda a nossa expedição, de uma base nas margens da grande barreira de gelo até diversos pontos adequados terra adentro, e a partir destes éramos conduzidos por uma quantidade apropriada de cães.

Planejávamos abranger a maior área possível no decorrer de uma estação antártica – ou um período maior, caso fosse de estrita necessidade –, trabalhando principalmente nas cordilheiras e no platô ao sul do mar de Ross; regiões exploradas em diferentes graus por Shackleton, Amundsen, Scott e Byrd. Com frequentes mudanças de acampamento, realizadas por aeroplano e abrangendo distâncias grandes o suficiente para serem de relevância geológica, esperávamos desencavar uma quantidade sem precedentes de material – especialmente nas camadas pré-cambrianas, das quais se havia obtido um conjunto bastante limitado de espécimes antárticos. Tencionávamos igualmente obter a maior variedade possível de amostras das rochas fossilíferas superiores, visto que a história da vida primeva naquele desolado império de gelo e morte é da mais alta importância para o nosso conhecimento do passado do planeta. Que o continente antártico tenha sido outrora de clima temperado e até mesmo tropical, com uma vida vegetal e animal fervilhante, da qual os líquens, a fauna marinha, os aracnídeos e os pinguins da extremidade norte são os únicos remanescentes, é sabido por todos; e esperávamos expandir esse acervo de informações – em variedade, precisão e detalhamento. Quando uma simples perfuração revelava sinais fossilíferos, expandíamos a abertura por meio de explosões, de modo a obter amostras de tamanho e condições apropriados.

Nossas perfurações, variando em profundidade de acordo com o potencial oferecido pelo solo ou pelas rochas da superfície, seriam limitadas a porções de terra exposta, ou quase exposta – sendo estas inevitavelmente escarpas e cristas, devido à camada de gelo sólido, variando entre um e três quilômetros de espessura, que encobria os níveis mais baixos. Não podíamos arcar com o desperdício de perfurar a espessura de qualquer quantidade considerável de pura glaciação, embora Pabodie houvesse formulado um plano para inserir eletrodos de cobre em aglomerados densos de orifícios e derreter pequenas áreas de gelo utilizando correntes elétricas advindas de um dínamo movido a gasolina. É esse plano – que, em uma expedição como a nossa, não podíamos pôr em prática senão de maneira experimental – que a futura expedição Starkweather-Moore pretende seguir, a despeito das advertências por mim publicadas desde nosso retorno da Antártica.

O público foi informado da expedição Miskatonic através de nossos frequentes boletins enviados por rádio para o *Arkham Advertiser* e a agência Associated Press, e pelos artigos posteriormente publicados por mim e Pabodie. Nossa equipe era composta por quatro membros da universidade – Pabodie, Lake, do departamento de biologia, Atwood, do departamento de física (e também meteorologista), e eu, representando o departamento de geologia e formalmente encarregado da liderança –, além de dezesseis assistentes; sete estudantes de pós-graduação da Miskatonic e nove mecânicos profissionais. Dos dezesseis, doze eram pilotos habilitados de aeroplano, e somente dois deles sabiam operar bem o rádio. Oito deles sabiam navegar por compasso e sextante, assim como Pabodie, Atwood e eu. Além disso, é claro, nossos dois navios – ex-baleeiros de madeira, reforçados para navegação no gelo e dotados de potência suplementar – contavam com tripulações completas. A Fundação Nathaniel Derby Pickman, com ajuda de algumas poucas contribuições especiais, financiou a expedição; desta forma, nossos preparativos foram extremamente meticulosos, apesar da pouca publicidade. Os cães, trenós, máquinas, materiais de acampamento e partes não montadas de nossos cinco aviões foram entregues em Boston, e lá nossos navios foram carregados. Estávamos maravilhosamente bem aparelhados para nossos objetivos específicos, e em todas as questões relativas às provisões, ao regime alimentar, ao transporte e à construção do acampamento fomos beneficiados pelo excelente exemplo dos nossos muitos predecessores recentes, de brilho excepcional. Foram a quantidade e a fama incomuns de tais predecessores que fizeram com que nossa expedição – ainda que de grandes proporções – fosse tão pouco notada pelo restante do mundo.

Como relataram os jornais, saímos da Enseada de Boston no dia 2 de setembro de 1930, descendo sem pressa pelo litoral, atravessando o Canal do Panamá e parando na Samoa e em Hobart, na Tasmânia, onde nos munimos das últimas provisões. Ninguém em nosso grupo de exploradores jamais estivera nas regiões polares, portanto dependíamos muito dos capitães de nossos navios – J.B. Douglas, à frente do brigue *Arkham* e servindo como comandante do grupo marítimo, e Georg Thorfinnssen, à frente do lugre *Miskatonic* – ambos baleeiros veteranos das águas antárticas. Ao deixarmos para trás o mundo habitado, a cada dia o sol descia mais ao norte e permanecia por cada vez mais tempo acima do horizonte. A cerca de 62º de latitude sul, avistamos os primeiros icebergs – objetos em forma de mesa com lados verticais – e logo antes de alcançarmos o Círculo Polar Antártico, que cruzamos em 20 de outubro, realizando as devidas comemorações pitorescas, sofremos aborrecimentos consideráveis com a banquisa. A temperatura em queda constante me causou grande incômodo após nossa longa jornada pelos trópicos, mas tentei preparar-me para os rigores ainda piores que nos aguardavam. Em muitas ocasiões, os peculiares efeitos atmosféricos me causaram imenso fascínio; entre os quais, uma miragem excepcionalmente vívida – a primeira que eu jamais vira – em que os icebergs distantes se transformavam nas ameias de inimagináveis castelos cósmicos.

Avançando gelo adentro, gelo que felizmente não era amplo ou de grande espessura, ganhamos novamente águas abertas a 67º de latitude sul, 175º de longitude leste. Na manhã de 26 de outubro, avistamos ao sul um forte resplendor de gelo, e antes do meio-dia todos sentimos um grande arrepio de arrebatamento ao contemplar uma enorme cordilheira de montanhas, imponente e recoberta pela neve, que se espraiava e cobria todo o horizonte a nossa frente. Enfim havíamos nos deparado com uma divisa do grande continente desconhecido e seu críptico mundo de morte gélida. Tais picos eram, é claro, a cordilheira do Almirantado descoberta por Ross, e agora nos caberia circunavegar o cabo Adare e velejar descendo a costa leste da terra de Vitória até nossa base prevista, na orla do estreito de McMurdo, ao sopé do vulcão Erebus, a 77º 9' de latitude sul.

A última etapa da jornada foi muito vívida e pitoresca; descomunais e inóspitos cumes de mistério avultavam constantemente contra o oeste, enquanto o baixo sol do meio-dia, ao norte, ou o ainda mais baixo sol da meia-noite, ao sul, que roçagava o horizonte, derramava seus nebulosos raios avermelhados sobre a neve branca, o gelo azulado, os cursos d'água e porções negras de escarpas de granito exposto. Pelos pináculos desolados sopravam violentas e intermitentes rajadas do terrível vento antártico, cujas cadências às vezes continham tênues sugestões de um silvo musical frenético e semiconsciente, com notas que se estendiam por uma vasta gama e que por alguma razão mnemônica subconsciente me pareciam inquietantes e até, de alguma maneira obscura, terríveis. Algo naquela paisagem me fazia lembrar das estranhas e perturbadoras pinturas asiáticas de Nicholas Roerich e das ainda mais estranhas e perturbadoras descrições do platô de Leng, de nefanda reputação, encontradas no temido *Necronomicon*, do árabe louco Abdul Alhazred. Lamentei muito, mais tarde, ter consultado aquele livro monstruoso na biblioteca da universidade.

No dia 7 de novembro, havendo temporariamente perdido de vista a cordilheira ocidental, passamos pela ilha de Franklin; e no dia seguinte avistamos os cones dos montes Erebus e Terror, na ilha de Ross adiante, com a longa linha das montanhas Parry mais além. Víamos agora, estendendo-se para leste, a linha baixa e branca da grande barreira de gelo, erguendo-se perpendicularmente a uma altura de 60 metros como os penhascos rochosos de Quebec e assinalando o fim da navegação em direção sul. À tarde, entramos no estreito de McMurdo e mantivemos distância da costa, a sotavento do fumegante monte Erebus. O pico escoriáceo erguia-se cerca de 3.800 metros contra o céu oriental, como uma gravura japonesa do sagrado Fujiyama; enquanto além dele se erguia a branca e fantasmagórica altura do monte Terror, 3.300 metros de altitude, e hoje um vulcão extinto. Baforadas de fumaça do Erebus surgiam nos ares a intervalos, e um dos assistentes da pós-graduação – um rapaz brilhante chamado Danforth – chamou-nos a atenção para o que parecia ser lava na encosta coberta de neve, observando que aquela montanha, descoberta em 1840, certamente se tratava da fonte da imagem de Poe, ao escrever, sete anos depois:

> – qual torrente de lava que no solo
> salta, vinda dos cumes do Yaanek,
> nas mais longínquas regiões do polo –

que ululando se atira do Yaanek
nos panoramas árticos do polo.*

Danforth era um grande conhecedor da literatura bizarra e falava bastante de Poe. Meu próprio interesse fora despertado por causa da cena antártica do único romance de Poe – o perturbador e enigmático *Arthur Gordon Pym*. Sobre o desolado litoral e sobre a imponente barreira de gelo em segundo plano, miríades de pinguins grotescos grasnavam e batiam suas nadadeiras, e muitas focas gordas se faziam ver sobre a água, nadando ou esparramadas sobre grandes massas de gelo, que deslizavam com vagar.

Usando barcos pequenos, desembarcamos com dificuldade na ilha de Ross, pouco depois da meia-noite da madrugada do dia 9, levando um segmento de corda de cada um dos navios e nos preparando para descarregar os suprimentos através de um sistema de boia suspensa por cabos. Nossas sensações, ao pisar pela primeira vez o solo antártico, foram pungentes e complexas, ainda que, naquele ponto específico, já tivéssemos sido precedidos pelas expedições de Scott e Shackleton. Nosso acampamento no litoral congelado abaixo da escarpa do vulcão era provisório, nossa base continuando a bordo do *Arkham*. Desembarcamos todos os equipamentos de perfuração, cães, trenós, barracas, provisões, tanques de gasolina, equipamento experimental para derreter gelo, câmeras – tanto as comuns quanto as aéreas –, peças de aeroplano e outros acessórios, incluindo três pequenos aparelhos portáteis de rádio (além dos que havia nos aviões) capazes de se comunicar com o aparelho de grande porte do *Arkham* de qualquer ponto da Antártica que tivéssemos alguma probabilidade de explorar. O aparelho do navio, comunicando-se com o mundo exterior, deveria transmitir boletins de imprensa à poderosa estação de rádio do *Arkham Advertiser*, em Kingsport Head, Massachusetts. Esperávamos completar nosso trabalho num único verão antártico; mas, caso isso se mostrasse impossível, invernaríamos no *Arkham*, enviando o *Miskatonic* para o norte antes que o gelo se formasse, de maneira a trazer suprimentos para mais um verão.

---

* Tradução de Milton Amado. (N.T.)

Não preciso repetir o que os jornais já publicaram sobre a fase inicial de nosso trabalho: a subida do monte Erebus; as bem-sucedidas perfurações minerais em diversos pontos da ilha de Ross e a extraordinária velocidade com que os aparelhos de Pabodie conseguiam realizá-las, vencendo até mesmo camadas de rocha sólida; o teste preliminar do pequeno equipamento para derreter gelo; a arriscada subida pela grande barreira, com trenós e suprimentos; e a montagem final de cinco imensos aeroplanos, no acampamento em cima da barreira. O estado de saúde da nossa equipe de terra – vinte homens e 55 cães de trenó do Alasca – era excelente, embora, é claro, até o momento não tivéssemos nos deparado com temperaturas ou tempestades de vento realmente calamitosas. O termômetro costumava variar entre -17ºC e -6ºC; ou ia de -4ºC para cima, e a experiência com os invernos da Nova Inglaterra nos havia acostumado a rigores desse tipo. O acampamento da barreira era semipermanente e destinado a ser um depósito para armazenar gasolina, provisões, dinamite e outros suprimentos. Somente quatro dos aviões eram necessários para o transporte do material de exploração propriamente dito; deixamos no depósito o quinto avião, com um piloto e dois homens dos navios, para que houvesse um meio de nos alcançar desde o *Arkham* caso todos os nossos aviões de exploração se perdessem. Mais tarde, nas ocasiões em que nem todos os outros aviões estavam sendo usados para o transporte de equipamentos, empregávamos um ou dois deles para viajar entre este depósito e uma outra base permanente no grande platô, situado entre 950 e 1.100 quilômetros de distância ao sul, para além da geleira Beardmore. Apesar dos relatos quase unânimes de ventos e tempestades aterradores advindos do platô, decidimos abrir mão de bases intermediárias, aceitando os riscos em nome da economia e da eficiência.

Os boletins de rádio informaram sobre o magnífico voo direto, de quatro horas, realizado por nosso esquadrão no dia 21 de novembro, sobrevoando a imponente plataforma de gelo, com vastos picos se erguendo a oeste e os insondáveis silêncios ecoando ao som de nossos motores. O vento não causou problemas graves, e as radiobússolas nos ajudaram a vencer a única massa opaca de névoa com que nos deparamos. Quando a vasta elevação avultou a nossa frente, entre as latitudes 83º e 84º, soubemos que havíamos alcançado a geleira Beardmore, a maior geleira de vale do mundo, e que o mar congelado agora dava lugar a uma encrespada e montanhosa linha costeira. Finalmente adentrávamos o mundo branco e morto há eras do sul derradeiro e, enquanto nos dávamos conta disso, vimos o pico do monte Nansen na distância oriental, erguendo-se a sua altura de mais de 4 mil metros.

O sucesso do levantamento da base sul acima da geleira, a 86º 7' de latitude e 174º 23' de longitude leste, e as perfurações e explosões de velocidade e eficiência extraordinárias realizadas em diversos pontos alcançados por nossas viagens de trenó e voos curtos de aeroplano estão nos anais da história; assim como a escalada árdua e triunfante do monte Nansen por Pabodie e dois dos estudantes de pós-graduação – Gedney e Carroll – entre os dias 13 e 15 de dezembro. Estávamos cerca de 2.500 metros acima do nível do mar e, quando perfurações experimentais revelaram terra sólida apenas três metros e meio abaixo da neve e do gelo em certos pontos, fizemos uso considerável do pequeno aparelho de derretimento, inserimos brocas e explodimos dinamites em muitos lugares dos quais nenhum explorador precedente sonhara obter amostras minerais. Os granitos pré-cambrianos e arenitos de Beacon obtidos confirmaram nossa crença de que aquele platô era homogêneo com a grande massa continental a oeste, mas um pouco diferente das partes encontradas a leste, abaixo da América do Sul – que à época acreditávamos formar um continente distinto e menor, dividido do maior por um entroncamento congelado dos mares de Ross e Weddell, embora Byrd tenha, desde estão, refutado a hipótese.

Em alguns dos arenitos, dinamitados e cinzelados depois de os havermos identificado pelas perfurações, encontramos algumas marcas e fragmentos fósseis de grande interesse; em especial, cicadofilicales, algas marinhas, trilobitos, crinoides e moluscos como línguas e gastrópodes – todos os quais pareciam ter grande importância em relação à história primordial da região. Havia também uma bizarra marca triangular e estriada, com cerca de 30 centímetros de diâmetro máximo, que Lake reconstituiu a partir de três fragmentos de ardósia retirados de uma abertura feita por explosão profunda. Esses fragmentos vieram de um ponto a oeste, próximo da cordilheira Rainha Alexandra; e Lake, como biólogo, pareceu achar a peculiar marca que havia neles anormalmente intrigante e estimulante, embora, para meus olhos de geólogo, não fosse muito diferente dos efeitos de onda bastante comuns nas rochas sedimentares. Já que a ardósia nada mais é do que uma formação metamórfica, na qual um estrato sedimentar é pressionado, e já que a pressão mesma causa estranhos efeitos deformadores sobre quaisquer marcas que possam existir, não vi motivo para uma grande surpresa diante da depressão estriada.

No dia 6 de janeiro de 1931, Lake, Pabodie, Danforth, todos os seis estudantes, quatro mecânicos e eu sobrevoamos diretamente o polo sul em dois dos grandes aviões, sendo forçados a diminuir a altitude por um repentino vento forte, o qual, por sorte, não se transformou em uma tempestade típica. Este foi, como o disseram os jornais, um de muitos voos para fins de observação – durante os quais tentamos discernir novas características topográficas em áreas não alcançadas pelos exploradores precedentes. Nesse aspecto, nossos primeiros voos foram decepcionantes, embora tenham fornecido alguns exemplos magníficos das miragens altamente fantásticas e enganadoras das regiões polares, das quais a viagem marítima nos havia dado algumas breves mostras. Montanhas distantes flutuavam no céu como cidades encantadas, e muitas vezes todo o mundo branco se dissolvia em uma terra dourada, prateada e escarlate, à maneira dos sonhos de Dunsany, e promessas de aventura sob a magia do sol baixo da meia-noite. Em dias nublados, enfrentávamos dificuldades consideráveis para voar, devido à tendência de a terra coberta de neve e o céu se mesclarem num só vazio místico opalescente, sem uma linha de horizonte visível que demarcasse a junção dos dois.

Por fim, decidimos pôr em prática nosso plano original de voar 800 quilômetros para leste, com todos os quatro aviões de exploração, e levantar uma nova base secundária num ponto provavelmente situado na menor das divisões continentais, como erroneamente a havíamos classificado. As amostras geológicas lá obtidas seriam úteis para fins de comparação. Nosso estado de saúde permanecera excelente até então; o suco de limão compensava bem a dieta regular de alimentos salgados e enlatados, e as temperaturas em geral acima de -17°C permitiam que passássemos sem os casacos de pele mais grossos. Estávamos agora em pleno verão e, sendo rápidos e cuidadosos, talvez pudéssemos encerrar os trabalhos em março e evitar passar um tedioso inverno na longa noite antártica. Muitas tempestades selvagens de vento vindas do oeste haviam nos atingido, mas havíamos evitado maiores danos graças à habilidade de Atwood na criação de abrigos rudimentares para os aeroplanos e quebra-ventos feitos de pesados blocos de neve, e em reforçar com neve as construções do acampamento principal. Nossa boa sorte e eficiência haviam sido, realmente, quase sobrenaturais.

O mundo lá fora sabia, é claro, de nosso cronograma, e foi informado também da estranha e tenaz insistência de Lake numa viagem de prospecção para oeste – ou, melhor dizendo, para noroeste – antes que fizéssemos a mudança definitiva para a nova base. Ao que parece, ele refletira muito, e com ousadia de um radicalismo alarmante, sobre aquela marca triangular estriada na ardósia, enxergando nela certas contradições de Natureza e período geológico que instigaram ao máximo sua curiosidade e o deixaram ávido por empreender novas perfurações e explosões na formação que se estendia para oeste, à qual os fragmentos exumados sem dúvida pertenciam. Ele estava estranhamente convencido de que a marca era a impressão de um organismo corpulento, desconhecido e radicalmente inclassificável, de estágio evolutivo consideravelmente avançado, a despeito da imensa antiguidade da rocha que a continha – cambriana, se não de fato pré-cambriana –, de modo que impossibilitava a existência provável não só de todos os tipos de vida altamente desenvolvidos, como também a de qualquer tipo de vida acima do estágio unicelular, ou no máximo trilobita. Esses fragmentos, e a estranha marca que continham, teriam entre 500 milhões e um bilhão de anos de idade.

2

A imaginação popular, suponho, reagiu ativamente aos boletins que enviamos por rádio, informando a partida de Lake para noroeste, em direção a regiões sobre as quais humano algum jamais caminhara ou que sequer haviam sido desbravadas pela imaginação do homem; contudo, não mencionamos as loucas esperanças de Lake: revolucionar por inteiro as ciências da biologia e da geologia. Sua jornada preliminar, usando o trenó e tendo por objetivo realizar algumas perfurações, acontecida entre os dias 11 e 18 de janeiro, na companhia de Pabodie e cinco outros – jornada prejudicada pela perda de dois cães em um acidente no cruzamento de uma das grandes cristas de pressão no gelo –, havia desencavado quantidades cada vez maiores da ardósia arqueana; e mesmo eu me interessei pela singular profusão de evidentes marcas fósseis naquele estrato inacreditavelmente ancestral. Tais marcas, contudo, eram de formas de vida muito primitivas, não implicando nenhum grande paradoxo, exceto o de encontrarmos qualquer tipo de forma de vida em uma rocha tão definitivamente pré-cambriana como aquela parecia ser; portanto, eu ainda não conseguia perceber como era sensata a exigência de Lake por um intervalo em nosso plano de economia de tempo – intervalo que exigiria o uso de todos os quatro aviões, muitos homens e todos os equipamentos mecânicos da expedição. Ao final, não vetei o plano, embora tenha decidido não acompanhar o grupo que partiu na direção noroeste, apesar dos pedidos de Lake pelos meus conselhos geológicos. Enquanto viajavam, eu permaneceria na base com Pabodie e mais cinco homens e trabalharia nos últimos detalhes dos planos da mudança para o leste. De modo a preparar essa transferência, um dos aviões começara a transportar um bom suprimento de gasolina desde o estreito de McMurdo; mas tal atividade poderia ser, por enquanto, suspensa. Mantive comigo um trenó e nove cães, já que é insensato não dispor, em tempo integral, de um meio de transporte num mundo morto há uma eternidade, absolutamente desprovido de habitantes.

A subexpedição de Lake em direção ao desconhecido, como todos lembrarão, enviou seus próprios boletins pelos transmissores de onda curta dos aviões; estes eram imediatamente recebidos por nossos aparelhos na base ao sul e pelo *Arkham*, no estreito de McMurdo, de onde eram transmitidos para o mundo em extensões de onda de até cinquenta metros. O grupo partiu às quatro da manhã do dia 22 de janeiro, e a primeira mensagem radiofônica que recebemos chegou apenas duas horas depois, quando

Lake falou sobre seu plano de pousar e dar início a uma pequena operação de derretimento e perfuração do gelo, em um ponto que distava cerca de 500 quilômetros de nós. Seis horas depois, uma segunda mensagem, extremamente entusiasmada, relatou o frenético trabalho como que de castores no qual uma haste baixa fora afundada e explodida, culminando na descoberta de fragmentos de ardósia com diversas marcas aproximadamente semelhantes àquela que havia causado a primeira perplexidade.

Três horas depois, um boletim conciso anunciou o reinício do voo em meio a uma ventania brutal e cortante; e quando despachei uma mensagem de protesto, dizendo que não deviam correr novos riscos, Lake respondeu secamente que suas novas amostras compensavam todo e qualquer risco. Percebi que sua empolgação chegara às raias da insurreição, e que eu nada podia fazer para reprimir sua impetuosa ameaça ao sucesso de toda a expedição; mas foi aterrorizante imaginá-lo mergulhando cada vez mais fundo naquela traiçoeira e sinistra imensidão branca, de tempestades e mistérios insondáveis, que se estendia por cerca de 2.500 quilômetros até a linha costeira meio conhecida e meio imaginada das Terras de Queen Mary e Knox.

Então, depois de mais ou menos uma hora e meia, veio aquela mensagem duplamente empolgada do avião em movimento de Lake, que quase virou do avesso meus sentimentos e me fez desejar ter acompanhado o grupo:

"22h05 Em voo. Depois de tempestade de neve, avistamos cadeia de montanhas adiante mais alta que todas vistas até agora. Talvez igual aos Himalaias, contando a altura do platô. Provável latitude: 76°15'; longitude: 113°10' leste. Vai até onde vista alcança, para direita e esquerda. Suspeita de dois cones fumegantes. Todos os picos negros e desprovidos de neve. Ventania advinda deles impede navegação."

Depois disso, Pabodie, os homens e eu ficamos colados com sofreguidão ao receptor. Pensar naquele titânico baluarte montanhoso a 1.100 quilômetros de distância inflamou em nós o mais profundo sentimento de aventura; e nos regozijamos com o fato de que nossa expedição, ainda que não nós pessoalmente, o havia descoberto. Meia hora mais tarde, Lake entrou em contato outra vez:

"Avião de Moulton forçado a pousar no platô, nos contrafortes, mas ninguém se feriu e conserto é possível. Os essenciais serão transferidos para os outros três para a volta, ou novas viagens se necessário, mas no momento não é necessário fazer mais viagens longas de avião. As montanhas superam tudo que se pode imaginar. Vou subir para explorar no avião de Carroll, todo peso desnecessário retirado. Não dá pra imaginar nada como isso. Maiores picos devem passar de 10.500 metros. Everest fora da briga. Atwood calculará altura com teodolito enquanto Carroll e eu subimos. Provavelmente errado sobre os cones, pois as formações parecem estratificadas. Possível ardósia pré-cambriana mesclada com outros estratos. Bizarros efeitos visuais no horizonte – seções regulares de cubos pendendo dos picos mais altos. A coisa toda maravilhosa em luz dourada e vermelha do sol baixo. Como terra de mistério em um sonho ou portal para mundo proibido de maravilhas desconhecidas. Queria você aqui para estudar."

Embora fosse, tecnicamente, hora de ir dormir, ninguém de nós que ouvíamos pensou por um instante sequer em se recolher. A situação deve ter sido bem parecida no estreito de McMurdo, onde o depósito de suprimentos e o *Arkham* também recebiam as mensagens, pois o capitão Douglas emitiu uma mensagem parabenizando a todos pela importante descoberta e Sherman, o operador do depósito, fez eco aos seus sentimentos. Lamentávamos, é claro, o aeroplano danificado, mas esperávamos que pudesse ser consertado com facilidade. Então, às onze da noite, um novo chamado de Lake:

"Voando com Carroll sobre os contrafortes mais altos. Não ousamos tentar os picos realmente altos estando o tempo assim, mas o faremos depois. Escalar é terrivelmente difícil e complicado nessa altitude, mas vale a pena. A grande cordilheira é bastante inteiriça, portanto não é possível entrever nada do que está além. Os picos principais superam os Himalaias e são muito bizarros. Cordilheira parece ardósia pré-cambriana, com sinais evidentes de muitos outros estratos soerguidos. Estava errado sobre vulcanismo. Vai além do que podemos ver, em ambas as direções. Totalmente sem neve acima de mais ou menos 6.400 metros. Formações estranhas nas encostas das montanhas mais altas. Imensos blocos baixos e quadrados com lados perfeitamente verticais, e linhas retangulares de baluartes verticais e baixos, como os antigos castelos asiáticos pegados a montanhas íngremes das pinturas de Roerich. Muito impressionante à distância. Voamos perto de algumas, e Carroll disse achar serem compostas de peças separadas menores, mas provável que seja intemperismo. Maioria das arestas deterioradas e arredondadas, como se expostas a tempestades e mudanças climáticas por milhões de anos. As partes, especialmente as partes superiores, parecem ser de rocha de uma coloração mais clara do que quaisquer estratos visíveis nas encostas propriamente ditas, portanto de origem obviamente cristalina. Voos próximos mostram muitas entradas de cavernas, algumas delas de contornos anormalmente regulares, quadrados ou semicirculares. Você precisa vir investigar. Acho que vi baluarte diretamente em cima de um dos picos. Altura parece entre 9.000 e 10.500 metros. Estou a 6.400 metros, num frio demoníaco e torturante. O vento apita e assovia ao passar entre desfiladeiros e ao entrar e sair das cavernas, mas por enquanto voar é seguro."

Desse ponto em diante, por mais uma meia hora, Lake continuou falando sem parar, e expressou sua intenção de escalar a pé alguns dos picos. Respondi que me juntaria a ele assim que ele pudesse me mandar um avião, e que Pabodie e eu chegaríamos no melhor plano para o uso da gasolina – exatamente onde e como concentrar o suprimento, considerando o novo caráter da expedição. Obviamente, as operações perfuratórias de Lake, assim como as atividades de seus aeroplanos, necessitariam que uma grande quantidade fosse entregue para a nova base que ele planejava levantar no sopé das montanhas, e era possível que o voo para leste não fosse feito, afinal, naquele verão. Entrei em contato com o capitão Douglas para tratar desses assuntos e pedi que ele trouxesse o máximo possível do que havia nos navios, subindo a barreira com o único grupo de cães que havíamos deixado lá. Uma rota direta através da região desconhecida entre Lake e o estreito de McMurdo era o que realmente precisávamos definir.

Lake me chamou mais tarde para dizer que decidira deixar o acampamento onde o avião de Moulton fora forçado a pousar e onde os consertos já haviam progredido um pouco. A camada de gelo era muito fina, com chão negro à vista aqui e ali, e ele afundaria algumas brocas e dinamites exatamente naquele ponto, antes de fazer qualquer viagem de trenó ou expedição de escalada. Falou da inefável majestade da paisagem e sobre o estado anormal de suas sensações ao estar abrigado do vento por imensos e silenciosos cumes cujas fileiras disparavam para o alto como um muro que alcançasse os céus na borda do mundo. As observações que Atwood fizera com o teodolito haviam estipulado a altura dos cinco maiores picos entre 9.100 e 10.300 metros. A ausência de neve no alto claramente inquietara Lake, pois indicava a existência de ocasionais ventanias prodigiosas, mais violentas do que qualquer coisa que encontráramos até então. Seu acampamento se situava a pouco menos de dez quilômetros de onde os contrafortes se erguiam abruptamente. Quase pude captar um traço de temor subconsciente em suas palavras – enviadas através de um vazio glacial de mil quilômetros de extensão – quando implorou que nos apressássemos e tratássemos de ir para a nova e estranha região o mais cedo possível. Ele agora estava prestes a ir descansar, após um dia de trabalho ininterrupto, de velocidade, vigor e resultados praticamente inéditos.

Pela manhã, tive uma conversa via rádio de três partes, com Lake e o capitão Douglas, em suas bases separadas por imensidões; concordamos que um dos aviões de Lake viria a minha base para pegar Pabodie, os cinco homens e eu, assim como todo o combustível que fosse capaz de carregar. Os últimos ajustes no plano de uso do combustível, dependendo do que decidiríamos sobre uma viagem para o leste, poderiam esperar alguns dias, já que Lake dispunha de quantidade suficiente para as perfurações e o aquecimento do acampamento. Por fim, a velha base ao sul teria de ser reabastecida; mas, se adiássemos a viagem para leste, não a usaríamos antes do verão seguinte e, nesse ínterim, Lake teria de mandar um avião para explorar uma rota direta entre suas novas montanhas e o estreito de McMurdo.

Pabodie e eu nos preparamos para fechar a base por um período curto ou longo, segundo fosse necessário. Se invernássemos na Antártica, provavelmente voaríamos diretamente da base de Lake para o *Arkham*, sem retornar a esse ponto. Algumas de nossas tendas cônicas já haviam sido reforçadas por blocos de neve dura, e então decidimos completar o trabalho de construir um vilarejo esquimó permanente. Graças a um suprimento bastante generoso de materiais para levantar barracas, Lake tinha consigo tudo o que seria necessário para sua base, mesmo depois de nossa chegada. Pelo rádio, informei que Pabodie e eu estaríamos prontos para viajar para o noroeste depois de mais um dia de trabalho e uma noite de descanso.

Nossos trabalhos, contudo, não tiveram muita constância depois das quatro da tarde, pois nesse momento Lake começou a enviar as mensagens mais extraordinárias e agitadas. Seu dia de trabalho havia começado de maneira desfavorável, já que uma pesquisa por aeroplano das superfícies de rocha semiexpostas mostrou uma completa ausência daqueles estratos arqueanos e primordiais que vinha buscando e que formavam uma parte tão grande dos picos colossais que se erguiam a uma distância sedutora do acampamento. A maioria das rochas que conseguiram observar era, ao que parecia, arenitos jurássicos e comanchianos, e xistos triássicos e permianos, aqui e ali um afloramento negro brilhoso indicando a presença de um carvão duro parcialmente composto de ardósia. Isso desanimou bastante Lake, cujos planos todos dependiam da descoberta de amostras mais que 500 milhões de anos mais antigas. Ficou claro que, para recuperar o veio de ardósia arqueana no qual encontrara as estranhas marcas, teria de fazer uma longa viagem de trenó, partindo daqueles contrafortes em direção às íngremes escarpas das próprias montanhas gigantes.

Ele decidira, contudo, realizar algumas perfurações no local, como parte do programa geral da expedição; portanto, preparou a broca e pôs cinco homens trabalhando nela enquanto os outros terminavam de levantar o acampamento e de consertar o aeroplano danificado. A mais macia das rochas visíveis – um arenito a cerca de quatrocentos metros do acampamento – fora escolhida para a primeira amostragem; e a broca obteve um progresso excelente, não exigindo muitas explosões suplementares. Foi cerca de três horas depois, após a primeira explosão realmente pesada da operação, que os gritos da equipe de perfuração foram ouvidos; e que o jovem Gedney – encarregado de supervisionar a operação – entrou correndo no acampamento, trazendo as notícias estarrecedoras.

Eles haviam encontrado uma caverna. Logo no início da perfuração, o arenito dera lugar a um veio de calcário comanchiano, repleto de minúsculos fósseis de cefalópodes, corais, ouriços-do-mar e espiríferos, e com vestígios ocasionais de esponjas siliciosas e ossos de animais marinhos vertebrados – esses, provavelmente de teleósteos, tubarões e ganoideos. Isso, por si só, já era muito importante, pois forneceu os primeiros fósseis vertebrados obtidos pela expedição; mas, quando pouco depois a cabeça da broca despencou pelo estrato, aparentemente no vazio, uma onda de empolgação, inteiramente nova e de intensidade redobrada, se espalhou por entre os escavadores. Uma explosão de médio porte havia dado acesso ao segredo subterrâneo; e agora, através de uma abertura dentada de talvez um metro e meio de diâmetro e um metro de espessura, abria-se diante dos ávidos pesquisadores uma seção côncava e rasa de calcário superficial, desgastada há mais de 50 milhões de anos pelo gotejar de águas subterrâneas de um extinto mundo tropical.

A camada oca não tinha mais que dois metros ou dois metros e meio de profundidade, mas se estendia indefinidamente em todas as direções; o ar dentro dela era fresco e dava pequenos sinais de movimento, o que indicava que pertencia a um extenso sistema subterrâneo. Seu teto e chão eram abundantemente guarnecidos por grandes estalagmites e estalactites, algumas das quais se encontravam no meio do caminho, formando colunas; mas o mais importante de tudo era o imenso depósito de conchas e ossos, que em alguns pontos chegava a quase obstruir a passagem. Empurrada pela chuva desde desconhecidas florestas de fungos e fetos arbóreos do mesozoico, e bosques de cicadáceas, palmeiras e angiospermas primitivos do período terciário, essa miscelânea ossificada continha representantes de mais animais do cretáceo, do eoceno e de outros períodos do que o maior dos paleontólogos poderia ter contado ou classificado em um ano inteiro de trabalho. Moluscos, carapaças de crustáceos, peixes, anfíbios, répteis, pássaros e mamíferos primitivos – de grande e pequeno porte, conhecidos e desconhecidos. Não espanta que Gedney tenha corrido de volta para o acampamento aos berros, e que todos os outros tenham largado o trabalho e corrido impetuosamente em meio ao frio cortante para onde a alta torre marcava um portal recém-encontrado para os segredos da terra subterrânea e de eras desaparecidas.

Depois que Lake satisfez o primeiro surto de ávida curiosidade, escrevinhou uma mensagem em seu caderno e mandou que o jovem Moulton corresse de volta ao acampamento para enviá-la via rádio. Essa foi a primeira notícia que recebi da descoberta, e ela contava da identificação das primeiras conchas, ossos de ganoides e placodermos, restos de labirintodontes e tecodontes, fragmentos de crânio de grandes mosassauros, vértebras e carapaças de dinossauros, dentes de pterodáctilos e ossos de asas, restos de arqueópterix, dentes de tubarões do mioceno, crânios de pássaros primitivos e outros ossos de mamíferos arcaicos, como paleoterídeos, xifodontes, dinoceratos, hiracotérios, oreodontídeos e titanotérios. Não havia nada que fosse recente, como um mastodonte, elefante, camelo verdadeiro, cervídeo ou bovino; Lake portanto concluiu que os últimos depósitos haviam ocorrido durante a época oligocena e que o estrato oco havia permanecido em seu estado seco, morto e inacessível por, no mínimo, 30 milhões de anos.

Por outro lado, a prevalência de formas muito primitivas de vida era altíssimamente singular. Embora a formação de calcário fosse, de acordo com as evidências, de fósseis incrustados típicos, como as ventriculites, positiva e inconfundivelmente comanchianas e em nenhuma partícula de uma era anterior, os fragmentos livres no espaço oco incluíam uma proporção surpreendente de organismos até então considerados específicos de períodos muito mais antigos – até mesmo peixes, moluscos e corais rudimentares, datando talvez dos períodos siluriano e ordoviciano. A inferência inevitável era de que, nesta parte do mundo, havia ocorrido um grau extraordinário e singular de continuidade entre a vida de mais de 300 milhões de anos atrás e a de apenas 30 milhões de anos atrás. Até que ponto essa continuidade havia se estendido para além da era oligocênica, quando a caverna se fechou, estava, obviamente, para além de qualquer especulação. De qualquer maneira, a chegada do terrível gelo, no pleistoceno, há cerca de 500 mil anos – praticamente ontem, em comparação com a idade desta cavidade –, deve ter posto fim a todas as formas primitivas que haviam, no local, conseguido sobreviver aos seus períodos de vida comuns.

Lake não se deu por satisfeito com a primeira mensagem e escreveu e despachou mais um boletim através da neve para o acampamento, antes que Moulton tivesse tempo de voltar. Depois disso, Moulton ficou no rádio em um dos aviões transmitindo para mim – e para o *Arkham*, que retransmitiria para o mundo – os frequentes adendos que Lake lhe enviava por uma série de mensageiros. Aqueles que acompanharam os jornais se lembrarão da empolgação criada entre os cientistas pelas notícias daquela tarde – notícias que por fim levaram, depois de todos esses anos, à organização da própria expedição Starkweather-Moore cujos propósitos estou tão ansioso para dissuadir. É melhor que eu transcreva literalmente as mensagens enviadas por Lake como o nosso operador da base, McTighe, traduziu a própria taquigrafia a lápis:

"Fowler faz descoberta da mais alta importância em fragmentos de arenito e calcário oriundos das explosões. Várias marcas nítidas, em forma triangular e estriadas, como as da ardósia arqueana, provando que a fonte sobreviveu de mais de 600 milhões de anos atrás até a era comanchiana sem sofrer modificações morfológicas radicais ou decréscimo de tamanho médio. Marcas comanchianas ao que parece mais primitivas ou decadentes, na pior das hipóteses, do que as mais antigas. Enfatizar importância da descoberta na imprensa. Será para a biologia o que Einstein foi para a física e a matemática. Se encaixa com meu trabalho anterior e expande as conclusões. Parece indicar, como suspeitei, que a terra passou por um ciclo ou ciclos inteiros de vida orgânica antes do ciclo conhecido, que começa com as células arqueozoicas. Encontrava-se evoluída e especializada há no mínimo um bilhão de anos, quando o planeta era jovem, e até pouco tempo antes inabitável para quaisquer formas de vida ou uma estrutura protoplásmica normal. Surge a pergunta de quando, onde e como se deu o desenvolvimento."

—

"Mais tarde. Examinando certos fragmentos esqueletais de grandes sáurios e mamíferos primitivos, terrestres e marítimos, encontrei peculiares ferimentos ou lesões na estrutura óssea não atribuíveis a qualquer animal predatório ou carnívoro de qualquer período que conheçamos. De dois tipos – perfurações diretas e profundas e, ao que tudo indica, incisões de cortes. Um ou dois casos de ossos cortados com precisão cirúrgica. Poucos espécimes afetados. Pedi que trouxessem lanternas do acampamento. Vou cortar estalactites para expandir a área de pesquisa subterrânea."

—

"Mais tarde ainda. Encontrei curioso fragmento de pedra-sabão, cerca de 15 centímetros de diâmetro e 4 centímetros de espessura, completamente distinto de qualquer formação local à vista. Esverdeado, mas não há evidências para determinar de que período. De regularidade e simetria curiosas. Com forma de estrela de cinco pontas com as extremidades quebradas e sinais de outra clivagem em ângulos côncavos e no centro da superfície. Depressão pequena e uniforme no centro da superfície intacta. Causa muita curiosidade quanto a fonte e intemperismo. Provavelmente alguma ação bizarra da água. Carroll, com lupa, acha que consegue identificar marcas adicionais de relevância geológica. Grupos de pontinhos em arranjos regulares. Cães ficando inquietos à medida que nosso trabalho avança, e parecem odiar a pedra-sabão. Preciso ver se emite algum odor peculiar. Mando novas notícias quando Mills voltar com a luz e começarmos a trabalhar na área subterrânea."

—

"22h15. Descoberta importante. Orrendorf e Watkins, trabalhando na cavidade às 21h45, com luz, encontraram fóssil monstruoso com forma de barril, de natureza inteiramente desconhecida; provavelmente vegetal, a menos que espécime de radiado marinho hipertrofiado. Tecido claramente preservado por sais minerais. Duro como couro, mas conserva flexibilidade assombrosa em alguns pontos. Marcas de partes quebradas nas extremidades e nas laterais. Um metro e oitenta de uma extremidade à outra, um metro de diâmetro central, se estreitando até chegar a trinta centímetros em cada extremidade. Como um barril com cinco cristas protuberantes no lugar das tábuas. Irrupções laterais, como se de talos finos, encontram-se no equador, no meio das cristas. Em depressões entre cristas há formações curiosas. Pentes ou asas que se fecham e abrem como leques. Todas muito danificadas com exceção de uma, que chega a dois metros e dez de envergadura de asa. O arranjo faz lembrar de certos monstros dos mitos primevos, em especial os lendários Anciões do *Necronomicon*. As asas parecem ser membranosas, estendidas sobre uma estrutura de tubulações glandulares. Pequenos orifícios visíveis na estrutura tubular, nas pontas das asas. Extremidades do corpo contraídas, não dando qualquer pista do que há dentro ou do que havia antes e foi quebrado. Preciso dissecar quando voltarmos ao acampamento. Difícil definir se vegetal ou animal. Muitas características obviamente de uma primitividade quase inacreditável. Pus todos para cortar estalactites e procurar mais espécimes. Encontrei mais ossos danificados, mas eles vão ter que esperar. Cães dando problema. Não suportam o novo espécime, e provavelmente o destruiriam se não os separássemos."

—

"23h30. Atenção, Dyer, Pabodie, Douglas. Questão da mais alta – poderia dizer transcendente – importância. *Arkham* deve transmitir à estação Kingsport Head imediatamente. Estranha vegetação em forma de barril é a coisa arqueana que deixou marcas nas rochas. Mills, Boudreau e Fowler descobriram grupo de treze delas em um ponto subterrâneo a 12 metros da abertura. Misturadas com fragmentos de pedra-sabão, de curiosa configuração e harmonia de forma, menores do que o encontrado anteriormente – em forma de estrela, mas sem sinais de quebra, exceto em alguns pontos. Dos espécimes orgânicos, 8 parecem perfeitos, com todos os membros. Trouxemos todos à superfície, levando os cachorros para longe. Eles não suportam as coisas. Dar atenção minuciosa à descrição e repeti-la para mim, para que não haja erros. Os jornais não podem errar a descrição.

"Objetos têm 2,4 metros de comprimento total. Torso em forma de barril com 5 cristas de um metro e 80, diâmetro central de um metro, extremidades com 30 centímetros de diâmetro. Cinza-escuros, flexíveis e infinitamente resistentes. Asas membranosas de 2 metros da mesma cor, encontradas tanto dobradas quanto abertas, partindo das depressões entre as cristas. A estrutura das asas é tubular ou glandular, de um cinza mais claro, com orifícios nas pontas das asas. Asas abertas têm bordas dentadas. No equador, um no ápice central de cada uma das 5 cristas verticais e como tábuas de barril, estão 5 sistemas de braços flexíveis ou tentáculos cinza-claros, encontrados dobrados de maneira apertada ao torso, mas expansíveis até um comprimento máximo de mais de 90 centímetros. Como braços de crinoide primitivo. Pedúnculos individuais de 7 centímetros de diâmetro se dividem, depois de 14 centímetros, em 5 subpedúnculos, cada um deles se ramificando, depois de 20 centímetros, em pequenos tentáculos afunilados ou gavinhas, dando a cada pedúnculo um total de 25 tentáculos.

"No topo do dorso, pescoço rombudo e bulboso de um cinza mais claro, com indícios de guelras, sustenta provável cabeça, amarelada em forma de estrela-do-mar de 5 pontas, coberta por cílios cerdosos de 8 centímetros, de diversas cores prismáticas. Cabeça grossa e estufada, cerca de 60 centímetros de ponta a ponta, com tubos amarelados flexíveis de 5 centímetros se projetando de cada ponta. Fenda exatamente no centro do topo da cabeça, provavelmente orifício de respiração. Ao final de cada tubo uma expansão esférica onde membrana amarelada se enrola com o manuseio, para revelar um globo vítreo de íris vermelha, obviamente um olho. Cinco tubos avermelhados um pouco mais longos saem de ângulos interiores da cabeça em forma de estrela-do-mar e terminam em inchaços com forma de saco da mesma cor que, quando pressionados, se abrem revelando orifícios em forma de sino, com diâmetro máximo de 5 centímetros e fileiras de projeções brancas e afiadas com forma de dentes. Provavelmente bocas. Todos esses tubos, cílios e pontas da cabeça de estrela-do-mar encontrados dobrados apertadamente para baixo; tubos e pontas pendurados ao pescoço bulboso e ao torso. Flexibilidade surpreendente apesar da enorme resistência.

"Na base do torso existem equivalentes aproximados, mas de funções diferentes, do que há nas cabeças. Pseudopescoço bulboso cinza-claro, sem indício de guelra, mantém o arranjo de estrela-do-mar esverdeada, de cinco pontas. Braços fortes e musculosos de um metro e vinte de comprimento e afunilando de 18 centímetros de diâmetro na base para cerca de 6 centímetros nas pontas. A cada ponta encontra-se afixado o lado menor de um triângulo membranoso esverdeado de 5 veios, de 20 centímetros de comprimento e 15 de largura na extremidade mais distante. Esta é a nadadeira, barbatana ou pseudópode que deixou marcas em rochas cuja idade varia entre um bilhão e 50 ou 60 milhões de anos. Dos ângulos internos da estrutura em forma de estrela-do-mar se projetam tubos avermelhados de 60 centímetros, afunilando do diâmetro de 8 centímetros na base para 3 centímetros na ponta. Orifícios nas pontas. Todas essas partes infinitamente resistentes e duras, mas de flexibilidade extrema. Braços de um metro e vinte com nadadeiras sem dúvida utilizadas para locomoção, marinha ou de outro tipo. Quando se mexe neles, mostram sugestões de muscularidade exagerada. No estado em que foram encontradas, todas essas projeções estavam dobradas firmemente sobre o pseudopescoço e a extremidade do torso, correspondendo às projeções da outra extremidade.

"Impossível definir com certeza se do reino animal ou vegetal, mas a probabilidade agora tende para o primeiro. Provavelmente representa evolução incrivelmente avançada de radiados sem a perda de certas características primitivas. As semelhanças com os equinodermos são inconfundíveis, apesar das evidências específicas contraditórias. A estrutura das asas é intrigante, tendo em vista que o habitat era provavelmente marinho, mas pode ter utilidade na navegação aquática. A simetria é curiosamente parecida com a vegetal, sugerindo a estrutura essencial dos vegetais, de topo e base, e não a estrutura animal de frente e traseira. A data da evolução é fabulosamente primitiva, precedendo até mesmo os protozoários arqueanos mais simples que conhecemos até agora; confunde toda as conjecturas no que diz respeito à origem.

"Espécimes intactos têm uma semelhança tão sinistra com certas criaturas dos mitos primevos que a suspeita de uma existência ancestral fora da Antártica torna-se inevitável. Dyer e Pabodie leram o *Necronomicon* e viram as pinturas de pesadelo de Clark Ashton

Smith, baseadas no texto, e entenderão quando falo de Anciões que teriam criado toda a vida da Terra como um erro ou pilhéria. Estudantes sempre acreditaram que essa ideia se formou a partir do tratamento imaginativo mórbido de radiados tropicais antiquíssimos. Também são semelhantes a coisas do folclore pré-histórico mencionadas por Wilmarth – adendos sobre o culto de Cthulhu etc.

"Um vasto campo de estudos se abriu. Depósitos provavelmente do cretáceo superior ou do início do eoceno, a julgar pelos espécimes associados. Estalagmites imensas depositadas sobre eles. São difíceis de cortar, mas sua rigidez preveniu danos. Estado de preservação é miraculoso, claramente devido à ação do calcário. Até agora não encontramos nenhum outro, mas vamos retomar a busca mais tarde. O trabalho agora é levar os catorze espécimes enormes para o acampamento, sem os cães, que latem furiosamente e não podem ser deixados perto deles. Com nove homens – três encarregados de vigiar os cachorros – devemos conseguir viajar nos três trenós bastante bem, embora o vento esteja forte. Preciso estabelecer comunicação aérea com o estreito de McMurdo e começar a enviar os materiais. Mas tenho que dissecar uma dessas coisas antes de qualquer descanso. Queria ter um laboratório de verdade aqui. É melhor que Dyer esteja dando tapas na própria testa por tentar impedir minha viagem para oeste. Primeiro as montanhas mais altas do mundo, e agora isso. Se esse não é o ponto alto da expedição, não sei qual poderia ser. Inscrevemos nossos nomes na história da ciência. Parabéns, Pabodie, pela broca que abriu a caverna. *Arkham* pode agora por favor repetir a descrição?"

As sensações minhas e de Pabodie enquanto recebíamos esse relatório estavam quase além de qualquer descrição possível, e tampouco o entusiasmo de nossos companheiros ficava muito atrás. McTighe, que havia traduzido apressadamente alguns dos trechos mais importantes na medida em que chegavam pelo receptor com seu zumbido constante, transcreveu a mensagem inteira a partir de sua versão em taquigrafia assim que o operador de Lake desligou. Todos percebiam a relevância da descoberta, um divisor de águas, e enviei meus parabéns a Lake assim que o operador do *Arkham* acabou de repetir para nós as partes descritivas, como fora pedido; e meu exemplo foi seguido por Sherman, de seu posto no depósito de suprimentos do estreito de McMurdo, como também pelo capitão Douglas, no *Arkham*. Mais tarde, como líder da expedição, acrescentei algumas observações que deveriam ser transmitidas do *Arkham* para o mundo. É claro, descansar seria uma ideia absurda em meio a tanta empolgação, e meu único desejo era chegar ao acampamento de Lake o mais rápido possível. Senti-me frustrado quando ele avisou que uma crescente ventania da montanha tornava impossível a viagem aérea no curto prazo.

Mas, depois de uma hora e meia, o interesse mais uma vez cresceu, varrendo a frustração de nossas mentes. Lake, enviando novas mensagens, relatou o sucesso integral do transporte dos 14 grandes espécimes para o acampamento. Fora uma tarefa difícil, pois aquelas coisas tinham um peso surpreendente, mas um grupo de nove homens a havia completado de maneira impecável. Agora alguns do grupo estavam construindo apressadamente um curral de neve, a uma distância segura do acampamento, para o qual os cães poderiam ser levados, de modo a tornar mais fácil alimentá-los. Os espécimes foram arranjados sobre a neve dura perto do acampamento, com exceção de um, no qual Lake fazia tentativas rudimentares de dissecção.

Essa dissecção pareceu ser uma tarefa mais difícil do que se esperava, pois, apesar do calor gerado por um fogão a gasolina na barraca recém-erguida para abrigar o laboratório, os tecidos enganosamente flexíveis do espécime escolhido – um robusto e intacto – não perderam nada de sua resistência maior que a do couro. Lake ficou intrigado com a questão de como fazer as incisões necessárias sem utilizar de uma violência que danificasse todas as sutilezas que procurava. Ele dispunha, é verdade, de outros sete espécimes em perfeito estado; mas a quantidade era pequena demais para que se pudesse manejá-los com descuido, a menos que a caverna depois fornecesse um suprimento ilimitado. Assim sendo, ele removeu o espécime e arrastou para dentro um que, embora possuísse restos das estruturas em forma de estrela-do-mar em ambas as extremidades, encontrava-se severamente esmagado e parcialmente arrebentado ao longo de uma das grandes depressões do torso.

Os resultados, logo transmitidos pelo rádio, foram realmente assombrosos e intrigantes. Não era possível proceder com delicadeza ou precisão, já que os instrumentos eram bastante impróprios para cortar o tecido anômalo, mas o pouco que se conseguiu nos deixou a todos maravilhados e perplexos. A biologia existente teria de ser revisada por inteiro, pois aquela coisa não era o produto de qualquer crescimento celular conhecido pela ciência. A substituição mineral fora quase nula, e apesar de uma idade de talvez 40 milhões de anos, os órgãos internos estavam completamente intactos. A qualidade coriácea, não deteriorável e quase indestrutível, era um atributo inerente da forma de organização da coisa e pertencia a algum ciclo paleógeno de evolução invertebrada, que escapava por completo de todos os nossos poderes de especulação. De início, tudo o que Lake encontrou estava seco, mas, à medida que a barraca aquecida produzia seu efeito descongelante, uma umidade orgânica de odor acentuado e ofensivo foi vista perto do lado não ferido da coisa. Não se tratava de sangue, mas de um fluido grosso, verde-escuro, que parecia cumprir a mesma função. Quando Lake chegou a esse estágio, todos os 37 cães haviam sido levados para o canil ainda em construção perto do acampamento; e, mesmo àquela distância, começaram a latir de modo selvagem e a demonstrar inquietação com o odor acre que se propagava.

Longe de ajudar a classificar a estranha entidade, essa dissecção preliminar só fez aumentar o mistério. Todas as suposições sobre os membros exteriores se mostraram corretas e, tendo isso em vista, seria difícil hesitar em chamar a coisa de animal; mas a inspeção interna revelou tantas evidências vegetais que Lake continuou inteiramente atônito. A coisa tinha digestão e circulação, e eliminava seus dejetos através dos tubos avermelhados de sua base em forma de estrela-do-mar. Numa avaliação apressada, dir-se-ia que seu aparelho respiratório lidava com oxigênio, e não com dióxido de carbono; e havia algumas evidências de câmaras de armazenamento de ar e de métodos para transferir a respiração do orifício externo para no mínimo dois outros sistemas respiratórios inteiramente desenvolvidos – brânquias e poros. Claramente tratava-se de um anfíbio, e provavelmente se adaptara a longos períodos de hibernação desprovida de ar. Parecia haver a presença de órgãos vocais, ligados ao sistema respiratório principal, mas eles apresentavam anomalias que não podiam ser decifradas de imediato. O discurso articulado, no sentido do pronunciamento de sílabas, parecia praticamente inconcebível; mas era altamente provável que fosse capaz de emitir notas musicais de sopro, abrangendo um amplo leque de possibilidades. O nível de desenvolvimento do sistema muscular era quase sobrenatural.

O sistema nervoso era de tal forma complexo e altamente desenvolvido que Lake ficou horrorizado. Embora excessivamente primitiva e arcaica em alguns aspectos, a coisa possuía um conjunto de centros glandulares e conectivos, indicando os mais altos extremos do desenvolvimento especializado. Seu cérebro de cinco lobos era surpreendentemente avançado, e havia sinais de um equipamento sensorial, servido em parte pelos cílios fibrosos da cabeça, incluindo fatores estranhos a qualquer outro organismo terrestre. Provavelmente tinha mais do que cinco sentidos, de modo que não era possível deduzir seus hábitos a partir de qualquer analogia existente. Devia ter sido, pensou Lake, uma criatura de sensibilidade refinada e funções delicadamente diferenciadas em seu mundo primevo – basicamente como as formigas e abelhas de hoje em dia. Reproduzia-se como os criptógamos vegetais, especialmente as pteridófitas, tendo compartimentos de esporos nas pontas das asas, que obviamente cresciam a partir de um talo ou prótalo.

Mas a ideia de dar-lhe um nome naquele estágio seria mera estupidez. Parecia um radiado, mas estava claro que se tratava de algo mais. Era em parte vegetal, mas possuía três quartas partes dos componentes essenciais da estrutura animal. Sua origem marinha era claramente indicada pelos contornos simétricos e certos atributos adicionais; contudo, não se poderia precisar com exatidão o limite de suas adaptações posteriores. As asas, afinal, continham um indício persistente do elemento aéreo. Como poderia ter passado por sua evolução tremendamente complexa sobre uma terra recém-nascida, a tempo de deixar marcas em rochas arqueanas era, até o momento, tão inconcebível que fez Lake recordar, de brincadeira, os mitos primevos sobre os Grandes Anciões que desceram por entre as estrelas e criaram a vida na terra como uma piada ou um erro; e as histórias insanas de coisas cósmicas da montanha vindas de Fora, contadas por um colega especialista em folclore do departamento de inglês da Miskatonic.

    Naturalmente, ele levava em conta a possibilidade de que as marcas pré-cambrianas tivessem sido deixadas por um ancestral menos evoluído dos espécimes em questão, mas rapidamente rejeitou essa teoria simplista ao considerar as qualidades estruturais avançadas dos fósseis mais antigos. No mínimo os contornos dos mais recentes mostravam decadência, e não uma evolução maior. O tamanho dos pseudopés diminuíra, e a morfologia como um todo parecia ser mais grosseira e simplificada. Ademais, os nervos e órgãos recém-examinados continham indícios singulares de um retrocesso de formas ainda mais complexas. Partes atrofiadas e vestigiais tinham surpreendente prevalência. No todo, não se podia dizer que muitos mistérios haviam sido solucionados, e Lake recorreu à mitologia para escolher um nome provisório – batizando jocosamente suas descobertas de "Os Anciões".

    Por volta de duas e meia, tendo decidido adiar novos trabalhos e descansar um pouco, Lake cobriu o organismo dissecado com um oleado, saiu da barraca do laboratório e estudou os espécimes intactos com interesse renovado. O incessante sol antártico começara a amolecer levemente seus tecidos, de modo que as pontas das cabeças e os tubos de dois ou três começaram a se desenrolar; mas Lake não acreditou que houvesse qualquer perigo de decomposição imediata, a temperatura do ar estando por volta dos -15°C. Ainda assim, aproximou todos os espécimes não dissecados uns dos outros e os cobriu com uma tenda sobressalente, de modo a evitar o contato direto com os raios solares. Isso também ajudaria a impedir que qualquer odor que emitissem chegasse até os cães, cuja inquietação agressiva se tornava realmente problemática, mesmo à considerável distância em que estavam situados e por trás das paredes de neve cada vez mais altas que um grupo reforçado de homens se apressava para erguer em torno do canil. Lake teve de prender os cantos do tecido da tenda com pesados blocos de neve para mantê-lo no lugar em meio à ventania crescente, pois as montanhas titânicas pareciam estar prestes a desferir algumas rajadas de extrema severidade. As apreensões do início da viagem quanto a repentinas rajadas do vento antártico ressurgiram e, sob a supervisão de Atwood, precauções foram tomadas para construir barreiras de neve em volta das tendas, do novo canil e dos abrigos rudimentares para os aeroplanos, no lado voltado para as montanhas. Tais abrigos, iniciados com blocos duros num trabalho com várias interrupções, de modo algum haviam chegado à altura necessária; e Lake finalmente tirou todos os homens das outras tarefas para que se dedicassem a essa.

Passava das quatro da manhã quando Lake finalmente se preparou para desconectar e aconselhou que todos compartilhássemos o período de descanso que sua equipe teria quando as paredes do abrigo estivessem um pouco mais altas. Ele conversou amenidades com Pabodie através do éter e repetiu seus elogios às brocas realmente maravilhosas que o haviam ajudado a fazer a descoberta. Atwood também enviou saudações e elogios. Transmiti a Lake cálidas palavras de parabenização, reconhecendo que ele estava certo sobre a viagem para o oeste, e todos concordamos em entrar em contato pelo rádio às dez da manhã. Se a ventania houvesse cessado àquela hora, Lake mandaria um avião para o grupo situado na minha base. Logo antes de me recolher, enviei uma mensagem final para o *Arkham*, instruindo que o tom das notícias do dia, que seriam enviadas para o restante do mundo, fosse suavizado, visto que o conjunto dos detalhes já parecia radical o bastante para causar uma onda de incredulidade até que houvesse uma corroboração mais profunda.

3

Nenhum de nós, imagino, teve um sono muito profundo ou tranquilo naquela manhã, pois tanto a animação pela descoberta de Lake quanto a fúria crescente do vento conspiraram para nos manter acordados. A rajada foi tão selvagem, até mesmo onde estávamos acampados, que era impossível não imaginar a força que teria no acampamento de Lake, situado diretamente sob os imensos picos desconhecidos que criavam e mandavam o vento. McTighe estava de pé às dez e tentou contatar Lake pelo rádio, como fora combinado, mas algum tipo de condição elétrica no ar irrequieto na direção oeste pareceu impedir a comunicação.

Conseguimos, contudo, entrar em contato com o *Arkham*, e Douglas me disse que ele também vinha tentando, em vão, entrar em contato com Lake. Ele não sabia do vento, pois muito pouco dele soprava no estreito de McMurdo, apesar de sua fúria persistente onde estávamos.

Durante todo o dia ficamos de ouvidos atentos e tentamos de tempo em tempo contatar Lake, mas em nenhum momento obtivemos resultado. Por volta do meio-dia um verdadeiro frenesi de vento atacou, vindo do oeste, fazendo-nos temer pela segurança de nosso acampamento; mas por fim arrefeceu, tendo apenas uma recaída moderada às duas da tarde. Depois das três, tudo ficou muito quieto, e redobramos os esforços para contatar Lake. Raciocinando que ele tinha quatro aviões, cada um munido de um excelente aparelho de ondas curtas, não podíamos imaginar qualquer acidente normal capaz de danificar todos os equipamentos radiofônicos de uma só vez. Não obstante, o silêncio de pedra continuou; e, quando considerávamos a força delirante que o vento deve ter assumido na base de Lake, não pudemos evitar as conjecturas mais sinistras.

Às seis, nossos temores haviam se tornado nítidos e intensos, e depois de uma consulta via rádio com Douglas e Thorfinnssen resolvi tomar medidas para investigar. O quinto aeroplano, que havíamos deixado no depósito de suprimentos do estreito de McMurdo, com Sherman e dois marinheiros, estava em bom estado e pronto para uso imediato; e tudo indicava que a emergência para a qual havia sido guardado agora se impunha sobre nós. Contactei Sherman pelo rádio e ordenei que ele se juntasse a mim com o avião e os dois marinheiros na base sul assim que possível, sendo que as condições do ar pareciam altamente favoráveis. Discutimos então quem comporia a equipe de investigação e decidimos que todos deveriam participar, inclusive o trenó e os cães que eu mantivera comigo. Mesmo uma carga tão grande não seria demasiado para um dos aviões gigantescos construídos de acordo com nossas especificações para o transporte de maquinário pesado. Eu ainda tentava amiúde contatar Lake pelo rádio, mas nada consegui.

Sherman, com os marinheiros Gunnarsson e Larsen, decolou às sete e meia e relatou, do próprio avião e em vários pontos do trajeto, uma jornada tranquila. Chegaram a nossa base à meia-noite, e todos começamos imediatamente a deliberar sobre o que fazer a seguir. Seria arriscado sobrevoar a Antártica em um único aeroplano, sem qualquer base a que pudéssemos recorrer, mas ninguém se declarou contrário àquela que parecia ser a necessidade mais evidente. Nos recolhemos às duas para um breve descanso depois de carregarmos parte do que levaríamos no avião, mas quatro horas depois já estávamos de pé para concluir o acondicionamento e o carregamento.

Às sete e quinze da manhã do dia 25 de janeiro começamos a voar no sentido noroeste, com McTighe como piloto, dez homens, sete cães, um trenó, um suprimento de combustível e alimentos e outros itens, incluindo o aparelho radiofônico do avião. A atmosfera estava límpida, bastante tranquila e de temperatura relativamente branda, e prevíamos ter pouquíssimos problemas para alcançar a latitude e longitude informadas por Lake como o local de seu acampamento. O que nos deixava apreensivos era o que poderíamos encontrar, ou não encontrar, ao final de nossa jornada, pois o silêncio continuou a ser a resposta a todos os chamados que fazíamos para o acampamento.

Cada incidente daquele voo de quatro horas e meia está gravado a fogo em minha memória, devido a sua posição crucial em minha vida. Ele marcou a perda, aos 54 anos de idade, de toda aquela paz e equilíbrio que a mente normal possui enquanto mantém sua compreensão tradicional da Natureza externa e de suas leis. Dali em diante, nós dez que ali estávamos – mas, em especial, o estudante Danforth e eu – encararíamos um mundo hediondamente ampliado de horrores à espreita que nada poderá apagar de nossas emoções e que evitaríamos compartilhar com o restante da humanidade, se pudéssemos. Os jornais publicaram os boletins que enviamos durante o voo, informando o trajeto sem paradas, as duas batalhas contra traiçoeiras ventanias de grande altitude, nosso vislumbre da superfície fendida onde Lake havia afundado sua torre de médio alcance três dias antes e nosso avistamento de um grupo daqueles estranhos cilindros de neve fofa observados por Amundsen e Byrd, rolando ao sabor do vento, pelas infinitas léguas de platô congelado. Chegou um momento, contudo, em que nossas sensações não poderiam ser transmitidas por meio de nenhuma palavra que a imprensa pudesse compreender; e um momento posterior em que tivemos que adotar uma regra efetiva de censura estrita.

    O marinheiro Larsen foi o primeiro a avistar a linha dentada de cones e pináculos à frente, que faziam lembrar bruxas, e seus gritos fizeram com que todos corressem às janelas da grande cabine do avião. Apesar de nossa velocidade, eles só muito lentamente aumentaram de proporção; portanto, soubemos que deveriam estar a uma distância infinita e que os víamos apenas por causa de sua altura anômala. Pouco a pouco, contudo, eles avultaram sinistramente no céu ocidental, permitindo que avistássemos vários cumes nus, sombrios e enegrecidos, e que sentíssemos a curiosa sugestão de fantasia que inspiravam, vistos à luz avermelhada da Antártica, contra o hipnotizante pano de fundo de iridescentes nuvens de poeira de gelo. Em todo o espetáculo havia uma sugestão, persistente e difusa, de um segredo estupendo e de uma potencial revelação; era como se aqueles pináculos desolados e de pesadelo marcassem as torres de um temível portão, que daria entrada para esferas proibidas de sonho, para complexos abismos de tempo, espaço e ultradimensionalidade remotos. Não pude evitar sentir que eram coisas essencialmente más – montanhas da loucura cujos despenhadeiros mais distantes davam para algum amaldiçoado abismo final. Aquele fervilhante e semiluminoso panorama de nuvens continha sugestões inefáveis de um além vago e etéreo, de espacialidade muito mais do que apenas terrestre; e dava lembretes aterradores de como era absolutamente remoto, separado, desolado e morto há eras aquele mundo austral, jamais tocado por pés de humanos ou imaginado por suas mentes.

    Foi o jovem Danforth que chamou nossa atenção para as curiosas regularidades da linha do horizonte em que as montanhas mais altas encontravam o céu – regularidades como fragmentos pendentes de cubos perfeitos, que Lake mencionara em suas mensagens, e que realmente justificavam a comparação com as sugestões oníricas de ruínas de templos primordiais em enevoados topos de montanhas asiáticas, pintadas de modo tão sutil e estranho por Roerich. Havia realmente uma semelhança evocativa com as pinturas de Roerich em todo aquele continente espectral de mistério montanhoso. Eu o havia sentido em outubro quando avistamos pela primeira vez a Terra de Vitória, e o senti novamente naquele momento. Senti também um novo influxo de uma percepção inquieta de semelhanças míticas arqueanas; de que maneira perturbadora aquele reino letal correspondia ao infame platô de Leng dos escritos primevos. Os especialistas em mitos situaram Leng na Ásia Central; mas a memória racial do homem – ou de seus predecessores – é longa e pode muito bem ser que certos contos tenham vindo de terras e montanhas e templos de horror anteriores à Ásia, e anteriores a qualquer mundo humano que conhecemos. Alguns místicos ousados sugeriram uma origem pré-pleistocênica para os fragmentários Manuscritos Pnakóticos e sugeriram que os devotos de Tsathoggua eram tão estranhos à humanidade como o próprio Tsathoggua. Leng, onde quer que se ocultasse no tempo ou no espaço, não é uma região em que eu gostaria de estar, nem sequer de me aproximar; e também não me agradava a proximidade de um mundo que em algum ponto do tempo houvesse gerado aquelas monstruosidades ambíguas e arqueanas como as que Lake mencionara. Naquele momento, me arrependi de ter lido o execrável *Necronomicon* e de ter tido conversas tão longas com aquele folclorista desagradavelmente erudito, Wilmarth, na universidade.

  Esse estado de espírito sem dúvida serviu para agravar minha reação à bizarra miragem que irrompeu diante de nós, vinda do zênite cada vez mais iridescente, enquanto nos aproximávamos das montanhas e começávamos a distinguir as sinuosidades superpostas dos contrafortes. Eu vira dezenas de miragens polares nas semanas precedentes, algumas delas tão espectrais e de vividez tão fantástica como a que tinha diante dos olhos; mas esta possuía uma qualidade inteiramente nova e obscura de simbolismo ameaçador, e estremeci ao ver o fervilhante labirinto de fabulosos paredões, torres e minaretes avultar dos agitados vapores de gelo acima de nossas cabeças.

  O efeito era o de uma cidade ciclópica, de arquitetura desconhecida pelo homem e pela imaginação humana, com vastas conglomerações de cantaria negra como a noite dando forma a monstruosas perversões das leis geométricas e chegando aos extremos mais grotescos de bizarria sinistra. Havia cones truncados, às vezes escalonados ou sulcados, encimados por altas hastes cilíndricas com alargamentos bulbosos aqui e ali, e muitas vezes culminando em fileiras de discos finos cujas margens tinham protuberâncias arredondadas; e estranhas construções protuberantes em forma de mesa, sugerindo pilhas de inúmeras lajes retangulares ou pratos circulares ou estrelas de cinco pontas, cada uma se sobrepondo à inferior. Havia cones e pirâmides combinados, sozinhos ou encimando cilindros ou cubos, ou cones e pirâmides truncados mais achatados, e alguns pináculos em forma de agulha, em curiosos agrupamentos de cinco. Todas essas estruturas febris pareciam interligadas por pontes tubulares que se estendiam de uma para outra em diversas altitudes estonteantes, e a escala implícita do todo era aterrorizante e opressiva por seu absoluto gigantismo. O tipo geral de miragem não era diferente de algumas das formas mais fantásticas observadas e desenhadas pelo baleeiro do Ártico, Scoresby, em 1820; mas naquele tempo e lugar, com aqueles negros e desconhecidos cumes montanhosos se erguendo estupendamente a nossa frente, com a descoberta de um mundo primitivo e anômalo em nossas mentes e o presságio sombrio de uma possível catástrofe envolvendo a maior parte de nossa expedição, todos parecíamos achar naquilo uma mácula de malignidade latente e um presságio infinitamente nefando.

    Senti-me contente quando a miragem começou a se desfazer, embora, nesse processo, os diversos cones e torreões tenham assumido por alguns instantes formas retorcidas de uma hediondez ainda maior. À medida que a ilusão se dissolvia numa turbulenta iridescência, começamos novamente a olhar para a terra e vimos que o ponto final de nossa jornada não estava distante. As desconhecidas montanhas à frente erguiam-se vertiginosamente como uma temível fortaleza de gigantes, as curiosas regularidades se mostrando com uma nitidez chocante, mesmo quando não usávamos binóculos. Estávamos agora sobre os contrafortes mais baixos e podíamos ver, em meio à neve, ao gelo e aos pedaços nus de seu platô principal alguns pontos mais escuros, que presumimos ser o local de acampamento e perfurações de Lake. Os contrafortes mais altos se erguiam a oito ou nove quilômetros de distância, formando uma cordilheira praticamente distinta da aterrorizante linha de picos, mais do que himalaicos, além deles. Finalmente, Ropes – o estudante que substituíra McTighe nos controles – começou a descer em direção ao ponto negro à esquerda, cujo tamanho indicava tratar-se do acampamento. Nisso, McTighe enviou a última mensagem radiofônica não censurada que o mundo receberia de nossa expedição.

Todos, é claro, já leram os breves e frustrantes boletins sobre o restante de nossa estada na Antártica. Algumas horas depois do pouso, enviamos um boletim circunspecto sobre a tragédia que encontramos e anunciamos, com relutância, que todo o grupo de Lake fora varrido pelo terrível vento do dia anterior, ou da noite anterior a ele. Onze mortos confirmados, o jovem Gedney desaparecido. As pessoas perdoaram a nossa ambígua falta de detalhes devido à compreensão do choque que o triste acontecimento deveria ter nos causado e acreditaram quando explicamos que a ação devastadora do vento deixara todos os onze cadáveres em condições impróprias para serem levados dali. Na verdade, me congratulo por, mesmo em meio ao tormento, total perplexidade e ao horror que dominava nossas almas, em muito pouco termos nos desviado da verdade em qualquer detalhe específico. O significado tremendo está naquilo que não ousamos relatar – no que eu não relataria agora, não fosse pela necessidade de alertar os outros sobre a existência de terrores sem nome.

É verdade que o vento havia causado uma devastação pavorosa. A possibilidade de que todos sobrevivessem, mesmo sem aquela outra coisa, é altamente questionável. A tempestade, com sua fúria de partículas de gelo de propulsão ensandecida, deve ter sido pior do que qualquer coisa com que nossa expedição tivera se deparado até então. Um abrigo de aeroplano – tudo, ao que parece, havia sido deixado num estado deveras frágil e impróprio – fora quase pulverizado; e a torre, no distante local de perfuração, fora inteiramente reduzida a pedaços. A agressão contra o metal exposto dos aviões e equipamentos de perfuração baseados fora tanta que pareciam ter sido polidos, e duas das pequenas barracas haviam sido achatadas, apesar de embarreiradas com neve. Superfícies de madeira deixadas do lado de fora na explosão de vento estavam esburacadas, despojadas de tinta, e todos os sinais de caminhos na neve haviam sido obliterados por completo. É verdade também que não encontramos nenhum dos objetos biológicos arqueanos em condições de ser levados. É verdade que recolhemos alguns minerais de uma grande pilha desordenada, incluindo vários dos fragmentos de pedra-sabão esverdeada cujo estranho acabamento de cinco pontas e vagos desenhos de pontos agrupados causaram tantas comparações dúbias; e alguns ossos fossilizados, entre os quais estavam os mais característicos dos espécimes feridos de maneira peculiar.

Nenhum dos cães sobreviveu, estando seu claustro de neve construído às pressas perto do acampamento destruído quase que por inteiro. O vento pode ter sido o responsável, embora a quebra maior do lado mais próximo do acampamento, que não ficava no trajeto do vento, sugerisse um salto para fora ou rompimento causado pelas próprias criaturas em estado de frenesi. Todos os três trenós haviam sumido, e tentamos explicar que o vento poderia tê-los soprado para o desconhecido. O maquinário de perfuração e derretimento de gelo no local da perfuração sofrera danos demais para ser consertado, então nós o usamos para bloquear aquele portal para o passado, sutilmente perturbador, que Lake havia aberto. Deixamos também no acampamento os dois aviões mais avariados, já que nosso grupo de sobreviventes dispunha apenas de quatro pilotos – Sherman, Danforth, McTighe e Ropes – no total, estando Danforth num estado de nervos inadequado para pilotar. Trouxemos de volta todos os livros, equipamentos científicos e outros itens de menor importância que pudemos encontrar, embora muita coisa tivesse sido, de maneira bastante difícil de explicar, levada pelo vento. Barracas e casacos de pele sobressalentes estavam ou desaparecidos ou em péssimas condições.

Eram cerca de quatro da tarde, depois de ampla investigação aérea que nos forçara a dar Gedney por desaparecido, quando mandamos nossa mensagem censurada para que o *Arkham* a retransmitisse; e acho que fizemos bem em mantê-la tão tranquila e neutra como nos foi possível. O máximo que dissemos sobre qualquer perturbação foi a respeito de nossos cães, cuja inquietação frenética perto dos espécimes biológicos seria de se esperar, dados os relatos do pobre Lake. Não chegamos a mencionar, creio eu, a demonstração da mesma inquietação de nossos cães ao farejarem as estranhas pedras-sabão esverdeadas e alguns outros objetos na região em estado caótico – objetos que incluíam instrumentos científicos, aeroplanos e maquinário, tanto no acampamento quanto no local de perfuração, cujas partes haviam sido afrouxadas, mudadas de lugar ou manipuladas de alguma outra maneira pelos ventos, que deviam ter nutrido um singular espírito de curiosidade e investigação.

Sobre os catorze espécimes biológicos, fomos, justificavelmente, vagos. Dissemos que os únicos que pudemos descobrir estavam danificados, mas que deles restara o suficiente para provar que a descrição de Lake fora admiravelmente exata em todos os detalhes. Foi difícil manter nossas emoções pessoais fora da questão – e não fizemos menção a números ou tampouco dissemos exatamente como encontráramos aqueles que de fato encontramos. Havíamos àquele momento concordado em não transmitir nada que sugerisse insanidade da parte dos homens de Lake, e certamente parecia loucura encontrar seis monstruosidades imperfeitas cuidadosamente enterradas de pé, em covas de neve de 3 metros, sob montículos de cinco pontas, perfurados por grupos de pontos em desenhos idênticos aos que havia nas estranhas pedras-sabão esverdeadas, retiradas de seus abrigos da era mesozoica ou terciária. Os seis espécimes perfeitos mencionados por Lake pareciam ter sido levados pelo vento.

Nos preocupamos, também, com a paz de espírito do público; portanto, Danforth e eu pouco dissemos sobre aquela aterradora viagem para além das montanhas no dia seguinte. O fato era que somente um avião radicalmente leve teria possibilidade de cruzar uma cordilheira de tal altitude, o que felizmente limitou aquela viagem exploratória a uma tripulação composta por nós dois. Ao retornarmos, à uma da manhã, Danforth estava à beira da histeria, mas manteve um autocontrole admirável. Não foi preciso insistir para fazê-lo prometer não mostrar nossos esboços e os outros itens que trouxemos nos bolsos, não dizer aos outros nada além do que havíamos concordado em transmitir para fora e esconder os negativos das fotos para que depois fossem revelados em privado; de modo que parte da minha atual história será tão nova para Pabodie, McTighe, Ropes, Sherman e os outros como será para o restante do mundo. Na verdade, Danforth se calou até mais do que eu; pois ele viu – ou acredita ter visto – uma coisa que se recusa a contar até para mim.

Como todos sabem, nosso relato incluiu a história de uma subida difícil; a confirmação da opinião de Lake de que os grandes picos eram de ardósia arqueana e de outros estratos muito primevos compactados, que não sofreram mudança desde, no mínimo, meados da era comanchiana; um comentário convencional sobre a regularidade das formações pendentes em forma de cubos e baluartes; um veredito de que as entradas das cavernas indicavam veios dissolvidos de calcário; a conjectura de que certas escarpas e fendas permitiriam que toda a cordilheira fosse escalada e transposta por alpinistas experientes; e a observação de que o misterioso outro lado continha um elevado e imenso superplatô, tão antigo e estável como as próprias montanhas – de 6 mil metros de altitude, com grotescas formações rochosas irrompendo de uma fina camada glacial, e com baixos contrafortes graduais entre a superfície geral do platô e os íngremes precipícios dos picos mais altos.

Esse conjunto de informações, até onde vai, é verdadeiro em todos os aspectos e satisfez por completo os homens do acampamento. Atribuímos nossa ausência de dezesseis horas – um tempo mais longo do que exigia o programa anunciado de voo, pouso, exploração e coleta de rochas – a um fictício longo intervalo de condições adversas provocadas pelo vento; e contamos, com verdade, do nosso pouso nos contrafortes mais distantes. Felizmente, nossa história pareceu realista e prosaica o bastante para não tentar nenhum dos outros a repetir nosso voo. Caso alguém tentasse fazê-lo, eu teria usado todo o meu poder de persuasão para impedir a viagem – e não sei o que Danforth poderia fazer. Enquanto estávamos fora, Pabodie, Sherman, Ropes, McTighe e Williamson haviam trabalhado sem cessar nos dois aviões de Lake que se encontravam em melhor estado, preparando-os novamente para uso, apesar da interferência, inteiramente inexplicável, que seus mecanismos de operação haviam sofrido.

Decidimos carregar todos os aviões na manhã seguinte e partir para a nossa antiga base o mais rápido possível. Ainda que indireta, era a maneira mais segura de chegarmos ao estreito de McMurdo; pois um voo em linha reta sobre os trechos absolutamente desconhecidos do mundo desolado há tantas eras implicaria uma série de riscos adicionais. Seria difícil realizar novas explorações, tendo em vista a trágica dizimação que sofremos e os escombros em que haviam se transformado os nossos equipamentos de perfuração; as dúvidas e os horrores que nos cercavam – que não revelamos – nos fizeram desejar apenas uma coisa: fugir daquele mundo austral de desolação e agourenta insanidade o mais rápido possível.

Como o público sabe, nosso retorno ao mundo foi realizado sem novos desastres. Todos os aviões chegaram à velha base na noite do dia seguinte – 27 de janeiro – após um rápido voo sem escalas; e no dia 28 chegamos ao estreito de McMurdo em dois trechos, a única parada sendo muito breve e ocasionada por um leme de direção defeituoso em meio à fúria do vento sobre a barreira de gelo, depois que havíamos deixado para trás o grande platô. Cinco dias depois, o *Arkham* e o *Miskatonic*, com todos os homens e equipamentos a bordo, abriam caminho pelo campo de gelo, que se espessava, e subiam pelo mar de Ross com as desdenhosas montanhas da terra de Vitória se erguendo ao oeste contra um turbulento céu antártico e transformando os lamentos do vento em um assovio musical de uma grande variedade de notas, que gelou minha alma até o âmago. Menos de duas semanas depois deixamos para trás o último vestígio de terra polar e agradecemos aos céus por estarmos livres de um reino assombrado e amaldiçoado, onde a vida e a morte, o espaço e o tempo fizeram entre si negras e blasfemas alianças, nas épocas desconhecidas que se passaram desde que pela primeira vez a matéria se debateu e nadou pela crosta mal resfriada do planeta.

Desde que retornamos, todos nós trabalhamos constantemente para desencorajar explorações da Antártica e guardamos certas dúvidas e palpites para nós mesmos, mantendo unidade e lealdade esplêndidas. Nem mesmo o jovem Danforth, com seu colapso nervoso, tirou o corpo fora ou abriu a boca para seus médicos – na verdade, como eu já disse, há uma coisa que acredita ter somente ele visto, que se recusa a contar até para mim, embora eu creia que seria benéfico para seu estado psicológico consentir em fazê-lo. Poderia explicar muita coisa e servir de grande alívio, embora talvez a coisa não fosse mais do que a consequência ilusória de um choque anterior. É a impressão que tenho depois daqueles raros momentos irresponsáveis em que ele murmura coisas desconexas para mim – coisas que renega com veemência assim que retoma o autocontrole.

Não será fácil impedir que outros se aventurem pelo grande sul branco, e alguns de nossos esforços talvez prejudiquem diretamente a nossa causa, gerando uma atenção investigativa. Devíamos estar cientes desde o início de que a curiosidade humana é imorredoura e que os resultados que anunciamos bastariam para incentivar outros a empreender a mesma busca ancestral pelo desconhecido. Os relatos de Lake sobre aquelas monstruosidades biológicas haviam excitado ao máximo os naturalistas e paleontólogos, embora tenhamos tido a sensatez de não mostrar as partes soltas que havíamos retirado dos espécimes sepultados, ou as fotografias dos mesmos espécimes no estado em que foram encontrados. Também nos abstivemos de mostrar os ossos cicatrizados e pedras-sabão esverdeadas mais intrigantes; ao passo que Danforth e eu guardamos com cuidado as fotografias que tiramos e imagens que desenhamos no superplatô do outro lado da cordilheira, e as coisas amassadas que desamarrotamos, estudamos aterrorizados e trouxemos de volta em nossos bolsos. Mas agora a expedição Starkweather-Moore está se organizando, e com um esmero muito superior ao de nossa equipe. Caso não sejam dissuadidos, chegarão ao mais profundo núcleo da Antártica e derreterão e perfurarão até que desencavem aquilo que pode causar o fim do mundo. Então devo, por fim, abrir mão de todas as reticências – até mesmo sobre aquela derradeira e inominável coisa para além das montanhas da loucura.

4

É somente sentindo imensa hesitação e repugnância que me permito lembrar do acampamento de Lake e do que realmente encontramos por lá – e daquela outra coisa para além do temível paredão montanhoso. Sinto uma tentação constante de omitir os detalhes e deixar que indícios substituam os fatos e as deduções inelutáveis. Espero já ter dito o suficiente para que possa abordar por alto o restante; o restante, isto é, do horror no acampamento. Já contei sobre o terreno devastado pelo vento, os abrigos danificados, o maquinário em desordem, as diversas ansiedades que tomavam nossos cães, os trenós e outros itens desparecidos, as mortes de homens e cães, a ausência de Gedney e os seis espécimes biológicos enterrados de maneira insana, de textura estranhamente saudável apesar de todas as lesões estruturais, filhos de um mundo morto há 40 milhões de anos. Não lembro se cheguei a mencionar que, ao examinar os cadáveres dos cães, descobrimos que um deles não estava lá. Não demos muita atenção a isso até um bom tempo depois – na verdade, somente a minha atenção e a de Danforth foram despertadas.

As principais coisas que venho ocultando têm relação com os corpos e com certos pontos sutis que talvez possam, talvez não, fornecer um tipo hediondo e incrível de explicação para o caos aparente. À época, tentei fazer com que os homens não pensassem em tais questões; pois era tão mais simples – tão mais normal – atribuir tudo a um surto de loucura de alguns membros do grupo de Lake. Ao que parecia, aquele demoníaco vento da montanha talvez tivesse sido violento o suficiente para levar qualquer homem à loucura, em meio àquele centro de todo o mistério e desolação terrestres.

A anormalidade suprema, é claro, era o estado dos cadáveres – tanto dos homens quanto dos cães. Todos haviam participado de alguma espécie terrível de luta e sido dilacerados e mutilados de maneira desumana e inteiramente inexplicável. A morte, até onde pudemos compreender, havia, em cada um dos casos, decorrido de laceração ou estrangulação. Era evidente que o problema começara com os cães, pois o estado em que o mal construído canil se encontrava dava testemunho de sua violenta destruição – desde dentro. Fora construído a alguma distância do acampamento devido ao ódio dos animais por aqueles diabólicos organismos arqueanos; tudo indicava, porém, que a precaução fora inútil. Quando deixados sozinhos naquele vento monstruoso, por trás de frágeis paredes de altura insuficiente, eles devem ter entrado em pânico – se por causa do próprio vento ou se por algum odor sutil e crescente emitido pelos espécimes macabros, não era possível dizer. Os espécimes, é claro, haviam sido cobertos por um pano de tenda; porém, o baixo sol antártico incidira sem parar sobre aquele pano, e Lake mencionara que o calor do sol tendia a fazer relaxar e expandir o tecido, estranhamente saudável e resistente, daquelas coisas. Talvez o vento houvesse arrancado o tecido de cima delas, e as remexido de tal maneira que suas qualidades olfatórias mais penetrantes se tornaram manifestas, apesar da antiguidade inacreditável das coisas.

Mas, seja lá o que tenha acontecido, foi hediondo e repugnante o bastante. Talvez seja melhor colocar os escrúpulos de lado e finalmente contar o pior – embora com uma declaração categórica da opinião, baseada em observações diretas e nas mais sólidas deduções tanto minhas quanto de Danforth, de que o então desaparecido Gedney não fora de modo algum responsável pelos abomináveis horrores que encontramos. Eu já disse que os cadáveres apresentavam mutilações terríveis. Agora, devo acrescentar que alguns haviam sofrido incisões e sido despojados de alguma parte da maneira mais peculiar, fria e desumana. O mesmo ocorrera a cães e humanos. Todos os corpos mais gordos e saudáveis, tanto bípedes quanto quadrúpedes, haviam sido despojados de suas massas mais firmes de tecido por meio de cortes, como se um cuidadoso açougueiro tivesse trabalhado neles; e a sua volta havia uma estranha aspersão de sal – retirado dos destroçados baús de suprimentos dos aviões –, coisa que evocava as mais horríveis associações de ideias. A coisa ocorrera em um dos rudimentares abrigos de aeroplano; o avião fora arrastado para fora, e ventos subsequentes haviam apagado todos os rastros que poderiam ter embasado alguma teoria plausível. Pedaços espalhados de roupas, cortados de maneira selvagem, dos humanos que haviam sofrido incisões não proporcionaram pista alguma. É inútil mencionar a leve impressão causada por certas marcas indistintas na neve em um canto protegido do recinto arruinado – porque a impressão não fora, de modo algum, de que se tratava de algo de origem humana, mas estava claramente influenciada por tudo que o pobre Lake dissera sobre as marcas fósseis durante as semanas precedentes. Era necessário ter cuidado com a própria imaginação ao abrigo daquelas sobrepujantes montanhas da loucura.

Como já indiquei, Gedney e um cão foram dados, ao final da busca, por desaparecidos. Quando chegamos àquele terrível abrigo, notamos a ausência de dois cães e dois homens; mas a tenda de dissecção, relativamente incólume, na qual entramos depois de investigar os túmulos monstruosos tinha algo a revelar. Não estava como Lake a deixara, pois as partes cobertas da monstruosidade primeva haviam sido retiradas da mesa improvisada. Na verdade, já havíamos percebido que uma das seis coisas imperfeitas e enterradas daquela maneira insana – a que tinha vestígios de um odor especialmente execrando – deveria representar o conjunto das partes da entidade que Lake tentara analisar. Sobre e à volta da mesa do laboratório havia outras coisas espalhadas, e não demoramos a perceber que aquelas coisas eram as partes, dissecadas com cuidado, embora de maneira estranha e amadora, de um homem e um cão. Pouparei os sentimentos dos sobreviventes, omitindo mencionar a identidade do homem. Os instrumentos anatômicos de Lake tinham sumido, mas encontramos evidências de que haviam sido limpados com cuidado. O fogão a gasolina também desaparecera, embora em volta de onde ele estava tenhamos encontrado uma curiosa pilha de fósforos. Enterramos as partes humanas ao lado dos outros dez homens e as partes caninas com os outros 35 cães. Quanto às manchas bizarras na mesa do laboratório e no amontoado de livros ilustrados (manuseados com brusquidão) espalhados perto dela – estávamos demasiado perplexos para buscar alguma explicação.

O conjunto desses elementos era o pior do horror encontrado no acampamento, mas havia outras causas de igual perplexidade. O desaparecimento de Gedney, do cão, dos oito espécimes biológicos ilesos, dos três trenós e de certos instrumentos, de livros técnicos e científicos ilustrados, materiais de escrita, lanternas e pilhas, alimentos e combustível, aquecedores, tendas sobressalentes, trajes de pele e itens semelhantes estava inteiramente além de qualquer conjectura sã; o mesmo valia para as manchas de tinta com borrifos nas bordas em alguns pedaços de papel, e para as evidências de buscas e experimentos enigmáticos em volta dos aviões e de todos os outros aparelhos mecânicos, tanto no acampamento quanto no local de perfuração. Os cães pareciam abominar aquele maquinário em estranha desordem. E havia também o desarranjo da despensa, o sumiço de certos itens de primeira necessidade e o amontoado desagradavelmente cômico de latas de alumínio abertas das maneiras mais improváveis e nos lugares mais improváveis. A profusão de fósforos esparramados – intactos, quebrados ou usados – era um outro enigma menor, assim como os dois ou três tecidos de tenda e trajes de pele que encontramos largados pelo lugar, com cortes peculiares e heterodoxos, presume-se que causados por tentativas canhestras de realizar adaptações inconcebíveis. A violência sofrida pelos corpos, humanos e caninos, e o enterro demente dos espécimes arqueanos danificados eram todos condizentes com aquele evidente frenesi de destruição. Tendo em vista justamente uma necessidade como a atual, fotografamos com cuidado todas as principais evidências da desordem insana no acampamento e usaremos as fotos para embasar nossas imprecações contra a partida da expedição Starkweather-Moore que vem sendo planejada.

    A primeira coisa que fizemos depois de encontrar os corpos no abrigo foi fotografar e então abrir a fileira de túmulos dementes encimados pelas tumbas de neve com cumes de cinco pontas. Era impossível não perceber a semelhança entre aqueles montes monstruosos, com seus vários agrupamentos de pontos, e as descrições que o pobre Lake fizera das estranhas pedras-sabão esverdeadas; e, quando nos deparamos com algumas das próprias pedras-sabão na grande pilha de minerais, vimos que a semelhança era de fato muito grande. A formação geral, como um todo, isso precisa ficar claro, parecia sugerir de maneira abominável a cabeça de estrela-do-mar das entidades arqueanas; e concordamos que a semelhança deve ter exercido um grande poder sobre as mentes fragilizadas da equipe superexcitada de Lake. Nos depararmos pela primeira vez com as próprias entidades sepultadas foi um momento horrível e fez minha imaginação e a de Pabodie voltarem a alguns dos chocantes mitos primevos sobre os quais lêramos e ouvíramos. Todos concordamos que a simples visão daquelas coisas, e a presença delas ali, deve ter contribuído com a opressiva solidão polar e o demoníaco vento da montanha para levar à loucura a equipe de Lake.

Pois a loucura – focando-se em Gedney, sendo ele o único agente que ainda poderia estar vivo – foi a explicação espontaneamente adotada por todos, isso na medida em que discutimos o assunto em voz alta; contudo, não serei ingênuo a ponto de negar que cada um de nós talvez cogitasse loucas hipóteses que a sanidade proibia que fossem enunciadas por inteiro. À tarde, Sherman, Pabodie e McTighe fizeram uma meticulosa viagem de aeroplano, abrangendo todo o território circunvizinho, varrendo o horizonte com binóculos à procura de Gedney e das muitas coisas que estavam desaparecidas; mas nada veio à luz. O grupo relatou que a titânica barreira da cordilheira se estendia infinitamente tanto para a direita quanto para a esquerda, sem qualquer diminuição da altura ou da estrutura básica. Em alguns dos picos, porém, as formações regulares de cubos e baluartes eram mais nítidas e conspícuas, possuindo semelhanças duplamente fantásticas com as ruínas de cordilheiras asiáticas pintadas por Roerich. A distribuição de enigmáticas entradas de cavernas nos cumes negros desprovidos de neve parecia mais ou menos uniforme, até onde se podia avistar.

Apesar de todos os horrores com que nos deparávamos, restou-nos uma quantidade suficiente de fervor científico e espírito de aventura para que nos perguntássemos sobre o reino desconhecido que jazia para além daquelas montanhas misteriosas. Como declararam nossas circunspectas mensagens, fomos descansar à meia-noite após o dia de terror e perplexidade, mas não sem antes começar a planejar um ou mais voos de altitude suficiente para cruzar a cordilheira, em um avião com peso reduzido, munido de câmera aérea e equipamentos geológicos, na manhã seguinte. Foi decidido que Danforth e eu tentaríamos primeiro, e acordamos às sete da manhã pretendendo partir cedo; contudo, ventos fortes – mencionados em nosso breve boletim para o mundo – atrasaram a nossa partida até quase nove da manhã.

Já repeti a história neutra que contamos aos homens no acampamento – e que retransmitimos para fora – quando retornamos, dezesseis horas mais tarde. É agora meu terrível dever ampliar esse relato, preenchendo os misericordiosos espaços em branco com indícios do que realmente vimos no mundo transmontano oculto – indícios das revelações que por fim levaram Danforth a sofrer um colapso nervoso. Gostaria que ele acrescentasse uma declaração realmente franca sobre a coisa que crê ter sido avistada somente por ele – mesmo sendo mais provável que se trate de uma ilusão nervosa – e que talvez tenha sido a última gota d'água que o pôs no estado em que agora se encontra; mas ele continua impassível. Tudo o que posso fazer é repetir os murmúrios desconexos que ele posteriormente emitiu sobre o que o fez começar a gritar no momento em que o avião retornava pela passagem entre as montanhas, assolada pelo vento, depois daquele verdadeiro e tangível choque de que compartilhei. Essa será minha última palavra. Se os claros indícios da sobrevivência de horrores antigos no que eu revelar não bastarem para impedir que outros se intrometam no núcleo da Antártica – ou pelo menos que vasculhem fundo demais sob a superfície daquele derradeiro deserto de segredos proibidos e de uma desolação inumana e amaldiçoada por eras –, a responsabilidade pelos males inomináveis e talvez imensuráveis não será minha.

Danforth e eu, estudando as anotações feitas por Pabodie em seu voo vespertino e conferindo com um sextante, havíamos calculado que a passagem pela cordilheira de menor altitude disponível encontrava-se um pouco a nossa direita, à vista do acampamento e a cerca de 7.000 ou 7.300 metros acima do nível do mar. Foi para esse ponto, portanto, que primeiramente nos dirigimos no avião com peso reduzido, ao iniciarmos o voo exploratório. O próprio acampamento, em contrafortes que brotavam de um alto platô continental, estava a cerca de 3.600 metros de altitude; portanto, o aumento real de altitude necessário não era tão grande como pode parecer. Não obstante, tínhamos uma aguda consciência do ar rarefeito e do frio intenso enquanto subíamos; pois, devido às condições de visibilidade, tivemos de deixar as janelas da cabine abertas. Vestíamos, é claro, os casacos de pele mais pesados.

Ao nos aproximarmos dos picos ameaçadores, negros e sinistros acima da linha da neve, dilacerada por fendas e geleiras que ocupavam os interstícios, pudemos ver com nitidez crescente as formações curiosamente regulares que pendiam das encostas;

e mais uma vez pensamos nas estranhas pinturas asiáticas de Nicholas Roerich. O antigo estrato rochoso, castigado pelo vento, confirmou integralmente todos os boletins de Lake, e provava que aqueles cumes se elevavam exatamente da mesma maneira desde um tempo surpreendentemente antigo da história da Terra – talvez mais de 50 milhões de anos. O quão mais altos outrora haviam sido era inútil especular; mas tudo naquela estranha região sugeria obscuras influências atmosféricas desfavoráveis à mudança e calculadas para retardar os processos climáticos normais de desintegração das rochas.

Mas foi o emaranhado, nas encostas das montanhas, de cubos, baluartes e entradas de cavernas – todos esses de contornos regulares –, o que mais nos fascinou e perturbou. Eu os estudei com um binóculo e tirei fotografias aéreas enquanto Danforth pilotava; e por algumas vezes o substituí nos controles – embora meus conhecimentos de aviação fossem os de um amador –, de modo a permitir que ele usasse o binóculo. Podíamos ver com facilidade que aquelas coisas eram em grande parte compostas de quartzito arqueano de cor mais ou menos clara, diferente de qualquer formação visível em grandes extensões da superfície total; e que sua regularidade era extrema e misteriosa a um nível que o pobre Lake não chegara perto de aludir.

Como ele dissera, as bordas haviam sido deterioradas e arredondadas por incontáveis eras de intemperismo selvagem; mas sua solidez sobrenatural e o material duro de que eram compostas as haviam salvado da aniquilação. Muitas partes, em especial as mais próximas às encostas, pareciam idênticas, em natureza, à superfície rochosa que as cercava. O arranjo como um todo fazia lembrar as ruínas de Machu Picchu, nos Andes, ou os ancestrais muros de fundação de Kish, escavados pela expedição do Oxford Field Museum, em 1929; e tanto Danforth quanto eu tivéramos aquela impressão ocasional de blocos ciclópicos independentes que Lake atribuíra a seu companheiro de voo, Carroll. Explicar a presença de tais coisas naquele lugar estava, para ser sincero, acima das minhas capacidades, e senti, de um jeito estranho, minhas limitações como geólogo. Estruturas ígneas muitas vezes têm regularidades estranhas – como a famosa Calçada dos Gigantes, na Irlanda –, mas aquela estupenda cordilheira, apesar de Lake haver relatado possíveis cones fumegantes, era sem sombra de dúvida não vulcânica em sua estrutura manifesta.

As peculiares entradas das cavernas, perto das quais parecia haver uma abundância maior das estranhas formações, constituíam outro mistério, ainda que menor, devido à regularidade de seus contornos. Eram, como informara o boletim de Lake, muitas vezes aproximadamente quadradas ou semicirculares; como se os orifícios naturais tivessem sido moldados numa simetria maior, por alguma mão feiticeira. A grande quantidade e a ampla distribuição delas eram notáveis e indicavam que toda a região era alveolada por túneis de estratos dissolvidos de calcário. Os vislumbres que pudemos obter não penetraram muito nas cavernas, mas vimos que elas eram aparentemente desprovidas de estalactites e estalagmites. Por fora, as partes das encostas montanhosas contíguas às aberturas pareciam invariavelmente lisas e regulares; e a Danforth pareceu que as leves rachaduras e fossos causados pelo intemperismo tendiam a formar desenhos incomuns. Com o espírito tomado como estava pelos horrores e anomalias descobertos no acampamento, ele insinuou que os fossos faziam lembrar vagamente aqueles desnorteantes grupos de pontos salpicados nas ancestrais pedras-sabão esverdeadas, replicados de maneira tão hedionda nas tumbas de neve de aparência insana que encimavam aquelas seis monstruosidades enterradas.

Havíamos ascendido gradualmente, sobrevoando os contrafortes mais elevados e seguindo na direção da passagem relativamente baixa que escolhêramos. No caminho, de vez em quando olhávamos para baixo, para a neve e o gelo da rota terrestre, nos perguntando se poderíamos ter arriscado aquela viagem com os equipamentos mais simples de antigamente. Nos surpreendeu um tanto ver que o terreno não era, relativamente, nem um pouco difícil; e que, apesar das fendas e outros pontos difíceis, dificilmente deteria os trenós de um Scott, de um Shackleton ou de um Amundsen. Algumas das geleiras pareciam levar a passagens desnudadas pelo vento com uma continuidade incomum, e ao chegarmos à passagem escolhida descobrimos que seu caso não era exceção.

Nossas sensações de expectativa nervosa enquanto nos preparávamos para dobrar a passagem e perscrutar um mundo inexplorado dificilmente podem ser descritas no papel, ainda que não tivéssemos motivos para acreditar que as regiões além da cordilheira seriam essencialmente diferentes daquelas que já tínhamos visto e atravessado. O toque de mistério maligno naquela barreira de montanhas e no insinuante mar de céu iridescente vislumbrado por entre seus cumes foi algo altamente sutil e rarefeito, que não pode ser explicado de maneira literal. Foi, na verdade, um caso de vago simbolismo psicológico e associação estética – uma coisa mesclada com poemas e pinturas exóticos e com mitos arcaicos que espreitam de volumes execrandos e proibidos. Até mesmo o ônus do vento continha um peculiar elemento de malignidade consciente; e por um segundo pareceu que o som complexo incluía um bizarro assovio ou flauteado musical que passava por uma ampla gama de notas, quando o vento entrava e saía em rajadas das onipresentes e ressonantes entradas das cavernas. Havia naquele som uma nota nebulosa que evocava repulsa, tão complexa e inclassificável como qualquer uma das outras impressões sombrias.

Estávamos agora, após uma lenta ascensão, a uma altura de 7.185 metros, de acordo com o aneroide; e havíamos deixado a região coberta pela neve definitivamente abaixo de nós. Lá em cima havia apenas encostas negras de rocha nua, e o princípio de geleiras de faixas escarpadas – mas com aqueles intrigantes cubos, baluartes e ecoantes entradas de cavernas a acrescentar um presságio do extraordinário, do fantástico e do onírico. Observando a linha de cumes altos, acreditei avistar o mencionado pelo pobre Lake, com um baluarte exatamente no topo. Parecia estar semiperdido em uma estranha bruma antártica – uma bruma, talvez, como a responsável pela possibilidade de vulcanismo inicialmente levantada por Lake. A passagem se avultava bem a nossa frente, lisa e varrida pelo vento entre suas torres denteadas e franzidas dum modo maligno. Além dela havia um céu agitado por vapores espiralados e iluminado pelo baixo sol polar – o sol daquele misterioso reino mais distante sobre o qual sentíamos que humano algum jamais pusera os olhos.

Alguns metros a mais de altitude e contemplaríamos aquele reino. Danforth e eu, incapazes de falar a não ser por gritos em meio ao vento uivante e assoviante que corria pela passagem e se acrescentava ao ruído dos motores a plena potência, trocamos olhares eloquentes. Então, tendo vencido aqueles últimos poucos metros, realmente encaramos o outro lado da portentosa fronteira e vimos os segredos jamais examinados de uma terra antiga e inteiramente alienígena.

5

Acho que nós dois gritamos ao mesmo tempo num misto de espanto, maravilhamento, terror e descrença em nossos próprios olhos quando finalmente atravessamos a passagem e vimos o que jazia além. É claro, devíamos ter alguma teoria de cunho naturalista no fundo de nossas mentes, de modo a firmar nossas faculdades mentais pelo momento. Talvez tenhamos pensado em coisas como as pedras de formas grotescas criadas pelos intemperismos do Jardim dos Deuses, em Colorado, ou as rochas esculpidas pelo vento, de simetria fantástica, do deserto do Arizona. Talvez tenhamos até pensado com alguma parte de nossas mentes que a paisagem fosse uma miragem, como a da manhã anterior, ao nos aproximarmos pela primeira vez daquelas montanhas da loucura. Por força tínhamos tais noções comuns às quais recorrer enquanto nossos olhos varriam aquele platô ilimitado e ferido por tempestades e absorvíamos o labirinto quase infinito de massas rochosas colossais, regulares e geometricamente eurrítmicas, cujos topos deteriorados e esburacados rompiam uma camada glacial de não mais que doze ou quinze metros de espessura, nos pontos mais grossos, e em alguns lugares obviamente mais fina.

O efeito da paisagem monstruosa foi indescritível, pois alguma violação sinistra das leis naturais conhecidas pareceu certa desde o início. Aqui, num altiplano infernalmente antigo, de no mínimo 6.000 metros de altitude, e num clima que, antes mesmo do aparecimento dos humanos, já era letal para todo e qualquer habitante há pelo menos 500.000 anos, se estendia, quase até onde os olhos alcançavam, um emaranhado de pedras ordenadas que somente o desespero da autopreservação mental poderia atribuir a qualquer outra causa que não a uma causa consciente e artificial. Já tínhamos rejeitado, preferindo nos atermos a um raciocínio sério, qualquer teoria de que os cubos e baluartes das encostas montanhosas tivessem origem artificial. Como poderia ser de outro modo, quando o próprio homem mal tivera tempo de se diferenciar dos grandes primatas na época em que essa região sucumbiu ao atual e ininterrupto reinado de morte glacial?

Contudo, agora o domínio da razão parecia ter sido irrefutavelmente abalado, pois aquele labirinto ciclópico de blocos de formas quadradas, arredondadas e angulares tinha características que proibiam qualquer refúgio confortável. Era, não havia dúvidas, a blasfema cidade da miragem, numa realidade objetiva, nítida e inelutável. O detestável presságio tivera, afinal, uma base concreta – algum estrato horizontal de poeira de gelo flutuara no ar de mais alta atitude, e aquele chocante grupo de pedras remanescentes tinha projetado sua imagem do outro lado das montanhas, de acordo com as simples leis da reflexão. É claro, a ilusão fora retorcida e exagerada, e continha elementos ausentes da fonte real; contudo, agora, ao vermos a fonte, a consideramos ainda mais hedionda e ameaçadora do que sua imagem distante.

Somente a imensidão incrível e desumana daqueles vastos baluartes e torres de pedra havia salvado a coisa terrível da aniquilação completa nas centenas de milhares – talvez milhões – de anos em que avultara lá em meio às rajadas de um sombrio platô. "Corona Mundi", "Teto do Mundo". Todos os tipos de expressões fantásticas brotaram de nossos lábios enquanto olhávamos, desnorteados, para o espetáculo inacreditável. Pensei mais uma vez nos insólitos e sinistros mitos primevos que com tanta persistência me haviam assombrado desde que eu avistara pela primeira vez aquele mundo antártico morto – no platô demoníaco de Leng, nos Mi-Go, ou abomináveis Homens das Neves dos Himalaias, nos Manuscritos Pnakóticos com suas insinuações de uma era pré-humana, no culto a Cthulhu, no *Necronomicon*, nas lendas hiperbóreas sobre o Tsathoggua informe e aquela cria estelar, pior do que informe, associada àquela semientidade.

Nas montanhas da loucura

Por incontáveis quilômetros, em todas as direções, a coisa se estendia com muito pouca diminuição; de fato, enquanto nossos olhos a seguiram para direita e esquerda ao longo da base dos baixos e graduais contrafortes que a separavam dos limites propriamente ditos das montanhas, concluímos que não se percebia qualquer diminuição, exceto por uma interrupção à esquerda da passagem pela qual viéramos. Havíamos nos deparado meramente, por acaso, com uma parte limitada de alguma coisa de extensão incalculável. Os contrafortes eram salpicados por algumas estruturas grotescas de pedra mais distantes entre si, ligando a terrível cidade aos cubos e baluartes já conhecidos que, estava claro, cumpriam o papel de seus marcos fronteiriços nas montanhas. Estes últimos, assim como as estranhas entradas das cavernas, eram tão numerosos no lado interno das montanhas quanto no externo.

O inominável labirinto de pedra consistia, em sua maior parte, de paredes de gelo translúcido de três a 45 metros de altura, e de espessura entre um metro e meio e três metros. Era composto majoritariamente de prodigiosos blocos de ardósia, xisto e arenito, negros e primordiais – blocos que chegavam, em muitos casos, até 1x 2 x 2,5 metros –, embora em diversos pontos parecessem ter sido esculpidos a partir de um leito rochoso sólido e irregular de ardósia pré-cambriana. As construções de modo algum eram de dimensões idênticas, havendo inumeráveis arranjos alveolados de proporção gigantesca, como também estruturas individuais menores. A forma geral daquelas coisas tendia a ser cônica, piramidal ou escalonada, embora fossem muitos os cilindros perfeitos, cubos perfeitos, aglomerações de cubos e outras formas retangulares, e um peculiar salpicado de edificações anguladas cuja base de cinco pontas fazia lembrar um pouco as fortificações modernas. Os construtores haviam em muitos casos utilizado, com perícia, o princípio do arco, e provavelmente domos haviam existido na era de ouro da cidade.

O emaranhado todo sofrera intemperismo brutal, e a superfície glacial a partir da qual as torres se projetavam estava juncada por blocos caídos e detritos imemoriais. Onde a glaciação era transparente, podíamos ver as partes inferiores das pilhas gigantescas e perceber pontes de pedra preservadas pelo gelo ligando as diferentes torres pelo alto, a distâncias variadas. Nas paredes expostas, pudemos detectar os pontos danificados onde outras pontes mais altas do mesmo tipo haviam existido. Um exame mais próximo revelou uma quantidade incalculável de janelas de tamanho mediano; algumas delas fechadas por cortinas de um material petrificado, originalmente madeira, embora a maioria apresentasse fendas sinistras e ameaçadoras. Muitas das ruínas, é claro, não possuíam teto e tinham bordas superiores desiguais, embora arredondadas pelo vento; ao passo que outras, de um modelo mais acentuadamente cônico ou piramidal ou então protegidas por estruturas vizinhas mais altas, preservavam intactos os seus contornos, apesar do desmoronamento e esburacamento onipresentes. Com um binóculo, discernimos sem muita clareza o que pareciam ser decorações esculturais em faixas horizontais – decorações que incluíam aqueles curiosos grupos de pontos cuja presença nas antigas pedras-sabão agora assumia um significado muito mais profundo.

Em muitos pontos, as construções estavam totalmente arruinadas, e a camada de gelo fora profundamente dilacerada por diversas causas geológicas. Em outros lugares, a cantaria estava desgastada até o próprio nível da glaciação. Uma ampla faixa, se estendendo do interior do platô até uma fissura nos contrafortes, cerca de um quilômetro e meio à esquerda da passagem que utilizamos, era inteiramente desprovida de construções; provavelmente correspondia, concluímos, ao curso de algum grande rio que, no período terciário – milhões de anos atrás –, correra pela cidade, desembocando em algum prodigioso abismo subterrâneo da grande barreira de montanhas. Sem dúvidas aquela era, acima de tudo, uma região de cavernas, abismos e segredos subterrâneos além do que os humanos podem sondar.

Reexaminando nossas sensações, e relembrando a perplexidade que sentimos ao ver aquele remanescente monstruoso de eras que acreditávamos pré-humanas, não posso evitar a surpresa por termos conseguido manter um simulacro de equilíbrio mental. É claro, sabíamos que algo – cronologia, teoria científica ou a nossa própria consciência – estava deploravelmente errado; contudo, mantivemos uma compostura suficiente para pilotar o avião, observar muitas coisas com grande minúcia e tirar uma criteriosa série de fotografias que ainda pode prestar um bom serviço a nós dois e ao mundo. Em meu caso, o hábito científico profundamente enraizado pode ter ajudado, pois acima de toda a minha perplexidade e pressentimento de algo ameaçador ardia em mim uma curiosidade dominante de compreender mais daquele segredo antiquíssimo – saber que tipo de criatura havia construído e habitado aquele lugar gigantesco, de proporções incalculáveis, e que relação com o mundo de sua época ou de outras épocas aquela concentração de vida tão singular poderia ter tido.

Pois aquilo não podia ser uma cidade comum. Deve ter formado o principal núcleo e centro de algum capítulo arcaico e inacreditável da história da Terra, cujas ramificações, lembradas somente de forma indistinta nos mitos mais obscuros e distorcidos, haviam desaparecido por completo em meio ao caos das convulsões terrenas, muito antes que qualquer raça humana por nós conhecida pudesse se diferenciar aos poucos do reino dos primatas. Ali se estendia uma megalópole paleógena, comparada com a qual as lendárias Atlântida e Lemúria, Commoriom e Uzuldaroum, e Olathoë na terra de Lomar são recentes e do dia de hoje – nem mesmo de ontem; uma megalópole equiparável a blasfêmias pré-humanas sussurradas, como Valúsia, R'lyeh, Ib na terra de Mnar, e a Cidade Inominável de Arabia Deserta. Ao sobrevoarmos aquele emaranhado de sombrias torres titânicas, minha imaginação algumas vezes ultrapassou todas as fronteiras e vagou sem destino por reinos de associações fantásticas – tecendo até mesmo ligações entre aquele mundo perdido e alguns dos meus mais loucos sonhos a respeito do insano terror no acampamento.

O tanque de combustível do avião, para que o peso fosse o menor possível, fora enchido somente em parte; portanto, agora tínhamos de proceder com cautela em nossas explorações. Mesmo assim, contudo, cobrimos uma imensa extensão de terra – ou, melhor dizendo, de ar – após mergulharmos até um nível em que o vento se tornava um fator praticamente desprezível. Não parecia haver limite para a cordilheira, ou para a extensão da horrenda cidade de pedra que margeava os contrafortes internos da cordilheira. Oitenta quilômetros de voo em cada direção não mostraram nenhuma grande mudança no labirinto de rocha e cantaria que se projetava do gelo eterno como um cadáver que tenta sair do túmulo. Havia, no entanto, algumas variações fascinantes, assim como os entalhes no cânion onde aquele vasto rio outrora penetrava os contrafortes e se aproximava de seu ponto de submersão na grande cordilheira. Os promontórios no ponto de entrada da torrente haviam sido violentamente entalhados, assumindo a forma de torres ciclópicas; e algo acerca dos desenhos em forma de barril com cristas agitara semilembranças estranhamente vagas, abomináveis e desorientadoras tanto em Danforth quanto em mim.

Deparamo-nos também com vários espaços abertos em forma de estrela, obviamente praças públicas, e percebemos várias ondulações no terreno. Onde uma colina íngreme se erguia, era no mais das vezes vazada para formar algum tipo de tortuosa edificação de pedra; mas havia pelo menos duas exceções. Destas, uma se encontrava demasiado desgastada pelas intempéries para que revelasse o que fora na elevação protuberante, ao passo que outra ainda sustinha um fantástico monumento cônico esculpido a partir de rocha sólida e mais ou menos semelhante a coisas como o famoso Túmulo da Cobra, no antigo vale de Petra.

Voando terra adentro a partir das montanhas, descobrimos que a cidade não era de largura infinita, embora a extensão ao longo dos contrafortes parecesse não ter fim. Após cerca de cinquenta quilômetros, as grotescas construções de pedra começavam a escassear, e depois de outros quinze chegamos a um deserto contínuo praticamente desprovido de sinais de artesanato inteligente. O curso do rio para além da cidade parecia marcado por uma larga linha côncava, ao passo que a terra se tornava mais acidentada, parecendo inclinar-se levemente para o alto no ponto em que desaparecia no oeste brumoso.

Até então não havíamos pousado, porém deixar o platô sem tentar entrar em alguma das estruturas monstruosas seria inconcebível. Assim, decidimos encontrar um terreno uniforme nos contrafortes perto da passagem utilizável, ali pousando o avião e nos preparando para explorar um pouco a pé. Embora essas encostas suaves fossem parcialmente cobertas por algumas ruínas dispersas, um voo baixo logo revelou um número maior de possíveis pistas de aterrissagem. Escolhendo a que ficava mais perto da passagem, já que no próximo voo cruzaríamos a grande cordilheira e voltaríamos para o acampamento, por volta de meio-dia e meia conseguimos aterrissar num campo liso de neve dura, inteiramente desprovido de obstáculos e apropriado para decolagem rápida e conveniente mais tarde.

Não pareceu necessário proteger o avião com uma barreira de neve, sendo que ficaríamos por muito pouco tempo e com uma ausência tão confortável de ventos fortes naquela altitude; portanto, só nos certificamos de que os esquis de pouso estavam armazenados com segurança e de que as partes vitais da máquina estavam protegidas contra o frio. Para a caminhada, nos livramos dos trajes de pele mais pesados que usamos no voo e levamos um pequeno kit contendo bússola de bolso, câmera de mão, provisões leves, grande quantidade de cadernos e papéis, martelo e cinzel geológicos, sacos para a coleta de amostras, um rolo de corda para escalada e poderosas lanternas com pilhas extras; levamos esses itens no avião para o caso de podermos pousar, tirar fotos no chão, fazer desenhos e esboços topográficos e obter amostras de rochas de alguma encosta nua, afloramento ou caverna de montanha. Felizmente contávamos com um suprimento extra de papel para picotar, colocar dentro de um saco sobressalente de coleta de amostras e usá-lo para fazer uma trilha de papel que demarcaria nosso caminho em quaisquer labirintos internos em que pudéssemos penetrar. Levamos esses itens para o caso de encontrarmos algum sistema de cavernas com ar tranquilo o suficiente para permitir o uso de tal método rápido e fácil, em vez do método costumeiro de arrancar lascas das rochas para criar uma trilha.

Descendo com cautela pela neve endurecida a caminho do estupendo labirinto de pedra que se erguia contra o oeste iridescente, experimentamos uma sensação quase tão aguda da iminência de maravilhas como a que havíamos sentido ao nos aproximarmos da insondável passagem na cordilheira, quatro horas antes. É verdade que nos acostumáramos visualmente com o incrível segredo ocultado pela barreira de picos; contudo, a perspectiva de realmente adentrar paredes primordiais erguidas por seres conscientes há talvez milhões de anos – antes que qualquer raça de homens conhecida pudesse ter existido – era ainda assim formidável e potencialmente terrível em suas implicações de anormalidade cósmica. Embora a rarefação do ar naquela altitude prodigiosa tornasse o esforço físico um tanto mais custoso do que o normal, tanto eu quanto Danforth pudemos nos virar muito bem e nos sentimos preparados para quase qualquer tarefa que pudesse se nos impor. Bastaram alguns passos para que chegássemos a uma ruína informe, desgastada até chegar ao nível da neve, mas 50 a 75 metros adiante havia um gigantesco baluarte sem teto, ainda completo em seus contornos gigantescos de cinco pontas e erguendo-se a uma altura irregular de mais ou menos três metros. Para este último nos dirigimos e, quando por fim pudemos realmente tocar em seus blocos ciclópicos desgastados pelo tempo, sentimos ter criado uma ligação sem precedentes e quase blasfema com eras esquecidas, normalmente interditas a nossa espécie.

Esse baluarte, em forma de estrela e com talvez 90 metros de ponta a ponta, era constituído de blocos de arenito jurássico de tamanho irregular, tendo em média uma superfície de 1,80 x 2,40 metros. Havia uma fileira de aberturas ou janelas arqueadas com cerca de 1,20 metro de largura e 1,50 de altura, distribuídas de maneira perfeitamente simétrica ao longo das pontas da estrela e em seus ângulos interiores, e com seus fundos por volta de 1,20 metro acima da superfície glaciada. Olhando através delas, pudemos ver que a cantaria era de no mínimo 1,50 metro de espessura, que do lado de dentro não restavam quaisquer divisórias e que havia vestígios de faixas com entalhes ou baixos-relevos nas paredes interiores – fatos que já havíamos adivinhado antes, ao voar baixo sobre aquele baluarte e outros parecidos. Embora no passado devessem existir partes inferiores, todos os vestígios delas se encontravam agora inteiramente obscurecidos pela grossa camada de neve e gelo.

Entramos agachados por uma das janelas e em vão tentamos decifrar os desenhos murais quase apagados, mas não tentamos mexer no chão glaciado. Os voos exploratórios haviam indicado que muitas construções na cidade propriamente dita estavam menos obstruídas pelo gelo e que poderíamos talvez encontrar interiores inteiramente livres, que levariam ao verdadeiro nível térreo, caso entrássemos nas estruturas que ainda tinham teto. Antes de deixarmos o baluarte, o fotografamos com esmero e estudamos sua cantaria ciclópica, que não usava argamassa, com uma perplexidade total. Lamentamos a ausência de Pabodie, pois seu conhecimento de engenharia poderia ter nos ajudado a descobrir como seria possível transportar aqueles blocos titânicos naquela era incrivelmente remota em que a cidade e seus arredores foram construídos.

A descida de menos de um quilômetro até a cidade, com o vento acima de nós gritando inutilmente e com selvageria através dos picos superiores em segundo plano, permanecerá, em seus mínimos detalhes, para sempre gravada em minha mente. Somente em pesadelos fantásticos algum ser humano que não Danforth e eu poderia conceber tais efeitos ópticos. Entre nós e os vapores turbulentos do oeste estava aquele emaranhado monstruoso de torres negras de pedra; suas formas bizarras e inacreditáveis nos impressionando mais uma vez a cada novo ângulo de visão. Era uma miragem de pedra sólida, e, não fosse pelas fotografias, eu ainda duvidaria da existência de tudo aquilo. O tipo mais usado de cantaria era idêntico ao do baluarte que examináramos; mas as formas extravagantes que essa cantaria assumia em suas manifestações urbanas estavam além de qualquer descrição.

Até mesmo as fotografias ilustram apenas uma ou duas fases de sua infinita bizarria, interminável variedade, de seu gigantismo sobrenatural e exotismo inteiramente alienígena. Havia formas geométricas para as quais Euclides dificilmente acharia um nome – cones de todos os graus de irregularidade e trucamento, terraços de todos os tipos de intrigante desproporção; mastros com estranhos alargamentos bulbosos, curiosos agrupamentos de colunas quebradas e arranjos de cinco pontas ou cinco cristas grotescamente insanos. Chegando perto pudemos enxergar através de certas partes transparentes da camada de gelo e detectar algumas das pontes de pedra tubulares que ligavam as estruturas espalhadas numa disposição demente em diferentes alturas. Não parecia haver nenhuma rua comum, a única avenida ampla estando um quilômetro e meio à esquerda, onde o antigo rio sem dúvida fluíra cortando a cidade em direção às montanhas.

Nossos binóculos mostraram que as faixas horizontais externas de esculturas e agrupamentos de pontos quase apagados eram muito comuns, e pudemos mais ou menos imaginar como teria sido, outrora, a aparência da cidade – ainda que a maioria dos tetos e topos das torres houvessem, naturalmente, perecido. No todo, tratara-se de um complexo emaranhado de vias e ruelas retorcidas, todas elas cânions profundos, e algumas praticamente túneis, devido à cantaria que pendia no alto ou a pontes que formavam um arco acima delas. Agora, se estendendo embaixo de nós, assomava como uma fantasia onírica contra a névoa do oeste através de cuja extremidade norte o baixo e avermelhado sol antártico do início da tarde se esforçava para brilhar; e quando, por um momento, aquele sol encontrava uma obstrução mais densa e mergulhava a paisagem numa breve sombra, o efeito era sutilmente ameaçador, de uma maneira que jamais posso ter esperança de descrever. Até mesmo os distantes uivos e silvos do vento distante nas grandes passagens das montanhas atrás de nós assumiam uma fantástica nota de malignidade intencional. O último estágio da nossa descida para a cidade foi anormalmente íngreme e escarpado, e um afloramento rochoso na borda de onde o grau de descida mudava nos levou a pensar que ali um dia houvera um terraço artificial. Sob a glaciação, acreditamos, devia haver um lance de escadas ou algo que o valha.

Quando por fim mergulhamos na própria cidade labiríntica, trepando com dificuldade em cantarias tombadas e recuando ante a proximidade opressiva e a altura esmagadora das onipresentes paredes esburacadas e decadentes, nossas sensações mais uma vez se excitaram a tal ponto que fico maravilhado com o tanto de autocontrole que conseguimos manter. Danforth estava claramente irrequieto, e começou a fazer algumas especulações ofensivas de tão triviais sobre o horror encontrado no acampamento – das quais me ressenti ainda mais por não poder evitar compartilhar de certas conclusões a que nos vimos forçados por muitas características daquela mórbida relíquia de uma antiguidade quimérica. As especulações tiveram também efeito sobre sua imaginação; pois em certo ponto – onde uma ruela tomada de escombros fazia uma curva acentuada – ele insistiu ter visto leves vestígios de marcas no chão das quais não gostara; e noutro parou para ouvir com atenção um sutil som imaginário vindo de algum ponto vago – um flauteado musical abafado, disse, não muito diferente do que o vento gerava nas cavernas das montanhas, mas de algum modo diferente de um jeito perturbador. A repetição incessante do padrão de cinco pontas da arquitetura que nos cercava e dos poucos arabescos murais que conseguimos discernir tinha um quê de sugestão obscuramente sinistra ao qual não podíamos escapar; e nos deu um pouco de uma terrível certeza subconsciente a respeito das entidades primevas que haviam erguido e habitado aquele lugar profano.

Não obstante, nossos espíritos científicos e de aventura não estavam de todo mortos, e realizamos com automatismo nosso programa de coletar amostras de todos os tipos diferentes de rochas presentes na cantaria. Era nossa intenção obter um conjunto bastante completo, de modo a chegar a conclusões mais precisas sobre a idade do lugar. Nada nas grandes paredes externas parecia ser posterior aos períodos jurássico e comanchiano, e tampouco havia qualquer pedra em todo o lugar mais recente do que o período plioceno. Com inexorável certeza, vagávamos em meio a uma morte que reinava por no mínimo 500.000 anos, e muito provavelmente ainda mais do que isso.

Seguindo por aquele labirinto de luz crepuscular obscurecida pelas pedras, paramos em todas as aberturas acessíveis para estudar interiores e investigar possibilidades de entrada. Algumas estavam além do alcance, outras levavam apenas a ruínas obstruídas pelo gelo tão desprovidas de teto e áridas quanto o baluarte na colina. Uma, apesar de grande e tentadora, abria-se para um abismo que parecia sem fim e sem qualquer meio de descida à vista. Aqui e acolá pudemos estudar a madeira petrificada de venezianas remanescentes e ficamos impressionados com a fabulosa antiguidade sugerida pela textura ainda discernível. Aquelas coisas tinham vindo de gimnospermas e coníferas do mesozoico – em especial de cicadáceas do cretáceo – e de palmeiras e angiospermas primitivos claramente do período terciário. Não descobrimos nada que fosse sem dúvida posterior ao plioceno. A colocação daquelas venezianas – cujas margens mostravam sinais da presença de estranhas dobradiças, há muito desaparecidas – parecia ser variada; algumas no lado externo e outras no lado interno dos profundos vãos. Pareciam ter ficado emperradas em seus lugares, assim sobrevivendo ao enferrujamento de seus antigos suportes e ferrolhos, provavelmente feitos de metal.

Depois de algum tempo, nos deparamos com uma fileira de janelas – nas protuberâncias de um colossal cone de cinco cristas e cume intacto – que davam para uma sala ampla e bem preservada com chão de pedra; mas eram altas demais em relação ao interior para permitir que descêssemos sem corda. Tínhamos corda conosco, mas não queríamos empreender o esforço daquela descida de seis metros a menos que fosse inevitável – especialmente naquele rarefeito ar de platô, que impunha graves exigências ao funcionamento cardíaco. Aquela enorme sala parecia ter sido um vestíbulo ou passagem de algum tipo, e nossas lanternas revelaram esculturas vívidas, nítidas e potencialmente chocantes, dispostas pelas paredes em largas faixas horizontais, separadas por tiras de arabescos convencionais da mesma largura. Observamos com muito cuidado aquele ponto, planejando entrar ali se não encontrássemos um interior de mais fácil acesso.

Finalmente, porém, encontramos justo a entrada que procurávamos; uma arcada de cerca de 1,80 de largura e três metros de altura, marcando a antiga extremidade de uma ponte suspensa que havia cruzado uma via a cerca de 1,50 metro acima do nível atual de glaciação. Essas arcadas, é claro, estavam repletas de andares superiores, e naquele caso um dos andares ainda existia. A construção a que davam acesso era uma série de terraços retangulares a nossa esquerda, de frente para o oeste. Do outro lado da viela, onde se abria a outra arcada, havia um cilindro decrépito sem janelas e com uma curiosa protuberância certa de três metros acima da abertura. No interior o escuro era total, e a arcada parecia se abrir para um poço de um vazio ilimitado.

Algumas pilhas de escombros facilitavam ainda mais a entrada para a grande construção da esquerda, mas hesitamos por um momento antes de aproveitar a chance há muito desejada. Embora houvéssemos penetrado naquele emaranhado de mistério arcaico, era preciso uma resolução renovada para entrar de fato numa construção intacta e remanescente de um fabuloso mundo ancião, cuja natureza se tornava cada vez mais horrendamente óbvia para nós. Ao final, contudo, nós avançamos e subimos pelos escombros em direção ao vão boquiaberto. O chão dentro era de enormes placas de ardósia, e parecia ser onde desembocava um longo e alto corredor com paredes esculpidas.

Observando as muitas arcadas internas que começavam a partir dali, e compreendendo a provável complexidade do ninho de apartamentos lá dentro, decidimos que era necessário começar o nosso sistema de marcar o caminho com uma trilha de pedaços de papel. Até ali, as bússolas e os vislumbres frequentes da imensa cordilheira entre as torres atrás de nós haviam bastado para impedir que nos perdêssemos; mas dali em diante o substituto artificial se faria necessário. Assim, reduzimos os papéis sobressalentes a pedaços do tamanho apropriado, colocamos todos em um saco que seria carregado por Danforth e nos preparamos para usá-los com tanta parcimônia quanto permitissem as necessidades de segurança. Esse método provavelmente não deixaria que nos perdêssemos, já que não parecia haver nenhuma corrente forte de ar dentro da cantaria primordial. Caso tais correntes surgissem, ou se o suprimento de papel acabasse, recorreríamos, é claro, ao método mais seguro, embora mais tedioso e demorado, de lascar as pedras.

Era impossível adivinhar a extensão do território que se abria diante de nós sem realizar algum teste. A ligação próxima e frequente entre as diferentes construções tornava provável que fôssemos de uma para outra através de pontes sob o gelo, exceto onde o caminho estivesse obstruído por desabamentos locais e falhas geológicas, pois os enormes prédios pareciam ter sido bem pouco invadidos pela glaciação. Quase todas as áreas de gelo transparente haviam mostrado que as janelas submersas estavam muito bem fechadas pelas venezianas, como se a cidade houvesse permanecido naquele estado uniforme até que a camada glacial cristalizasse a parte inferior por todo o tempo subsequente. De fato, tinha-se uma curiosa impressão de que aquele lugar fora deliberadamente fechado e evacuado em alguma era antiga e obscura, e não esmagado por alguma catástrofe repentina, nem mesmo por uma decadência gradual. Será que a chegada do gelo fora prevista e que toda uma população inominável partira em busca um abrigo menos malfadado? Exatamente quais condições fisiográficas haviam contribuído para a formação da camada de gelo era uma pergunta que teria de esperar. Estava muito claro que não se tratara de um avanço esmagador. Talvez a pressão da neve acumulada tivesse sido a responsável, ou talvez alguma enchente do rio ou inundação causada pelo estouro de alguma antiga represa glacial na grande cordilheira houvessem contribuído na criação do estado especial que se podia observar agora. A imaginação era capaz de conceber praticamente qualquer coisa no que dizia respeito àquele lugar.

6

Seria enfadonho fazer um relato minucioso e ordenado de nossas perambulações por aquela colmeia cavernosa, morta há muito, de cantaria primordial – aquele covil monstruoso de segredos arcaicos que agora ecoava pela primeira vez, depois de épocas incontáveis, ao som de passos humanos. Especialmente porque uma grande parte do horrível drama, da terrível revelação, veio de um mero exame dos onipresentes entalhes murais. Nossas fotografias desses entalhes, tiradas com flash, serão de grande valia para provar a verdade do que estamos agora revelando, e é lamentável que não tivéssemos conosco uma quantidade maior de filme fotográfico. Sendo assim, depois que os filmes acabaram, fizemos nos cadernos esboços rudimentares de certas características proeminentes.

A construção em que estávamos era de grandes proporções e muito elaborada, e nos deu uma noção impressionante da arquitetura daquele inominável passado geológico. As divisórias internas não eram tão tremendas quanto as paredes externas, mas nos níveis mais baixos encontravam-se em excelente estado de conservação. A complexidade tortuosa, incluindo as diferenças peculiarmente irregulares entre os níveis do piso, caracterizava toda a estrutura, e certamente teríamos nos perdido logo no início não fosse pela trilha de papel picado que deixamos para trás. Decidimos explorar as partes superiores, mais decrépitas, antes das outras, e portanto ascendemos pelo labirinto, percorrendo mais ou menos 30 metros, para onde a fileira mais alta de câmaras se abria, ruína na neve, para o céu polar. Subimos pelas íngremes rampas de pedra com reforços transversais e pelos planos inclinados que por todo canto cumpriam a função de escadas. As salas que encontramos eram de todas as formas e proporções imagináveis, variando entre estrelas de cinco pontas, triângulos e cubos perfeitos. Pode-se afirmar com segurança que tinham em média nove metros quadrados de chão e seis metros de altura, embora existissem muitas salas maiores. Após um exame minucioso das regiões superiores e do nível glacial, descemos, andar por andar, para a parte submersa, onde de fato logo vimos que estávamos num labirinto contínuo de câmaras e passagens conectadas que provavelmente levavam a um número indefinido de áreas fora daquela construção específica. A enormidade e o gigantismo ciclópicos de tudo a nossa volta gerava um efeito curiosamente opressivo; e havia algo de vago, mas profundamente inumano em todos os contornos, dimensões, proporções, decorações e nuances estruturais da cantaria de antiguidade blasfema. Logo percebemos, pelo que revelavam os entalhes, que aquela cidade monstruosa tinha muitos milhões de anos de idade.

Ainda não podemos explicar os princípios de engenharia usados no equilíbrio e no ajuste anômalos das imensas massas de rocha, embora claramente a função do arco fosse muito utilizada. As salas que visitamos eram inteiramente desprovidas de objetos portáteis, uma circunstância que corroborou a hipótese do abandono deliberado da cidade. A principal característica decorativa era o sistema quase universal de esculturas murais, que tendiam a correr em faixas horizontais contínuas de um metro de largura e eram dispostas do chão ao teto, intercaladas com faixas de largura idêntica tomadas por arabescos geométricos. Havia exceções a essa regra, mas sua preponderância era absoluta. Muitas vezes, no entanto, uma série de cartuchos lisos contendo grupos de pontos em configurações estranhas encontrava-se incrustada em uma das faixas de arabescos.

A técnica, logo vimos, era madura, consumada e esteticamente evoluída até o último grau de perícia civilizada, embora absolutamente estranha, em todos os detalhes, a qualquer tradição artística humana conhecida. Em delicadeza de técnica, nenhuma escultura que vi na vida chega-lhe aos pés. Os detalhes mais ínfimos de vegetação elaborada ou de vida animal eram representados com uma vividez estarrecedora, apesar da ousada escala dos entalhes, ao passo que os desenhos convencionais eram maravilhas de habilidosa complexidade. Os arabescos evidenciavam um uso profundo de princípios matemáticos, e eram feitos de curvas e ângulos obscuramente simétricos, baseados no número cinco. As faixas ilustradas seguiam uma tradição altamente formalizada, e nelas o tratamento da perspectiva era peculiar, mas tinham uma força artística que nos comoveu profundamente, não obstante o abismo de vastos períodos geológicos que havia entre nós. O método de desenho delas baseava-se numa singular justaposição da seção da cruz com a silhueta bidimensional, revelando um poder de análise psicológica superior ao de qualquer raça antiga conhecida. É inútil tentar comparar essa arte com qualquer uma que esteja representada em nossos museus. Aqueles que virem as nossas fotografias provavelmente encontrarão seu análogo mais próximo em certas concepções grotescas dos futuristas mais ousados.

O rendilhado de arabesco consistia inteiramente de linhas côncavas, cuja profundidade nas paredes não desgastadas pelo clima variava entre dois e cinco centímetros. Quando os cartuchos com agrupamentos de pontos apareciam – era óbvio que se tratava de inscrições em alguma língua e alfabeto primordiais e desconhecidos –, a concavidade da superfície regular era de talvez quatro centímetros, e dos pontos, de um centímetro a mais. As faixas ilustradas eram em baixo-relevo escareado, seu segundo plano cerca de 5 centímetros mais fundo em relação à superfície original da parede. Em alguns casos era possível detectar marcas de uma antiga coloração, embora na maior parte as incontáveis eras transcorridas houvessem desintegrado e dissipado qualquer pigmentação que porventura tivesse sido ali aplicada. Quanto mais se estudava a maravilhosa técnica, mais admiração se tinha por aquelas coisas. Por baixo de sua estrita convencionalização, podia-se perceber a observação minuciosa e precisa e a habilidade gráfica dos artistas; e de fato as próprias convenções serviam para simbolizar e acentuar a verdadeira essência ou diferenciação vital de cada objeto delineado. Sentimos, também, que além dessas virtuosidades reconhecíveis havia outras escondidas, fora do alcance de nossas percepções. Certos toques aqui e ali davam sinais vagos de símbolos e estímulos latentes aos quais um outro contexto, mental e emocional, e um aparato sensorial mais pleno ou diferente poderiam talvez conferir uma profundidade e um significado comovente para nós.

Os temas presentes nas esculturas obviamente eram retirados da vida da época desaparecida em que haviam sido criadas, e continham uma grande proporção de evidente narrativa histórica. Foi a proeminência anormal que a raça primeva dava à própria história – um acaso das circunstâncias funcionando, por coincidência e milagre, em nosso favor – que tornou os entalhes tão imensamente informativos e que nos fez colocar a representação fotográfica e a cópia deles acima de qualquer outra consideração. Em certas salas o arranjo dominante era modificado pela presença de mapas, cartas astronômicas e outros desenhos científicos de escala ampliada – tais coisas dando uma corroboração ingênua e terrível ao que havíamos captado dos frisos e rodapés ilustrados. Fazendo alusão ao que era revelado pelo todo, posso esperar apenas que meu relato não incite uma curiosidade que exceda a sã cautela naqueles que acreditarem em mim o mínimo que seja. Seria trágico se alguém fosse atraído àquele reino de morte e horror pela própria advertência que tem por objetivo desencorajá-lo.

Aquelas paredes esculpidas eram interrompidas por janelas altas e imensos portais de três metros e meio, todos aqui e ali ainda com as tábuas de madeira petrificada – com entalhes complexos e refinados – das próprias venezianas e portas. Todas as dobradiças metálicas haviam desaparecido há muito, mas algumas das portas continuavam em seus lugares e tiveram de ser abertas à força em nosso progresso pelas salas. Alguns caixilhos de janelas, com estranhas vidraças transparentes – em sua maior parte, elípticas –, haviam permanecido, mas em pouca quantidade. Havia também frequentes nichos de grande magnitude, em geral vazios, mas em alguns casos contendo algum objeto bizarro entalhado em pedra-sabão verde, que se encontrava quebrado ou talvez tenha sido considerado insignificante demais para ser levado. Outras aberturas eram sem dúvida destinadas a desaparecidas instalações mecânicas – aquecimento, iluminação e afins – de um tipo aludido em muitos dos entalhes. Os tetos geralmente não tinham enfeites, mas alguns tinham incrustações de pedra-sabão verde ou outros azulejos, a maioria deles agora caída. Os pisos também eram pavimentados com tais azulejos, embora a cantaria simples predominasse.

Como já disse, todos os móveis e outros objetos portáteis estavam ausentes; mas as esculturas davam uma ideia clara dos estranhos aparelhos que um dia encheram aquelas salas tumulares e ecoantes. Acima da camada glacial, geralmente havia sobre os pisos pilhas de detritos, escombros e sujeita; porém, nos níveis inferiores essa condição minorava. Em algumas das câmaras e corredores em andares mais baixos encontramos pouco mais do que poeira arenosa ou incrustações antigas, e algumas áreas davam a inquietante impressão de terem sido imaculadamente limpas há não muito tempo. É claro que, onde haviam ocorrido desabamentos e fendas haviam se aberto, os níveis inferiores estavam tão cheios de detritos quanto os superiores. Um pátio central – como em outras estruturas que víramos do alto – impedia que as regiões internas permanecessem na escuridão total; de modo que poucas vezes fomos obrigados a usar nossas lanternas nas salas superiores, exceto ao examinar os detalhes das esculturas. Abaixo da calota de gelo, contudo, o crepúsculo se aprofundava; e em muitas partes do intricado andar térreo a escuridão era praticamente absoluta.

Para se ter uma noção rudimentar de nossos pensamentos e emoções na medida em que penetrávamos aquele labirinto, há eras inteiras em silêncio, de cantaria inumana, é necessário correlacionar um caos absolutamente estarrecedor de estados de espírito, memórias e impressões transientes. A mera antiguidade estarrecedora e desolação letal do lugar bastavam para oprimir praticamente qualquer pessoa de sensibilidade; mas, além desses elementos, havia também o recente e inexplicado horror no acampamento e as revelações que as terríveis esculturas murais a nossa volta logo proporcionaram. Assim que nos deparamos com um segmento intacto de entalhes, cuja interpretação não deixava a menor brecha para ambiguidades, um breve exame nos revelou a hedionda verdade – uma verdade que seria ingênuo alegar não ter sido, por mim e Danforth separadamente, suspeitada anteriormente, embora tivéssemos evitado até mesmo aludir a tais suspeitas uma para o outro. Agora, não poderia haver mais dúvida misericordiosa alguma sobre a natureza dos seres que haviam construído e habitado aquela monstruosa cidade morta, milhões de anos atrás, quando os ancestrais do homem eram mamíferos arcaicos e primitivos e imensos dinossauros vagavam pelas estepes tropicais da Europa e da Ásia.

Até ali vínhamos nos agarrando a uma alternativa desesperada e insistindo – cada um consigo mesmo – que a onipresença do tema das cinco pontas significava apenas alguma exaltação cultural ou religiosa do objeto natural arqueano que, estava claro, encarnava a qualidade de ter cinco pontas; como os temas decorativos da Creta minoica exaltavam o touro sagrado, os do Egito o escaravelho, os de Roma o lobo e a águia, e os de diversas tribos selvagens algum animal escolhido para servir de totem. Mas esse último refúgio fora agora arrancado de nós, e nos vimos obrigados a enfrentar de uma vez por todas a compreensão atordoadora que o leitor dessas páginas certamente previu há muito tempo. Mal posso suportar escrevê-la preto no branco mesmo agora, mas isso talvez não seja necessário.

As coisas que outrora haviam procriado e habitado naquela temível cantaria na época dos dinossauros de fato não eram dinossauros, mas coisa muito pior. Simples dinossauros eram coisas novas e praticamente descerebradas – mas os construtores da cidade eram sábios e antigos, e haviam deixados certos vestígios nas rochas que, mesmo naquela época, tinham sido assentadas há quase um bilhão de anos... rochas assentadas antes que a verdadeira vida terrestre tivesse passado de maleáveis grupos celulares... rochas assentadas antes que a verdadeira vida terrestre sequer existisse. Eles eram os criadores e escravizadores daquela vida, e acima de qualquer dúvida as fontes inspiradoras dos infernais mitos antigos, às quais coisas como os Manuscritos Pnakóticos e o *Necronomicon* haviam aludido com pavor. Eles eram os Grandes Anciões que haviam descido por entre as estrelas quando a terra era jovem – os seres cuja substância uma evolução estranha a nossa havia formado e cujos poderes eram maiores do que qualquer outro que esse planeta tenha gerado. E pensar que fazia apenas um dia que Danforth e eu havíamos posto os olhos sobre fragmentos de sua substância há milênios fossilizada... e que o pobre Lake e sua equipe tinham visto as próprias criaturas...

É obviamente impossível, para mim, relatar na ordem correta os estágios da obtenção de nossos conhecimentos sobre aquele capítulo monstruoso da vida pré-humana. Depois do primeiro choque da revelação indubitável, tivemos de parar um pouco para nos recuperar, e já eram três horas antes de partirmos em nossa jornada propriamente dita de investigação sistemática. As esculturas na construção em que entramos eram relativamente recentes – talvez de 2 milhões de anos atrás –, sua idade calculada com base nas características geológicas, biológicas e astronômicas, e incorporavam uma arte que seria chamada de decadente em comparação com a dos exemplares que encontramos em construções mais antigas, após cruzar pontes sob a camada glacial. Um edifício desbastado a partir de rocha sólida parecia datar de 40 ou talvez até 50 milhões de anos – ou seja, do eoceno inferior ou cretáceo superior – e continha baixos-relevos de uma excelência artística que superava todo o resto, com uma tremenda exceção com a qual nos deparamos. Aquela era, concordamos depois, a mais antiga estrutura doméstica pela qual havíamos passado.

Não fosse pela corroboração das fotografias com flash que logo virão a público, eu me absteria de contar o que descobri e inferi, por temer ser confinado num hospício. É claro, as partes infinitamente primevas daquela história caleidoscópica – representando a vida pré-terrestre dos seres com cabeça de estrela em outros planetas, em outras galáxias e em outros universos – podem ser de imediato interpretadas como a mitologia fantástica daqueles mesmos seres; contudo, tais partes às vezes incluíam traçados e diagramas de uma proximidade tão extraordinária com as mais novas descobertas da matemática e da astrofísica que eu mal sei o que pensar. Que outros julguem a questão quando virem as fotografias que publicarei.

Nenhum dos conjuntos de entalhes que encontramos, é claro, contava mais do que uma fração de qualquer história interconectada; e tampouco sequer começamos a nos deparar com os vários estágios daquela história em sua ordem correta. Algumas das vastas salas eram unidades independentes no tocante aos seus desenhos, ao passo que em outros casos uma crônica contínua se desenrolava por uma série de salas e corredores. Os melhores mapas e diagramas estavam nas paredes de um temível abismo abaixo até mesmo do antigo nível térreo – uma caverna de talvez sessenta metros quadrados e dezoito metros de altura, que quase sem dúvida fora algum tipo de centro educacional. Eram muitas as repetições intrigantes do mesmo conteúdo em diferentes salas e construções, já que certos capítulos de experiência e certos sumários ou fases da história da raça haviam sido claramente preferidos por diferentes decoradores ou habitantes. Algumas vezes, porém, versões diferentes do mesmo tema se mostravam úteis para resolver pontos controversos e preencher lacunas.

Ainda me espanta que tenhamos deduzido tanta coisa no curto espaço de tempo disponível. É claro que mesmo hoje temos somente um esboço muito rudimentar – e grande parte dele foi obtido posteriormente, com base num estudo das nossas fotografias e rascunhos. Talvez tenha sido o efeito desse estudo posterior – as memórias e vagas impressões renovadas, em conjunto com a sua sensibilidade e com aquele suposto vislumbre final de horror cuja essência ele se recusa a revelar até para mim – a causa imediata do atual colapso nervoso de Danforth. Mas não havia outra opção, pois não podíamos publicar nossa advertência de uma maneira inteligente sem apresentar as informações mais completas possíveis; e a publicação dessa advertência é uma necessidade primordial. Certas influências persistentes naquele mundo antártico desconhecido de tempo desordenado e de uma lei natural alienígena tornam imperativo que novas investigações sejam desencorajadas.

7

A história completa, até o ponto em que foi decifrada, será em breve publicada num boletim oficial da Miskatonic University. Aqui, tentarei esboçar apenas os pontos mais importantes, num estilo informe e cheio de divagações. Mito ou não, as esculturas contavam a chegada daquelas coisas com cabeça de estrela à terra jovem e sem vida, vindas do espaço cósmico – sua vinda, e a vinda de muitas outras entidades alienígenas que em certas épocas empreendem explorações espaciais. Elas pareciam capazes de cruzar o éter interestelar usando suas imensas asas membranosas

– assim confirmando de maneira estranha alguns contos do folclore montanhês que há muito me foram relatados por um colega antiquário. Elas haviam vivido sob o mar por muito tempo, construindo cidades fantásticas e lutando batalhas tremendas contra adversários sem nome, usando ferramentas intricadas que empregavam princípios desconhecidos de energia. Estava claro que seu conhecimento científico e mecânico superava em muito o conhecimento humano atual, embora eles fizessem uso de suas formas mais difundidas e complexas somente quando obrigados. Algumas das esculturas sugeriam que as criaturas haviam passado por um estágio de vida mecanizada em outros planetas, mas retrocedido após considerar seus efeitos emocionalmente insatisfatórios. A resistência sobrenatural de seu organismo e a simplicidade das necessidades naturais tornavam-nos peculiarmente aptos a viver em um plano alto, sem os produtos mais especializados da manufatura artificial e até sem vestimentas, exceto para ocasional proteção contra os elementos.

Foi sob o mar, de início para obter alimento e depois com outros objetivos, que criaram a primeira vida terrestre – usando as substâncias disponíveis de acordo com métodos há muito conhecidos. Os experimentos mais elaborados vieram após a aniquilação de vários inimigos cósmicos. Eles haviam feito o mesmo em outros planetas, tendo manufaturado não só alimentos necessários como também certas massas protoplásmicas multicelulares capazes de, sob influência hipnótica, moldar seus tecidos para formar diversos tipos de órgãos provisórios, formando assim escravos ideais para a realização do trabalho pesado da comunidade. Essas massas viscosas eram, sem a menor dúvida, as criaturas chamadas por Abdul Alhazred de "shoggoths" em seu temível *Necronomicon*, embora nem mesmo aquele árabe louco houvesse sugerido que alguma delas existira na Terra, exceto nos sonhos daqueles que mastigavam uma certa erva alcaloide. Depois que os Anciões de cabeça de estrela que habitavam este planeta sintetizaram suas formas simples de alimentos e criaram um bom suprimento de shoggoths, permitiram que outros grupos celulares se desenvolvessem em outras formas de vida animal e vegetal para objetivos diversos, erradicando qualquer um cuja presença se tornasse problemática.

Nas montanhas da loucura

Com a ajuda dos shoggoths, cujos prolongamentos podiam ser usados para levantar pesos colossais, as pequenas e baixas cidades sob o mar cresceram, tornando-se vastos e imponentes labirintos de pedra, não diferentes daqueles posteriormente erguidos em terra. De fato, os Anciões, com uma formidável capacidade adaptativa, haviam vivido por muito tempo em terra firme em outras partes do universo e provavelmente conservavam muitas tradições de construção em terra. Ao estudarmos a arquitetura de todas aquelas cidades paleógenas esculpidas, incluindo aquela cujos corredores de morte ancestral naquele momento atravessávamos, ficamos impressionados com uma coincidência curiosa que ainda não tentamos explicar, nem para nós mesmos. Os topos das construções, que na cidade a nossa volta haviam, é claro, sofrido intemperismos até que se transformassem, há muitas eras, em ruínas informes, eram representados com nitidez nos baixos-relevos e mostravam vastos aglomerados de torres em forma de agulha, remates delicados nos ápices de alguns cones e pirâmides e fileiras de finos discos horizontais escalopados encimando mastros cilíndricos. Isso era exatamente o que tínhamos visto naquela miragem monstruosa e agourenta, emitida por uma cidade morta da qual tais características da silhueta superior haviam desaparecido há milhares e dezenas de milhares de anos, que avultou diante de nossos olhos ignaros do outro lado das insondáveis montanhas da loucura ao nos aproximarmos pela primeira vez do malfadado acampamento do pobre Lake.

Sobre a vida dos Anciões, tanto sob o mar quanto depois que parte deles migrou para terra firme, seria possível escrever livros e mais livros. Os que habitavam águas rasas haviam mantido o uso pleno dos olhos que haviam nas extremidades dos cinco tentáculos principais da cabeça e praticado as artes da escultura e da escrita de um modo bastante normal – sendo a escrita realizada com estilete sobre superfícies enceradas à prova d'água. Aqueles que habitavam regiões mais profundas do oceano, embora utilizassem um curioso organismo fosforescente para o fornecimento de luz, complementavam a visão com obscuros aparelhos sensórios especiais que operavam através dos cílios prismáticos em suas cabeças – aparelhos sensórios que tornavam todos os Anciões parcialmente independentes de luz em situações de emergência. As formas de escultura e escrita tinham passado por modificações curiosas durante a descida para as profundezas, incorporando certos processos de revestimento aparentemente químicos – talvez para assegurar a fosforescência – que os baixos-relevos não puderam nos explicar. Os seres moviam-se no mar em parte a nado – usando os braços crinoides laterais – e em parte debatendo a fileira inferior de tentáculos que continha os pseudopés. Vez por outra, empreendiam longas arremetidas com o uso auxiliar de dois ou mais conjuntos de asas que se dobravam como leques. Em terra, usavam os pseudopés para pequenas distâncias, mas de vez em quando voavam a grandes altitudes ou por longas distâncias com as asas. Os muitos tentáculos esguios em que os braços crinoides se ramificavam eram infinitamente intricados, flexíveis, fortes e precisos em matéria de coordenação entre músculos e nervos – assegurando habilidade e destreza extremas em todas as atividades artísticas e de natureza manual.

A resistência das coisas era quase inacreditável. Até mesmo a imensa pressão das regiões mais profundas do mar parecia incapaz de lhes causar danos. Ao que parece, muito poucos morriam, exceto por meios violentos, e os cemitérios eram raros. O fato de que enterravam seus mortos verticalmente com tumbas de cinco pontas contendo inscrições incitou ideias em Danforth e em mim que tornaram necessária uma nova parada para nos recuperarmos, depois que o vimos nas esculturas. Sua reprodução era por meio de esporos – o mesmo método das pteridófitas vegetais, como Lake suspeitara –, mas devido a sua resistência e longevidade prodigiosas, e consequente falta de necessidades de substituição, eles não encorajavam o desenvolvimento em grande escala de novos protalos, exceto quando tinham novas regiões para colonizar. Os jovens chegavam rapidamente à maturidade e recebiam uma educação claramente de qualidade superior a qualquer coisa que possamos imaginar. A vida intelectual e estética comum era altamente evoluída e produzia um conjunto de costumes e instituições de tenaz longevidade, que descreverei com maiores detalhes em minha futura monografia. Esses costumes e instituições apresentavam pequenas variações conforme as criaturas habitassem terra ou mar, mas tinham todos as mesmas bases e fundamentos.

Embora capazes, como os vegetais, de obter nutrição de substâncias inorgânicas, preferiam em muito os alimentos orgânicos, especialmente os de origem animal. Comiam seres vivos marinhos crus quando viviam debaixo do mar, mas quando em terra cozinhavam seus víveres. Caçavam animais selvagens e criavam rebanhos para fornecimento de carne – que abatiam com armas afiadas, cujas estranhas marcas em certos ossos fossilizados nossa expedição havia observado. Resistiam maravilhosamente bem a todas as temperaturas ordinárias, e em seu estado natural conseguiam habitar águas quase congeladas. Porém, quando o grande frio do pleistoceno chegou – há quase um milhão de anos –, os habitantes de terra tiveram de recorrer a medidas especiais, inclusive aquecimento artificial, até que por fim o frio letal pareceu tê-los obrigado a retornar para o mar. Para seus voos pré-históricos pelo espaço cósmico, dizia a lenda, eles absorveram certas substâncias e se tornaram praticamente independentes de alimentação, respiração ou condições de calor; mas, quando o grande frio chegou, tal método já havia se perdido. De qualquer modo, não poderiam ter prolongado indefinidamente o estado artificial sem com isso sofrer danos.

Como não se acasalavam e tinham estrutura semivegetal, aos Anciões faltava uma base biológica para o estágio familial da vida mamífera, mas eles pareciam organizar grandes casas de acordo com os princípios da utilização confortável do espaço e – como deduzimos das ocupações e entretenimentos dos coabitantes que vimos nas ilustrações – da compatibilidade de mentes. Ao mobiliar seus lares, mantinham tudo no centro dos cômodos imensos, deixando todas as paredes livres para receber um tratamento decorativo. A iluminação, no caso dos habitantes de terra, era realizada por um aparelho de natureza provavelmente eletroquímica. Tanto em terra quanto sob o mar, utilizavam peculiares mesas, cadeiras e sofás em forma de suportes cilíndricos – pois descansavam e dormiam de pé, com os tentáculos dobrados para baixo – e estantes para conjuntos articulados de superfícies pontilhadas, que formavam seus livros.

O governo era obviamente complexo e talvez socialista, embora não pudéssemos chegar a certeza alguma a esse respeito a partir das esculturas que vimos. Havia comércio em grande escala, tanto local quanto entre diferentes cidades – no qual certas fichas pequenas e achatadas de cinco pontas, com inscrições, serviam de dinheiro. Provavelmente as menores das várias pedras-sabão esverdeadas encontradas por nossa expedição fossem pedaços dessa moeda. Embora a cultura fosse em sua maioria urbana, havia alguma agricultura e muita criação de animais para o abate. Também eram praticadas a mineração e uma quantidade limitada de manufatura. As viagens eram muito frequentes, mas a migração permanente parecia relativamente rara, exceto pelos vastos movimentos colonizadores através dos quais a raça se expandiu. Para locomoção pessoal não se usava nenhum auxílio externo, já que na movimentação por terra, mar e ar os Anciões pareciam igualmente possuir a capacidade de chegar a velocidades altíssimas. Itens de grande peso, contudo, eram transportados por bestas de carga – sob o mar, pelos shoggoths, e por uma curiosa diversidade de vertebrados primitivos nos últimos anos da existência sobre a terra.

Tais vertebrados, assim como uma infinidade de outras formas de vida – vegetal e animal, marinha, terrestre e aérea –, eram produtos de uma evolução livre que agia sobre células vivas fabricadas pelos Anciões, mas que escapavam de seu círculo de atenção. Fora tolerado que se desenvolvessem sem supervisão porque não haviam entrado em conflito com os seres dominantes. As formas de vida que causavam incômodo, é claro, eram automaticamente exterminadas. Interessou-nos ver em algumas das últimas e mais decadentes esculturas um mamífero primitivo de andar arrastado, usado às vezes como alimento e outras como um divertido bobo da corte pelos habitantes de terra, cujos traços eram de inequívoca natureza vagamente simiesca e humana. Na construção das cidades de terra, os gigantescos blocos de pedra das torres altas eram na maior parte das vezes levantados por pterodáctilos de asas imensas, de uma espécie antes desconhecida da paleontologia.

A persistência com que os Anciões sobreviveram a diversas mudanças e convulsões geológicas da crosta terrestre era pouco menos do que milagrosa. Embora poucas ou nenhuma de suas primeiras cidades pareçam ter sobrevivido para além da era arqueana, não havia interrupção na civilização ou na transmissão de seus registros. O local original da chegada ao planeta fora o oceano Antártico, e é provável que eles tenham vindo não muito depois que a matéria que forma a lua foi arrancada do Pacífico Sul vizinho. De acordo com um dos mapas entalhados, o globo inteiro estava debaixo d'água na época, com cidades de pedra se espalhando para mais e mais longe da Antártica com o passar das grandes eras. Outro mapa mostra uma enorme massa de terra firme em volta do Polo Sul, onde fica evidente que alguns dos seres criaram assentamentos experimentais, embora seus principais centros tenham sido transferidos para o fundo do mar mais próximo. Mapas posteriores, que mostram a massa de terra quebrando-se em pedaços que foram se afastando e enviando alguns deles em direção ao norte, confirmam de maneira extraordinária as teorias de deriva continental recentemente propostas por Taylor, Wegener e Joly.

Com o soerguimento de uma nova terra no Pacífico Sul, acontecimentos tremendos tiveram início. Algumas das cidades marinhas foram irremediavelmente destroçadas, mas não foi esse o pior dos infortúnios. Outra raça – uma raça terrícola de seres com forma de polvo e que provavelmente correspondia à fabulosa prole pré-humana de Cthulhu – logo começou a descer da infinidade cósmica e deu início a uma guerra monstruosa que por algum tempo forçou todos os Anciões de volta para o mar – um golpe colossal, tendo em vista os assentamentos em terra que vinham se expandindo. Depois se fez paz: as novas terras foram entregues à prole de Cthulhu e os Anciões mantiveram o mar e as terras mais antigas. Novas cidades de terra foram fundadas – a maior de todas na Antártica, pois essa região, onde haviam chegado ao planeta, era sagrada. Daí em diante, como outrora, a Antártica continuou a ser o centro da civilização dos Anciões, e todas as cidades lá construídas pela prole de Cthulhu que conseguiram encontrar foram destruídas. Então, de repente, as terras do Pacífico submergiram mais uma vez, levando consigo a temível cidade de pedra de R'lyeh e todos os polvos cósmicos, e assim os Anciões mais uma vez reinaram supremos sobre o planeta, exceto por um nebuloso medo do qual não gostavam de falar. Numa época bastante posterior, suas cidades pontilhavam todas as regiões terrestres e aquáticas do globo – daí a recomendação, na minha futura monografia, de que algum arqueólogo realize perfurações sistemáticas com o tipo de máquina criado por Pabodie em certas regiões muito distantes umas das outras.

A tendência constante, no decorrer das eras, foi a mudança da água para a terra – um movimento encorajado pelo soerguimento de novas massas de terra, embora o oceano nunca tenha sido abandonado por completo. Outra causa do movimento em direção à terra foi a nova dificuldade na criação e no trato dos shoggoths, dos quais o sucesso da vida submarina dependia. Com a marcha do tempo, como confessavam com tristeza as esculturas, a arte de criar nova vida a partir da matéria inorgânica se perdera, de modo que os Anciões tiveram de recorrer à modelação de formas já existentes. Em terra, os grandes répteis se mostraram muito dóceis; mas o shoggoths do mar, se reproduzindo por divisão e desenvolvendo um grau perigoso de inteligência acidental, impuseram por algum tempo um problema tremendo.

Eles sempre haviam sido controlados pelas sugestões hipnóticas dos Anciões e tinham modelado sua resistente plasticidade em diversos membros e órgãos úteis e provisórios; mas agora seus poderes de automodelação eram às vezes exercidos de maneira independente, e em várias formas imitativas implantadas por sugestões passadas. Eles haviam, ao que parece, desenvolvido um cérebro semiestável, cuja volição, independente e às vezes teimosa, ecoava a vontade dos Anciões, prestando-lhe uma obediência nem sempre perfeita. Imagens esculpidas desses shoggoths encheram a mim e a Danforth de pavor e repugnância. Eram entidades normalmente informes, compostas de uma geleia viscosa que parecia uma aglutinação de bolhas; e cada uma tinha em média 4,5 metros de diâmetro quando em forma esférica. Sua forma e volume, contudo, estavam em constante mutação – rejeitando desenvolvimentos temporários ou formando aparentes órgãos de visão, audição e fala, imitando os de seus mestres, de maneira espontânea ou por sugestão hipnótica.

Eles parecem ter se tornado especialmente incontroláveis por volta da metade do permiano, talvez 150 milhões de anos atrás, quando uma verdadeira guerra de ressubjugação foi empreendida contra eles pelos Anciões do mar. As imagens dessa guerra e de como os shoggoths normalmente deixavam as vítimas que abatiam – decapitadas e cobertas de muco – tinham uma qualidade maravilhosamente apavorante, apesar do abismo das eras incontáveis que se interpunham entre nós. Os Anciões usaram curiosas armas de interferência molecular contra as entidades rebeldes, e ao fim obtiveram uma vitória total. Dali em diante as esculturas mostravam um período em que shoggoths eram domesticados e amansados por Anciões armados, como os cavalos selvagens do oeste americano foram pelos caubóis. Embora durante a rebelião os shoggoths houvessem demonstrado a capacidade de viver fora d'água, eles não foram encorajados a realizar essa transição, já que os serviços que poderiam prestar em terra dificilmente compensariam o incômodo de controlá-los.

Durante a era jurássica os Anciões se depararam com novas adversidades – uma nova invasão vinda do espaço, dessa vez por criaturas meio fungos, meio crustáceos, de um planeta identificável como o remoto e recém-descoberto Plutão; sem dúvida as mesmas que figuram em certas lendas montanhesas do norte contadas à boca pequena e lembradas nos Himalaias como os Mi--Go ou Abomináveis Homens das Neves. Para lutar contra esses seres os Anciões tentaram, pela primeira vez desde que chegaram à Terra, partir novamente para o éter planetário; mas, apesar de todas as preparações tradicionais, descobriram não ser mais possível deixar a atmosfera da Terra. Seja lá qual tenha sido o antigo segredo das viagens interestelares, a raça o perdera em definitivo. No final, os Mi-Go expulsaram os Anciões de todas as terras do norte, embora não tivessem como perturbar os que viviam no mar. Passo a passo, tinha início a lenta retirada da raça anciã para seu habitat antártico original.

Era curioso notar, nas batalhas representadas, que tanto a prole de Cthulhu quanto os Mi-Go parecem ter sido compostos de tipos de matéria mais vastamente diferentes da que conhecemos do que a que formava os Anciões. Eles eram capazes de passar por transformações e reintegrações impossíveis para seus adversários, e parecem portanto ter se originado de abismos ainda mais remotos do espaço cósmico. Os Anciões, exceto por sua resistência anormal e pela peculiaridade de suas propriedades vitais, eram estritamente materiais e devem ter se originado inteiramente dentro do continuum de espaço-tempo conhecido; já sobre as fontes primeiras dos outros seres é possível apenas teorizar em suspense. Tudo isso, é claro, supondo que os parentescos não terrenos e as anomalias atribuídas aos inimigos invasores não passem de pura mitologia. É possível supor que os Anciões tenham inventado uma narrativa cósmica para explicar suas derrotas ocasionais, visto que o interesse pela história e o orgulho que tinham dela obviamente constituíam o seu mais importante elemento psicológico. É significativo que seus anais não fizessem menção a muitas raças evoluídas e poderosas de seres cujas grandiosas culturas e cidades imponentes figuram com persistência em certas lendas obscuras.

As mutações pelas quais o mundo passou no decorrer de longas eras geológicas figuravam com uma vividez estarrecedora em muitos dos mapas e das cenas entalhadas. Em certos casos, a ciência atual precisará ser revista, e em outros suas ousadas deduções serão confirmadas de maneira magnífica. Como disse, a hipótese de Taylor, Wegener e Joly de que todos os continentes são fragmentos de uma massa de terra antártica original que, devido à força centrífuga, se dividiu em pedaços que se separaram deslizando por uma superfície inferior tecnicamente viscosa – uma hipótese sugerida por características como a complementaridade dos contornos da África e da América do Sul, e pela maneira que as grandes cordilheiras são formadas por dobramentos e acumulações – recebe estarrecedora corroboração dessa fonte misteriosa.

Mapas que sem dúvida mostravam o mundo carbonífero de 100 milhões de anos (ou mais) atrás retratavam fendas e abismos de grandes proporções, destinados a mais tarde separar a África dos reinos outrora contínuos da Europa (então a Valúsia das infernais lendas primevas), Ásia, Américas e Antártica. Outros mapas – e, o mais importante, um relacionado à fundação, 50 milhões de anos atrás, da imensa cidade morta à nossa volta – mostravam todos os atuais continentes bem diferenciados. E no mais recente que pudemos descobrir – datando, talvez, do plioceno – os contornos aproximados do mundo de hoje apareciam com bastante clareza, apesar de ainda haver pontos de contato entre Alasca e Sibéria, América do Norte e Europa, através da Groenlândia, e entre América do Sul e Antártica pela terra de Graham. No mapa carbonífero, todo o globo terrestre – tanto o leito marinho quanto a massa de terra fraturada – trazia símbolos das vastas cidades de pedra dos Anciões, mas nos mapas posteriores tornava-se muito claro o recuo gradual em direção à Antártica. O último mapa do plioceno não mostrava nenhuma cidade em terra, exceto na Antártica e na ponta da América do Sul, e tampouco qualquer cidade oceânica a norte do paralelo 50 da latitude sul. O conhecimento sobre o mundo ao norte e o interesse por ele, com exceção de um estudo de linhas costeiras provavelmente realizado durante longos voos exploratórios feitos com aquelas asas membranosas em forma de leque, haviam, claramente, declinado e desaparecido entre os Anciões.

A destruição das cidades pelo soerguimento das montanhas, o despedaçamento centrífugo dos continentes, as convulsões sísmicas da terra ou do leito marinho e outras causas naturais eram fatos amplamente registrados, e foi curioso observar como um número cada vez menor de substituições era realizado com o passar das eras. A imensa megalópole morta que se estendia a nossa volta parecia ser o último grande centro da raça – construído no início do período cretáceo depois que um titânico abalo de terra aniquilara uma predecessora ainda maior, não muito distante dali. Parecia que aquela região como um todo era a mais sagrada de todas, onde, de acordo com a narrativa, os primeiros Anciões haviam se assentado num leito marinho primevo. Na nova cidade – da qual muitas características podíamos reconhecer nas esculturas, mas que se estendia por no mínimo 160 quilômetros ao longo da cordilheira em cada direção, para além dos limites mais longínquos avistados em nossa exploração aérea –, certas pedras sagradas tinham supostamente sido preservadas – pedras que haviam formado parte da primeira cidade do fundo do mar e que emergiram da escuridão após longas épocas no decurso da compressão e ascensão dos estratos.

8

Naturalmente, Danforth e eu estudamos com especial interesse e uma curiosa sensação pessoal de reverência tudo o que dizia respeito à região imediata em que estávamos. Sobre aquela região havia, é claro, uma grande abundância de informações; e no intricado nível térreo da cidade tivemos a sorte de encontrar uma casa, uma das construções mais recentes, cujas paredes, embora um pouco danificadas por uma fenda próxima, continham esculturas decadentes que levavam a história da região para muito além do mapa do plioceno no qual obtivemos nossa última perspectiva geral do mundo pré-humano. Esse foi o último lugar que examinamos com minúcia, já que o que encontramos lá nos deu um novo objetivo imediato.

É certo que nos encontrávamos em um dos cantos mais estranhos, esquisitos e terríveis do globo terrestre. De todas as terras existentes, aquela era infinitamente a mais antiga; cresceu em nós a convicção de que aquele altiplano hediondo deveria realmente ser o infame platô de pesadelo de Leng, que até mesmo o insano autor do *Necronomicon* relutara em abordar. A grande cordilheira era de uma extensão tremenda – começando com uma cadeia de pouca altitude na terra de Luitpold, na costa leste do mar de Weddel, e cruzando praticamente todo o continente. A parte realmente alta se estendia, num arco colossal, aproximadamente de 82º de latitude, 60º de longitude leste, até 70º de latitude, 115º de longitude leste, com seu lado côncavo voltado para nosso acampamento e a extremidade que dava para o mar próxima da região daquela longa costa bloqueada pelo gelo, cujas colinas foram vislumbradas por Wilkes e Mawson no Círculo Antártico.

Contudo, distorções ainda mais monstruosas da Natureza pareciam estar perturbadoramente próximas. Eu já disse que esses picos são mais altos do que os Himalaias, mas as esculturas não me permitem dizer que são os mais altos do planeta. Essa soturna honra cabe, sem sombra de dúvida, a algo que metade das esculturas hesitava em registrar, ao passo que outras abordavam com repugnância e apreensão evidentes. Ao que parece, havia uma parte da antiga Terra – a primeira a surgir das águas depois de o planeta arremessar a lua para o espaço e depois de os Anciões descerem por entre as estrelas – que viera a ser temida por conta de uma malignidade vaga e inominável. Cidades lá construídas haviam desmoronado antes do tempo e haviam sido encontradas repentinamente abandonadas. Então, quando a primeira grande convulsão da Terra perturbou a região, na era comanchiana, uma temível linha de picos se ergueu de repente em meio a um caos e um ruído estarrecedores – e a Terra ganhou suas mais elevadas e terríveis montanhas.

Se a escala dos entalhes estava correta, tais coisas abomináveis devem ter atingido alturas muito superiores a 12 mil metros – radicalmente mais altas até do que as chocantes montanhas da loucura que tínhamos cruzado. Elas se estendiam, ao que parecia, de cerca de latitude 77º, 70º de longitude leste até a latitude 70º, 100º de longitude leste – a menos de quinhentos quilômetros da cidade morta, de modo que teríamos avistado seus temíveis picos na sombria distância do oeste, não fosse por aquela vaga bruma iridescente. Sua extremidade norte deveria, da mesma forma, poder ser avistada desde a longa linha costeira do Círculo Antártico, na terra de Queen Mary.

Alguns dos Anciões, nos tempos de decadência, haviam dirigido estranhas preces àquelas montanhas; mas nenhum jamais se aproximava delas ou ousava imaginar o que havia por trás. Nenhum olho humano jamais as vira e, ao estudar as emoções comunicadas pelos entalhes, rezei para que isso jamais acontecesse. Há colinas protetoras ao longo da costa para além delas – as terras de Queen Mary e Kaiser Wilhelm – e agradeço aos céus por ninguém ter conseguido alcançar e escalar essas colinas. As velhas histórias e apreensões já não me deixam tão cético como antes, e hoje não mais rio da ideia do escultor pré-humano de que os raios de vez em quando paravam de maneira significativa em cada uma das agourentas cristas e de que uma luz inexplicada brilhava de um daqueles terríveis pináculos, iluminando toda a longa noite polar. As velhas alusões pnakóticas a Kadath, no Deserto Gelado, talvez tenham um significado muito real e monstruoso.

Mas não se podia dizer que o terreno a nossa volta fosse menos estranho, ainda que não fosse igualmente assolado por inomináveis maldições. Logo após a fundação da cidade, a grande cordilheira tornou-se sede dos principais templos, e muitos entalhes mostravam que torres fantásticas e grotescas haviam rasgado os céus onde agora víamos apenas os cubos e baluartes que pendiam daquela maneira estranha. No decorrer das eras, as cavernas haviam surgido e sido transformadas em anexos dos templos. Com o decorrer de épocas ainda posteriores, todos os veios de calcário da região foram sendo desgastados por águas subterrâneas, de modo que as montanhas, os contrafortes e as planícies abaixo deles viraram uma verdadeira rede de cavernas e galerias interligadas. Várias esculturas muito realistas narravam explorações no subterrâneo profundo e a descoberta final do mar sem sol, à maneira do Estige, que espreitava nas entranhas da Terra.

Aquele imenso abismo de sombras fora sem dúvida desgastado pelo grande rio que vinha desde as montanhas do oeste, horríveis e inomináveis, e que outrora fazia curva na base da cordilheira dos Anciões e corria ao lado daquela cadeia de montanhas até o oceano Índico, entre as terras de Budd e Totten, na linha costeira de Wilkes. Pouco a pouco havia corroído a base de calcário da colina em sua curva, até que por fim suas correntes erosivas alcançaram as cavernas das águas subterrâneas e se juntaram a elas para escavar um abismo ainda mais profundo. Por fim, todo o seu volume desembocou no interior das colinas ocas, deixando seco o velho leito que terminava no oceano. Grande parte da cidade mais recente que encontramos fora construída sobre aquele antigo leito. Os Anciões, compreendendo o que acontecera e exercendo sua sensibilidade artística sempre aguçada, haviam entalhado em mastros ornados aqueles promontórios dos contrafortes em que o grande fluxo começava sua descida em direção à escuridão eterna.

Esse rio, outrora cruzado por séries de nobres pontes de pedra, era obviamente aquele cujo curso extinto víramos em nossa exploração aérea. Sua posição em diferentes entalhes que representavam a cidade nos ajudou a nos orientarmos em meio à paisagem nas diversas fases da história ancestral e morta há eras da região, e pudemos assim esboçar um mapa apressado, mas meticuloso, das características mais relevantes – praças, construções importantes etc. – para servir de guia em novas investigações. Logo pudemos reconstruir na imaginação toda aquela coisa estupenda, no estado em que se encontrava há um milhão, ou 10 milhões, ou 50 milhões de anos, pois as esculturas nos informavam a aparência exata das construções e montanhas, das praças, subúrbios e da configuração da paisagem e da luxuriante vegetação terciária. Deve ter sido um local de beleza maravilhosa e mística e, na medida em que eu pensava nele, quase esquecia a sensação viscosa de opressão sinistra com que a idade inumana, a escala colossal, a morte, a localização remota e o crepúsculo glacial daquela cidade haviam sufocado e pesado sobre meu espírito. Contudo, de acordo com certos entalhes, os habitantes daquela cidade haviam, eles mesmos, sofrido sob o poder do terror opressivo; pois havia um tipo de cena, recorrente e sombria, em que os Anciões eram retratados encolhendo-se temerosos diante de algum objeto – cuja presença nos desenhos jamais era permitida – encontrado no grande rio e que, segundo as indicações, fora trazido pela água, passando por ondulantes florestas cicadáceas cobertas de vinhas, daquelas horríveis montanhas a oeste.

Foi somente em uma única habitação de construção tardia, com entalhes decadentes, que obtivemos algum presságio da calamidade final que levara ao abandono da cidade. Sem dúvida devia haver muitas esculturas da mesma época em outros lugares, ainda que levássemos em conta a debilitação das energias e aspirações própria de um período traumático e incerto; de fato, nos deparamos com evidências muito claras da existência de outras esculturas pouco tempo depois. Mas esse foi o primeiro e único conjunto que encontramos diretamente. Planejávamos continuar pesquisando; porém, como já disse, circunstâncias imediatas ditaram um outro objetivo imediato. Teríamos nos deparado, contudo, com um ponto final – já que, afinal, toda esperança de uma longa ocupação futura do local havendo perecido entre os Anciões, seria impossível não haver uma cessação completa da decoração mural. O golpe derradeiro, é claro, foi a chegada do grande frio que um dia manteve refém quase todo o planeta e que jamais abandonou os malfadados polos – o grande frio que, na outra extremidade do mundo, pôs fim às lendárias terras de Lomar e Hiperbórea.

Exatamente quando essa tendência teve início na Antártica seria difícil de precisar em termos de anos exatos. Hoje em dia, atribuímos o início dos períodos glaciais como um todo a cerca de 500 mil anos atrás, mas nos polos o flagelo terrível deve ter começado muito antes. Todas as estimativas quantitativas são em parte suposição, mas é bastante provável que as esculturas decadentes tenham sido feitas há bem menos do que um milhão de anos e que a deserção da cidade tivesse se completado muito antes do início convencionado do pleistoceno – 500 mil anos atrás –, calculado nos termos da superfície total do planeta.

Nas esculturas decadentes havia sinais de uma vegetação mais rala em todos os cantos e de uma diminuição da vida não urbana dos Anciões. Vimos mecanismos de aquecimento nas casas, e viajantes de inverno eram representados usando vestimentas de proteção. Vimos então uma série de cartuchos (o arranjo de faixas contínuas sendo interrompido com frequência nesses entalhes mais recentes) retratando uma migração crescente para os refúgios mais próximos de clima mais quente – alguns fugindo para cidades submarinas perto do litoral distante e outros descendo com dificuldade pelas redes de cavernas de calcário nas colinas ocas até o abismo negro de águas subterrâneas nas proximidades.

No final, ao que tudo indica, foi o abismo vizinho que recebeu a maior colonização. Isso sem dúvida se deveu, em parte, ao tradicional caráter sagrado daquela região específica; mas o fator determinante podem ter sido as oportunidades proporcionadas por esse abismo de manter o uso dos grandes templos dentro das montanhas alveoladas e de manter a enorme cidade de terra como um local de veraneio e base de comunicação com diversas minas. A conexão entre os abrigos antigo e novo foi tornada mais eficiente por meio de diversos nivelamentos e melhorias nas rotas de ligação, incluindo o cinzelamento de numerosos túneis diretos entre a antiga metrópole e o abismo negro – túneis voltados acentuadamente para baixo, cujas entradas foram cuidadosamente desenhadas, de acordo com nossas estimativas mais cuidadosas, no mapa-guia que estávamos compilando. Era claro que no mínimo dois desses túneis distavam relativamente pouco de onde estávamos, o que nos permitiria explorá-los – ambos estando na margem da cidade que dava para as montanhas, um deles a menos de quatrocentos metros em direção ao antigo leito do rio, e o outro a talvez o dobro dessa distância, na direção oposta.

    O abismo, ao que parece, tinha orlas de litoral seco inclinado para baixo em certos pontos, mas os Anciões construíram sua nova cidade sob a água – sem dúvida por causa da maior garantia de uma temperatura uniforme e não muito fria. A profundeza do mar oculto, ao que parece, era imensa, de modo que o calor interno da Terra podia assegurar suas condições de habitabilidade por um período indefinido. Os seres pareciam não ter sofrido problema algum na adaptação à residência de meio período – e, por fim, é claro, integral – debaixo d'água, já que nunca haviam deixado seus sistemas de guelras atrofiar. Muitas esculturas mostravam como eles sempre visitaram com frequência seus parentes submarinos de outros lugares e como tinham o hábito de banhar-se nas profundezas do grande rio. A escuridão do subterrâneo, da mesma forma, não dissuadiria uma raça acostumada às longas noites antárticas.

    Embora seu estilo fosse sem dúvida decadente, esses últimos entalhes possuíam uma qualidade realmente épica nos pontos em que contavam a construção da nova cidade no mar da caverna. Os Anciões haviam empreendido a tarefa com espírito científico – extraindo pedras insolúveis do coração das montanhas alveoladas e empregando trabalhadores especializados da cidade submarina mais próxima para realizar a construção de acordo com os melhores métodos. Esses trabalhadores trouxeram consigo tudo o que era necessário para dar início à nova empreitada – tecidos shoggoth, a partir dos quais fabricar levantadores de pedras e subsequentes bestas de carga para a cidade da caverna, e outras matérias protoplásmicas, a serem moldadas para criar organismos fosforescentes que proveriam iluminação.

    Finalmente, uma imensa metrópole ergueu-se no fundo daquele mar estígio, sua arquitetura muito parecida com a da cidade acima e sua técnica revelando relativamente pouca decadência, devido ao elemento de precisão matemática inerente às operações de construção. Os shoggoths recém-criados cresceram, chegando a um tamanho enorme e desenvolvendo uma singular inteligência, e eram representados recebendo e executando ordens com uma rapidez maravilhosa. Eles pareciam conversar com os Anciões emulando suas vozes – uma espécie de silvo musical que comportava ampla gama de variações, se a dissecção do pobre Lake estava correta – e trabalhar mais por ordens faladas do que por sugestões hipnóticas, como fora nos tempos mais antigos. Eles eram, contudo, mantidos sob um controle admirável. Os organismos fosforescentes supriam luz com grande eficiência e sem dúvida compensaram a perda das conhecidas auroras polares da noite do mundo exterior.

Ainda se praticavam a arte e a decoração, embora, é claro, com uma certa decadência. Os Anciões pareciam saber que já não eram os mesmos, e em muitos casos prenunciaram a política de Constantino, o Grande, transplantando blocos especialmente belos de entalhes antigos desde sua cidade de terra, assim como o imperador, numa época semelhante de declínio, desnudou Grécia e Ásia de sua arte mais refinada para dar a sua nova capital bizantina esplendores maiores do que seu próprio povo seria capaz de criar. Que a escala da transferência dos blocos entalhados não tivesse sido maior se deveu, sem dúvida, ao fato de que a cidade da terra não fora, de início, abandonada por inteiro. Quando o abandono total de fato ocorreu – e certamente deve ter ocorrido antes que o pleistoceno polar estivesse muito avançado –, os Anciões haviam talvez se dado por satisfeitos com sua arte decadente – ou haviam deixado de reconhecer o mérito superior dos entalhes mais antigos. De qualquer modo, as ruínas de silêncio ancestral a nossa volta certamente não tinham sido submetidas a um desnudamento maciço das esculturas, embora todas as melhores estátuas, assim como outros bens móveis, tivessem sido levadas.

Os cartuchos e rodapés decadentes que contavam essa história foram, como já disse, os mais recentes que encontramos em nossa busca limitada. Eles nos deixaram com uma imagem dos Anciões fazendo viagens de ida e volta entre a cidade na superfície, no verão, e a cidade do mar sob a caverna, no inverno, e algumas vezes praticando comércio com as cidades submarinas da costa antártica. Nessa época, a ruína derradeira da cidade da superfície deve ter sido reconhecida, pois as esculturas mostravam muitos sinais do avanço maligno do frio. A vegetação declinava e as terríveis neves do inverno não mais derretiam por completo, nem mesmo no auge do verão. O gado de sáurios morrera quase todo, e os mamíferos não suportavam bem o frio. Para dar continuidade ao trabalho na superfície, tornou-se necessário adaptar alguns dos shoggoths, amorfos e curiosamente resistentes ao frio, à vida na terra – uma coisa que, anteriormente, os Anciões haviam relutado em fazer. O grande rio agora não tinha vida, e o mar superior perdera a maioria de seus habitantes, com exceção das focas e das baleias. Todos os pássaros haviam migrado, com exceção apenas dos grandes e grotescos pinguins.

O que sucedera depois disso era algo que podíamos apenas imaginar. Por quanto tempo sobrevivera a nova cidade submarina das cavernas? Estaria ainda lá embaixo, um cadáver de pedra na escuridão eterna? As águas subterrâneas teriam finalmente congelado? Que destino coubera às cidades submarinas do restante do mundo? Houvera alguma migração dos Anciões para o norte, fugindo da calota de gelo que se aproximava? A geologia atual não mostra qualquer vestígio de sua presença. Os temíveis Mi-Go teriam continuado a representar uma ameaça nas terras do mundo do norte? Seria possível saber com certeza o que poderia subsistir até os dias de hoje nos insondáveis abismos sem luz das águas mais profundas da Terra? Aquelas coisas, ao que parece, eram capazes de suportar toda e qualquer quantidade de pressão – e os homens do mar às vezes pescam objetos curiosos. E será que a teoria da baleia-assassina realmente explicou as brutais e misteriosas cicatrizes das focas antárticas, observadas há uma geração por Borchgrevingk?

Os espécimes com que o pobre Lake deparou não entravam nesses palpites, pois o contexto geológico em que foram encontrados provava que tinham vivido no que deve ter sido uma época muito primitiva da história da cidade terrestre. Eles tinham, de acordo com sua localização, certamente não menos do que 30 milhões de anos; e nós concluímos que, no tempo deles, a cidade submarina das cavernas, e inclusive a própria caverna, ainda não existiam. Eles se lembrariam de uma paisagem mais antiga, com viçosa vegetação terciária por todos os lados, uma cidade terrestre mais nova, de artes pujantes a sua volta e um grande rio correndo para o norte, ladeando a base das colossais montanhas, em direção a um distante oceano tropical.

Mas, ainda assim, não podíamos deixar de pensar naqueles espécimes – especialmente nos oito em perfeito estado que haviam desaparecido do acampamento de Lake, devastado daquela maneira hedionda. Havia algo de anormal naquilo tudo – as estranhas coisas que tanto nos esforçáramos para atribuir à loucura de alguém – aquelas covas temíveis – a quantidade e *a natureza* dos objetos desparecidos – Gedney – a resistência extraterrena daquelas monstruosidades arcaicas e as bizarras anomalias vitais que as esculturas agora mostravam serem próprias daquela raça... Danforth e eu tínhamos visto muita coisa naquelas poucas horas, e estávamos prontos a acreditar em – e a manter silêncio sobre – muitos segredos incríveis e atrozes da Natureza primeva.

9

Já afirmei que o estudo das esculturas decadentes levou a uma mudança de objetivo imediato. Essa, é, claro, tinha a ver com as avenidas cinzeladas para o negro mundo interior, de cuja existência não sabíamos antes, mas que estávamos agora ansiosos para encontrar e percorrer. A partir da escala patente dos entalhes, deduzimos que uma caminhada muito íngreme para baixo, de cerca de um quilômetro e meio, por qualquer um dos túneis próximos, nos levaria à beira dos vertiginosos penhascos sem sol acima do grande abismo, abaixo de cuja lateral caminhos apropriados aprimorados pelos Anciões levavam ao litoral rochoso do oceano oculto e obscuro. A ideia de ver esse abismo fabuloso, sua nítida realidade, foi uma atração à qual pareceu impossível resistir quando soubemos de sua existência – contudo, entendemos que era necessário começar a jornada de imediato, se nosso plano fosse realizá-la naquela mesma viagem.

Eram agora oito da noite e não tínhamos uma quantidade suficiente de pilhas suplementares para manter as lanternas acesas indefinidamente. Havíamos examinado e copiado tanta coisa abaixo do nível da glaciação que nosso suprimento de pilhas tivera no mínimo cinco horas de uso quase contínuo e, apesar da fórmula especial de célula seca, obviamente teríamos só mais quatro horas à disposição – embora, mantendo uma lanterna sem uso, exceto para lugares especialmente interessantes ou difíceis, tivéssemos garantido uma margem de segurança maior. Não seria possível entrar naquelas catacumbas ciclópicas sem uma fonte de luz; portanto, para fazer a jornada ao abismo, teríamos que desistir de decifrar novos murais. É claro que planejávamos revisitar o local por dias, e talvez semanas, fotografando e fazendo estudos intensivos – a curiosidade tendo há muito superado o horror –, mas naquele momento tínhamos de nos apressar. Nosso suprimento de papel para demarcar trilhas não era de modo algum ilimitado, e relutamos em sacrificar os cadernos ou papéis de desenho sobressalentes para aumentá-lo, mas por fim abrimos mão de um caderno grande. Na pior das hipóteses, poderíamos recorrer ao método de lascar pedras – e é claro que seria possível, mesmo se realmente nos perdêssemos, subir até a luz do dia pleno, por um ou outro canal, se tivéssemos tempo suficiente para uma boa quantidade de tentativas e erros. Então finalmente partimos, ansiosos, na direção indicada para o túnel mais próximo.

 De acordo com os entalhes nos quais baseamos o mapa, a entrada do túnel que procurávamos não podia estar a muito mais do que quatrocentos metros de distância; o intervalo que nos separava mostrava construções que pareciam bem sólidas e que muito provavelmente ainda eram acessíveis no nível subglacial. A entrada seria no porão – no ângulo mais próximo aos contrafortes – de uma vasta estrutura de cinco pontas, de natureza obviamente pública e talvez cerimonial que tentamos identificar a partir da pesquisa aérea das ruínas. Não lembramos de nenhuma estrutura semelhante ao repassarmos o voo na memória e, portanto, concluímos que suas partes superiores haviam sofrido grandes danos ou sido totalmente despedaçadas em uma fissura no gelo que chamou nossa atenção. Nesse caso, o túnel provavelmente estaria bloqueado, de modo que teríamos de tentar o outro mais próximo – aquele menos de um quilômetro e meio ao norte. O curso do rio que se punha entre nós impedia que tentássemos qualquer um dos túneis mais ao sul naquela viagem; e, de fato, se ambos os túneis próximos estivessem bloqueados dificilmente as pilhas permitiriam tentar o próximo túnel ao norte – que distava cerca de um quilômetro e meio de nossa segunda opção.

Ao percorrermos o escuro caminho do labirinto, com a ajuda de mapa e bússola – atravessando cômodos e corredores em todos os estágios possíveis de ruína e preservação, subindo rampas com dificuldade, cruzando andares superiores e pontes e descendo novamente, encontrando passagens obstruídas e pilhas de escombros, nos apressando de vez em quando por trechos em perfeito estado de preservação e sinistramente imaculados, seguindo pistas falsas e refazendo o caminho (e nesses casos removendo a trilha de papel errônea), e vez por outra chegando ao fundo de um túnel aberto através do qual a luz do dia passava ou se filtrava –, ficamos repetidas vezes mesmerizados pelas paredes esculpidas com que nos deparamos no caminho. Muitas deviam conter relatos de imensa importância histórica, e somente a perspectiva de visitas futuras nos conformava com a necessidade de deixá-las para trás. Não obstante, diminuíamos a velocidade de vez em quando e acendíamos a segunda lanterna. Se tivéssemos mais filmes fotográficos, teríamos certamente parado um pouco para fotografar certos baixos-relevos, mas copiar à mão consumia tempo demais e estava, é claro, fora de cogitação.

Chego mais uma vez a um ponto em que a tentação de hesitar, ou de aludir em vez de expor, é muito forte. É necessário, contudo, revelar o que aconteceu a seguir para justificar a minha escolha de desencorajar novas investigações. Havíamos ziguezagueado até chegar bem perto do lugar que, segundo os cálculos, correspondia à entrada do túnel – havendo cruzado uma ponte de segundo andar em direção ao que parecia claramente ser a ponta de uma parede ogival e descido até um corredor em ruínas, com uma quantidade extraordinária de esculturas mais recentes de elaboração decadente e, ao que parecia, ritualísticas – quando, pouco antes de oito e meia da noite, as aguçadas e jovens narinas de Danforth nos deram a primeira pista de algo incomum. Se tivéssemos um cão conosco, suponho que o alerta teria chegado mais cedo. De início não conseguimos saber com precisão o que havia de errado com o ar, antes de uma pureza cristalina, mas depois de alguns segundos as nossas memórias reagiram, nos proporcionando uma infeliz certeza. Deixem-me tentar declarar a coisa sem hesitar. Havia um odor – e o odor era vaga, sutil e inegavelmente semelhante ao que nos havia nauseado ao abrirmos o insano túmulo da coisa horrenda que o pobre Lake dissecara.

É claro, a revelação não foi tão inequívoca no momento como parece agora. Eram muitas as explicações possíveis e, desorientados, tivemos uma longa conversa sussurrada. O mais importante de tudo é que não recuamos sem investigar mais a fundo; pois, tendo chegado àquele ponto, relutávamos em ser impedidos por qualquer coisa que não fosse a certeza de um desastre. De qualquer modo, o que devíamos ter suspeitado era simplesmente insano demais para que acreditássemos. Tais coisas não aconteciam num mundo normal. Deve ter sido um puro instinto irracional o que nos fez enfraquecer a luz da única lanterna que usávamos – não mais atraídos pelas esculturas decadentes e sinistras que nos espiavam ameaçadoramente das opressivas paredes – e que reduziu nosso progresso a um cauteloso andar nas pontas dos dedos e rastejar sobre o chão cada vez mais obstruído por detritos e montes de escombros.

Os olhos de Danforth, e também seu nariz, se mostraram melhores que os meus, pois foi também ele quem primeiro percebeu o estranho aspecto dos entulhos depois que havíamos passado por muitos arcos semiobstruídos levando a câmaras e corredores no andar térreo. Não pareciam estar exatamente do jeito que deveriam após incontáveis milhares de anos de deserção e, quando com cautela aumentamos a luz, vimos que um tipo de passagem parecia ter sido aberta por ali há não muito tempo. A natureza irregular dos detritos impedia que houvesse alguma marca definida, mas nos lugares mais limpos vimos indícios de que objetos pesados haviam sido arrastados. Em uma ocasião, nos pareceu haver um indício de caminhos paralelos, como se dos patins de um trenó. Foi isso o que nos fez parar de novo.

Durante aquela parada foi que percebemos – dessa vez os dois ao mesmo tempo – o outro odor adiante. Paradoxalmente, foi um odor ao mesmo tempo menos aterrorizante e mais aterrorizante – menos em si mesmo, mas infinitamente aterrador naquele lugar, naquelas circunstâncias... a menos, é claro, que Gedney...

Pois o odor era o simples e velho conhecido cheiro do combustível comum – a gasolina de todos os dias.

Que força nos motivou depois disso é uma questão que deixarei para os psicólogos. Sabíamos agora que alguma terrível extensão dos horrores do acampamento devia ter se arrastado para aquele ensombrecido cemitério das eras, e portanto não mais podíamos duvidar da existência de condições inomináveis – presentes ou no mínimo recentes – logo à frente. Contudo, no fim, nos deixamos guiar pelo puro ardor da curiosidade – ou ansiedade – ou auto-hipnose – ou vagas ideias de uma responsabilidade para com Gedney – ou alguma outra coisa. Danforth falou mais uma vez, baixando a voz, da pegada que acreditou ter visto na curva da viela, nas ruínas acima; e do leve silvo musical – potencialmente de um significado tremendo à luz do relatório de dissecção de Lake, apesar de se assemelhar muito aos ecos das entradas das cavernas, nos picos castigados pelo vento – que acreditou pouco depois ter escutado, vindo das profundezas desconhecidas abaixo. Eu, por minha vez, falei de como o acampamento fora deixado – do que desaparecera e de como a insanidade de um único sobrevivente poderia ter concebido o inconcebível – uma louca viagem cruzando as montanhas monstruosas e uma descida para a desconhecida cantaria primeva –

Mas não conseguimos convencer um ao outro, ou sequer a nós mesmos, de nada definido. Tínhamos desligado todas as luzes, lá parados de pé, e percebemos vagamente que um resquício da luz do dia acima, muito filtrada, impedia que a escuridão fosse absoluta. Havendo começado automaticamente a seguir em frente, nos orientamos por lampejos ocasionais de nossa lanterna. Os escombros remexidos tinham nos sugerido uma impressão que não conseguíamos esquecer, e o cheiro da gasolina ficou mais forte. Nos deparávamos com uma quantidade cada vez maior de ruínas que estorvavam nossos pés até que, pouco depois, vimos que o caminho à frente estava prestes a terminar. Nosso palpite pessimista sobre aquela fenda vislumbrada do alto estava correto. A jornada pelo túnel era às cegas, e não conseguiríamos sequer chegar ao porão em que havia a abertura para o abismo.

Nas montanhas da loucura

A lanterna, passando pelas paredes com entalhes grotescos do corredor bloqueado em que estávamos, revelou diversas entradas em diversos estados de obstrução; e de uma delas o odor de gasolina – sobrepujando completamente aquele outro vestígio de odor – nos atingiu com uma clareza extraordinária. Quando observamos com mais atenção, vimos que sem dúvida houvera uma leve e recente retirada de escombros daquela abertura específica. Seja lá qual fosse o horror que espreitava, acreditávamos que o caminho direto em direção a ele estava agora claramente manifesto. Não creio que alguém se espantaria ao saber que esperamos um tempo considerável antes de fazer qualquer movimento.

Mas, ainda assim, quando de fato nos aventuramos por aquela arcada negra nossa primeira impressão foi de anticlímax. Pois em meio ao espaço daquela cripta cheia de detritos e com entalhes nas paredes – um cubo perfeito com lado de aproximadamente seis metros – não restava nenhum objeto recente de tamanho que pudéssemos discernir, de modo que instintivamente procuramos em vão por uma outra passagem. Um instante depois, contudo, a visão aguçada de Danforth discerniu um ponto em que os detritos do chão haviam sido remexidos; ligamos ambas as lanternas na potência máxima. Embora o que vimos naquela luz fosse de fato simples e banal, ainda reluto a fazer a revelação, por causa de suas implicações. Era um nivelamento irregular dos detritos, sobre o qual vários pequenos objetos se encontravam dispostos sem ordem e num canto do qual uma quantidade considerável de gasolina devia ter sido derramada há tempo pouco o bastante para deixar um odor forte mesmo naquela altitude extrema do superplatô. Em outras palavras, não podia ser outra coisa: era uma espécie de acampamento – um acampamento feito por seres exploradores que, como nós, haviam sido obrigados, pela inesperada obstrução do caminho para o abismo, a dar meia-volta.

Quero ser claro. Os objetos espalhados eram, no tocante a sua natureza, todos do acampamento de Lake, e consistiam de latas abertas de maneira tão estranha como aquelas que víramos naquele local devastado, muitos fósforos usados, três livros ilustrados com manchas mais ou menos esquisitas, um frasco vazio de tinta com sua cartolina ilustrada contendo instruções, uma caneta tinteiro quebrada, alguns fragmentos (cortados de maneira estranha) de tecido de casacos de pele e de tendas, uma pilha usada e suas instruções, um folheto que vinha com nosso tipo de aquecedor de tenda e papéis amassados jogados ao acaso. Isso tudo já era horrível o bastante, mas quando alisamos os papéis e vimos o que havia neles, sentimos ter chegado ao pior de tudo. Encontráramos certos papéis com manchas inexplicáveis no acampamento que poderiam ter nos preparado, contudo o efeito de vê-los ali, nas câmaras pré-humanas de uma cidade de pesadelo, foi quase mais do que podíamos suportar.

Um Gedney enlouquecido poderia ter feito os agrupamentos de pontos em imitação àqueles encontrados nas pedras-sabão esverdeadas, e os pontos naqueles montículos nas covas insanas de cinco pontas poderiam ter sido feitos assim também; e ele talvez pudesse ter rabiscado esboços rudimentares e apressados – com maior precisão aqui e menos ali – que mostravam as regiões próximas da cidade e indicavam o caminho a partir de um lugar, representado com um círculo, fora de nosso caminho anterior – um lugar que identificamos nos entalhes como uma grande torre cilíndrica e um grande abismo circular vislumbrado na pesquisa aérea – até a atual estrutura de cinco pontas e a boca do túnel lá dentro. Ele pode, repito, ter preparado tais esboços; pois os que tínhamos diante dos olhos foram obviamente organizados, como os nossos, a partir de esculturas tardias em algum ponto do labirinto glacial, embora não a partir das que tínhamos visto e utilizado. Mas o que aquele homem sem nenhuma competência ou visão artística não poderia ter feito de modo algum era executar aqueles esboços com uma técnica esquisita e segura de si, talvez superior, apesar da pressa e do descuido, a qualquer uma das esculturas decadentes nas quais foram baseados – a técnica característica e inconfundível dos próprios Anciões, no auge da cidade morta.

Haverá quem diga que Danforth e eu fomos totalmente loucos de não termos fugido a toda velocidade depois daquilo, já que nossas conclusões eram agora – não obstante sua insanidade – inteiramente sólidas e de uma natureza que não preciso sequer mencionar aos que leram meu relato até aqui. Talvez estivéssemos loucos – pois não disse que aqueles picos horríveis eram montanhas da

Nas montanhas da loucura

loucura? Mas creio poder detectar algo da mesma natureza – ainda que numa forma menos radical – nos homens que perseguem animais selvagens e letais pelas selvas africanas para fotografá-los ou estudar seus hábitos. Embora estivéssemos quase petrificados pelo terror, ainda assim ardia dentro de nós uma chama incandescente de assombro e curiosidade, que acabou por triunfar.

É claro que não planejávamos enfrentar aquele – ou aqueles – que, sabíamos, havia estado ali, mas sentimos que já devia ter ido embora. Naquele momento já teria encontrado a outra entrada mais próxima para o abismo e passado por ela, para quaisquer fragmentos escuros como a noite do passado que talvez o esperassem no abismo derradeiro – o abismo derradeiro que ele nunca tinha visto. Ou, se aquela entrada também se encontrasse bloqueada, teria seguido para o norte à procura de outra. Eles eram, lembramos naquele momento, parcialmente independentes de luz.

Refletindo agora sobre aquele momento, mal posso lembrar com precisão a forma exata que nossas novas emoções tomaram – que exata mudança de objetivo imediato tanto afiou a nossa sensação de expectativa. Certamente não pretendíamos enfrentar o que temíamos – contudo, não vou negar que talvez tenhamos sentido um secreto e inconsciente desejo de espiar certas coisas, de algum ponto de observação bem protegido. Talvez não tivéssemos abandonado a avidez por vislumbrar o próprio abismo, embora se interpusesse um novo objetivo, na forma daquele imenso local circular exibido nos esboços amassados que encontramos. Nós o havíamos reconhecido imediatamente como uma monstruosa torre cilíndrica que figurava nos mais antigos dos entalhes, mas tendo, do alto, a aparência de uma simples abertura redonda de tamanho prodigioso. Algo na expressividade de sua representação, mesmo naqueles diagramas apressados, nos fez pensar que seus níveis subglaciais deviam ainda representar um ponto focal de grande importância. Talvez contasse com maravilhas arquitetônicas ainda não encontradas por nós. Era certamente de uma idade incrível, de acordo com as esculturas em que figurava – estando, na verdade, entre as primeiras construções da cidade. Seus entalhes, caso estivessem preservados, não poderiam deixar de ser da mais alta importância. Ademais, poderia formar uma boa ligação atual com a superfície – um caminho mais curto do que aquele que com tanta cautela trilhávamos, e provavelmente pelo qual aqueles outros haviam descido.

De qualquer modo, o que fizemos foi examinar os terríveis esboços – que confirmaram os nossos em todos os detalhes – e partir na direção do caminho indicado até o local circular, a rota que nossos inomináveis predecessores deviam ter atravessado duas vezes antes de nós. O outro portal próximo para o abismo estaria mais para além. Não preciso contar de nossa jornada – durante a qual continuamos a deixar uma parcimoniosa trilha de pedaços de papel –, pois era precisamente a mesma, em natureza, daquela pela qual havíamos chegado ao beco sem saída; exceto pelo fato de que tendia a se ater mais proximamente ao nível do chão e até mesmo descer por corredores subterrâneos. Vez por outra conseguimos identificar certas marcas perturbadoras nos escombros ou detritos sob nossos pés e, depois que ultrapassamos o alcance do cheiro da gasolina, ficamos mais uma vez vagamente conscientes, em alguns pontos mais e em outros menos, daquele odor mais hediondo e mais persistente. Depois que o caminho se bifurcou em relação ao anterior, por vezes varríamos furtivamente as paredes com os raios de nossa única lanterna, observando em quase todos os casos as esculturas praticamente onipresentes, que realmente pareciam ter composto um dos principais meios de expressão estética dos Anciões.

Por volta das nove e meia da noite, ao atravessarmos um longo corredor arqueado, cujo piso cada vez mais tomado por glaciação parecia estar um pouco abaixo do nível térreo e cujo teto ficava mais baixo na medida em que avançávamos, começamos a ver a intensa luz do dia adiante e pudemos desligar a lanterna. Parecia que estávamos chegando ao vasto local circular, e o ar livre não podia estar muito distante. O corredor terminava num arco surpreendentemente baixo para aquelas ruínas megalíticas, mas pudemos ver muita coisa do outro lado, antes ainda de cruzá-lo. Para além dele, estendia-se um prodigioso espaço circular – o diâmetro era de pelo menos sessenta metros – tomado por escombros e contendo muitas arcadas obstruídas, equivalentes àquela que estávamos prestes a cruzar. As paredes tinham – nos espaços disponíveis – ousados entalhes em uma faixa espiral de proporções heroicas e mostravam, apesar dos intemperismos destrutivos causados pela falta de proteção daquele lugar aberto, um esplendor artístico muito superior ao de tudo que víramos até então. O chão repleto de detritos estava encoberto por uma pesada camada de glaciação, e imaginamos que o verdadeiro fundo jazia a uma profundidade consideravelmente maior.

Mas o objeto de maior destaque do lugar era a titânica rampa de pedra que, desviando das arcadas por uma curva acentuada para fora e adentrando o piso aberto, enrolava-se em espiral pela estupenda parede cilíndrica como um equivalente interno daquelas que outrora subiam o exterior das monstruosas torres ou zigurates da Babilônia antiga. Somente a velocidade de nosso voo e a perspectiva que fazia confundir a descida com a parede interna da torre impediram que percebêssemos essa característica do alto, dessa forma nos fazendo procurar uma outra avenida para o nível subglacial. Pabodie talvez fosse capaz de dizer que tipo de engenharia a mantinha de pé, mas Danforth e eu podíamos apenas admirar e nos maravilhar. Podíamos ver imensos pilares e mísulas de pedra aqui e ali, mas o que vimos parecia inadequado à função que cumpria. A coisa estava em excelente estado de preservação até o topo atual da torre – uma circunstância altamente notável, tendo em vista sua exposição ao clima –, e seu abrigo contribuíra em muito para proteger as bizarras e perturbadoras esculturas cósmicas nas paredes.

Ao sairmos do fundo daquele monstruoso cilindro – de 50 milhões de anos e sem dúvida a estrutura de antiguidade mais primitiva com que deparamos – para a assombrosa meia-luz do dia, vimos que os lados atravessados por rampa erguiam-se a estonteantes dezoito metros, no mínimo. Isso, lembrávamos de nossa pesquisa aérea, significava uma glaciação exterior de cerca de doze metros, já que o abismo aberto que víramos do avião encontrava-se no topo de um monte de cerca de seis metros de cantaria desmoronada, um pouco abrigada em três quartos de sua circunferência pelas imensas paredes curvas de uma linha de ruínas mais altas. De acordo com as esculturas, a torre original fora erguida no centro de uma imensa praça circular e tivera talvez 150 ou 180 metros de altura, com níveis de discos horizontais perto do topo e uma fileira de espirais como agulhas ao longo da margem superior. A maior parte da cantaria, estava claro, desmoronara para fora, e não para dentro da estrutura – um fato auspicioso, já que caso contrário a rampa poderia ter sido despedaçada, obstruindo todo o interior. Não obstante, a rampa mostrava um melancólico desgaste, ao passo que a obstrução era tanta que todas as arcadas no fundo pareciam ter sido recentemente limpas.

Levamos apenas um instante para concluir que aquela era realmente a rota pela qual aqueles outros haviam descido e que seria o caminho lógico para a nossa própria subida, apesar da longa trilha de papel que deixáramos em outro trajeto. A boca da torre não distava mais dos contrafortes e do avião do que a grande construção com terraço que havíamos adentrado, e quaisquer novas explorações subglaciais que fizéssemos naquela viagem se concentrariam basicamente naquela região. Estranhamente, ainda pensávamos em possíveis viagens futuras – mesmo depois de tudo o que tínhamos visto e estimado. Então, ao abrir com cautela um caminho por entre os escombros do grande piso, nos deparamos com uma visão que, naquele momento, fez tudo o mais recuar para segundo plano.

Era o arranjo disposto com cuidado de três trenós naquele ângulo mais distante do caminho inferior da rampa, que se projetava para fora e que até então estivera fora de nosso campo de visão. Lá estavam eles – os três trenós desaparecidos do acampamento de Lake –, abalados por um uso radical, provavelmente tendo sido arrastados com violência por grandes extensões de cantarias e escombros sem neve, assim como puxados pela mão em lugares impossíveis de transitar. Estavam amontoados e amarrados, com esmero e de maneira inteligente, e continham itens muito bem conhecidos: o fogão à gasolina, latas de combustível, estojos de instrumentos, latas de provisões, oleados embrulhando o que eram obviamente livros e alguns indicando contornos de objetos menos fáceis de discernir – tudo isso retirado dos equipamentos de Lake. Depois do que encontramos naquela outra sala, estávamos em certa medida preparados para aquele encontro. O choque realmente grave veio quando chegamos perto e abrimos um embrulho de oleado, cujos contornos haviam nos inquietado sobremaneira. Parece que Lake não foi o único interessado em coletar espécimes representativos; pois havia dois ali, ambos duros e congelados, em perfeito estado de conservação, recobertos com gesso adesivo onde havia algumas feridas em volta do pescoço e embrulhados com cuidado para evitar mais danos. Eram os corpos do jovem Gedney e do cão desaparecido.

10

Muitos talvez nos julguem insensíveis, e também loucos, por pensarmos no túnel para o norte e no abismo tão pouco tempo depois da sombria descoberta, e não estou pronto para dizer que teríamos retornado imediatamente a tais pensamentos não fosse por uma circunstância específica que se nos apresentou e deu origem a uma linha inteiramente nova de especulações. Tínhamos recolocado o oleado sobre o pobre Gedney e estávamos parados em uma espécie de perplexidade muda quando os sons finalmente chegaram a nossa consciência – os primeiros sons que ouvíamos desde a descida, saindo do aberto onde o vento da montanha chiava levemente desde suas alturas etéreas. Embora fossem sons mundanos e muito bem conhecidos, sua presença naquele remoto mundo de morte era mais inesperada e inquietante do que quaisquer tons grotescos ou fabulosos poderiam ter sido – visto que acrescentavam uma nova subversão as nossas noções de harmonia cósmica.

Se fosse algum vestígio daquele bizarro silvo musical, variando num amplo espectro de notas, que o relatório de dissecção de Lake nos levara a esperar naqueles outros – e que, de fato, nossas imaginações superexcitadas vinham escutando em todos os uivos do vento que ouvíramos desde que deparamos com o horror no acampamento –, isso teria tido uma espécie de congruência infernal com a região de morte ancestral a nossa volta. Uma voz de outras épocas está em seu lugar num cemitério de outras épocas. Não obstante, porém, o ruído perturbou todos os nossos ajustes profundamente enraizados – toda a nossa aceitação tácita do núcleo antártico como um deserto tão inteira e irrevogavelmente destituído de qualquer vestígio de vida normal como o estéril disco da lua. O que ouvimos não foi a fabulosa nota musical de alguma blasfêmia sepultada da Terra ancestral, de cuja suprema resistência o sol polar, que há eras não via, evocara uma resposta monstruosa. Em vez disso, foi algo tão escarnecedoramente normal e tão velho conhecido de nossos dias no mar perto da terra de Vitória e nossos dias de acampamento no estreito de McMurdo que estremecemos ao pensar nele ali onde estávamos, onde tais coisas não deviam existir. Para ser breve – era simplesmente o grasnido rouco de um pinguim.

O som abafado flutuou desde recessos subglaciais quase à frente do corredor pelo qual havíamos chegado – regiões claramente na direção daquele outro túnel para o vasto abismo. A presença de uma ave aquática viva em tal direção – em um mundo cuja superfície era de uma ausência de vida uniforme e antiquíssima – poderia levar apenas a uma conclusão; portanto, nos ocorreu antes de tudo verificar a realidade objetiva do som. Ele, de fato, se repetiu e parecia às vezes vindo de mais de uma goela. Buscando sua fonte, entramos em uma arcada da qual muitos entulhos haviam sido retirados, reencetando nosso método de marcar a trilha – usando um novo suprimento de papel retirado com curiosa repugnância de um dos embrulhos de oleado sobre os trenós – quando deixamos a luz do dia para trás.

Na medida em que o chão glaciado dava lugar a um chão juncado por escombros, discernimos com clareza curiosos rastros de alguma coisa que fora arrastada; e uma vez Danforth encontrou uma pegada nítida de um tipo cuja descrição seria supérflua. O caminho indicado pelos gritos do pinguim era exatamente o que nosso mapa e bússola haviam indicado como um acesso à boca do túnel mais ao norte, e ficamos felizes ao ver que um acesso sem ponte nos níveis térreo e subterrâneo parecia aberto. O túnel, de acordo com o mapa, devia começar do porão de uma grande estrutura piramidal, que, do que lembrávamos sem muita certeza da investigação aérea, encontrava-se em num excepcional estado de preservação. Ao longo do caminho, a única lanterna revelava uma profusão costumeira de entalhes, mas não paramos para examinar nenhum deles.

De repente, uma forma rotunda e branca assomou a nossa frente e ligamos a segunda lanterna. É estranho como aquela missão nova havia desviado por inteiro nossas mentes dos primeiros temores quanto ao que podia espreitar nas proximidades. Aqueles outros, havendo deixado seus suprimentos no grande local circular, deviam ter planejado retornar depois da jornada de reconhecimento em direção ao abismo ou para dentro dele; contudo, agora descartáramos toda a cautela no que concernia a eles, como se não houvessem jamais existido. Aquela coisa branca bamboleante tinha no mínimo 1,80m de altura, mas parecemos ter percebido de imediato que não era um daqueles outros. Os outros eram maiores e escuros, e, segundo as esculturas, seu movimento sobre superfícies terrestres era rápido e seguro, apesar da estranheza de seu equipamento tentacular de origem marítima. Mas dizer que aquela coisa branca não nos deu um susto imenso seria inútil. Ficamos de fato reféns, por um instante, de um temor primitivo quase mais agudo do que o pior dos nossos medos racionais no que tangia àqueles outros. Houve então um lampejo de anticlímax quando a forma branca deslizou para dentro de uma arcada lateral a nossa esquerda para juntar-se a dois outros de sua espécie, que o haviam convocado com sons roucos. Pois era apenas um pinguim – ainda que de uma espécie imensa e desconhecida, maior do que o maior dos pinguins imperadores conhecidos e monstruoso em sua combinação de albinismo e quase ausência de olhos.

Depois de seguirmos a coisa pela arcada e ligarmos ambas as lanternas sobre o indiferente e despreocupado grupo de três, vimos que eram todos albinos sem olhos da mesma espécie gigantesca e desconhecida. Seu tamanho nos fazia lembrar alguns dos pinguins arcaicos retratados nas esculturas dos Anciões, e não demoramos para concluir que eles descendiam da mesma estirpe – sem dúvida sobrevivendo ao se retirarem para alguma região interior menos fria, cuja escuridão perpétua havia destruído sua pigmentação e atrofiado seus olhos até que restassem apenas meras fendas inúteis. Não havia o menor motivo para duvidar de que seu habitat atual era o vasto abismo que procurávamos; e essa evidência da tepidez e da habitabilidade longevas do abismo nos preencheu das fantasias mais curiosas e sutilmente perturbadoras.

Nos perguntamos também o que fizera aquelas três aves se aventurarem para fora de seu território habitual. O estado e o silêncio da grande cidade morta haviam deixado claro que em momento algum ela fora um viveiro que costumavam usar em temporadas, ao passo que a manifesta indiferença do trio a nossa presença fazia parecer estranho que qualquer grupo passageiro daqueles outros devesse tê-los assustado. Seria possível que aqueles outros tivessem praticado alguma ação agressiva ou tentado aumentar seu suprimento de carne? Duvidávamos que aquele odor pungente que os cães detestaram pudesse causar antipatia semelhante naqueles pinguins, visto que seus ancestrais claramente haviam coexistido em excelentes termos com os Anciões – uma relação amigável que deve ter sobrevivido no abismo abaixo enquanto restaram Anciões por lá. Lamentando – num ressurgimento do velho e puro espírito científico – não poder fotografar aquelas criaturas anômalas, logo as deixamos aos seus grasnidos e seguimos em direção ao abismo, estando a existência de um acesso a ele definitivamente confirmada para nós, e cuja direção exata os rastros intermitentes dos pinguins tornavam clara.

Não muito tempo depois, uma íngreme descida por um corredor longo, baixo, sem portas e estranhamente desprovido de esculturas nos levou a acreditar que enfim nos aproximávamos da boca do túnel. Tínhamos passado por mais dois pinguins e ouvimos outros logo à frente. Então o corredor terminou num monumental espaço aberto que nos fez, contra nossa vontade, soltar um grito abafado – um hemisfério perfeitamente invertido, obviamente muito profundo; pelo menos trinta metros de diâmetro e quinze de altura, com arcadas baixas abrindo-se em todas as partes da circunferência, com exceção de uma, e essa uma abrindo-se cavernosamente num portal negro e arqueado, que rompia a simetria da câmara subterrânea, chegando a uma altura de cerca de quatro metros. Era a entrada para o grande abismo.

Naquele vasto hemisfério, cujo teto côncavo tinha entalhes muito impressionantes, embora decadentes, reproduzindo o domo celestial primevo, alguns pinguins albinos bamboleavam – estrangeiros naquele lugar, mas indiferentes e cegos. O túnel negro abria-se infinitamente, num grau íngreme e descendente, sua abertura adornada por jambas e lintéis cinzelados de modo grotesco. Daquela críptica boca sentimos receber uma corrente de ar um pouco mais quente, e até mesmo uma suspeita de vapor veio a seguir; e nos perguntamos que seres vivos além dos pinguins poderia ocultar o ilimitado vazio abaixo, e a colmeia contígua da Terra e das montanhas titânicas. Nos perguntamos, também, se os vestígios de fumaça nos topos das montanhas, sobre os quais o pobre Lake fora o primeiro a conjecturar, assim como a estranha bruma que nós mesmos percebêramos em volta do pico coroado por baluartes, não poderiam ser causados pela ascensão, por meio de canais tortuosos, de algum vapor como aquele, advindo das insondáveis regiões do centro da Terra.

Entrando no túnel, vimos que seus contornos eram – pelo menos no início – de 4,5 metros em cada sentido – lados, piso e teto arqueado compostos da costumeira cantaria megalítica. Os lados eram parcamente decorados com cartuchos de desenhos convencionais de um estilo tardio e decadente; e toda a construção e os entalhes encontravam-se em um maravilhoso estado de conservação. O piso estava bastante desobstruído, exceto por uma pequena quantidade de entulho contendo rastros de pinguins saindo dali e os rastros daqueles outros entrando. Quanto mais se avançava, mais subia a temperatura, de modo que logo estávamos desabotoando nossas vestes pesadas. Nos perguntamos se não haveria alguma manifestação realmente ígnea abaixo e se as águas daquele mar sem sol não seriam quentes. Depois de uma pequena distância a cantaria deu lugar a rocha sólida, embora o túnel mantivesse as mesmas proporções e apresentasse o mesmo aspecto de regularidade entalhada. Vez por outra, seu grau variável tornava-se tão íngreme que sulcos haviam sido cortados no piso. Várias vezes percebemos as bocas de pequenas galerias laterais não registradas em nossos diagramas; nenhuma delas complicaria o problema de nosso retorno, e todas eram bem-vindas como possíveis refúgios para o caso de encontrarmos entidades indesejadas saindo do abismo. O odor inominável de tais coisas era muito evidente. Claro que, levando em conta a situação, era uma imbecilidade suicida aventurar-nos por aquele túnel, mas a atração pelo insondável é maior em algumas pessoas do que se costuma supor – na verdade, havia sido justamente essa atração que nos trouxera àquele espectral deserto polar, para início de conversa. Vimos vários pinguins no caminho e especulamos sobre a distância que teríamos de atravessar. Os entalhes nos haviam feito esperar uma íngreme caminhada descendente de cerca de um quilômetro e meio até o abismo, mas nossas perambulações anteriores haviam mostrado que não se podia confiar inteiramente em cálculos de escala.

 Depois de cerca de quatrocentos metros, aquele odor inominável tornou-se fortemente acentuado, e passamos a vigiar com muita cautela as diversas aberturas laterais por que passávamos. Não havia um vapor visível como na entrada, mas isso se devia com certeza à falta de um ar mais frio para fazer contraste ao mais quente. A temperatura ascendia com rapidez, e não ficamos surpresos ao encontrar uma pilha desordenada de um material tão bem conhecido por nós que nos fez arrepiar. Era composta de peles e tecidos de tendas retirados do acampamento de Lake, e não paramos para examinar as formas bizarras em que os tecidos haviam sido cortados. Um pouco além desse ponto percebemos um aumento evidente do tamanho e do número das galerias laterais, concluindo que devíamos ter alcançado a região densamente alveolada sob os contrafortes mais altos. O odor inominável estava agora curiosamente mesclado com um odor diferente, e quase tão ofensivo quanto – de que natureza, não podíamos saber, embora tenhamos pensado em organismos em decomposição e talvez fungos subterrâneos desconhecidos. Então veio uma estarrecedora expansão do túnel para a qual os entalhes não haviam nos preparado – ele alargou-se e ascendeu até formar uma caverna elíptica e alta, ao que parecia natural, de piso plano, de cerca de 22 metros de extensão e 15 de largura, e com muitas passagens laterais imensas, que levavam para uma críptica escuridão.

 Embora essa caverna parecesse natural, uma inspeção com ambas as lanternas indicou que fora formada pela destruição artificial de diversas paredes que separavam alvéolos adjacentes. As paredes eram ásperas, e o teto alto e arqueado estava repleto de estalactites; mas o chão de rocha sólida havia sido alisado, e estava livre de todos os entulhos, detritos e até de poeira, num nível positivamente anormal. Com exceção da avenida pela qual havíamos chegado, o mesmo se aplicava aos pisos de todas as grandes galerias que se abriam a partir dela; e a singularidade das condições era tal que nos fez adentrar por vãs teorizações. O curioso novo fedor que havia suplementado o odor inominável era ali excessivamente pungente, de tal modo que destruía qualquer vestígio do outro. Alguma coisa naquele lugar, com seu chão encerado e quase brilhando, nos pareceu mais vagamente estarrecedora e horrível do que todas as outras coisas monstruosas que havíamos encontrado até então.

A regularidade da passagem imediatamente à frente, assim como a proporção maior de fezes de pinguins que havia ali, impediram qualquer confusão quanto ao caminho correto em meio àquela pletora de entradas igualmente amplas para as cavernas. Não obstante, resolvermos retomar a marcação da trilha com o papel picotado, para o caso de alguma nova complexidade se apresentar; pois, é claro, não poderíamos mais contar com rastros na poeira. Ao retomarmos nosso progresso direto, lançamos um raio da luz da lanterna pelas paredes do túnel – e estacamos perplexos diante da transformação supremamente radical que afetara os entalhes naquela parte da passagem. Percebemos, é claro, a grande decadência das esculturas dos Anciões na época em que o túnel fora construído, realmente nos déramos conta da qualidade inferior do trabalho nos arabescos nas paredes atrás de nós. Mas agora, nessa parte mais profunda da caverna, havia uma diferença súbita que transcendia completamente qualquer explicação – uma diferença de natureza básica assim como de simples qualidade, e evidenciando uma degradação tão profunda e calamitosa da habilidade artística que *nada* no ritmo de declínio observado até então poderia ter nos levado a esperar.

Aquele trabalho novo e degenerado era bruto, berrante, e seus detalhes careciam inteiramente de delicadeza. Era escareado com uma profundidade exagerada em faixas que seguiam a mesma linha geral dos esparsos cartuchos das seções anteriores, mas a altura dos relevos não alcançava o nível da superfície geral. Danforth foi da opinião de que se tratava de um entalhe sobreposto – uma espécie de palimpsesto formado após a obliteração de um desenho anterior. Sua natureza era inteiramente decorativa e convencional, e consistia de espirais e ângulos toscos que seguiam mais ou menos a tradição matemática quintil dos Anciões; contudo, mais parecia uma paródia do que uma perpetuação daquela tradição. Não conseguíamos parar de pensar que algum elemento sutil, mas profundamente alienígena, fora acrescentado à sensibilidade estética subjacente à técnica – um elemento alienígena, aventou Danforth, que fora responsável pela obviamente trabalhosa substituição. Era semelhante, contudo perturbadoramente dissemelhante, àquilo que passáramos a reconhecer como a arte dos Anciões; e eu era acometido por persistentes lembranças de coisas híbridas, como as canhestras esculturas do império de Palmira confeccionadas à maneira romana. Que outros haviam recentemente observado aquela faixa de entalhes foi sugerido pela presença de uma pilha usada de lanterna caída no chão, em frente a um dos desenhos mais característicos.

Já que não podíamos nos dar ao luxo de gastar muito tempo investigando, retomamos o avanço após uma olhada superficial, embora com frequência lançássemos luz sobre as paredes para verificar se outras mudanças na decoração haviam se desenvolvido. Não percebemos nada nesse sentido, embora os entalhes estivessem em pontos bastante separados, devido às numerosas entradas de túneis laterais de chão plano. Vimos e ouvimos uma quantidade menor de pinguins, mas pensamos sentir uma vaga suspeita de um coro infinitamente distante deles em algum lugar profundo dentro da terra. O odor novo e inexplicável era abominavelmente forte e não pudemos detectar pista quase alguma daquele outro odor inominável. Baforadas de vapor visíveis adiante indicavam contrastes crescentes de temperatura e a proximidade relativa dos penhascos do mar sem sol do grande abismo. Então, de maneira totalmente inesperada, vimos certas obstruções no chão encerado à frente – obstruções que com certeza absoluta não eram pinguins – e ligamos nossa outra lanterna, depois de nos certificarmos de que os objetos estavam inteiramente imóveis.

11

Mais uma vez chego a um ponto em que seguir adiante é muito difícil. Eu já devia ter me tornado insensível; mas há algumas experiências e impressões que ferem fundo demais para que se possa sará-las, e apenas nos acrescentam uma sensibilidade tal que a simples lembrança é capaz de conjurar novamente todo o horror original. Vimos, como disse, certas obstruções no chão encerado à frente; e posso dizer também que nossas narinas foram assaltadas quase no mesmo instante por uma intensificação muito curiosa do estranho fedor dominante, agora claramente mesclado com a fetidez inominável daqueles outros que haviam passado antes de nós. A luz da segunda lanterna não deixou qualquer dúvida do que eram as obstruções, e ousamos nos aproximar delas somente porque podíamos ver, mesmo à distância, que não continham mais poder algum de infligir danos, como fora o caso dos seis espécimes semelhantes retirados das monstruosas tumbas com montículos em forma de estrela no acampamento do pobre Lake.

Estavam, na verdade, tão incompletos como a maioria dos que exumamos – embora ficasse claro, pela espessa poça verde-escura que os cercava, que a incompletude deles era infinitamente mais recente. Parecia haver apenas quatro deles, mas os boletins de Lake tinham sugerido que um número não inferior a oito formava o grupo que nos precedera. Encontrá-los naquele estado era completamente inesperado, e nos perguntamos que tipo monstruoso de conflito haveria ocorrido ali na escuridão.

Grupos de pinguins, quando atacados, retaliam selvagemente com seus bicos; e nossos ouvidos naquele momento se certificaram da existência de um viveiro muito além. Teriam aqueles outros perturbado o viveiro e dado ensejo a uma perseguição homicida? As obstruções não o sugeriam, pois os bicos dos pinguins contra os tecidos resistentes que Lake dissecara não poderiam explicar o dano terrível que o nosso olhar curioso estava começando a discernir. Ademais, os imensos pássaros cegos que víramos pareciam ser especialmente pacíficos.

Será que então houvera uma luta entre aqueles outros e os quatro ausentes eram os responsáveis? Se sim, onde estavam eles? Estariam próximos e poderiam representar uma ameaça imediata a nós? Lançamos um olhar ansioso para algumas das passagens laterais de chão plano ao continuarmos nossa aproximação lenta e francamente relutante. Seja lá qual tenha sido o conflito, era óbvio que ele fora a causa do alarme dos pinguins, fazendo-os partir em sua atípica perambulação. Deve, portanto, ter se originado nas proximidades daquele viveiro que ouvíamos à distância, no incalculável abismo mais para além, já que não havia sinais de que qualquer das aves costumasse ficar na área onde estávamos. Talvez, refletimos, tivesse ocorrido uma hedionda luta persecutória, com a parte mais fraca tentando voltar aos trenós guardados e sendo então exterminada pelos perseguidores. Era possível imaginar a contenda demoníaca entre entidades inomináveis e monstruosas, emergindo do abismo negro com grandes nuvens de pinguins grasnindo e correndo à frente deles.

Disse que nos aproximamos daquelas obstruções dispersas e incompletas devagar e com relutância. Quisessem os céus que jamais tivéssemos nos aproximado, e em vez disso corrido de volta para a superfície a toda velocidade, saindo daquele túnel blasfemo de chão liso e oleoso, de arte mural degenerada que macaqueava e zombava daqueles sobre os quais haviam triunfado – fugir antes que víssemos o que de fato vimos e que se inscrevesse a fogo em nossas mentes algo que jamais nos permitirá respirar com tranquilidade novamente!

Nossas duas lanternas estavam acesas sobre os objetos prostrados, de modo que logo percebemos o fator dominante de sua incompletude. Por mais estraçalhados, comprimidos, retorcidos e feridos que estivessem, o dano mais grave comum a todos era a decapitação completa. De cada um deles, a cabeça em forma de estrela-do-mar com tentáculos havia sido removida; chegando mais perto, vimos que o método de remoção parecia mais algum tipo infernal de laceração ou sucção do que qualquer método normal de corte. Seu fétido icor verde-escuro formava uma poça grande e crescente; mas seu fedor era em parte sobrepujado pelo fedor mais novo e mais estranho, aqui mais pungente do que em qualquer outro ponto de nosso caminho. Somente quando chegamos muito perto das obstruções estateladas pudemos atribuir a origem daquele segundo e inexplicável fedor a alguma fonte imediata – e no instante em que o fizemos Danforth, lembrando certas esculturas muito vívidas da história dos Anciões na era permiana, 150 milhões de anos atrás, expeliu um grito frenético, que ecoou histericamente por aquela arcaica passagem abobadada com os malignos entalhes de palimpsesto.

Nas montanhas da loucura

Por muito pouco não ecoei eu mesmo seu grito; eu também vira aquelas esculturas primevas e havia, com tremor, admirado a maneira com que o artista sem nome sugerira aquela hedionda cobertura viscosa encontrada em alguns Anciões mutilados e abatidos – aqueles que os aterradores shoggoths haviam, ao seu modo característico, dizimado e, através da sucção, reduzido a um estado de terrível decapitação, na grande guerra de ressubjugação. Eram esculturas infames e de pesadelo, mesmo quando contavam coisas passadas há muitas eras; pois os shoggoths e seus atos não deveriam ser vistos por seres humanos ou retratados por qualquer tipo de ser. O louco autor do *Necronomicon* tentara jurar, aflito, que nenhum deles nascera neste planeta e que somente sonhadores entorpecidos haviam chegado a sequer conceber sua existência. Um protoplasma informe capaz de macaquear e espelhar todas as formas e órgãos e processos vitais – aglutinações viscosas de células borbulhantes – esferoides borrachentos de quatro metros e meio, de uma plasticidade e maleabilidade infinitas – escravos de sugestões hipnóticas, construtores de cidades – mais e mais indóceis, e mais e mais inteligentes, e mais e mais anfíbios, e mais e mais capazes de arremedar – meu Deus! Que loucura fez até mesmo aqueles blasfemos Anciões se disporem a usar e esculpir tais coisas?

E agora, quando eu e Danforth vimos a gosma negra, de brilho recente e iridescência especular que viscosa se prendia àqueles corpos sem cabeça e fedia obscenamente com aquele odor novo e desconhecido cuja causa somente uma imaginação doente poderia conceber – pegava-se àqueles corpos e brilhava, em menor volume, em uma parte lisa da parede amaldiçoadamente retrabalhada, *em uma série de pontos agrupados* –, entendemos a natureza do medo cósmico até suas profundezas mais extremas. Não era medo daqueles quatro que faltavam – pois muito bem suspeitávamos que eles não fariam mais mal algum. Pobres diabos! Eles afinal não eram seres maus em si mesmos. Eram os homens de outra era e outra ordem de existência. A natureza lhes pregara uma peça diabólica – como fará com quaisquer outros que a loucura, a insensibilidade ou a crueldade humanas porventura desenterrem naquele deserto polar hediondamente morto ou adormecido – e aquela fora sua trágica volta ao lar.

Eles não haviam sido sequer selvagens – pois o que de fato fizeram? Aquele terrível despertar em meio ao frio de uma época desconhecida – talvez um ataque dos quadrúpedes peludos que latiam freneticamente, e uma atordoada defesa contra eles e os símios brancos também frenéticos, com as estranhas coisas lhes envolvendo os corpos, e os estranhos equipamentos... pobre Lake, pobre Gedney... e pobres Anciões! Cientistas até o fim – o que eles fizeram que nós não teríamos feito em seu lugar? Meu Deus, que inteligência, que persistência! Que capacidade de enfrentar o inacreditável, assim como a daqueles parentes e antepassados das esculturas, que haviam enfrentado coisas somente um pouco menos inacreditáveis! Radiados, vegetais, monstros, crias das estrelas – seja lá o que fossem, eram homens!

Eles haviam cruzado os picos congelados em cujos templos nas encostas haviam outrora adorado e perambulado entre os fetos arbóreos. Haviam deparado com a cidade deles, morta adormecida sob sua maldição, e lido seus últimos dias entalhados nas paredes, assim como nós fizéramos. Haviam tentado chegar até seus companheiros vivos nas míticas profundezas de escuridão que jamais tinham visto – e o que encontraram? Todo esse conjunto de coisas passava pelas mentes minha e de Danforth enquanto olhávamos daquelas formas decapitadas e cobertas de gosma para as repulsivas esculturas de palimpsesto e os diabólicos grupos de pontos de gosma fresca na parede ao lado delas – olhávamos e compreendíamos o que devia ter triunfado e sobrevivido lá embaixo, na ciclópica cidade aquática daquele abismo ensombrecido orlado por pinguins, de onde naquele momento uma sinistra névoa encrespada começara a subir palidamente, como que em resposta ao grito histérico de Danforth.

O choque de reconhecer aquela gosma monstruosa e aquela forma de decapitação nos congelara, nos transformara em imóveis estátuas mudas, e foi somente por meio de conversas posteriores que ficamos sabendo da total sintonia entre nossos pensamentos naquele momento. Pareceu que ficamos lá parados por eras, mas na verdade não devem ter sido mais do que dez ou quinze segundos. Aquela névoa odiosa e pálida se encrespava e avançava como se realmente guiada por uma massa mais remota que avançava – e então veio um som que subverteu grande parte do que acabáramos de concluir, e dessa forma quebrou o feitiço e nos permitiu correr como loucos, deixando para trás os pinguins confusos que grasniam, por nossa antiga trilha, de volta para a cidade, percorrendo corredores megalíticos afundados no gelo, até o grande círculo aberto, e subindo por aquela arcaica rampa em espiral, numa investida frenética e instintiva em busca do salutar ar livre e da luz do dia.

O novo som, como sugeri, subverteu grande parte do que concluíramos, pois se tratava do que a dissecção do pobre Lake nos levara a atribuir àqueles que julgáramos mortos. Era, Danforth me disse depois, exatamente o que ele havia captado, numa forma infinitamente abafada, quando naquele ponto para além da curva da via acima do nível glacial; e certamente tinha uma semelhança chocante com os silvos do vento que ambos ouvíramos em torno das elevadas cavernas das montanhas. Correndo o risco de parecer pueril, acrescentarei também outra coisa; no mínimo por causa da maneira surpreendente com que as impressões de Danforth corresponderam as minhas. É claro que foram as leituras em comum que nos prepararam para fazer a interpretação, embora Danforth tenha feito alusão a certas ideias estranhas sobre fontes insuspeitas e proibidas às quais Poe talvez tivesse acesso ao escrever o seu *Arthur Gordon Pym* um século atrás. Os leitores se lembrarão de que naquele conto fantástico há uma palavra de significado desconhecido, mas terrível e prodigioso, ligada à Antártica e gritada eternamente pelos pássaros gigantescos de um branco de neve espectral, do coração daquela região maligna. "*Tekeli-li! Tekeli-li!*" Isso, posso confessar, foi exatamente o que pensamos ter ouvido ser transmitido por aquele som repentino atrás da névoa branca que avançava – aquele insidioso silvo musical que percorria uma gama singularmente vasta de notas musicais.

Estávamos a toda velocidade antes que três notas ou sílabas fossem enunciadas, embora soubéssemos que a rapidez dos Anciões permitiria que qualquer sobrevivente da chacina que porventura houvesse se alarmado com o grito e estivesse em nosso encalço nos alcançasse num instante se realmente quisesse fazê-lo. Tínhamos uma vaga esperança, contudo, de que uma conduta não agressiva e uma demonstração de racionalidade afim pudessem fazer com que uma criatura como aquela nos poupasse, caso fôssemos capturados, pelo menos por curiosidade científica. Afinal, se uma criatura daquelas não tinha que temer pela própria vida, não teria motivo para nos fazer mal. Sendo impraticável naquele momento a ideia de nos escondermos, usamos a lanterna para uma breve olhada para trás, sem interromper a corrida, e percebemos que a névoa se rarefazia. Será que veríamos, por fim, um espécime vivo e intacto daqueles outros? Mais uma vez ouvimos aquele insidioso silvo musical – *"Tekeli-li! Tekeli-li!"*.

Então, percebendo que realmente nos distanciávamos do perseguidor, ocorreu-nos que a entidade pudesse estar ferida. Contudo, não podíamos correr o risco, visto que era óbvio que ela se aproximava em resposta ao grito de Danforth, e não em fuga de alguma outra entidade. O intervalo decorrido entre uma coisa e outra fora curto demais para permitir dúvidas quanto a isso. Quanto a onde estaria aquele pesadelo menos concebível e menos pronunciável – aquela fétida montanha jamais vista de protoplasma que cuspia gosma, cuja raça conquistara o abismo e mandara exploradores de terra para se contorcer pelos túneis das colinas e reesculpi-los – para isso não tínhamos resposta; e causou-nos genuína dor deixar aquele Ancião, provavelmente aleijado – talvez um sobrevivente solitário –, à mercê de ser recapturado e sofrer um destino inominável.

Agradeço aos céus por não termos relaxado em nossa fuga. A névoa escrespada espessara-se novamente e seguia em frente com mais velocidade; ao passo que os pinguins perdidos atrás de nós grasniam e gritavam e mostravam sinais de um pânico realmente surpreendente, tendo em vista sua perplexidade relativamente pequena quando Danforth e eu passamos por eles. Uma vez mais ouvimos aquele silvo sinistro, rico em notas musicais – *"Tekeli-li! Tekeli-li!"*. Tínhamos nos enganado. A coisa não estava ferida; havia simplesmente parado ao encontrar os corpos de seus parentes mortos e a infernal inscrição de gosma acima deles. Jamais saberíamos o que era aquela mensagem demoníaca – mas aquelas covas no acampamento de Lake haviam mostrado a grande importância que os seres atribuíam aos seus mortos. A lanterna, usada de maneira perdulária, revelava agora a nossa frente a grande caverna aberta onde vários caminhos convergiam, e ficamos felizes de deixar aquelas mórbidas esculturas de palimpsesto – que quase podíamos sentir até quando mal podíamos ver – para trás.

Outra ideia que a chegada à caverna nos inspirou foi a possibilidade de despistar o perseguidor naquele atordoante entroncamento de grandes galerias. Havia vários dos pinguins cegos e albinos no espaço aberto, e parecia claro que o seu medo da entidade que se aproximava era extremo a ponto de ser inexplicável. Se naquele momento diminuíssemos a intensidade das lanternas até o mínimo necessário para a orientação no percurso, mantendo o foco estritamente a nossa frente, os assustados grasnidos e movimentos das aves gigantes na obscuridade poderiam abafar o som de nossos passos, encobrir nosso verdadeiro trajeto e de alguma forma criar uma pista falsa. Em meio à névoa agitada e espiralante, o piso entulhado e sem brilho do túnel principal além daquele ponto, diferindo dos outros túneis morbidamente encerados, dificilmente formaria um rastro acusador; nem mesmo, até onde podíamos conjecturar, para aqueles aparelhos sensoriais que comentei, que faziam os Anciões parcialmente, ainda que de maneira imperfeita, independentes de luz em situações de emergência. Na verdade, estávamos um pouco apreensivos com a possibilidade de, em nossa pressa, nos perdermos. Pois tínhamos decidido, é claro, percorrer o caminho direto para a cidade morta, já que as consequências de nos perdermos naqueles desconhecidos alvéolos dos contrafortes seriam impensáveis.

O fato de que sobrevivemos e chegamos à superfície é prova o bastante de que a coisa realmente tomou uma galeria errada enquanto nós providencialmente pegamos a certa. Os pinguins sozinhos não poderiam ter nos salvado, mas em conjunto com a bruma parecem tê-lo feito. Foi um presente do destino que deu aos vapores espiralantes a espessura certa na hora certa, pois eles o tempo todo variavam e ameaçavam desaparecer. De fato, sumiram por um segundo logo antes de sairmos pelo túnel, com aquelas nauseantes redecorações, para a caverna; de modo que realmente tivemos um primeiro e único vislumbre parcial da entidade perseguidora ao lançarmos um último olhar, desesperado de medo, para trás antes de diminuirmos a luz da lanterna e de nos misturarmos com os pinguins na esperança de ludibriar o perseguidor. Se o destino que nos encobriu foi benigno, aquele que nos deu o vislumbre parcial foi infinitamente o oposto; pois àquele lampejo de visão parcial pode ser atribuída uma metade inteira do horror que desde então nos assombra.

    O que exatamente nos motivou a olhar para trás mais uma vez talvez não tenha sido nada mais do que o instinto imemorial que a caça tem de avaliar a natureza e o progresso de seu caçador; ou talvez tenha sido uma tentativa instintiva de responder a uma pergunta subconsciente levantada por um de nossos sentidos. Em meio à fuga, com todas as nossas aptidões voltadas para o problema de como escapar, não tínhamos condição de observar e analisar detalhes; contudo, ainda assim, nossas células cerebrais latentes devem ter estranhado a mensagem levada até elas por nossas narinas. Compreendemos depois o que aconteceu – a nossa fuga daquela fétida cobertura de gosma sobre aquelas obstruções decapitadas e a aproximação coincidente da entidade perseguidora não nos haviam trazido a substituição de fedores que a lógica exigiria. Perto das coisas mortas, aquele odor novo e recentemente inexplicável dominara por inteiro; mas naquele momento devia ter dado lugar, em grande parte, à fetidez inominável associada àqueles outros. Isso não ocorrera – pois, em vez disso, o fedor mais novo e menos suportável estava agora praticamente puro, e tornava-se, de maneira venenosa, cada vez mais insistente a cada segundo.

    Então olhamos para trás – ao mesmo tempo, ao que parece; embora sem dúvida o movimento incipiente de um tenha impelido a imitação do outro. Ao fazê-lo, ligamos ambas as lanternas na potência máxima contra a névoa naquele momento enfraquecida; ou por um puro anseio primitivo de ver tudo o que pudéssemos ou em um esforço menos primitivo, mas igualmente inconsciente, de cegar a entidade antes de enfraquecer nossa luz e fugir por entre os pinguins no centro do labirinto logo adiante. Ato infeliz! Nem o próprio Orfeu, ou a mulher de Ló, pagaram muito mais caro por olhar para trás. E mais uma vez ouvimos aquele chocante silvo de grande nuança musical – "*Tekeli-li! Tekeli-li!*".

É melhor ter a sinceridade – ainda que eu não possa suportar ser inteiramente direto – de declarar o que vimos; embora à época tenhamos sentido que aquilo não deveria ser confessado sequer de um para o outro. As palavras que chegam ao leitor nunca poderão nem mesmo sugerir o horror absoluto do que vimos. Aquilo aleijou nossas consciências de modo tão completo que me espanto de ter-nos restado a sensatez residual de enfraquecer a luz das lanternas como planejado e tomar o túnel correto em direção à cidade morta. O puro instinto deve nos ter guiado – talvez melhor do que a razão poderia; porém, se foi isso que nos salvou, pagamos um preço alto. De razão certamente havia-nos restado muito pouco. Danforth estava completamente desequilibrado, e a primeira coisa de que me lembro do restante da jornada foi ouvi-lo entoar frivolamente uma expressão histérica na qual somente eu, em toda a humanidade, poderia ter encontrado outra coisa que não uma louca irrelevância. Reverberou em ecos de falsete por entre os grasnidos dos pinguins; reverberou pelas abóbadas adiante, e – graças a Deus – pelas agora vazias abóbadas atrás de nós. É impossível que ele tenha começado a cantar de imediato – senão, não estaríamos vivos e correndo desabaladamente. Estremeço ao pensar no que poderia ter nos causado uma simples fração de diferença em suas reações nervosas.

"South Station Under – Washington Under – Park Street Under – Kendall – Central – Harvard..." O pobre companheiro entoava as conhecidas estações do metrô Boston-Cambridge que atravessava nossa pacífica terra natal, a milhares de quilômetros de distância, na Nova Inglaterra; contudo, para mim, o ritual não era irrelevante e tampouco nostálgico. Continha apenas horror, mas eu sabia sem erro que monstruosa e nefanda analogia o havia sugerido. Havíamos esperado, ao olhar para trás, ver uma terrível entidade se movimentando de uma maneira inacreditável, se as névoas estivessem ralas o bastante; mas daquela entidade tínhamos formado uma ideia clara. O que de fato vimos – pois as névoas estavam, de fato, malignamente rarefeitas – foi algo bem diferente e imensuravelmente mais hediondo e detestável. Era a absoluta e objetiva corporificação da "coisa que não deveria existir" do romancista fantástico; e seu análogo mais próximo dentro do reino do compreensível é um vasto trem de metrô em movimento, como se vê da plataforma de uma estação – a grande frente negra avultando como um colosso, saída de uma distância subterrânea infinita, constelada por luzes de cores estranhas e preenchendo o túnel prodigioso como um pistão preenche um cilindro.

Mas não estávamos numa plataforma de uma estação. Estávamos nos trilhos, adiante, enquanto a multifária coluna pesadelesca de fétida iridescência negra exsudava avançando colada à cavidade de quatro metros e meio de altura, atingindo uma velocidade calamitosa e impelindo diante de si uma nuvem espiral, que se espessava mais uma vez, feita do pálido vapor do abismo. Era uma coisa terrível, indescritível, maior do que qualquer trem de metrô – um amontado informe de bolhas protoplásmicas, levemente luminoso e com miríades de olhos temporários se formando e se dissolvendo como pústulas de luz esverdeada em toda a sua frente, que tomava por inteiro o túnel ao avançar sobre nós, esmagando os pinguins desesperados e deslizando sobre o chão brilhoso que aquilo e sua raça haviam de forma tão sinistra varrido de todos os detritos. Ainda vinha aquele grito hediondo e espúrio – "*Tekeli-li! Tekeli-li!*" e por fim lembramos que os demoníacos shoggoths – que haviam recebido dos Anciões tudo – vida, mente e estruturas plásticas de órgãos – e não tendo linguagem a não ser a que os grupos de pontos exprimiam – *também não tinham voz, exceto pelo arremedo das inflexões de seus antigos mestres.*

12

Danforth e eu lembramos de emergir no grande hemisfério esculturado e de percorrer nossa trilha de retorno através das salas e corredores ciclópicos da cidade morta; contudo, esses são apenas fragmentos de sonho, que não envolvem memória de volição, dos detalhes ou da exaustão física. Era como se flutuássemos em um mundo nebuloso ou dimensão desprovida de tempo, causalidade e orientação. A cinzenta meia-luz do dia no enorme espaço circular nos deu um pouco de sobriedade; mas não chegamos perto daqueles trenós e sua carga, e tampouco olhamos novamente para o cão e o pobre Gedney. Eles têm para si um estranho e titânico mausoléu, e espero que o fim deste planeta os encontre ainda imperturbados.

    Foi enquanto nos esforçávamos para subir a colossal rampa em espiral que pela primeira vez sentimos a terrível exaustão e a falta de fôlego que a corrida pelo ar rarefeito do platô nos havia causado; mas nem mesmo o medo de desmaiar poderia ter nos feito parar antes de chegarmos ao acostumado reino da superfície de céu e sol. Havia algo de vagamente apropriado em como partimos daquelas épocas enterradas; pois ao serpearmos ofegantes pelo caminho, subindo pelo cilindro de dezoito metros de cantaria primeva, vislumbramos ao nosso lado um cortejo ininterrupto de esculturas heroicas realizadas com a técnica primeira e não decaída da raça morta – um adeus que nos davam os Anciões, escrito há 50 milhões de anos.

    Finalmente emergimos cambaleantes no topo e nos vimos sobre um grande monte de blocos tombados, com as paredes curvadas de construções de pedra mais altas se erguendo para o oeste e os agourentos picos das grandes montanhas visíveis para além das estruturas mais deterioradas em direção ao leste. O baixo sol antártico da meia-noite espiava vermelho do horizonte ao sul, através de fendas nas ruínas irregulares, e a terrível idade e morte da cidade de pesadelo pareceram ainda mais nítidas em contraste com elementos relativamente conhecidos e familiares, como os aspectos da paisagem polar. O céu acima era uma massa turbulenta e opalescente de tênues vapores de gelo, e o frio agarrava nossos órgãos vitais. Fatigados, descansando as mochilas de equipamentos às quais havíamos por instinto nos agarrado durante a fuga desesperada, abotoamos de novo os trajes para a acidentada descida do monte e a caminhada pelo labirinto de pedra ancestral até os contrafortes, onde o aeroplano esperava. Sobre o que nos fizera fugir da escuridão dos secretos e arcaicos abismos da terra, nada dissemos.

    Em menos de um quarto de hora havíamos encontrado a íngreme encosta que levaria aos contrafortes – o provável terraço antigo – pela qual havíamos descido, e pudemos ver a massa escura do nosso grande avião em meio às esparsas ruínas sobre a encosta ascendente adiante. A meio caminho da subida em direção ao objetivo, fizemos um pequeno intervalo para recuperar o fôlego, e nos viramos para olhar de novo para o fantástico emaranhado paleógeno de incríveis formas de pedras abaixo de nós – uma vez mais delineadas misticamente contra um oeste desconhecido. Nisso, vimos que o céu adiante havia perdido a nebulosidade da manhã; os inquietos vapores de gelo tendo subido para o zênite, onde seus contornos zombeteiros pareciam prestes a se fixar em algum desenho bizarro que temiam tornar exatamente definido ou final.

Lá se revelava no derradeiro horizonte branco por trás da grotesca cidade uma tênue e delicada linha de pináculos violeta, cujas altitudes que faziam lembrar pontas de agulhas avultavam como um sonho contra a luzente cor rósea do céu ocidental. Na direção dessa cintilante margem inclinava-se o velho planalto, o curso deprimido do antigo rio cortando-o como uma faixa irregular de sombra. Por um segundo suspiramos admirados com a espectral beleza cósmica da paisagem, e depois um vago horror começou a se infiltrar em nossas almas. Pois aquela distante linha violeta não podia ser outra coisa que não as terríveis montanhas da terra proibida – os mais altos picos da Terra e centro do mal terreno; hospedeiros de horrores inomináveis e de segredos arqueanos; objetos de preces e temores daqueles que receavam entalhar seu significado; jamais pisados por nenhum ser vivo terreno, mas visitados pelos sinistros raios, e emissores de estranhos feixes luminosos que atravessam as planícies na noite polar – acima de qualquer dúvida o arquétipo desconhecido daquela temida Kadath no Deserto Gelado para além do abominável Leng, ao qual ímpias lendas primevas aludem com ambiguidade. Fomos os primeiros seres humanos a vê-los – e peço a Deus que sejamos os últimos.

Se os mapas e figuras entalhados naquela cidade pré-humana contassem a verdade, as crípticas montanhas violetas não poderiam estar a uma distância muito menor do que quinhentos quilômetros; porém, sua essência obscura e delicada não se projetava com menor nitidez acima daquela margem remota e nevada, como a orla serrilhada de um monstruoso planeta alienígena prestes a ascender para céus desconhecidos. Sua altura, então, deve ser tremenda e para além de qualquer comparação – levando-as a tênues estratos atmosféricos habitados somente por aparições gasosas sobre as quais ousados aviadores mal sobreviveram para contar em sussurros depois de quedas inexplicáveis. Olhando para elas, pensei com nervosismo em certas alusões esculpidas ao objeto que o grande rio antigo levara até a cidade desde suas escarpas amaldiçoadas – e me perguntei o quanto de razão e o quanto de insensatez haveria nos temores dos Anciões que as entalharam com tanta reticência. Lembrei de como a extremidade norte daquelas montanhas deve chegar perto do litoral na terra de Queen Mary, onde naquele mesmo instante a expedição de Sir Douglas Mawson estava sem dúvida trabalhando, a menos de 1.600 quilômetros de distância; e desejei que nenhum destino maligno desse a Sir Douglas e seus homens um vislumbre do que poderia jazer além da cordilheira litorânea que os protegia. Tais pensamentos davam a medida de minha condição superexcitada naquele momento – e Danforth parecia estar em ainda pior estado.

Contudo, muito antes de passarmos pela grande ruína em forma de estrela e chegar ao avião, nossos temores haviam se transferido para a cordilheira menor, mas ainda assim imensa, que teríamos de cruzar no caminho de volta. Daqueles contrafortes as encostas negras e cobertas por ruínas erguiam-se de maneira nítida e hedionda contra o leste, mais uma vez nos lembrando daquelas estranhas pinturas asiáticas de Nicholas Roerich; e quando pensamos nos execráveis alvéolos no interior deles, nas temíveis entidades amorfas que, se retorcendo fetidamente, poderiam ter aberto caminho inclusive até os mais altos pináculos ocos, não pudemos enfrentar sem pânico a perspectiva de mais uma vez cruzar aquelas inquietantes entradas de cavernas voltadas para o céu, onde o vento fazia sons como os de um maligno flauteado de rica musicalidade. Para piorar tudo, vimos nítidos resquícios de névoa em torno de vários dos picos – como o pobre Lake deve ter visto no início da viagem, quando cometeu aquele erro sobre o vulcanismo – e lembramos com um calafrio daquela névoa análoga da qual acabáramos de escapar; dela e do blasfemo abismo pai de horrores de onde vinham todos aqueles vapores.

Tudo estava bem com o avião, e desajeitadamente vestimos as pesadas peles de voo. Danforth deu a partida no motor sem problemas, e fizemos uma decolagem bastante suave por sobre a cidade de pesadelo. Abaixo de nós, a cantaria ciclópica primeva se espraiava como quando a vimos pela primeira vez – há tão pouco tempo, mas que nos parecia tão infinitamente longo – e começamos a ganhar altitude e a fazer curvas para testar se o vento permitiria que cruzássemos a passagem. Nas altitudes mais elevadas por força haveria graves turbulências, já que as nuvens de poeira de gelo do zênite da cordilheira faziam coisas fantásticas de todo tipo; mas a 7 mil metros, a altitude necessária para a passagem, a pilotagem era perfeitamente viável. Ao chegar perto dos picos protuberantes, os estranhos silvos do vento mais uma vez se tornaram explícitos, e pude perceber as mãos de Danforth tremerem nos controles. Embora meu amadorismo fosse total, naquele momento me ocorreu que eu talvez guiaria o avião melhor do que ele por aquela perigosa passagem entre pináculos; e quando sugeri por gestos que trocássemos de assento e eu o substituísse nos controles, Danforth não protestou. Tentei reunir toda minha habilidade e autocontrole e encarei o pedaço de céu avermelhado distante entre os paredões da passagem – me forçando a ignorar as baforadas de vapor no topo das montanhas e desejando que eu tivesse meus ouvidos tapados com cera como os marinheiros de Ulisses na ilha das Sereias para manter longe de minha consciência aquele perturbador flauteado.

    Mas Danforth, não tendo mais que pilotar e como que regido por uma selvagem excitação nervosa, não conseguia ficar quieto. Eu o sentia virando-se e remexendo-se para olhar para trás, para ver a terrível cidade que se distanciava, para frente, em busca daqueles picos infestados de cavernas e parasitados por cubos, para os lados, para observar o mar sombrio de contrafortes nevados e lotados de baluartes, e para o alto, para aquele céu fervilhante e com nuvens grotescas. Foi então, quando eu tentava pilotar com segurança através da passagem, que seus gritos loucos nos deixaram à beira do desastre ao estilhaçar meu autocontrole, fazendo com que eu me atrapalhasse aos controles por um instante. Um segundo depois minha resolução triunfou e nós cruzamos a passagem com segurança – temo, porém, que Danforth jamais volte a ser o que era.

    Eu disse que Danforth se recusou a me contar que horror final o fez berrar de maneira tão insana – um horror que, tenho a triste certeza, foi o principal responsável pelo seu atual colapso nervoso. Conversamos fragmentariamente, gritando por causa do silvo do vento e do zumbido do motor, quando chegamos ao lado seguro da cordilheira e enquanto mergulhávamos devagar em direção ao acampamento, mas o principal conteúdo da conversa foram as promessas de manter segredo que fizéramos enquanto nos preparávamos para sair da cidade de pesadelo. Certas coisas, tínhamos concordado, não deviam ser conhecidas e discutidas com leviandade pelos outros – e eu não falaria delas agora se não fosse pela necessidade de impedir a expedição Starkweather-Moore, e possíveis outras, a qualquer custo. É absolutamente necessário, para a paz e a segurança da humanidade, que certas profundezas dos recessos negros, mortos e inexplorados da Terra sejam deixadas em paz a fim de que anomalias adormecidas não despertem para uma nova vida e de que pesadelos de blasfema sobrevivência não serpenteiem viscosos para fora de seus covis negros, em busca de novos e maiores triunfos.

Tudo que Danforth insinuou foi que o horror derradeiro tratava-se de uma miragem. Não foi, ele afirma, nada ligado aos cubos e cavernas daquelas ecoantes, vaporosas, verminosamente alveoladas montanhas da loucura que cruzamos; mas um único e fantástico vislumbre demoníaco, por entre as turbulentas nuvens do zênite, do que jazia além daquelas outras montanhas violeta a oeste, que os Anciões haviam evitado e temido. É muito provável que a coisa tenha sido uma pura ilusão nascida das tensões pelas quais havíamos passado e da verdadeira embora não compreendida miragem da cidade transmontana morta avistada perto do acampamento de Lake, no dia anterior; mas foi tão real para Danforth que ele sofre dela até hoje.

Em raras ocasiões, Danforth sussurrou coisas desconexas e irresponsáveis sobre "o poço negro", "a borda da caverna", os "protoshoggoths", "os sólidos de cinco dimensões, sem janelas", "o cilindro inominável", "o antigo fanal", "Yog-Sothoth", "a geleia branca primeva", "a cor vinda do espaço", "as asas", "os olhos na escuridão", "a escada da lua", "o original, o eterno, o imorredouro" e outros conceitos bizarros; mas quando tem perfeita posse das faculdades repudia tudo isso e o atribui as suas peculiares e macabras leituras de anos passados. Danforth, de fato, é famoso por ser um dos poucos a ter ousado ler do início ao fim aquela cópia infestada de vermes do *Necronomicon*, guardada a sete chaves na biblioteca da faculdade.

As partes mais altas do céu, ao cruzarmos a cordilheira, estavam, é verdade, muito vaporosas e turbulentas e, embora eu não tenha visto o zênite, posso muito bem imaginar que seus torvelinhos de poeira de gelo talvez tenham assumido formas estranhas. A imaginação, sabendo com que vividez cenas distantes podem ser às vezes refletidas, refratadas e ampliadas por tais camadas de nuvens inquietas, pode facilmente ter fornecido o resto – e, é claro, Danforth não aludiu a nenhum desses horrores específicos antes que sua memória pudesse se mesclar com as leituras passadas. Ele jamais poderia ter captado tanta coisa num breve vislumbre.

Na hora, seus gritos se ativeram à repetição de uma única e insana palavra, de uma fonte muito bem conhecida:

"*Tekeli-li! Tekeli-li!*"

A sombra sobre Innsmouth

1

Durante o inverno de 1927-1928, agentes do governo federal realizaram uma estranha e secreta investigação de certas condições no antigo porto marítimo de Innsmouth, em Massachusetts. O caso veio a público em fevereiro, quando ocorreu uma vasta série de batidas e prisões, seguida pela deliberada queima e dinamitação – com as adequadas precauções – de um enorme número de casas deterioradas, carcomidas por vermes e supostamente vazias ao longo da orla abandonada. Almas pouco inquiridoras deixaram passar essa ocorrência como um dos maiores confrontos em uma guerra intermitente contra as bebidas alcoólicas.

Leitores mais argutos do noticiário, no entanto, admiraram-se com o prodigioso número de prisões, o contingente de homens anormalmente grande usado para efetuá-las e o segredo envolvendo a destinação dos prisioneiros. Nenhum julgamento e sequer acusações definidas foram divulgadas; tampouco qualquer um dos prisioneiros foi visto depois nos cárceres regulares da nação. Houve vagas declarações sobre doença e campos de concentração, e mais adiante sobre uma dispersão por várias prisões navais e militares, mas nada de positivo jamais se desenrolou. A própria Innsmouth restou quase despovoada, e mesmo agora mal vai começando a mostrar sinais de uma existência morosamente reavivada.

Queixas de várias organizações liberais foram respondidas com longas discussões confidenciais, e os representantes foram levados em viagens para determinados campos e prisões. Como resultado, essas sociedades tornaram-se surpreendentemente passivas e reticentes. Os jornalistas eram mais difíceis de administrar, mas em grande parte pareceram cooperar com o governo no final. Apenas um jornal – um tabloide sempre desconsiderado por causa de sua orientação desvairada – mencionou o submarino de águas profundas que disparou torpedos para baixo no abismo marinho pouco além de Devil Reef. Essa informação, colhida por acaso num antro de marinheiros, parecia de fato bastante forçada, uma vez que o baixo recife negro encontra-se a não menos do que dois quilômetros e meio do ancoradouro de Innsmouth.

As pessoas da região e das cidades próximas murmuravam um bocado entre si, mas diziam bem pouco para o mundo exterior. Haviam falado sobre a moribunda e meio deserta Innsmouth por quase um século, e nada de novo poderia ser mais desvairado ou mais horrendo do que aquilo que haviam sussurrado e insinuado anos antes. O secretismo lhes tinha ensinado várias coisas, e agora não havia necessidade de pressioná-las. Além do mais, elas realmente sabiam muito pouco, pois amplos charcos salinos, desolados e despovoados, mantinham os vizinhos afastados de Innsmouth no lado terrestre.

Mas afinal vou desafiar a proibição de mencionar essa coisa. Os resultados, tenho certeza, são tão minuciosos que nenhum dano público, salvo um choque de repulsa, jamais poderia decorrer de uma insinuação do que foi encontrado por aqueles invasores horrorizados em Innsmouth. Além disso, o que foi encontrado poderia ter, possivelmente, mais de uma explicação. Não sei o quanto da história toda foi contado até mesmo para mim, e tenho muitas razões para não desejar ir mais fundo. Afinal meu contato com o caso foi mais estreito do que o de qualquer outro leigo, e carreguei comigo impressões que ainda me levarão a tomar medidas drásticas.

Fui eu quem fugiu freneticamente de Innsmouth nas primeiras horas da manhã de 16 de julho de 1927, e foram os meus apelos assustados por investigação e ação do governo que provocaram todo o episódio relatado. Eu estava bastante disposto a ficar calado com o caso ainda novo e incerto, mas, agora que é uma história velha, com o interesse e a curiosidade do público extintos, sinto uma ânsia esquisita por sussurrar sobre aquelas poucas horas pavorosas naquele malfalado e malignamente ensombrecido porto marítimo da morte e da anormalidade blasfema. A mera narração me ajuda a recuperar a confiança em minhas próprias faculdades, a me tranquilizar de que não fui simplesmente o primeiro a sucumbir a uma contagiosa alucinação de pesadelo. Ajuda-me, também, a tomar uma decisão a respeito de certo passo terrível que tenho à minha frente.

    Nunca havia ouvido falar de Innsmouth até um dia antes de vê-la pela primeira e – até agora – última vez. Estava celebrando minha maioridade numa excursão pela Nova Inglaterra – com fins turísticos, antiquários e genealógicos – e planejara seguir direto da antiga Newburyport para Arkham, de onde provinha a família da minha mãe. Eu não tinha carro, mas estava viajando de trem, bonde e ônibus, buscando sempre a rota mais barata possível. Em Newburyport, disseram-me que o trem a vapor era o melhor meio de chegar a Arkham, e foi só na bilheteria da estação, quando contestei a alta tarifa, que fiquei sabendo sobre Innsmouth. O funcionário corpulento, de rosto astuto, cujo sotaque o revelava como alguém de fora dali, pareceu ficar solidário com meus esforços de economia, e fez uma sugestão que nenhum dos meus outros informantes havia oferecido.

    – Você *podia* pegar o ônibus velho, acho – ele disse com certa hesitação –, mas ele não é muito levado em conta por aqui. Ele passa por Innsmouth, você pode ter ouvido falar a respeito, e por isso as pessoas não gostam dele. Guiado por um sujeito de Innsmouth, Joe Sargent, mas nunca pega nenhum passageiro daqui, e nem de Arkham, acho eu. Nem sei como é que continua rodando. Suponho que seja bem barato, mas nunca vi mais do que duas ou três pessoas nele, ninguém além daquele pessoal de Innsmouth. Sai da praça, na frente da farmácia Hammond's, às dez da manhã e às sete da noite, a não ser que tenham mudado recentemente. Parece um calhambeque terrível; eu nunca andei nele.

    Essa foi a primeira vez em que ouvi falar da ensombrecida Innsmouth. Qualquer referência a uma cidade não mostrada nos mapas comuns ou não listada nos guias recentes teria me interessado, e o esquisito modo alusivo do funcionário despertou algo semelhante a uma verdadeira curiosidade. Uma cidade capaz de inspirar tamanho desgosto em seus vizinhos, pensei, devia ser no mínimo um tanto incomum e digna do interesse de um turista. Se viesse antes de Arkham, eu desceria lá – e por isso pedi ao funcionário que me contasse algo sobre ela. Ele se mostrou muito ponderado, e falou com o ar de quem se sente ligeiramente superior ao que diz.

– Innsmouth? Bem, é uma espécie de cidade bastante estranha lá na embocadura do Manuxet. Costumava ser quase uma cidade, um porto e tanto antes da guerra de 1812, mas tudo foi caindo aos pedaços nos últimos cem anos, mais ou menos. Nenhuma ferrovia agora; a B. & M. nunca passou por lá, e o ramal de Rowley foi abandonado anos atrás.

"Mais casas vazias do que com gente, acho, e nenhum comércio decente exceto pegar peixes e lagostas. Todo mundo negocia em geral aqui, ou em Arkham, ou Ipswich. Eles já tiveram umas boas fábricas, mas agora não restou nada exceto uma refinaria de ouro funcionando num meio período dos mais minguados.

"Essa refinaria, porém, costumava ser um troço grande, e o velho Marsh, que é o dono, deve ser mais rico que Creso. Velhinho esquisito, porém, e não tira o pé de casa. Falam que pegou alguma doença de pele ou deformidade, agora no fim da vida, que faz ele ficar sempre fora de vista. Neto do capitão Obed Marsh, que fundou o negócio. Sua mãe parece ter sido alguma espécie de estrangeira, dizem que uma insulana dos Mares do Sul, aí todo mundo se alvoroçou quando ele se casou com uma moça de Ipswich cinquenta anos atrás. Sempre fazem isso com essa gente de Innsmouth, e o pessoal daqui e das proximidades sempre tenta esconder qualquer sangue de Innsmouth que tiver. Mas os filhos e netos de Marsh se parecem com qualquer outra pessoa, até onde eu consigo ver. Já me apontaram eles aqui, mas, pensando bem, não creio que os filhos mais velhos tenham aparecido nos últimos tempos. Nunca vi o velho.

"E por que todo mundo implica tanto com Innsmouth? Bem, meu jovem camarada, você não deve se fiar muito no que as pessoas daqui dizem. Elas são complicadas de começar, mas, quando começam mesmo, aí não param nunca. Elas vêm contando coisas a respeito de Innsmouth (cochichando, principalmente) pelos últimos cem anos, acho, e eu imagino que elas sintam mais medo do que qualquer outra coisa. Algumas das histórias fariam você dar risada: sobre o velho capitão Marsh firmando pactos com o diabo e trazendo diabretes do inferno para viver em Innsmouth, ou sobre alguma espécie de adoração do diabo e sacrifícios medonhos em algum lugar perto do cais com o qual as pessoas toparam por volta de 1845 mais ou menos, mas eu sou de Panton, em Vermont, e esse tipo de história eu não engulo.

"Você devia ouvir, porém, o que alguns dos camaradas das antigas contam sobre o recife preto ao largo da costa. Devil Reef, eles chamam. Fica bem acima da água numa boa parte do tempo, e nunca muito embaixo, mas mesmo assim você mal ia poder chamar aquilo de ilha. A história é que uma legião inteira de demônios é avistada de vez em quando naquele recife, espalhada por todos os cantos, ou entrando e saindo em disparada de umas espécies de cavernas perto do topo. É uma coisa escarpada, irregular, a mais de um quilômetro de distância, e mais no final dos tempos da navegação os marinheiros costumavam fazer grandes desvios só para evitar aquilo.

"Isto é, os marinheiros que não eram de Innsmouth. Uma das coisas que eles tinham contra o velho capitão Marsh era que ele supostamente desembarcava lá durante a noite, quando a maré estava boa. Talvez ele fizesse isso, pois eu me arrisco a dizer que a formação rochosa era interessante, e é bem perto de ser possível que ele estivesse procurando pilhagem pirata e talvez encontrando, mas tinha o falatório de que ele lidava com demônios lá. O fato é que, acho eu de um modo geral, foi realmente o capitão que deu mesmo a má reputação ao recife.

"Isso foi antes da grande epidemia de 1846, quando mais da metade da gente de Innsmouth foi despachada. Nunca descobriram direito qual era o problema, mas era provavelmente alguma espécie de doença estrangeira trazida da China ou de outro lugar pelos navios. Foi sem dúvida péssimo; houve tumultos em função da peste, e toda sorte de maldades tenebrosas que eu não acredito que tenham chegado a sair da cidade, e ela deixou o lugar num estado pavoroso. Nunca voltou; não deve ter mais de trezentas ou quatrocentas pessoas vivendo lá agora.

"Mas a verdade por trás do jeito como as pessoas se sentem é simplesmente o preconceito racial, e não digo que estou culpando quem tem. Eu mesmo detesto aquele pessoal de Innsmouth, e nem quero saber de ir na cidade deles. Acho que você deve saber o bastante, mesmo eu conseguindo ver que você é do Oeste pelo seu jeito de falar, sobre o fato de que os nossos navios da Nova Inglaterra costumavam se meter nos portos exóticos da África, da Ásia e dos Mares do Sul, e por tudo que é lugar, e os tipos exóticos de gente que de vez em quando eles traziam de volta. Você provavelmente ouviu falar do homem de Salem que voltou para casa com uma esposa chinesa, e talvez saiba que tem ainda um bando de oriundos das Ilhas Fiji vivendo no entorno de Cape Cod.

"Bem, deve ter algo assim por trás da gente de Innsmouth. O lugar sempre ficou terrivelmente separado do resto da região por pântanos e córregos, e não dá para ter certeza sobre os prós e os contras da questão; mas é mais do que claro que o velho capitão Marsh deve ter trazido para casa alguns espécimes esquisitos quando ele tinha seus três navios todos em serviço lá pelos anos 20 e 30. Certamente ficou alguma estranha espécie de traço no pessoal de Innsmouth de hoje em dia; não sei como explicar, mas meio que dá um arrepio na gente. Você vai notar isso um pouco em Sargent, se pegar o ônibus dele. Alguns deles têm umas esquisitas cabeças estreitas com narizes achatados e bojudos, olhos arregalados que parecem nunca se fechar, e a pele deles não é bem normal, é áspera e sarnenta, e os lados do pescoço são enrugados ou vincados. Ficam carecas, também, muito cedo. Os sujeitos mais velhos têm a feição pior. O fato é o seguinte, não acredito que eu já tenha visto um camarada muito velho daquele tipo. Acho que eles devem morrer só de se olhar no espelho! Os animais detestam eles; eles costumavam ter um monte de problemas com os cavalos antes da chegada dos automóveis.

"Ninguém daqui das redondezas ou de Arkham ou Ipswich quer saber de ter algo a ver com eles, e eles mesmos agem de um jeito meio arisco quando vêm à cidade ou quando alguém tenta pescar na zona deles. É esquisito como os peixes sempre abundam junto do ancoradouro de Innsmouth quando não aparecem em nenhum outro lugar em volta, mas apenas tente pescar ali, vai ver só como aquele pessoal coloca você para correr! Essa gente costumava vir até aqui pela ferrovia, caminhavam e pegavam o trem em Rowley depois que o ramal foi desativado, mas agora eles usam o ônibus.

"Sim, tem um hotel em Innsmouth, chamado Gilman House, mas não acredito que seja grande coisa. Eu não o aconselharia você a experimentá-lo. Melhor ficar por aqui e pegar o ônibus das dez amanhã de manhã; depois você pode tomar um ônibus noturno de lá para Arkham às oito horas. Teve um inspetor de fábrica que parou no Gilman alguns anos atrás e viu um monte de indícios desagradáveis a respeito lugar. Parece que eles recebem uma turma bem esquisita por lá, pois esse sujeito ouviu vozes em outros quartos, ainda que a maioria estivesse sem ninguém, que lhe deram calafrios. Era um falatório estrangeiro, lhe pareceu, mas disse que o ruim naquilo era o tipo de voz que às vezes falava. Não soava nem um pouco natural (meio aguada, ele falou), e ele nem se atreveu a tirar a roupa e dormir. Só esperou acordado e deu no pé logo que amanheceu. A conversa continuou quase a noite toda.

"Esse sujeito, Casey era o nome dele, tinha muito para contar sobre como aquele pessoal de Innsmouth olhava para ele e parecia ficar meio que em guarda. Ele considerou a refinaria Marsh um lugar esquisito; é numa usina velha junto às quedas menores do Manuxet. O que ele disse fechou com o que eu tinha ouvido falar. Livros em péssimo estado, e nenhuma contabilidade clara de qualquer espécie de negócio. Sabe, sempre foi uma espécie de mistério onde é que os Marsh arranjam o ouro que eles refinam. Eles nunca pareceram fazer muita compra nessa linha, mas anos atrás embarcaram uma quantidade enorme de lingotes.

"Costumava ter um falatório sobre uma espécie esquisita de joia estrangeira que os marinheiros e os trabalhadores da refinaria vendiam às vezes na surdina, ou que foi vista uma ou duas vezes em algumas das mulheres dos Marsh. As pessoas admitiam que talvez o velho capitão Obed as tivesse permutado em algum porto pagão, sobretudo porque ele sempre ficava encomendando montanhas de contas de vidro e bijuterias do tipo que os homens do mar costumavam arranjar para trocar com os nativos. Outros achavam, e ainda acham, que ele tinha encontrado um velho esconderijo de pirata lá em Devil Reef. Mas tem uma coisa engraçada. O velho capitão já está morto faz sessenta anos, e não saiu um navio de bom tamanho daquele lugar desde a Guerra Civil, mas mesmo assim os Marsh continuam comprando um pouco dessas coisas nativas de permuta, na maior parte quinquilharias de vidro e de borracha, segundo me contam. Talvez o pessoal de Innsmouth goste delas para usar como enfeite; Deus sabe que eles ficaram quase tão feiosos quanto os canibais dos Mares do Sul e os selvagens da Guiné.

"Aquela peste de 46 deve ter eliminado o melhor sangue do lugar. De todo modo, eles agora são uma turma inconfiável, e os Marsh e outros ricos são ruins como qualquer um. Como eu lhe disse, provavelmente não tem mais do que quatrocentas pessoas na cidade toda, apesar de todas as ruas que eles dizem que existem. Acho que eles são o que chamam de 'lixo branco' lá no Sul: foras da lei e espertalhões, aprontando coisas secretas o tempo todo. Eles pegam montes de peixe e lagosta, e fazem a exportação por caminhão. É esquisito como os peixes pululam justamente lá e em nenhum outro lugar.

"Ninguém nunca consegue fazer contagem daquela gente, e as autoridades das escolas estaduais e os recenseadores enfrentam dificuldades infernais. Pode apostar que estranhos bisbilhoteiros não são bem-vindos em Innsmouth. Eu fiquei sabendo, pessoalmente, de mais de um negociante ou agente do governo que desapareceu por lá, e circula um certo falatório sobre um camarada que ficou louco e está lá em Danvers agora. Eles devem ter armado um susto medonho para o tal sujeito.

"É por isso que eu não iria lá de noite se fosse você. Nunca estive lá e não tenho nenhuma vontade de ir, mas acho que um passeio durante o dia não vai lhe fazer mal, mesmo que as pessoas por aqui aconselhem que você não vá. Se você está só fazendo um passeio turístico e procurando troços das antigas, Innsmouth deveria ser um lugar e tanto para você."

E, assim, passei parte daquela noite na biblioteca pública de Newburyport, pesquisando a respeito de Innsmouth. Quando eu tentara questionar os nativos nas lojas, no refeitório, nas garagens

A sombra sobre Innsmouth

e no quartel dos bombeiros, eles haviam se mostrado até mais relutantes em começar a falar do que o bilheteiro havia previsto, e percebi que eu não podia perder tempo tentando vencer sua reticência instintiva inicial. Eles tinham uma espécie de obscura desconfiança, como se houvesse algo de errado em qualquer pessoa se interessar demais por Innsmouth. Na Y.M.C.A., onde fiquei hospedado, o recepcionista meramente desencorajou minha ida a um lugar tão lúgubre e decadente, e os funcionários da biblioteca demonstraram a mesmíssima atitude. Sem dúvida, aos olhos dos instruídos, Innsmouth era apenas um caso exagerado de degeneração cívica.

As histórias do condado de Essex nas estantes da biblioteca tinham bem pouco a dizer, exceto que a cidade foi fundada em 1643, notória pela construção naval antes da Revolução, um local de grande prosperidade naval no começo do século XIX e, mais tarde, um centro fabril de importância secundária que usava o Manuxet como fonte de energia. A epidemia e os tumultos de 1864 eram abordados de uma maneira muito esparsa, como se representassem uma desonra para o condado.

As referências ao declínio eram poucas, embora o significado do último registro fosse inconfundível. Depois da Guerra Civil, a vida industrial como um todo restringira-se à Marsh Refining Company, e a comercialização de lingotes de ouro representava o único resquício relevante de comércio além da eterna pesca. Essa pesca começou a render cada vez menos lucro com o preço da mercadoria caindo e corporações de grande porte oferecendo concorrência, mas nunca houve carência de peixe no entorno do ancoradouro de Innsmouth. Forasteiros raras vezes se estabeleceriam por lá, e havia certa evidência discretamente velada de que alguns poloneses e portugueses que haviam tentado se fixar tinham sido dispersos de um modo peculiarmente drástico.

O mais interessante de tudo era uma referência passageira às estranhas joias vagamente associadas a Innsmouth. Elas haviam impressionado num nível mais do que considerável, era evidente, a região toda, pois havia menção de exemplares no museu da Miskatonic University, em Arkham, e na sala de exposições da Newburyport Historical Society. As descrições fragmentárias dessas coisas eram toscas e prosaicas, mas insinuaram-me uma tendência oculta de persistente estranheza. Algo nelas parecia ser tão estranho e provocador que não consegui tirá-las da cabeça, e, apesar do relativo avançado da hora, resolvi conferir a amostra local – que era, segundo se dizia, uma coisa enorme, de proporções ímpares, evidentemente uma pretensa tiara – se, de alguma forma, isso pudesse ser arranjado.

O bibliotecário me deu um bilhete de apresentação à curadora da Sociedade, certa srta. Anna Tilton, que vivia nas proximidades, e, depois de uma breve explicação, a idosa fidalga teve a bondade de introduzir-me no edifício fechado, pois ainda não era muito tarde. A coleção era notável, de fato, mas, no meu estado de espírito presente, eu só tinha olhos para o objeto bizarro que cintilava num armário de canto, sob as luzes elétricas.

Não foi necessária uma extrema sensibilidade à beleza para me fazer literalmente perder o fôlego perante o estranho esplendor sobrenatural da fantasia opulenta e alienígena que repousava em uma almofada púrpura de veludo. Mesmo agora, mal consigo descrever o que vi, embora fosse, com toda clareza, uma espécie de tiara, como a descrição havia dito. Era alta na frente, e tinha um contorno muito grande, curiosamente irregular, como que desenhado para uma cabeça de formato quase anormalmente elíptico. O material predominante parecia ser o ouro, embora um sinistro lustro mais claro sugerisse certa liga estranha com um metal igualmente belo e difícil de identificar. Sua condição era quase perfeita, e seria possível passar horas estudando seus motivos impressionantes, enigmaticamente não tradicionais – alguns geométricos e simples, outros plenamente marítimos –, gravados ou moldados em alto relevo em sua superfície com um artesanato de incrível perícia e graça.

Quanto mais eu a contemplava, tanto mais a coisa me fascinava; e nesse fascínio havia um elemento curiosamente perturbador, difícil de classificar ou explicar. A princípio, decidi que era a esquisita qualidade extraterrena da arte o que me deixava inquieto. Todos os outros objetos de arte que eu já vira ou pertenciam a certa vertente racial ou nacional conhecida, ou então eram conscientes desafios modernistas a todas as vertentes reconhecidas. Aquela tiara não era nem uma coisa nem outra. Pertencia claramente a certa técnica estabelecida de infinita maturidade e perfeição, mas essa técnica era de todo remota em relação a qualquer outra – ocidental ou oriental, antiga ou moderna – de que eu jamais tinha ouvido falar ou que vira exemplificada. Era como se o artesanato fosse de um outro planeta.

Entretanto, logo percebi que minha inquietação tinha uma segunda e talvez igualmente poderosa origem residindo nas sugestões pictóricas e matemáticas dos estranhos motivos. Os padrões todos insinuavam segredos remotos e abismos inimagináveis no tempo e no espaço, e a natureza monotonamente aquática dos relevos tornava-se quase sinistra. Entre tais relevos, havia monstros fabulosos de uma abominável característica grotesca e maligna – meio ictioides e meio batráquios na aparência – que não era possível dissociar de certa sensação assustadora e desconfortável de pseudomemória, como se evocassem uma imagem das células e tecidos profundos cujas funções retentivas são de todo primais e incrivelmente ancestrais. Por vezes, imaginei que cada contorno daqueles peixes-rãs blasfemos transbordava com a máxima quintessência de um mal desconhecido e inumano.

Formava estranho contraste com o aspecto da tiara sua história sucinta e prosaica tal como foi relatada pela srta. Tilton. Ela tinha sido penhorada por uma soma ridícula em uma loja da State Street em 1873, por um bêbado de Innsmouth, morto pouco tempo depois numa briga. A Sociedade a comprara diretamente do penhorista, dedicando-lhe de pronto uma exibição digna de sua qualidade. Estava etiquetada como tendo provável proveniência das Índias Orientais ou da Indochina, mas essa atribuição era francamente conjectural.

A srta. Tilton, comparando todas as hipóteses possíveis relacionadas a sua origem e presença na Nova Inglaterra, inclinava-se a crer que ela fizera parte de algum exótico tesouro pirata descoberto pelo velho capitão Obed Marsh. Essa opinião por certo não era enfraquecida pelas insistentes ofertas de aquisição por alto preço que os Marsh começaram a fazer tão logo souberam de sua existência e que repetiram até os dias atuais, apesar da invariável determinação da Sociedade em não a vender.

Enquanto me acompanhava na saída do edifício, a boa dama deixou claro que a teoria pirata quanto à fortuna dos Marsh era popular entre as pessoas inteligentes da região. Sua própria atitude para com a ensombrecida Innsmouth – que ela nunca conhecera – era de aversão por uma comunidade que caíra tão baixo na escala cultural, e ela me garantiu que os rumores de adoração do diabo eram em parte justificados por um peculiar culto secreto que ganhara força por lá e engolfara todas as igrejas ortodoxas.

Chamava-se, ela disse, "A Ordem Esotérica de Dagon" e era sem dúvida uma coisa vil, quase pagã, importada do Oriente um século antes, numa época em que as zonas de pesca de Innsmouth pareciam estar ficando estéreis. Sua persistência entre as pessoas mais simplórias era bastante natural, em vista do súbito e permanente retorno da pescaria boa e abundante, e logo veio a ser a principal influência na cidade, substituindo por completo a franco-maçonaria e fixando sua sede na velha Casa Maçônica em New Church Green.

Tudo aquilo, no entender da devota srta. Tilton, representava um excelente motivo para evitar a antiga cidade da decadência e da desolação; para mim, porém, foi só um incentivo a mais. A minhas expectativas arquitetônicas e históricas acrescentava-se, agora, um agudo entusiasmo antropológico, e mal consegui dormir em meu pequeno quarto na "Y" enquanto a noite se passava.

2

Pouco antes das dez horas, na manhã seguinte, eu parei com uma pequena valise na frente da farmácia Hammond's, na velha Market Square, esperando pelo ônibus para Innsmouth. Quando se aproximou a hora de sua chegada, notei uma dispersão geral dos ociosos para outros lugares na rua ou para o Ideal Lunch, do outro lado da praça. O bilheteiro, era evidente, não havia exagerado o desgosto que os cidadãos locais nutriam por Innsmouth e seus habitantes. Dentro de poucos minutos, um pequeno veículo de uma suja cor cinzenta, decrépito ao extremo, desceu com estrépito a State Street, fez a curva e estacionou no meio-fio ao meu lado. Senti de imediato que era o ônibus certo, palpite que o letreiro pouco legível no para-brisa – *Arkham-Innsmouth-Newb'port* – logo confirmou.

Só havia três passageiros – homens escuros, desleixados, de fisionomia suja e aspecto mais ou menos jovem – e, quando o veículo parou, eles desceram bamboleando, desajeitados, e saíram caminhando pela State Street de uma maneira silenciosa, quase furtiva. O motorista também desceu, e eu o observei enquanto ele entrava na farmácia para comprar algo. Esse, refleti, devia ser o Joe Sargent mencionado pelo bilheteiro, e, antes mesmo de eu notar quaisquer detalhes, tomou conta de mim uma onda de aversão espontânea que não podia ser nem reprimida e nem explicada. De súbito, pareceu-me muito natural que os moradores locais não quisessem andar num ônibus pertencente àquele motorista, ou visitar com qualquer evitável frequência o habitat de tal homem e de sua gente.

Quando o motorista saiu do estabelecimento, olhei-o com mais atenção e tentei determinar a origem de minha impressão maligna. Ele era um homem magro, de ombros curvados, com não muito menos do que um metro e oitenta de altura, trajando surradas roupas azuis paisanas e usando um desgastado boné cinza de golfe. Tinha talvez 35 anos de idade, mas os vincos esquisitos e profundos na lateral de seu pescoço faziam-no parecer mais velho quando a pessoa não analisava seu rosto apático e inexpressivo. Tinha cabeça estreita, salientes e aquosos olhos azuis que pareciam jamais piscar, um nariz chato, testa e queixo recuados e orelhas singularmente pouco desenvolvidas. Seus lábios longos e grossos e as bochechas cinzentas e porosas pareciam quase imberbes, exceto por escassos e desgarrados fios amarelos que se enrolavam em tufos irregulares; em alguns lugares, a superfície parecia curiosamente irregular, como que descascada por alguma doença de pele. Suas mãos eram grandes e cheias de veias saltadas, com um matiz azul-cinzento muito incomum. Os dedos eram impressionantemente mais curtos na proporção com o resto da estrutura e pareciam ter uma tendência de se enrolar para dentro da palma enorme. Enquanto ele caminhava na direção do ônibus, observei seu andar peculiarmente cambaleante, e percebi que seus pés eram desordenadamente imensos. Quanto mais eu os analisava, tanto mais me perguntava de que modo ele conseguia comprar sapatos que lhes servissem.

Certa oleosidade geral no sujeito intensificou meu desgosto. Ele costumava, era evidente, trabalhar ou vadiar pelo cais de pesca, e carregava consigo, em grande medida, o cheiro característico desse cais. Não consegui sequer supor que tipo de sangue estrangeiro havia nele. Suas excentricidades por certo não lembravam traços asiáticos, polinésios, levantinos ou negroides, mas pude perceber por que razão as pessoas o consideravam alguém de fora. Eu mesmo teria pensado antes em degeneração biológica do que numa origem estrangeira.

Lamentei quando vi que não haveria nenhum outro passageiro no ônibus. De algum modo, não gostei da ideia de viajar sozinho com aquele motorista. Porém, com a hora da partida obviamente se aproximando, superei meus escrúpulos e entrei atrás do homem, estendendo-lhe uma nota de um dólar e murmurando a única palavra "Innsmouth". Ele me fitou com curiosidade por um segundo, enquanto me devolvia quarenta centavos de troco, sem falar nada. Tomei um assento bem afastado dele, mas do mesmo lado do ônibus, pois desejava observar a praia durante o percurso.

Por fim, o veículo decrépito arrancou com um solavanco e seguiu estrepitando pelos velhos prédios de tijolo da State Street, em meio a uma nuvem de vapor do escapamento. Observando as pessoas nas calçadas, julguei captar nelas um curioso desejo de evitar olhar para o ônibus – ou, pelo menos, um desejo de evitar parecer olhá-lo. Depois dobramos à esquerda pela High Street, onde o avanço foi mais suave, passando em velocidade pelas velhas mansões majestosas do início da República e as quintas coloniais ainda mais velhas, atravessando Lower Green e Parker River, e afinal emergindo num longo e monótono trecho de campo costeiro aberto.

O dia estava quente e ensolarado, mas a paisagem de areia, capim de junça e arbustos atrofiados foi se tornando mais e mais desolada enquanto prosseguíamos. Pela janela eu avistava a água azul e a linha de areia da Plum Island, e logo chegamos bem perto da praia quando nossa estrada estreita se afastou da rodovia principal para Rowley e Ipswich. Não havia casas à vista, e pude deduzir, pelo estado da estrada, que o tráfego era muito leve por ali. Os postes telefônicos pequenos e deteriorados pelo tempo carregavam apenas dois cabos. Vez por outra, cruzávamos rudes pontes de madeira sobre córregos de maré que serpenteavam por longa extensão continente adentro e acentuavam o isolamento geral da região.

De quando em quando, eu notava tocos de árvores mortas e fundações desmoronadas acima das dunas e recordava a velha tradição, citada em uma das histórias que havia lido, de que aquela tinha sido, outrora, uma área fértil e densamente povoada. A mudança, dizia-se, ocorrera em simultâneo com a epidemia de 1864 em Innsmouth, e a população simplória enxergava nela uma sombria relação com malignas forças ocultas. Na verdade, tinha sido causada pela insensata derrubada das matas perto da praia, o que roubara do solo sua melhor proteção e abrira caminho para ondas de areia soprada pelo vento.

Por fim perdemos Plum Island de vista e vimos a vastidão aberta do Atlântico à nossa esquerda. Nosso caminho estreito começou a subir de modo íngreme, e senti uma singular sensação de inquietude ao contemplar a solitária crista à frente onde a rodovia esburacada tocava o céu. Era como se o ônibus fosse manter sua ascensão, deixando por completo a sanidade da terra e se fundindo com os arcanos desconhecidos da atmosfera superior e do céu enigmático. O cheiro do mar assumia implicações ominosas, e as costas encurvadas e rígidas do motorista calado, bem como sua cabeça estreita, tornavam-se mais e mais detestáveis. Olhando para ele, percebi que a parte de trás de sua cabeça era tão desprovida de cabelos quanto seu rosto, ostentando apenas alguns tufos desgarrados de fios amarelos em uma superfície cinzenta e escabrosa.

Chegamos então à crista e avistamos o vale estendido além, onde o Manuxet encontra o mar bem ao norte da longa linha de penhascos que culmina em Kingsport Head e desvia na direção de Cape Ann. No horizonte longínquo e enevoado, distingui com dificuldade o perfil vertiginoso do topo, encimado pela esquisita casa antiga sobre a qual são contadas tantas lendas; porém, de momento, minha atenção foi atraída por inteiro pelo panorama mais próximo, logo abaixo de mim. Eu estava, constatei, frente a frente com Innsmouth e sua sombra de rumores.

Era uma cidade de ampla extensão e construção densa, mas com portentosa carência de vida visível. Do emaranhado de topes de chaminé mal saía um fiapo de fumaça, e os três campanários altos assomavam austeros e sem pintura contra o horizonte marinho. Um deles estava se desmoronando no topo, e neste bem como num outro só havia negros buracos escancarados onde deveriam estar os mostradores dos relógios. O vasto amontoado de decaídos telhados com inclinação dupla e cumeeiras pontiagudas transmitia, com ofensiva clareza, uma ideia de podridão carcomida, e, enquanto íamos nos aproximando pela estrada agora descendente, pude perceber que muitos telhados haviam desabado de todo. Viam-se também algumas grandes e quadradas casas georgianas, com telhados de quatro águas, cúpulas e "mirantes de viúva" gradeados. Estas ficavam, na maioria, bem recuadas da água, e uma ou duas pareciam estar em condições moderadamente razoáveis. Estendendo-se para o interior, entre elas, vi os trilhos enferrujados e tomados de relva da ferrovia abandonada, com os postes de telégrafo inclinados, agora desprovidos de cabos, e as linhas meio obscurecidas das antigas estradas de rodagem para Rowley e Ipswich.

A decadência era pior perto da orla, embora em seu âmago eu pudesse avistar o campanário branco de uma estrutura de tijolo em boa medida bem conservada que parecia uma pequena fábrica. O ancoradouro, havia muito obstruído pela areia, era encerrado por um antigo quebra-mar de pedra sobre o qual pude começar a discernir as formas minúsculas de alguns pescadores sentados, e em cuja extremidade havia o que aparentavam ser as fundações de um farol arcaico. Uma língua arenosa se formara no interior dessa barreira, e sobre ela vi algumas cabanas decrépitas, barquinhos chatos atracados e armadilhas para lagostas espalhadas. O único ponto de água profunda parecia ser o trecho onde o rio passava pela estrutura com o campanário e virava para o sul, unindo-se ao oceano na extremidade do quebra-mar.

Aqui e ali, as ruínas dos cais sobressaíam da praia e terminavam numa podridão indeterminada, com a extremidade mais ao sul parecendo ser a mais deteriorada. E mar adentro, na distância, apesar da maré alta, vislumbrei uma longa linha negra mal se elevando acima da água, mas transmitindo uma sugestão esquisita de latente malignidade. Aquilo, eu sabia, devia ser Devil Reef. Enquanto eu o observava, uma sensação sutil e curiosa de chamamento pareceu se somar à lúgubre repulsa, e, por mais esquisito que pareça, considerei essa nuança mais perturbadora do que a primeira impressão.

Não encontramos ninguém na estrada, mas dentro em pouco começamos a passar por fazendas desertas em variados estágios de ruína. Então notei algumas casas habitadas, com trapos forrando as janelas quebradas e conchas e peixes mortos esparramados pelos quintais repletos de lixo. Uma ou duas vezes, vi pessoas com aspecto apático trabalhando em jardins estéreis ou catando mariscos na praia fedendo a peixe logo abaixo, e grupos de crianças sujas, com semblante simiesco, brincando perto de soleiras tomadas de ervas daninhas. De alguma forma, aquelas pessoas pareciam mais inquietantes do que os prédios sombrios, pois quase todas tinham certas peculiaridades de rosto e movimentos que julguei desagradáveis de maneira instintiva, sem ser capaz de defini-las ou compreendê-las. Por um segundo, pensei que aquela compleição típica sugeria certo quadro que eu vira, talvez num livro, sob circunstâncias de particular horror ou melancolia, mas essa pseudorrecordação passou muito rápido.

Quando o ônibus chegou a um nível mais baixo, comecei a captar o tom constante de uma queda d'água em meio à quietude anormal. As casas inclinadas e sem pintura iam se adensando, alinhadas de ambos os lados da estrada, e exibiam tendências mais urbanas do que aquelas que estávamos deixando para trás. O panorama à frente se contraíra num cenário de rua; em alguns pontos eu conseguia identificar onde haviam existido, no passado, um pavimento de paralelepípedos e trechos de uma calçada de tijolos. Todas as casas aparentavam estar desertas, e viam-se ocasionais lacunas onde chaminés e paredes de porão desmoronados davam ideia das construções desabadas. Tudo era impregnado pelo mais nauseabundo fedor de peixe que se pode imaginar.

Dali a pouco, começaram a surgir ruas e cruzamentos; as da esquerda seguiam rumo à praia por domínios não pavimentados de miséria e decadência, enquanto as da direita mostravam vistas de uma grandeza extinta. Até então, eu não vira qualquer população na cidade, mas apareceram agora sinais de uma habitação esparsa – janelas acortinadas aqui e ali, um ocasional automóvel danificado junto ao meio-fio. O pavimento e as calçadas iam ficando cada vez mais bem definidos, e, embora as casas fossem, em sua maioria, bastante velhas – estruturas de tijolo e madeira do começo do século XIX –, elas eram obviamente mantidas em condições adequadas para habitação. Como antiquário amador, quase esqueci minha repugnância olfativa e minha sensação de ameaça e aversão em meio àquela rica e inalterada sobrevivência do passado.

Mas eu não iria chegar ao meu destino sem a impressão muito forte de uma qualidade pungentemente desagradável. O ônibus havia se aproximado de uma espécie de pátio aberto ou ponto radial com igrejas nos dois lados e os restos enlameados de um gramado circular no centro, e eu estava olhando para uma grande entrada de edifício sustentada por pilares na via da direita à frente. A pintura outrora branca da estrutura encontrava-se agora cinzenta e descascada, e a inscrição preta e dourada no frontão estava tão esmaecida que tive dificuldade para distinguir as palavras "Ordem Esotérica de Dagon". Era aquela, então, a antiga Casa Maçônica agora entregue a um culto infame. Enquanto eu me esforçava para decifrar a frase inscrita, minha atenção foi desviada pelos sons rouquenhos de um sino rachado do outro lado da rua, e me virei depressa para olhar pela janela no meu lado do ônibus.

O som vinha de uma igreja de pedra com torre achatada cuja data era manifestamente posterior à da maioria das casas, construída num estilo gótico desajeitado e tendo um porão desproporcionalmente alto com venezianas nas janelas. Embora os ponteiros de seu relógio estivessem ausentes no lado que eu avistava, eu sabia que aquelas badaladas roucas informavam o horário das onze. Então, de súbito, toda noção de tempo foi apagada por uma imagem impetuosa, de aguda intensidade e inexplicável horror, que me arrebatara antes de eu entender o que realmente era. A porta do porão da igreja estava aberta, revelando um retângulo de escuridão no interior. Enquanto eu olhava, certo objeto cruzou ou pareceu cruzar aquele retângulo escuro, imprimindo em meu cérebro uma momentânea e ardente concepção de pesadelo que era tanto mais enlouquecedora porque um exame não evidenciaria naquilo uma única qualidade de pesadelo.

Era um objeto vivo – o primeiro que eu via, com exceção do motorista, desde a entrada na parte compacta da cidade – e, estivesse eu num estado de espírito mais equilibrado, nada nele, em absoluto, teria me parecido aterrorizante. Era claramente, como constatei um momento depois, o pastor, trajando certa vestimenta peculiar, sem dúvida introduzida desde que a Ordem de Dagon modificara o ritual das igrejas locais. A coisa que provavelmente captara meu primeiro olhar subconsciente, e que infundira o toque de horror bizarro, tinha sido a tiara alta usada por ele, uma duplicata quase exata da tiara que a srta. Tilton me mostrara na noite anterior. Aquilo, agindo na minha imaginação, infundira qualidades inconcebivelmente sinistras ao rosto indeterminado e ao vulto bamboleante sob a túnica. Não havia, logo decidi, nenhuma razão para eu ter sentido aquele toque arrepiante de maligna pseudomemória. Não era natural que um culto secreto local adotasse, entre seus uniformes, um tipo exclusivo de adereço de cabeça, familiar à comunidade de alguma maneira estranha – talvez como um tesouro encontrado?

Um punhado muito escasso de pessoas jovens com feições repelentes tornou-se agora visível nas calçadas – indivíduos isolados e silenciosos grupelhos de dois ou três. Os andares térreos das casas arruinadas por vezes abrigavam pequenas lojas com placas desbotadas, e notei um ou dois caminhões estacionados enquanto avançávamos chocalhando. O som de quedas d'água tornava-se cada vez mais distinto, e dentro em pouco avistei à frente uma garganta de rio razoavelmente profunda, atravessada por uma larga ponte com parapeitos de ferro além da qual se abria uma ampla praça. Enquanto cruzávamos a ponte com estrépito, olhei para ambos os lados e observei alguns prédios de fábrica à beira das encostas relvadas ou mais embaixo. A água bem abaixo era muito abundante, e consegui avistar dois vigorosos conjuntos de quedas d'água corrente acima, à minha direita, e pelo menos um corrente abaixo, à minha esquerda. Daquele ponto em diante, o barulho era quase ensurdecedor. Então saímos rodando pela grande praça semicircular do outro lado do rio e estacionamos no lado direito, na frente de um edifício alto, coroado por cúpula, com vestígios de pintura amarela e com uma placa meio apagada proclamando-a como Gilman House.

Fiquei contente por saltar daquele ônibus, e sem demora tratei de registrar minha valise no saguão surrado do hotel. Só havia uma pessoa à vista – um senhor idoso sem aquilo que eu havia passado a chamar de "feitio de Innsmouth" –, e decidi não lhe fazer nenhuma das perguntas que me preocupavam, recordando que coisas esquisitas tinham sido notadas no hotel. Em vez disso, saí caminhando pela praça, da qual o ônibus já partira, e estudei o cenário num exame minucioso.

Um lado do espaço aberto e calçado com paralelepípedos era formado pela linha reta do rio; o outro era um semicírculo com prédios de tijolos e telhados inclinados, mais ou menos do período oitocentista, do qual várias ruas se irradiavam para sudeste, sul e sudoeste. As lâmpadas eram deprimentemente poucas e pequenas – todas incandescentes, de baixa potência –, e fiquei alegre com o fato de que meus planos previam partir antes do escurecer, mesmo sabendo que a lua se faria luminosa. Os prédios estavam todos em razoável condição, e acolhiam, talvez, uma dúzia de lojas em funcionamento normal – uma delas era uma mercearia da rede First National, outras um restaurante lúgubre, uma farmácia e o escritório de um atacadista da pesca, e outra ainda, no extremo leste da praça, perto do rio, um escritório da única indústria da cidade: a Marsh Refining Company. Havia talvez dez pessoas visíveis, e quatro ou cinco automóveis e caminhões estavam parados aqui e ali. Ninguém precisava me dizer que aquele era o centro cívico de Innsmouth. Na direção leste, pude captar vislumbres azuis do ancoradouro, contra os quais se erguiam os restos decadentes de três campanários georgianos, outrora belíssimos. E na direção da praia, na margem oposta do rio, vi a torre branca encimando aquilo que julguei ser a refinaria Marsh.

Por algum motivo, optei por fazer minhas primeiras indagações na mercearia da rede, cujos funcionários não deviam ser nativos de Innsmouth. Encontrei no atendimento um rapaz solitário, com cerca de dezessete anos, e me agradou notar a vivacidade afável que prometia informações joviais. Ele parecia excepcionalmente

A sombra sobre Innsmouth

ávido por falar, e logo deduzi que não gostava do lugar, de seu fedor de peixe ou de sua gente furtiva. Trocar uma palavra com qualquer forasteiro era um alívio para ele. O rapaz era de Arkham, alojara-se com uma família que vinha de Ipswich e voltava para casa sempre que conseguia uma folga. Sua família não gostava de tê-lo trabalhando em Innsmouth, mas a rede o transferira, e ele não queria largar o emprego.

Não havia, ele disse, nenhuma biblioteca pública ou câmara de comércio em Innsmouth, mas eu provavelmente conseguiria me virar. A rua pela qual eu viera era a Federal. A oeste dela ficavam as requintadas e antigas ruas residenciais – Broad, Washington, Lafayette e Adams –, e a leste ficavam os cortiços à beira-mar. Era nesses cortiços – ao longo da Main Street – que eu iria encontrar as velhas igrejas georgianas, mas elas estavam havia muito abandonadas. Seria bom não eu não me fazer conspícuo demais nessas vizinhanças – em especial ao norte do rio –, uma vez que as pessoas eram carrancudas e hostis. Alguns forasteiros haviam até desaparecido.

Certos pontos eram território quase proibido, como ele aprendera a um considerável custo. Não era recomendável, por exemplo, a pessoa se demorar muito no entorno da refinaria Marsh, ou no entorno de qualquer uma das igrejas ainda ativas, ou no entorno dos pilares da Casa da Ordem de Dagon em New Church Green. Essas igrejas eram muito esquisitas – todas violentamente repudiadas por suas respectivas congregações em outros lugares, e aparentemente usando as mais estrambóticas espécies de cerimoniais e vestes clericais. Seus credos eram heterodoxos e misteriosos, envolvendo insinuações de certas transformações maravilhosas conduzindo à imortalidade corporal – de algum tipo – nesta terra. O pastor do próprio jovem – o dr. Wallace, da Igreja Metodista Asbury de Arkham – fizera-lhe uma severa exortação para que não frequentasse nenhuma igreja em Innsmouth.

Quanto à população de Innsmouth, o jovem mal sabia como defini-la. Eram pessoas tão furtivas e pouco vistas quanto animais que vivem em tocas, e mal se podia imaginar como gastavam o tempo a não ser pela pesca inconstante. Talvez – a julgar pela quantidade de bebida contrabandeada que consumiam – passassem a maior parte das horas diurnas num estupor alcoólico.

Pareciam agrupadas numa espécie carrancuda de camaradagem e entendimento – desprezando o mundo como se tivessem acesso a outras e preferíveis esferas de existência independente. Sua aparência – em especial aqueles olhos arregalados que nunca piscavam e ninguém jamais via fechados – era por certo bastante chocante, e suas vozes eram repulsivas. Era tenebroso ouvi-las entoando cânticos nas igrejas à noite, e sobretudo durante suas principais festividades e despertares religiosos, celebrados duas vezes por ano, em 30 de abril e 31 de outubro.

Eram muito apegadas à água, e nadavam um bocado, tanto no rio como no ancoradouro. As disputas de natação até Devil Reef eram muito comuns, e todos à vista pareciam ser capazes de participar do árduo esporte. Pensando bem, em geral eram apenas pessoas um tanto jovens que costumavam ser vistas em público, e, destas, as mais velhas tendiam a ter o aspecto mais corrompido. Quando exceções ocorriam, na maior parte eram pessoas sem nenhum traço de aberração, como o velho recepcionista do hotel. Era de se perguntar que fim havia levado a maioria dos indivíduos mais velhos, e se o "feitio de Innsmouth" não seria um estranho e insidioso fenômeno doentio que intensificava seus efeitos com o avanço dos anos.

Só uma moléstia muito rara, é claro, poderia provocar transformações anatômicas tão vastas e radicais num único indivíduo depois da maturidade – transformações envolvendo fatores ósseos tão básicos quanto o formato do crânio; entretanto, mesmo esse aspecto não era mais desconcertante ou inédito do que as feições visíveis da enfermidade como um todo. Seria difícil, sugeriu o jovem, formar qualquer conclusão verdadeira sobre tal assunto, pois ninguém jamais chegava a conhecer os nativos em pessoa, por mais que vivesse desde longo tempo em Innsmouth.

O jovem tinha certeza de que vários espécimes ainda piores do que os piores visíveis eram mantidos trancados entre quatro paredes em alguns lugares. As pessoas por vezes escutavam sons da mais bizarra espécie. As vacilantes choupanas da orla, ao norte do rio, eram conectadas por túneis ocultos, segundo se dizia, sendo assim um legítimo viveiro de anormalidades invisíveis. Era impossível dizer que tipo de sangue estrangeiro aquelas criaturas tinham

— se é que tinham algum. Elas por vezes mantinham certos indivíduos especialmente repulsivos fora de vista quando agentes do governo e outras pessoas do mundo exterior chegavam à cidade.

Não adiantaria nada, meu informante disse, perguntar aos nativos qualquer coisa sobre o lugar. O único que falaria era um homem muito idoso, mas de aparência normal, que vivia no albergue de pobres na periferia norte da cidade e passava as horas andando para lá e para cá ou matando tempo no quartel dos bombeiros. Esse sujeito encanecido, Zadok Allen, tinha 96 anos de idade e não batia bem da cabeça, além de ser o bêbado da cidade. Era uma criatura estranha, furtiva, que ficava olhando sem parar por cima do ombro, como que temendo alguma coisa, e, quando estava sóbrio, jamais era persuadido a trocar sequer uma palavra com estranhos. Ele era, no entanto, incapaz de resistir a qualquer oferta de seu veneno predileto; uma vez bêbado, forneceria os mais assombrosos fragmentos de reminiscência sussurrada.

No fim das contas, porém, poucos dados úteis poderiam ser obtidos com ele, pois suas histórias eram todas insanas, insinuações incompletas e malucas de prodígios e horrores impossíveis que não poderiam ter outra fonte além de sua própria imaginação desordenada. Ninguém jamais acreditava nele, mas os nativos não gostavam de vê-lo bebendo e conversando com estranhos, e nem sempre era seguro ser visto lhe fazendo perguntas. Era decerto dele que provinham alguns dos mais desvairados rumores e delírios populares.

Diversos residentes não nativos haviam relatado vislumbres monstruosos de tempos em tempos, mas, entre as histórias do velho Zadok e os habitantes malformados, não era de admirar que tais ilusões fossem correntes. Nenhum dos não nativos jamais permanecia fora de casa tarde da noite, existindo uma impressão muito difundida de que fazê-lo não seria sensato. Além do mais, as ruas eram tomadas por uma escuridão repugnante.

Quanto aos negócios, a abundância de peixe era sem dúvida quase sinistra, mas os nativos tiravam cada vez menos proveito dela. Além disso, os preços estavam caindo, e a competição estava crescendo. Claro, o verdadeiro negócio da cidade era a refinaria, cujo escritório comercial ficava na praça, bem poucas portas a leste de onde nos encontrávamos. O velho Marsh não era visto nunca, mas ia por vezes à fábrica num carro fechado e acortinado.

Corriam os mais diversos tipos de boatos a respeito da aparência recente de Marsh. Ele tinha sido um grande dândi outrora, e as pessoas afirmavam que ainda usava elegantes sobrecasacas do período eduardiano, curiosamente adaptadas para certas deformidades. Seus filhos haviam gerido anteriormente o escritório na praça, mas nos últimos tempos mantinham-se fora de vista em boa medida, deixando a parte pesada dos negócios para a geração mais nova. Os filhos e suas irmãs haviam ganhado uma aparência muito esquisita, em especial os mais velhos, e se dizia que sua saúde estava se debilitando.

Uma das filhas de Marsh era uma mulher repelente, com aspecto de réptil, que usava um excesso de joias bizarras, claramente da mesma tradição exótica à qual pertencera a estranha tiara. Meu informante havia reparado nelas diversas vezes, e ouvira dizer que vinham de algum tesouro escondido, ou de piratas ou de demônios. Os clérigos – ou padres, ou seja lá como são chamados hoje em dia – também usavam esse tipo de ornamento como adorno de cabeça, mas raras vezes se deixavam ver. Outros espécimes o jovem não vira, mas havia o rumor de que havia vários nos arredores de Innsmouth.

Os Marsh, bem como as outras três famílias nobres da cidade – os Waite, os Gilman e os Eliot –, eram todos muito reservados. Moravam em casas imensas ao longo da Washington Street, e vários tinham certa reputação de abrigar, ocultos, alguns parentes vivos cuja aparência proibia uma exposição pública e cujas mortes haviam sido relatadas e registradas.

Advertindo-me de que muitas das placas de rua haviam caído, o jovem desenhou para mim um esboço de mapa rudimentar, mas amplo e esmerado, das feições proeminentes da cidade. Depois de estudá-lo por um momento, tive certeza de que me ajudaria bastante, e o coloquei no bolso com profusos agradecimentos. Sentindo asco da imundície do único restaurante que eu vira, comprei um bom suprimento de biscoitos de queijo e wafers de gengibre que pudesse me servir de almoço mais tarde. Meu programa, decidi, seria percorrer as ruas principais, conversar com quaisquer não nativos que pudesse encontrar e pegar o ônibus das oito para Arkham. A cidade, eu percebia, representava um exemplo significativo e exagerado de decadência comunitária, mas, não sendo sociólogo, eu limitaria minhas observações sérias ao campo da arquitetura.

E assim comecei minha excursão sistemática, porém meio desnorteada, pelas vias estreitas e infestadas por sombras de Innsmouth. Atravessando a ponte e virando em direção ao rugido das quedas d'água inferiores, passei perto da refinaria Marsh, que parecia estranhamente destituída do ruído industrial. Esse prédio erguia-se acima na encosta íngreme do rio, perto de uma ponte e de uma confluência aberta de ruas que julguei ser o mais antigo centro cívico, substituído depois da revolução pelo atual, na Town Square.

Reatravessando a garganta pela ponte da Main Street, topei com uma região de deserção absoluta que por algum motivo me fez estremecer. Um amontoado de telhados de inclinação dupla em desmoronamento formava um horizonte denteado e fantástico, acima do qual se elevava o campanário macabro e decapitado de uma igreja antiga. Algumas casas ao longo da Main Street encontravam-se habitadas, mas a maioria estava vedada hermeticamente com tábuas. Descendo por ruas laterais sem pavimento, vi as janelas negras escancaradas de choupanas desertas, muitas das quais se inclinavam em ângulos perigosos e inacreditáveis no afundamento de parte das fundações. Essas janelas me fitavam de maneira tão espectral que precisei de coragem para virar na direção leste, rumo à orla. Sem dúvida, o terror de uma casa deserta se avoluma em progressão mais geométrica do que aritmética quando as casas vão se multiplicando para formar uma cidade de total desolação. A visão de tais avenidas intermináveis, com seu aspecto baço de abandono e morte, e a ideia de tais infinidades interligadas de compartimentos negros e soturnos, entregues a teias de aranha e memórias e o verme conquistador, deflagravam medos e aversões vestigiais que nem mesmo a mais sólida filosofia é capaz de dissipar.

A Fish Street estava tão deserta quanto a Main, embora diferisse pelo fato de ter vários armazéns de pedra e tijolo ainda em excelente estado. A Water Street era quase uma duplicata dela, salvo pelas grandes lacunas no lado do mar onde antes haviam existido docas. Sequer uma alma viva eu vi, com exceção dos pescadores dispersos no quebra-mar distante, e sequer um som eu escutei, salvo pelo marulho das águas no ancoradouro e pelo rugido das quedas no Manuxet. A cidade estava me irritando cada vez mais, e olhei furtivamente para trás enquanto tomava o caminho de volta pela vacilante ponte da Water Street. A ponte da Fish Street, de acordo com o esboço, estava em ruínas.

Ao norte do rio havia traços de vida miserável – estabelecimentos ativos de acondicionamento de peixes na Water Street, chaminés fumegantes e telhados remendados aqui e ali, sons ocasionais de fontes indeterminadas e raras formas cambaleantes nas ruas funestas e vielas não pavimentadas –, mas esse fato me pareceu ser ainda mais opressivo do que a deserção ao sul. Para começar, as pessoas eram mais horrendas e anormais do que as de perto do centro da cidade, de modo que me ocorreu várias vezes a maligna lembrança de algo absolutamente fantástico que não consegui definir ao certo. Sem dúvida, a marca alienígena na gente de Innsmouth era mais forte aqui do que mais adentro no continente – a menos, de fato, que o "feitio de Innsmouth" fosse antes uma doença do que uma característica hereditária, e, nesse caso, o distrito poderia ser usado para refugiar os casos mais avançados.

Um detalhe que me aborrecia era a distribuição dos poucos e débeis sons que eu ouvia. Seria natural que viessem de todo das casas visivelmente habitadas, mas, na realidade, muitas vezes eles eram mais fortes no interior das fachadas cuja vedação de tábuas era mais rígida. Havia rangidos, passos apressados e duvidosos ruídos ásperos, e eu pensava, com grande desconforto, sobre os túneis ocultos sugeridos pelo rapaz da mercearia. De súbito, vi-me tentando imaginar como seriam as vozes daqueles residentes. Eu não escutara nenhuma fala até então naquela área, e me sentia misteriosamente ávido por não ouvi-la.

Parando apenas pelo tempo suficiente para olhar duas velhas igrejas, belas mas arruinadas, nas ruas Main e Church, apressei-me para sair daquele vil cortiço da orla. Minha lógica meta seguinte era New Church Green, mas, por uma razão ou outra, não consegui suportar a ideia de passar de novo pela igreja em cujo porão eu havia vislumbrado a forma inexplicavelmente assustadora daquele padre ou pastor com seu estranho diadema. Além disso, o jovem da mercearia me dissera que as igrejas, bem como a Casa da Ordem de Dagon, não eram vizinhanças recomendáveis para forasteiros.

Assim, avancei no sentido norte ao longo da Main rumo à Martin e então virei para o interior, cruzando a Federal Street com segurança ao norte de Green e entrando no decadente bairro aristocrático das vias Broad, Washington, Lafayette e Adams ao norte. Embora essas velhas e majestosas avenidas estivessem acidentadas e malconservadas, sua dignidade sombreada por olmos não havia sumido por inteiro. Mansão após mansão demandava meu olhar, a maioria delas decrépita e vedada com tábuas em meio a terrenos abandonados, mas uma ou duas em cada rua revelavam sinais de ocupação. Na Washington Street, havia uma fileira de quatro ou cinco em excelente conservação, com gramados e jardins bem cuidados. A mais suntuosa destas – com amplos jardins ornamentais em terraço estendendo-se para trás até a Lafayette Street – eu julguei ser o lar do velho Marsh, o flagelado dono da refinaria.

Em todas essas ruas não se via uma alma viva, e eu me espantei com a completa ausência de cães e gatos em Innsmouth. Outra coisa que me intrigou e perturbou, inclusive em alguma das mansões mais bem preservadas, foi a condição de hermético fechamento em várias janelas de terceiro andar e de sótão. O ar furtivo e secreto parecia ser universal naquela cidade silenciada da alienação e da morte, e não consegui me esquivar da sensação de estar sendo observado de todos os lados por olhos emboscados, maliciosos e arregalados que nunca se fechavam.

Estremeci quando soaram as badaladas rachadas das três horas num campanário à minha esquerda. Eu me lembrava bem demais da igreja atarracada de onde vinham aquelas notas. Seguindo pela Washington Street na direção do rio, deparei-me então com uma nova zona onde houvera outrora indústria e comércio, notando à frente as ruínas da fábrica e avistando outras, com os vestígios de uma velha estação ferroviária e uma ponte ferroviária coberta mais além, sobre a garganta, à minha direita.

A ponte vacilante agora diante de mim ostentava uma placa de advertência, mas assumi o risco e atravessei-a de novo até a margem sul, onde reapareceram os vestígios de vida. Criaturas furtivas e cambaleantes lançavam olhares fixos e enigmáticos na minha direção, e rostos mais normais me fitavam com frieza e curiosidade. Innsmouth estava se tornando intolerável com muita rapidez, e eu virei pela Paine Street, rumo à praça, na esperança de arranjar algum veículo que me levasse para Arkham antes do ainda distante horário de partida daquele ônibus sinistro.

Foi então que vi o dilapidado quartel dos bombeiros à minha esquerda e notei o velho de rosto avermelhado, barba espessa e olhos aquosos, trajando farrapos inclassificáveis, sentado num banco na frente do prédio, conversando com um par de bombeiros desleixados, mas cuja aparência não era anormal. Aquele só podia ser, claro, Zadok Allen, o nonagenário meio louco e beberrão cujas histórias a respeito da velha Innsmouth e de sua sombra eram tão horrendas e incríveis.

3

Deve ter sido algum demônio da impulsividade – ou alguma força sardônica de origem obscura e oculta – que me fez mudar de planos. Eu já tinha decidido, muito antes, limitar minhas observações apenas à arquitetura, e já estava, naquele momento, caminhando depressa rumo à praça num esforço de obter um transporte veloz para fora daquela cidade purulenta da morte e da decadência; mas a visão do velho Zadok Allen firmou novas diretrizes em meus pensamentos, fazendo-me desacelerar o passo, de modo incerto.

Eu tinha sido assegurado de que o velho não poderia senão insinuar lendas desvairadas, desconjuntadas e incríveis, e eu tinha sido advertido de que seria perigoso ser visto pelos nativos conversando com ele; no entanto, a ideia dessa antiga testemunha da decadência da cidade, com memórias remontando aos primeiros tempos dos navios e das fábricas, era um chamariz ao qual nenhuma dose de razão me faria resistir. Afinal, os mais estranhos e mais loucos mitos não passam, com frequência, de meros símbolos ou alegorias baseados na verdade – e o velho Zadok por certo vira tudo o que acontecera em Innsmouth nos últimos noventa anos. A curiosidade se incendiou além da sensatez e da cautela, e, em meu egocentrismo juvenil, imaginei que poderia ser capaz de peneirar um núcleo de história real do derramamento confuso e extravagante que eu provavelmente extrairia com o auxílio do uísque vagabundo.

Eu sabia que não poderia abordá-lo ali, naquele instante, pois os bombeiros com toda certeza perceberiam e objetariam. Em vez disso, refleti, eu iria me preparar arranjando alguma bebida clandestina num lugar onde, pelo que o rapaz da mercearia me dissera, havia álcool de sobra. Depois eu ficaria vadiando perto do quartel dos bombeiros numa postura de aparente casualidade, topando com o velho Zadok quando ele partisse numa de suas frequentes perambulações. O jovem havia dito que ele era muito inquieto, raramente permanecendo sentado junto ao posto por mais do que uma hora ou duas de cada vez.

Pude obter uma garrafa de um litro de uísque com grande facilidade, mas não a preço baixo, nos fundos de uma imunda loja de variedades logo depois da praça, na Eliot Street. O sujeito de aspecto sujo que me atendeu tinha um toque do arregalado "feitio de Innsmouth", mas era, a seu modo, bastante cortês, estando talvez habituado ao convício social com os forasteiros – caminhoneiros, compradores de ouro, gente do tipo – que passavam ocasionalmente pela cidade.

Repassando pela praça, percebi que a sorte estava do meu lado, pois – saindo da Paine Street e arrastando-me pela esquina do Gilman House – vislumbrei nada menos que o vulto alto, magro e andrajoso do velho Zadok Allen em pessoa. Agindo de acordo com meu plano, atraí a sua atenção brandindo minha garrafa recém-adquirida, e logo constatei que ele havia começado a arrastar os pés atrás de mim, desejoso, enquanto eu dobrava pela Waite Street a caminho da região mais deserta em que consegui pensar.

Eu estava me orientando pelo mapa que o rapaz da mercearia preparara, e minha meta era o trecho em total abandono na parte sul da orla que eu visitara antes. As únicas pessoas à vista tinham sido os pescadores no quebra-mar distante, e, avançando por algumas quadras no rumo sul, eu poderia ficar fora do alcance deles, encontrando um par de assentos em algum cais abandonado e me vendo livre para interrogar o velho Zadok, sem ser observado, por tempo indefinido. Antes de chegar à Main Street, pude ouvir às minhas costas um débil e ofegante "Ei, senhor!", e dentro em pouco permiti que o velho me alcançasse e desse copiosos goles na garrafa de litro.

Comecei a lançar alguns balões de ensaio enquanto caminhávamos rumo à Water Street e virávamos para o sul em meio à desolação onipresente e às ruínas loucamente inclinadas, mas constatei que a velha língua não se soltaria tão depressa como eu esperava. Por fim avistei uma abertura tomada de relva na direção do mar, entre paredes de tijolo desmoronadas, com o prolongamento de um cais de terra e alvenaria, cheio de ervas daninhas, projetando-se além. Pilhas de pedras cobertas de musgo perto da água prometiam assentos toleráveis, e o cenário era protegido de qualquer visão possível por um armazém em ruínas ao norte. Aquele, pensei, era o lugar ideal para um longo colóquio secreto; portanto, conduzi meu companheiro pela viela e escolhi pontos de assento entre as pedras musgosas. O ar de morte e deserção era macabro, e o fedor de peixe, quase insuportável; mas eu estava determinado a não deixar que nada me detivesse.

Restavam cerca de quatro horas para conversar, se eu quisesse pegar o ônibus das oito horas para Arkham, e comecei a ministrar mais álcool ao bebedor vetusto, comendo, enquanto isso, minha frugal refeição. Em minha dosagem, tomei o cuidado de não ultrapassar a medida certa, pois não desejava que a tagarelice vinosa de Zadok se transformasse num estupor. Uma hora depois, sua taciturnidade furtiva deu sinais de estar desaparecendo, mas, para minha grande frustração, ele continuava se esquivando das minhas perguntas acerca de Innsmouth e seu passado acossado por sombras. Balbuciava sobre tópicos correntes, revelando enorme familiaridade com jornais e uma grande tendência de filosofar ao modo sentencioso dos vilarejos.

Ao fim da segunda hora, temi que meu litro de uísque não fosse ser suficiente para produzir algum resultado, e já estava ponderando se não seria melhor deixar o velho Zadok ali para ir buscar mais. Bem naquele momento, contudo, o acaso propiciou a abertura que minhas perguntas tinham sido incapazes de proporcionar, e as divagações ofegantes do ancião tomaram um rumo que fez com que eu me inclinasse à frente, ouvindo com atenção. Eu estava de costas para o mar fedendo a peixe, mas ele estava de frente, e alguma coisa ou outra fizera seu olhar errante pousar na linha baixa e distante de Devil Reef, que então se mostrava de maneira nítida – e quase fascinante – acima das ondas. A visão pareceu desagradá-lo, pois ele começou a proferir uma série de fracas imprecações que terminaram num sussurro confidencial e num sagaz olhar de soslaio. Ele se inclinou na minha direção, agarrou a lapela do meu casaco e soprou algumas insinuações que eram inequívocas.

– Foi lá que tudo começou; naquele lugar maldito da pura maldade onde as água profunda começa. Portão do inferno, desce direto pra uma profundidade que nenhuma sonda não consegue alcançar. O velho capitão Obed fez, ele que descobriu mais do que era bom pra ele nas ilha dos Mar do Sul.

"Todo mundo tava no fundo do poço naqueles tempo. Os comércio quebrando, as fábrica perdendo negócio, inclusive as nova, e os melhor dos nossos homem tudo morto pirateando na guerra de 1812 ou perdido com o brigue pequeno *Elizy* e o brigue pequeno *Ranger*, os dois emprendimento do Gilman. O Obed Marsh, ele tinha três navio na água, o bergantim *Columby*, o brigue *Hetty* e a barca *Sumatry Queen*. Foi o único que manteve o comércio com as Índia Oriental e o Pacífico, se bem que a goleta *Malay Bride* do Esdras Martin fez emprendimento até lá por 28.

"Nunca teve ninguém que nem o capitão Obed... tinha parte com o demo! He, he! Ainda consigo ver ele falando das terra estrangeira, e chamando todo mundo de idiota porque eles ficavam indo nos encontro cristão e suportando seus fardo que nem ovelhinha mansa. Diz que eles tinham era que arranjar uns deus melhor que nem daquele pessoal das Índia, uns deus pra lhes dar boa pescaria em troca deles fazer sacrifício, e que iam atender de verdade as prece do pessoal.

"Matt Eliot, o imediato dele, falava um monte também, só que ele era contra o pessoal fazer qualquer coisa pagã. Falava duma ilha no leste de Otaheite onde tinha um monte de ruína de pedra muito velha que ninguém sabia nada o que era, meio como aquelas em Ponape, nas Carolina, mas com uns rosto esculpido que parecia que nem as estátua grande da Ilha de Páscoa. Tinha uma ilhazinha vulcânica lá perto, também, onde tinha outras ruína com umas escultura diferente, umas ruína tudo gasta, como se elas tivessem existido embaixo do mar uma vez, e com desenhos de uns monstros medonho tudo por cima delas.

"Bem, senhor, o Matt, ele diz que os nativo por lá tinham todos os peixe que eles conseguissem pegar, e usavam bracelete e pulseira e enfeite de cabeça feito de um tipo esquisito de ouro e tudo coberto com desenhos de monstro iguais que nem aqueles esculpido nas ruína da ilhazinha, meio que nem rã parecendo peixe ou peixe parecendo rã que eram desenhado em tudo quanto é tipo de posição como se fossem ser humano. Ninguém não conseguiu arrancar deles de onde eles tinham arranjado todo aquele troço, e todos os outros nativo não entendiam como eles conseguiam encontrar tanto peixe abundante justo quando nas ilhas bem do lado não rendia nem uma miséria. O Matt também ficou sem entender, e o capitão Obed também. O Obed, ele percebe, além disso, que um monte dos jovem bonito sumia de vista pra valer de um ano pro outro, e que não tinha muito pessoal mais velho por lá. Ele também achou que alguns entre aquele pessoal tinham aparência pra lá de esquisita, mesmo pra um Kanaky.

"O Obed precisou arrancar a verdade daqueles pagão. Não sei como foi que ele fez, mas ele começou permutando por aquelas coisa tipo ouro que eles usavam. Perguntou de onde era que elas vinham, e se eles conseguiam arranjar mais, e finalmente desentocou a história pelo velho chefe, Walakea, chamavam ele. Ninguém a não ser o Obed nunca que ia ter acreditado naquele velho diabo amarelo, mas o capitão conseguia ler as pessoas que nem se elas fossem um livro. He, he! Ninguém nunca acredita em mim agora quando eu lhes conto, e não suponho que você vai também, jovem rapaz, se bem que, olhando bem pra você, você meio que tem esses olho de ler afiado que nem o Obed tinha."

O sussurro do velho foi perdendo força, e eu me vi estremecendo com o terrível e sincero portento de sua entonação, mesmo sabendo que sua história poderia não passar de uma fantasia bêbada.

— Bem, senhor, o Obed, ele aprendeu que tem coisa nesse mundo que a maioria das pessoa nunca ouviu falar, e nem ia acreditar, se ouvisse. Parece que aqueles Kanakys andavam sacrificando uma porção dos jovem e das donzela deles pra umas espécie de deus-coisa que viviam embaixo do mar, e ganhando todo tipo de favorecimento em troca. Eles encontravam as coisa na ilhazinha com as ruína esquisita, e parece que aqueles desenho medonho dos monstro rã-peixe eram pra ser desenho dessas coisa. Talvez eles eram o tipo de criatura que deu origem pra todas as história de sereia e coisa do gênero. Eles tinham tudo que é tipo de cidade no fundo do mar, e essa ilha tinha levantado de lá. Parece que tinha algumas das coisa viva nos prédio de pedra quando a ilha subiu de repente na superfície. Foi assim que os Kanakys ficaram sabendo que eles tavam lá. Falaram por sinal assim que eles pararam de ficar apavorado, e logo logo fecharam um acordo.

"Aquelas coisa gostavam de sacrifício humano. Faziam isso eras antes, mas perderam noção do mundo de cima depois de um tempo. O que eles faziam com as vítima, eu é que não vou saber dizer, e acho que o Obed não fez questão de insistir muito na pergunta. Mas pros pagão não tinha problema, porque eles tavam passando por uma dureza, e tavam desesperado por causa de tudo. Eles davam um certo número de jovens pras coisa do mar duas vezes cada ano, véspera de maio e Halloween, na maior regularidade. Também davam algumas das bugiganga entalhada que eles faziam. O que as coisa concordavam de dar em troca era peixe abundante (eles empurravam peixe de tudo que é canto do mar) e algumas coisinha meio de ouro de vez em quando.

"Bem, como eu disse, os nativo encontravam as coisa na ilhotazinha vulcânica, indo até lá de canoa com os jovem de sacrifício e etecétera, e trazendo de volta tudo que é joia meio de ouro que eles ganhavam. Nos primeiros tempo, as coisa nunca não entravam na ilha principal, mas, depois de um tempo, elas começaram a querer. Parece que ficaram com desejo de se misturar com o pessoal, e fazer cerimônia junto nos dia grande, véspera de maio e Halloween. Sabe, eles tinham capacidade pra viver tanto dentro como fora d'água, o que chamam de anfíbios, eu acho. Os Kanakys falam pra eles como os pessoal das outras ilha podiam querer acabar com eles se ficassem sabendo da presença deles, mas eles diziam que não se importavam muito, porque podiam acabar com a laia humana toda se ficassem com vontade, isso é, com qualquer um que não tivesse certos sinais tipo aqueles que eram usado certa vez pelos perdido Antigos, seja lá quem fosse esses. Só que, não tendo vontade, eles ficavam na moita quando alguém visitava a ilha.

"No que diz respeito ao casalamento com aqueles peixe com aparência de sapo, os Kanakys meio que empacavam, mas no fim acabaram aprendendo uma coisa que colocou uma cara nova na questão. Parece que o pessoal humano conseguiu ter uma espécie de relação com aquelas besta da água; que tudo que era vivo tinha saído da água certa vez, e só precisa de uma pequena mudança pra voltar de novo. Aquelas coisa disseram pros Kanakys que, se eles misturassem sangue, podia nascer criança com cara de humano, no começo, mas depois iam se transformar mais e mais que nem as coisa, até que finalmente elas iam pular na água pra se juntar com a maioria das coisa lá no fundo. E essa é a parte importante, meu jovem rapaz, aqueles que virassem coisa-peixe e entrassem na água nunca não iam morrer. As coisa nunca morriam, exceto se fossem matada com violência.

"Bem, senhor, parece que, na altura que o Obed conheceu aqueles ilhéu, eles tavam cheio de sangue de peixe daquelas coisa das água profunda. Quando eles ficavam velho e começavam a mostrar, eles eram deixado escondido até lhes dar vontade de pular na água e deixar o lugar. Alguns eram mais afetados que os outro, e alguns nunca chegavam a mudar o suficiente pra entrar na água; mas na maioria eles viravam bem do jeito que as coisa dizia. Aqueles que tivessem nascido mais parecido com as coisa se transformavam cedo, mas os que eram quase humano às vezes permaneciam na ilha até passar dos setenta, se bem que antes eles geralmente desciam lá pro fundo em viagem de teste. Os pessoal que entravam na água costumavam retornar bastante pra visitar, de modo que um homem podia volta e meia estar falando com seu próprio avô do avô cinco vezes pra trás, que tinha deixado terra firme uns duzentos ano antes ou algo assim.

"Todo mundo perdeu a noção de morrer, exceto nas guerra de canoa com os outro ilhéu, ou em sacrifício pros deus do mar lá no fundo, ou por mordida de cobra ou peste ou moléstia galopante aguda ou algo antes de eles poderem entrar na água, mas eles simplesmente ficavam esperando uma espécie de mudança que não era nem um pouco horrível depois de um tempo. Eles achavam que isso que eles ganhavam valia muito a pena por tudo que tinham desistido, e eu acho que o próprio Obed meio que acabou pensando a mesma coisa quando ele ruminou a história do velho Walakea um pouco. O Walakea, porém, era um dos pouco que não tinha nenhum sangue de peixe, sendo ele duma linhagem real que só se casava com linhagem real das outras ilha.

"O Walakea, ele mostrou pro Obed um monte de rito e encantamento que tinham a ver com as coisa do mar, e deixou ele ver algumas das gente do vilarejo que tinham mudado um monte da forma humana. De um jeito ou de outro, porém, ele nunca deixou ele ver uma das coisa regular saindo direto da água. No final, ele deu pra ele um trocinho engraçado feito de chumbo ou algo assim, que ele dizia que podia chamar as coisa-peixe de qualquer lugar da água onde pudesse ter um ninho delas. A ideia era deixar o troço cair com o tipo certo de reza e coisa do gênero. O Walakea reconhecia que as coisa estavam espalhada pelo mundo todo, então qualquer um que procurasse por aí podia encontrar um ninho delas e chamar elas pra cima, se precisasse delas.

"O Matt, ele não gostou nem um pouco desse negócio, e queria que o Obed ficasse longe da ilha; mas o capitão estava doido por lucro, e achou que podia conseguir aquelas coisa meio de ouro bem barato, que uma especialização naquilo lhe daria ganho. As coisas andaram desse jeito por anos, e o Obed conseguiu bastante daquele material parecido com ouro pra poder abrir a refinaria na velha tecelagem acabada do Waite. Ele não ousava vender as peça como elas eram, porque o pessoal ia ficar fazendo pergunta o tempo todo. Mesmo assim, a tripulação dele pegava e usava uma peça de vez em quando, mesmo tendo jurado que nunca iam contar nada; e ele deixava as mulher usar algumas das peça que tinham mais aparência humana do que as outra.

"Bem, lá por volta de 38, quando eu tinha sete anos de idade, o Obed descobriu que o povo da ilha tinha todo sumido entre uma viagem e outra. Parece que os outros ilhéu tinham ficado sabendo do que tava acontecendo e tinham assumido controle. Suponho que decerto eles deviam ter, afinal de contas, aqueles velho sinal mágico que, pelo que as coisa do mar falavam, eram as única coisa que elas tinham medo. Nem dá pra imaginar o que qualquer um daqueles Kanakys pode por acaso se apoderar quando o fundo do mar vomita alguma ilha com umas ruína mais velha que o dilúvio. Uns maldito devoto, aqueles eram; não deixaram nada de pé nem na ilha principal nem na ilhotazinha vulcânica exceto as parte das ruína que eram grande demais pra derrubar. Em alguns lugar, tinha umas pedrinha espalhada, que nem talismã, com algo nelas como isso que vocês chamam de suástica hoje em dia. Provavelmente era os sinais dos Antigos. O pessoal todo sumido, nem vestígio das coisa meio de ouro, e nenhum dos Kanakys das redondeza deixava escapar uma palavra sobre o assunto. Nem mesmo admitiam que jamais tinha existido qualquer gente naquela ilha.

"Foi naturalmente um golpe muito duro, pro Obed, ver que o negócio normal dele ia de mal a pior. Aquilo golpeou Innsmouth toda, também, porque nos tempo da navegação o que dava lucro pro comandante dum navio geralmente dava lucro proporcional pra tripulação. A maioria do pessoal pela cidade aceitou os tempo duro meio que nem ovelhinha resignada, mas eles tavam no fundo do poço, porque a pesca tava esgotando e as usina também não iam nada bem.

"Foi nesse tempo que o Obed, ele começou a praguejar contra o pessoal por serem umas ovelha burra e rezarem pra um céu cristão que não ajudava eles em nada. Dizia pra eles que conhecia um pessoal que rezava pra uns deus que lhe dava o que você realmente precisava, e falava que, se uma boa penca de homens apoiasse ele, ele talvez conseguisse arranjar certos poderes pra trazer peixe abundante e uma bela quantidade de ouro. É claro que aqueles que serviram no *Sumatra Queen* e tinham visto a ilha sabiam o que ele tava dizendo, e não tavam tão ansioso assim pra chegar perto das coisa do mar como eles tinham ouvido falar, mas aqueles que não sabiam do que se tratava ficaram meio balançados pelo que o Obed tinha pra dizer, e começaram a perguntar pra ele o que ele podia fazer pra colocar eles no caminho da fé que lhes desse resultado."

Aqui o velho vacilou, resmungou e recaiu num silêncio taciturno e apreensivo, olhando com nervosismo por cima do ombro e depois voltando para fitar, de maneira fascinada, o distante recife negro. Quando lhe falei, ele não respondeu, por isso eu soube que precisaria deixá-lo terminar a garrafa. A narrativa insana que eu estava ouvindo interessava-me profundamente, pois imaginava que havia, contida nela, alguma espécie de alegoria rude, baseada na estranheza de Innsmouth e elaborada por uma imaginação ao mesmo tempo criativa e repleta de fragmentos de lendas exóticas. Nem por um instante acreditei que a história tivesse qualquer fundamento realmente substancial, mas, não obstante, o relato insinuava um toque de genuíno terror, quando menos porque apresentava referências a joias estranhas claramente relacionadas à tiara maligna que eu vira em Newburyport. Talvez os ornamentos tivessem vindo, afinal, de certa ilha estranha, e era possível que as histórias desvairadas fossem mentiras do próprio falecido Obed, e não daquele velho beberrão.

Entreguei a garrafa para Zadok, e ele a secou até a última gota. Era curioso como ele aguentava tanto uísque, pois sequer um traço de turvação aparecera em sua voz alta e ofegante. Ele lambeu o gargalo da garrafa e a enfiou no bolso, começando então a cabecear e sussurrar baixinho consigo mesmo. Inclinei-me mais perto para captar quaisquer palavras articuladas que ele pudesse proferir, e pensei ter visto um sorriso sardônico por trás dos espessos bigodes manchados. Sim – ele estava de fato articulando palavras, e eu consegui apanhar uma razoável porção delas.

– Pobre do Matt; o Matt, ele tava sempre contra; tentou alinhar o pessoal no lado dele, e tinha longas conversa com os pregador, não adiantou nada, eles correram o pastor congregacional da cidade, e o sujeito metodista deu no pé; nunca mais que eu vi o Resolved Babcock, o pastor batista, Ira de Jeová, eu era uma criaturinha de nada, mas escutei o que eu escutei, e vi o que eu vi, Dagon e Ashtoreth, Belial e Belzebu, Bezerro de Ouro e os ídolo de Canaã e dos Filisteus, umas abominação babilônica, *Mene, mene, tequel, ufarsim...*

Ele parou de novo e, pelo aspecto de seus aquosos olhos azuis, temi que estivesse à beira do estupor, afinal. Contudo, quando sacudi seu ombro de leve, ele se virou para mim, espantosamente alerta, e disparou mais algumas frases obscuras.

– Não acredita em mim, hein? He, he, he, então só me diz uma coisa, meu jovem rapaz, por que o capitão Obed e uns vinte outros costumavam remar até Devil Reef na calada da noite e cantar umas coisa tão alto que você conseguia ouvir na cidade toda quando o vento tava certo? Me responde isso, hein? E, me responde, por que o Obed tava sempre jogando umas coisa pesada na água profunda do outro lado do recife onde o leito desce direto que nem um penhasco tão fundo que não dá pra sondar? Me responde o que ele fez com aquele trocinho de chumbo de formato engraçado que o Walakea deu pra ele? Hein, menino? E o que eles tudo uivavam na véspera de maio e de novo no Halloween seguinte? E por que os novo pastor da igreja, uns camarada que antes eram marinheiro, vestiam aqueles manto esquisito e se cobriam com aquelas coisa meio de ouro que o Obed trazia? Hein?

Os aquosos olhos azuis mostravam-se agora quase selvagens e maníacos, e a suja barba branca estava eletricamente eriçada. O velho Zadok provavelmente me vira recuar com medo, pois tinha começado a casquinar de maneira maligna.

– He, he, he, he! Começando a ver, hein? Talvez você gostasse de ter sido eu naqueles tempo, quando eu via umas coisa de noite lá fora no mar, da cúpula no alto da minha casa. Ah, eu posso lhe dizer, jarro pequeno tem orelha grande, e eu não tava perdendo nada do que era fofocado sobre o capitão Obed e o pessoal lá fora no recife! He, he, he! Que tal a noite que eu levei a luneta do navio do meu pai lá em cima na cúpula e vi o recife todo apinhado de umas forma que mergulhavam tão logo a lua subia? Obed e o pessoal tavam num barquinho chato, mas aquelas forma mergulhavam pelo lado mais longe na água profunda e nunca não voltavam... Que tal você acharia se você fosse um garotinho sozinho numa cúpula observando umas *forma que não eram formas humana?*... Hein?... He, he, he...

O velho estava ficando histérico, e eu comecei a tremer com um alarme inominável. Ele pousou uma garra nodosa no meu ombro, e me pareceu me sacudir com uma intenção nada jubilosa.

– Imagine que uma noite você visse algo pesado sendo alçado acima do barquinho do Obed além do recife, e aí descobrisse, no dia seguinte, que um jovem rapaz tinha sumido de casa? Hein? Por acaso alguém jamais voltou a ver sequer um fio de cabelo de Hiram Gilman? Voltou? E Nick Pierce, e Luelly Waite, e Adoniram Saouthwick e Henry Garrison? Hein? He, he, he, he... As forma falando linguagem de sinal com as mão... as que tinham mão de verdade...

"Bem, senhor, foi nesse tempo que o Obed começou a ficar de pé de novo. O pessoal via suas três filha usando as coisa meio de ouro como nunca ninguém não tinha visto nelas antes, e fumaça começou a sair da chaminé da refinaria. Outros pessoal tava prosperando também, peixe começou a transbordar no ancoradouro, pronto pro abate, e sabe Deus o tamanho das carga que a gente começou a embarcar pra Newburyport, Arkham e Boston. Foi aí que o Obed ajeitou o velho ramal ferroviário. Uns pescador de Kingsport ouviram falar da fartura e vieram numas chalupa, mas eles tudo se perderam. Nunca ninguém não viu eles de novo. E bem aí o nosso pessoal organizou a Ordem Esotérica de Dagon e comprou pra ela a Casa Maçônica da Comenda do Calvário... he, he, he! O Matt Eliot era um maçom e era contra vender, mas ele sumiu de vista bem naquela época.

"Lembre, eu não tô dizendo que o Obed tava determinado a fazer as coisa igual como elas eram naquela ilha Kanaky. Acho que no começo ele não pretendia fazer nenhuma mistura, nem criar nenhum jovenzinho herói pra levar pra água e virar peixe com vida eterna. Ele queria as coisas de ouro, e tava disposto a pagar caro, e acho que os outro ficaram satisfeito por um tempo...

"Lá por 46, a cidade fez por conta própria uma investigação e consideração. Gente demais desaparecida, pregação e reunião dominical demais, falatório demais sobre aquele recife. Acho que eu ajudei um pouco contando pro Selectman Mowry o que eu tinha visto lá da cúpula. Formaram um grupo certa noite que seguiu a turma do Obed até o recife, e eu escutei uns tiro entre os barquinho. No dia seguinte, o Obed e outros 22 tavam na cadeia, com todo mundo matutando no que é que tava em andamento e qual é que era o tipo de acusação que podia ser feito contra eles. Deus, se alguém tivesse olhado pra frente... Umas duas semanas depois, sem que nada tinha sido jogado no mar por aquele tempo todo..."

Zadok estava dando sinais de pavor e exaustão, e o deixei ficar em silêncio por alguns instantes, mas conferindo, apreensivo, o meu relógio. A maré havia virado, estava subindo agora, e o som das ondas pareceu despertá-lo. Fiquei contente com essa maré, pois com a cheia o fedor de peixe poderia não ser tão ruim. Mais uma vez, esforcei-me para captar seus sussurros.

– Aquela noite medonha... eu vi eles... eu tava lá na cúpula... hordas deles... um enxame deles... em cima do recife todo e nadando pelo ancoradouro para o Manuxet... Deus, o que aconteceu nas rua de Innsmouth naquela noite... eles chacoalharam a nossa porta, mas o pai não abriu... depois ele saltou pra fora pela janela da cozinha com seu mosquete pra encontrar o Selectman Mowry e ver o que ele podia fazer... Montes dos morto e dos moribundo... tiroteio e gritaria... berros na praça velha e Town Square e New Church Green... cadeia escancarada... proclamação... traição... chamaram de peste quando o pessoal veio e viu metade da nossa gente desaparecida... ninguém tinha sobrado a não ser os que se juntavam com o Obed e aquelas coisa, ou então ficavam quieto... nunca mais eu não soube do meu pai...

O velho arfava e transpirava em profusão. Seu aperto em meu ombro ficou mais forte.

– Tudo limpo pela manhã... mas tinha *traços*... O Obed, ele meio que toma conta e diz que as coisa vão ser mudadas... *outros* vão venerar com a gente nos encontro, e certas casa precisam receber *hóspede*... eles queriam misturar como fizeram com os Kanakys, e ele da parte dele não sentia nenhuma obrigação de impedir. Totalmente afundado, tava o Obed... que nem um doido no assunto. Falava que eles nos traziam peixe e tesouro, e deviam ganhar o que desejavam...

"Nada era pra ser diferente por fora, só que a gente precisava ficar precavido com os estranho se a gente sabia o que era bom pra nós. Nós todos tivemos que fazer o Juramento de Dagon, e mais depois teve um segundo e um terceiro juramento que alguns de nós fez. Aqueles que davam ajuda especial ganhavam recompensa especial, ouro e coisa do gênero, não adiantava empacar, pois tinha milhões deles lá embaixo. Eles preferiam não começar a subir e acabar com a raça humana, mas, se eles fossem traído e forçado, eles podiam fazer um monte bem nesse sentido. A gente não tinha aqueles talismã velho pra rechaçar eles como aquele pessoal do Mar do Sul fazia, e aqueles Kanakys nunca que iam entregar os segredo deles.

"Era só oferecer bastante sacrifício e bugiganga selvagem e refúgio na cidade quando eles quisessem, e eles deixavam tudo bastante na paz. Não iam incomodar nenhum forasteiro que pudesse levar história lá pra fora, isso é, sem que eles começassem a bisbilhotar. Todos no bando dos fiel (Ordem de Dagon) e as criança nunca não iam morrer, mas iam voltar pra Mãe Hidra e o Pai Dagon de onde todos nós viemos certa vez... *Lä! Lä! Cthulhu fhtagn! Ph'nglui mglw'nafh Cthulhu R'yleh wgah-nagl fhtaga...*"

O velho Zadok estava mergulhando depressa num delírio violento, e eu prendi a respiração. Pobre alma – a que deploráveis profundezas de alucinação a bebida, mais seu ódio à decadência, à alienação e à doença em volta levaram aquele cérebro fértil e imaginativo! Ele começou então a gemer, e as lágrimas corriam pelos sulcos de sua face para os recessos de sua barba.

– Deus, o que eu vi desde os meus quinze anos de idade... *Mene, mene, tequel, ufarsim!* Os pessoal que tinham desaparecido e os que se mataram, os que contavam coisa em Arkham ou Ipswich ou outros lugares desse eram tudo chamado de louco, como você tá me chamando bem agora, mas Deus, o que eu vi, eles já iam ter me matado há muito tempo pelo que eu sei, só que eu fiz o primeiro e o segundo Juramento de Dagon com o Obed, por isso eu era protegido, a não ser que um júri deles provasse que eu contava as coisa sabendo e dum modo deliberado... mas não quis fazer o terceiro Juramento, preferia morrer do que fazer aquilo...

"Ficou pior pelo tempo da Guerra Civil, *quando as criança nascida desde 46 começaram a crescer*, algumas dela, quer dizer. Eu fiquei com medo, nunca mais fiquei bisbilhotando depois daquela noite medonha, e nunca vi um... deles... de perto na minha vida toda. Isso é, nunca nenhum de sangue completo. Eu fui pra guerra, e, se eu tivesse um mínimo de coragem ou bom senso, nunca que não tinha voltado, mas me fixava longe daqui. Mas o pessoal me escrevia que as coisa não tava tão ruim. Isso, eu acho, porque os homem de alistamento do governo tavam na cidade depois de 63. Depois da guerra, ficou ruim igual de novo. As pessoa começaram a cair fora, as usina e as loja fecharam, a navegação parou, e o ancoradouro entupiu, desistiram da ferrovia, mas *eles...* eles nunca pararam de nadar no rio pra lá e pra cá daquele maldito recife de Satã, e mais e mais janela de sótão eram vedada com tábua, e mais e mais barulho eram ouvido nas casa que não deviam ter ninguém dentro delas...

"O pessoal de fora tem suas história de nós; acho que você deve ter escutado um monte delas, pelas pergunta que você faz; umas história sobre umas coisa que as pessoas viram vez ou outra, e sobre aquelas joia esquisita que ainda chega de algum lugar e não é derretida de todo, mas nunca nada não fica definido. Ninguém acredita em nada. Chamam essas coisa parecida com ouro de pilhagem de pirata e argumentam que o pessoal de Innsmouth tem sangue estrangeiro ou é destemperado ou algo assim. Além do mais, os que vivem aqui espantam todos os estrangeiro que conseguem, e encorajam o resto a não ficar muito curioso, em especial durante a noite. Os animal late pras criatura, os cavalo pior que mula, mas, quando chegaram os auto, aí tudo bem.

"Em 46, o capitão Obed arranjou uma segunda esposa *que ninguém na cidade nunca não viu*, uns falam que ele não queria, mas foi obrigado por aqueles que ele tinha invocado; teve três filho com ela, dois que desapareceram novo, e uma menina que não era parecida com ninguém e foi educada na Europa. O Obed acabou casando ela, enganando um sujeito de Arkham que não suspeitava de nada. Mas ninguém de fora não quer nada que ver com o pessoal de Innsmouth agora. Barnabas Marsh, que agora dirige a refinaria, é neto do Obed com sua primeira esposa, filho de Onesiphorus, seu filho mais velho, *mas a mãe dele era outra daquelas que nunca não era vista fora de casa.*

"Por agora o Barnabás tá todo mudado. Não consegue mais fechar os olho, e tá todo deformado. Dizem que ele ainda usa roupa, mas ele vai entrar na água bem logo. Talvez ele até já tentou, eles de vez em quando mergulham por uns período pequeno antes de ir pra sempre. Ninguém não viu ele mais em público já faz uns bons dez ano. Não sei como a pobre esposa dele deve se sentir; ela vem de Ipswich, e quase lincharam o Barnabás quando ele cortejou ela uns cinquenta anos atrás. O Obed, ele morreu com 78, e a geração seguinte toda já se foi, os filho da primeira esposa morto, e o resto... sabe Deus..."

A sombra sobre Innsmouth

O som da maré entrante era muito insistente agora, e, pouco a pouco, parecia estar transformando o estado de espírito do velho de um lacrimejamento piegas para um medo vigilante. Ele parava vez por outra para renovar aqueles olhares nervosos por sobre o ombro ou na direção do recife, e, a despeito do absurdo desvairado de sua narrativa, não consegui deixar de começar a partilhar de sua vaga apreensão. Zadok se mostrava mais estridente agora; parecia estar tentando espicaçar a própria coragem com um tom de voz mais alto.

– Ei, você, por que que você não diz nada? O que é que você acharia de viver numa cidade como essa, com tudo apodrecendo e morrendo, e os monstro trancafiado e rastejando e balindo e latindo e saltando pra lá e pra cá nos porão e sótão escuro não importa onde você for? Hein? O que é que você acharia de ouvir os uivo noite após noite saindo das igreja e da Casa da Ordem de Dagon, *sabendo o que tá uivando parte dos uivo*? O que é que você acharia de ouvir o que vem daquele recife medonho toda véspera de maio e todo Halloween? Hein? Acha que o velho tá louco, é? Bem, senhor, *pois então eu lhe digo que isso não é o pior!*

Zadok estava de fato gritando agora, e o louco frenesi de sua voz me perturbou mais do que eu gostaria de admitir.

– Maldito, não fica aí, me encarando com esses olho; eu digo pro Obed Marsh que ele tá no inferno e ele precisa ficar lá! He, he... no inferno, eu digo! Não pode me pegar, eu não fiz nada nem contei nada pra ninguém...

"Ah, você, meu jovem rapaz? Bem, mesmo que eu nunca não tenha contado nada pra ninguém ainda, eu vou contar agora! Você só fica sentado aí quieto e me ouve, menino, isso é o que eu nunca não contei pra ninguém... Eu falei que eu nunca mais não saí bisbilhotando depois daquela noite, *mas eu descobri umas coisa mesmo assim!*

"Você quer saber qual é o horror de verdade, quer? Bem, é o seguinte: não é o que aqueles diabo peixe *fizeram, mas o que eles vão fazer!* Eles tão trazendo coisas lá de baixo de onde eles vêm aqui pra cidade; já andam fazendo isso faz anos, e com mais lerdeza nos últimos tempo. Aquelas casa ao norte do rio entre a Water e a Main Street tão cheia deles, os diabo *e o que eles trouxeram*, e quando eles estiverem pronto... eu lhe digo, *quando eles estiverem pronto*... já ouviu falar de um *shoggoth*?

"Hein, tá me ovindo? Eu lhe digo, *eu sei como as coisa são; eu vi elas uma noite quando... eh-ahhh-ah! e'yahhh...*"

O repente horrendo e a inumana atrocidade do berro do velho quase me fizeram desmaiar. Seus olhos, fitando além de mim o mar malcheiroso, estavam positivamente saltando de sua cabeça, ao passo que seu rosto era uma máscara de medo digna de uma tragédia grega. A garra ossuda se cravou monstruosamente no meu ombro, e o velho não esboçou nenhum movimento quando virei a cabeça para olhar fosse lá o que ele havia vislumbrado.

Não havia nada que eu pudesse ver. Apenas a maré entrante, com uma série de ondulações mais aproximadas, talvez, do que a extensa linha de rebentação. Mas Zadok estava me chacoalhando agora, e eu me virei para observar aquele rosto congelado de medo se derretendo num caos de pálpebras contraídas e gengivas balbuciantes. Dentro em pouco sua voz voltou – muito embora num sussurro trêmulo.

– *Cai fora daqui!* Cai fora daqui! *Eles viram a gente*, cai fora, salva tua vida! Não espera por nada, *agora eles sabem*... Foge correndo, depressa, *pra longe dessa cidade*...

Outra onda pesada colidiu com a alvenaria solta do cais desativado, e transformou o sussurro do ancião louco em outro grito inumano, de gelar o sangue.

– *E-yaahhhh!... yhaaaaaaa!*

Antes que eu conseguisse recuperar meu juízo disperso, ele já relaxara o aperto em meu ombro e havia disparado em desvairada corrida continente adentro na direção da rua, virando para o norte, cambaleante, ao contornar a parede arruinada do depósito.

Olhei de novo para o mar, mas não havia nada. Quando alcancei a Water Street e lancei um olhar para o norte, já não havia nenhum sinal remanescente de Zadok Allen.

4

Mal consigo descrever o estado de espírito no qual esse aflitivo episódio me deixou – um episódio ao mesmo tempo louco e deplorável, grotesco e aterrorizante. O rapaz da mercearia tinha me preparado para aquilo, mas a realidade não me deixara menos aturdido e perturbado. Por mais pueril que fosse a história, a insanidade do fervor e do horror do velho Zadok me transmitira uma crescente inquietação que se uniu ao meu sentimento anterior de aversão pela cidade e sua infestação de intangível sombra.

Mais tarde eu poderia esmiuçar a história com cuidado e extrair algum núcleo de alegoria histórica; naquele momento, eu desejava tirá-la da minha cabeça. A hora se fizera perigosamente tardia – meu relógio indicava 7h15, e o ônibus para Arkham saía da Town Square às oito –, por isso tentei dar a meus pensamentos a organização mais neutra e prática possível, caminhando depressa, enquanto isso, pelas ruas desertas com telhados esburacados e casas inclinadas na direção do hotel, onde eu registrara minha valise e encontraria meu ônibus.

Ainda que a luz dourada do entardecer conferisse aos telhados antigos e às chaminés decrépitas um ar místico de paz e graciosidade, não pude deixar de ficar olhando por cima do ombro vez por outra. Eu decerto ficaria muito contente por escapar da malcheirosa Innsmouth, com sua sombra de medo, e desejava que houvesse algum outro veículo além do ônibus conduzido pelo tal Sargent de aspecto sinistro. Contudo, não corri com precipitação excessiva, pois havia detalhes arquitetônicos dignos de observação em cada canto silencioso, e eu poderia com grande facilidade, calculei, cobrir a distância necessária em meia hora.

Estudando o mapa do rapaz da mercearia e procurando uma rota que eu ainda não percorrera, escolhi Marsh Street em vez da State para me encaminhar à Town Square. Perto da esquina da Fall Street, comecei a ver grupos dispersos de murmuradores furtivos, e, quando afinal cheguei à praça, percebi que quase todos os ociosos estavam congregados junto à porta do Gilman House. Era como se inúmeros olhos aquosos e salientes me observassem sem piscar, de modo fantástico, enquanto eu requisitava minha valise no saguão e torcia para que nenhum daqueles seres desagradáveis viesse a ser meu companheiro de viagem no ônibus.

Chegando um tanto cedo, o ônibus veio sacolejando com três passageiros um pouco antes das oito, e um sujeito de aspecto maligno na calçada resmungou algumas palavras indistinguíveis para o motorista. Sargent jogou para fora um saco do correio e um fardo de jornais e entrou no hotel; os passageiros – os mesmos que eu vira chegando a Newburyport naquela manhã – saíram bamboleando pela calçada e trocaram algumas débeis palavras guturais com um dos indolentes numa língua que, eu poderia jurar, não era o inglês. Subi no ônibus vazio e ocupei o mesmo assento que havia ocupado antes, mas eu mal me acomodara quando Sargent reapareceu e começou a resmungar numa voz gutural de peculiar repugnância.

Eu estava, segundo parecia, com muito azar. Ocorrera algo de errado com o motor, apesar do excelente tempo feito desde Newburyport, e o ônibus não poderia completar a viagem até Arkham. Não, de modo algum ele poderia ser consertado naquela noite, tampouco havia qualquer outro meio de obter transporte para sair de Innsmouth, fosse para Arkham ou para outro lugar. Sargent lamentava muito, mas eu teria de me alojar no Gilman. Provavelmente o recepcionista me cobraria um preço amenizado, mas não havia nada mais a fazer. Quase atordoado por aquele súbito obstáculo, e no violento temor de que caísse a noite naquela cidade decadente e pouco iluminada, desci do ônibus e voltei a entrar no saguão do hotel, onde o carrancudo e esquisito recepcionista noturno me informou que eu poderia ficar com o quarto 428, perto do último andar – grande, mas sem água corrente –, por um dólar.

Apesar do que eu ouvira sobre aquele hotel em Newburyport, assinei o registro, paguei o dólar, deixei o recepcionista pegar a minha valise e acompanhei aquele atendente azedo e solitário por três rangentes lances de escada, passando por corredores empoeirados que não pareciam totalmente desprovidos de vida. Meu quarto, um lúgubre aposento de fundo com duas janelas e uma mobília nua e barata, dava para um pátio sujo também cercado por desertos blocos baixos de tijolos, oferecendo um panorama de telhados decrépitos estendendo-se na direção oeste com uma região pantanosa mais além. No fim do corredor havia um banheiro – uma relíquia desalentadora com um vetusto vaso de mármore, banheira de estanho, débil luz elétrica e painéis de madeira mofados em volta do encanamento todo.

A sombra sobre Innsmouth

Com o dia ainda claro, desci até a praça e procurei alguma espécie de lugar para jantar, notando, em minha busca, os olhares estranhos que recebi dos perniciosos indolentes. Visto que a mercearia encontrava-se fechada, fui forçado a frequentar o restaurante que havia evitado antes, sendo atendido por um homem encurvado de cabeça estreita, com fixos olhos sempre abertos, e uma moça de nariz achatado com mãos incrivelmente grossas e desajeitadas. O serviço era do tipo de balcão, e fiquei aliviado por constatar que grande parte era evidentemente servido de latas e pacotes. Uma tigela de sopa de legumes com torradinhas foi suficiente para mim, e logo rumei de volta para o meu desanimado quarto no Gilman, tendo arranjado um jornal vespertino e uma revista manchada por mosca com o recepcionista de cara maligna no suporte instável ao lado de sua escrivaninha.

Com o crepúsculo se adensando, acendi a única fraca lâmpada elétrica por sobre a cama barata com armação de ferro e tentei, o melhor que pude, continuar a leitura que havia começado. Julguei ser aconselhável manter a cabeça sadiamente ocupada, pois não seria bom ficar meditando sobre as anormalidades daquela cidade antiga e sombreada por praga enquanto eu ainda estivesse dentro de suas fronteiras. A fábula insana que eu ouvira do beberrão idoso não prometia sonhos muito agradáveis, e senti que precisava manter a imagem de seus olhos desvairados e aquosos o mais longe possível da minha imaginação.

Eu também não devia me deter no que aquele inspetor de fábrica havia contado ao bilheteiro de Newburyport sobre o Gilman House e as vozes de seus ocupantes noturnos – não nisso, tampouco no rosto por baixo da tiara no negro vão de porta da igreja – o rosto cujo horror meu raciocínio consciente não conseguia explicar. Teria sido mais fácil, talvez, manter meus pensamentos longe de tópicos perturbadores se o quarto não estivesse tão repulsivamente mofado. Não sendo assim, o mofo letal se misturava de maneira horrenda com o fedor generalizado de peixe da cidade, concentrando persistentemente as ideias da pessoa na morte e na decadência.

Outra coisa que me perturbava era a ausência de um trinco na porta do meu quarto. Existira um nele, como ficava claro pelas marcas, mas havia sinais de recente retirada. Sem dúvida tinha ficado avariado, como inúmeras outras coisas naquele edifício decrépito. Em meu nervosismo, olhei em volta e descobri um trinco no guarda-roupa que parecia ter o mesmo tamanho, a julgar pelas marcas, do que estivera outrora na porta. Para obter um alívio parcial da tensão generalizada, ocupei-me transferindo aquela ferragem para o lugar vago com a ajuda de uma providencial ferramenta três em um, incluindo chave de fenda, que eu mantinha em meu chaveiro. O trinco encaixou-se com perfeição, e fiquei aliviado, em certa medida, quando percebi que conseguiria fechá-lo com firmeza na hora de me recolher. Não que eu tivesse alguma efetiva apreensão quanto à sua necessidade, mas qualquer símbolo de segurança seria bem-vindo num ambiente daquela espécie. Havia trincos adequados nas duas portas laterais que levavam aos quartos adjacentes, e estes eu tratei de trancar.

Não tirei a roupa, mas decidi ler até ficar sonolento, para então me deitar tirando apenas casaco, colarinho e sapatos. Tirando uma lanterna de bolso da valise, guardei-a na minha calça, de modo que eu pudesse conferir meu relógio caso acordasse mais tarde, no escuro. A sonolência, porém, não veio; quando parei para analisar meus pensamentos, constatei, para meu desassossego, que eu estava de fato, de modo inconsciente, tentando ouvir algo – tentando ouvir algo que eu temia, mas não conseguia nomear. A história daquele inspetor por certo influenciara minha imaginação mais profundamente do que eu suspeitara. Outra vez tentei ler, mas constatei que não fazia nenhum progresso.

Depois de um tempo, tive a impressão de ouvir as escadas e os corredores rangendo a intervalos, como que em função de passos, e me perguntei se os outros quartos estariam começando a ser ocupados. Não havia vozes, porém, e pareceu-me que havia algo de sutilmente furtivo nos rangidos. Aquilo me pareceu ruim, e refleti se seria recomendável tentar dormir em absoluto. Aquela cidade tinha uma gente bizarra, e haviam ocorrido, sem dúvida, diversos desaparecimentos. Seria aquela uma dessas estalagens onde os viajantes eram mortos para serem roubados? Com toda certeza, eu não tinha um ar de excessiva prosperidade. Ou será que os habitantes realmente se ressentiam tanto assim de visitantes curiosos?

A sombra sobre Innsmouth

Por acaso minha óbvia perambulação turística, com suas frequentes consultas de mapa, despertara uma notoriedade desfavorável? Ocorreu-me que eu devia estar num estado de forte nervosismo para deixar que alguns rangidos aleatórios me fizessem especular daquela maneira – mas lamentei, mesmo assim, não estar armado.

Por fim, sentindo uma fadiga que não tinha em si nada de sonolência, tranquei a porta recém-equipada do corredor, desliguei a luz e me joguei na cama dura e desnivelada – de casaco, colarinho, sapatos e tudo. Na escuridão, cada débil ruído noturno parecia ser amplificado, e uma torrente de pensamentos duplamente desagradáveis tomou conta de mim. Lamentei ter apagado a luz, mas estava cansado demais para me levantar e acendê-la de novo. Então, depois de um longo e tenebroso intervalo, e prefaciado por novos rangidos na escada e no corredor, veio aquele som brando e abominavelmente inconfundível que parecia uma maligna concretização de todas as minhas apreensões. Sem a menor sombra de dúvida, a fechadura da minha porta do corredor estava sendo acionada – de maneira cautelosa, furtiva, experimental – por uma chave.

Minhas sensações ao reconhecer aquele sinal de efetivo perigo talvez tenham sido menos e não mais tumultuadas em função de meus vagos temores prévios. Eu estava, muito embora sem motivo definido, por instinto, em guarda – e isso me era vantajoso na crise nova e real, qualquer que ela viesse a ser. Não obstante, a mudança na ameaça, de vaga premonição para realidade imediata, foi um choque profundo que me acometeu com a força de um genuíno golpe. Em nenhum momento me ocorreu que aquele ruído tentativo pudesse ser um mero engano. Eu só conseguia pensar em um propósito maligno, e me mantive num silêncio mortal, esperando pelo próximo movimento do suposto intruso.

Depois de um tempo, os estalidos cautelosos cessaram, e ouvi alguém entrar no quarto ao norte com uma chave-mestra. Depois, a fechadura da porta de ligação com o meu quarto foi testada com suavidade. O trinco segurou a porta, claro, e escutei o assoalho ranger quando o invasor saía do quarto. Um momento depois, veio um novo som de suaves estalidos, e percebi que haviam entrado no quarto ao sul. Outra vez houve uma tentativa furtiva na porta de ligação trancada, e outra vez houve rangidos que se afastavam. Desta vez, os rangidos prosseguiram ao longo do corredor e descendo as escadas; com isso eu soube que o invasor havia constatado a condição trancada das minhas portas e estava desistindo de sua tentativa por tempo maior ou menor, como revelaria o futuro.

A prontidão com a qual recorri a um plano de ação prova que, no meu subconsciente, eu por certo vinha temendo por horas alguma ameaça e considerando possíveis rotas de fuga. Desde o primeiro momento eu sentira que o manuseador não visto representava um perigo com o qual eu não deveria topar ou lidar, mas do qual eu apenas devia fugir com a maior precipitação possível. A única coisa a fazer era sair daquele hotel com vida o mais depressa que eu pudesse, e por alguma via que não fosse a escadaria principal e o saguão.

Levantando-me devagar, e apontando minha lanterna para o interruptor, procurei acender a lâmpada sobre a cama de modo a escolher e colocar no bolso alguns pertences para uma fuga veloz sem a valise. Nada, entretanto, aconteceu; e percebi que haviam cortado a energia. Algum movimento secreto e maligno estava em andamento, era claro, em larga escala – o que era eu não sabia dizer ao certo. Enquanto fiquei ali parado, ponderando, com a mão no interruptor agora inútil, ouvi um rangido abafado no andar abaixo e pensei ter distinguido, debilmente, vozes que conversavam. Um momento depois, senti-me menos seguro de que os sons mais profundos fossem vozes, pois os aparentes latidos ásperos e grasnidos mal articulados apresentavam diminuta semelhança com a típica fala humana. Então pensei, com renovada força, no que o inspetor de fábrica havia escutado à noite naquele prédio mofado e pestilento.

Tendo enchido meus bolsos com auxílio da lanterna, coloquei meu chapéu e fui até as janelas na ponta dos pés para considerar minhas chances de descida. A despeito das regulações estaduais de segurança, não havia escada de incêndio daquele lado do hotel, e vi que minhas janelas se abriam para uma queda direta de apenas três andares até o pátio calçado de pedra. À direita e à esquerda, contudo, certos antigos conjuntos comerciais de tijolo se encostavam no hotel, com seus telhados inclinados subindo a uma razoável distância de salto do meu nível de quarto andar. Para chegar a qualquer uma dessas filas de prédios eu teria de estar num quarto a duas portas do meu – num caso, para o norte, e no outro, para o sul –, e pus minha mente para trabalhar no mesmo instante, calculando as chances que eu teria de me transferir.

Eu não poderia, decidi, arriscar-me a emergir no corredor, onde meus passos por certo seriam escutados, e onde e as dificuldades de entrar no quarto desejado seriam insuperáveis. Meu progresso, se viesse a ser feito em absoluto, teria de se dar através das portas menos sólidas ligando os quartos, cujos trincos e fechaduras eu precisaria forçar com violência, usando meu ombro como aríete quando quer que representassem um obstáculo para mim. Isso, pensei, seria possível devido à natureza debilitada da casa e de sua estrutura, mas percebi que não conseguiria fazê-lo sem barulho. Eu teria de contar com a pura velocidade e com a chance de alcançar uma janela antes que quaisquer forças hostis se tornassem coordenadas o bastante para abrir a porta certa na minha direção com uma chave-mestra. Quanto à minha própria porta exterior, reforcei-a empurrando a cômoda contra ela – pouco a pouco, de modo a fazer o mínimo de ruído.

Percebi que minhas chances eram muito escassas, e me preparei de todo para qualquer calamidade. Nem mesmo alcançar outro telhado resolveria o problema, pois ainda me restaria, então, a tarefa de chegar ao chão e fugir da cidade. Uma coisa a meu favor era o estado arruinado e deserto das construções encostadas e o número de claraboias escuramente escancaradas em cada fila.

Deduzindo pelo mapa do rapaz da mercearia que a melhor rota para sair da cidade era para o sul, olhei primeiro a porta de ligação no lado sul do quarto. Estava configurada para se abrir na minha direção, portanto percebi – depois de puxar o trinco e descobrir que havia outros fechos instalados – que não era favorável para ser forçada. Assim, abandonando-a como rota de escape, empurrei com cuidado a armação da cama contra ela, para estorvar qualquer ataque que lhe pudesse ser feito do quarto ao lado. A porta do norte estava fixada de modo a se abrir para o lado oposto a mim, e constatei – embora um teste me revelasse que ela estava trancada ou aferrolhada do outro lado – que aquele seria o meu caminho. Se eu pudesse alcançar os telhados dos prédios da Paine Street e descer com sucesso até o nível do solo, talvez pudesse disparar pelo pátio e pelos prédios adjacentes ou opostos até a Washington ou a Bates – ou então emergir na Paine e contornar rumo ao sul até a Washington. Em todo caso, minha meta era chegar à Washington de alguma forma e sair depressa da região da Town Square. Minha preferência era evitar a Paine, já que o quartel dos bombeiros, lá, poderia ficar aberto a noite toda.

Pensando sobre essas coisas, olhei pela janela, para o mar esquálido de telhados decadentes abaixo de mim, agora iluminado pelos raios de uma lua mal deixando de ser cheia. À direita, o talho negro da garganta do rio fendia o panorama, com fábricas e estação de trem abandonadas agarradas como cracas nos lados. Além delas, a ferrovia enferrujada e a estrada para Rowley se estendiam por um terreno achatado e pantanoso pontilhado por ilhotas de terras mais altas e mais secas, tomadas por matagal. À esquerda, o interior sulcado por córregos encontrava-se mais próximo, com a estrada estreita para Ipswitch cintilando ao luar, esbranquiçada. Do meu lado do hotel, não conseguia ver a rota sul, para Arkham, que eu decidira tomar.

Eu estava especulando, irresoluto, sobre quando seria melhor atacar a porta norte, e sobre como eu poderia fazê-lo do modo menos audível, quando notei que os ruídos vagos sob meus pés haviam dado lugar a um novo e mais forte ranger das escadas. Um lampejo de luz oscilante se mostrou pela fresta superior da minha porta, e as tábuas do corredor começaram a gemer sob uma carga pesada. Aproximaram-se sons abafados, de possível origem vocal, e por fim houve uma firme batida na minha porta exterior.

Por alguns instantes, simplesmente prendi a respiração e aguardei. Eternidades pareceram se passar, e o fedor nauseabundo de peixe do ambiente ao redor pareceu aumentar de maneira repentina e espetacular. Então a batida se repetiu – de modo contínuo, e com crescente insistência. Eu sabia que o momento de agir havia chegado, e sem demora puxei o trinco da porta de ligação norte, preparando-me para a tarefa de arrombá-la. As batidas se intensificaram, e esperei que seu volume pudesse cobrir o som dos meus esforços. Iniciando afinal minha tentativa, investi várias vezes contra os painéis finos com meu ombro esquerdo, ignorando choque ou dor. A porta resistiu até mais do que eu esperava, mas não desisti. Durante esse tempo todo, o clamor na porta exterior foi aumentando.

Por fim a porta de ligação cedeu, mas com tamanho estrondo que quem estivesse ali fora, tive certeza, por certo teria escutado. No mesmo instante, as batidas do exterior se tornaram golpes violentos, enquanto chaves soavam de maneira ominosa nas portas do corredor em ambos os quartos contíguos ao meu. Passando com ímpeto pela conexão recém-aberta, tive êxito em aferrolhar a porta do corredor no quarto norte antes que a fechadura pudesse ser virada, mas, bem enquanto fazia isso, ouvi a porta do corredor no terceiro quarto – aquele por cuja janela eu esperava chegar ao telhado abaixo – sendo experimentada com uma chave-mestra.

Por um momento, senti um absoluto desespero, pois meu aprisionamento num recinto sem nenhuma janela de saída parecia ser total. Uma onda de quase anormal horror me percorreu, investindo de uma singularidade terrível, mas inexplicável, as pegadas vislumbradas com a lanterna, deixadas no pó pelo intruso que pouco antes havia tentado abrir minha porta naquele recinto. Depois, com um automatismo atordoado que persistiu apesar da desesperança, avancei até a porta de ligação seguinte e empreendi o movimento cego de empurrá-la num esforço para ultrapassá-la e – inferindo que as trancas pudessem estar tão providencialmente intactas quanto as deste segundo quarto – aferrolhar a próxima porta do corredor antes que a fechadura pudesse ser virada por fora.

A mais pura sorte adiou a execução da minha pena – pois a porta de ligação diante de mim encontrava-se não apenas destrancada como, na verdade, entreaberta. Num segundo, atravessei-a e forcei joelho e ombro direitos contra uma porta de corredor que estava visivelmente se abrindo para dentro. Minha pressão pegou de surpresa aquele que abria, pois a coisa se fechou com meu empurrão, de modo que consegui correr o trinco em bom estado, como fizera na outra porta. Tendo ganhado essa suspensão temporária, ouvi os golpes nas outras duas portas minorando, e um estrépito confuso se fez ouvir na porta de ligação que eu havia fortificado com a cama. A maioria dos meus atacantes, era evidente, entrara no quarto sul e se agrupava num ataque lateral. Naquele mesmo instante, porém, uma chave-mestra ressoou na porta seguinte ao norte, e eu soube que um perigo mais imediato estava próximo.

A porta de ligação do norte estava escancarada, mas não havia tempo para pensar em verificar a fechadura que já estava sendo virada no corredor. Tudo o que eu podia fazer era fechar e aferrolhar a porta de ligação aberta, bem como sua companheira do lado oposto – empurrando uma armação de cama contra uma e uma cômoda contra outra, e deslocando um lavatório para junto da porta do corredor. Eu teria de confiar, percebi, que aquelas barreiras paliativas me protegessem até que eu conseguisse sair pela janela e chegar ao telhado do bloco da Paine Street. Mesmo naquele momento crítico, porém, meu principal horror era algo separado da fraqueza imediata de minhas defesas. Eu estava tremendo porque nenhum dos meus perseguidores, apesar de alguns horrendos arquejos e grunhidos e latidos moderados a intervalos irregulares, emitia qualquer som vocal desabafado ou inteligível.

Enquanto eu arrastava os móveis e me apressava rumo às janelas, ouvi uma correria medonha pelo corredor na direção do quarto ao meu norte, e notei que os golpes ao sul haviam cessado. A maioria dos meus oponentes, era claro, estava prestes a se concentrar diante da frágil porta de ligação que, como sabiam, por certo se abriria direto para mim. Lá fora, a lua brincava sobre o espigão do bloco abaixo, e vi que o salto seria desesperadamente perigoso por causa da superfície íngreme na qual eu teria de pousar.

Examinando as condições, escolhi a janela mais ao sul das duas como minha via de escape, planejando pousar no declive interno do telhado e alcançar a claraboia mais próxima. Uma vez dentro de uma das decrépitas estruturas de tijolo, eu teria de lidar com a perseguição; mas esperava descer e me esquivar por entradas e saídas escancaradas ao longo do pátio sombreado, chegando afinal à Washington Street e me esgueirando para fora da cidade na direção sul.

O estrépito na porta de ligação do norte era terrível agora, e notei que os painéis frágeis estavam começando a se lascar. Obviamente os sitiantes haviam lançado mão de algum objeto pesado como aríete. A armação de cama, porém, resistiu com firmeza, de modo que ganhei pelo menos uma débil chance de efetuar minha fuga com êxito. Abrindo a janela, percebi que ela era ladeada por pesadas cortinas de veludo, suspensas de uma vara por argolas de latão, e também que havia, projetado no exterior, um grande prendedor para as venezianas. Vislumbrando um meio possível de evitar o salto perigoso, arranquei as cortinas puxando-as para baixo, com vara e tudo; em seguida, com rapidez, enganchei duas das argolas no prendedor da veneziana e lancei o pano para fora. As dobras pesadas alcançaram em cheio o telhado encostado, e notei que as argolas e o prendedor muito provavelmente suportariam meu peso. Assim, transpondo a janela e descendo pela escada de corda improvisada, deixei para trás, para sempre, o edifício mórbido e infestado de horror do Gilman House.

 Pousei com segurança nas soltas telhas de ardósia do telhado íngreme, e consegui, sem escorregar, avançar até a escura claraboia escancarada. Olhando no alto a janela da qual eu saíra, observei que ela ainda estava escura, embora fosse possível ver ao longe, além das chaminés desmoronadas ao norte, ominosas luzes ardendo na Casa da Ordem de Dagon, na igreja batista e na igreja congregacional cuja lembrança tanto me fazia estremecer. Não parecera haver ninguém no pátio abaixo, e esperei ter uma chance de escapar antes que um alarme geral se espalhasse. Iluminando a claraboia com minha lanterna de bolso, vi que não havia degraus para uma descida. A distância era pouca, entretanto, e assim transpus a borda e me deixei cair, atingindo um piso empoeirado repleto de caixas e barris destruídos.

 O lugar tinha um aspecto macabro, mas eu já não me deixava abalar por tais impressões e avancei de pronto rumo à escadaria revelada por minha lanterna – após apressada consulta ao meu relógio, que indicava o horário das duas da manhã. Os degraus rangeram, mas pareciam toleravelmente sólidos, e eu me precipitei para baixo, passando por um segundo andar com feição de celeiro até chegar ao térreo. A desolação era total, e apenas ecos respondiam ao som dos meus passos. Cheguei por fim ao saguão inferior, onde, numa das extremidades, vi um débil retângulo luminoso assinalando o arruinado vão de porta da Paine Street. Tomando a direção oposta, encontrei a porta dos fundos também aberta e saí em disparada, descendo cinco degraus de pedra até o pavimento tomado de relva do pátio.

Os raios do luar não chegavam até ali, mas consegui avançar com um mínimo de orientação sem usar a lanterna. Algumas das janelas no lado do Gilman House emitiam um brilho débil, e pensei ter ouvido sons confusos vindos de seu interior. Caminhando com passos suaves para o lado da Washington Street, percebi diversos vãos abertos, e escolhi o mais próximo como minha rota de saída. A passagem ali dentro estava de todo escura, e, quando cheguei à extremidade oposta, notei que a porta da rua, estando calçada, era inamovível. Decidido a tentar outro prédio, voltei às cegas para o pátio, mas estaquei pouco antes do vão.

Pois de uma porta aberta no Gilman House derramava-se uma grande multidão de formas suspeitas – lanternas balouçando na escuridão e horríveis vozes grasnadas trocando gritos baixos em algo que certamente não era inglês. As figuras se moviam de maneira incerta, e constatei, para meu alívio, que não sabiam para onde eu tinha ido; mesmo assim, um arrepio de horror projetado por elas percorreu meu corpo. Suas feições eram indistinguíveis, mas o modo agachado e bamboleante de andar era repelente no mais abominável grau. E o pior de tudo: reparei que uma figura trajava um estranho manto, encimada por uma inconfundível tiara alta, de um padrão que me era demasiado familiar. Enquanto as figuras se espalhavam pelo pátio, senti meus temores aumentando. E se eu não conseguisse encontrar nenhuma saída daquele prédio para o lado da rua? O fedor de peixe era odioso, e me perguntei se conseguiria suportá-lo sem desmaiar. Apalpando de novo na direção da rua, abri uma porta do saguão e fui dar num recinto vazio com janelas bem fechadas, mas sem caixilhos. Tenteando com o facho da minha lanterna, constatei ser possível abrir as venezianas; um momento depois, eu já tinha saltado para fora e fechava com cuidado a abertura, ao modo original.

Eu estava na Washington Street agora, e de momento não avistei nenhuma alma viva ou qualquer luz, salvo a da lua. De diversas direções distantes, porém, eu podia ouvir o som de vozes roucas, passos e uma espécie curiosa de tamborilar que não soava muito como passos. Nitidamente, eu não tinha tempo a perder. Os pontos cardeais estavam claros para mim, e fiquei contente com o fato de as luzes da rua estarem apagadas, como ocorre com frequência nas zonas rurais estagnadas em noites de forte luar. Alguns dos sons vinham do sul, mas mantive meu plano de fugir naquela direção. Existiriam, eu sabia, abundantes vãos de porta desertos para me abrigar caso eu topasse com qualquer pessoa ou grupo que parecesse ameaçador.

Caminhei com rapidez e passos suaves junto às casas arruinadas. Ainda que sem chapéu e desgrenhado após minha árdua escalada, minha aparência não era especialmente notável, e eu tinha boas chances de passar despercebido, se fosse forçado a encontrar algum transeunte casual. Na Bates Street, enfiei-me num vestíbulo escancarado enquanto duas figuras cambaleantes cruzavam meu caminho à frente, mas logo retomei meu progresso e me aproximei do espaço aberto onde a Eliot Street atravessa obliquamente a Washington no cruzamento com a South. Embora eu ainda não tivesse visto aquele espaço, ele me parecera perigoso no mapa do rapaz da mercearia, uma vez que a luz do luar teria livre trânsito ali. Não havia proveito algum em tentar evitá-lo, pois qualquer percurso alternativo envolveria desvios de visibilidade possivelmente desastrosa e efeito retardador. A única coisa a fazer era cruzá-lo ousada e abertamente, imitando aquele típico andar bamboleante dos moradores de Innsmouth o melhor que eu pudesse, e torcendo para que ninguém – ou, pelo menos, nenhum dos meus perseguidores – estivesse por ali.

Quanto ao grau de plena organização da perseguição – e, na verdade, quais poderiam ser seus exatos propósitos –, sobre isso eu não conseguia formar a menor ideia. Parecia haver uma atividade incomum na cidade, mas julguei que a notícia da minha fuga do Gilman não havia se espalhado ainda. Eu logo teria de me transferir da Washington para alguma outra rua que levasse para o sul, claro, pois aquele grupo do hotel estaria sem dúvida no meu encalço. Eu devia ter deixado marcas na poeira daquele último prédio velho, revelando como havia chegado à rua.

O espaço aberto se mostrou, como eu esperava, fortemente iluminado pelo luar, e vi, em seu centro, os vestígios de um gramado cercado por grade de ferro, lembrando um parque. Por sorte não havia ninguém por ali, mas um curioso zumbido ou rugido parecia se intensificar na direção da Town Square. A South Street era bastante larga, descendo direto por um declive suave até a orla e oferecendo uma longa visão aberta do mar, e esperei que ninguém a estivesse observando de baixo, na distância, enquanto eu a cruzava sob o luar brilhante.

Progredi de maneira desimpedida, e nenhum ruído novo assomou para insinuar que eu tivesse sido avistado. Olhando ao meu redor, desacelerei involuntariamente o passo, por um breve instante, para colher a visão do mar, deslumbrante sob o luar ardente no fim da rua. Na distância longínqua, depois do quebra-mar, via-se a linha escura e turva de Devil Reef; ao vislumbrar o recife, não pude deixar de pensar em todas aquelas lendas hediondas que ouvira nas últimas 34 horas – lendas que retratavam aquela rocha escabrosa como um verdadeiro portal para reinos de um horror insondável e uma inconcebível anormalidade.

Então, sem aviso, vi os clarões intermitentes de luz no recife distante. Eram definidos e inconfundíveis, despertando em minha mente um horror cego, além de qualquer medida racional. Meus músculos se retesaram para uma fuga em pânico, contida apenas por certa cautela inconsciente e uma fascinação meio hipnótica. Para piorar a situação, lampejou naquele momento, da alta cúpula do Gilman House, que se elevava para o nordeste às minhas costas, uma série de cintilações análogas, mas diferentemente espaçadas, que não podiam ser nada menos do que sinais de resposta.

Controlando meus músculos, e constatando mais uma vez quão claramente visível eu estava, retomei meu passo mais vigoroso e simuladamente bamboleante, mas mantendo meu olhar naquele recife infernal e ominoso enquanto a abertura da South Street me dava uma vista marítima. O que aquele procedimento todo significava eu não conseguia imaginar, a menos que envolvesse algum rito estanho associado a Devil Reef, ou a menos que algum grupo tivesse desembarcado de um navio naquela rocha sinistra. Então dobrei à esquerda pelo contorno do gramado arruinado, contemplando sempre o oceano, que fulgurava sob o luar espectral do verão, e observando os enigmáticos lampejos daquelas sinalizações inomináveis e inexplicáveis.

A sombra sobre Innsmouth

Foi então que me acometeu a impressão mais horrível de todas – a impressão que destruiu meus últimos vestígios de autocontrole e me botou correndo freneticamente para o sul, passando pelas negras portas escancaradas e pelas baças janelas arregaladas daquela rua deserta de pesadelo. Pois numa observação mais atenta eu percebera que as águas enluaradas entre o recife e a praia não estavam nem de longe vazias. Estavam vivas, fervilhavam com uma horda de formas que vinham nadando na direção da cidade; e mesmo daquela vasta distância, na minha percepção momentânea, eu conseguia constatar que as cabeças saltantes e os braços abanados eram alienígenas e aberrantes de uma maneira que mal podia ser expressada ou conscientemente formulada.

Minha corrida frenética cessou antes de eu ter percorrido um quarteirão, pois à minha esquerda comecei a ouvir algo como um clamor de perseguição organizada. Havia passos e sons guturais, e um motor estrepitante resfolegou para o sul ao longo da Federal Street. De um instante para outro, alterei por completo todos os meus planos, pois, se a rodovia para o sul estivesse bloqueada à minha frente, eu claramente precisaria encontrar outra saída de Innsmouth. Parei e me enfiei por uma porta escancarada, refletindo na sorte que eu tivera por sair do espaço aberto e enluarado antes que aqueles perseguidores descessem pela rua paralela.

Uma segunda reflexão foi menos confortadora. Como a perseguição descia por outra rua, era óbvio que o grupo não estava me seguindo diretamente. O grupo não me vira, mas desempenhava simplesmente um plano geral de interromper minha fuga. Isso, contudo, significava que todas as estradas que levavam para fora de Innsmouth estariam patrulhadas de modo similar, pois os habitantes não tinham como saber que rota eu pretendia tomar. Nesse caso, eu teria de bater em retirada pelo campo, longe de qualquer estrada; mas como eu poderia fazê-lo, levando em conta o caráter pantanoso e crivado de córregos de toda a região circundante? Por um momento, meu cérebro girou, tanto por puro desespero quanto pela rápida intensificação do onipresente fedor de peixe.

Então pensei na ferrovia abandonada para Rowley, cuja sólida linha de terra balastrada e tomada de relva estendia-se ainda para noroeste, saindo da estação em ruínas na beira da garganta do rio. Havia uma pequena chance de os moradores da cidade não terem pensado nela, pois a deserção asfixiada por arbustos espinhosos a deixara meio intransitável, fazendo dela a menos provável de todas as vias que um fugitivo poderia escolher. Eu a vira com clareza da minha janela no hotel, e conhecia sua disposição. A maior parte de seu comprimento inicial era desconfortavelmente visível da estrada para Rowley e dos pontos altos da própria cidade, mas talvez fosse possível a pessoa rastejar, inconspícua, por entre a vegetação. De todo modo, aquela representaria minha única chance de libertação, e nada me restava fazer além de tentar.

Enfiado no interior do vestíbulo do meu abrigo deserto, mais uma vez consultei o mapa do rapaz da mercearia com o auxílio da lanterna. O problema imediato era como alcançar a antiga ferrovia; e agora eu percebi que o método mais seguro era seguir reto até a Babson Street, depois a oeste rumo à Lafayette – contornando lá, sem cruzá-lo, um espaço aberto homólogo àquele que eu atravessara – e em seguida voltar para norte e oeste numa linha em zigue-zague pelas ruas Lafayette, Bates, Adams e Bank – esta última margeando a garganta do rio – até a estação abandonada e dilapidada que eu vira da minha janela. Minha razão para seguir reto pela Babson era que eu não desejava nem cruzar de novo o espaço aberto anterior e tampouco iniciar meu percurso para oeste ao longo de uma rua transversal tão larga quanto a South.

Partindo mais uma vez, atravessei a rua para o lado direito a fim de entrar pela Babson da maneira mais inconspícua possível. Os ruídos persistiam na Federal Street, e, quando lancei um olhar para trás, pensei ter visto uma cintilação de luz perto do prédio pelo qual eu havia escapado. Ansioso para sair da Washington Street, troquei o passo por um silencioso trote brando, confiando na sorte de não encontrar nenhum olho vigilante. Perto da esquina da Babson Street, notei, para meu alarme, que uma das casas continuava habitada, como atestavam as cortinas da janela; mas não havia luzes no interior, e passei por ela incólume.

Na Babson Street, que cruzava a Federal e podia por isso me revelar aos caçadores, grudei-me o máximo possível nos prédios periclitantes e desnivelados, parando por duas vezes num vão de porta quando os ruídos às minhas costas se intensificaram momentaneamente. O espaço aberto à frente brilhava amplo e desolado sob o luar, mas minha rota não iria me obrigar a cruzá-lo. Durante a minha segunda parada, comecei a detectar uma renovada distribuição de sons vagos; depois de espiar com cautela para fora do esconderijo, avistei um automóvel disparando pelo espaço aberto, rumando na direção da Eliot Street, que ali cruza ao mesmo tempo com a Babson e a Lafayette.

Enquanto olhava – sufocado por uma súbita intensificação do fedor de peixe depois de um breve abrandamento –, reparei num bando de formas toscas e agachadas trotando e cambaleando na mesma direção, e constatei que só podia ser o grupo de guarda na estrada para Ipswich, já que aquela rodovia forma uma extensão da Eliot Street. Dois dos vultos que vislumbrei usavam mantos volumosos, e um deles trajava um diadema pontiagudo que reluzia, esbranquiçado, sob a luz do luar. O andar dessa figura era tão esquisito que me provocou um calafrio – pois me pareceu que a criatura estava quase saltitando.

Quando o último integrante do bando sumiu de vista, retomei meu progresso, entrando em disparada pela esquina da Lafayette Street e cruzando a Eliot com enorme pressa, temeroso de que desgarrados do grupo ainda estivessem avançando ao longo daquela via. De fato escutei alguns sons grasnados e estrepitantes na distância da Town Square, mas completei a passagem incólume. Meu maior pavor era cruzar de novo a ampla e enluarada South Street – com sua vista marítima –, e tive de reunir coragem para tal provação. Alguém poderia facilmente estar olhando, e possíveis desgarrados na Eliot Street não deixariam de me vislumbrar de um ponto ou do outro. No último momento, decidi que seria melhor desacelerar o passo e fazer a travessia como antes, no andar bamboleante de um nativo médio de Innsmouth.

Quando a visão da água se abriu de novo – desta vez à minha direita –, eu estava quase determinado a não olhar para ela em absoluto. Não consegui, contudo, resistir; mas lancei um olhar de soslaio enquanto cambaleava, com cautela e imitação, rumo às sombras protetoras à frente. Não havia nenhum navio visível, como eu de certa forma esperava que haveria. Em vez disso, a primeira coisa que atraiu meu olhar foi um pequeno barco a remo, precipitando-se na direção do cais abandonado e carregado com algum objeto volumoso coberto por encerado. Seus remadores, embora vistos à distância e indistintos, eram de um aspecto repelente ao extremo. Diversos nadadores eram ainda discerníveis, e no negro recife longínquo pude ver um brilho fraco e constante, diferente da sinalização intermitente visível antes, e de uma cor curiosa que não consegui identificar com precisão. Acima dos telhados oblíquos à frente e à direita assomava a alta cúpula do Gilman House, mas completamente às escuras. O fedor de peixe, que certa brisa misericordiosa dispersara por um momento, então se adensara de novo com enlouquecedora intensidade.

Eu nem cruzara de todo a rua quando escutei um bando balbuciante avançando pela Washington, vindo do norte. No momento em que alcançaram o amplo espaço aberto de onde eu tivera meu primeiro vislumbre inquietante da água enluarada, pude vê-los com nitidez a um mero quarteirão de distância – e fiquei horrorizado com a bestial anormalidade de seus semblantes e o caráter canino e sub-humano de seu andar agachado. Um homem se movimentava de uma maneira inequivocamente simiesca, com os braços compridos tocando repetidas vezes o chão, ao passo que outra figura – de manto e tiara – parecia progredir de uma forma quase saltitante. Julguei que aquele fosse o grupo que eu vira no pátio do Gilman – o grupo, portanto, mais próximo do meu encalço. Quando alguns dos vultos se viraram para olhar na minha direção, fiquei petrificado de pavor, mas consegui preservar o andar casual e cambaleante que eu assumira. Até hoje não sei se me viram ou não. Se me viram, meu estratagema deve tê-los enganado, pois atravessaram o espaço enluarado sem alterar sua trajetória – sempre grasnando e tagarelando em algum detestável patoá gutural que não consegui identificar.

Mais uma vez na sombra, retomei meu trote brando anterior, passando pelas casas decrépitas e inclinadas que fitavam cegamente a noite. Tendo cruzado até a calçada oeste, dobrei a esquina mais próxima rumo à Bates Street, onde me mantive colado ao prédios do lado sul. Passei por duas casas revelando sinais de habitação, uma delas com luzes débeis nos aposentos superiores, mas não encontrei obstáculo algum. Entrando pela Adams Street, senti-me mais seguro em certa medida, mas recebi um choque quando um homem saiu vacilando de um negro vão de porta bem na minha frente. Provou estar, contudo, irremediavelmente bêbado demais para ser uma ameaça; de modo que cheguei em segurança às ruínas lúgubres dos armazéns da Bank Street.

Ninguém se mexia naquela rua morta do lado da garganta do rio, e o rugido das quedas d'água praticamente afogava o som dos meus passos. Foi um longo trote brando até a estação arruinada, e as grandes paredes de tijolo dos armazéns ao meu redor pareciam, de algum modo, mais aterrorizantes do que as fachadas das casas particulares. Avistei afinal a antiga estação com arcadas – ou o que havia restado dela – e me dirigi diretamente para a ferrovia que iniciava em sua extremidade oposta.

Os trilhos estavam enferrujados, mas na maioria intactos, e não mais do que a metade dos dormentes apodrecera. Caminhar ou correr sobre tal superfície era muito difícil, mas fiz o meu melhor, e de um modo geral obtive um ritmo bastante razoável. Por alguma distância, a linha foi acompanhando a margem da garganta, mas afinal alcancei a longa ponte coberta onde esta cruzava o abismo numa altura estonteante. A condição da ponte determinaria meu passo seguinte. Se fosse humanamente possível, eu a usaria; se não, teria de arriscar novas perambulações pelas ruas até a ponte de rodovia intacta mais próxima.

A vasta extensão da velha ponte, lembrando um celeiro, brilhava de forma espectral ao luar, e notei que os dormentes se mostravam seguros ao menos por alguns metros adentro. Entrando, comecei a usar minha lanterna, e quase fui derrubado pela nuvem de morcegos que passou esvoaçando por mim. Mais ou menos no meio da travessia, havia uma perigosa lacuna entre os dormentes, e temi, por um instante, que isso impedisse o meu progresso; afinal, porém, arrisquei um salto desesperado que, por sorte, teve êxito.

Fiquei contente por ver o luar de novo quando emergi daquele túnel macabro. Os velhos trilhos cruzavam a River Street no mesmo nível e de uma só vez se desviavam para uma região progressivamente rural, com incidência cada vez menor do abominável fedor de peixe de Innsmouth. Ali, a vegetação densa de ervas daninhas e arbustos espinhosos me entravou, rasgando cruelmente minhas roupas, mas mesmo assim me alegrou o fato de que estava ali para me ocultar em caso de perigo. Eu sabia que grande parte da minha rota por certo era visível da estrada para Rowley.

A região pantanosa começava logo em seguida, com a única faixa correndo sobre um aterro baixo e relvado no qual a vegetação rasteira era um tanto mais rala. Depois vinha uma espécie de ilha de terreno mais alto, onde a linha passava por um canal aberto e raso, asfixiado por arbustos e espinheiros. O abrigo parcial me deixou contente, pois naquele ponto a estrada para Rowley ficava desconfortavelmente próxima, de acordo com a visão da minha janela. No fim desse canal, ela cruzava o trilho e se afastava para uma distância mais segura, mas, no meio-tempo, eu precisaria ser extremamente cauteloso. Eu tinha certeza, àquela altura, de que a ferrovia em si não estava sendo patrulhada.

Pouco antes de entrar no canal, olhei para trás, mas não vi perseguidor algum. Os antigos pináculos e telhados da decadente Innsmouth cintilavam, adoráveis e etéreos, sob o luar mágico e amarelado, e tentei imaginar como devia ter sido seu aspecto nos velhos tempos, antes da queda da sombra. Então, enquanto meu olhar circulava da cidade para o interior, algo menos tranquilo prendeu minha atenção e me deixou imóvel por um segundo.

O que eu vi – ou imaginei ter visto – foi a perturbadora sugestão de um longínquo movimento ondulante ao sul – sugestão que me levou a concluir que uma horda enorme decerto escoava da cidade ao longo da estrada nivelada para Ipswich. A distância era grande, e eu não conseguia distinguir nada em detalhe; mas não gostei nem um pouco da feição daquela coluna em movimento. Ela ondulava demais, e reluzia com extremo brilho sob os raios da lua, que agora rumava pelo oeste. Havia também uma sugestão de som, embora o vento soprasse na direção oposta – uma sugestão de raspagens e urros bestiais ainda pior que o balbucio dos grupos escutado pouco antes.

Toda sorte de conjecturas desagradáveis me passou pela cabeça. Pensei naqueles tipos muito extremos de Innsmouth que, segundo se dizia, estavam ocultos em ruinosos labirintos centenários perto da orla. Pensei também naqueles nadadores sem nome que eu vira. Contando os grupos vislumbrados até ali, bem como os que estariam presumivelmente cobrindo outras estradas, o número de meus perseguidores por certo era estranhamente grande para uma cidade tão despovoada como Innsmouth.

De onde poderia vir a densa guarnição de uma coluna como essa que eu agora contemplava? Estariam aqueles antigos e inexplorados labirintos subterrâneos apinhados de uma vida disforme, não catalogada e insuspeita? Ou teria certo navio não visto desembarcado, de fato, uma legião de forasteiros desconhecidos naquele recife infernal? Quem eram eles? Por que estavam ali? E, se tal coluna deles encontrava-se vasculhando a estrada para Ipswich, estariam as patrulhas nas outras estradas reforçadas do mesmo modo?

Eu havia entrado no canal tomado de mato e avançava com dificuldade, muito devagar, quando aquele maldito fedor de peixe se fez dominante mais uma vez. Teria o vento mudado de súbito para leste, de modo a soprar do mar e passar pela cidade? Só podia ser isso, concluí, pois começara a ouvir chocantes murmúrios guturais vindo daquela direção até então silenciosa. Havia outro som também – uma espécie de colossal baquear ou tamborilar coletivo que, de alguma forma, invocava imagens do mais detestável tipo. Isso me fez pensar, de maneira ilógica, naquela coluna desagradavelmente ondulante na longínqua estrada para Ipswich.

E então tanto o fedor quanto os sons e ficaram mais fortes, de modo que parei, estremecido e grato pela proteção do canal. Era ali, lembrei, que a estrada para Rowley se aproximava bastante da velha ferrovia antes de cruzar para oeste e se afastar. Algo estava vindo por aquela estrada, e eu precisaria me manter abaixado até sua passagem e desaparecimento na distância. Graças aos céus, aquelas criaturas não usavam cães de rastreamento – embora isso talvez tivesse sido impossível em meio ao onipresente odor na região. Agachado entre os arbustos daquela fenda arenosa, eu me sentia razoavelmente seguro, mesmo sabendo que os buscadores teriam de cruzar os trilhos na minha frente a menos de cem metros de distância. Eu conseguiria vê-los, mas eles não conseguiriam – a não ser por um milagre maligno – me ver.

De repente, comecei a ficar com medo de olhar para eles enquanto passavam. Eu via o espaço enluarado próximo por onde marchariam, e me ocorreram pensamentos curiosos a respeito da irredimível contaminação daquele espaço. Talvez eles viessem a ser os piores de todos os tipos de Innsmouth – algo que ninguém gostaria de recordar.

A fetidez se tornou esmagadora, e os ruídos se avolumaram numa babel bestial de grasnidos, ladridos e latidos sem a mínima insinuação de fala humana. Seriam mesmo as vozes dos meus perseguidores? Eles tinham cães, afinal de contas? Até ali, eu não vira nenhum dos animais inferiores em Innsmouth. Aquele baquear ou tamborilar era monstruoso – eu não seria capaz de contemplar as criaturas degeneradas responsáveis por ele. Manteria meus olhos fechados até que os sons sumissem a oeste. A horda estava agora muito próxima – o ar conspurcado por seus rosnados roucos, e o chão quase vibrando com suas passadas de ritmo alienígena. Meu fôlego quase me faltou, e apliquei cada gota da minha força de vontade na tarefa de não levantar as pálpebras.

Ainda tenho até mesmo relutância em dizer se o que se seguiu foi um fato hediondo ou apenas uma alucinação de pesadelo. A ação posterior do governo, depois dos meus frenéticos apelos, tenderia a confirmá-lo como uma verdade monstruosa, mas não poderia uma alucinação ter se repetido sob o feitiço quase hipnótico daquela cidade ancestral, acossada e ensombrecida? Lugares assim têm propriedades estranhas, e o legado de lenda insana poderia muito bem ter agido sobre mais de uma imaginação humana em meio àquelas ruas mortas, na maldição da fetidez, com seus amontoados de telhados podres e campanários desmoronados. Não é possível que o germe de uma efetiva loucura contagiosa espreite nas profundezas daquela sombra sobre Innsmouth? Quem poderá ter certeza quanto à realidade depois de ouvir coisas como a história do velho Zadok Allen? Os enviados do governo nunca encontraram o pobre Zadok, e não fazem conjectura nenhuma sobre o fim que o levou. Onde a loucura termina e a realidade começa? Será possível que até meu temor mais recente seja pura ilusão?

Mas preciso tentar dizer o que penso ter enxergado naquela noite sob a zombeteira lua amarela – ter enxergado marchando e saltitando pela estrada de Rowley à minha frente, a olhos vistos, enquanto eu me agachava entre os espinheiros silvestres daquele desolado canal de ferrovia. Minha resolução de manter os olhos fechados, claro, fracassara. Estava predestinada ao fracasso – pois quem poderia permanecer agachado às cegas enquanto uma legião de entidades grasnantes e ladrantes, de origem desconhecida, passava baqueando fetidamente, a menos de cem metros de distância?

Eu julgava estar preparado para o pior, e de fato deveria ter estado preparado, considerando tudo o que eu vira antes. Meus outros perseguidores haviam sido malditamente anormais – sendo assim, não deveria eu ter estado pronto a encarar um *fortalecimento* do elemento anormal, contemplar formas nas quais não havia em absoluto uma mínima dose de normalidade? Não abri os olhos até que o clamor rouco foi emitido, muito alto, de um ponto obviamente logo à frente. Então eu soube que uma longa divisão deles devia estar de todo visível onde as paredes do canal se aplainavam e a estrada cruzava os trilhos – e já não consegui me abster de conferir fosse lá que horror aquela maliciosa lua amarela pudesse ter para mostrar.

Foi o fim para qualquer resto de vida que tivesse me sobrado na face desta terra, para todo vestígio de tranquilidade mental e confiança na integridade da Natureza e da mente humana. Nada que eu pudesse ter imaginado – nada, mesmo, que eu pudesse ter inferido, se tivesse dado crédito à história louca do velho Zadok da maneira mais literal – seria de modo algum comparável à realidade demoníaca e blasfema que eu vi – ou acredito que vi. Tentei insinuar o que era com o propósito de adiar o horror de descrevê-lo sem rodeios. Será possível que este planeta tenha efetivamente gerado tais coisas, que olhos humanos tenham verdadeiramente visto, em objetiva carne, o que o homem até aqui só conheceu em febris fantasias e tênues lendas?

Contudo, eu os vi numa torrente ilimitada – baqueando, saltitando, grasnando, balindo – marchando inumanamente pelo luar espectral numa sarabanda grotesca e maligna de fantástico pesadelo. E alguns deles usavam altas tiaras daquele inominável metal de ouro esbranquiçado... e alguns trajavam mantos estranhos... e um deles, o que seguia na frente, vestia uma capa preta com macabra corcova e calças listradas, e tinha um chapéu masculino de feltro empoleirado na coisa disforme que se passava por cabeça.

Creio que a cor predominante entre eles era um verde acinzentado, embora tivessem barrigas brancas. Eles eram na maioria reluzentes e escorregadios, mas os espinhaços de suas costas eram escamosos. Suas formas sugeriam vagamente algo antropoide, ao passo que suas cabeças eram cabeças de peixe, com prodigiosos olhos saltados que nunca se fechavam. Nos lados dos pescoços havia guelras palpitantes, e suas longas patas eram palmadas. Eles saltitavam de forma irregular, às vezes sobre duas pernas e às vezes sobre quatro. Fiquei de certa forma contente por terem não mais do que quatro membros. Suas vozes grasnantes e ladrantes, usadas com claro arranjo de discurso articulado, transpareciam todos os sombrios tons de expressão que faltavam em suas feições arregaladas.

Porém, mesmo com toda aquela monstruosidade, eles me pareciam familiares. Eu sabia muito bem o que deviam ser – pois não estava ainda fresca a memória da tiara maligna de Newburyport? Eles eram os blasfemos peixes-rãs do inominável desenho – vivos e horríveis –, e, enquanto eu os observava, constatei também do que me fizera lembrar, tão assustadoramente, aquele padre corcunda de tiara no escuro porão da igreja. O número era impossível de estimar. Parecia-me haver magotes intermináveis deles – e meu vislumbre momentâneo por certo só poderia ter revelado uma mínima fração. No instante seguinte, tudo foi apagado por um misericordioso desmaio, o primeiro que eu sofrera.

5

Foi uma suave chuva diurna que me despertou de meu estupor no canal de ferrovia tomado de mato; quando saí cambaleando até a estrada em frente, não vi vestígio algum de marcas na lama fresca. O fedor de peixe também desaparecera. Os telhados tombados e os campanários em ruínas de Innsmouth assomavam cinzentos ao sudeste, mas não avistei criatura viva nenhuma em todo aquele desolado charco salino em volta. Meu relógio ainda estava funcionando, e me informou que passava do meio-dia.

A realidade de tudo que eu havia enfrentado era extremamente incerta na minha cabeça, mas eu sentia que algo horrendo se escondia no fundo. Eu precisava escapar da sombra maligna de Innsmouth – e para tanto comecei a testar minha lesionada e exausta capacidade de locomoção. Apesar da fraqueza, da fome, do horror e da perplexidade, vi-me capaz de caminhar depois de um tempo, e parti devagar pela estrada lamacenta para Rowley. Cheguei ao vilarejo antes do anoitecer, obtendo uma refeição e me provendo de roupas apresentáveis. Peguei o trem noturno para Arkham e lá, no dia seguinte, conversei longa e fervorosamente com oficiais do governo, procedimento que repeti, depois, em Boston. Com o resultado principal dessas conversas o público já está familiarizado agora – e eu gostaria, em nome da normalidade, que não houvesse nada mais para contar. Talvez seja loucura o que está tomando conta de mim, mas quem sabe um horror maior – ou uma maravilha maior – esteja se manifestando.

Como bem se pode imaginar, desisti da maioria das atividades planejadas de antemão para o resto da viagem – as diversões cênicas, arquitetônicas e antiquárias com as quais eu tanto havia contado. Tampouco me atrevi a procurar aquela estranha peça de joalheria que estava, segundo se dizia, no museu da Miskatonic University. Aproveitei, entretanto, minha estada em Arkham para coletar algumas anotações arqueológicas que havia muito eu desejava possuir; dados grosseiros e muito apressados, é verdade, mas passíveis de um bom uso mais tarde, quando eu pudesse ter tempo para cotejá-los e codificá-los. O curador da sociedade histórica local – o sr. E. Lapham Peabody – teve a grande gentileza de me dar auxílio e expressou incomum interesse quando lhe contei que era neto de Eliza Orne, de Arkham, que nascera em 1867 e se casara com James Williamson, de Ohio, aos dezessete anos de idade.

Ao que parecia, um tio meu, por parte de mãe, havia passado por lá muitos anos antes, numa busca bastante parecida com a minha; e a família da minha avó era tema de certa curiosidade local. Ocorrera, contou o sr. Peabody, considerável discussão sobre o casamento do pai dela, Benjamin Orne, logo depois da guerra civil, pois a linhagem da noiva era peculiarmente intrigante. Aquela noiva, considerava-se, tinha sido uma órfã dos Marsh de New Hampshire – uma prima dos Marsh do Condado de Essex –, mas sua educação se dera na França, e ela sabia muito pouco sobre sua família. Um tutor havia depositado fundos num banco de Boston para sustento dela e de sua preceptora francesa, mas o nome desse tutor não era familiar aos moradores de Arkham; com o tempo ele sumiu de vista, de modo que a preceptora assumiu o papel dele por indicação judicial. A francesa – há muito falecida, agora – era muito taciturna, e havia quem dissesse que ela poderia ter contado mais do que contou.

A coisa mais desconcertante, contudo, foi a inabilidade de todos em localizar os pais registrados da jovem – Enoch e Lydia (Meserve) Marsh – entre as famílias conhecidas de New Hampshire. Ela era possivelmente, muitos sugeriam, filha ilegítima de algum Marsh ilustre – tinha com toda certeza os olhos dos Marsh. Boa parte do enigma se desfez depois de sua morte prematura, que se deu por ocasião do nascimento de minha avó – sua única filha. Tendo assimilado algumas impressões desagradáveis associadas ao nome Marsh, não acolhi bem a notícia de que ele pertencia à minha própria árvore genealógica; tampouco me agradou a insinuação do sr. Peabody de que eu mesmo também tinha os legítimos olhos dos Marsh. Entretanto, fiquei grato pelos dados que, eu sabia, provariam ser valiosos, e fiz copiosas anotações e listas de referências de livros a respeito da bem documentada família Orne.

Fui direto para casa, de Boston até Toledo, e mais adiante passei um mês em Maumee, recuperando-me de minha provação. Em setembro, ingressei em Oberlin para o meu último ano, e dali até o mês de junho seguinte ocupei-me com estudos e outras atividades saudáveis – recordando o terror passado apenas nas ocasionais visitas oficiais de agentes do governo relacionadas à campanha que meus apelos e evidências haviam deflagrado. Em meados de julho – bem um ano depois da experiência em Innsmouth –, passei uma semana com a família de minha falecida mãe em Cleveland, checando alguns dos meus novos dados genealógicos com as diversas anotações, tradições e relíquias de herança existentes lá, e vendo que espécie de mapa relacionado eu poderia construir.

A tarefa não me foi exatamente prazerosa, pois a atmosfera do lar dos Williamson sempre me deprimira. Havia um laivo de morbidez ali, e minha mãe nunca tinha me incentivado a visitar seus pais quando eu era criança, embora sempre recebesse bem seu pai quando ele vinha a Toledo. Minha avó nascida em Arkham me parecera estranha e quase aterrorizante, e não creio que eu tenha lamentado seu desaparecimento. Eu tinha oito anos de idade na época, e se dizia que ela saíra perambulando, pesarosa, após o suicídio do meu tio Douglas, seu filho mais velho. Ele se matara com um tiro depois de uma viagem à Nova Inglaterra – a mesma viagem, sem dúvida, que fizera com que fosse lembrado na Sociedade Histórica de Arkham.

Esse tio se parecia com ela e também nunca me agradara. Algo na expressão de ambos, um olhar fixo, sem piscar, transmitira-me uma inquietação vaga e inexplicável. Minha mãe e tio Walter não tinham aquela expressão. Eram parecidos com seu pai, embora o pobre priminho Lawrence – filho de Walter – tivesse sido quase uma duplicata perfeita da avó antes de sua condição levá-lo à reclusão permanente de um sanatório em Canton. Eu não o vira por quatro anos, mas meu tio deu a entender certa vez que seu estado, tanto mental quanto físico, era péssimo. Essa preocupação talvez tivesse sido uma das principais causas da morte de sua mãe dois anos antes.

Meu avô e seu filho viúvo, Walter, constituíam agora o núcleo familiar de Cleveland, mas a memória dos velhos tempos pairava, pesada, sobre a casa. O lugar ainda me desagradava, e tentei finalizar minhas pesquisas o mais depressa possível. Os registros e as tradições dos Williamson foram fornecidos em abundância por meu avô, mas para o material dos Orne eu tive de depender do meu tio Walter, que colocou à minha disposição o conteúdo de todos os seus arquivos, incluindo anotações, cartas, recortes, relíquias, fotografias e miniaturas.

Foi examinando as cartas e fotos do lado Orne que comecei a adquirir uma espécie de terror de meus próprios ancestrais. Como já disse, minha avó e meu tio Douglas sempre haviam me perturbado. Agora, anos após o falecimento dos dois, eu fitava seus rostos retratados com um sentimento de repulsa e alienação consideravelmente acentuado. A princípio não consegui compreender a mudança, mas aos poucos certa horrível comparação começou a se infiltrar em minha mente inconsciente, apesar da firme recusa de minha consciência em admitir sequer uma mínima suspeita daquilo. Estava claro que a típica expressão daqueles rostos sugeria algo, agora, que não havia sugerido antes – algo que provocaria um pânico absoluto, caso fosse pensado abertamente demais.

Mas o pior choque veio quando meu tio me mostrou as joias dos Orne que estavam guardadas num cofre-forte no centro da cidade. Algumas das peças eram delicadas e inspiradoras o bastante, mas havia uma caixa com estranhas joias velhas, pertencentes à minha misteriosa bisavó, que meu tio quase relutou em apresentar. Elas eram, disse ele, de um desenho muito grotesco e quase repulsivo, e nunca tinham sido usadas em público, até onde sabia, embora minha avó gostasse de ficar olhando-as. Vagas lendas de má sorte cercavam-nas, e a preceptora francesa de minha bisavó dissera que não deviam ser usadas na Nova Inglaterra, embora fosse bastante seguro usá-las na Europa.

Ao começar a desembrulhar devagar e de má vontade as coisas, meu tio me instou a não ficar chocado com a estranheza e frequente hediondez dos desenhos. Artistas e arqueólogos que os tinham visto proclamaram a feitura como algo de superlativo e exótico requinte, embora nenhum parecesse capaz de definir o exato material ou atribuí-los a qualquer tradição artística específica. Havia dois braceletes, uma tiara e uma espécie de peitoral, este último exibindo em alto relevo certas figuras de uma extravagância quase insuportável.

Durante essa descrição, controlei minhas emoções com rédea curta, mas meu rosto deve ter traído meus temores galopantes. Meu tio parecia aflito, e fez uma pausa em seu desembrulhar para estudar meu semblante. Fiz menção para que continuasse, e ele o fez com renovados sinais de relutância. Parecia esperar alguma demonstração quando a primeira peça – a tiara – se tornou visível, mas duvido que esperasse justamente o que de fato aconteceu. Eu também não o esperava, pois pensava estar completamente prevenido em relação ao que revelariam ser as joias. O que fiz foi desmaiar em silêncio, bem como eu fizera um ano antes naquele canal ferroviário sufocado por espinheiros.

Daquele dia em diante, minha vida tem sido um pesadelo de pensamentos sombrios e apreensões, e tampouco sei o quanto é horrenda verdade e o quanto é loucura. Minha bisavó tinha sido uma Marsh de proveniência desconhecida cujo marido vivera em

A sombra sobre Innsmouth

Arkham – e Zadok não havia dito que a filha de Obed Marsh com uma mãe monstruosa se casara com um homem de Arkham por meio de truque? O que era mesmo que o borracho vetusto havia murmurado sobre meus olhos serem parecidos com os do capitão Obed? Em Arkham, também, o curador me dissera que eu tinha os legítimos olhos dos Marsh. Seria Obed Marsh meu próprio tataravô? Quem – ou o que – era, então, minha tataravó? Mas talvez fosse tudo loucura. Esses ornamentos de ouro esbranquiçado poderiam facilmente ter sido comprados de algum marinheiro de Innsmouth pelo pai da minha bisavó, fosse ele quem fosse. E aquela expressão de olhar fixo nos rostos de minha avó e meu tio autoimolado poderia ser pura fantasia da minha parte – pura fantasia impulsionada pela sombra de Innsmouth que tanto havia escurecido minha imaginação. Mas por que meu tio se matara depois de uma busca ancestral na Nova Inglaterra?

Por mais de dois anos repeli tais reflexões com parcial sucesso. Meu pai obteve-me um emprego num escritório de seguros, e eu me enterrei na rotina tão fundo quanto possível. No inverno de 1930-1931, porém, os sonhos começaram. Eram muito esparsos e insidiosos a princípio, mas foram aumentando em frequência e vividez com o passar das semanas. Grandes espaços aquosos abriam-se diante de mim, e eu parecia errar por pórticos e labirintos titânicos e submersos de paredes ciclópicas tomadas de algas, tendo peixes grotescos como companheiros. Depois as outras formas começaram a aparecer, enchendo-me de um horror inominável no momento em que eu despertava. Durante os sonhos, contudo, elas não me horrorizavam em absoluto – eu era uma delas, usando seus adornos inumanos, trilhando seus caminhos aquáticos e orando de maneira monstruosa em seus malignos templos no fundo do mar.

Havia muito mais do que eu conseguia recordar, mas mesmo aquilo que eu de fato recordava todas as manhãs teria bastado para me rotular como um louco ou um gênio se eu ousasse registrá-lo por escrito. Alguma influência tenebrosa, eu sentia, tentava me arrancar aos poucos do são mundo de uma vida salutar e me lançar aos abismos inomináveis de negror e alienação; e o processo teve um custo pesado para mim. Minha saúde e minha aparência foram piorando de modo constante, até que fui forçado, por fim, a largar meu emprego e adotar a vida estática e reclusa de um inválido. Certa esquisita moléstia nervosa me tomara em suas garras, e eu me via, por vezes, quase incapaz de fechar os olhos.

Foi então que comecei a estudar o espelho com crescente alarme. Não é agradável observar as lentas devastações da doença, mas, no meu caso, havia por trás algo mais sutil e mais enigmático. Meu pai parecia notá-lo também, pois começou a olhar para mim com curiosidade, quase atemorizado. O que estava se passando comigo? Seria possível que eu estivesse ficando parecido com minha avó e meu tio Douglas?

Certa noite, tive um sonho pavoroso no qual encontrei minha avó no fundo do mar. Ela morava num palácio fosforescente de muitos terraços, com jardins de estranhos corais leprosos e grotescas eflorescências braquiadas, e me saudou com um ardor que pode ter sido sardônico. Ela mudara – como mudam os que entram na água –, e me contou que não havia morrido. Em vez disso, tinha ido a um local de que seu filho morto tomara conhecimento, e saltara para um reino cujas maravilhas – destinadas igualmente a ele – ele desdenhara com uma pistola fumegante. Esse haveria de ser meu reino também – eu não poderia escapar dele. Eu nunca morreria, mas viveria entre os que haviam vivido desde antes de o homem chegar a andar sobre a terra.

Encontrei também aquela que tinha sido avó dela. Por oitenta mil anos, Pth'thya-l'yi vivera em Y'ha-nthlei e para lá ela voltara depois da morte de Obed Marsh. Y'ha-nthlei não foi destruída quando os homens da terra superior atiraram morte mar adentro. Foi ferida, mas não destruída. Os Profundos jamais poderiam ser destruídos, ainda que a magia paleogênica dos esquecidos Antigos conseguisse às vezes detê-los. De momento, eles descansariam; mas algum dia, caso lembrassem, voltariam a se erguer para o tributo pelo qual o Grande Cthulhu ansiava. Seria uma cidade maior do que Innsmouth, da próxima vez. Eles tinham planejado se disseminar, e haviam criado aquilo que os ajudaria, mas por agora precisavam esperar mais uma vez. Por ter trazido a morte dos homens da terra superior, eu teria de cumprir uma penitência, mas ela não seria pesada. Esse foi o sonho no qual vi um *shoggoth*

A sombra sobre Innsmouth

pela primeira vez, e a visão me fez despertar num frenesi de gritos. Naquela manhã, o espelho me mostrou definitivamente que eu adquirira o *feitio de Innsmouth*.

Até agora, não me matei como meu tio Douglas. Comprei uma automática e quase dei o passo, mas certos sonhos me dissuadiram. Os tensos extremos de horror estão diminuindo, e eu me sinto esquisitamente atraído rumo às desconhecidas profundezas marítimas em vez de temê-las. Ouço e faço coisas estranhas durante o sono, e acordo com uma espécie de exaltação em vez de terror. Não acredito que eu tenha de esperar pela transformação completa como a maioria esperou. Se eu aguardasse, meu pai provavelmente me internaria num sanatório, como está internado meu pobre priminho. Esplendores fabulosos e inauditos esperam-me abaixo, e hei de procurá-los em breve. *Iä-R'lyeh! Cthulhu fhtagn! Iä Iä!* Não, não irei me matar – não posso ser levado a me matar!

Planejarei a fuga de meu primo daquele hospício de Canton, e juntos nós iremos até a sombra maravilhosa de Innsmouth. Nós nadaremos rumo àquele lúgubre recife mar adentro e mergulharemos por negros abismos em direção à ciclópica Y'ha-nthlei de muitas colunas, e naquela toca dos Profundos moraremos em meio a prodígios e glórias para sempre.

Sobre o autor

Howard Phillips Lovecraft nasceu em Providence, Rhode Island, em 1890. A infância foi marcada pela morte precoce do pai, em decorrência de uma doença neurológica ligada à sífilis. O seu núcleo familiar passou a ser composto pela mãe, as duas tias e o avô materno, que lhe abriu as portas de sua biblioteca, apresentando-lhe clássicos como *As mil e uma noites*, a *Odisseia* e a *Ilíada*, além de histórias de horror e revistas pulp, que posteriormente influenciariam sua escrita. Criança precoce e reclusa, recitava poesia, lia e escrevia, frequentando a escola de maneira irregular em função de estar sempre adoentado. Suas primeiras experiências com o texto impresso se deram com artigos de astronomia, chegando a imprimir jornais para distribuir entre os amigos, como o *The Scientific Gazette* e o *The Rhode Island Journal of Astronomy*.

Em 1904, a morte do avô deixou a família desamparada e abalou Lovecraft profundamente. Em 1908, uma crise nervosa o afastou de vez da escola, e ele acabou por nunca concluir os estudos. Posteriormente, a recusa da Brown University também ajudou a agravar sua frustração, fazendo com que passasse alguns anos completamente recluso, em companhia apenas de sua mãe, escrevendo poesia. Uma troca de cartas inflamadas entre Lovecraft e outro escritor fez com que saísse da letargia na qual estava vivendo e se tornasse conhecido no círculo de escritores não profissionais, que o impulsionaram a publicar seus textos, entre poesias e ensaios, e a retomar a ficção, como em "A tumba", escrito em 1917.

A morte da mãe, em 1921, fragilizou novamente a saúde de Lovecraft. Mas, ao contrário do período anterior de reclusão, ele deu continuidade à sua vida e acabou conhecendo a futura esposa, Sonia Greene, judia de origem russa dona de uma loja de chapéus em Nova York, para onde Lovecraft se mudou. Porém, a tranquilidade logo foi abalada por sucessivos problemas: a loja faliu, os textos de Lovecraft não conseguiam sustentar o casal, Sonia adoeceu e eles se divorciaram. Após a separação, ele voltou a morar com as tias em Providence, onde passou os dez últimos anos de sua vida e escreveu o melhor de sua ficção, como "O Chamado de Cthulhu" (1926), *O caso de Charles Dexter Ward* (1928) e "Nas montanhas da loucura" (1931).

A morte de uma das tias e o suicídio do amigo Robert E. Howard o deixaram muito deprimido. Nessa época, Lovecraft descobriu um câncer de intestino, já em estágio avançado, do qual viria a falecer em 1937. Sem ter nenhum livro publicado em vida, Lovecraft ganhou notoriedade após a morte graças ao empenho dos amigos, que fundaram a editora Arkham House para ver seu trabalho impresso. Lovecraft transformou-se em um dos autores cult do gênero de horror que flerta com o sobrenatural e o oculto, originário das fantasias góticas e tendo como precursor Edgar Allan Poe.

lepmeditores

www.lpm.com.br
o site que conta tudo

Impresso na Gráfica Imprensa da Fé
São Paulo, SP, Brasil
2018